亚特兰蒂斯之心

美 斯蒂芬·金 著　齐若兰 译

STEPHEN KING HEARTS IN ATLANTIS

人民文学出版社
PEOPLE'S LITERATURE PUBLISHING HOUSE

著作权合同登记号　图字 01-2016-2281

图书在版编目(CIP)数据

亚特兰蒂斯之心/(美)斯蒂芬·金著;齐若兰译.
—北京:人民文学出版社,2016
(斯蒂芬·金作品系列)
ISBN 978-7-02-011727-7

Ⅰ.①亚…　Ⅱ.①斯…　②齐…　Ⅲ.①中篇小说-小说集-美国-现代②短篇小说-小说集-美国-现代
Ⅳ.①I712.45

中国版本图书馆 CIP 数据核字(2016)第 127730 号

出 品 人　**黄育海**
责任编辑　**甘　慧　潘丽萍**
封面设计　**陈　晔**

出版发行　**人民文学出版社**
社　　址　**北京市朝内大街 166 号**
邮政编码　**100705**
网　　址　**http://www.rw-cn.com**

印　　刷　**上海利丰雅高印刷有限公司**
经　　销　**全国新华书店等**

字　　数　**331 千字**
开　　本　**880 毫米×1230 毫米　1/32**
印　　张　**15.125　插页　5**
版　　次　**2016 年 9 月北京第 1 版**
印　　次　**2016 年 9 月第 1 次印刷**

书　　号　**978-7-02-011727-7**
定　　价　**52.00 元**

作者的话

当然，缅因大学确实有一个校区位于缅因州的奥罗诺镇，我之所以知道这一点是因为我从一九六六年到一九七〇年都在那儿上大学。不过故事中的人物纯属虚构，而且我所描述的许多校园景观也根本不存在。哈维切同样是个虚构的小镇，布里吉港则是真实存在的地方，但我笔下的布里吉港是虚构的。尽管难以置信，二十世纪六十年代并非虚构，那些事情都真的发生过。

我在时序的安排上也比较随兴，最明显的例子是书中电视剧《囚徒》出现的时间比它实际在美国播映的时间早了两年，但我尽量忠于六十年代的精神。真的办得到吗？我不晓得，但我已经尽力了。

《盲眼威利》还有个更早的版本，于一九九四年刊登在《安泰乌斯》杂志上，内容和目前的版本大不相同。

感谢查克·维瑞尔（Chuck Verril）、苏珊·墨尔道（Susan Moldow）和纳恩·格雷厄姆（Nan Graham）的协助，让我鼓起勇气完成这本书。还要谢谢内人，如果没有她的话，我永远也无法完成此书。

一九九八年十二月二十二日

/

一九六〇年
穿黄外套的下等人

他们有一支两端削得十分尖利的棍棒

1. 小男孩和妈妈 · 博比的生日 · 新房客 · 时间和陌生人

博比的父亲兰达尔 · 葛菲是那种二十几岁就开始掉头发、还不到四十五岁就秃头的人，只是他才三十六岁就因心脏病发而过世，逃过了全秃的命运。从事房地产中介的兰达尔是躺在别人家的厨房地板上咽下了最后一口气的，当时看房子的客户还在客厅里拼命拨打早已不通的电话叫救护车。兰达尔过世时，博比才三岁，他隐约记得很小的时候，有个男人经常搔他痒、亲他的脸颊和额头，那个人应该就是他的父亲。兰达尔的墓碑上写着“悲伤永怀”，但博比的妈妈从来不曾露出悲伤的样子，至于博比自己……你怎么可能怀念一个你几乎不记得的人呢？

父亲死后八年，博比疯狂地迷上了哈维切西方车行卖的二十六英寸施文牌脚踏车。他千方百计暗示妈妈他有多喜欢那辆脚踏车，有一天看完电影走路回家的时候，他终于挑明了说（他们看的电影是《楼顶的黑暗》，博比虽然看不懂，还是很喜欢这部片子，尤其是多萝西 · 麦克吉尔靠在椅子上露出长腿的那一幕）。他们经过车行时，博比不经意地提起橱窗里展示的那辆脚踏车会是很棒的十一岁生日礼物。

“你甭做梦了，”妈妈说，“我可买不起脚踏车来送你当生日礼物，你知道的，你老爸并没有留给我们一大笔财富。”

虽然兰达尔早在杜鲁门当总统的年代就已经过世，而现在艾森豪威尔的八年任期转眼也快结束了，但是每当博比想买任何可能超过一块钱的东西时，妈妈最常给他的答案仍然是：“你老爸并没有留给我们一大笔财富。”通常她口中吐出这句评语的同时，脸上还会挂着谴责的表情，仿佛博比的爸爸不是死了，而是逃跑了。

生日那天甭想有一辆脚踏车了。回家的路上，博比闷闷不乐地想着这件事，刚才那部奇怪的电影带给他的乐趣现在已经消失了一大半。他没有和妈妈争辩，也没有说些甜言蜜语猛灌迷汤——这样会适得其反，当莉莎·葛菲反击的时候，她可不会手软——博比只是一直魂不守舍地想着失去的脚踏车，以及很久以前就已失去的父亲。有时候，他几乎恨起父亲来了；有时候，他之所以没有对父亲怀恨在心，完全是因为他强烈感觉到妈妈正希望他这么做。母子俩现在走到联合公园，沿着公园旁边走着，再过两条街，他们就会左转弯进入步洛街，也就是他们住的那条街。这时候，博比大胆抛开平日的顾忌，问了一个关于老爸的问题。

“妈，他有没有留下什么遗物？留下任何东西？”一两个星期前，他刚读完一本南西系列的少年侦探小说，里面有个穷孩子继承了一笔遗产，而遗产就藏在一栋废弃豪宅的老钟后面。博比并不是真的认为老爸把一些金币或罕见的邮票藏在什么地方，但是如果他真留下什么遗物的话，或许他们可以拿去布里吉港卖掉，或许就卖给其中一家当铺。博比不太知道典当是怎么回事，不过他知道当铺长什么样子——只要看到门口挂着三颗金球的店铺就是了，他相信当铺老板一定很乐意帮他们的忙。当然，这只不过是小孩子的梦想罢了，但是跟他们住同一条街的卡萝尔·葛伯那当海军的爸爸就曾经从国外寄了整套娃娃给她。如果当爸爸的真的会送东西给小孩，那么他很可能也会留下一些东西给孩子。

博比问问题的时候，正好经过联合公园旁边成排的街灯，他看到妈妈嘟起嘴巴。每当他胆敢问起死去的父亲时，妈妈总是这副表情，这动作让博比想到她的小钱袋：每当你拉一拉袋口的绳子，上面的洞口就缩小一点。

“好，我告诉你他留下什么好了。”他们弯进步洛街并开始爬坡时，莉莎说。博比这时候已经开始后悔，但是当然来不及了，一旦提起这个话题，就没办法叫她住嘴。“他留下一张寿险保单，保单早在他死前一年就已经到期了。我一点都不晓得这件事，一直到他过世以后，每个人——包括葬仪社在内，都想从我这里分一杯羹，而我根本什么都没拿到。他也留下了一大沓还没付的账单，现在我大部分都付清了，大家都很体谅我的处境，尤其是拜德曼先生，我绝不会说他们不体谅我们。”

这些尖酸乏味的牢骚，博比已经听过很多遍了，但是这回莉莎说了一些新的。他们快走到公寓房子的时候，她说：“你父亲在把牌凑成中张顺子的时候，从来没有碰到过他不喜欢的牌。”

“什么是中张顺子？”

“别管它了。不过我要告诉你一件事，博比，别让我逮到你打牌赌博，我受够了赌博这档事！”

博比想要继续追问，想要多知道一点，但是继续追问的话，很容易引来长篇大论的说教。他心想，很可能是刚刚那部关于不幸婚姻的电影让她心情不佳，至于究竟是怎么回事，可不是像他这样的小孩子有办法理解的。星期一去学校的时候，再问问好朋友萨利什么是中张顺子好了，他觉得那是一种扑克牌游戏，不过又不太确定。

“布里吉港有一些地方会吸光男人的钱，”他们快到家的时候，妈妈说，“只有蠢男人才会去那些地方，那些蠢男人把事情搞砸以后，再让女人来替他们收拾烂摊子……”

博比知道接下来她会说什么，这是她最爱的部分。

“人生真是不公平啊！”莉莎一边掏出钥匙，准备打开康涅狄格州哈维切镇步洛街一四九号的大门，一边说着。那是一九六〇年四月，夜晚的空气中飘着春天的芳香，站在她身旁的是个瘦孩子，和死去的父亲一样有一头象征冒险天性的红发。她几乎从来不摸他的头发，偶尔抚摸男孩时，通常都碰触他的手臂或脸颊。

“人生真是不公平。”她又说了一遍，然后打开门，两人走进去。

博比的妈妈确实从来没被当成公主一样捧在手掌心里，而老公在三十六岁的壮年就死在空房子的地板上，也的确不幸，但博比有时候觉得，他们的遭遇原本有可能更加不幸。例如，也许莉莎不只有一个孩子，而是有两个孩子要养，或三个孩子，或甚至四个孩子？

又或者，莉莎得做一些很辛苦的工作，才养得起两个小孩？萨利的妈妈在面包店工作，每当轮到她负责升火烤面包的那几个星期，萨利和两个哥哥几乎很少看到妈妈。博比也注意到，每天下午三点钟汽笛响起时，鱼贯走出皮里斯鞋厂的那些女工（博比每天下午两点半放学）不是太瘦、就是太胖，个个脸色苍白，手指还沾了可怕的暗红色。她们总是垂头丧气，手上拎着托托杂货店的购物袋，里面装着工作鞋和工作服。去年秋天，他和葛伯太太、卡萝尔，还有小伊恩一起参加教会的义卖会时，在郊外看到许多男男女女忙着采苹果。他问葛伯太太那些人是谁，葛伯太太说他们是移民，就好像某些鸟类一样，哪儿的农作物成熟了，就搬到哪儿收成。博比的母亲原本很有可能和这些人一样辛苦，但是她并不需要如此。

实际上，莉莎在家园不动产公司担任唐诺・拜德曼先生的秘书，博比的父亲心脏病发前也在这家公司上班。博比猜想，妈妈最初之所以能得到这份差事，可能是因为拜德曼先生很欣赏兰达尔，因此同情新寡的莉莎还有个嗷嗷待哺的孩子需要照顾。但是莉莎很能干，而且努力工作，经常加班到很晚。博比曾经有几次和妈妈及拜德曼先生一起——员工郊游是他印象最深的一次，还有一次他下课玩耍时跌断了一颗牙齿，拜德曼先生开车载他们母子到布里吉港去看牙医——两个大人以一种奇怪的眼神互看对方。有时候，拜德曼先生会在晚上打电话来，妈妈打电话的时候会叫他“唐”。但是“唐”听起来老老的，博比很少想到他。

博比不太清楚妈妈白天（和晚上）在办公室做什么，但是他敢说她的工作一定胜过做鞋子、摘苹果或清晨四点半钟起来升火烤面包。还有，说到他妈妈，如果你胆敢问她某些事情，就简直是自找麻烦。举例来说，假如你问她为什么她买得起施乐百百货公司的洋装，其中还有一件是丝质洋装，但是却没有办法分期付款三个月（每个月只要付十一块五毛）替他买一辆施文牌脚踏车（红银相间的脚踏车，每次看到橱窗中展示的脚踏车，博比就会因为极度渴望而心痛）。如果你问妈妈这类事情，那就真的是在自找麻烦。

博比不会这么做，他决定自己存钱买脚踏车。这样一来，可能要到秋天才能存够钱，或甚至到冬天，到了那时候，他想买的那款脚踏车可能已经没有摆在橱窗里了，但是他会加油。你得孜孜不倦地努力，才能达到目标：人生可不是那么轻松，也不是那么公平。

四月的最后一个星期二，当博比的十一岁生日到来时，妈妈给了他一个又小又扁、包着银色包装纸的小包裹，他拆开一看，里面是橘色的图书馆借书卡，一张成人借书卡！再见了,《神探南西》丛书、《哈迪家的男孩》系列和《海军的温斯罗》；你们好，其他所有的书，例如《黑暗的顶楼》这类充满错综复杂感情的故事，还有塔顶密室中沾满血的短剑。（南西和哈迪家的男孩之类的故事中也有启人疑窦的谜团和塔顶密室，但是很少有血腥的情节，更甭提任何炽烈的情感了。）

“别忘了图书馆柜台的凯尔顿太太是我的好朋友。”妈妈说，照例又用她那种单调而充满警告意味的语调，但看到博比这么开心，她也很高兴。“如果你想借什么比较不雅的书，像《冷暖人间》或《金石盟》之类的，我都会知道。”

博比笑了，他知道她一定会知道。

“如果你碰到另外一位图书馆员，那位忙碌小姐，而她问你为什么会有橘卡的话，你就请她翻到背面，上面有我的签名，表示我同意这件事。”

“谢谢你，妈，太棒了。”

她微笑着弯下腰来，很快亲了一下他的脸颊，嘴唇几乎还没碰到他的脸就缩了回去。“我很高兴你这么开心。如果今天能早一点下班的话，我们可以去科隆尼餐厅吃炸蚝和冰激凌，不过要等到周末才吃得到生日蛋糕，因为我得到那时候才有时间烤蛋糕。现在穿上外套准备出门吧，你快迟到了。”

他们下楼去，准备一起出门。门口停了一辆出租车，穿着府绸外套的男人正倚在窗口付钱给司机，他后面放着一些行李和手提纸袋。

“那个人一定是刚刚租下三楼的房客。”莉莎说，又嘟起嘴巴。她站在门廊前最上面一级台阶，打量着那男人窄小的臀部，男人忙着付钱给出租车司机的时候，正好翘起屁股对着他们。“我没办法信任把东西装在纸袋里搬家的人，我觉得把东西装在纸袋里很不庄重。”

“他也有行李箱。”博比说，但是他不需要妈妈点破也看得出来，新房客的三只小箱子看起来都不怎么样，一点也不相称，就好像有人心情不好，把它们从加州一脚踢来这里似的。

博比和妈妈走到水泥路上，出租车开走了，穿着府绸外套的人转过身来。博比把人大致分为三类：小孩、大人和老人。老人是有白头发的大人，新房客就属于第三种人。他的脸孔瘦削，面色疲惫，但脸上没有皱纹（除了蓝眼睛周遭的眼尾纹），轮廓很深，满头银丝如婴儿胎毛般细致，头顶微秃。他的个子高大，驼背的样子让博比想起星期五晚上十一点半 WPIX 频道播放的恐怖电影中的卡洛夫[①]，府绸外套里面穿着过大的廉价工人装，脚上穿着皮鞋。

“你们好，”他说，努力挤出一丝微笑，“我叫布罗廷根，我想我会在这里住一阵子。”

他向博比的母亲伸出手来，莉沙只轻轻碰了一下。“我是莉莎·葛菲，这是我儿子博比。真不好意思，巴乐廷根先生——”

“是布罗廷根，女士，不过如果你们直接叫我泰德，我会觉得很开心。”

“好，呃，博比上学迟到了，而我上班也迟到了。很高兴见到你，巴乐廷根先生。快一点，博比，光阴似箭哪！”

莉莎开始走下坡往城里走去，博比则缓缓爬着上坡，往艾许大道上的哈维切小学走去。走了三四步之后，他停下脚步，回过头来，他觉得妈妈刚才对布罗廷根先生很没有礼貌，一副自大的样子，这在博比的好朋友眼中可是最糟糕的罪行。卡萝尔讨厌自大的人，萨利也一样。布罗廷根可能已经走到步道中间了，不过如果还没有的话，博比想对他笑一笑，让他知道这家人里面，至少有一个人不是那么自大。

他妈妈也停下脚步回头望，不是因为她想再看布罗廷根先生一眼，博比压根儿就不会这么想。不，莉莎是回过头来看自己的儿子。她早就料到博比会转过身去，甚至在博比自己还没有想到之前就料到了，博比一向开朗的性格突然蒙上了一层阴影。有时候，博比还没来

---

① 博瑞斯·卡洛夫（1887—1969），英国演员，因演出经典恐怖片《科学怪人》而声名大噪。

得及开口，莎莉就说今天撒拉索塔会下雪。究竟你得长到多大才讲得过妈妈？二十岁？三十岁？还是得等到妈妈年纪大、脑子也糊涂了？

布罗廷根先生没有往屋子走去，他站在步道旁，一手提着一只箱子，用右手臂夹着第三只箱子（三个纸袋则放在步洛街一四九号前的草地上），行李的重量让他的身形更显伛偻。他正好挡在博比和妈妈的中间，好像收费站似的。

莉莎的眼神飘过布罗廷根先生落在儿子身上，她用眼神对博比说：去上学吧，一个字都不要多说。他是个陌生人，根本不知道是打哪儿来的，还用购物袋装着一半的家当。一个字都不要说，博比，快上学去。

但是博比没有听她的话，或许是因为生日礼物不是一辆脚踏车，而是借书证的缘故。“很高兴认识你，布罗廷根先生，”博比说，“希望你喜欢这里，再见。”

“祝你今天上课愉快，孩子，”布罗廷根先生说，“多学一点东西，你妈妈说得对——光阴似箭！”

博比注视着妈妈，想看看她会不会因为这句小小的奉承而原谅他轻微的叛逆行为，但是妈妈的嘴巴紧闭，毫不心软，她不发一语，转过身去，开始朝下坡路走去。博比也继续往前走，他很高兴自己和那个陌生人说了几句话，尽管妈妈后来让他悔不当初。

快走到卡萝尔家的时候，他拿出橘色的借书证好好端详一番。虽然借书证比不上二十六英寸的施文牌脚踏车，不过仍然是很不错的礼物；事实上，这是很棒的礼物。有这么一大片浩瀚的书海等着他去探索，这张借书证不值几个钱又有什么关系呢？人们不是说，真正值钱的是一个人脑子里的想法吗？

好吧……至少妈妈是这么说的。

他把卡片翻过来，背面是妈妈有力的笔迹：“敬启者：这是小犬的借书证，我准许他每个星期从哈维切公共图书馆的成人部借出三本书。”最底下签着妈妈的全名：伊丽莎白·潘若思·葛菲。

她在签名下方又补了一句：博比将自行负责缴清借书过期的罚款。

“生日快乐!”卡萝尔大叫，把博比吓了一大跳，她原先一直躲在树后面等他，这时候才突然冲出来。她伸出手臂环住博比的脖子，在他脸颊上狠狠亲了一下。博比羞红了脸，四处张望有没有被别人看到——天哪，想和女生交朋友却又不要被出其不意地亲吻，还真难呀——不过没关系。早上沿着艾许大道上学的人潮通常集中在上坡路的顶端，现在这里只有他们两个人。

博比擦擦脸颊。

“少来了，你明明喜欢我亲你。”卡萝尔大笑。

“才不呢!”博比说，虽然他其实很喜欢。

“你得到了什么生日礼物?”

“一张借书证，”博比说，他把借书证拿出来给卡萝尔看，“是成人借书证。”

“太酷了!”卡萝尔的眼神中露出了一丝怜悯吗?也许不是吧。那么，是什么呢?“喏，给你。”卡萝尔给他一个信封，上面写着他的名字，还在上面贴了几颗爱心和泰迪熊的图案。

博比的手微微颤抖地打开封套，他告诉自己，如果这张卡片写得太滥情的话，他可以把它塞进裤袋里不让别人看到。

结果还好，也许有一点点幼稚（卡片上画着一个骑在马上的小孩，里面写着“生日快乐，牛仔”），但不滥情。最下面写着“爱你的卡萝尔”稍微有一点滥情，但卡萝尔毕竟是女生，你还能怎么办呢?

“谢谢。”

“我知道卡片有一点幼稚，不过其他的卡片更糟。”卡萝尔以就事论事的语气说。再往上坡走一段路，萨利在那儿一边等他们，一边耍着各种花招玩波露弹力球，一会儿把球从左手臂下方打出去，一会儿把球弹向右手臂下方，一会儿又把球弹向背后再拉回来。不过他现在不再尝试把球从两腿之间弹出去了，因为以前在学校操场试过一次，结果他的下体被球狠狠撞了一下。萨利痛得尖叫起来，博比和其他孩子则笑得眼泪都快流出来了。卡萝尔和三个女生冲过来问他们出了什么事，几个男生都说没事——包括萨利在内，尽管他脸色苍白，几乎快哭出来。男生都是讨厌鬼，卡萝尔那次说道，但博比不觉得她心里真的这么想，如果真是如此的话，她不会从树后面跳出来亲他，而且那可是个结结实实的好吻，事实上，比妈妈的亲吻还棒。

“这张卡片并不幼稚。”他说。

“但也接近了，”她说，“我原本想买一张大人的卡片给你，不过那些卡片都太滥情了。”

“我知道。”博比说。

“你会变成一个滥情的大人吗，博比？”

“希望不会，”博比说，“你会吗？”

“不会，我会变得像我妈妈的朋友蕾安达那样。”

“蕾安达很胖。”博比怀疑地说。

“是啊，但是她很酷。我会变得像她一样酷，但不要那么胖。”

“我们那栋楼搬来一个新房客，他租下三楼的房间。我妈妈说那里很热。”

“喔？他长什么样？”她咯咯地笑，

“他很老，”博比说，然后沉吟了一下。“但是脸长得蛮有趣的。我妈第一次看到他就不喜欢他，因为他把东西装在购物袋里。”

萨利也加入他们。“小杂种，祝你生日快乐，”他说，拍拍博比的背。“小杂种”是萨利目前的口头禅，卡萝尔的口头禅是“酷”，博比则有点举棋不定，虽然他觉得“狗屎”听起来还不错。

“如果你再说脏话，我就不要和你一起上学了。”卡萝尔说。

“好吧。”萨利随和地说。卡萝尔有一头蓬松的金发，很像童书“鲍勃西双胞胎”系列里面的小女孩稍微长大一点的样子；萨利则个头很高，黑发绿眼，好像乔・哈迪[①]那一型的男孩。博比走在两个好友中间，早就把刚刚的沮丧抛在一边。今天是他的生日，而且他正和最要好的朋友在一起，人生是如此美好！他把卡萝尔的生日卡放在后裤袋里，新的借书证则牢牢塞进前面的口袋中，绝对不可能掉出来或被偷走。卡萝尔开始蹦蹦跳跳起来，萨利叫她不要跳。

“为什么？”卡萝尔问，“我喜欢边走边跳。”

---

① 美国歌舞片《棒球狂想曲》(*Damn Yankees*）里面的主角。

“我也喜欢说小杂种，但是如果你叫我不要说，我就不说。”萨利的回答很合理。

卡萝尔看看博比。

“边走边跳——至少没有拿着跳绳的话——看起来有一点幼稚，卡萝尔。”博比带着歉意说道，然后他耸耸肩，“但是如果你真的想跳就跳吧，我们不介意，对不对，萨利？”

“是啊。”萨利说，然后又开始玩起弹力球，忽前忽后，忽上忽下，啪—啪—啪。

卡萝尔不再边走边跳了。她走在两个男生中间，假装自己是博比的女朋友，假装博比有驾照，还有一辆别克汽车，他们两人正要开车去布里吉港听摇滚演唱会。她觉得博比简直酷极了，而且最酷的事情就是他完全不知道自己有多酷。

下午三点钟的时候，博比放学回家。他原本可以早一点到家，但是捡回收瓶是他“在感恩节前买到脚踏车”计划的一部分，因此他绕到艾许大道旁的草丛看看有没有瓶子可捡。他找到三个啤酒罐和一只汽水瓶。不算太多，不过八分钱仍旧是八分钱，他妈妈常说：“积少成多。”

博比洗洗手（其中有两只瓶子还蛮脏的），从冰箱里拿出点心，看了几本《超人》漫画，又去冰箱拿了一些点心，然后打开电视看《美国音乐台》节目。他打电话告诉卡萝尔，鲍比·达林今天会上节目唱歌——卡萝尔认为鲍比·达林很酷，尤其是当他唱《舞后》这首曲子的时候——不过卡萝尔早就知道这件事了。她正在和三五好友一起看电视，那几个蠢女生在她背后咯咯笑个不停，让博比想到宠物店里的小鸟。电视上，主持人狄克·克拉克正在示范用一块史崔德牌药用擦布可以清除多少青春痘中的油脂。

四点钟的时候，妈妈打电话回家，说她今晚需要加班帮拜德曼先生处理事情，所以真是抱歉，只好取消晚上的生日大餐。冰箱里有吃剩的炖牛肉，博比可以先热来吃，她会在八点钟以前回家催他上床睡觉。不过看在老天的分上，博比，热完晚餐之后，千万要记得关好瓦斯炉。

博比回到电视机前面，觉得很失望，但不是真的感到那么意外。狄克·克拉克正在《美国音乐台》节目中宣读唱片评审委员名单，博比觉得坐在中间的那个人看起来好像一辈子都需要用到史崔德牌药用擦布似的。

他把手伸到口袋里掏出新的橘色借书证，心情又立刻好转了。如果他不想的话，其实不需要坐在电视机前面看一堆旧漫画，他可以到图书馆启用新借书证——成人借书证。忙碌小姐会坐在柜台前，她的真名是哈林顿小姐，博比觉得她很漂亮。她喜欢擦香水，博比总是闻到从她肌肤和发梢飘来的香味，好像美好的回忆一样淡淡的、甜甜的。虽然萨利现在正在上长号课，但是博比借完书之后可以去他家，也许和萨利玩一下棒球。

他想：我也可以把瓶子拿去斯派塞的店里回收，今年暑假得想办法赚到买脚踏车的钱。

突然之间，生活似乎变得非常充实。

萨利的妈妈邀请博比留下来吃晚饭，但是他婉谢了，说还是回家吃饭比较好。其实与其回家吃剩菜，他更想吃萨利妈妈的炖肉和脆薯片，但他知道妈妈下班回家后的第一件事一定是打开冰箱，检查装在特百惠冷藏盒中的剩菜是不是吃完了。如果她发现剩菜还在那儿，她就会问博比晚上吃什么。她问的时候语气会十分冷静，甚至有点不经意。如果博比告诉妈妈他在萨利家里吃了晚饭，妈妈会点点头，问他晚餐吃了什么菜、饭后有没有吃甜点，还有他有没有向萨利的妈妈道谢；她甚至可能会和博比一起坐在沙发上，一面看电视，一面合吃一碗冰激凌。一切似乎都很美好……只是并非真的如此，这笔账终究有一天还是会算在他头上。也许不是一两天以后，甚至要到一星期后才算这笔账，但那一天终究会来临。博比很清楚这点，虽然他几乎不知道自己这么清楚。他知道妈妈今晚确实需要加班，但是在他生日当天留他独自一人在家吃剩菜，也是一种惩罚，因为他明知不该和新房客说话，却仍然那么做。如果博比想逃避这次处罚，那么该受的惩罚仍然会一次次累积起来，就好像银行账户里面的存款一样。

博比从萨利家里回来的时候已经六点十五分，天色也渐渐暗了。他借了两本新书，一本是梅森探案系列之一，叫《丝绒爪》，另外一本是西马克[①]写的科幻小说《太阳之环》。两本书好像都在说些疯狂的事情，但是哈林顿小姐一点也没有刁难他，相反的，她告诉博比，他已经超越同年龄小孩的阅读程度，应该继续保持下去。

回家的路上，博比编了一个故事，在故事中，他和哈林顿小姐搭乘同一艘游艇，游艇沉没之后，只有他俩因为找到了标示着路思坦尼克号的救生器具而幸免于难。他们被潮水冲到有棕榈树和丛林火山的小岛上，躺在沙滩上的时候，哈林顿小姐浑身颤抖，说她觉得很冷，问博比能不能抱着她，让她暖和一点，博比当然乐于从命。这时候土著人从丛林中跑出来，起初似乎很友善，但结果他们是住在火山上的食人族，通常都在空地上把落难的人一个个杀掉，空地周围挂满了骷髅头。正当土著人把他和哈林顿小姐往大锅子拖去、准备煮来吃时，火山突然开始轰隆作响，然后——

"你好，罗伯特。"

博比大吃一惊，抬起头来，比早上卡萝尔突然从树后面跑出来亲他的时候更加吃惊，和他打招呼的人是那个新房客。他坐在门廊前最上面一级台阶上，嘴里叼着一支烟。他脱掉原本穿的旧皮鞋，换上一双旧拖鞋，也脱掉了外套——今晚天气很暖和。博比心想，他看起来很自在。

"喔，布罗廷根先生，嗨！"

"我没想到会吓了你一跳。"

"没有——"

"我想我真的害你吓了一大跳，你那时候的心思还在几千英里外呢。拜托，叫我泰德就好。"

"好吧。"但是博比不确定他真的能一直叫他泰德。对一个大人（尤其是老人家）直呼其名，不仅违反了妈妈的训示，也违反了自己

---

① 克利福德·西马克（1904—1988），美国著名的科幻作家。

的意向。

“今天的课上得如何？学到了新东西吗？”

“是啊，还不错。”博比挪动一下身体重心，把两本新借来的书从一只手换到另外一只手。

“你可以陪我坐一会儿吗？”

“当然可以，不过不能坐太久，我还有事情要做，你也知道。”其实主要是要回去热晚餐——到了这时候，昨晚剩下的炖肉在他脑子里变得愈来愈可口了。

“当然有很多事要做啦，Tempus fugit！”

博比挨着布罗廷根先生——泰德——在门口宽阔的台阶上坐了下来，闻着泰德的切斯特菲尔德牌香烟的烟味，他心想，从来没有看到过像他这么疲惫的人，不可能是因为搬家吧？如果你需要搬的只是三只小行李箱和三个手提袋的话，会有多累呢？博比假定稍后会有卡车替他把其他的家当运来，但是他并非真的这么想。他只不过租了一个房间——虽然是个很大的房间，一边是厨房，另外一个房间则充当其他用途。在席妮小姐中风并搬去女儿家住以后，他和萨利曾经进那个房间参观了一番。

“Tempus fugit 就是‘光阴似箭’的意思，”博比说，“妈妈老爱说这句话，她也常说‘时间如潮水，从来不等人’，还有‘时间会治愈所有的伤口’。”

“你妈妈懂得很多格言，对不对？”

“是啊，”博比说，突然之间，这些格言令他感到厌倦，“她知道很多格言。”

“本·琼森[①]说时间是又老又秃的骗子，”泰德说，他深深吸了一口雪茄，然后从鼻孔里吐出两缕轻烟，“帕斯捷尔纳克[②]则说我们是时间的俘虏、永恒的人质。”

博比看着他，觉得十分神奇，暂时忘却了自己早已饥肠辘辘。他

① 本·琼森（1572—1673），英国文艺复兴时期剧作家。

② 帕斯捷尔纳克（1890—1960），俄罗斯诗人，以小说《日瓦戈医生》闻名于世，曾获诺贝尔奖。

很喜欢“时间是又老又秃的骗子”这个说法——这句话绝对、完全正确，虽然他其实说不出个所以然来……但是像这样说不出个所以然来，不就让整件事情显得更酷吗？就好像藏在蛋里面的东西，或是圆石纹玻璃后面的阴影一样。

“本·琼森是谁啊？”

“他是英国人，已经去世很久了，”泰德说，“他非常自我，在金钱方面很愚蠢，而且喜欢虚张声势。不过——”

“那是什么意思啊？虚张声势？”

泰德把舌头顶在两片嘴唇中间，十分逼真地发出放屁的声音。博比用手捂住嘴巴咯咯笑着。

“小孩子都觉得放屁很滑稽，”泰德说，他点点头，“是啊，不过到了我这把年纪，放屁只是人生诸多愈来愈奇怪的事情之一。顺带一提，琼森在放屁之余说过很多有智慧的话，不像约翰逊博士这么多——我是指塞缪尔·约翰逊[①]——不过还是很多。”

“那么帕斯捷尔纳克……”

“帕斯捷尔纳克是俄国人，”布罗廷根先生不屑地说，“他不重要。我可以看看你的书吗？”

博比把书递给他。布罗廷根先生（应该是泰德，他提醒自己，你应该叫他泰德）匆匆瞄了书名一眼，就把那本梅森探案还给他。西马克的小说在他手里停留的时间比较久，他起初在缕缕轻烟中瞥了书的封面一眼，然后翻阅了一下，一面看一面点头。

“我看过这本书，”他说，“我来这里之前有很多时间看书。”

“是吗？”博比兴奋起来，“好看吗？”

“是他写得最好的小说之一，”布罗廷根先生——泰德——回答。他一眼半闭，一眼睁开，斜看着博比，一副神秘兮兮又充满智慧的样子，好像侦探电影中那些让人不怎么信得过的人物。“但是你确定你看得懂这本书吗？你应该还不到十二岁吧？”

---

① 塞缪尔·约翰逊（1709—1784），英国文学家及词典编纂家。“约翰逊”与“琼森”在英语中拼写不同，发音相同。

“我才十一岁，”博比说，很高兴泰德认为他可能已经十二岁了。“今天正好满十一岁。我可以读，虽然没有办法完全看懂，但是如果这是个好故事，我就会喜欢这本书。”

“今天是你的生日！”泰德说，似乎很感动，吸了最后一口烟后就把烟弹开，香烟落在步道上，火星四散。“亲爱的罗伯特，祝你生日快乐！”

“谢谢，不过我比较喜欢别人叫我博比。”

“好，那么博比，你要出去好好庆祝一番吗？”

“没有，我妈今天要加班。”

“你想不想到我的小房间来一下？我没有什么东西，不过还晓得怎么开罐头，而且可能有一点面——”

“谢谢，不过妈妈留了剩菜给我，我应该把它吃掉。”

“我明白。”最奇妙的是，他一副真的明白的样子。泰德把《太阳之环》还给博比，他说：“在这本书里，西马克先生假设宇宙中有很多像我们一样的世界，他指的不是其他星球，而是其他地球，并排运行的地球，就好像形成一个环绕太阳的环一样。这个想法真奇妙！”

“是啊。”博比说，他从其他的书中，还有漫画中，看过这种平行地球的概念。

现在，泰德若有所思地看着他。

“什么事？”博比问，突然之间扭捏起来。有什么好看的吗？如果是他妈妈，可能就会这么说。

起先他以为泰德不会回答——他似乎陷入沉思中，然后他稍微抖动了一下，把身体坐直。“没什么，”他说，“我有个小小的点子，你想赚点外快吗？我没有很多钱，不过——”

“好啊！老天爷，好啊！”他几乎想接着说，我想买一辆脚踏车，但是话到嘴边又吞了回去，因为妈妈还有一句至理名言：自己的事情自己知道就好。“你要我做什么都成！”

泰德看起来似乎有些担心，但又觉得有趣。这件事让博比看到了泰德的另一面，是啊，博比看得出来，老人家也曾年轻过，也曾是个偶尔说话会不得当的年轻人。“和陌生人说这话不太好，”泰德说，“虽然我们现在已经熟得可以直接叫对方的名字——这是好的开始——不过我们还是陌生人。”

“琼森或者约翰逊有没有说过什么关于陌生人的话？”

“我不记得他们说过，不过《圣经》里倒是说过：‘因为我在你们面前是客旅，是寄居的。求你宽容我，使我在去而不返之先……’”泰德想了一下，脸上那种觉得好玩的表情消失了，又变回很老的样子，然后他声音坚定地把诗文背完，“‘……使我在去而不返之先，可以力量复原。’这是《圣经·诗篇》中的诗句，不过我不记得出自哪一章节了。”

“你放心，”博比说，“我不会去杀人放火或抢东西，所以不必担心，但是我的确很想赚点钱。”

“让我想想看，”泰德说，“让我想一下。”

“当然，但是如果你需要有人打杂或帮你做什么事，找我准没错，我现在就可以向你打包票。”

“打杂？也许吧。虽然我不会用这两个字来形容。”泰德用皮包骨的手臂拍一拍更加皮包骨的膝盖，他的目光飘过草坪，注视着街道。天色渐渐昏暗，又到了每天晚上博比最喜欢的时刻。路上驶过的车子都亮起车灯，从艾许大道某栋房子里传来席格比太太呼唤双胞胎回家吃晚饭的声音。每天到了这个时刻——还有天刚破晓的时候，博比站在厕所中对着小便斗尿尿时，阳光会从厕所的小窗口透进来，照到他半睁半闭的眼中——博比恍惚觉得好像置身于别人的梦境中。

“你来这里以前都住在哪里，泰德……先生？”

“那里没有这里好，”他说，“没有任何地方比得上这里。你住在这里多久了，博比？”

“从我有记忆的时候就住在这里了。自从我爸爸过世以后，那时候我才三岁。”

“你认识街上每一个人吗？附近每一个人？”

“是啊，差不多。”

“所以，你看到陌生人、外地来的人、陌生的脸孔，都认得出来。”

博比微笑着点点头：“嗯，应该认得出来。”

他等着看看泰德接下来会说什么，这件事很有趣，不过显然到此打住了。泰德小心翼翼地缓缓起立，当他把手放到背后伸展一下身子时，博比可以听到骨头嘎嘎作响。

“走吧，”他说，“愈来愈凉了，我和你一起进去。你开门，还是我来开门？”

博比笑着说：“你不觉得你应该开始用用你的钥匙了吗？”

泰德——现在愈来愈容易把他看做泰德了——从口袋里掏出一个钥匙圈，上面只有两把钥匙，一把用来开大门，另一把则是他房间的钥匙。两把钥匙都很新，而且闪闪发亮。博比的两把钥匙则颜色黯淡，上面有很多刮痕。泰德有多大年纪呢？他又好奇起来，至少六十岁吧，六十岁的老人口袋里却只有两把钥匙，真是奇怪啊！

泰德打开前门，他们走进阴暗的走廊，门旁边放了个伞架，还挂着一幅刘易斯和克拉克远眺美国西部荒野的旧画像。博比走到家门口，泰德则往楼梯走去。然后他停下脚步，手扶着栏杆说：“西马克写的故事很棒，虽然不算是伟大的作品，但还不错，我不是故意要这么说，不过相信我的话，还有更好的作品。”

博比等着他继续说下去。

“很多书虽然也写得很棒，但是故事却不够好。博比，有时候要为了好故事而读一本书，不要像那些挑剔的势利读者那样。有时候则要为了文字——为了作者的语言，而读一本书，不要像那些保守的读者那样。但是当你找到一本故事棒、文字也很精彩的书时，千万要好好珍惜那本书。”

“你觉得这样的书有很多吗？”博比问。

“比那些势利鬼和保守派认为的多。多很多。或许我会送一本这样的书给你，作为迟来的生日礼物。”

“你不需要送我生日礼物。”

“不需要，但或许我会这么做。生日一定要快乐唷！”

“谢谢，今年的生日的确很棒！”然后博比就走进自己的公寓，把炖肉热一热（炖肉开始滚热之后，要记得把瓦斯关掉，还要记得把用过的锅子泡在洗碗槽里）。他独自一人吃完晚餐，然后在电视的陪伴下阅读《太阳之环》。他对切特·亨特利和大卫·布林克利滔滔不绝播报晚间新闻的声音几乎充耳不闻，泰德说得很对，这本书太棒了。文字也还可以，虽然他这方面的经验还不太够。

我也想写一篇像这样的故事，当他终于把书合上、倒在沙发上看西部影集《初生之犊》时，心里想着：不知道有朝一日，我能不能也写出像这样的故事。

也许可以，毕竟总得有人写故事，就好像水管冻坏、街灯烧坏的时候，总得有人来修理一样。

大约一个钟头以后，当博比又拿起《太阳之环》再看一遍时，妈妈回来了。她嘴角的口红颜色有点掉了，上衣也有点滑落，博比想要告诉她，但是他想到妈妈很不喜欢听到别人婉转提醒她这样的事。而且，又有什么关系呢？她已经下班了，还有就像她偶尔说的，除了我们两个胆小鬼以外，这里又没有别人。

她打开冰箱检查，确定剩菜都已经吃光了；再检查炉子，确定瓦斯也已经关好；又检查洗碗槽，确定锅子和冷藏盒全泡在肥皂水里。然后，她亲了亲博比的额头，只是蜻蜓点水般碰一下，便走进自己房间里换掉上班穿的洋装和丝袜。她显得冷冷的、心事重重，也没有问博比生日过得快不快乐。

后来，博比把卡萝尔的卡片拿给妈妈看。妈妈瞥了一眼，没有认真看就说“很可爱”，随即把卡片还给他。然后，她叫博比洗脸刷牙，上床睡觉。博比照做了，没有和妈妈提到先前和泰德之间有趣的谈话。照妈妈现在的心情看来，说这件事很容易惹她生气，最好还是随她思绪飘到远方，高兴多久就多久，等到她觉得够了，再慢慢把心思放回他身上。不过当博比刷完牙、爬上床的时候，他可以感觉到一股忧伤又涌上心头。有时候他非常渴望妈妈陪他，但是妈妈并不晓得。

博比伸手把门关上，把电视播放老电影的声音关在门外，然后把灯关掉。他正要蒙眬入睡时，妈妈走进来坐在床边，说她很抱歉今晚这么冷淡，但是今天办公室里发生了很多事情，她觉得很累。她说，有时候办公室就像疯人院一样。她用一根手指轻轻抚摸博比的额头，然后在上面亲了一下。博比颤抖了一下，坐起来把妈妈抱住。起先莉莎还僵着身子，后来就放松下来也回抱他一下。博比心想，也许现在告诉她关于泰德的事情没有关系，反正只要稍微提一下就好。

“今天我从图书馆回来的时候，和布罗廷根先生聊了一下。”他说。

“谁?”

“三楼的新房客，他要我叫他泰德。”

“不可以——你根本不认识他。”

“他说送孩子一张成人借书证是很棒的生日礼物。”泰德没有这么说，不过博比和妈妈在一起太久了，很清楚什么话可以讨她欢心、什么话不可以。

莉莎稍微放松了一点。“他有没有说他是从哪里来的?”

“我记得他说，那个地方没有这里好。”

“这句话说了等于没说，不是吗?”博比继续抱着妈妈。他可以再抱一个小时，闻着她身上洗发精和香水的味道，还有呼吸中喷出的雪茄味，但是妈妈把他放开，让他躺回床上。“我猜他会变成你的朋友——我应该要多了解他一点。”

“呃——”

“也许他没有把购物袋乱丢在草坪上的时候，我会比较喜欢他。”对莉莎而言，这已经是一大让步了，博比很满意，今天结果还是过得很不错。“晚安，小寿星。”

“晚安,妈。”

莉莎走出去，顺手把门带上。后来——隔了很久以后——博比觉得好像听到妈妈在房间哭泣，但也许他只是在做梦而已。

2. 对于泰德的疑虑·书就好像帮浦一样·甭做梦了
萨利中奖了·博比找到工作·下等人的踪迹

接下来几个星期，随着夏天即将到来，天气愈来愈暖和。莉莎下班回家的时候，常看到泰德坐在门廊上吞云吐雾，有时候独自一人，有时候和博比一起谈书。卡萝尔和萨利偶尔也在场，三个孩子在草地上传球，而泰德则一边抽烟，一边看他们玩球。有时候会有其他孩子经过——丹尼·里弗斯带着一架贴满胶带的木制滑翔机，愚蠢的弗朗西斯·厄特森用过长的腿蹬着踏板车前进，安杰拉·埃弗里和伊冯娜跑来问卡萝尔想不想一起去伊冯娜家玩洋娃娃或扮护士——但大半时候都只有博比的好朋友萨利和卡萝尔陪他玩。所有孩子都直呼布罗廷根先生为泰德，但是当博比解释为什么妈妈在家的时候，大家最好还是称呼他布罗廷根先生时，泰德立刻表示同意。

至于博比的妈妈，她似乎就是没办法吐出“布罗廷根”这几个字，她老是叫他“巴乐廷根”。不过她可能是故意的，妈妈对布罗廷根的看法倒是让博比稍稍松了一口气，他原本担心妈妈对泰德的成见会和对埃弗斯老师的成见一样深。妈妈第一眼看到埃弗斯老师就不喜欢她，没来由地起了强烈的反感，整个学年都没有说过她一句好话——埃弗斯老师的穿着很邋遢，埃弗斯老师染头发了，埃弗斯老师脸上的妆太浓了，如果埃弗斯老师胆敢碰他一根手指，最好赶快告诉妈妈，因为埃弗斯老师看起来就像喜欢对孩子又捏又戳的那种女人。有一次家长会中，埃弗斯老师告诉莉莎，博比每一科都念得很好，后来又举行了四次家长会，妈妈都找借口不出席。

莉莎很容易对别人产生不易磨灭的成见，如果她认定你是“坏人”，那么这句评语可能会深印在她脑海中，很难改变。如果埃弗斯老师从一辆燃烧的巴士中救出六个小孩，莉莎可能会嗤之以鼻，说那只不过是因为他们可能欠了那凸眼老牛两星期的牛奶钱。

泰德努力表示亲善而不流于谄媚（其他人有时候会拍莉莎的马屁，博比知道，有时候他自己也猛拍马屁），而且还奏效了……但只是某种程度有效。有一次，泰德和博比的妈妈聊了几乎有十分钟之久，聊的是道奇队连再见都不说一声就搬到美国的另一端，真是太糟糕了，但是尽管他们都是道奇队的球迷，两人之间仍然激不起一丝火花，绝对不会变成好朋友。妈妈不喜欢布罗廷根，就如同她不喜欢埃弗斯老师一样，不过还是有些什么地方不对劲。博比猜想他知道是怎么回事，泰德搬来的那天早上，莉莎的眼神泄漏了她内心的想法。她不信任这个新房客。

原来，卡萝尔也不信任泰德。“有时候，我怀疑他是不是在逃跑。”有一天早上，卡萝尔和博比及萨利一起爬着坡往艾许大道走去时说。

他们之前玩了一小时传球，有一搭没一搭地和泰德聊天，现在三个人一起往冰激凌店走去。萨利有三毛钱，他要请客。他也带了他的波露弹力球，现在正从裤袋里掏出弹力球，很快就把球弹上弹下或往四面八方弹来弹去，啪—啪—啪。

“逃跑？你在开玩笑吗？”博比觉得很惊讶。不过卡萝尔对人的观察很敏锐，连博比的妈妈都注意到了。有一天晚上，莉莎对博比说，那个女孩虽然长得不漂亮，却把什么都看在眼里。

“把手举起来，麦加里格尔！”萨利叫喊着。他把波露弹力球往手臂下一塞，整个人蹲下来发射手上的隐形枪，右嘴角往下一拉，从喉咙深处发出“呃—呃—呃”的声音。“要人没有，要命一条！没有人能从我手里逃走！啊，我中弹了！”萨利手抓前胸转了一圈，然后倒在康兰太太的草坪上。

那位坏脾气、七十五岁上下、女巫般的老太太大声嚷着：“小鬼！你——小鬼！滚开，你会压坏我的花的！”

萨利跌倒的地方周围三米内根本没有任何花圃，不过他立刻跳开，“对不起，康兰太太。”

康兰太太摆摆手，没有搭腔，盯着三个孩子走开。

“关于泰德的事，你不是说真的吧？”博比问卡萝尔。

“不是，”她说，“我猜不是，但……你有没有见过他望着街上的样子？”

“有啊，看起来好像在找什么人，对不对？”

“或是在查看什么。”卡萝尔回答。

萨利又开始玩弹力球，红色的球忽而往前、忽而往后。当他们经过艾许帝国戏院时，萨利停下来没玩。电影院正在放映两部碧姬·芭杜主演的片子，上面写着：仅限成人观赏，请出示驾照或出生证明，否则一概不准入内。一部是新片子，另外一部则是随时可以垫档的老片《上帝创造女人》，这部老片一再回放，就好像久治不愈、不时复发的咳嗽一样。电影海报上，碧姬·芭杜的身上什么也没穿，只围了一条毛巾，脸上挂着微笑。

“我妈妈说她是贱货。”卡萝尔说。

“如果她是贱货，那么我很乐意当收货员。”萨利说，然后好像丑角那样挑一挑眉毛。

“你认为她是贱货吗？”博比问卡萝尔。

“我根本不太知道那是什么意思。”

他们从戏院门口售票亭的遮檐下走过（顾德洛太太——附近的小孩都叫她哥斯拉太太——用怀疑的目光透过玻璃窗盯着他们），卡萝尔回过头看看披着毛巾的碧姬·芭杜，脸上的表情很复杂。是好奇吗？博比不确定。“她很漂亮，对不对？”

“是啊，我想是。”

“让别人看到你身上什么也没穿，只围一条毛巾，要很勇敢才成。至少我是这么认为的。”

萨利走过戏院以后，就把碧姬·芭杜抛到脑后了，他问：“博比，泰德是打哪儿来的？”

“我不知道，他从来不谈这件事。”

萨利点点头，仿佛他早料到博比会这么回答，然后又猛力抛着弹力球，忽上忽下，前后左右，啪—啪—啪。

五月的时候，博比的思绪开始转移到放暑假这件事上。世界上最棒的事情莫过于萨利口中的“放大假”了。他可以花很多时间和朋友在步洛街和公园另一端的斯特林会馆晃来晃去——暑假里，他们可以在斯特林会馆做很多事情，包括打棒球，还有每个星期去西黑文的巴塔哥尼亚海滩——他也可以有很多自己的时间，当然，还可以把很多时间花在阅读上。不过他其实想要拿一部分时间来打工。他有一个罐子，上面注明“脚踏车基金”，现在罐子里存了七块钱……但这不算什么伟大的开始。照这样的速度，恐怕等到尼克松当了两年总统，他还没有办法骑脚踏车上学。

在暑假即将来临的这段日子，泰德给了博比一本平装书。“还记得我说过有的书既有好故事、写作技巧也很棒吗？”他问，“这本书就是其中之一，这是新朋友送你的迟来的生日礼物，至少我希望我们是朋友。”

“你是我的朋友啊，谢了！”虽然博比的声音听起来很热情，但他收下这本书时，其实有一点怀疑。他平常看到的平装书封面都色彩艳丽而设计粗糙，文案则充满性诱惑的意味，这本书却很不一样。封面近乎全白，只有角落的地方不起眼地画了一群男孩围成一圈站着。书名是《蝇王》。书名上方没有任何煽情的文案，甚至连“这个故事将让你永生难忘”这么保守的文字都没有。整本书看起来冷冷的，很不讨喜，暗示书皮下的故事可能艰涩难懂。博比并不特别讨厌艰涩的书，只要这些书是学校指定阅读的书就无妨。但是他的看法是，看闲书的时候就应该挑些轻松的书来看——作者应该用尽心思让读者目不转睛地读下去，否则还有什么乐趣可言呢？

博比开始翻书，泰德轻轻按住他的手，阻止他这样做。“别这么做，”他说，“就当是帮我一个忙，好吗？”

博比困惑地看着他。

“我希望你能抱着探险的心情来读这本书，不要带着地图，只要尽情探索书中的世界，然后画出你自己的地图。”

“但是，万一我不喜欢这本书呢？”

泰德耸耸肩。“那就不要把它看完。书就像帮浦一样，除非你先付出，否则它也不会给你任何东西。帮浦的价值在于打水，而你得用自己的力气来压帮浦的把手。你会这么做，是因为你期待最后得到的会比原先付出的多……明白吗？”

博比点点头。

“如果打水打了半天却一滴水也没出来，你还会继续打多久？”

“我猜，不会太久。”

“这本书有两百页厚，你可以先读前面十分之一，也就是二十页左右吧，我知道你的算术没有阅读好——如果你不喜欢这本书，如果到那时候，你的收获还是没有大于付出，那么就把书放下别读了吧！”

“我真希望学校老师也让我们这么做。”博比说。他想到老师规定他们背一首爱默生的诗，诗的开头是："滚滚河水拱桥畔……"萨利老爱叫爱默生为爱默馊。

"学校就不同了。"他们坐在泰德的厨房里，望着外面庭院中怒放的花朵。旁边的科隆尼街上，欧哈拉太太养的狗儿鲍泽正对着春天的和风汪汪叫个不停。泰德一边抽着切斯特菲尔德牌香烟一边说："说到学校，不要把这本书带去学校，老师可能不希望你看到书里面的一些东西，说不定他们会议论纷纷。"

"什么？"

"这本书可能会引起骚动。如果你在学校惹上麻烦，在家里也会惹上麻烦——关于这点，我想不需要我多说，你应该很明白。你妈妈……"他没有夹着香烟的那只手摆了摆，博比立刻明白他的意思：你妈妈不信任我。

博比想到卡萝尔说泰德可能在逃跑，也想到妈妈说卡萝尔把什么都看在眼里。

"书里面到底有什么东西会让我惹上麻烦？"他看看《蝇王》，被勾起了兴趣。

"没什么大不了的。"泰德淡淡地说。他把香烟丢到烟灰缸里摁熄，然后走到小冰箱前拿出两瓶汽水。冰箱里没有酒，只有汽水和冰激凌。"我想最糟的不过是几个男孩谈到把矛刺进野猪屁股。不过有些大人从来都只看到树木，总是看不到森林。博比，先读前面二十页，我保证你一定不需要翻来覆去、一看再看才看得懂。"

泰德把汽水放在桌上，用钥匙撬开瓶盖。然后他举起瓶子，和博比互碰了一下汽水瓶。"祝福你在岛上的新朋友！"

"什么岛？"

泰德微笑，从烟盒中弹出最后一支香烟。"你很快就会知道的。"他说。

博比果真知道了，他还没读到二十页，就已经发现《蝇王》的确很棒，可能是他这辈子读过的最棒的一本书。他才读十页就着迷了，读到二十页的时候，已经完全迷失在书中的世界。他和拉尔夫、杰克、小猪以及小顽皮一起住在荒岛上；野兽出现时，他惊恐不已，结果发现原来野兽是被降落伞缠住的飞行员腐烂的尸体；他先是惊惶失措，后来害怕地看着一群原本毫无害人之心的学童渐渐沉沦，变成野蛮人，最后还到处猎捕唯一尚未泯灭人性的同伴。

他终于在学期结束前的那个星期六把书看完了。那天直到中午，博比还待在自己房里——没有玩伴过来找他，也没有到客厅看星期六上午的卡通影片，甚至连早上十点到十一点播的《快乐的旋律》都没有看——妈妈探头进来看看他在干什么，然后叫他下床，别一直埋头看小说，到公园去玩玩。

“萨利呢？”妈妈问。

“他在达豪广场，今天学校乐队在那里表演。”博比困惑地看着站在门口的妈妈和周遭的摆设，书中所描绘的世界太栩栩如生了，以至于真实世界反而显得虚假而单调。

“你的小女朋友呢？带她一起去公园逛逛吧！”

“妈，卡萝尔不是我的女朋友。”

“不管她是什么都成，博比，看在老天的分上，我又不是建议你们两个人私奔。”

“卡萝尔和几个女生昨天晚上在安杰拉家过夜，卡萝尔说她们会通宵聊天。我打赌她们到现在还在睡，或是把午餐当早餐吃。”

“那么就自己去公园走走吧。你让我觉得很紧张，星期六早上居然没在看电视，我一直在想，你是不是死了。”莉莎走进房里，从博比手中把书抽走。博比静静看着妈妈一页页翻着书，随便这里读读、那里看看。万一她刚巧看到那些男孩谈到把矛刺进野猪屁股的那一段怎么办（只不过他们是英国人，所以他们提到屁股的时候，不说“ass”，而说“arse”，博比觉得那个字听起来更脏）？她会怎么说呢？博比不晓得。他一辈子都和妈妈住在一起，大多数时候，家里都只有他们两个人，但是他还是无法预料在某些情况下，妈妈会有什么反应。

“这就是巴乐廷根给你的那本书吗？”

“是啊。”

“当做生日礼物？”

“是啊。”

“这本书在讲什么？”

“一群男孩流落到荒岛上，他们的船沉了。我想故事应该发生在第三次世界大战以后吧，作者从来都没有明说。”

“所以这是一本科幻小说啰。”

“是啊。”博比说。他感到有点头晕。《蝇王》和《太阳之环》简直南辕北辙，但是妈妈痛恨科幻小说，所以唯有这么说才能阻止妈妈继续翻阅这本小说。

莉莎把书还给他，走到窗边。“博比？”她没有回头看他，至少起先没有。她身上套着旧衬衫和便裤，中午明亮的阳光穿透她的衬衫，博比可以看见她身体两侧的曲线，也第一次注意到她这么瘦，仿佛根本忘记了吃东西这回事似的。“妈，什么事？”

“巴乐廷根先生有没有送你其他礼物？”

“是布罗廷根，妈。”

她对着窗户中的影子皱了皱眉头……或更有可能的是，她其实在对着窗户中的博比影子皱眉。“不要纠正我，博比，有没有啊？”

博比想了一下。他给过几罐沙士[①]，有时候给他一份鲔鱼三明治或从萨利妈妈工作的面包店买来的小圆饼，但是没有礼物。只有这本书，这是他收过最棒的礼物。“没有，他干吗送我礼物呢？”

“我不知道。但我也搞不懂刚认识你的人为什么会送你生日礼物。”她叹了一口气，双手交叉在胸前，眼睛继续望着窗外。“他告诉我，他以前在哈特福德的公家机关上班，不过现在已经退休了，他也是这样对你说的吗？”

“大致差不多。”事实上，泰德从来不曾告诉博比任何关于工作的事情，而博比也从来不曾想过要问他。

“他做的是什么工作？在哪个部门？卫生和福利局？交通局？还是审计处？”

---

① 一种碳酸饮料。

博比摇摇头。什么是审计处啊?

“我敢说他一定在教育局上班,”莉莎沉吟着,“他说话的样子很像当过老师的人,对不对?”

“是啊,有一点像。”

“他有什么嗜好吗?”

“我不知道。”当然,他喜欢看书。泰德搬来时那三个惹得莉莎不高兴的购物袋,其中两个袋子里装满了平装书,而且那些书看起来多半艰涩难懂。

博比对于新房客的嗜好一无所知,似乎让莉莎安心了一点。她耸耸肩,当她再度开口时,仿佛是在自言自语,而不是对博比说话。“哎,只不过是一本书,一本平装书罢了。”

“他说也许会给我一份工作,但是到目前为止都还没叫我做什么。”

莉莎飞快转过身来。“不管他给你什么工作、要你替他做什么事,你都要先和我商量,听懂了吗?”

“听懂了。”莉莎激烈的反应把博比吓了一跳,他感到有一点不安。

“你一定要答应妈妈。”

“我答应你。”

“你要说到做到,博比。”

博比很尽责地在胸前画了十字,然后说:“我以上帝之名答应妈妈。”

通常事情会到此为止,但这一回妈妈似乎还不满意。

“他有没有……他有没有……”她顿了一下,不寻常地露出慌乱的神情。当布拉姆韦尔老师叫学生上台圈出黑板上写的句子哪些是名词、哪些是动词时,答不出来的小学生有时也会流露出那样的神情。

“他有没有怎么样,妈?”

“算了!”她别扭地说,“别待在房间里,博比,到公园或斯特林会馆去,我很厌烦老是在屋里看到你。”

那你干吗进来?博比心里想(但是当然他没有说出口)。我又没有碍着你，妈，我又没有吵到你。

博比把《蝇王》塞到裤袋里，往门口走去。走到门口时，他转过身来，妈妈还站在窗户旁边，不过现在眼睛盯着他看。在这种时候，他从来不曾惊喜地察觉到她脸上流露出母爱，充其量只是若有所思的表情，有时候（但并非总是这样）则带着点慈祥的表情。

“妈?”他想向妈妈讨五毛钱买汽水和两只热狗。他好爱吃科隆尼餐厅的热狗，夹在烤得热热的面包里，还附了薯片和几片酸黄瓜。

她又撇了撇嘴，博比立刻知道今天不是吃热狗的好日子。“别问我，博比，想都甭想。”想都甭想——这是她老爱挂在嘴边的一句话。“我这个星期得付一大堆账单，所以眼睛不要老是只看到钱。”

她才没有一大堆账单要付呢，这个星期没有。博比上星期三就已经看到电费账单了，也看到妈妈把付房租的支票装在写着蒙泰莱奥内太太的信封里。她不能声称博比很快就需要买新衣服，因为现在是学期末，而不是刚开学的时候。最近他只讨过一次钱，向妈妈要了五块钱去付斯特林会馆的季费，而她连这点钱都给得很吝啬，尽管她知道五块钱包含了游泳费、棒球费，再加上保险费。如果莉莎不是他妈妈的话，博比会认为她是小气鬼。但是他无法和妈妈讨论这类事情，他知道只要提到钱的事情，几乎总是会演变成一场争论，如果你反驳她任何有关用钱的观点，即使是微不足道的小事情，都很可能惹得她大发雷霆。这时候，她就变得很可怕。

博比微笑着说：“没关系，妈。”

莉莎也报以微笑，然后对着那个标示着“脚踏车基金”的罐子点点头。“你为什么不从罐子里借点钱出来用？请自己一次客。我绝不会告诉任何人，你以后随时可以把钱还回去。”

博比很勉强地保持着脸上的笑容。她怎么能就这么脱口而出，也不想想如果博比建议她先挪用一些付电费或付电话账单的钱或她存下来准备买“上班穿的衣服”的钱，让博比可以买热狗或点心吃时，她会多么生气。如果他也轻轻松松地表示绝不会告诉任何人，而且她随时可以把钱还回去，她会怎么样呢？是啊，她一定会立刻赏他一巴掌。

走到联合公园时，博比的气消了，“小气鬼”这几个字也早被他抛到九霄云外。天气这么好，还有一本很棒的书等着他看完，又怎么可能为这样一件小事一直生闷气呢？他找到一张隐秘的椅子，坐下来重新把《蝇王》打开。他今天一定要把这本书看完，要晓得后来发生了什么事。

他花了一小时看完最后四十页，完全不理会周遭发生了什么事。当他终于把书合上，才看到膝盖上洒满小白花，头发上也洒满小白花——他一直坐在那儿专心看小说，浑然不知早已漫天飞舞着盛开的苹果花。

他一面拍掉头上和膝盖上的花瓣，一面望着游乐场。许多孩子在那里玩跷跷板、荡秋千、绕着柱子打绳球，他们开怀地笑着，互相追逐，在草地上滚来滚去。这样的孩子有可能赤裸着身体祭拜腐烂的猪头吗？他不禁认为，这样的情节显然是不喜欢孩子的大人（博比知道很多大人都讨厌小孩）编造出来的，接着博比朝沙坑望去，看到一个小男孩坐在那里哭得好可怜，另外一个大一点的男孩则坐在他身边，狠着心玩着刚从同伴手里抢来的玩具卡车。

还有，小说的结局——算是快乐的结局吗？博比真的说不上来，一个月以前，这样的事情对他而言简直不可思议。他这辈子还不曾读完一本书之后，却说不上来结局究竟是好是坏、是快乐还是悲伤。不过泰德一定知道，所以他要去问泰德。

十五分钟后，当萨利蹦蹦跳跳地走进公园看到博比时，博比还坐在那张椅子上。“嘿，你这个小王八蛋！”萨利大叫，“我刚刚去你家，你妈妈说你在公园或斯特林会馆。终于把那本书看完啦？”

“是啊！”

“好看吗？”

“好看。”

萨利摇摇头：“我从来没有看过一本我真正喜欢的书，不过我会记住你的话。”

“演奏会成功吗？”

萨利耸耸肩：“我们拼命吹，直到观众全部走光为止。所以我猜，对我们来说，应该很棒吧。你猜谁中了大奖，可以参加一个星期的温维那营？”温维那营是青年会在斯托尔斯北方树林的乔治湖畔举办的宿营活动，男女生都可以参加。每年哈维切活动委员会都以抽签的方式送一名学生去参加。

博比心中涌起一阵妒意：“别告诉我。”

萨利咧嘴大笑：“没错！帽子里有七十支签，至少有七十支签，但是科林先生抽中的那个王八蛋正是住在步洛街九十三号的萨利，我妈妈听到这个消息，简直乐得快尿出来了。”

“你什么时候出发？”

“放大假后两个星期。我妈会想办法也在这时候休假，趁机去威斯康星看大秀。她会搭大灰狗去。”萨利口中的“放大假”就是指暑假，“大秀”是星期日晚上的苏利文剧场，而“大灰狗”当然就是指灰狗巴士了，本地客运站就设在帝国戏院和科隆尼餐厅前面的那条街上。

“你难道不想和你妈一起去威斯康星？”博比感觉到自己心中升起一股邪恶的意念，想要稍稍破坏好友的幸运所带来的喜悦。

“有一点想，但是我宁可去参加夏令营和射箭。”他伸出手臂环住博比的肩膀。“如果你能和我一起去就好了，你这书呆子。”

萨利的话让博比觉得自己很卑鄙。他低头看了看《蝇王》，知道自己很快就会把这本书再看一遍。也许八月就开始读，如果到时觉得无聊的话（通常暑假放到八月，他就会开始觉得无聊，尽管五月时简直难以相信会如此）。然后他抬头看看萨利，对他微笑，也把手臂环住萨利的肩膀。“你真是只幸运的鸭子。”他说。

“你可以叫我唐老鸭。”萨利呼应。

他们就这样坐了一会儿，在不时洒落的苹果花雨中互拥着肩膀，看着在游乐场中玩耍的孩子们。然后，萨利说他要去帝国戏院看星期六下午场的电影，如果不想错过预告片的话，他最好现在就动身。

“要不要和我一起去？现在在演《黑蝎子》，商店里到处都是怪物。”

“不行，我破产了。”博比说。这是事实（如果不算脚踏车基金罐里的七块钱的话），而且他今天也不想看电影，虽然学校里有个孩子说过《黑蝎子》真的很好看，那些蝎子杀人的时候，会把螯针直接刺进人体中，数不清的蝎子将墨西哥市夷为平地。

博比现在只想回家去和泰德讨论《蝇王》这本书。

“破产？”萨利难过地说，“真惨。我很愿意帮你买票，但是我手上也只有三毛五分钱。”

“甭麻烦了。嘿——你的波露弹力球呢？”

萨利脸上露出伤心的神情：“橡皮筋断了，我猜，它跑到波露天堂去了。”

博比哑然失笑。波露天堂，这个想法还真滑稽。“你要买新的吗？”

“不一定。我在伍尔沃斯商场看到一套变魔术的工具，我很想买。盒子上说，里面有六十种不同的戏法。博比，你知道吗？我觉得长大后当个魔术师也不错，可以和马戏团或巡回游乐场到各地表演，穿黑西装、戴高帽，从帽子里变出兔子和大便。”

“兔子可能会在你的帽子里拉大便喔。”博比说。

萨利咧嘴笑了。“但是这样多酷啊！”他站起来，“你真的不要一起去吗？说不定可以趁哥斯拉不注意，偷偷溜进去。”

帝国戏院的星期六午场电影通常都包括一部怪兽片，加上八九部卡通短片、预告片和新闻片，每逢周末午场播放的时候，都会有几百个孩子跑来看。顾德洛太太单单忙着要孩子们闭上嘴巴、乖乖排队就快疯了，她不明白的是，再乖的孩子到了星期六下午，都没办法像平常在学校那样守规矩；再加上她深信有几十个孩子明明已经超过十二岁，却还想用儿童票蒙混过关，如果可以的话，她会要求这些孩子出示身份证，就好像播放碧姬·芭杜的限制级电影时一样，但因为于法无据，她只好对着每个身高超过五英尺半（约一米六八）的孩子大吼：“你是哪年生的？”由于她这么忙，有时很容易就可以偷溜进去，而且星期六下午戏院里没有撕票员。但是博比今天下午对大蝎子毫无兴趣，他整个星期都和更真实的怪物一起度过，而且其中很多怪物的外表看起来和他没什么两样。

“不了，我想我就这样到处晃晃就好。”博比说。

“好吧。”萨利拍掉黑发上的苹果花，然后郑重其事地看着博比，“叫我酷哥，老巴。”

“萨利，你真是个酷哥。”

“耶！”萨利跳得很高，对空挥拳，笑着说：“是啊，我是酷哥！今天是酷哥！明天是伟大的酷魔术师！耶！”

博比忍不住瘫在椅子上，张开双腿，放声大笑。萨利兴奋起来的时候，实在滑稽。

萨利准备离开，但又转过身来。“喂，你知道吗？我来公园的路上，看到几个奇怪的家伙。”

“怎么奇怪了？”

萨利摇摇头，显得很困惑。“不知道，”他说，“我也说不上来。”然后一边唱着他最喜欢的歌《舞会中》，一边走开。博比也很喜欢这首歌，“丹尼和孩子们”乐团实在太棒了。

博比打开泰德给他的平装书（看起来这本书已经翻阅过很多次了），然后又把最后几页再读一遍，也就是大人终于出现的那几段。他开始沉思——结局究竟算快乐还是悲伤？——逐渐将萨利抛到脑后。很久之后他才明白，如果萨利当时提到他看到的怪人身上穿着黄色外套，那么后来有些事情的发展可能会大不相同。

“关于这本书，戈尔丁[①]写了一段很有趣的话，我想这段话可以回答你对于结局的疑惑……想再喝一点汽水吗？”

博比摇头婉谢。他没有那么爱喝沙士，和泰德在一起的时候，通常都是为了表示礼貌才喝的。他们又一起坐在泰德的厨房里，欧哈拉太太的狗还在狂吠（就博比记忆所及，鲍泽总是吠个不停），泰德仍

---

① 威廉·戈尔丁（1911—1993），《蝇王》的作者，一九八三年诺贝尔文学奖得主。除《蝇王》之外，其他重要作品包括《继承者》、《水手马丁》等。

抽着烟。博比从公园回来的时候，偷瞄妈妈的房间，发现她在午睡，于是赶紧跑到三楼问泰德对《蝇王》结局的看法。

泰德往冰箱走去，然后停下脚步，手放在冰箱门上，眼睛茫然看着前方。博比后来才明白，这是他第一次察觉泰德有一点不对劲；而且愈来愈不对劲。

“最初都是从眼睛后面开始感觉到他们。”他用聊天的口气说，说得很清楚，博比每个字都听见了。

“感觉到什么？”

“最初都是从眼睛后面开始感觉到他们。”他仍然茫然看着前方，一只手握住冰箱把手，博比开始害怕起来。空气中仿佛有什么东西，就好像花粉一样——会让他的鼻毛蠢动、手背发痒。

然后泰德打开冰箱，弯下腰。“你确定不来一瓶吗？”他问，“冰凉好喝喔。”

“不要……我不喝没关系。”

泰德回到餐桌旁，博比明白他要不就是决定不理会刚刚发生的事情，要不就是根本把它忘了。他也明白泰德现在没事了，对博比而言，这就够了。大人真奇怪，有时候你得对他们做的事情视若无睹。

“告诉我，关于结局，他说了什么，我指的是戈尔丁先生。”

“我记得的大致是这样的：‘军舰上的船员救了这群男孩，对这群男孩而言是很好的事情，但是又有谁会来拯救这些船员呢？’”泰德把沙士倒入杯中，等泡沫稍微消下去之后又倒了一点。“这样说对你有没有一点点帮助？”

博比在脑子里翻来覆去想了一遍，好像在解谜语一样。还真是个谜语呢！“没有帮助。”他终于说，“我还是不明白。他们不需要别人来拯救啊——我是指那些船员——因为他们不在荒岛上。而且……”他想到沙坑里那两个孩子，一个号啕大哭，另外一个却平静地玩着偷来的玩具。“船上都是成年人，成年人不需要别人来拯救他们。”

“不需要吗？”

“不需要。”

“永远都不需要？”

博比突然想到妈妈，想到她对金钱的态度。然后他想起那天晚上突然醒来，好像听到妈妈在哭泣。他没有回答。

“想一想吧。”泰德说。他深深吸了一口烟，然后把烟吐出来。“好书总是会让你看完后再想一想。”

“好吧。”

“《蝇王》和哈迪男孩的故事很不一样，对不对？”

博比的脑子里突然出现一幅清晰的图像，哈迪兄弟拿着亲手做的长矛在丛林里跑着，嘴里高唱他们要杀掉那头猪，把矛刺进猪屁股里。他不禁爆笑，泰德也和他一起笑，他知道博比已过了阅读哈迪家的男孩、汤姆·斯威夫特、瑞克·布兰特、丛林男孩邦巴等系列童书的时期，而《蝇王》结束了这段时期。博比很高兴自己有一张成人借书证。

“不一样，”他说，“当然不一样。”

“好书不会一下子就把所有秘密全说出来。你会记得这点吗？”

“会。”

“很好。现在告诉我——你想不想每个星期从我这里赚一块钱？”

话题转变得太快了，刚开始博比根本没听懂泰德在说什么，然后他咧嘴笑说：“想啊！耶！”他脑子里昏乱地计算着数字；凭博比的算术程度，已经足以算出每星期赚一块钱的话，到了九月，加起来已经有十五块钱了。加上他原本存下来的钱，以及回收瓶瓶罐罐和帮邻居除草赚到的钱……哇，说不定他在九月前就可以骑脚踏车上学了。“你想要我做什么？”

“我们必须很小心、很小心。”泰德静静沉思着，他沉思得太久了，博比开始担心他会不会又开始说些眼睛后面的感觉之类的话。但是当泰德抬起头时，他的眼神中没有那种古怪的空洞感。他的目光锐利，只是带着一点悲哀。“我绝不会要朋友——尤其是年轻朋友——对父母撒谎，博比，但是现在我必须要求你和我一起误导你妈妈。你知道那是什么意思吗？”

“当然知道。”博比想到萨利的新志向——和马戏团一起巡回演出，穿着黑西装，从帽子里变出兔子。“就好像魔术师那些骗人的把戏。”

“听你这样形容，感觉实在不太好，对不对？”

博比摇摇头。如果去掉了魔术师身上的亮片和绚丽的灯光，听起来实在不怎么样。

泰德喝了一点沙士，抹去上唇的泡沫。“你妈妈，博比，她不是真的讨厌我，这样说不太公平……但我认为她几乎可以说是不太喜欢我。你同意吗？”

“我想是吧。我告诉她你可能有工作给我做的时候，她的反应很奇怪。她说在我接下工作之前，必须先告诉她你要我做什么。”

泰德点点头。

“我想这都要怪你搬进来的时候，把一些东西放在纸袋里。我知道这话听起来很蠢，不过我只能想到这个原因。”

他以为泰德听了会大笑，但他只是再度点点头。“也许就是这个原因吧。无论如何，博比，我不希望你违背妈妈的期望。”

听起来很好，但博比不太相信泰德的话。如果真是如此的话，就不需要误导妈妈了。

“告诉你妈妈，我的眼睛现在很容易疲倦，我说的是实话。”泰德把右手举起来，用大拇指和食指按摩着眼角，仿佛想证明他的话。“告诉她，我想请你每天来读报给我听，我每个星期会付你一块钱。”

博比点点头……但是，每个星期读读报上报道的肯尼迪在初选中的竞选活动，以及帕特森会不会在六月赢得大选，就可以赚一块钱？或许还附赠《白朗黛》和《迪克·崔西》漫画？他妈妈或家园不动产公司的拜德曼先生也许会相信这番话，但博比可不信天底下有这么好的事。

泰德还在揉眼睛，手指好像蜘蛛般在他的尖鼻子上方挥舞着。

“其他还需要做什么？”博比问，声音出奇的平静，就好像当他答应要整理房间，而妈妈下班回来却发现房间没收拾好时那种冷冷的语调。“你真正想要我做的工作是什么？”

“我要你睁大眼睛，如此而已。”泰德说。

“睁大眼睛做什么？”

“注意穿黄外套的下等人。”泰德的手指还在揉眼角。博比真希望他停下来，看起来怪恐怖的，他是不是觉得有什么东西在眼睛后面，所以一直不停揉啊揉的？是不是有什么事情打乱了他的注意力，干扰了他平日有条不紊的思绪？

“虾仁？”去中国餐馆吃饭的时候，妈妈常常点这道菜。穿黄外套的虾仁？听起来没什么道理，不过他只想得到这些。

泰德笑了，从他爽朗的笑容可以听出他刚刚是多么不安。

“下等人，不是虾仁，”泰德说，“我是借用‘狄更斯’的用法，意思是看起来愚蠢……又有点危险的人。例如，这种人会在小巷里撒尿，看球赛的时候把酒放在纸袋里传来传去；这种人也会倚着电话亭，向对街路过的女人猛吹口哨，用不太干净的手帕擦拭颈背；他们认为装饰了羽毛的帽子很高级，还自以为知道所有人生问题的正确答案。我说得不太清楚，对不对？你懂我说的话吗？”

是啊，博比听懂了。就某种程度而言，这番话就好像把时间形容成秃头的老骗子一样：可以感觉到形容得非常贴切，但又说不出个所以然来。这也让他想到拜德曼先生，虽然明明可以闻到刮完胡子后干掉的润肤水留在他脸上的香味，但他看起来老像没刮胡子似的；还有你几乎可以料到拜德曼先生自己一人待在车子里的时候，八成会挖鼻孔，而且经过公共电话时，也会不假思索地检查退币口有没有人家忘记拿走的硬币。

“我懂。”他说。

“很好。我绝不会要求你去和这种人说话，或甚至靠近他们，但是我会希望你睁大眼睛，每天在附近绕一圈——到步洛街、联合街、科隆尼街、艾许大道走一走，然后回一四九号来——告诉我你看到了什么。”

博比开始在脑子里拼凑出比较完整的图像。他生日那天——那是泰德搬到一四九号的第一天，泰德曾经问他是不是认识街上的每一个人，如果他看到任何陌生人（外地来的人、陌生的脸孔）的话，认不认得出来。不到三个星期以后，卡萝尔也曾经怀疑泰德是不是在逃跑。

“他们总共有几个人？”他问。

“三个、五个，也许现在更多了。”泰德耸耸肩，“你看到他们就会认得，因为他们都穿着长长的黄外套，而且肤色黝黑……虽然暗色皮肤只是一种伪装。”

“什么……你是指像涂上油之类的吗？”

“大概吧。如果他们开车的话，从他们的车子也看得出来。”

“什么牌子？车型是什么？”博比觉得自己好像饰演《神探麦可》的麦克加文一样，他警告自己别兴奋过头了。这可不是在演电视剧，不过仍然让人很兴奋。

泰德摇摇头。“我不晓得。但是同样的，你一定会看得出来，因为他们的车子会像他们的黄外套、尖头鞋和发油一样粗俗而且招摇。”

“低俗。”博比说——几乎不太像是在问问题。

“低俗。”泰德重述一遍，并点头强调。他喝了一口沙士，转头往狗吠声传来的方向望去，那是鲍泽永不停息的狂吠声……他维持那个姿势好一会儿，仿佛弹簧坏了的玩具或燃料用尽的机器。“他们可以感觉到我，”他说，“我也可以感觉到他们。啊，这是什么世界！”

“他们到底想要什么？”

泰德回过头来，似乎非常震惊，仿佛他刚刚忘了博比还在这里……或是有一刹那忘了博比是谁。然后他微微笑着伸出手来，握住博比的手。他的手又大又暖又舒服，是男人的手，博比心中原本隐含的疑虑都一扫而空。

“我手上碰巧有一些他们想要的东西，”泰德说，“你知道这些就够了。”

“他们不是警察吧？或是政府派来的人？或——”

“你想问的是，我是不是联邦调查局的十大通缉要犯之一或是像电视剧中匪谍之类的坏蛋吗？”

“我知道你不是坏蛋。”博比说，但是两颊泛起的红晕透露他口是心非。你有可能喜欢或甚至爱上一个坏蛋；即使是希特勒都有妈妈，博比的妈妈老爱这么说。

“我不是坏人，我从来没有抢过银行或窃取军事机密。我这辈子花了太多时间读书，但又舍不得付清借书过期的罚款——如果有图书馆警察的话，恐怕我真的会是他们追捕的对象——但我不是你在电视上看到的那种坏蛋。”

“不过，穿黄外套的那些人是坏蛋。”

泰德点点头。“他们简直坏透了，而且就像我以前告诉你的，他们很危险。”

“你看过他们吗？”

“看过很多次，但不是在这里，而且有九成九的机会，你也不会在这里看到他们。我只要求你随时注意他们的踪迹。你办得到吗？”

“可以。”

“博比？有什么问题吗？”

“没有。”不过博比有那么一会儿隐约想到什么——刹那间似乎有什么联想。

“你确定吗？”

“嗯。”

“好吧。现在有个问题：你能不能问心无愧地把这件事略过不提，不告诉你妈妈？”

“可以。”博比立刻回答，虽然他明白这样做表示他的人生将有重大改变……而且会有风险。他对妈妈的畏惧可不止一点点而已，而妈妈会发多大脾气、会气他多久其实只是他怕妈妈的部分原因，主要还是因为他很不开心地感觉到妈妈给他的爱只有一点点，而他需要好好保护这仅有的一点点爱。但是他喜欢泰德……而且很喜欢泰德把手覆盖在他手上的感觉，暖暖的、粗粗的大手，手指碰触的感觉一直透进关节里。而且这样做不算撒谎，只是略过不提而已。

“你确定真的没问题吗？”

博比心底有个声音悄悄说道：如果你想学会怎么撒谎的话，我想把事情略过不提是很好的开始。博比不理会这个声音。“是啊，”博比说，“真的可以。泰德……这些家伙只是对你来说很危险，还是对任何人都很危险？”他想到妈妈，不过也想到自己。

“对我来说，他们可能非常危险。对其他人——对大多数人——

也许不那么危险。你想知道一件好玩的事吗？”

“当然。”

“大多数人如果不是和他们靠得很近、很近的话，甚至根本看不见他们，就好像他们有一种力量，会蒙蔽别人的心智一样，就好像以前的广播节目‘影子’一样。”

“你是说他们有……呃……”他想他还没办法说出口的几个字是“超能力”。

“不、不，完全不是这样。”他还没说出口，泰德就忙不迭地摆摆手，没让他问下去。那天晚上，博比躺在床上，花了比平常还长的时间才睡着，他心想，泰德似乎害怕听到有人大声说出那几个字。“有很多人、普通人，我们常常都会视而不见：例如餐厅打烊后，拎着装了鞋子的纸袋、低头走路回家的餐厅女侍；午后在公园散步的老人家；戴着发卷、听着热门音乐的少女。但是孩子却看得到他们；孩子什么都看得见。而博比，你还是个孩子。”

“听起来这些家伙还蛮显眼的。”

“你是指他们穿的外套、鞋子，还有很吵的车子等等。但这正是为什么有些人——事实上，很多人——不理会他们，在眼睛和脑子中间竖起了路障。不管在任何情况下，我都不要你冒险。如果你真的看到这些穿黄外套的人，不要接近他们，即使他们和你讲话也不要搭腔。我不认为他们有什么理由要找你讲话，甚至不认为他们会注意到你——就好像大多数人不会注意到他们一样——但是关于他们，还有很多事情我不知道。现在重复一遍我刚刚说的事情，这件事很重要。”

“不要接近他们，不要和他们说话。”

“即使他们找你讲话。”泰德有点不耐烦地说。

“即使他们找我讲话，对。那我应该怎么办？”

“回来这里，告诉我他们来了以及你在哪里看到他们。走到你确定他们看不到的地方，然后就跑，跑得像风一样快，好像背后有鬼在追你似的。”

“然后你会怎么办？”博比问，但是当然他已经知道答案了。他虽然不像卡萝尔那么精明，但也不是笨蛋。“你会离开这里，对不对？”

泰德耸耸肩，避开博比的目光，把沙士喝完。“等时候到了，我自然会决定该怎么办，如果时候真的到了的话。如果我够幸运的话，过去几天我一直有个感觉——我觉得这些人——会离开。”

“以前发生过吗？”

“的确发生过。现在来聊点愉快的事情吧。”

接下来半小时，他们聊了棒球、音乐（博比惊讶地发现泰德不但知道猫王普雷斯利的音乐，而且还喜欢其中好几首歌），后来还谈到九月即将升上七年级的博比心中的期望和恐惧。在公寓三楼泰德的房间里，那些下等人就好像看不见的影子一样。

直到博比打算离开的时候，泰德才再度提起这个话题来。“你应该特别注意几样东西，”他说，“关于我的……我的老朋友的一些迹象。”

“哪些迹象？”

“你在镇上到处闲逛的时候，要特别观察墙壁上、商店橱窗或电话亭有没有张贴寻找走失宠物的海报。‘宠物走失，如有仁人君子见到灰纹黑耳、尾巴鬈曲的小猫，请电易洛魁 7-7661’或‘宠物走失，杂种小狗，有猎犬血统，叫它崔西会回应，喜欢和小孩玩，很盼望小狗回家。如有仁人君子见到，请电易洛魁 7-0984 或直接送到皮博迪街 77 号’之类的告示。”

“你在说什么呀？你是说他们会杀死别人的宠物吗？你认为……”

“我认为这些动物根本子虚乌有。”泰德说。他的声音听起来很疲倦，而且不快乐。“即使海报上贴着质量不佳的小照片，我想这些宠物多半是他们捏造出来的。我觉得这些海报不过是他们通讯的方式，虽然我完全不明白为什么这些人不干脆走进餐厅一边大吃一顿、一边好好谈谈。

“博比，你妈妈通常都去哪里买东西？”

“托托杂货店，就在拜德曼先生的不动产公司隔壁。”

“你都和她一起去吗？”

“有时候。”小时候，博比每个星期五都会去那里找妈妈，等妈妈的时候，他都在杂志架那儿翻阅《电视周刊》，他最喜欢星期五下午了，因为那是周末的开始，还有妈妈会让他推手推车，而他每次都假装在赛车，也因为他爱妈妈。但是他没有告诉泰德这些事情，这些都是陈年往事了，当时他才八岁。

“要注意看一下超市结账柜台旁边的公布栏，”泰德说，“你会看到一些小小的手写告示，说些‘二手车待售’之类的事情。你要注意看看有没有一些告示贴倒了。镇上有超市吗？”

“有一家 A&P，就在铁路平交道旁边。我妈妈都不去那里买菜，她说那里的肉商老爱对她送秋波。”

“你能不能也检查一下那里的布告栏？”

“当然可以。”

“很好，到目前为止，都非常好。现在——你知道小孩子老爱在人行道上画的跳房子图案吗？”

博比点点头。

“找找看有没有一些跳房子的图案旁边画了星星或月亮，用不同颜色的粉笔画的。再看看电话线上有没有吊着风筝尾巴，不是风筝喔，只是风筝尾巴而已。还有……”

泰德停下来，皱着眉头思索着。他从桌上的香烟盒里拿出一支烟点燃。博比心中没有丝毫恐惧，脑子理智而清楚地想着：他疯了，像疯子那么疯。

是啊，毋庸置疑。博比只希望泰德在疯疯癫癫的同时也能小心一点，因为如果妈妈听到泰德说的这些疯话，她一定会禁止博比再接近他；事实上，她可能会招来那些拿着捕虫网的人……或是请老好人拜德曼替她办这件事。

“你知道广场上的那座大钟吗，博比？”

“当然知道啰。”

“那座钟可能会开始在错误的时间敲钟，或在整点之间敲钟。还要注意报纸上有没有刊登恶意破坏教堂的小事故。我的朋友不喜欢教堂，但是他们从来不会有太激烈的举动；他们喜欢保持低姿态。还有其他迹象显示他们在附近，但是我不要一下子给你太重的负担。我个人认为海报是最明确的线索。”

“例如‘如果看到金杰，请带它回家’之类的。”

“正是如——”

“博比？”是妈妈的声音，接着是穿着球鞋的脚步声逐渐接近。“博比，你在这里吗？”

3. 妈妈的力量·博比的差事·“他有没有碰你？”·学期的最后一天

博比和泰德带着罪恶感互看一眼，就坐回餐桌两旁，仿佛他们俩刚刚不是在谈话，而是做了什么疯狂的事情。

她一定看出我们在计划什么事，博比沮丧地想着，我脸上的表情一定瞒不过她。

“不，”泰德说，“不是，而是她有一种力量，而你相信她有那种力量，那是妈妈的力量。”

博比惊讶地看着他。你能看透我的心事吗？你刚刚看穿我心里在想什么吗？

现在博比的妈妈快走到三楼了，即使泰德想回答也来不及了，但是他的脸上也完全没有露出如果有时间就会回答问题的表情。博比开始怀疑自己刚刚有没有听错。

博比的妈妈走到门口了，她先是盯着儿子，然后目光转到泰德那儿，然后又转回儿子身上。“所以，你毕竟还是跑来这里了。”她说，“我的天，博比，你没有听到我在叫你吗？”

“我还来不及回答，你就上来了,妈。”

她哼了一声，嘴唇微张，露出没啥意义的微笑——机械式、社交性的微笑。她的眼睛转来转去，来回盯着他们俩瞧，想看看有什么不对劲，有没有暗中进行她不喜欢的事情。“我没有听到你从外面进来。”

“你那时候躺在床上睡午觉。”

“今天可好啊，葛菲太太？”泰德问。

“很好。”她的眼睛仍然转来转去。博比不知道妈妈到底在查看什么，不过他知道惊惶愧疚的表情一定还停留在自己脸上。博比知道如果她看到这个表情，就已经清楚了。

“想不想来一瓶汽水？”泰德问，“我有沙士，不算什么好东西，不过冰得凉凉的。”

“好啊，”莉莎说，“谢谢。”她走进来坐在博比旁边，心不在焉地拍拍他的大腿，看着泰德打开冰箱拿出沙士。“巴乐廷根先生，现在这里还不算太热，但是我向你保证，一个月以后，你一定会需要买个电风扇。”

“多谢提醒。”泰德把沙士倒进干净的玻璃杯，然后拿着玻璃杯站在冰箱前对着光，等着上面的泡沫消下去。在博比看来，他好像电视广告里常出现的那种科学家，拼命比较甲牌子和乙牌子的差别，以及某某牌胃药如何消耗掉大量过多的胃酸，不断地说听起来很惊人却是千真万确，等等。

“不需要倒满，这样就够了。”莉莎有一点不耐烦。泰德把杯子递给她，她对泰德举一举杯，然后皱着眉头一饮而尽，仿佛喝的是威士忌，而不是沙士。然后她从杯子上方注视着泰德坐下来，把烟灰弹掉，将剩下的香烟塞进嘴角。

“你们两个的交情还真好，”她说，“坐在厨房里喝着沙士——真是惬意！你们在聊什么？”

“布罗廷根先生送我的那本书，”博比说，声音听起来冷静而自然，不像有什么秘密。“那本《蝇王》，我不知道故事的结局算快乐还是悲伤，所以我想应该来问他。”

“哦？那他怎么说？”

“两个都算。他叫我好好想一想。”

莉莎笑了，笑声中不带一丝幽默。“我也看推理小说，巴乐廷根先生，但我还是留着力气来思考现实问题。不过当然啦，我还没退休。”

“还没有，”泰德说，“显然现在正是你的黄金时期。”

她脸上露出“拍马屁也没用”的表情。博比很清楚这种表情。

“我给了博比一份小小的差事，”泰德告诉她，“他已经答应了……当然，如果你同意的话。”

泰德提到差事的时候，莉莎皱起眉头，当泰德征求她同意时，她的眉头又舒展开来。她伸出手，很快地摸了一下博比的头发，这个动作很不寻常，博比睁大了眼睛。莉莎做这些动作的时候，眼睛始终盯着泰德的脸。博比明白，她不只是现在不信任泰德而已，而是很可能永远都不信任他。“你想要他做哪一类的工作？”

“他想要我——”

“嘘。”莉莎说，始终目不转睛地盯着泰德。

“我想请他偶尔在下午读报纸给我听。”泰德说，然后解释他现在眼力大不如前了，要看清楚报纸上的小字一天比一天吃力。但是他想知道新闻事件的发展——这是非常有趣的时代，葛菲太太，你不觉得吗？——他也想知道专栏里写了些什么，例如斯图尔特·艾尔索普[①]、沃尔特·温切尔[②]的专栏。当然，温切尔喜欢谈八卦，不过是有趣的八卦，对不对，葛菲太太？

博比一边听着，心里愈来愈紧张，虽然从妈妈的表情和姿势看来——甚至从她喝沙士的样子看来——她相信泰德的话。这部分倒是没有问题，但是如果泰德又恍神怎么办？万一他又开始发呆，然后喋喋不休地说着关于穿黄外套的下等人或风筝尾巴吊在电话线上之类的话，而且一直茫然看着前方呢？

但是这样的状况并没有发生。泰德最后说他也很想知道道奇队的近况——尤其是威尔斯的表现——虽然整个球队已经搬到洛杉矶了。他说这句话时，脸上流露出即使说真话有点丢脸、但他还是决心说真话的表情。博比觉得这招蛮不错的。

“我想应该没问题。”博比的妈妈说（博比觉得她似乎心不甘情不

---

① 斯图尔特·艾尔索普（1914—1974），美国报纸专栏作家、政治分析家。

② 沃尔特·温切尔（1897—1972），美国新闻工作者及播音员。一九八二年开始撰写八卦专栏，专门揭发政商名流及演艺圈的私生活，是美国八卦专栏的始祖。

愿的），“事实上，听起来这是个好差事，我真希望自己也有这样的好差事。”

“我敢说你在工作上一定表现杰出，葛菲太太。”

莉莎脸上又露出那种“拍马屁也没用”的表情。“你得另外付钱，才能请他帮你玩拼字游戏。”她说，然后站起身来，虽然博比不明白她的话，仍然感觉得到她是笑里藏刀，就好像在棉花糖中暗藏一片碎玻璃一样，他觉得十分震惊。她似乎想嘲笑泰德愈来愈差的眼力和智力，仿佛因为泰德对她的孩子很好而想伤害他。博比原本还因为骗了妈妈而感到羞愧，害怕会被她发现，现在却觉得很高兴……几乎是不怀好意的高兴，觉得她活该。“博比对拼字游戏可是内行得很。”

泰德微笑着说：“一定的。”

“下楼去吧，博比，该让巴乐廷根先生休息了。”

“但是——”

“对，我想躺下来休息一下，博比，我觉得头有一点痛。很高兴你喜欢《蝇王》这本书，如果你喜欢的话，明天就可以开始工作，你可以读星期天的报纸给我听。我可要警告你，这可是一大考验。”

“好。”

妈妈已经走到泰德的房门外，博比跟在她后面，她又转过身来，目光越过博比的头顶看着泰德。“你们要不要干脆到门廊那儿读报？”她问，“新鲜空气对你们两个人都好，比待在拥挤的房间里好多了，而且如果我在客厅的话，也可以听得到。”

博比觉得他们之间传递了某种讯息，不完全是心灵感应……但某种程度也算是心灵感应，是大人之间那种无聊的心照不宣。

“好主意，”泰德说，“就在前廊好了。午安，博比。午安，葛菲太太。”

博比几乎脱口而出“再见，泰德”，但在最后一刻改成“再见，布罗廷根先生”。他往楼梯走去时，脸上勉强挂着一丝笑容，仿佛刚刚逃过一劫似的暗自捏了一把冷汗。

他的妈妈却还逗留在房门口。“巴乐廷根先生，你退休多久了？不介意我这么问吧？”

博比原先几乎已经断定妈妈不是故意念错泰德的姓，但是现在他改变主意了，她确实是故意的。她当然是故意的。

“三年。”他在烟灰缸里把香烟按熄，然后立刻点燃另一支香烟。

“您多大岁数了……六十八？”

“事实上，是六十六。”他的声音仍然温和而开朗，但博比觉得他其实不太喜欢被问到这些事情。“我提早两年退休，因为健康的缘故。”

不要问他身体有什么毛病，妈，博比在心里暗自呻吟，千万别问。

她没问，反而问他在哈特福德做的是哪一类工作。

“会计，我在审计处做事。”

“博比和我原本猜你的工作可能和教育有关。会计！听起来责任不小。”

泰德微笑，博比觉得那笑容有一点惨淡。“在那二十年当中，我用坏了三台计算器，如果那代表责任不小的话，葛菲太太，那么确实如此——我很负责。斯威尼张开膝盖，打字员机械式地放一张唱片到留声机上。”

“我不懂你的意思。”

“我的意思是，我花了很多年的时间在没有什么意义的工作上。”

“如果你有个孩子要养、要给他东西吃、给他房子住、抚养他长大，那么这份工作可能就变得很重要了。”她微抬下巴看着泰德，一副如果泰德想讨论这件事，她随时奉陪的样子；如果他有兴趣，两人可以好好来场辩论。

幸好泰德一点都不想为这件事争辩。“我想你说得对，葛菲太太，你的话完全正确。”

莉莎嘴角上扬，问泰德是不是真的这么想，给他一个机会反悔。当泰德不再说什么时，她露出微笑；胜利的微笑。博比很爱妈妈，但是他突然觉得厌烦，厌烦自己对于她的表情、她说的话以及心里想的事全都了如指掌。

“谢谢你的沙士，巴乐廷根先生，很好喝。”于是莉莎带着儿子下楼。走到二楼的时候，她把儿子的手松开，然后就自顾自走在前面。

博比以为母亲会在晚餐时进一步和他讨论新工作，结果没有。妈妈似乎又不知道在想什么了，眼睛茫然望着远方。他想再要一片肉时，得问她两次才会听见。那天晚上他们在客厅看电视的时候，电话铃响了，莉莎从沙发上跳起来接电话。她跳起来接电话的样子就好像电视剧《妙夫妻》里面儿子里奇的动作一样，她听一听电话，说了句什么，然后就回来坐在沙发上。

“是谁呀？”博比问。

“打错了。”莉莎说。

这个年纪的博比每天晚上就寝时，仍然满心期盼进入梦乡：他仰卧在床上，两腿大大张开，脚踝伸到床脚，两手探进枕头下的阴凉处，手肘向上抬起。在泰德跟他提到穿黄外套的下等人的那个晚上（别忘了他们的车子，他想，漆得很俗气的大车子），博比以这样的姿势躺着，并把床单推到腰部。窗框的影子将洒在小男孩瘦削胸膛上的月光分割成四个方块。

如果他当时曾经想过这件事（但他当时并没有），就会料到独自待在漆黑的房间里，只有上紧发条的大笨钟的滴答声和隔壁电视播报夜间新闻的低语声陪伴他时，泰德口中的下等人将变得愈来愈真实。他总是这样——当电视上的惊骇剧院播出《科学怪人》时，他还可以轻松地把荧幕上的怪物当笑话看，装着哭腔尖叫，尤其是如果萨利也和他一起看电视的话；但是如果在黑暗中，特别是当萨利开始打鼾以后（更糟的是，如果博比是单独一人的话），弗兰肯斯坦博士制造的怪物就变得更加……不一定是真实，而是……有可能存在。

然而泰德的下等人并没有让他觉得有这样的可能。不说别的，躺在黑暗之中让博比更加觉得，有人用寻找宠物的海报来互通讯息的想法实在太疯狂了，不过还没有疯狂到危险的地步。博比不认为泰德真的疯了；只是太自以为是了一点，尤其是他每天没有什么事情要做。泰德有一点……嗯……有一点怎么样？博比不知道该如何形容。如果当时想到“古怪”这个词，他会欣然采用。

但是，他似乎能看透我的心事，那又怎么解释呢？

喔，他搞错了，就是这么回事，他一定是听错了。但也许泰德真的看透了他的心事，也许泰德运用大人的超能力，像剥掉玻璃上印的花样般剥除他脸上的罪恶感，进而洞悉他内心的想法。天晓得，妈妈就老是办得到……至少直到今天还办得到。

但是——

没有什么但是了。泰德是好人，他对书懂得很多，但是他可不懂得读心术，就像萨利不是魔术师，以后也不会变成魔术师一样。

“完全是误会一场。”博比低声说。他把手从枕头下抽出来，在手腕处交叉双手，然后摆动一下。鸽子的身影在月光中飞越他的胸膛。

博比微笑着闭上眼睛，进入梦乡。

第二天早上，他坐在前廊大声读着星期天的《哈维切报》。泰德则坐在吊椅上一边抽烟、一边静静听着。他的左后方是葛菲家客厅的窗户，此时窗户打开，窗帘前后摆动。博比可以想象妈妈正坐在光线最好的地方，针线盒摆在旁边，一边听他读报、一边缝着裙摆。（她在一两个星期以前就对博比说，现在又流行长一点的裙子了。前一年她才刚把裙摆往上缝，现在又要把裙摆放下来，全都是因为纽约和伦敦有一群人说这是流行趋势。她自己也不晓得为什么要找这个麻烦。）博比不知道妈妈是不是真的坐在那里，窗户打开、窗帘摆动本身没有任何意义，但他仍然想象着这幅画面。他长大一点以后，觉得在儿时的想象中，妈妈总是坐在那儿——在那个别人不容易看见的角落中。

博比念给泰德听的体育新闻很有趣（威尔斯频频盗垒），特写报道就比较无趣，专栏和评论则又臭又长又难懂，还充斥着像是“财务责任”、“衰退性经济指标”之类的名词。尽管如此，博比不介意读这些文章，毕竟这是他的工作，有钱可拿，而且很多工作偶尔都会变得很无聊。有时候，如果拜德曼先生要妈妈加班到很晚，她会说：“人有时候不得不为五斗米折腰。”博比偶尔会因为自己嘴里能吐出像“衰退性经济指标”这类字眼而感到骄傲，更何况他还有另外一项工作——隐藏的工作——这都要拜泰德认为有人在追捕他的疯狂想法所赐。如果单单为了这件事而拿钱，博比会觉得怪怪的，觉得自己好像骗了泰德一样，尽管最初完全是泰德的主意。

不过不管多疯狂，这仍然是他的工作，他开始在星期天下午趁妈妈午睡时到附近走走，看看有没有穿黄外套的下等人或任何相关的线索。他看到很多有趣的景象——在科隆尼街上，有个女人正在和丈夫争吵，他们俩就好像开赛前的摔跤选手一样，鼻尖对着鼻尖杵在那儿；艾许大道上有个孩子用一块熏黑的石头拼命敲打着帽子；一群青少年一声不吭地站在联合路和步落街转角的斯派塞杂货店外面；还有一辆货车的车身漆上了“嗯，好吃”的有趣标语——但就是没有看到黄色外套，也没有看到任何电话亭上贴着寻找宠物的海报，更没有看到电话线上挂着风筝尾巴。

博比在斯派塞杂货店买了一分钱的口香糖，然后看了看布告栏，上面贴满了今年角逐兰歌小姐的佳丽照片。他看到两张卖车的广告，但都没有倒着贴。还有一张布告上面写着：急售后院游泳池，状况良好，孩子们一定会喜欢。那张布告贴歪了，但他不认为贴歪了也能算数。

在艾许大道上，他看到一辆巨大的别克汽车停在消防栓旁边，但车身是深绿色，而且他也不认为那辆车称得上俗气而显眼，虽然车子的气门设在引擎盖两旁，散热器的护栅板则好像黄色鲶鱼鄙夷的嘴形。

星期一，博比继续在上下学途中寻找下等人的踪迹。他什么也没看到……但是卡萝尔注意到他的举动，当时他和卡萝尔及萨利走在一起。妈妈说得对，卡萝尔的眼光真是锐利。

“有匪谍在跟踪你吗？”她问。

“嗯？”

“你一直到处张望，甚至往后看？”

在那一刹那，博比一度考虑要不要把泰德雇他做的事情告诉他们，但是他立刻觉得这不是好主意。如果他真相信有东西要找的话，这倒不失为好主意——三个臭皮匠总是胜过一个诸葛亮，何况其中还包括卡萝尔那双锐利的眼睛——但是他什么也没说。卡萝尔和萨利知道他每天都读报给泰德听，那倒是没什么关系，但他们知道这些就够了。如果他告诉他们关于下等人的事情，感觉就好像他拿这件事来开玩笑一样，这样的行为岂不是形同背叛。

“匪谍?”萨利问，他转着圈圈，“耶，我看到他们了，我看到他们了!”他张开嘴巴，发出“呃—呃—呃”的声音（他最喜欢这样子了），然后摇摇晃晃地丢掉手中的隐形冲锋枪，两手抓住胸膛。“我中枪了！我受伤了！你们走吧，不要管我！告诉萝丝我爱她。”

“我会告诉姨妈的大屁股你爱她。”卡萝尔说，用手肘推推他。

“我只是在注意圣盖伯利中学的那些家伙有没有跟在后面。”博比说。

这句话倒是很有说服力。圣盖伯利中学的男生老爱在上学途中骚扰哈维切小学的学生——他们会骑在脚踏车上猛按车铃，大声对男生嚷嚷，说他们是“娘娘腔”、说女生“骚”……博比确定这句话的意思是知道怎么舌吻，还有会让男生摸他们的咪咪。

“不会，那些怪胎晚一点才会出现，”萨利说，“他们现在还待在家里忙着戴上十字架，把头发像博比·莱德尔那样往后梳。”

“不要骂人。”卡萝尔说，又用手肘推推他。

萨利一副受伤的样子。“谁骂人了？我可没有。”

“你有。”

“我没有，卡萝尔。”

“你明明有。”

“没有，我没有。”

“有，你说了，你说怪胎。”

“那不算骂人！只是一种形容词。”萨利对博比露出求援的眼神，但是博比只顾着注视艾许大道的方向，一辆凯迪拉克正慢慢驶过。那辆车很大，也很显眼，但是哪一辆凯迪拉克车不显眼呢？这辆凯迪拉克的车身漆的是保守的淡棕色，看起来并不低俗，而且坐在驾驶座上的是个女人。

“是吗？在百科全书上把它找出来给我看，我才信你的话。”

“我应该给你一点颜色瞧瞧，”萨利和气地说，“让你晓得谁才是老大。我是泰山，你是珍妮。”

“我是卡萝尔，你是笨蛋。喏！”卡萝尔把算术课本、《拼字探险》和《草原上的小屋》三本书塞进萨利的手里。“帮我拿这些书，因为你刚才骂人。”

萨利十分沮丧。“即使我真的说了什么骂人的话，为什么我要帮你拿书呀！何况我根本没有骂人？”

“当做‘赎罪’好了。”卡萝尔说。

“赎个什么鬼啊？”

“弥补你做的错事。如果你骂人或撒谎，就得赎罪。有个圣盖伯利的学生告诉我的，他叫威利。”

“你不应该和他们在一起，”博比说，“他们有时候坏得很。”他这么说是因为他有切身之痛。圣诞假期结束后不久，有三个圣盖伯利的学生在步洛街一路追着他，威胁要打他，因为他“不该瞄他们”。如果不是带头的男孩在雪地上滑了一跤，绊倒了其他人，让博比趁隙穿过一四九号大门、把门锁上，他们一定会痛扁他一顿。那几个圣盖伯利的学生还在外面晃了好一会儿，撂下狠话说“走着瞧”之后才离开。

“他们并不全是坏蛋，有的还好。”卡萝尔说。她瞄了瞄抱着书的萨利，用手掩着嘴偷笑。你只要连珠炮似的把话说得飞快，而且一副很有把握的样子，就可以叫萨利做任何事。如果是博比帮她拿书就更棒了，不过除非博比自己开口，否则就不太好。卡萝尔很乐观，有朝一日，博比或许会帮她拿书。同时，在晨曦中走在两个好友中间，感觉真好。她偷偷瞄了博比一眼，博比正低头看着人行道上的跳房子格子。他真可爱，而且一点都不晓得自己这么可爱，这正是他最可爱的地方。

放假前最后一个星期就像往年一样过得特别慢，简直叫人抓狂。六月初的那段日子，博比觉得图书馆中的糨糊味连蛆闻了都感觉恶心，而地理课则好像上了一万年还不下课，谁在乎巴拉圭有多少锡矿啊？

下课的时候，卡萝尔聊到她七月要去宾州亲戚的农场住一个星期；萨利不停说着他抽中的夏令营活动，以及他在那里每天都要去射箭、划船。博比则告诉他们伟大的威尔斯可能会创下盗垒最多的纪录，而且在他有生之年都没有人能打破他的纪录。

博比的妈妈愈来愈忙了。每当电话铃声一响，她就会跳起来冲去接电话，而且往往过了夜间新闻的时间才去睡觉（博比怀疑，她有时甚至直到深夜电影播完了都还没睡），吃饭也没什么胃口。偶尔她会转过身去，压低声音讲很久的电话（仿佛博比会偷听她讲电话似的）。还有的时候，她会走到电话旁边开始拨号码，然后又把电话放回去，回到沙发上坐下来。

有一次博比问她是不是忘了电话号码，“我好像忘了很多事情，”她喃喃自语，然后说，“博比，别多管闲事。”

如果不是博比自己也忙着一大堆事情的话，他可能会注意到更多不寻常的现象，而且也会更加担心——妈妈愈来愈瘦，而且在戒烟两年后又开始抽烟。在这段时间，最棒的事情莫过于那张成人借书卡了，他每用一次借书卡，就愈觉得这个礼物真好、真有意义。在成人阅览室里，单单科幻小说就有几亿本他想读一读。就拿阿西莫夫来说吧，他以法兰西这个笔名为小孩子写了很多科幻小说，都是关于一个叫“幸运之星”的太空驾驶员，这些小说都很好看。他也用本名写了很多小说，更好看的小说，其中至少有三本是机器人的故事。博比很爱机器人，《禁忌星球》中的罗比机器人就是他最爱的电影角色，而阿西莫夫的科幻小说差不多同样棒！博比觉得他暑假会花很多时间看科幻小说（萨利叫这位伟大的作家阿屎莫夫，但是他对书当然是完全无知的）。

上学的路上，他会注意有没有穿黄外套的人或相关的线索，放学后往图书馆的路上，也同样会留意一下。由于学校和图书馆在相反的方向，博比觉得他每天都关照到哈维切的大部分地方；当然，他从来没有期望真的会看到穿黄外套的人。吃过晚餐后，他会读报给泰德听，不是在前廊上、就是在泰德的厨房里。泰德听莉莎的建议买了电风扇，而博比的妈妈对于他在前廊为“巴乐廷根先生”读报这件事，似乎不再耿耿于怀。博比认为部分原因是她现在有愈来愈多大人的事情要忙，不过也许是她现在也比较信任泰德。不过，信任并不等于喜欢，而且要赢得她的信任也不是那么容易。

有一天晚上，他们坐在沙发上看电视上播的《义海倾情》时，妈妈猛然转过头来对博比说：“他有没有碰过你？”

博比明白她的问题，但却不明白她为什么这么紧张。“当然有啰，”他说，“他有时候会拍拍我的背，有一次我读报给他听的时候，有一个很长的词我连续三次都念错，他敲了敲我的头。他没有真的打我，我不认为他有这么大的力气来打我。你为什么这样问？”

“算了。”莉莎说，“我猜他还好。令人莫测高深，毫无疑问，不过他不像是……”她的声音愈来愈微弱，只是看着手上香烟冒出的烟仿佛灰白缎带般在客厅冉冉上升。博比不禁想起西马克先生的《太阳之环》，里面的角色会随着旋转的陀螺进入另外一个世界。

最后，妈妈转过身来对博比说：“如果他用你不喜欢的方式碰你，你一定要马上告诉我，听到了吗？”

“我一定会的，妈。”她脸上的表情让博比想起，有一回他问妈妈，女人怎么会知道自己快生小宝宝了。妈妈当时说，女人每个月都会流血，如果没有流血就会晓得，因为那些血都流到小宝宝那儿了。博比还想问，那么没有小宝宝的时候，血都跑到哪儿去了（他还记得有一次看到妈妈流鼻血，但那是唯一一次看到她流血）。不过妈妈当时脸上的表情，让他打消了继续追问的念头。现在，她脸上就出现同样的表情。

事实上，泰德还碰过他几次：泰德有时候会拍拍他的小平头、摸摸他的短发；偶尔博比念错字时，泰德也会轻轻捏一捏他的鼻子；如果他们两人同时开口说话，泰德会用自己的小指头勾着博比的小指头，然后说：祝你好运，不要生病，博比和他一起念，两人的小指头紧紧勾在一起，稀松平常得就好像一般人说“请把那盘豆子递给我”或“你好”一样。

只有一次，泰德碰触博比的时候让他觉得不太舒服。那时博比刚念完泰德要他念的最后一篇文章——有个专栏作家啰哩啰嗦地谈着没有什么古巴的问题是美国自由企业体制所无法解决的。天色渐渐昏暗，科隆尼街上，欧哈拉太太的狗鲍泽一直汪汪汪吠个不停，声音听起来迷惘梦幻，仿佛记忆中的声音，而不是发生在当下。

“好了，”博比说，折好报纸，站起身来，“我想到附近散散步，看看会有什么发现。”他不想直截了当地说出来，但是希望泰德知道他还在寻找穿黄外套的下等人。

泰德也站起来走到他身旁。博比看到泰德脸上的恐惧，觉得很悲哀，他不希望泰德太相信下等人的事情，也不希望泰德变得太疯狂。“博比，你一定要在天黑以前回来，如果你有个三长两短，我绝对不能原谅自己。”

“我会小心，而且我会早早回来。”

泰德以单膝跪在地上（博比猜想他大概年纪太大了，没有办法弯下腰来），抱住博比的肩膀。他把博比拉过来，直到两人的眉毛几乎碰在一起。博比可以闻到泰德气息中的烟味和皮肤上的药膏味——因为他的关节痛，所以擦了药膏。他说，这段日子他都会关节痛，甚至连天气暖和时也会。

和泰德靠这么近并不可怕，但感觉还是蛮糟的。即使泰德现在还不算老态龙钟，但可以看出来他很快就会开始显老。他可能有病，眼睛水水的、嘴角微微颤抖。博比心想，他得一个人孤孤单单住在三楼，真是太糟了。如果他有太太之类的人，就不会整天念念不忘下等人的事情。当然，如果他有太太的话，博比这辈子可能都不会看《蝇王》这本书了。这么想很自私，但是他忍不住会这么想。

“完全没有看到任何迹象吗，博比？”

博比摇摇头。

“你没有任何感觉？这里都没有感觉？”他从博比的左肩上抽回右手，拍拍自己的太阳穴，两条青筋微微跳动。博比摇摇头。“或是这里？”泰德把手移到右眼角，博比再度摇摇头。“那么这里呢？”泰德摸摸肚子，博比第三度摇头。

“好。”泰德微笑着说。他的左手滑到博比的颈背上，右手也移到同样的位置，严肃地盯着博比的眼睛，博比也严肃地看着他。“如果你有任何感觉，会告诉我吗？你不会想要……噢，我不知道……瞒我吧？”

“不会。”博比说。他喜欢泰德把手放在他的颈背上，但是不喜欢两手同时放。在电影里面，当男人要亲吻女人的时候，都会把手放在这个位置。“不会，我会告诉你，那是我的工作。”

泰德点点头，慢慢松开手。他用手撑着身体站起来，膝盖吱嘎作响，脸也皱成一团。“好，一定要告诉我，你是好孩子。去吧，去散散步，但是要走人行道，博比，而且要在天黑以前回家。这些日子你得小心一点才行。”

“我会很小心。”他开始下楼梯。

“如果你看到他们——”

“我会跑开。”

“是啊，”泰德的脸在昏暗的灯光下显得有几分阴森，“就好像鬼在后面追你一样。”

所以泰德的确碰过他，妈妈的担心或许有几分道理——或许他碰触他太多了，有时候他的碰法也有问题，或许问题不是像莉莎想的那样，但还是不对，仍然很危险。

星期三，学校开始放暑假前，博比看到科隆尼街上有一家人的电视天线上挂着一块红布。他不是很有把握，不过那块红布看起来很像风筝尾巴。博比停下脚步，心跳愈来愈快，好像他和萨利从学校跑回家时一样怦怦跳。

即使那是风筝尾巴，也不过是巧合罢了，他告诉自己，只是巧合而已。你很清楚，对不对？

也许吧，也许他很清楚。星期五，学校开始放暑假的时候，他几乎已经开始相信这套说辞了。那天博比独自走路回家，萨利自愿留在学校帮忙把书搬到储藏室，卡萝尔则去蒂娜家参加庆生会。就在博比穿越艾许大道往步洛街走去时，他看到人行道上有人用紫色粉笔画了跳房子的格子，就像这样：

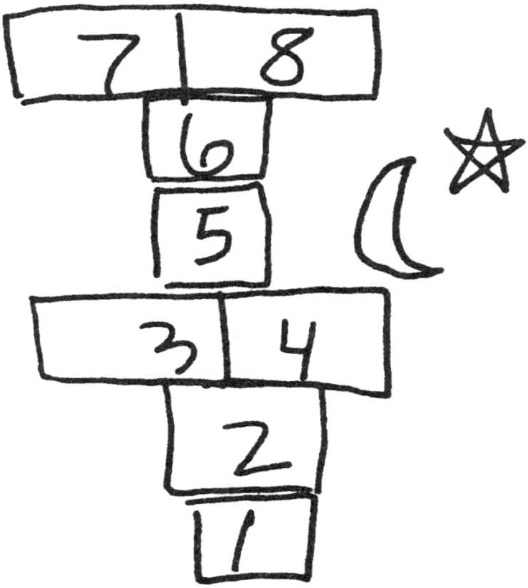

“噢，老天，不会吧，”博比低声喊着，“你一定是在开玩笑吧。”

他好像西部片里的骑兵队斥候般单脚跪下，完全无视于在回家途中经过他身旁的学童——他们有的走路，有的骑脚踏车，有几个踩着溜冰鞋，满嘴暴牙的弗朗西斯则一面踏着生锈的红色踏板车、一面仰天大笑。他们几乎都对他视若无睹；暑假才刚刚开始，可以玩的花样太多了，孩子们简直目眩神迷。

“噢，不，噢，不，我不相信，你一定是在开玩笑！”他伸手去摸那一弯新月和星星——是用黄色粉笔画的，而不是紫色粉笔——他的手快碰到地面时又缩了回来。一段红丝带绑在电视天线上不一定具有什么意义，但是再加上跳房子的格子，仍然只是巧合吗？博比不晓得，他只有十一岁，有很多事情都还不懂，但是他怕……他怕……

他站起身来环顾四周，心里隐约期待会看到一整排车身很长且亮晶晶的车子，沿着艾许大道慢慢驶着，就好像车队跟在灵车后面开往墓园一样，在日正当中的时候打着头灯；他也预期会看到穿着黄外套的人站在帝国戏院的遮阳棚下或在苏基酒馆前面，一边抽着骆驼牌香烟、一边看着他。

但是他没有看到车子，也没有看到男人，只有放学回家的小孩。圣盖伯利中学第一批下课的学生穿着绿色制服，显得十分醒目。

博比转过身往回走三条街，他太担心刚刚在人行道上看到的黄色跳房子格子了，而无暇顾及圣盖伯利中学的男孩。艾许大道上的电话亭没有什么东西，但是圣盖伯利教堂门廊贴着一张宣传宾果之夜的广告，还有艾许大道转往塔科马街的转角也有一张哈特福德摇滚乐演唱会的海报，演出者包括克莱德·麦克菲特和杜安·艾迪。

博比快走回去学校的时候，开始希望这件事完全是自己反应过度，不过他仍然去看看公布栏，然后沿着步洛街走到斯派塞杂货店，再买了一块泡泡糖，顺便看看布告栏，但在两个地方都没有看到什么可疑的迹象。斯派塞布告栏上出售游泳池的广告不见了，但那又怎么样呢？那个家伙可能已经把游泳池卖掉了，否则他干吗来这里贴广告？

博比离开杂货店，站在转角嚼着口香糖，想拿定主意看看接下来要怎么办。

成年的过程是点点滴滴累积而来的，是一条崎岖不平的道路。博比在六年级结束的那一天做了生平第一个成人的决定，他决定还是不要告诉泰德他看到的景象……至少暂时不要。

博比原本假定那些下等人根本是子虚乌有，现在这个想法已经开始动摇，不过他还没有准备完全放弃这个想法，至少光靠目前的证据还不行。如果博比将他看到的东西告诉泰德，泰德会觉得很沮丧，甚至把所有的家当都丢进行李箱中（加上折叠起来塞在冰箱后面的手提袋），然后就这样离他而去。如果真有坏蛋在追他的话，这样逃走还有点道理，但是如果没有的话，博比不想失去有生以来唯一的成人朋友。所以他决定先等等看接下来会发生什么事。

那天晚上，博比有了另外一种成年人的体验：直到闹钟指针指着清晨两点钟，他还清醒着，眼睛直直瞪着天花板，脑子里不断思考自己这样做到底对不对。

4. 泰德又恍神了·博比去海滩玩·灵光一闪

暑假的第一天，卡萝尔的妈妈安妮塔把孩子们全塞进休旅车里，带他们去赛温岩玩，赛温岩是离哈维切镇二十英里外的海滨主题乐园。安妮塔连续三年都带他们去玩，因此在博比、萨利、卡萝尔和卡萝尔的朋友伊冯娜、安杰拉和蒂娜心目中，已经是个古老的传统。假如在平常，萨利和博比绝不会独自和三个女生一起出去，不过现在既然大家都会一起去，就没什么关系。更何况赛温岩的吸引力实在太大了，让人无法抗拒。

现在下水游泳还太冷，只能在海边玩玩水，不过他们还是可以在海滩上晃晃，而且游乐场的所有设施都会开放。前一年，萨利只用了三颗棒球就打翻了三座木制牛奶瓶堆成的金字塔，为妈妈赢了一个粉红色的大泰迪熊，直到现在，泰迪熊还骄傲地坐在萨利家的电视机上。今天，萨利想替泰迪熊赢个伴回家。

对博比而言，单单是离开哈维切镇一会儿就有莫大的吸引力。自从看到跳房子格子旁边的月亮和星星之后，他没有再看到其他可疑的迹象。但是星期六读报给泰德听的时候，泰德把他吓得半死。更惨的是，接下来又和妈妈起了一场激烈的争执。

事情发生时，博比正在读报上的一篇评论，这位专栏作家对于米奇·曼托[①]会打破贝比·鲁斯[②]全垒打纪录的说法大大冷嘲热讽了一番。他坚持曼托缺乏鲁斯的活力，也没有他那么全心投入。“最重要的是，这个家伙的品格有问题，”博比念着，“他对夜店的兴趣远大于——”

---

① 米奇·曼托（1931—1995），美国洋基队强棒，亦为史上最强的左右开弓打者，一生击出五百三十六支全垒打。

② 贝比·鲁斯（1895—1948），美国职棒界最具人气的选手之一。一九二七年，创下单季一百五十四场比赛击出六十支全垒打的纪录，在其大联盟生涯中，一共击出七百一十四支全垒打。

泰德又恍神了。

博比知道，他感觉得到，甚至连头都没抬就知道。泰德茫然地望着窗外，望着科隆尼街和欧哈拉太太家单调的狗吠声传来的方向。这天早上，泰德已经是第二次出现这种情况了，不过第一次只持续了几秒钟（泰德弯下腰来，把头伸进打开的冰箱，眼睛睁大，眼球却动也不动……然后他抖了一下，微微晃了晃就伸手去拿柳橙汁）。这回他却完全恍神了。博比劈里啪啦地抖动报纸，看看能不能唤醒泰德，但没有用。

“泰德，你没事——”突然间一阵恐惧涌上心头，博比明白泰德的瞳孔有一点不对劲，当博比注视泰德的眼睛时，泰德的瞳孔不停放大、缩小，仿佛他飞快地冲进黑暗中又冲出来……然而他其实一直都坐在阳光下。

“泰德？”

烟灰缸里的香烟烧得只剩下烟灰和烟蒂。看到烟灰缸，博比才明白他念这篇评论的时候，泰德大概一直都处于恍神的状态。至于泰德的瞳孔为什么一直放大、缩小、放大、缩小……

他一定是癫痫发作了，或是有其他毛病，老天爷，他们癫痫发作的时候，是不是会把自己的舌头吞下去？

不过泰德的舌头似乎还好端端在嘴巴里，但是他的眼睛……他的眼睛——

“醒来！泰德，醒来！”

博比不知不觉已经绕到泰德身边，抓住他的肩膀拼命摇晃，感觉好像在摇木头人似的。泰德的肩膀僵硬，骨瘦如柴。

“醒来！醒来！”

“他们往西方去了。”泰德依然用那双奇怪的眼睛望着窗外，“很好，但是他们可能会回来。他们……”

博比把手放在泰德肩上，简直吓呆了。泰德的瞳孔不停放大、缩小，就好像心脏在跳动一样。“泰德，怎么回事啊？”

“我必须一动也不动，好像躲在草丛中的野兔一样。他们可能会经过这里。如果上帝想要水，就会有水，他们可能会经过这里。所有的事情都为……”

“都怎么样？”博比几乎像说悄悄话般问，“都怎么样，泰德？”

“都要为‘光束’服务。”泰德说，突然用双手包住博比的手。他的手很冰，有好一会儿，博比觉得仿佛作噩梦般吓得快昏过去了，觉得好像被僵尸一把抓住，而那僵尸全身只有双手和瞳孔还能动。

然后泰德看着博比，虽然眼神仍透露着恐惧，但几乎已经恢复正常了，不再像死人眼睛。

“博比？”

博比把手抽出来环住泰德的脖子。泰德抱抱他。泰德抱他的时候，博比仿佛听到脑子里响起钟声——短短的，但十分清晰；他甚至听得出钟声的音频改变了，就好像火车开得飞快时的汽笛声一样，仿佛他脑子里有什么东西正快速通过。他听到动物的蹄摩擦坚硬地面的声音，是木头吗？不是，是金属。他闻到尘土的味道，干干的，同时他的眼睛后面开始发痒。

“嘘！”泰德在他耳边喷出的气息好像尘土一样干，但又给他一种很亲密的感觉。泰德把手放在博比背上，抓住他的肩膀，让他不要动。“一个字都不要说！什么都不要想！只有……棒球除外！对，棒球，如果你喜欢的话！”

博比想到威尔斯站在一垒垒包开始离垒的画面，他先是偷走几步，数着三步……然后四步……他弯着腰，双手摇晃着，脚跟稍稍离地，他可以往一垒跑，也可以往二垒跑，完全要看投手的动作而定……然后当投手往投手板走去时，他飞也似的往二垒冲过去——

不见了。全都消失不见了，他脑子里不再出现钟声，没有马蹄骚动的声音，没有尘土的味道。眼睛后面也不再痒。刚刚他是真的发痒了吗？抑或只不过出于幻想，因为泰德的眼睛把他吓坏了？

“博比，”泰德又对着博比的耳朵说，嘴唇贴着他的皮肤动来动去，令他发抖，然后泰德说，“天哪，我在干吗？”

他把博比推开，动作轻柔，但很坚定。他显得很沮丧，脸色苍白，不过眼睛倒是恢复正常了，他的瞳孔不再放大、缩小。就目前而言，博比只在乎这件事。他觉得怪怪的，脑子昏昏沉沉，仿佛刚刚从昏睡中醒过来。同时，周遭的世界显得非常明亮，每一条线、每个形状都异常清晰。

“变！”博比笑了起来，“刚刚是怎么回事啊？”

“和你无关。”泰德伸手拿烟，很惊讶地发现烟已经烧得只剩一点点了，他把烟蒂弹进烟灰缸里。“我又恍神了，对不对？”

“是啊，我很害怕，还以为你的癫痫发作了，你的眼睛——”

“不是癫痫，”泰德说，“也不危险。但是如果再发生这种状况，你最好不要碰我。”

“为什么？”

泰德重新点燃一支烟，“没有为什么。你答不答应？”

“好吧，什么是‘光束’？”

泰德以锐利的目光看着他，“我刚刚提到‘光束’吗？”

“你说‘所有的一切都为光束服务’，我想你是这么说的。”

“也许有一天我会告诉你，但不是今天。你今天要去海边玩，不是吗？”

博比惊跳起来，他看看泰德的时钟，已经快九点了。“是啊，”他说，“也许我应该开始准备了，我回来的时候，再替你把报纸念完。”

“好，好主意，反正我有一些信要写。”

才不是呢，你只是想尽快摆脱我，免得我问一些你不想回答的问题。

不过，即使如此也无所谓，正如莉莎常说的，博比有自己的活儿要做。不过，博比走到门口的时候，想到挂在电视天线上面的红布和跳房子格子旁边画的月亮和星星，他还是心不甘情不愿地转过身来。

“泰德，有件事——”

“下等人，是啊，我晓得，”泰德微笑着说，“暂时别操心这件事，博比，目前一切都很好，他们没有朝着这个方向移动，甚至没有往这个方向看。”

“他们往西方去了。”博比说。

泰德的蓝色眸子透过烟雾注视着他。

“是的，”他说，“运气好的话，他们会留在西边。对我而言，西雅图还不错。好好到处去玩玩吧，博比。”

“但是我看到——”

“也许你看到的只是影子而已。无论如何，现在不是谈这些的时候，只要记住我说的话——如果我像今天这样恍神，你只要坐下来等我恢复正常就好。如果我伸手碰你，你要往后退；如果我站起来，你就叫我坐下来。在那种状况下，你吩咐我做什么，我都会照做的，就好像受到催眠一样。”

“为什么你会——”

“不要再问了，博比，拜托。”

“你还好吧？真的没事吗？”

“好得很，去吧，好好玩一玩。”

博比飞快冲下楼，很讶异周遭的事物竟变得如此清晰：从窗口透进的阳光异常亮丽，波罗斯基先生家门口的牛奶瓶口上有只甲虫，他耳中响起甜美而高亢的乐声——这是暑假的第一个星期六。

回家以后，博比从床底下和衣柜后面的储物箱中抓起玩具汽车和卡车，其中有几个玩具还蛮酷的，例如博比生日过后几天，拜德曼先生托妈妈带给他的火柴盒福特小汽车和蓝色金属卡车，但还是比不上萨利的坦克车和黄色推土机；推土机尤其适合在沙地上玩。博比很期待可以花一个小时在沙滩上听着海浪拍岸，认真玩一小时筑路游戏，任凭艳阳把他全身的肌肤晒得通红。

自从去年冬天他和萨利在暴风雪过后的星期六下午，在联合公园的雪地上挖马路以后，他还是第一次把玩具卡车从箱子里翻出来。他现在已经长大，十一岁了，玩这样的游戏已经不合适了。说来有点悲哀，不过如果他不想的话，他不需要现在提起这件伤心事。也许玩玩具卡车的日子的确快结束了，但不必在今天结束。不，当然不必选在今天。

妈妈帮他准备了中餐，但是当他伸手讨钱、想要待会儿去逛逛海边成排的摊位时，妈妈却连一毛钱都不肯给。不知不觉就发生了博比最害怕的事情：他和妈妈为了钱的事情吵了起来。

“只要五毛钱就好了。”博比说，听到自己孩子气的、快哭出来的声音，他痛恨自己这样，却又无法控制。“只要五毛钱就好，别这样嘛，妈，做做好事嘛！”

莉莎点着香烟，啪的一声用力划过火柴，然后眯起眼睛隔着烟雾看他。“博比，你现在开始自己赚钱了。大多数人要花三分钱来买报纸，你却可以靠读报纸赚钱，一个星期就有一块钱！我的天！我小时候——”

“妈，你又不是不知道，那些钱是要存起来买脚踏车的！”

她转过身去照镜子，皱着眉头拉一拉上衣的肩部——虽然今天是星期六，拜德曼先生仍然要求她去加班几个小时。她转过身来，嘴里仍然叼着烟，紧锁着眉头对他说：“你还是想要我帮你买脚踏车，对不对？我告诉过你，我负担不起，但你还是一直要。”

“我没有！我没有！”博比睁大眼睛，眼里尽是愤怒和受伤的神情。“我只不过想要五毛钱去——”

“这里要五毛钱，那里又要几毛钱——你要知道，加起来就不少了。你想我给你钱买其他东西，然后又想要我帮你买脚踏车，这样你就不必牺牲任何东西了。”

“你这样说不公平！”

莉莎开口前，博比已经料到她接下来会说什么，但即使知道了也没用。“人生本来就不公平，博比。”莉莎再度转过身去，对着镜子拉一拉右肩的衣服。

“要不然给我五分钱付更衣室的费用？”博比问。“能不能至少——”

“是啊，也许，喔，我可以想象。”莉莎一个字一个字地说。她上班前，通常会在脸颊上抹点腮红，但是今天她脸上的颜色不完全是靠涂脂抹粉画出来的，尽管博比气得不得了，他知道自己最好小心一点，如果他像妈妈一样按捺不住脾气，妈妈可能会罚他一整天都独自待在家里，不能跨出大门一步。

莉莎从茶几上抓起钱包，用力把烟摁熄，然后转过身来望着他。“如果我和你说，‘噢，这个星期我们得饿肚子，因为我想买一双鞋子。’你会作何感想？”

我会认为你在撒谎，博比心里想。我会说，妈，如果你真的这么穷，那么为什么衣橱最上层还放着施乐百的商品目录？内衣页中间夹着很多一块钱和五块钱的钞票，甚至还有十块钱、二十块钱的钞票？还有厨房碗柜里的蓝色水瓶，藏在碗柜最里面、盛肉汁的船形碟子后面，自从爸爸死掉以后，你就把多出来的铜板放在里面？每次水瓶一装满，你就把铜板全倒出来，拿去银行换钞票，然后把钞票夹在商品目录中间，不是吗？

但是他什么也没说，只是低着头，愤怒地盯着球鞋。

“我必须有所取舍，”莉莎说，“如果你已经大到可以工作了，也同样必须有所取舍。你以为我很喜欢拒绝你吗？”

不完全是，博比想，他低头看着自己的球鞋，咬着嘴唇努力忍着不哭出声来。不完全是，但是我也不认为你真的在乎。

“如果我是亿万富翁，就会让你带五块钱去海边玩——或带十块钱！你想带你的小女友去坐云霄飞车的时候，就不必从脚踏车基金的罐子里预支这笔钱——”

她不是我的小女友！博比在心里大喊。她不是我的小女友！

“或是去坐印第安火车。不过当然，如果我们真是有钱人，你根本不必自己辛苦存钱买脚踏车了，对不对？”她的声音愈提愈高、愈来愈大声，怒气有如汽水鼓胀的泡沫，话语则像强酸般伤人，似乎要把过去几个月的烦恼一股脑儿地宣泄出来。“我不知道你有没有注意到，不过你老爸可没有留什么钱给我们，而我已经尽了最大的努力，把你喂饱、给你衣服穿，我在闷热的办公室里卖命工作，好让你今年暑假可以参加斯特林会馆的活动，还有去打棒球。我很高兴他们邀你和其他小孩一起去海边玩，但是要怎么支付这一天玩乐的花费可是你自己的事。如果你想玩游乐设施，那么就从自己的罐子里拿钱出来吧；如果你不想拿钱出来的话，在沙滩上玩玩就好了，或干脆待在家里算了。我反正无所谓。不要在那里哭哭啼啼的，我最讨厌看到你这副可怜相，就好像……”她停下来叹了口气，打开钱包掏出一支烟。“我讨厌看到你哭哭啼啼的。”她又说了一遍。

就好像你爸爸一样，这是她想说又没说出的话。

“所以现在怎么样？”她问，“你说完了吗？”

博比站着，一声也不吭，他的脸孔发热，眼睛快喷出火来，低头瞪着球鞋，努力忍住不要哭出来。这时候只要呜咽一声，或许都足以让他被禁足一整天；这回妈妈真的生气了，只等着找借口处罚他。呜咽还不是唯一的危险，博比很想对她大声嚷嚷：他宁可像老爸也不要像她，不要像她这个一毛不拔的吝啬鬼，就算兰达尔一生庸庸碌碌、没有留下什么钱给他们，又怎么样呢？为什么她老是说得好像他犯了多大的错似的？当初嫁给他的人是谁呀？

“真的吗，博比？没有其他高见了？”现在她的声音变得清脆活泼，这是最危险的声音了，如果你不了解她的话，还以为她只是在开玩笑。

博比低头不搭腔，拼命忍住不哭，把所有的怒气都往肚里吞，一句话也不说。屋子里一阵沉默，他可以闻到妈妈手上的烟味以及昨晚残留的烟味，还有其他无数个晚上，当她不专心看电视、只等着电话铃响时留下的烟味。

“好吧，我想话都说清楚了。”她等了十五秒左右，准备博比一开口就把他的嘴巴堵住。然后说，“希望你今天玩得很开心。”她没有亲一亲博比就自顾自出门了。

博比走到窗户旁拉开窗帘（他的泪水终于流下来，但是几乎没有察觉），看着妈妈踩着高跟鞋往联合公园走去。他泪眼迷蒙地深深吸了几口气，然后走进厨房。他看着藏着蓝色水瓶的碗柜，他可以从里面拿一点钱出来，妈妈不记得确切的数字，不会发现有三四枚铜板不见了，但是他不会这么做。花这些钱毫无乐趣可言。他不太确定自己是怎么知道的，但是九岁的时候，当他第一次发现碗柜里藏着这个装满零钱的水瓶时就晓得这点。所以，他带着惋惜的心情走进卧室，看着放脚踏车基金的罐子。

这时候他才明白妈妈说得对——他可以拿一点积蓄到赛温岩花用。也许之后得多花一个月才能存够钱买脚踏车，但至少这个钱花得心安理得。此外，如果他不肯从罐子里拿出一点点钱来用，只知道一味的存钱、存钱，那么和妈妈也没有两样。

就这么决定了。于是，博比从脚踏车基金中找出五枚一毛钱硬币放进口袋里，在上面用一张面纸盖住，免得跑步的时候不小心弹了出来，于是他要带去海滩的东西都带齐了。没多久，他开始吹口哨，泰德下楼来看看他在做什么。

“葛菲队长，你要出发了吗？”

博比点点头。“赛温岩是个很棒的地方，你知道，有很多游乐设施。”

“的确，好好玩一玩，博比，可别从游乐设施上摔下来。”

博比往门口走去，然后回过头来望着泰德，他穿着拖鞋，站在楼梯的最下面一级。“你为什么不出去坐在门廊上呢？”博比问，“等一下屋子里会很热。”

泰德微笑着说：“也许吧，但是我想还是待在屋子里好了。”

“你没事吧？”

“没事，博比，我很好。”

往卡萝尔家的路上，博比不禁为泰德感到难过，毫无来由地必须整天躲在闷热的房间里。应该没什么原因吧？当然啦。即使外面有下等人走来走去（在西方，他心里想，他们朝西方去了），他们干吗追着像泰德·布罗廷根这样的退休老人呢？

起初，和妈妈吵架令他心情有一点低落（安妮塔的漂亮朋友蕾安达说他一副闷闷不乐的样子，然后就开始搔他痒，搔他的腰部、胳肢窝，直到博比逼不得已笑了起来）。但是抵达海滩一会儿后，他的心情好多了，也觉得自在多了。

虽然夏天才刚开始，赛温岩已经全员开动了——旋转木马一直旋转个不停，疯狂老鼠过山车不断呼啸而过，小孩子尖声喊叫，扩音器播放着摇滚歌曲，售票员站在售票亭外大声吆喝着招徕顾客。萨利没有得到他想要的泰迪熊，因为最后三只牛奶瓶只倒了两只（蕾安达声称有一些瓶子的底部特别重，除非你打中要害，否则很难让这些瓶子倒下来），但是管摊子的人还是给他一个很不错的奖品——一只样子很滑稽的食蚁兽玩偶，外面还罩着长毛绒。萨利把它送给卡萝尔的妈妈，安妮塔笑着抱住他，说他是全世界最棒的小孩，如果他老十五岁的话，她甘愿冒重婚罪的危险也要和他结婚。萨利涨红了脸，红到发紫。

博比试着玩丢圆环的游戏，结果三个都没丢中。在射击摊位上，他的手气变好了，射中了两个盘子，赢了一只玩具小熊。他把小熊送给伊恩，因为他今天乖得出奇，没有闹脾气，也没有尿湿裤子。伊恩抱着小熊看着博比的眼神，仿佛博比是上帝。

“这个礼物真棒，他爱死了，”安妮塔说，“但是，你难道不想把小熊带回去送给妈妈吗?”

“不用了，她已经有很多了。我想赢一瓶香水送她。”

他和萨利互相怂恿对方去坐疯狂老鼠过山车，最后两个人一起去坐，每当过山车猛然一沉、直往下冲时，他们就兴奋地鬼叫，确信自己会得到永生，同时又觉得好像会立刻死掉。接着又玩了咖啡杯和疯狂杯。他把最后剩下的一毛五分钱拿来和卡萝尔一起坐摩天轮。他们的车厢在最上面停下来，微微摇晃了一下，博比感觉胃怪怪的。大西洋在他的左手边，从摩天轮上，可以看到一波波白浪拍岸，沙滩也是一片雪白，海水则是深蓝色，蓝得不可思议，阳光仿佛薄丝般洒在海面。他们的下方就是摊位云集的游乐场，从扩音器往上飘来卡农的歌声：“她来自塔拉哈西，提着她的音响盒子。”

“下面每一件东西看起来都那么小。”卡萝尔说。她的声音也很小——不像她平日的风格。

“不要害怕，我们很安全。如果不是升到这么高，摩天轮根本是小孩子的玩意。”

卡萝尔在很多方面都是他们三人之中的老大——最强悍，也最有自信，就好像那天因为萨利说了些骂人的话，她就要萨利替她拿书一样——但是现在她的脸好像又变回以前的娃娃脸了：圆圆的脸略显苍白，只看到一双警醒的蓝眼睛。博比不假思索地靠过去，把嘴唇印在卡萝尔的嘴唇上亲吻了一下。当他抬起头来，卡萝尔的眼睛睁得比什么时候都大。

“我们很安全。”博比一边说，一边咧嘴笑了。

“再来一次!”这是她的初吻，刚放暑假的第一个星期六，她在赛温岩得到了初吻，可是当时却不够专心。卡萝尔当时是这么想的，因此希望博比再吻她一次。

“最好不要。”博比说，虽然……在这么高的高空中，哪有人会看到他们而笑他娘娘腔呢?

“你敢吗?别告诉我谁敢谁先做。”

“你会不会告诉别人?”

“不会，我发誓。快点嘛!在下降以前快点吻我!”

于是，博比再度亲吻卡萝尔。她紧闭的双唇很平滑，被太阳晒得热热的。然后摩天轮又动了起来，博比停止亲吻。卡萝尔把头靠在博比胸前一会儿。“谢谢你，博比。”她说，“你的吻很棒。”

“我也觉得。”

他们稍稍分开一点。当他们的车厢停下来，手上有文身的服务人员把安全闩拉开后，博比走出来，头也不回地朝萨利那儿跑过去。不过他晓得在摩天轮顶端亲吻卡萝尔是今天最美好的经验。这也是博比的初吻，他永远都不会忘记两人嘴唇贴着嘴唇的感觉——干干的、滑滑的，在大太阳底下暖烘烘的。他这辈子其他的亲吻经验都会被拿来和这次初吻比较。

下午三点钟左右，安妮塔叫他们开始收拾东西，说该回家了。卡萝尔象征性地说了声:“喔，妈!”就开始收东西，她的朋友也帮忙一起收拾，甚至连伊恩都帮了一点忙(他把沾满沙的泰迪熊捡起来，拒绝丢掉)。博比原本暗自希望卡萝尔会一直黏着他，他很确定卡萝尔一定会告诉朋友他们在摩天轮上亲吻的事(当他看到几个女生围在一起，手掩着嘴吃吃地笑，心照不宣地看着他时，就晓得她们已经知道这件事了)，但是卡萝尔既没黏着他，也没有泄露秘密。有好几次，博比发现卡萝尔在看他，也有好几次，他发现自己在偷看卡萝尔。他一直想着在摩天轮上看到卡萝尔的那双眼睛睁得大大的、忧心忡忡的样子，于是就这样吻了她，宾果!

他们爬着阶梯，朝通往海滨木板步道走去时，博比和萨利把大半的海滩袋都背在肩上，“好骡子！”蕾安达笑着大喊，她涂了乳液的脸孔和肩膀现在变成龙虾般的艳红色，她对安妮塔抱怨晚上一定会失眠，即使晒伤没有让她痛得睡不着觉，刚刚吃的东西也一定会作怪。

安妮塔说：“你原本不需要把四根香肠和两块饼全都吞下肚。”她的声音听起来比平常更不耐烦，博比认为她累了，他自己都被太阳晒得头昏眼花，背部晒得刺痛，袜子里也进了沙，身上背的海滩袋互相撞来撞去。

“但是游乐场的食物实在太好吃了！”蕾安达用难过的声音发出抗议，博比忍不住大笑。

他们慢慢沿着广场走向停车场，现在他们对周遭的游乐设施已经完全视若无睹了。负责大声吆喝、招徕客人的工作人员看看他们，就把目光掉开，转去寻找新目标。背着一大袋东西、蹒跚走向停车场的人大半都没什么希望了。

在广场尽头站着一个骨瘦如柴的男人，他穿着汗衫和宽松的蓝色百慕大短裤，头上却戴着礼帽。那顶礼帽很旧，也开始褪色，却很时髦地歪戴着，帽檐还插着一朵塑料向日葵。他是个滑稽的家伙，几个女生终于逮到机会掩嘴偷笑。

男人看着他们，一副不以为忤的样子，还对他们报以微笑，这让卡萝尔和朋友笑得更厉害了。戴帽子的男人仍然微笑着，把手摊在前面的台子——架在橘色架子的厚板子上。台子上有三张红底扑克牌，他以优雅的手法快速把牌翻面，他的手指修长白皙，上面一点晒斑都没有。

放在中间的牌是红心皇后。戴着帽子的男人把牌拿起来亮给他们看，把牌在手指间熟练地翻弄着。“你们只需要挑出有红色女士的那张牌就好，单做这个动作就好了。”他说。“简单得不得了。”他对伊冯娜说。“娃娃脸，过来这边，让他们看看该怎么玩。”

伊冯娜咯咯笑个不停，她的脸红到发根，退到蕾安达身边，喃喃地说她没有钱，她的钱全部都花光了。

“没问题，”戴帽子的男人说，“只是示范而已，娃娃脸——我想让你妈妈和她的漂亮朋友看看这个游戏有多么简单。”

“她们没有一个是我妈妈。”伊冯娜说，但是向前跨了几步。

“如果我们想在塞车前赶回家，真的得快一点上路了，伊冯娜。”安妮塔说。

“不，等一下，这个很好玩，”蕾安达说，“这是三张纸牌的赌博游戏。看起来很容易，就像他说的，但是一不小心就会一直赌下去，直到钱都输光为止。”

戴帽子的男人以谴责的眼神看了她一眼，然后又咧嘴笑了。博比突然觉得这是下等人的笑容，不是泰德害怕的那些人，但同样是下等人。

戴帽子的男人说：“显然你以前曾经上了某个无赖的当。虽然我实在不明白怎么会有人这么残忍地对待像你这样美丽优雅的女士。”

这位美丽优雅的女士——大约一百六十五厘米高、九十公斤重，肩膀和脸上都擦满了旁氏乳液——开怀大笑。“别闹了，让这孩子看看怎么玩吧，你说这个游戏真的合法吗？”

站在桌子后面的男人把头一甩，也笑了起来。“在界限边缘，直到他们逮到你、把你赶出去之前，每件事情都是合法的……我想你可能也知道这点。好，告诉我你叫什么名字，娃娃脸？”

“伊冯娜，”她小声地说，博比几乎听不到她在说什么，萨利则站在他旁边很有兴趣地看着。“有时候，大家也叫我伊薇。”

“好，伊薇，看看这边，漂亮宝贝。你看到什么？告诉我这些牌叫什么——我知道像你这么聪明的小孩一定会晓得——你可以一面指着牌，一面告诉我。碰到扑克牌也没关系，不必害怕。这里没有什么见不得人的。”

“最旁边的这张是杰克……另外一边是国王……这张是皇后，中间这张。”

“没错，娃娃脸，扑克牌的世界和人生一样，两个男人中间总是有一个女人，再过五六年，你就明白了。”他仿佛在催眠似的低语着，“现在紧盯着这几张牌，不要看别的地方。”他把牌翻过来。“好，娃娃脸，现在告诉我哪一张是皇后？”

伊冯娜指一指中间那张红色的牌。

“她说的对不对？”戴帽子的男人问围在桌边的一群人。

“到目前为止，还算对。”蕾安达笑着说，她笑得太厉害了，隔着衣服都可以看见她没有穿束腹的肚皮颤动不已。

戴帽子的下等人微笑以对，然后轻轻弹一弹中间那张牌的一角，把红心皇后翻过来给大家看。“百分之百正确，甜心，真棒。现在看！注意看！你的眼睛和我的手在比赛谁快！哪一边会赢呢？这就是今天的谜题！”

他一面哼哼唱唱，一面在台面上飞快移动这三张牌。

“上上下下、左左右右、里里外外、前前后后、到处跑！注意看，现在我把牌放回来了，一张挨着一张，好，娃娃脸，现在告诉我，红心皇后藏在哪里？”

伊冯娜研究着那三张再度并排躺在桌上的扑克牌时，萨利把嘴巴凑在博比的耳朵旁说：“根本不必盯着他把牌混来混去，红心皇后那张牌有个折角，你有没有注意到？”

博比点点头，当伊冯娜犹豫地指着最边上一张有折角的牌时，他心想：好女孩。戴帽子的男人把牌翻过来，让大家看到红心皇后。

“好厉害！”他说，“你的眼光好锐利，娃娃脸，真锐利。”

“谢谢。”伊冯娜说，脸又红了，她快乐的样子就好像博比亲吻后的卡萝尔一样。

“如果你刚刚和我赌一毛钱的话，我现在就得给你两毛钱了。”戴礼帽的男人说，“你问为什么？因为今天是星期六啊，星期六是双倍日！有没有哪一位女士有兴趣赌一毛钱，看看你们年轻有神的双眼和我这双疲惫的老手哪个比较快？你们可以告诉你们的先生——请容我这么说，哪位男士能娶到你们，真是好福气呀——麦奎恩先生，赛温岩的纸牌赌徒，替你们付了停车费。换成一次赌两毛五怎么样？只要指出红心皇后是哪一张，我就还给你们五毛钱。”

“五毛钱，耶！”萨利说，“我有两毛五，先生，来吧。”

“萨利，这是赌博耶，”卡萝尔的妈妈怀疑地说，“我真的觉得不应该让——”

“下注吧，让孩子学一点教训，”蕾安达说，“而且这家伙说不定会让他赢，好吸引我们跟着赌一把。”她完全无意压低声音，但是那个戴帽子的男人——麦奎恩先生——只是望着她微笑。然后他把注意力转移到萨利身上。

“让我看看你的钱，孩子——把钱掏出来吧！”

萨利把两毛五的铜板递给他。麦奎恩眯起一只眼，对着午后的阳光端详了一会儿。

“对，看起来没问题。”他说，然后把钱放在台子上排成一行的纸牌左边。他左看右看——也许在看有没有警察——然后在把注意力转回到萨利身上之前，对着露出嘲讽微笑的蕾安达眨眨眼。“你叫什么名字？”

“萨利。”

麦奎恩睁大眼睛、拉拉帽子，让塑料花朝前点点头，然后动作滑稽地弯了弯腰。“很引人瞩目的名字！你知道我指的是什么吗？”

“当然，也许有一天我也会当上拳击手。”萨利说。他对着空中使出左钩拳，然后是右钩拳。“砰！砰！”

“的确。”麦奎恩说，“你的眼力如何，萨利先生？”

“好得很。”

“那么大家准备好，因为比赛就要开始了！是的！你的眼睛和我的双手比赛！上上下下、左左右右、到处跑！它会在哪里呢，我也不晓得。”这一回纸牌移动得快多了，然后他放慢速度，停了下来。

萨利伸出手想指牌，然后又把手缩了回来，皱着眉头。现在，有两张纸牌角上都有小小的折痕。萨利抬头看看麦奎恩，他交叉着双臂，麦奎恩的脸上则挂着微笑。“慢慢来，孩子，”他说，“今天早上生意好得不得了，下午却冷冷清清的。”

他们认为帽檐装饰了羽毛的帽子很高级，博比还记得泰德这样说过。这种人会在小巷里撒尿，在看球赛的时候用纸袋装着酒瓶递给别人。麦奎恩的帽子上装饰着一朵可笑的塑料花，而不是羽毛，也没有看到酒瓶……但是他口袋里有个酒瓶，小酒瓶，博比很确定。当长日将尽、顾客慢慢散去，眼睛和双手之间的灵敏协调不再那么重要时，麦奎恩会愈来愈频繁地偷喝几口酒。

萨利指着最右边的那张牌。不对，萨利，博比在心里喊着，麦克郭翻开那张牌，是黑桃国王。他接着又翻开最左边的牌，是梅花杰克。红心皇后是中间的那张。“孩子，真抱歉，这次稍微慢了一点，没关系，既然已经暖身了，要不要再试一次？”

“我……我没钱了。”萨利垂头丧气地说。

“幸好是这样，”蕾安达说，“否则他会拿走你身上每一样值钱的东西，最后你身上只剩一条小短裤。”女生全都咯咯笑得花枝乱颤，萨利羞红了脸。蕾安达没有注意到他们的反应，继续说：“我住在麻省的时候，在里维尔海滩工作过一段时间。我告诉你们这里面变的是什么把戏。要不要赌一块钱啊？还是这个数目对你来说太甜吃不消了？”

“在你面前，所有的一切都很甜。”麦奎恩多愁善感地说，蕾安达刚从钱包里掏出钞票，他就一把抓过钞票，冷静地对着灯光检查了一番，然后把钱放在纸牌左边。“看起来没问题，”他说，“亲爱的，我们开始玩吧。你叫什么名字？”

“去你的，”蕾安达说，“再问我一次，我还是会给你同样的答案。”

“蕾安达，你不觉得——”安妮塔想劝阻她。

“我告诉你，我对这些把戏很在行，”蕾安达说，“出手吧！”

“遵命。”麦奎恩说，然后三张红色纸牌开始在他手中快速移动（上上下下、左左右右，各种不同的角度），最后又把三张牌排成一排。这次博比惊讶地发现，每张牌上面都有小小的折痕。

蕾安达脸上的笑容不见了。她看看桌上的牌，又看看麦奎恩，然后再看看纸牌，目光又转移到那张一元美钞上，纸钞躺在桌边，在柔和的海风吹拂下微微晃动。“你骗我，”她说，“对不对？”

“没有，”麦奎恩说，“我是在和你比谁快。现在……你怎么说？”

“我想说那是货真价实的一块钱钞票，我很遗憾看它落入你手中。”蕾安达回答，然后用手指着中间那张牌。

麦奎恩把牌翻开，是黑桃国王，他把蕾安达的钞票收到口袋里。这一回，红心皇后在最左边。赚进了一块两毛五的麦奎恩对着哈维切镇来的这伙人微笑着，帽缘的塑料花在带着咸味的海风中频频点头。“接下来换谁？”他问，“还有谁的眼力想要和我的手比快？”

“我想我们都比完了。”安妮塔说，她挤出一丝微笑，然后一只手放在女儿的肩膀上，另一只手放在睡眼惺忪的儿子肩上，推着他们转过身去。

“葛伯太太？”博比问。刹那间，他想到他的妈妈曾经嫁给从没碰过不喜欢的中张顺子的男人，如果妈妈现在看到儿子站在麦奎恩先生的牌桌旁，那一头象征葛菲家冒险天性的红发在阳光下闪闪发亮，不知作何感想。博比现在知道什么是“中张顺子”了，也知道什么是“同花”和“葫芦”。他问：“我可以试试看吗？”

博比把手伸进口袋里，从面纸下面掏出三枚五分钱硬币。“我只剩这么多了，”他先把钱给安妮塔看，然后给麦奎恩先生看，“这样够不够？”

“孩子，”麦奎恩说，“我连几分钱都赌过，而且觉得很开心。”

安妮塔看看蕾安达。

“啊，该死，”蕾安达说，她捏一捏博比的脸颊，“天哪，这些钱够理一次头发了。就让他把钱输光光吧，然后我们就可以回家了。”

“好吧，博比，”安妮塔说，她叹了一口气，“如果你很想玩的话。”

“把硬币放在这里，博比，这样大家才看得到，”麦奎恩说，“这些硬币看起来没问题，准备好了吗？”

“我想是吧。”

“那么就开始了。两个男生和一个女生一起躲起来了，男生没什么用，只要找到女生躲在哪里，你的钱就变两倍。”

他白皙灵活的手指不停翻弄着三张牌，让人看得眼花缭乱。博比看着纸牌在桌子上快速移动，但是并没有认真去追踪红心皇后的动向，他不需要这么做。

“纸牌动起来了，纸牌慢下来了，纸牌停下来了。现在要考考你。”三张红色纸牌又排成一列。“博比，告诉我，红心皇后藏在哪儿？”

“那里。”博比说，指着最左边那张。

萨利呻吟道：“是中间那张，笨蛋，这次我一直盯着那张牌。”

麦奎恩对萨利视若无睹，他只是看着博比，博比也回看着他。过了一会儿，麦奎恩把手伸出去，把博比指的那张牌翻过来。是红心皇后。

“见鬼了！”萨利大叫。

卡萝尔兴奋地拍手、跳上跳下。蕾安达尖叫一声，猛拍博比的背。“好小子，真有你的！”

麦奎恩若有所思地对博比笑了笑，然后从口袋里掏出一把零钱。“不错嘛，孩子，今天一整天我还是第一次被打败，因为我不是那么容易被打败的。”他在零钱里挑了一枚两毛五的硬币和一枚一毛钱的硬币出来，放在博比原先的一毛五旁边。“想要钱生钱吗？”他看博比好像不明白，“你想要再玩一次吗？”

“可以吗？”博比问安妮塔。

“要不要趁赢钱的时候见好就收？”安妮塔问，但是她的眼睛闪闪发光，似乎完全忘了要趁塞车前回家这档子事了。

“我会趁赢钱的时候见好就收。”博比告诉她。

麦奎恩笑了。“这孩子真会吹牛！再过五年都还是嘴上无毛，但已经是个吹牛大王了。好吧，吹牛博比，怎么样？要不要再赌一把？”

“当然要。”博比说。如果卡萝尔或萨利说他爱吹牛，他一定会大声抗议——所有他崇拜的英雄，从约翰·韦恩到幸运之星到太空巡警，全都很谦虚，都是在拯救了全世界或一列篷车队之后，只是不以为意地发出一声“哎！”的那种人。但是面对麦奎恩，他觉得不需要为自己辩解，麦奎恩不过是个穿蓝色短裤的下等人，而且可能还是个扑克牌老千。博比脑子里压根儿没有想要吹牛，他也不认为这件事和他爸爸的中张顺子一样；中张顺子靠的不过是希望和臆测罢了，如果照哈维切小学看门人查理的说法，不过是“傻子的牌戏”罢了，查理很乐意教博比玩很多萨利和丹尼不知道的牌戏——但是现在的情况完全不是靠猜测。

麦奎恩先生又看了博比好一会儿，博比的冷静自信显然令他有些困扰。然后他抬起手来，调整一下帽子，然后伸出手臂，好像《快乐旋律》中有一集兔八哥要在卡内基厅演奏钢琴之前的动作一样。“注意了，吹牛大王，这一回我会毫不保留地让你看看我的全套本领。”

纸牌在他手中飞快移动，模糊成一片粉红色。博比听到萨利在后面低呼：“老天爷！”卡萝尔的朋友蒂娜以一种不赞同的滑稽音调说：“太快了！”博比仍然注视着纸牌，但只不过因为他觉得大家都期望他这么做。麦奎恩先生这一回嘴里不再说个不停，这倒是让博比松了一口气。

纸牌停了下来，麦奎恩扬扬眉，看着博比，嘴角有一丝微笑，但是他呼吸急促，上唇挂着几滴汗珠。

博比立刻指着右边的牌说：“这张。”

“你怎么知道？”麦奎恩先生说，他的笑容不见了。“你到底是怎么发现的？”

“我就是知道。”博比说。

麦奎恩没有把纸牌翻面，而是稍微转过头去看着广场。原本的笑容变成怒气——他嘴角往下一撇，眉头深锁，连帽子上原本前后晃动、神气活现的塑料花现在似乎都变得闷闷不乐。“从来没有人能识破我洗的这手牌。”他说，“从来没有人能够赢我。”

蕾安达从博比的肩上伸手过去把牌翻过来，是红心皇后。这次所有的孩子都一起鼓掌，热烈的掌声令麦克郭先生的眉头更加深锁。

“这样一来，你总共欠吹牛大王博比九毛钱。”蕾安达说，“你要付钱吗？”

“如果我不付呢？”麦奎恩先生问，对着蕾安达皱眉头，“你要怎么样？叫警察吗？”

“也许，我们应该就这样离开算了。”安妮塔说，她的声音听起来很紧张。

“叫警察？我可不要。”蕾安达说，根本不管安妮塔说了什么，视线一直没有离开麦奎恩。“只不过要从口袋里掏出区区九毛钱而已，你就一副愁眉苦脸的样子。我的老天！”

只有博比明白，不是钱的问题。麦奎恩先生有时候输的钱比这个数目还多。他输钱的时候，有时候是为了设局骗人，有时候则是脱身之计。麦奎恩光火的原因是他居然败在洗牌上，他不喜欢在洗牌的赌局中输给一个孩子。

蕾安达继续说：“我的做法是，我会告诉广场上每一个想了解内情的人，你是个骗子。我会叫你九毛钱麦奎恩，你认为这样会对你的生意有什么帮助吗？”

“我很乐意把这门生意让给你做。”麦奎恩一边咆哮，一边还是把手伸进口袋里再掏出一把零钱——这一回是更大的一把——然后把博比赢的钱一一数给他。“喏，”他说，“九毛钱，去买杯酒喝吧！”

“你知道，我真的只是猜的。”博比一边把钱扫进手中、一边对麦奎恩说，然后他把钱放进口袋里，口袋沉甸甸的。早上和妈妈的争吵现在显得很愚蠢，他回家的时候身上带的钱比来时还要多，但这没有什么意义。“我很会猜。”

麦奎恩先生松了一口气。无论如何，他原本也不会伤害他们——他也许是下等人，但却不会伤害别人；他从来不会屈起修长的手指和别人拳头相向——但是博比不想令他闷闷不乐，只想赶快脱身。

“是啊，”麦奎恩说，“你真的很会猜，想要再猜一次吗，博比？有一笔财富等着你来拿唷！”

“我们真的得走了。”安妮塔匆匆地说。

“如果我再试一次就一定会输。”博比说，“谢谢你，麦奎恩先生，这个游戏很好玩。”

“是啊、是啊，去吧，孩子。”麦奎恩先生现在就像其他摆摊子的人一样，立刻转头往后望，开始寻找新的顾客。

回家的路上，卡萝尔和朋友一直以崇拜的眼光看着博比，萨利则是又困惑又佩服。博比觉得很不自在。有一度，蕾安达也转过头来，紧盯着他。“你不是只靠猜的。”她说。

博比很谨慎地看看她，不予置评。

“你突然灵光一闪。”

“什么是灵光一闪？”

“我老爸不是很爱赌的人，但是他偶尔对数目就是有一种直觉，他说那是灵光一闪。碰到这种时候，他就会去赌一把。有一次他赢了五十块钱，替我们买了整个月的日用品。你刚刚也发生了同样的情形，对不对？”

“我猜是吧，”博比说，“也许我也突然灵光一闪。”

博比回家的时候，看到妈妈交叉两腿，坐在门廊上。她已经换上周末的家居服，眼神忧郁地望着街上。她对卡萝尔的妈妈挥挥手，看着安妮塔把车开进自家车道，博比走上人行道。他知道妈妈在想什么：安妮塔的先生虽然在海军服役，不过她至少还有先生可以依靠；还有，安妮塔有一辆休旅车，而她却只能靠自己的两条腿，如果要到远一点的地方就得搭巴士，或是在需要去布里吉港的时候搭出租车。

但是博比看得出来，妈妈不再生他的气了，这样就好了。

“今天玩得开不开心啊，博比？”

“很开心。”博比说，心想：怎么了，妈，你才不在乎我在海滩玩得怎么样呢，你心里到底在想什么？但他看不出来。

“很好。孩子，你听好……很抱歉今天早上和你吵架，我很讨厌星期六还要去加班。”她恨恨地说出最后一句。

“没关系,妈。”

她摸摸他的脸颊，然后摇摇头。“看看你漂亮的皮肤变成什么样子了。绝对不要把自己晒成这样。进来吧，我帮你擦一点婴儿油。”

他跟着妈妈走进屋里，脱掉衬衫站在妈妈前面，莉莎则坐在沙发上，把芳香的婴儿油涂抹在博比的背上、手臂上、脖子上——甚至脸颊上。感觉真好，博比又开始想着他是多么爱妈妈、多么喜欢被妈妈抚摸的感觉。他很好奇如果妈妈知道他在摩天轮上吻了卡萝尔，她会怎么想？她会微笑吗？博比认为她听了不会微笑。如果她知道麦奎恩和纸牌的事情——

“我今天都没有看到你的朋友。”她一边说，一边转紧婴儿油的瓶盖，“我知道他在楼上，因为可以听到收音机在转播洋基队的球赛，但是你不认为他应该到门廊上坐坐吗？那里凉快多了。”

“我猜他不喜欢吧。”博比说，“妈妈，你还好吧？”

她很惊讶地看着他。“我很好，博比。”她对他微笑，博比也报以微笑。他勉强挤出一丝微笑，因为他一点也不觉得妈妈很好，事实上他很确定她不太好。

他就是有一种直觉。

那天晚上，博比又摊开双腿，像个大字般仰卧在床上，眼睛睁得大大地望着天花板。他的窗户是开着的，微风把窗帘吹得来回晃动，邻家窗口传来了“五黑宝合唱团”的歌声：“在夕阳余晖中，我们在穹苍下约会。”更远处则有飞机的引擎声隆隆作响，还传来号角声。

蕾安达的爸爸称之为“灵光一闪”，他曾经靠这样猜中乐透号码，赢了五十块钱。博比同意蕾安达的话，那是“灵光一闪”，没错，我有这种“灵光一闪”的直觉，但是他不能靠猜中乐透号码来拯救自己的灵魂。关键在于……

关键在于，麦奎恩先生每次都知道红心皇后会放在那个位置，所以我也知道。

博比一旦了解这点，其他的一切就豁然开朗。其实是再明显不过了，但是他一直玩得很开心，而且……你不会去质疑你知道的事情，对不对？你也许会质疑这种“灵光一闪”式的直觉——那种突然从天上掉下来的直觉——但是你不会质疑你知道的事情。

只是他怎么会知道妈妈把钱夹在衣柜最上层的施乐百商品目录内衣页？甚至他怎么会知道那里有一本商品目录？妈妈从来不曾告诉他，也不曾提过她用蓝色水瓶存硬币的事，但是当然啦，他知道这件事已经很多年了，他的眼睛又没瞎，虽然有时候总觉得妈妈当他是瞎子。但是商品目录呢？硬币累积到一定数量，就换成钞票，然后夹在商品目录中？他不可能知道这样的事情，但是当他躺在床上听着收音机播的流行歌从《地球天使》换成了《黄昏时分》，他知道目录就放在那里；他之所以知道，是因为她知道，所以他的脑子里就出现这个信息。在摩天轮上，他也知道卡萝尔想要他再亲吻她一次，因为那是她的初吻，而她当时却不够专心，结果还没有完全意识到发生了什么事，初吻就结束了。但是，知道这些事情不表示他能看到未来。

“不，这只是读心术而已。”他低声说，然后全身发抖，仿佛全身的晒伤都结成冰。

小心哪，博比——一不小心，你就会像泰德那么疯，成天只想着那些下等人。

远处，小镇广场那儿敲起十点整的钟响。博比转过头看看桌上的闹钟，那个大笨钟还指着九点五十二分。

好吧，如果不是市区的时钟快了一点，就是我的闹钟慢了一点。没什么大不了的。上床睡觉吧。

他觉得自己大概没办法马上入睡，不过今天还真发生了不少事情——和妈妈吵架、从那个玩三张纸牌戏法的赌徒手中赢了钱、摩天轮上的初吻——于是他开始愉快地进入蒙眬状态。

也许她真是我的女朋友，博比想，或许她终究还是我的女朋友。

当广场上提早响起的阵阵钟响连最后一声都逐渐消逝在风中时，博比也睡着了。

5. 博比读报 · 有白色胸毛的棕色小狗 · 莉莎的大好机会 步洛街夏令营 · 令人不安的一周 · 前往普维敦斯

星期一，妈妈上班后，博比到楼上读报给泰德听（泰德的视力其实还不错，可以自己看报，但泰德说他愈来愈喜欢博比读报的声音，也很享受可以一边刮胡子、一边听他读报的乐趣）。泰德站在小小的浴室中，把门打开，刮着脸上的泡沫，而博比则念着报上不同版面的标题。

“越南军事冲突恶化？”

“吃早餐以前听这条新闻？谢谢你，不必了。”

“手推车排排站，本地男子被逮？”

“念第一段给我听，博比。”

“昨天晚上，当警察来到哈维切镇男子安德森的家中时，他向警察说明了自己的嗜好，他声称自己喜欢收集超市的购物推车。‘他说得很有趣，’哈维切警察局的马洛伊警官说，‘但是我们不太满意的是，他收集的某些购物推车来路不太正当。'结果，安德森先生后院的五十几部手推车中，至少有二十几部是从哈维切镇的A&P超市和托托杂货店里顺手牵羊回来的，甚至还有几部是从斯坦斯伯里的IGA超市偷来的。"

"真是够了。"泰德说，他用热水冲洗刮胡刀，然后把刮胡刀移到涂满泡沫的颈部。"居然用这种自鸣得意的小镇幽默来嘲讽强迫性偷窃的病态行为。"

"我不懂你在说什么。"

"听起来安德森先生好像患了精神官能症——就是一种精神疾病。你认为精神出问题是很好笑的事情吗？"

"不是啊，我替螺丝松掉的人感到难过。"

"我很高兴你会这么说。我认识一些人，他们的螺丝不止松了，而是整个不见了；事实上，这样的人还挺多的。他们通常都具有病态，有时候令人惊讶，有时候很吓人，但是他们一点也不好笑。手推车排排站，真是的。其他还有什么新闻？"

"小明星出车祸命丧欧洲。"

"噢，不要。"

"洋基队从参议员队手中买到内野手。"

"我对洋基队和参议员队的交易毫无兴趣。"

"艾比尼尝到当落水狗的滋味。"

"好，麻烦你念一下这段新闻。"

泰德一面辛苦地把下巴刮干净，一面注意聆听。博比不觉得这个报道有什么吸引力——毕竟谈的不是弗洛伊德·帕特森[①]或英厄马尔·约翰松[②]的事（萨利都管这个瑞典籍重量级拳王叫"英吉宝贝"）——不过他还是乖乖念这篇报道。"飓风"海伍德和艾比尼的十二回合争霸战预定下星期三晚上在麦迪逊花园广场举行。两位拳击

① 弗洛伊德·帕特森（1935—2006），一九五二年在芬兰奥运中，年仅十七岁的帕特森赢得中量级拳击金牌，声名大噪；一九五六，获世界重量级拳王头衔，成为有史以来最年轻的拳王。

② 英厄马尔·约翰松（1932—2009），一九五九年击败帕特森夺得重量级拳王头衔，一九六〇年两人签约二度较劲。

手的纪录都很辉煌，但是外界认为年龄或许会是关键因素：二十三岁的海伍德将对抗三十六岁的艾比尼。这场比赛的赢家或许能在秋天，可能差不多在尼克松赢得总统宝座的时候，有机会争夺重量级拳王宝座。（博比的妈妈说尼克松一定会赢，而且这是好事——别管肯尼迪是不是天主教徒了，他太年轻，很容易变得太过急躁。）

在这篇报道中，艾比尼说他可以了解为什么自己居于劣势——他的速度已经加快了，但上次他在拳击赛中因为被判“技术性击倒”而落败，所以有些人认为他已经过气了。当然，他知道海伍德比他强，是年轻拳击手中的厉害人物，但是他一直努力训练自己，每天拼命跳绳，并和一个移动速度和出拳速度都与海伍德不相上下的家伙对打。整篇文章中充斥着“拳击赛”和“决心”之类的字眼，形容艾比尼“勇气十足”。博比看得出来，文章的作者认为艾比尼会被打得很惨，因此为他感到难过。“飓风”海伍德没有接受采访，但是他的经纪人，一个叫克兰丁斯特的家伙（泰德教博比怎么念这个名字）说，这可能是艾比尼的最后一场拳击赛。“他也曾有过风光的日子，不过他的时代已经过去了。”克兰丁斯特说，“如果艾比尼能撑到第六回合，我要叫我的孩子不要吃晚餐，早点上床。”

“克兰丁斯特是‘卡麦’。”泰德说。

“是什么？”

“是笨蛋。”泰德注视着窗外，朝着传来狗吠声的方向望去。脸上的表情不像他偶尔恍神的时候那么茫然，不过心不在焉。

“你认识他吗？”

“不，不认识，”泰德说，他起初似乎觉得很震惊，后来不禁莞尔，“只是知道他。”

“听起来那个叫艾比尼的家伙会被打得很惨。”

“你永远没办法知道，这就是最有趣的地方。”

“你的意思是？”

“没什么，翻到漫画版吧，博比，我想听《闪电侠》的故事。一定要告诉我今天雅登是怎么打扮的。”

“为什么？”

“因为我觉得她很性感。”泰德说。博比忍不住大笑，泰德有时候真是滑稽。

第二天，博比在斯特林会馆填完暑期棒球营的一堆报名表，在回家的路上，他看到联合公园的榆树上钉着一张印制精美的海报：

协寻威尔士犬菲尔！
菲尔七岁大，棕色毛，胸前有白毛！
眼神明亮而聪明！耳尖为黑色！
如果你说“菲尔，快去”，它就会把球捡回来给你！
如有仁人君子见到菲尔，请电 8-8337！
（或）
直接送至海格特大道 745 号沙加穆尔家！

海报上面没有菲尔的照片。

博比站在那里瞪着海报好一会儿，一方面他想要立刻跑回家告诉泰德——不止告诉他这件事，也告诉他跳房子格子旁边的星星和月亮；但另一方面，他心底有个声音说，公园里贴着各式各样的告示——他看到对面榆树上就贴着一张广告，宣传即将在小镇广场举行的音乐会——他如果让泰德为这件事操心就太傻了。这两个念头在他脑海中交战，仿佛两根木柴相互摩擦，直到他的脑子几乎快着火了。

他告诉自己，不要再想这件事了，他往后退。他内心深处有个声音——成年人的危险声音——发出抗议：别人付钱给他就是要他思考这类事情、要他报告这类事情，于是博比叫这声音闭嘴，声音不再出现。

博比回家的时候，妈妈又坐在门廊上，这次是在修补家居服的袖子。她抬起头来，博比看到她的眼睛下面肿的，眼睑红红的，手里捏着一张面纸。

“妈——？”

怎么回事啊？他想问……但是这样问很不明智，很可能是自找麻烦。博比没办法再像那天在赛温岩那样灵光一闪、透视人心，但是他很了解妈妈，从她沮丧地注视着他的眼神，把面纸愈捏愈紧到几乎紧握成拳，还有从她深吸一口气、坐直身子，一副如果你胆敢违抗便随时要和你大打出手的样子，他都看得出来。

“什么事？”她问。“你的脑袋瓜在想什么？”

“没事。”博比说。他的声音在自己耳中听来颇为不安而且畏缩。“我刚刚去斯特林会馆，棒球队的名单确定了，我今年暑假又被分到狼队。”

莉莎点点头，稍微松了一口气。“你明年一定可以参加狮队。”她把针线篮子放到地板上，然后拍拍身旁的空位。“博比，在我旁边坐一会儿，我有事情要告诉你。”

博比坐下来的时候，心底一阵战栗——她刚刚哭过，而且声音听起来好严肃——但结果却没什么大不了的，至少在博比眼中是如此。

“拜德曼先生邀我和他及库希曼先生、迪恩先生一起去普罗维敦参加研讨会，对我来说，这可是个大好机会。”

“什么是研讨会？”

“是一种会议——大家聚在一起了解关于某个主题的事情，然后互相讨论。这次的主题是二十世纪六十年代的房地产趋势。我很惊讶拜德曼先生会邀我，当然库希曼和迪恩早就知道自己要去参加，他们是房地产经纪人。但是唐居然邀我去……”她顿了一下，然后转头看着博比微笑。博比心想，那是发自内心的微笑，但是她还是红着眼眶，看起来很奇怪。“我一直很想当上经纪人，现在天外飞来这样的机会……博比，这是我的大好机会，可能也是我们两个人的大好机会。”

博比知道妈妈很想卖房地产。她有很多这方面的书，每天都读一点点，还在有些句子下面画线。但是如果这个机会这么棒，为什么她还要哭呢？

“太棒了！”博比说，“我希望你会学到很多东西。研讨会是在什么时候？”

“下个星期。我们四个人星期二一大早就得出发，星期四晚上八点钟左右才会回来。所有的会议都在华威旅馆举行，我们也会住在那里——拜德曼先生已经订了房间。我想我已经有十二年没有住过旅馆了，我有一点紧张。”

你是因为紧张才哭吗？博比很好奇。也许吧，如果你是大人的话——尤其是女人。

“你问问萨利，星期二和星期三晚上能不能住他家？我很确定萨利的妈妈——”

博比摇摇头：“不行。”

“为什么不行？”莉莎瞪了他一眼，“萨利的妈妈以前从来不介意你去他家过夜，你没有不守规矩吧？”

“没有，妈妈。只是萨利中了奖，可以去参加一星期的夏令营。”他嘴里吐出“一——”的元音时，感觉自己仿佛要开始微笑了，但是他硬把笑容压下去。妈妈还凶巴巴地瞪着他呢……而且凶巴巴的神情中藏着一丝恐慌。是恐慌，还是类似的情绪？

“什么夏令营？你在说什么呀？”

博比向她解释，萨利中了奖，可以免费参加一个星期的夏令营活动，他妈妈也会趁机回威斯康星的娘家——他们已经订好计划了，会搭大灰狗去等等。

“真该死，我就是这么倒霉。”博比的妈妈说。她几乎从来不咒骂任何事情，认为那是“粗话”，是无知的人才会说的话。现在她握起拳头猛敲椅子扶手。“真该死！”

她坐在那里沉思了一会儿。博比也一样。他在这条街上唯一的好朋友只有卡萝尔，但是他不认为妈妈会打电话给葛伯太太，问她能不能让他去过夜，毕竟卡萝尔是女生，谈到过夜的时候，这件事就有很大的关系。至于妈妈的朋友呢？问题在于她没有什么朋友……除了拜德曼先生之外（或许再加上要和他们一起参加研讨会的那两个同事）。莉莎认识很多人，都是她从超市回家的路上或星期五晚上去市区看电影时碰面会打招呼的熟人，但是却没有那种她可以打电话问十一岁大的儿子能否去借住几晚的朋友，也没有任何亲戚，至少博比不晓得她有任何亲戚。

博比和妈妈最后殊途同归，慢慢想到同样的事情。博比先想到，但是只快了一两秒。

“找泰德如何？”他问，然后几乎啪的一声用手掩住嘴巴。他不假思索就脱口而出了。

莉莎的脸上浮现她一贯半嘲讽式的笑容，每当她说些“死以前你还得先吃口泥土呢”和“两个囚徒从铁窗往外望，一个人看到的是泥巴，另一个人看到的却是星星”，当然还有她最爱的“人生原本就不公平”之类的话时，脸上就会浮现这样的笑容。

“你当我不知道你们两人单独在一起时，你都叫他泰德吗？”她问，“你一定以为我每天都吃些会让我变笨的药丸，博比？”她坐下来看着街上。一辆克莱斯勒纽约客汽车慢慢驶过，铬钢挡泥板闪闪发亮。博比注视着车子驶过，有个白发苍苍的老人家坐在驾驶座上，身上穿着蓝色外套。博比猜想他大概没什么问题，虽然很老，但不低俗。

“这个办法也许行得通。”莉莎终于说话。她若有所思地说着，比较像在自言自语，而不是在对儿子讲话。“我们过去和布罗廷根谈一谈。”

博比跟在妈妈后面爬上三楼，很好奇她是从什么时候开始知道如何正确念出泰德的姓。一个星期前？还是一个月前？

从一开始就晓得，笨蛋，他心想，从第一天就晓得。

博比最初的想法是，泰德可以留在三楼自己的房间里，而博比则待在一楼的家里；他们两人都把门打开，只要其中一人有什么需要，都可以大声叫喊。

“万一你半夜做噩梦，我不认为基卡仑或波洛斯基两家人会喜欢在凌晨三点钟，听到你大声叫布罗廷根先生过来。”莉莎严厉地说。基尔加伦或波洛斯基两家人都住在二楼；莉莎及博比和他们都没有什么交情。

“我不会做噩梦！”博比说，妈妈老把他当很小的小孩看，让他觉得很丢脸。“我是说真的。”

“说给自己听吧！”他妈妈说。他们坐在泰德的厨房里，两个大人在抽烟，博比的前面摆了一瓶沙士。

“这个主意不太好。”泰德告诉他。“博比，你是个好孩子，头脑清楚，又负责任，但是对十一岁的孩子来说，要自己一个人过夜，还是太年轻了一点。”

博比发现如果朋友说他太年轻，就比妈妈这样说要容易接受多了。而且他必须承认，午夜醒来上厕所时，知道只有自己一个人在家里还是蛮恐怖的。他办得到，毋庸置疑，他绝对办得到，但还是很恐怖。

“睡沙发呢？”博比问，“把沙发拉开就可以变成一张床，不是吗？”他们从来没有真的这样做过，但是博比很确定妈妈曾经告诉他，这是一张沙发床。他没记错，于是问题就这样解决了。很可能莉莎原本就不想让博比睡她的床（更不用提“巴乐廷根”了），当然更不想让博比待在三楼这个闷热的房间里——博比很确定这点，他猜莉莎拼命想找到解决的办法，反而忽略了最明显的答案。

于是他们决定下个星期的星期二和星期三，泰德晚上都过来睡在葛菲家客厅的沙发床上。博比一想到就很兴奋：他有两天可以自己在家——加上星期四，就是三天——而且到了晚上他开始觉得害怕时，还会有大人过来陪他，不是保姆，而是成年的朋友。这当然和萨利去夏令营一个星期还是不能相提并论，但是在某种程度，也相差无几了。这是步洛街夏令营，博比心想，他几乎要笑出声来。

“我们会过得很开心的，”泰德说，“我会表演我最拿手的香肠炖豆子。”他伸手摸摸博比的平头。

“如果你们要吃香肠炖豆子的话，也许应该把电风扇也拿下楼。”莉莎说，用夹着烟的那只手指一指泰德的风扇。

泰德和博比笑了起来。莉莎脸上又露出嘲讽的笑容，她把烟抽完，在泰德的烟灰缸中摁熄。这时候，博比又注意到她的眼睑有点浮肿。

博比随着妈妈下楼的时候，想起他在公园看到的海报——走失的威尔士犬，如果你说“菲尔，快去”，就会把球捡回来给你。他应该告诉泰德有关海报的事，应该把所有事情都告诉泰德，但是如果他这样做，泰德就会搬离一四九号，那么下个星期要找谁过来陪他呢？步洛街夏令营还办得下去吗？晚餐时他们俩还能一起享受泰德的拿手菜香肠炖豆子吗？（也许坐在电视机前面吃晚餐，妈妈通常都不准他这么做），而且还能想几点钟上床就几点钟上床吗？

博比暗自对自己许下承诺：下个星期五等到妈妈开完会回来，他就会把所有事情对泰德全盘托出。他会详细报告看见的事情，而泰德想怎么做都成，他会再逗留一阵子都说不定。

做了决定之后，博比的脑子变得十分清醒，两天后，当他在杂货店公告栏上看到倒过来贴的广告时——是出售洗衣机、烘衣机的广告——他几乎立刻把它抛到脑后。

不过博比这个星期仍然过得很不安。他又看到两张寻找宠物的海报，一张贴在闹市区，一张贴在艾许大道上离帝国戏院半英里远的地方（单单在家附近巡视已经不够了，他发现自己每天巡视的范围愈来愈大）。泰德开始愈来愈常恍神，恍神持续的时间也愈来愈久。当他心神恍惚的时候，他偶尔会开口说话，但说的不见得是英文。即使他说的是英文，博比也不见得听懂他说的话；大半时候，博比认为泰德是他所见过最聪明冷静、头脑最清楚的人，不过当他恍神的时候还蛮吓人的。至少博比的妈妈不知道这件事，如果她知道自己把孩子留给一个偶尔会恍神的人，而且会用英文说些没有意义的话，或以不知什么语言胡言乱语时，一定会抓狂。

有一次，当泰德有一分半钟几乎动也没动，只是茫然望着前方且对于博比愈来愈激动的问话毫无反应时，博比突然觉得，也许泰德当时正置身于另外一个世界——他已经离开地球，就好像《太阳之环》中的那些人一样，发现他们可以跟随小孩子的玩具陀螺旋转到任何地方。

泰德开始恍神的时候，手上还夹着一支烟，香烟的灰愈来愈长，终于掉到桌上。当香烟快烧到泰德的指关节时，博比轻轻把烟拿下，在快满出来的烟灰缸中摁熄，泰德这时才回过神来。

“抽烟吗?”他皱着眉头问,“该死,博比,你年龄太小了,还不能抽烟。”

“我只是替你把烟熄掉,我以为……”博比耸耸肩,忽然害羞起来。

泰德注视着右手的食指和中指,上面有着难以抹去的黄色尼古丁痕迹。泰德干笑几声——但短短的笑声中听不出真正的笑意。“你以为我快烧到自己手指了,对不对?”

博比点点头。“你变成那个样子的时候到底都在想什么?你的心思都跑到哪里去了?”

“很难解释。”泰德回答,然后请博比念他的星运图给他听。

由于博比心里老是挂念着泰德恍神的事,原本就很容易心不在焉,更不用提他还念念不忘泰德付钱催他做的事情。结果,原本博比一向是出色的打击手,这天下午在斯特林会馆的球赛中却连续被三振出局了四次。星期五是雨天,他们在萨利家玩战舰游戏时,他也连输了四次。

“你到底是哪里不对劲啊?”萨利问,“这是你第三次叫刚刚已经叫过的牌,而且我得把嘴巴凑在你耳朵旁边大叫,你才会回答我。怎么回事啊?”

“没事。”博比只是这样说。但他内心真正的感觉是,每一件事都不对劲。

那个星期中,卡萝尔也问了博比好几次“还好吧”,葛伯太太问他是不是“没吃饱”。伊冯娜想知道他有没有嗑药,然后就咯咯笑个不停,似乎快笑破肚皮了。

只有博比的妈妈没有注意到他的怪异行径。莉莎愈来愈专注于出差的行程,晚上不是和拜德曼先生通电话,就是和其他两位要一起出差的同事通电话(其中一个是库希曼,博比不太记得另外一个人叫什么名字),她把衣服摊在床上,直到整张床几乎都铺满了,然后生气地对着衣服摇摇头,又把衣服全放回衣柜里;接着打电话给美容院预约时间做头发,然后又回电问能不能也顺便帮她修指甲。博比不太晓得修指甲是要做什么，他得问问泰德。

莉莎似乎兴致勃勃地为出差做准备，不过这件事也有冷酷的一面，她就好像即将抢滩攻击敌军阵地的士兵，或是快要跳下飞机、登陆敌后地区的伞兵。有一天晚上她通电话的时候，好像压低声音在和人争论——博比猜想对方是拜德曼先生，但是他不太确定。星期六博比走进妈妈卧室的时候，看见她正瞪着两件新衣服看，一件有细肩带，另外一件则完全没有肩带。原本装新衣服的纸盒散落地板上，里面的棉纸都掉了出来。莉莎站在那里低头看着新衣服，脸上挂着博比以前从来没有看过的表情：眼睛睁得大大的，两道眉毛皱成一团，白净的脸上闪着几抹红晕。她一手放在嘴边，博比几乎可以听到她咬指甲的喀啦声。烟灰缸里还有一支烟在焖烧，显然已经被完全遗忘了。她的大眼睛在这两件衣服之间来回逡巡。

“妈？”博比问，莉莎跳了起来——真的跳到半空中，然后转身对着他，嘴角一撇，满脸怒容。

“我的老天！”她几乎是咆哮着说，“你有没有敲门？”

“对不起。”他说，然后退出去。妈妈以前从来没有提过敲门这档子事。“妈，你还好吧？”

“很好！”她抓起烟生气地猛吸一口，然后用力吐出来，看她这么用力，博比几乎以为不只是嘴巴和鼻子，连她的耳朵都会喷出烟来。“如果我可以找到一件参加鸡尾酒会的衣服，穿起来不会像头母牛一样，那么我的感觉就会更好。你知道吗？我以前都穿六号的衣服，嫁给你爸爸以前都穿六号衣服。现在看看我！胖得像头母牛一样！像只该死的大白鲸！”

“妈，你不胖，事实上你最近看起来——”

“出去，博比，拜托你，让妈妈单独在房里待一会儿，我觉得头很痛。”

那天晚上，他又听到妈妈的哭声。第二天，他看见她小心翼翼地把其中一件衣服装进行李箱，是有细肩带的那件。另外一件则放回纸盒子里：盒子前面用优雅的字体印着“布里吉港露西服饰店”。

星期一晚上，莉莎请泰德吃晚餐。博比最爱吃妈妈做的肉饼了，总是要求再来一份，但是在今天这样的场合，他得很努力才塞得下一块肉饼。他很担心泰德又会恍神，让妈妈又惊又怒。

结果，他的害怕毫无根据。泰德愉快地谈着他在新泽西的童年生活，而当博比的妈妈问起时，他也谈到他在哈特福德的工作。在博比看来，泰德谈到会计工作时，似乎没有像他回忆孩提时期的滑雪乐趣时那么自在，不过妈妈似乎没有察觉到这点。泰德却真的又要了一份肉饼。

吃完晚饭并把桌子收拾干净以后，莉莎交给泰德一张电话号码表，上面列了戈登医生、斯特林会馆夏季活动负责人以及华威旅馆的电话。“万一发生任何问题，请打电话给我好吗？”

泰德点点头。“好。”

“博比？没问题吧？”她把手覆在博比的前额上，就好像有时候博比抱怨自己发烧时一样。

“没有，我们会玩得很开心，对不对，布罗廷根先生？”

“喔，叫他泰德吧！”莉莎急促地说，“如果他晚上要睡在我们的客厅，我猜最好叫他泰德，可以吗？”

“当然可以，从现在开始就叫我泰德吧！”

他笑了，博比觉得那真是甜蜜的微笑，坦率而友善的微笑。他不知道有谁可以拒绝这样的笑容，但是他妈妈就可以，即使是现在，她明明也对着泰德微笑，博比还是看到她握着面纸的手一会儿收紧、一会儿放松，显示她仍然像平常一样焦虑而不快乐。博比的脑中浮现了她平常爱说的一句话：如果有办法把钢琴扛起来扔出去，我就可以信任他（或她）。

“从现在开始，叫我莉莎。”她伸出手来，他们好像才第一次见面般握握手……只是博比很清楚妈妈早已对泰德有了成见。如果她不是无路可走的话，绝不可能把博比托付给泰德。绝不可能。

她打开钱袋，拿出一只白色信封。“里面有十块钱。”她说，把信封递给泰德。“你们至少有一个晚上会出去吃饭吧，我猜——博比喜欢科隆尼餐厅，如果你也觉得可以的话——你们也许还会想去看场电影。我不知道其他还会有什么花费，不过最好还是准备得宽松一点，你说对不对？”

“宁可未雨绸缪，不要事后追悔，”泰德同意，然后把信封小心塞进裤袋中。“不过我不认为我们会在三天内花完十块钱，对不对，博比？”

“对，我看不出我们怎么可能花这么多钱。”

“不要浪费，不要贪求。”莉莎说——这是另外一句她的最爱，和“笨蛋很快就会身无分文”异曲同工。她从沙发旁茶几上的烟盒里抽出一支烟，用一只手摇摇颤颤地点燃烟。“你们不会有什么问题的，可能比我过得更快乐。”

博比看着妈妈那咬得歪七扭八的指甲，心里想：那是一定的。

博比的妈妈和同事一起搭拜德曼先生的车去普罗维敦。第二天上午七点钟，莉莎和博比站在前廊等候拜德曼先生。清晨的空气中飘着淡淡的雾气，意味着炎夏已经来临。从艾许大道传来上班尖峰时刻的隆隆车声，但在步洛街这儿，偶尔才会有汽车或送货卡车经过。博比可以听到草坪上的洒水器“淅洒——淅洒——”的声音，还有马路另一边鲍泽的汪汪吠叫声；不管在一月或六月，鲍泽的吠声始终如一，在博比眼中，鲍泽就好像上帝一样永远不会改变。

“你知道，你不必在这里陪我等。”莉莎说。她穿着一件薄外套，嘴里叼着烟，脸上的妆画得比平常浓一点，不过博比觉得仍然遮盖不住她的黑眼圈，她昨晚一定又辗转难眠了。

“没关系。”

“我希望留你在家里和他一起，不会有什么关系的。”

“不要再担心啦，妈，泰德是个好人。”

她轻轻哼了一声。

当拜德曼先生的水星轿车从联合街转到步洛街，开始从山脚下爬坡朝着一四九号驶来，可以看到车身的铬钢闪闪发光。

“他来了，他来了！”博比的妈妈说，声音既紧张又兴奋。她弯下腰来，“亲我一下，博比。我怕弄乱了嘴唇上的唇膏，所以不能亲你。”

博比用手扶着妈妈的手臂，轻轻吻她的脸颊。他闻到她的发香，还有她身上的香水和脸上擦的脂粉。他之后永远不可能再像这样毫无阴影地怀着满满的爱亲吻她了。

莉莎微微对他笑了一下，眼睛没有望着他，而是望着拜德曼先生的车子优雅地驶过来，在他们的房子前面停住。莉莎伸手去拿行李，不过博比已经把两只皮箱提起来了。（博比心想，虽然她那些时髦的衣服大概已经快把其中一只皮箱塞满了，不过出差两天带两只皮箱似乎是蛮多的。）

“皮箱太重了，博比，你下台阶的时候会摔跤的。”

“不会，”他说，“我不会。”

她心不在焉地望了他一下，就对着拜德曼先生挥挥手，蹬着高跟鞋朝车子走去。博比跟在后面，努力不要因为皮箱太重而龇牙咧嘴……皮箱里到底都装了什么东西呀？衣服还是砖块？

不过至少他没有停下来休息，就把皮箱提到人行道。这时候，拜德曼先生已经下车，先亲了一下莉莎的脸颊，然后掏出后车厢的钥匙。

“你好吗，伙伴？把皮箱放在后面，我会把它塞好。女人老是带一大堆东西，对不对？”他露齿而笑，令博比想起《蝇王》中的杰克，“需不需要帮你提一只箱子？”

“不用了。”博比说，他不屈不挠地踏着沉重的步伐跟在拜德曼先生后面，觉得肩膀酸痛、颈背发热，身上猛冒汗。

拜德曼先生打开车子后面的行李箱，从博比手中接过皮箱，塞进车子里和其他行李放在一起。莉莎则隔着后车窗，和另外两个一起出差的同事谈话，有一个人说了什么让她笑了起来。在博比看来，她的笑声就好像义肢那么虚假。

拜德曼先生关上行李箱，低头看看博比。他是个瘦子，却有一张大脸，脸颊总是红彤彤的，梳头发留下的齿痕中露出粉红色的头皮，还戴了一副圆形的金边眼镜。在博比眼中，拜德曼先生的笑容看起来就像妈妈的笑声一样假。

“暑假会不会去打棒球呀，伙伴？”拜德曼微微屈膝，做出挥棒的姿势，博比觉得他像傻子一样。

“会，我参加了狼队，我希望能参加狮队，但是……”

“很好，很好。”拜德曼先生夸张地看看手表——宽宽的金表带在晨曦下闪闪发亮——然后他拍拍博比的脸。博比拼命忍住，才没有缩回来不让他摸。

“嘿，我们得上路了！谢谢你把妈妈借给我们。”

他转过身去，陪着莉莎绕过车头走到前面的乘客座，他的手一直放在莉莎背上。

博比很不喜欢他这么做，比看到他亲吻她的脸颊还不喜欢。博比瞥了一下后座那两个穿西装的男人——他想起来了，另外一个人叫迪恩——刚好看到他们轻轻地互碰手肘，两个人都咧着嘴。

博比心想，里头有一点不对劲。拜德曼先生为博比的妈妈打开车门，莉莎喃喃道谢后坐进车里，稍微整一整衣服，免得弄皱了。这时博比有股冲动想叫她不要去，罗得岛的普罗维敦离家太远了，甚至连布里吉港都太远了，她应该待在家里。

但他什么都没说，只是站在屋前看着拜德曼先生把车门关上，绕回去打开驾驶座旁的车门，停了一下，然后又愚蠢地对着他作势挥棒，这次还摇一摇屁股。

“不要做任何我不会做的事情，”他说，库希曼则在后座大喊：“但是如果你做了，就用我的名字来取名字。”

博比不太懂他话中的含义，但是这句话一定很好笑，因为迪恩听了大笑，拜德曼则对他暧昧地眨眨眼，露出“这是我们男人之间的秘密”的那种神情。

妈妈则对他说：“要乖乖的，博比。星期四晚上，我大该八点钟就到家了——最晚不会超过十点。你确定没问题吗？”

不，我一点也不好。不要和他们去，妈，不要和拜德曼先生以及那两个坐在后座偷笑的傻子一起去，求求你。

“当然没问题啦。”拜德曼先生说，“他是男子汉，对不对，伙伴？”

“博比？”莉莎问，眼睛没有看着拜德曼，“有没有问题？”

“没问题，”他说，“我是男子汉。”

拜德曼先生放声大笑——杀掉那头猪，割断它的喉咙，博比心想——然后发动车子。“前进普罗维敦！”他大叫，然后把车子开到对街，往艾许大道驶去。博比站在人行道上，挥手目送车子驶过卡萝尔家，驶过萨利家，心里仿佛卡着一根骨头似的。如果这是某种征兆——某种预感——他永远不要再有这种感觉了。

有只手搭在他的肩上，他回过头去，看到泰德穿着浴袍和拖鞋、嘴里叼支烟站在旁边，头发还没有梳过，仍是怒发冲冠的样子。

“所以，那就是你妈妈的老板啰？”他说，“毕德迈尔先生，对不对？”

“拜德曼。”

“你喜欢他吗，博比？”

博比以低沉的声音悲哀而清楚地说：“我不信任他的程度，就好像我没办法把钢琴扛起来扔出去一样。”

6. 肮脏的老男人·泰德的拿手菜·噩梦·魔童村·在那边

送妈妈离开后一个小时，博比跑去斯特林会馆后面的第二棒球场。由于要到下午才有比赛，所以只有一些人在做打击练习，但即使这样也聊胜于无。北边的第一棒球场，有一群小孩在胡乱比着几乎不太像棒球赛的球赛，而在南边的第三棒球场，总算有一群中学生认真进行着像样的棒球赛。

小镇广场的大钟敲响正午钟声没多久，男孩子纷纷停下来寻找卖热狗的摊贩。比尔问：“那边那个奇怪的家伙是谁呀？”

他指着树荫下的长椅，虽然泰德披了件军用外套、戴了软呢帽和墨镜，博比仍然立刻认出他来。他猜如果萨利没有去夏令营的话，一定也认得出来。博比几乎要举起手来挥一挥，但是忍住了，因为泰德在乔装打扮。泰德是特地出门来看住在楼下的朋友打棒球的，虽然这不算正式比赛，博比感觉喉头一阵哽咽。自从两年前博比开始打棒球以来，妈妈只来看过一次球赛——那是在去年八月，他的球队打入冠亚军决赛时——即使那次，她也只看到第四局就离开了，因此没有看到博比击出胜利关键的三垒打。博比，家里总得有人出去工作。如果他胆敢质疑妈妈，她会这样回答。你知道，你老爸并没有留下大笔财富给我们。当然，她说得没错——她必须上班，而泰德已经退休了。只是泰德必须躲避穿黄外套的下等人（而那也算一种全职工作）。实际上根本没有什么下等人不是这件事的重点，因为泰德相信他们的确存在……但是仍然出门来看他比赛。

"也许是什么想欺负小孩的脏老头。"哈里说。哈里虽然个子小，但很强悍，无论碰到什么事，都不轻易屈服。和比尔及哈里在一起，博比不禁怀念起星期一早上（在头脑还昏昏沉沉的清晨五点钟）搭巴士离开的萨利。萨利没什么脾气，而且心肠很好；有时候，博比觉得那是萨利最大的优点——心肠好。

第三棒球场传来清脆的挥棒击球声——那是球棒稳稳击中球的声音，是第二棒球场的小孩子还没有办法制造的声音，紧接着又传来赞赏的吼叫声，比尔、哈里和博比听了都紧张地望着那个方向。

"圣盖伯利中学的学生，"比尔说，"他们把第三棒球场当成是自家开的了。"

"一群讨厌的天主教徒，"哈里说，"天主教徒都是娘娘腔，随便来一个，我都可以把他撂倒。"

"如果来个十五、二十个呢？"比尔问，哈里不吭声。前面卖热狗的车子像镜子一样闪闪发光。博比摸摸口袋里的钱，泰德从妈妈给的信封里拿钱出来给他，然后就把信封放在烤面包机后面，告诉博比需要钱的时候，随时自己拿。博比因为泰德如此信任他而感到飘飘然。

"往好的一面看，"比尔说，"也许那些圣盖伯利的学生会把那脏老头痛扁一顿。"

他们走到餐车时，博比只买了一根热狗，而没有像原先打算的买两根。他的胃口似乎没有以前好。他们回到第二球场时，狼队的教练已经推着装满球具的手推车出现了，而原先泰德坐的那张椅子如今空无一人。

“过来，过来！”泰瑞尔教练拍拍手，叫大家过去。“想打棒球的过来吧！”

那天晚上，泰德用葛菲家的烤箱做他的拿手菜，换句话说，菜里面又放了一大堆热狗。但是在一九六〇年的夏天，十一岁的博比可以一天吃了三顿热狗后，在宵夜时再吃掉一根热狗。

泰德忙着煮晚餐的时候，博比读报上的新闻给他听。关于帕特森和约翰松即将举行的对抗赛，也就是每个人都说是世纪决战的那场比赛，泰德只想听一两段就好，但是关于明天晚上艾比尼和海伍德在纽约麦迪逊花园广场的比赛，他却要博比一字不漏地念给他听。博比觉得有点奇怪，但是他太快乐了，不想表示什么意见，更别说抱怨了。

他不记得妈妈以前是否也曾不在家过夜，他很想念她，但同时也因为她会离开一阵子而松了一口气。最近几个星期或甚至几个月以来，他们两人之间有一种奇怪的紧张气氛，就好像通电后会持续发出的嗡嗡声，你几乎习以为常了，直到有一天那声音消失不见了，你才晓得那个声音已经对生活造成多大的影响。这时候，他又想到妈妈常说的一句话。

“你在想什么？”博比走过来端盘子的时候，泰德问他。

“我在想，改变和休息同样都是好事。”博比回答，“我妈妈常这么说。我希望她和我一样觉得很开心。”

“我也希望，博比。”泰德说。他弯下腰来打开烤箱，检查晚餐好了没有。“我也一样。”

晚餐美味极了——泰德从小镇广场边的肉商那儿买来了特殊的辣味热狗，而不是用超市卖的那种热狗，再加上博比最喜欢的B&M豆子罐头（博比猜，泰德大概是乔装出门的时候顺便买了这些东西），里面还放了辣酱，吃进嘴里没一会儿，整个脸都快热得冒汗。泰德再添了一次，博比则添了两次，配着一杯又一杯的葡萄汽水，把辣热狗送下肚。

泰德吃晚餐的时候又恍神了一次，起先他说可以从眼球后面感觉到他们，然后又叽里呱啦说了一堆不知是什么的外国话，或是根本在胡言乱语，但是为时很短，完全没有影响博比的食欲。恍神就好像走路拖拖拉拉或右手食指和中指间的尼古丁痕迹一样，已经是泰德的一部分了。

他们一起收拾碗盘，泰德把剩菜收进冰箱、将碗盘洗干净，博比则把碗盘擦干收好，因为他比较清楚什么东西应该放在什么地方。

“明天有没有兴趣和我一起搭车去布里吉港？”泰德一面洗碗一面问，“我们可以去看一场电影——午场电影——然后我有一点事情要办。”

“哇，耶！”博比说，“你想看什么电影？”

“欢迎你提出任何建议，不过我心里想的是英国电影《魔童村》，是根据约翰·温德姆写的一部很不错的科幻小说改编的，你想看吗？”

起先博比兴奋得说不出话来。他在报纸上看过《魔童村》的广告——广告上有一群眼睛发光、看起来阴森森的小孩——但是从没想过他真的可以去看这部电影。这部电影显然和帝国戏院或广场上哈维切戏院的星期六午场电影很不一样。哈维切镇的戏院常在午场放映怪兽电影、西部片或奥迪·墨菲演的战争片。虽然妈妈去看晚场电影的时候，通常都会带他一起去，但是莉莎不喜欢科幻片（她喜欢像《黑暗的顶楼》之类的伤感爱情片）。而且，布里吉港的电影院也和哈维切这种老戏院或帝国戏院那种朴实无华的风格很不一样，布里吉港的戏院好像童话中的城堡一样，里面有巨大的荧幕（剧终时会放下天鹅绒帷幕），天花板上许多小灯如繁星般闪烁，墙壁上装饰着漂亮的壁灯……还有双层楼座。

“博比？”

“就这么说定了！”他终于说，觉得今晚大概会兴奋得睡不着觉了。“我会很爱这部电影的。但是你难道不怕……你知道……”

“我们坐出租车去，不要搭公交车。回来的时候，我可以打电话另外叫一部出租车。没有问题的。我猜他们正在远离我们，因为我没有办法清楚感觉到他们。”

不过泰德一面这么说，一面往外面看。博比觉得泰德好像在说一个连自己都不相信的故事，他心想，如果泰德愈来愈常恍神的情况有任何含义的话，那么他很有理由露出那副表情。

少来了，下等人根本不存在，和闪电侠一样不真实。他要求你注意的东西只是……只是一些东西而已。千万要记得这点，博比，那些都是再平常不过的东西。

收拾干净以后，他们两人坐下来看电视剧《野马》。虽然在所谓“成人西部片”的类型中，这不算最好的一部（《安邦定国志》和《超级王牌》是最好的两部），但已经算不错了。看到一半的时候，博比放了一个普通响的屁，泰德的热狗炖豆开始发生作用了，他偷瞄了泰德一眼，确定他没有皱着眉头、捏起鼻子。还好没有，他顾着看电视，似乎很专心。

播广告的时候（几个女演员在推销电冰箱），泰德问博比想不想喝一杯沙士。博比说好。“我想我应该吃一点浴室架子上的胃片，我刚刚可能吃太多了。”

他起身的时候，泰德放了个长长的响屁，听起来就像吹低音喇叭一样。博比用手掩住嘴，咯咯笑个不停，泰德抛给他一个悔不当初的微笑，就走出房间。博比笑的时候，一用力又放了更多屁，当泰德一手拿着泡着胃片的杯子，一手拿着还在冒泡的沙士走回来时，博比因为笑得太厉害，眼泪都流出来了，像雨滴似的沿着脸颊流下来，悬在下巴。

“这个应该有点帮助。”泰德说，当他弯着腰把沙士拿给博比时，后面又响起洪亮的喇叭声。“刚刚有一只鹅从我的屁股飞了出来。”他理所当然地说。博比笑得没法好好坐在椅子上，于是从椅子上滑下来，像烂泥巴一样瘫在地板上。

“我马上回来，”泰德告诉他，“我们还需要别的东西。”

泰德把门开着，所以博比可以听到他上楼的声音。泰德还没走上三楼，博比已经想办法爬回椅子上，他觉得这辈子从来没有笑得这么厉害过。他喝了一点沙士后又开始放屁。“鹅刚刚飞……飞出……”他没有办法把话说完就重重落在沙发上，头左右晃动，不断号叫。然后又从沙发滑落，整个人笑得瘫在地上。

泰德下楼了，楼梯又吱嘎作响。他回来的时候，手臂中夹着电风扇，电线整齐地缠绕在电扇底座上。“你妈妈说得对。”他说。当他弯下去插插头时，又有一只鹅从他的屁股飞了出来。

“她通常都对。”博比说，两个人都觉得很好笑。他们一起坐在客厅里，电风扇来回转动，搅动着愈来愈芳香的空气。博比心想，如果再不止住笑，他的头简直要爆了。

电视播完之后（这时候博比早就不知道故事在演什么了），他帮泰德一起把沙发床拉出来。原先藏在沙发里的床看起来不是太舒适，但铺上莉莎准备的床单和毯子后还差强人意，泰德说这样很好。博比刷完牙后，从卧室门口望出去，看到泰德正坐在沙发床尾看电视。

“晚安。”博比说。

泰德看看他，在那短暂的片刻间，博比以为泰德会站起身、走过来拥抱他一下，或许还会亲亲他。但他只是滑稽地向他敬个礼而已。“好好睡吧，博比。”

“谢谢。”

博比关好卧室门，把灯熄掉，摊开双腿平躺在床上。他在黑暗中瞪着天花板，回想起泰德抓着他的肩膀，然后用双手环绕着他的颈背的情景。那天他们的脸靠得很近，几乎就像他在摩天轮上面和卡萝尔接吻前靠得一样近，那是他和妈妈吵架的那一天，是他发现商品目录里夹了钞票的那一天，也是他从麦奎恩先生手中赢了九毛钱的那一天。当时麦奎恩还说：去买点酒喝吧！

难道是因为泰德吗？是因为泰德碰了他，所以他才有第六感吗？

“是啊，”博比在黑暗中喃喃自语，“是啊，可能是。”

如果他再像那样碰我一次呢？

博比想着想着，不知不觉睡着了。

他梦到一群人在丛林中追着他的妈妈——《蝇王》里的杰克和小

猪、小顽皮，还有拜德曼、库希曼和迪恩。他妈妈穿着从露西时装店买来的新衣服，也就是那件有细肩带的黑色洋装，只是已经被树枝和荆棘刺破，袜子也破破烂烂的，好像腿上挂着一片片坏死的皮肤一样，深陷的眼眶中满是汗水，闪耀着恐惧的光芒。而追赶她的男孩全身赤裸，拜德曼和其他两个男人则穿着西装。他们脸上都画着红黄交替的线条，手里挥舞着长矛，嘴里叫嚣着：杀掉这头猪，割断她的喉咙！杀掉这头猪，喝干她的血！杀掉这头猪，剁碎她的肠子！

天刚破晓，他在微曦中醒来，颤抖着起身上厕所，回到床上时已经不太记得刚刚的梦境了。他又睡了两个小时，然后就在培根和煎蛋的香味中醒来。明亮的夏日阳光已经从窗户斜射进来，泰德已经开始做早餐了。

《魔童村》是博比童年时期看的最后一部电影，也是最棒的一部电影，而且也是他挥别童年后的第一部电影以及最棒的一部电影，他之后就进入了人生的黑暗期，经常做坏事，总是感到迷惘，变成一个连自己都不认识的博比。第一个逮捕他的警察满头金发，当他偷了东西被警察从杂货店里带走时，他当时想到的就是《魔童村》电影里面的金发男孩。这个警察有可能是其中一个男孩长大成人后的模样。

电影是在凯特雷戏院放映，正是博比前一晚所向往的其中一座布里吉港梦幻宫殿。这部电影虽是黑白片，不过对比相当鲜明，不像家里电视上播的那些黑白片画面那么模糊，而且在大荧幕上，影像也显得特别巨大，音效也很好，尤其当米德维奇村的小孩真的开始运用他们的力量时配乐声令人毛骨悚然。

博比被这部电影给迷住了，电影才放映不到五分钟，他已经觉得电影所描述的故事是真的，里面的人看起来好像真实的人，因此令虚构的情节更加恐怖。他猜萨利会觉得这部电影除了结尾之外，都很沉闷。萨利喜欢看巨蝎蹂躏墨西哥市或怪兽登陆东京之类的影片，对其他的怪兽片就没有兴趣了。不过萨利现在不在这里，而且自从他离开之后，博比这才是第一次觉得很开心。

他们正好赶上一点钟的下午场，戏院里几乎空无一人。泰德（戴着软呢帽，墨镜折起来放在胸前口袋中）买了一大包爆米花和一盒糖果，还替博比买了一杯可乐，也给自己一杯沙士。（当然啰！）他偶尔会把爆米花和糖果递给博比，博比会伸手拿一些，但是他几乎没有意识到自己在吃东西，更不晓得自己在吃什么。

米德维奇是一座英国村庄，电影开始的时候，村里每个人都在睡觉（这时候，一个拖车司机已经被杀了，还有一个女人也遭到杀害，她的脸朝下贴着点燃的炉台）。军方接到通知后，便派了一架侦察机去查看。飞机一飞到米德维奇村的上空，飞行员就睡着了，于是飞机坠毁。另外有个腰上缠了绳子的士兵才走进村里十几步，便陷入沉睡中，当他被拖回来的时候，一跨过公路上画的“睡眠线”，就立刻醒了过来。

米德维奇的村民后来都醒了，而且似乎一切如常……直到几个星期以后，镇上的女人发现她们全都怀孕了。年纪大的女人、年轻的女人、甚至像卡萝尔这样年纪的小女孩，全都怀孕了，而她们生下的小孩就是电影海报上那些阴森森的孩子，那群满头金发、眼睛闪闪发亮的男孩。

虽然电影没有明说，但博比猜想这些魔童一定和外层空间有关，就好像《人体异形》里的那些人一样。无论如何，他们长大的速度比正常孩子快，也特别聪明，还有办法让别人听命行事，而且个个冷酷无情。当其中一个父亲想要管教他的魔童时，所有魔童全聚集在一起，大家的脑子一起想着那个侵犯魔童的大人（他们的眼睛发亮，配乐骇人而诡异，博比喝着可乐，手臂上满是鸡皮疙瘩），直到那个家伙拿着枪对准自己的头，开枪自杀（博比很庆幸电影没有把这部分演出来）。

片中的英雄是乔治·桑德斯，他的太太也生下一个金发男孩。萨利瞧不起桑德斯，老是叫他“娘娘腔的杂种”，但博比看腻了兰道夫·斯科特、理查德·卡尔森和无所不在的奥迪·墨菲耍英雄，很高兴能看到不一样的英雄人物。套句里弗斯的话，桑德斯还真会耍冷。他总是系着一条很酷的领带，头发紧贴着头皮往后梳拢，看起来实在不像是能打败流氓坏蛋的那种人，但在米德维奇村里，魔童只愿意和他打交道；事实上，魔童征召他来担任老师。博比实在无法想象斯科特或墨菲可以教导一群外层空间来的超级聪明孩子任何东西。

最后，唯有桑德斯能摆脱魔童的控制。他发现他能够不让魔童看透他内心的想法——尽管只是短暂片刻都好——只要他在脑子里想象一面砖墙，然后把内心深处的秘密都藏在砖墙后面就可以了。当大家一致同意必须赶走魔童以后（你可以教他们数学，却没办法教他们明白：为了惩罚一个人而让他开着车子坠下悬崖是不对的事情），桑德斯把一枚定时炸弹放在箱子里，然后提着箱子走进教室，因为只有在这里才能将魔童全都一网打尽（博比依稀明白，其实这是《蝇王》灵异版中的杰克和猎人们）。

魔童感觉到桑德斯对他们有所隐瞒。在电影的最后，你可以看到桑德斯心墙上的砖块一块块飞出去，当魔童刺探他脑中的思想、想找出他到底在隐瞒什么时，砖块愈飞愈快。最后，魔童看到了箱子中炸弹的影像——八九捆炸药和闹钟绑在一起，你看到他们那对令人毛骨悚然的金眼睛睁得大大的，露出恍然大悟的神情，但是已经来不及了，炸弹爆炸，英雄也阵亡了，这点令博比十分震惊——在帝国戏院放映的午场电影中，斯科特从来不会死掉，卡尔森和墨菲也不会——但是他明白桑德斯是为了大我而牺牲小我。博比认为自己同时也明白了另外一件事：泰德为什么会恍神。

泰德和博比探访米德维奇村的那天，南康涅狄格州的天气变得非常炎热。反正刚看完一部很棒的电影之后，博比并不怎么喜欢现实世界；在那短暂的片刻间，上天仿佛在开个不公平的玩笑，周遭看到的尽是眼神呆滞、面无表情、庸庸碌碌的平凡人。有时候他觉得假如现实世界也有高潮迭起的情节，就会有趣多了。

"布罗廷根和博比击中砖块了！"泰德走过戏院遮檐下（前面悬着的布条写着"请进来凉一下"）时赞叹。"你觉得怎么样？喜欢这部电影吗？"

"很棒，"博比说，"太棒了。谢谢你带我来看电影，这是我所看过最棒的一部电影。他是什么时候拿到那些炸药的？你当时觉得他骗得过他们吗？"

"这个嘛……别忘了，我看过那本小说。你认为你会想看这本小说吗？"

"会！"博比这么认为，事实上，他突然有股冲动想冲回哈维切镇，在炙热的骄阳下一路跑回去，这样他就可以马上用新借书证把《米德维奇的布谷鸟》借回来。“他有没有写别的科幻小说？”

“温德姆吗？喔，当然有，还不少呢，而且无疑还会继续写。科幻小说和推理小说作家有个好处，就是他们很少踌躇五年都不出书，只有成天喝威士忌、搞风流韵事的严肃作家才有这样的特权。”

“他的其他作品也像刚刚的故事这么好看吗？”

“《三尖树时代》和这部一样好，《海龙醒来》甚至比这部更棒。”

“海龙是什么？”

他们走到街角，等着红灯转绿。泰德睁大眼睛、装出阴森森的表情，弯下腰，学鲍里斯·卡洛夫[①]的样子对博比说：“是一种妖怪。”

他们继续走，起先讨论电影，然后谈到外层空间是不是真的可能有生物，接着又聊到桑德斯在电影中系的那条很特别、很酷的领带（泰德告诉他，那种领带叫做蝉形阔领带）。当博比开始注意周遭环境时，他们已经走到他从来不曾看过的布里吉港——他和妈妈一起来这里的时候，总是在市区逛街，所有的大商店都集中在那里。这里则有很多小店挤在一起，没有一家店贩卖百货公司会卖的商品，例如服装、电器、鞋子和玩具等。博比看到锁匠的招牌、支票兑现服务及二手书店。其中一个招牌上面写着“罗德枪店”，另外一个写着“照片冲洗”，还有一家则是“伍发面条公司”，而在伍发公司隔壁是一家卖纪念品的商店。这条街和赛温岩的广场像得出奇，以至于博比几乎预期会见到那个玩纸牌的人站在街角，前面摆着牌桌和扑克牌。

经过那家纪念品店的时候，博比想瞧一下橱窗里面的摆设，但是却被竹帘子给遮住了；他从来没有听过有任何商店会在营业时间用竹帘子遮住展示品。“你觉得谁会想买布里吉港的纪念品？”

“我认为他们不是真的在卖纪念品，”泰德说，“我猜他们卖的是性相关的服务，大都不太合法。”

博比肚子里有一缸子疑问——可能有上亿个问题——但是他觉得此时此刻还是沉默为妙。在门口挂着三颗金球的理发店外面，他停下

---

① 鲍里斯·卡洛夫（1887—1969），英国演员，以出演《科学怪人》而成名。

来看看天鹅绒上陈列的十几把露出刀锋的刮胡刀。刮胡刀排成一个圆圈，看起来很奇怪，但（在博比眼中）也很漂亮：这几把刮胡刀看起来仿佛从致命的机器上拆下来的。刮胡刀的刀把也比泰德的刮胡刀奇怪多了，一把看起来像象牙，另外一把看起来像镀了金线的宝石，第三把则像水晶。

“如果你买了一把这样的刮胡刀，你的胡子是不是就会变得比较有型？”博比问。

他以为泰德会笑，但却没有。“一般人买了这样的刮胡刀，都不会拿来刮胡子的，博比。”

“你是说？”

泰德没有回答他，倒是在一家希腊人开的熟食铺买了一种叫做“基洛”的三明治给他吃，这是把一种手工面包对折后，里面涂了一种奇怪的白酱，博比觉得看起来好像青春痘的脓一样。他强迫自己尝尝看，因为泰德说这种三明治很好吃，结果这是他这辈子吃过最美味的三明治，和科隆尼餐厅的热狗面包或汉堡放的肉一样多，却又多了热狗和汉堡所没有的特殊口味；而且在人行道上吃东西、和朋友一起散步、看别人也被别人看，感觉很棒。

“这一区叫什么？”博比问，“有名字吗？”

“现在，谁知道呢？”泰德说，并耸耸肩，“他们以前叫这里希腊区，后来意大利人搬来了，接着是波多黎各人，现在黑人也搬来了。有个名叫大卫·古迪斯的小说家——大学教授绝不会读他的作品，他是街头药店卖的那种廉价小说高手——他称之为‘那边’。他说每个城市都有这样的地方，你可以在那边买大麻、买春或买只会说脏话的鹦鹉，男人老是坐在凳子上聊天，就像对面那些男人一样，而女人似乎总是大声吼着叫孩子赶快回家，除非他们皮痒了想讨打，还有那里的酒总是放在纸袋里。”泰德指一指水沟，的确可以看到酒瓶脖子从棕色纸袋中探出头来。“这就是古迪斯说的，在那边姓啥名谁根本不重要，只要口袋里有钱，几乎什么东西都买得到。”

“在那边。”博比看着三个橄榄色皮肤的青少年经过，心里想。这里是卖折叠式刮胡刀和特殊纪念品的地方。

站在这儿，博比感觉凯特雷戏院和孟西百货公司仿佛前所未有的遥远，而步洛街呢？步洛街和哈维切镇的一切简直就像在另一个太阳系那么遥远。

最后，他们来到一个叫做街角撞球店的地方。那里也有一条广告横幅，上面写着“进来凉快一下吧”。当博比和泰德经过时，一个年轻人走出来，他身穿T恤、头戴巧克力色鸭舌帽，打扮得好像法兰克·辛纳屈[①]一样，手上还提着一个又长又细的盒子，里面是他的撞球杆，博比觉得既敬畏又赞叹，他的盒子里装着自己专用的撞球杆，就好像提着吉他之类的东西一样。

“谁最时髦啊？”提着盒子的年轻孩子问博比，然后咧开嘴笑，博比也笑了。年轻人用手指比了个手枪的手势，指着博比，博比也用手指对着他比比手枪。那孩子点点头，仿佛在说，耶，好吧，你很时髦，我们都很时髦，然后就随着脑子里的音乐节拍扭动身子，边打着响指走到马路对面去了。

泰德先看看马路的这一头，然后又看看另外一头，前面有三个黑人小孩在松开的消防栓溅出的水中嬉戏。回头往他们来时的方向望去，有两个年轻人——一个是白人，另一个可能是波多黎各人——正神情严肃地掀开一辆福特老爷车的车头盖，仿佛正在快速操刀动手术的医生。泰德看看他们叹了一口气，然后看着博比说：“即使在大白天，这里仍然不是小孩子该来的地方，但是我也不想把你留在大街上。进来吧。”他牵着博比的手，带他走进去。

7. 街角撞球场·衬衫·在威廉·佩恩餐厅外面·法国性感小猫

博比最先闻到的是啤酒味，空气中弥漫着浓浓的啤酒味，仿佛早

---

① 法兰克·辛纳屈（1915—1998），二十世纪最重要的流行音乐人物之一。与猫王和披头士齐名。

从金字塔还没建造之前，小镇居民就已经在这儿喝酒了。接着就听到电视的声音，电视上播的节目不是《美国音乐台》，而是傍晚固定播出的连续剧（他妈妈老是称这些连续剧为“喔，约翰，喔，玛莎”剧），还听到乒乒乓乓的撞球碰击声。然后，他才慢慢看清楚屋里的一切，因为里面很暗，眼睛需要一段时间来适应。

博比发现里面很长。在他们右边是走廊，走廊的另一端是个看起来几乎没有止境的房间。大半的撞球台都用布盖着，只有少数撞球台灯光明亮，几个人在撞球台边缓缓走来走去，偶尔停下脚步，弯腰击球。其他人则坐在墙边的高椅子上观战，身影几乎隐没在黑暗中。有个人正在让擦鞋童替他擦亮鞋子，他看起来好像有一千岁了。

正前方是个很大的房间，里面放满弹珠台，有个很大的牌子写着：“请勿捶打机器，违规两次者，本店将下逐客令。”牌子上有无数红色、橘色的小灯，闪烁着令人头昏的炫目灯光。有个戴鸭舌帽的年轻人——显然这是在“那边”的摩托车骑士的标准装扮——弯身打着电动，嘴里叼着烟，头发往后梳，袅袅香烟从他面前缓缓上升，他把外套翻转过来绑在腰际。

大厅左边有个酒吧，电视机的声音和啤酒味都是从那里传出来的。吧台前面有三个人低头喝着闷酒，每个人身旁都留了几个空位。博比觉得，他们看起来不像电视广告中畅饮啤酒时那样快乐，反而像是全世界最寂寞的人。他觉得很奇怪，他们为什么不靠拢过来，三个人坐在一起聊聊天呢！

附近有一张桌子。有个胖子推开桌子后面的门走进来，博比可以听到里面微微传来收音机的声音。胖子嘴里叼着雪茄，穿着一件画满棕榈树图案的衬衫，好像那些随身携带撞球杆的撞球老手一样打着响指，低声哼着：“啫—啫—啫，啫—啫—咔啫—啫，啫—啫—啫—啫！”博比认得这个调子，这是冠军乐团的畅销歌《龙舌兰》。

“你是谁呀？”胖子问泰德，“我不认识你，而且他也不能进来这里，你看不懂那些字吗？”他用胖胖的手（指甲很脏）指着桌上的告示：未满二十一岁者请离开。

“你不认识我，但是我猜你认识吉米·吉拉提。”泰德彬彬有礼地说，“他跟我说应该来见见你……我是说，假如你就是莱恩·费尔斯的话。”

“没错，我就是莱恩。”胖子说，立刻变得亲切多了。他伸出手来，又白又胖的手好像卡通影片中米老鼠、唐老鸭或加菲猫戴的白手套。“哈！你认识吉米？该死的吉米！你猜怎么着，他爷爷现在就坐在那里擦鞋子，最近他老爱把鞋子擦得亮亮的。”莱恩对泰德眨眨眼，泰德微笑着和他握握手。

“这是你儿子吗？”莱恩问，弯下腰来仔细端详博比。博比从他的鼻息中闻到薄荷味和雪茄味，也闻到他身上的汗臭，还看到他衣领上的头皮屑。

“他是我的朋友。”泰德说，博比听到兴奋得不得了。“我不想把他一个人留在街上。”

“是啊，除非你愿意等一下付钱把他赎回来。”莱恩同意，“小鬼，你让我想起某个人，怎么会这样？”

博比摇摇头，想到自己看起来像莱恩认识的人，就觉得有一点可怕。

胖子几乎没注意博比的反应，便站直身子，再度看着泰德说：“小孩子不能进去，贵姓大名是……？”

“泰德·布罗廷根。”泰德伸出手来，莱恩握了握。

“你也晓得，泰德，干我们这一行的，警察盯得很紧。”

“当然，但是他就站在这里不会乱跑。对不对，博比？”

“当然。”博比说。

“我们不会谈太久，但这是门好生意，费尔斯先生——”

“叫我莱恩就好。”

莱恩，当然啰，博比想，因为这里就是“那边”。

“就像我说的，莱恩，我想掺一脚你们的好生意，我想你应该会同意。”

“如果你认识吉米的话，应该知道我不做那种五分钱、一毛钱的小生意，”莱恩说，“我把这些零头生意留给那些黑鬼做。所以，我们现在谈的是帕特森对抗约翰松那场吗？”

“是艾比尼和海伍德那场，明天晚上在花园广场的比赛？”

莱恩睁大眼睛，满是胡碴的胖脸露出微笑。“天哪、天哪，喔，我的老天爷！我们得好好谈一谈。”

“当然啦。”

莱恩绕过桌子走过来拉起泰德的手臂，领着他往撞球场走去。然后他停下脚步，回过头来，“在家里，他们是不是都叫你博比？”

“是的，先生。”如果在其他地方，他会说：是的，先生，博比·葛菲……但是在这里，他想只要说博比就够了。

“好，博比，我知道那些打弹珠的机器很吸引人，而你的口袋里可能也有一两枚硬币，但是请不要效法亚当，要努力抗拒弹珠台的诱惑，好吗？”

“好。”

“我不会去太久的。”泰德告诉他，然后就跟着莱恩穿过门口，进入撞球场。他们经过坐在高椅子上的那些人，泰德停下来和那个正在擦鞋的人谈话。泰德站在吉米的祖父旁边，显得很年轻。老人家抬起头来，泰德说了几句话，两人相视而笑。就老人家而言，吉米的祖父笑声十分洪亮。泰德伸出双手，和气地拍拍老人苍白的脸颊，他的举动又惹得吉米的祖父笑起来。然后，泰德就跟着莱恩经过坐在高椅子上的那些人，走进盖着帘子的小房间里。

博比动也不动地站在桌子旁边，但莱恩没有说不能到处看，所以他环顾四周。墙上贴着很多啤酒牌子和月历，月历上的美女都穿得很少，其中有个月历女郎正在跨越篱笆，还有个女孩正要跨出车门，她的裙子拉到大腿处，露出了吊袜带。桌子后面贴了更多告示，表达的多半是负面的观点（例如：“如果阁下不喜欢本镇，那么就悉听尊便”；“不要叫男孩做男人的工作”；“天下没有白吃的午餐”；“本店不收支票”；“恕不赊账”；“恕不提供拭泪巾”等），还有一个很大的红色按钮，上面标示着“报警”两个字。天花板上布满灰尘的线圈悬挂着许多玻璃纸包，有的写着“东方人参爱情灵药”，有的则写了“西班牙快乐丸”。博比很好奇那些是不是维他命，但这样的地方为什么会卖维他命呢？

打电动的年轻人用力拍打“边界巡警”游戏机的侧边，接着就退后一步，对着机器比中指，然后他走进大厅，扶一扶帽子。博比用手指对他比画手枪的姿势，年轻人显得很讶异，然后他咧嘴一笑，一面朝门口走去，一面对博比做同样的手势，同时松开绑在腰上的外套。

“这里不准穿帮服，”他说，注意到博比的眼睛瞪得很大，眼里充满好奇。“甚至连颜色都不能露出来，这里的规矩。”

“喔。”

年轻人微笑着举起手来，他的手背上有个蓝色魔鬼叉。“但是我有这个，小兄弟，看到没有？”

“看到了。”那是刺青，博比羡慕得要命。年轻人看到以后笑得更开心了，露出一口白牙。

“这里是魔鬼帮的地盘，整条街都得听魔鬼帮的，其他人都是没用的废渣。”

“这条街吗？”

“要不然还有哪里？机灵点，小宝宝。我喜欢你，你长得很好看，不过你的平头还真丑哩。”

门开了，涌入一股热气和街上的嘈吵杂声，年轻人走出去。

桌上有个藤条篮吸引了博比的目光，他斜过身子看清楚一点，篮子里装满了钥匙圈，上面有红、蓝、绿等各种颜色的塑料坠饰。博比拿起一个钥匙圈，看到上面用金字写着：街角撞球场，撞球，各种游戏机。肯穆尔 8-2127。

“没关系，你拿去吧！”

博比吓了一跳，几乎把篮子撞到地上。一个女人从莱恩刚刚走进去的那道门里走出来，她的块头很大，几乎像马戏团里的胖女人一样胖，但却如芭蕾舞者般步履轻盈。博比抬起头来，胖女人俯看着他。她一定是莱恩的姐姐。

“对不起。”博比嗫嚅着，把钥匙圈放回去，然后将藤条篮轻轻推回去。如果不是那个女人伸出手挡住藤条篮，博比可能已经成功地将篮子推回桌子的另一边了。女人露出微笑，脸上毫无愠色，博比大大松了一口气。

“我是说真的，不是在讽刺你，你应该拿一个。”她拿起一个钥匙圈，上面系着绿色饰物。“都是便宜的小东西，而且还免费赠送。我们拿这东西来打广告，就好像送火柴盒一样，不过我不会送火柴盒给小孩子。你不抽烟吧？”

“不抽。”

“这是好的开始，也离酒远一点。喏，拿去，别拒绝免费赠品，现在免费赠品已经不多了。”

博比收下钥匙圈。“谢谢，很漂亮。”然后把钥匙圈放在口袋里，他知道必须想办法把它处理掉，万一妈妈发现了这个东西，一定会很不高兴。就好像萨利说的，她会问二十个问题，甚至三十个问题。

“你叫什么名字？”

“博比。”

他等着看她会不会问他姓什么，暗自窃喜她没有问。“我叫阿莲娜。”她伸出手来，手上戴了好几枚戒指，好像弹珠台的灯光那样一闪一闪。“你和爸爸一起来的吗？”

“我和朋友一起来，”博比说，“我想他现在正在为海伍德和艾比尼的比赛下赌注。”

阿莲娜看起来既紧张又觉得好笑，伸出一根手指按在红唇上发出“嘘——”的声音，气息中有浓浓的酒味。

“在这里别提‘赌’这个字，”她警告道，“这里是撞球场，你只要记住这点就会没事。”

“好。”

“你这小鬼长得挺不赖的，博比。看起来……”她沉吟一下，“我说不定认识你爸爸？说不定哦？”

博比摇摇头，但也有点怀疑——刚刚莱恩也说博比让他想起一个人。“我爸爸过世了，很多年前就去世了。”他总是加上后面这句，免得别人拼命表示同情。

“他叫什么名字？”博比还没搭腔，阿莲娜自己就说了出来——从她的红唇直接吐出那几个神奇的字。“是不是兰迪？兰迪·加勒特，兰迪·格里尔之类的？”

博比倒抽了一口气，惊讶得说不出话来。“他叫兰达尔·葛菲，但是你怎么会——”

阿莲娜开怀大笑，胸部因为大笑而波涛汹涌。“主要是你的头发，还有雀斑……高鼻子……”她弯下腰来，博比可以看到她有如水桶般巨大的白皙双峰。她用手指轻轻点一下博比的鼻子。

“他常来这里打撞球吗？”

“不是，他不是撞球迷，只是来喝啤酒，有时候……”她很快比了一下，好像前面有张虚拟的台子，博比想起麦奎恩。

“是啊，”博比说，“我听说他从来没有碰过他不喜欢的中张顺子。”

“我不知道有这回事，不过他是个好人。有时候他在星期一晚上走进来，而这里安静得就像墓地一样，但不到半小时，他就逗得每个人开怀大笑。他会点史黛芙的那首歌来听，我不记得歌名了，他还要莱恩把点唱机开大声一点，真是个开心果，所以我记得他；难得看到满头红发的开心果。他不会替醉汉买酒喝，但除此之外，只要你开口，他会连身上的衬衫都脱下来给你。”

“不过我猜他输了很多钱。”博比说，他简直不敢相信自己正和认识老爸的人谈着老爸的事情。不过他相信很多事情都是这样挖掘出来的，完全是偶然出现的意外。你一直埋头忙着自己的事，突然之间，过去的种种就莫名其妙掩袭而至。

“兰迪吗？”她显得十分惊讶，“不，他可能一星期来喝三次酒——如果他刚好又在附近的话。他好像在卖房地产或拉保险之类的……”

“房地产。”博比说。

“他常常来附近的办公室拜访，我猜如果他是做房地产的，那么大概是工业方面的产业。你确定他不是在卖医疗用品吗？”

“不是，是房地产。”

“我们的记忆真是滑稽，”她说，“有些事情会记得很清楚，但大半时候随着时间流逝，绿的也变成蓝的了。不过现在这里所有的商业活动都外移了。”她摇头感叹。

博比对于附近地区如何日渐没落毫无兴趣。“但是，他玩牌的时候却逢赌必输，他总是一心想拿到中张顺子。”

“你妈妈这样告诉你的吗？”

博比不吭声。

阿莲娜耸耸肩，脸上变换着耐人寻味的表情。“好吧，这是你和她之间的事情……嘿，也许你爸爸的钱是在其他地方输掉的。我只知道他每个月都会和朋友来这里一两次，玩到午夜左右就回家了。如果他曾经大赢或大输，我可能会记得。但是我不记得有这样的事情，所以可能大半时候他都是有输有赢，差不多打平。顺便提一下，正因为这样，他是个很好的扑克牌玩家，比那边大多数人都高明。”她往泰德和她弟弟的方向看了一下。

博比看着她，觉得愈来愈困惑。你老爸可没有留下一大笔财富给我们，他的妈妈老爱这么说，还有她口中那张过期的保险单及一堆还没付款的账单；我知道的不多，妈妈今年春天还这样对他说，博比开始觉得这句话对他也很适用：我知道的不多。

“他长得真好看，我是说你爸爸，”阿莲娜说，“他有鲍勃·霍普的鼻子和长相。我猜你以后也一样——你长得很像他。有没有女朋友啊？”

“有。”

那些未付的账单难道都是假的吗？可能吗？难道那张寿险保单事实上已经理赔过，而且钱都存起来了，也许存在银行里，而不是夹在施乐百商品目录中？这是可怕的想法，博比简直难以想象妈妈会要他把自己的爸爸想得很坏（想成下等人，一头红发的下等人），如果老爸实际上是个好人的话，但是这个想法似乎还蛮……正确的。可能妈妈很生气，她常常这样；可能因为她太气了，所以口不择言。或许老爸——就博比记忆所及，妈妈从来没有叫过他“兰迪”——老是把衬衫脱下来送给别人，结果惹得妈妈气愤不已。妈妈不会把衬衫送给别人，不会把自己身上的衬衫脱下来送人或从别的地方拿来送人。在这个世界上，你得好好保管自己的衬衫，因为人生本来就不公平。

“她叫什么名字？”

“莉莎。”他感到一阵头晕目眩，好像刚从阴暗的戏院走出来站在艳阳下一样。

“和伊丽莎白·泰勒的小名一样。”阿莲娜看起来很高兴，“你女朋友的名字真不错。”

博比笑起来，有点不好意思。“不是，我妈妈叫莉莎，女朋友叫卡萝尔。”

“她长得漂亮吗？”

“可以说增一分则太肥、减一分则太瘦。”他说，咧着嘴猛笑，一只手一直晃来晃去。他听到阿莲娜的爆笑声时，觉得很开心。阿莲娜从桌子对面伸手过来，手臂上的肉垂下来，好像软趴趴的面团一样，她捏捏博比的脸。有一点痛，但博比很喜欢。

“俏皮鬼！我可不可以跟你说一件事？”

“当然可以，什么事？”

“男人有时候喜欢打一点小牌，但这并不表示他像匈奴王阿提拉那么坏，你懂吧？”

博比起先点头点得有些迟疑，后来变得比较坚定。

“妈妈终究是妈妈，我不会说任何妈妈的坏话，因为我也爱我的妈妈，不过，并不是每个人的妈妈都赞成玩扑克牌或打撞球或……像这样的地方。她们有她们的看法，但不过是看法罢了。听懂了吗？”

“懂。”博比说，他的确听懂了。他觉得很奇怪，好像自己在同一个时间又哭又笑似的。我爸爸曾经来过这里，他心里想。至少就目前而言，这件事比妈妈可能向他撒谎还重要。爸爸曾经来过这里，他甚至可能就站在我现在站的地方。“我很高兴长得像他。”博比脱口而出。

阿莲娜点头微笑。“你就这样走进来，从街上走进来，天底下真会有这么巧的事吗？”

“我不知道，但是谢谢你告诉我这些事情，真是多谢。”

“如果随他的话，他整晚都会不停播放史黛芙的那首歌。”阿莲娜说，“好，你可别到处乱逛啊！”

“不会的，女士。”

“不对，叫我阿莲娜。”

博比笑了。“阿莲娜。”

她像博比的妈妈那样给了他一个飞吻，而当博比假装接住那个吻时，她笑了起来，然后从那道门走出去。博比可以看到，穿过那道门之后是个好像客厅的地方，墙上挂了一个很大的十字架。

他把手伸进口袋里，把钥匙圈套在手指上（他想，这是今天来这里的特别纪念品），然后想象自己从西方车行骑着脚踏车到步洛街。他往公园的方向骑着，把巧克力色的鸭舌帽倒过来戴在头上，长发往后梳成鸭尾形——他不再留平头了。他把外套绑在腰上，手臂上深深印着蓝色的刺青。卡萝尔会在第二球场外面等他，看着他一路骑车过来，当他骑车绕着她转圆圈，把碎石头往她的白球鞋弹过去时（但不是弹到上面），她心里会想：喔，你这疯狂的男生。疯狂，是啊，好一个坏坏的摩托车骑士和厉害的狠角色。

莱恩和泰德回来了，两个人看起来都很开心；事实上，莱恩的样子就好像刚把金丝雀吞下肚的猫（博比的妈妈常常这样形容）。泰德停下来和老人家简短交谈几句，老人家点头微笑。当泰德和莱恩回到大厅时，泰德朝电话亭走过去，但莱恩拉住他的手臂，领着他往桌子走来。

泰德跟在莱恩后面，莱恩摸摸博比的头。“我知道你长得像谁了，”他说，“我在后面的时候突然想到，你的爸爸是——”

“葛菲，兰迪·葛菲。”博比抬头注视莱恩，这人像极了他的姐姐，他心想，血缘关系真是奇妙，当血缘关系这么近时，即使是素不相识的陌生人，有时候还是可以从人群中把你认出来。“你喜欢他吗，费尔斯先生？”

“谁，兰迪？当然啦，他是个很棒的家伙。”但是莱恩说得很含糊，博比判断他不像他姐姐那么注意爸爸；莱恩可能不记得史黛芙的歌，也不记得兰迪会把衬衫脱下来给你之类的事，不过他不会替醉汉买酒喝；不，他不会这么做。“你的朋友也很不错，”莱恩继续说，说得比刚刚带劲多了。“我喜欢高手，高手也喜欢我。不过在这里很少碰到像他这样真正的高手。”他转过头去看泰德，此时泰德正把脸贴近电话簿查电话号码。“试试看索克出租车行，肯穆尔 6-7400。”

“谢谢。”泰德说。

“不客气。”莱恩经过泰德身边，从桌子后面那道门走进去。博比再瞄了一下客厅和大十字架。门关起来以后，泰德对博比说：“你下了五百元的赌注赌拳击赛以后，就不必像其他蠢蛋一样打付费电话了。”

博比倒抽一口气。“你在‘飓风’海伍德身上赌了五百美元？”

泰德从烟盒中抽出一支烟放进嘴里，笑着点燃它。“老天，不是，”他说，“我赌艾比尼赢。”

叫到出租车以后，泰德带博比坐到吧台上，点了两杯沙士。他不知道我其实不喜欢喝沙士，博比心里想，这似乎是关于泰德的另外一个谜团。莱恩亲自为他们服务，完全不提博比不应该坐在酒吧里这档事。他是个好孩子，只是违反了未满二十一岁不得入内的规定。显然当你下了五百美元赌注后，得到的不只是一通免费电话而已。但即使博比为了赌博的事感到很兴奋，他仍然心知肚明，泰德之所以下赌注，是为了筹措跑路费。泰德即将离他而去，这份体悟冲淡了知道老爸不是坏人的喜悦。

出租车是有很大后座的汽车，司机专心听着收音机转播的洋基队球赛，入迷到有时候还会开口和收音机里的体育播报员对答。

“莱恩和他姐姐认识你爸爸，对不对？”他其实并不是真的在问问题。

“是啊，尤其是阿莲娜。她认为我爸是大好人。”博比沉吟了一下，“但是我妈可不这么想。”

“我想你妈妈看到了阿莲娜从来不曾看到的一面，”泰德回答，“她看到了不止一面，每个人都有很多面，就好像钻石一样，博比。”

“但是，我妈说……”太复杂了，很难解释清楚。她从来没有真的说了什么，都只是暗示而已。博比不知道要怎么告诉泰德他的妈妈也有很多面，而她的某些面令人很难相信她从来没有明说过的那些事情。而且就算真的把事情摊开来谈，又有多少部分是他真心想知道的呢？毕竟爸爸已经死了，而妈妈还活着，何况他还必须和她一起生活……也必须爱她。他没有别人可以爱了，即使是泰德都不成，因为——

“你打算什么时候走？”博比低声问。

“等你妈妈回来以后。”泰德叹了一口气，先望望窗外，然后低头看着自己交叠在膝盖上的双手，他没有看博比，还没有。“也许等到星期五早上吧。我得等到明天晚上才拿得到钱。我在艾比尼身上下的注是四赔一，所以赢的话会拿到两千块钱。莱恩会打电话去纽约下注。”

他们开始过桥，把“那边”抛在后面。现在他们来到博比和妈妈曾经一起逛过的市区，街上的男人都穿西装、打领带，女人也都穿着丝袜，而不是短袜。他们的样子和阿莲娜很不一样，博比觉得当他们说“嘘——”的时候也不会吐出酒气，至少下午四点钟的时候不会。

“我知道你为什么没有赌帕特森和约翰松那场，”博比说，“因为你不知道谁会赢。”

“我猜这次帕特森会赢，”泰德说，“因为他已经准备好怎么对付约翰松了。我也许会在帕特森身上赌两块钱，但是五百块钱？要赌五百块钱，你要不是很确定，就是疯了。”

“艾比尼对海伍德这一场的结果已经预先安排好了，对不对？”

泰德点点头。“当你念到克兰丁斯特也牵涉在这场拳击赛中，我就明白是怎么回事了，我猜艾比尼这一回应该会赢。”

“克兰丁斯特经手的其他拳击赛，你也下过注吗？”

泰德沉默了一下，只是看着窗外。收音机转播的球赛中，有人把球直接击向投手福特，福特把球接住，丢给守在一垒的史克龙，现在八局上半已有两人出局了。最后泰德说：“原本海伍德有可能赢，虽然看起来好像不太可能，但是原本可能他会赢。后来……你有没有看到那边那个老人家？坐在椅子上擦鞋的那个人？”

“有啊，你刚才还拍他的脸。”

“那是老吉，因为他以前交游广阔，所以莱恩让他在这里晃来晃去。莱恩还以为那是以前的事了，现在他只是一个老人家，常常在十点钟来这里擦鞋，然后把这件事忘得一干二净，下午三点钟又来擦一次鞋。莱恩以为他现在只是什么都搞不清楚的老糊涂。老吉随他怎么想。如果莱恩说月亮是绿色的奶酪，老吉不会反驳他。这个老吉，其实他来这里是为了吹冷气，而且直到现在，他以前的人脉都还在。”

“他和吉米有关系？”

“他和各式各样的人都有关系。”

“莱恩不知道拳赛结果已经预先安排好了吗？”

“他不知道，不是很确定，我猜他终究会晓得的。”

“但是老吉知道，他知道这回哪个人应该假装被击倒。”

“对，我的运气很好。飓风海伍德会在第八回合落败。然后等到明年他胜算比较高的时候，就会得到他的报酬。”

“如果老吉不在这里，你还会下注吗？”

“不会。”泰德立刻回答。

“那么当你离开以后，要从哪里找钱呢？”

泰德听到“当你离开以后”这几个字，露出沮丧的表情。他似乎要伸手去环住博比的肩膀，但又忍住没有这么做。

“总会有人知道一些事情。”他说。

他们来到艾许大道，虽然还在布里吉港境内，但是离哈维切镇界只剩一英里远了。

博比知道接下来会发生什么事，他伸手去握泰德被烟熏黄的大手。

泰德把膝盖转去贴着车门，手也跟着过去。“最好不要。”

博比不需要问为什么。人们会贴上“油漆未干”的告示，是因为如果你去摸刚上了漆的东西，油漆就会沾在你的皮肤上。你可以洗掉油漆，或经过一段时间之后，油漆也会慢慢褪掉，但是起初总有一段时间会沾在你的手上。

“你要去哪里？”

“我不知道。”

“我觉得很难过，”博比说，他可以感觉到泪水刺痛了眼角，“如果你出了什么事，都是我的错。我看到一些你叫我注意的东西，但是没有告诉你。我不希望你离开，所以告诉自己你疯了——不是真的完全疯了，而是关于你认为有下等人追你这件事——我什么都没有告诉你。你给了我一份工作，我却把它搞砸了。”

泰德又举起手臂，接着改变主意垂下手臂，很快地拍拍博比的腿。在洋基棒球场上，库贝刚刚击出两分全垒打，全场观众为之疯狂。

“我晓得。”泰德轻轻地说。

博比瞪着他。“什么？我听不懂。”

“我可以感觉到他们愈来愈接近，这是为什么我愈来愈常恍神。不过我也对自己撒谎，就像你一样，原因也相同。博比，你以为我想在这个时候离开你吗？在你妈妈这么困惑、不快乐的时候？老实说，我并没有真的那么关心她，我们合不来，打从第一次见面的时候就合不来，但她是你妈妈，而且——”

“她怎么了？”博比问。他记得要压低声量，但抓着泰德的手臂拼命猛摇。“告诉我！你知道的，我知道你知道！是不是拜德曼先生？是不是和拜德曼先生有关？”

泰德望着窗外，眉头深锁，嘴唇紧闭，最后他叹了一口气，拿出香烟点燃。“博比，”他说，“拜德曼先生不是好人，你妈妈也晓得，但她也知道有时候你必须想办法和不太好的人相处。她认为只要相处久了，慢慢就合得来了，于是她就这么做了。过去一年来，她做过一些自己并不引以为傲的事情，但是她一直很小心。从某个角度来看，她必须和我一样小心，不管我喜不喜欢她，我都很佩服她。”

“她做了什么事？他逼她做什么事？”博比心中一凉，“拜德曼先生为什么要带她去普罗维敦？”

“去参加不动产研讨会。”

“只是这样吗？只是这样而已吗？”

“我不知道，她也不知道。或许她已经知道，也生怕会发生一些事情，却不去想它，只一心希望事情不会发生。我不清楚。有时候我很清楚——有时候我可以把事情看得非常清楚。第一次看到你的时候，我就知道你想要一辆脚踏车，这件事对你非常重要，你很想利用暑假期间赚钱买脚踏车。我很佩服你的决心。”

“你是故意碰我的，对不对？”

“没错，至少第一次是。我碰碰你，借机就多了解你一点，但是朋友之间不会互相刺探，真正的友谊会尊重彼此的隐私。而且当我碰你的时候，我把某种——某种窗口传给你了。我想你也知道。第二次碰你……真的碰到你、抱住你，你知道我的意思……那是个错误，但不算太可怕的错误。有好一会儿，你知道的事情比你应该知道的还多，不过慢慢就减少了，对不对？不过，如果我继续下去……一直碰你、碰你，就是两个人很亲密时的那种碰法……事情就会改变，而且再也不会慢慢消失了。”他拿起快抽完的烟，厌恶地看着那支烟。“就好像你一旦抽了太多烟，就会一辈子上瘾。”

“我妈妈现在还好吗？”博比问，虽然他知道泰德无法给他答案。不管泰德多么天赋异禀，他的能力还没有那么神通广大。

“我不知道，我——”

泰德突然动也不动，眼睛望着前方，他把烟摁熄，因为太用力，火星喷溅在手背上，他却好像浑然未觉。“天哪！”他说，“喔，天哪，博比，真的碰上了。”

博比倾身向前往窗外看，脑子里还想着泰德刚刚说的话：碰了又碰，好像两个很亲密的人的那种碰法。

前面是个三岔路口，艾许大道、布里吉港大道和康涅狄格公路都在这个叫做清教徒广场的地方交会。午后的艳阳照得电车轨道闪闪发光，停在红灯前的货车不耐烦地猛按喇叭，迫不及待想冲出去。汗流浃背的警察嘴里衔着哨子，手上戴着白手套指挥交通。左手边是著名的威廉·佩恩餐厅，这里可以吃到康涅狄格州最棒的牛排（拜德曼先生有一次做了一笔大生意以后，请所有同事到这里吃大餐。妈妈回家的时候带回十几个威廉·佩恩餐厅的火柴盒）。妈妈有一次告诉博比，这家餐厅最出名的地方就是它的酒吧跨越了哈维切镇界，但餐厅却还在布里吉港境内。

在清教徒广场那边，有一辆德索托车停在餐厅前面，车身漆上博比从未见过的紫色，他甚至从来不曾想象会有这种颜色。这种紫色简直鲜艳得伤眼，博比整个头都痛了起来。

他们的车子会像他们的黄外套、尖头鞋和发油一样粗俗而且招摇。

紫色汽车闪闪发光，挡泥板上装了防护罩，引擎盖夸张地画上巨大的装饰图案。在昏暗的灯光下，德索托的车头仿佛假珠宝般闪耀，车胎是粗大的白边轮胎，还装上螺旋形车轮盖，后面竖起一支天线，天线顶端挂着浣熊尾巴。

“下等人，”博比喃喃地说。毫无疑问，那是德索托汽车，但同时那辆车子和他这辈子看过的所有汽车都截然不同，古怪得有如异类。当他们离三岔口愈来愈近时，博比看到德索托车里面的椅套颜色是带有金属感的蜻蜓绿，和紫色车身形成强烈对比，驾驶盘上铺着白色毛皮。“我的老天，是他们！”

“你必须想办法让脑子想别的事情。”泰德说，他抓住博比的肩膀（感谢上苍，出租车司机忙着收听棒球转播，完全没有注意后座的两个人在做什么），用力摇一摇他以后才松手。“你必须想别的事情，懂吗？”

博比照做了。《魔童村》中桑德斯筑起心墙，把所有想法和计划都藏在心墙后面，不让那些小孩发现。博比以前试过在脑子里想着大联盟投手莫里·威尔斯，不过这回他不认为这招会管用。那么要想什么呢？

从清教徒广场再过去几个路口，可以看到帝国戏院的遮阳檐，突然他几乎听到萨利拍打波露弹力球“啪——啪—啪哗”的声音。如果她是贱货，萨利说过，我很乐意当收货员。

然后，博比满脑子都是那天看到的海报：碧姬·芭杜（报纸上都叫她“法国性感小猫”）身上只披一条毛巾，脸上挂着微笑；她的样子和撞球场月历上那些跨出车门的女人有点像，就是把裙子撩到膝上、露出吊袜带的女人，不过碧姬·芭杜比较漂亮，而且很真实。然而对博比这样的男孩而言，她的年纪当然太大了。

（“我这么年轻，而你这么老，”上千台收音机播放着保罗·安卡的歌，“人家告诉我，你是我的甜心。”）

但她还是很美，而且猫也可以看着皇后，他妈妈总是这么说：猫也可以看着皇后。博比往后靠在椅背上，碧姬·芭杜的形象愈来愈清晰，他却眼神涣散，就好像泰德恍神的样子；博比看到她湿答答的金发，浴巾下隆起的双峰及修长的大腿，还有颜色鲜艳的脚趾甲，下面有一行字：限制级，请出示驾照或出生证明。他几乎可以闻到她身上的肥皂味、一股淡淡的芳香，还可以闻到（巴黎的夜晚）她身上的香水味，听到收音机从隔壁房间传来的声音，那是卡农，赛温岩夏日爵士乐之神的歌声。

他隐约意识到——仿佛在远方，随着旋转的陀螺一直往上旋转到另外一个世界里——出租车在威廉·佩恩餐厅旁边停了下来，就停在那辆紫色德索托车旁边。博比几乎可以在脑子里听到那辆车的声音；如果那辆车子会说话，它可能会尖叫：开枪射我吧，我太紫了！射我吧，我太紫了！他可以感觉到他们就在不远处，正在餐厅里吃牛排，两个人同样点了半生不熟、带血的牛排。他们离开前，可能会在电话亭贴一张寻找宠物的海报或车主自售二手车的手绘卡片，当然，都是倒过来贴的。他们就在那里，穿黄外套和白色皮鞋的下等人吃着半生不熟的牛排，偶尔喝几口马天尼酒，如果他们注意到外面这边……

蒸汽漫出淋浴间。碧姬·芭杜踮起涂了指甲油的脚尖，打开浴巾，仿佛张开双翼般，然后才让浴巾落地。博比发现那根本不是碧姬·芭杜，而是卡萝尔。卡萝尔曾经说过，身上只披着浴巾让别人看，得很有勇气才行。现在她甚至让浴巾掉落地上。博比看到卡萝尔八年或十年后的模样。

博比目不转睛地看着她，没有办法移开视线，情不自禁地爱上她，并迷失在她身上的香皂与香水的香味中，以及收音机传出的乐声（卡农的歌声换成了五黑宝的歌声——夜幕正低垂）和她涂上指甲油的小小脚趾头中。他的心好像陀螺一样快速旋转，边转边往上升，消失在其他的世界里。这个世界以外的其他世界。

出租车开始缓缓向前，餐厅旁那辆可怕的紫色四门轿车竟开始往后滑。（博比看到它停在卸货区，但是他们哪会在乎这种事啊？）出租车猛然刹车，一辆电车铿铃锵锒地驶过清教徒广场，司机嘴里低声咒骂了几句。那辆俗气的德索托车现在就跟在他们后面，金属的反光映入出租车中有如波光粼粼。突然之间，博比觉得眼球后方奇痒无比，眼睛前面黑线乱舞。他还是继续盯着卡萝尔，但现在仿佛穿透层层障碍看着她。

他们感觉到我们的存在……他们感觉出什么了。老天爷，求求你，让我们脱身吧，拜托让我们脱身！

出租车司机看到车阵中有个空当便火速冲过去，才一会儿的工夫，他们已经快速行驶在艾许大道上，博比眼睛后面不痒了，视野中的黑线也消失不见。这时候，他眼中的那个赤裸女人根本不是卡萝尔（至少不再是卡萝尔了），甚至也不是碧姬·芭杜，只是撞球场的月历女郎，在博比想象出来的画面中全身赤裸。收音机的声音消失了，香皂和香水的香味也不见了，她已经没有生命，只是……只是……

“只是砖墙上的图画而已。”博比说，一边坐起来。

“你说什么，孩子？”出租车司机问，同时关掉收音机，球赛已经结束，收音机现在在播香烟广告。

“没什么。”博比说。

“我猜你刚刚睡着了，嗯？碰上塞车，天气又这么热……每次都这样。你朋友好像还没睡醒。”

“醒了，”泰德边说边挺起身子，“医生来了。”他把背脊挺直，脊椎喀啦作响时，他眨了眨眼。“不过，我还真的打了一下瞌睡。”他从后车窗望出去，但是现在已经看不到威廉·佩恩餐厅了。“我猜洋基队赢了？”

“还真他妈的赢了，”出租车司机说着就笑了起来，“我真不懂你怎么能在洋基队打球的时候睡觉。”

车子转到步洛街，两分钟后在一四九号前面停下来。博比看着公寓，仿佛期望看到它漆上不同的颜色或加盖了侧翼。他觉得自己好像已经离开十年了。就某个角度而言，他确实离开很久了——不是已经看到卡萝尔他们全都长大了吗？

我要娶她，博比踏出出租车的时候暗自决定。在科隆尼街的那一头，可以听到欧哈拉太太的狗不停叫着，仿佛拒绝接受这个决定和所有人类的渴求：汪—汪，汪—汪—汪！

泰德手里拿着钱包，朝驾驶座旁的车窗弯下腰来，他抽出两张钞票，想了一下，又多拿出一张。“不用找了。”

“您真是一位绅士。”出租车司机说。

“他是掷骰子好手。”博比更正他的话，然后笑着目视出租车开走。

“进去吧，”泰德说，“我觉得站在外面很不安全。”

他们走上台阶，博比掏出钥匙来开门。他一直在想眼睛后面奇怪的发痒和看到黑线的事情；那些黑线尤其恐怖，感觉好像快瞎了一样。“他们有没有看见我们，泰德？或是感觉到我们，或不管他们怎么样侦测到我们？”

“你很清楚他们知道我们在附近……但是我不认为他们知道和我们离得这么近。”他们走到博比家的时候，泰德摘下墨镜，塞进衬衫口袋里。“你一定掩饰得很好。哇！这里还真热！”

“你为什么觉得他们不知道我们离得这么近？”

泰德开窗子开到一半，转过头来瞄博比一眼。“如果他们知道的话，我们回来的时候，那辆紫色车子会紧跟在后面。”

“那不是汽车。”博比说，接着也跑去开窗，但没有太大用处，风从外面吹进屋里，把窗帘吹得啪啪作响，但是吹进来的风并没有比在屋里闷了一天的空气凉快。“我不知道那是什么，不过它只是看起来像一辆汽车。而我的感觉是——”虽然天气很热，博比还是打了个寒颤。

泰德把电扇放在窗台上。“他们拼命伪装，但我们还是感觉得出来，即使不知道他们是谁，都还是感觉得出来。尽管经过伪装，还是会显露一点迹象，他们伪装面具下的脸孔非常丑恶，我希望你永远不知道究竟有多丑恶。”

博比也希望如此。“他们是从哪儿来的，泰德？”

“一个黑暗的地方。”

泰德蹲下来把电扇插头插上。电扇吹出来的风比较凉快，但还是没有在撞球场或电影院那么凉快。

“是从另外一个世界，像《太阳之环》里面说的那样吗？”

泰德还蹲在插座旁边，好像在祈祷一样。博比觉得他看起来很累，几乎是精疲力竭了。他怎么可能逃离那些下等人呢？他的样子，好像连走到斯派塞杂货店都会在半路跌一跤。

“是啊，”他最后说，“他们是从另外一个世界来的，另外一个地方，另外一个时间。我只能说这么多，你知道太多，反而不安全。”

但是博比必须再问一个问题。“你是不是也是从其他世界来的？”

泰德严肃地看着他。“我是从茶壶嘴里跑出来的。”

博比张着嘴巴瞪了他好一会儿，然后开始大笑。跪在电风扇旁的泰德也跟着笑了起来。

“博比，刚刚坐出租车的时候，你在想什么？”他们终于笑完的时候，泰德问，“开始有麻烦的时候，你躲到哪里去了？”他停了一下又说，“你当时看到了什么？”

博比想到二十岁的卡萝尔，脚上涂了粉红色指甲油，浴巾褪到地上，全身赤裸，蒸汽在她四周冉冉上升。限制级，请出示驾照，绝无通融的余地。

“我说不上来，”最后他说，“因为……呃……”

“因为有些事情是个人隐私。我明白。”泰德站起来，博比往前跨一步伸手扶他，但泰德挥手拒绝。“也许你想出去玩玩。”他说，“待会儿——大约六点钟如何？——我再戴上墨镜，我们绕过转角到科隆尼餐厅吃晚饭如何。”

“不过不要点豆子。”

泰德的嘴角动了一下，隐约想笑。“绝不点豆子。十点钟的时候我再打电话给莱恩，看看拳击赛进行得如何,嗯？”

“那些下等人……他们现在会不会也开始找我？”

“如果我认为他们也在找你的话，根本不会让你踏出大门一步。”泰德回答，他显得很惊讶，“你很安全，而且我会尽力确保你一直没事。去吧，去玩玩棒球或喜欢玩什么都成。我得去办一点事情。只是记得要在六点钟以前回来，免得我担心。”

“好。”

博比走进自己房间，把带去布里吉港的四枚两毛五硬币放回脚踏车基金的罐子里。他环顾四周，开始用新眼睛来看周遭的一切：牛仔图案的床罩、挂在墙上妈妈的照片，还有靠早餐食品盒集点换来的明星签名照、丢在角落的溜冰鞋（鞋带断掉了）以及紧靠着墙壁的桌子。房间现在看起来小多了——不那么像一个回来的地方，而比较像一个离去的地方。他明白自己已经长大了，大得可以匹配那张橘色借书卡了，他内心有个苦涩的声音拼命抗议这样的转变，嘶吼着：不要、不要、不要！

8. 博比的告解·葛伯宝宝和马泰宝宝·蕾安达泰德拨了一通电话·猎人的嘶吼声

联合公园里，有很多小孩在玩球。第二球场空荡荡的，第三球场则有几个穿着圣盖伯利中学橘色T恤的青少年在打球。卡萝尔坐在椅子上看他们打球，膝盖上放着跳绳。她看到博比走过来，露出微笑，然后笑容就不见了。

“博比，你怎么了？”

卡萝尔这么问以前，博比还不太清楚自己有什么不对劲，直到他看到卡萝尔脸上忧心的神色才醒悟过来，并且释放出原本压抑的情绪：看到那些下等人出现，加上从布里吉港回来的路上和他们狭路相逢时紧张害怕的心情，而且他又一直担忧妈妈的情况；但最主要的还是泰德，他很清楚为什么泰德把他赶到屋子外面，以及泰德现在在做什么：他正把东西塞进那只小小的皮箱和那些手提袋里。他的朋友即将离他而去。

博比哭了起来。他并不想在女生面前哭哭啼啼，尤其在这个女生面前，但是他克制不住。

卡萝尔起先吓呆了，然后起身朝他走过来，用手臂环着他。“没事，”她说，“没事，博比，不要哭，没事。”

博比泪眼迷蒙，放声大哭，他从来没有哭得这么厉害，仿佛脑子里刮起夏日的暴风雨。卡萝尔带着博比离开棒球场和小径，走进矮树丛里，卡萝尔坐在草地上一手拥着博比，另一手摸摸他汗湿的短发，有好一会儿她一声也不吭，博比则根本说不出话来，只是不停地啜泣，直到喉咙发痛，眼珠也不住地跳动。

博比啜泣的间隔愈来愈长，最后终于站起来，用手臂擦擦脸，为自己的表现感到又讶异又羞愧：因为他不但一把鼻涕、一把眼泪的，而且还流口水，一定把卡萝尔身上抹得脏兮兮的。

卡萝尔似乎不在意。她摸摸他湿润的脸孔，博比把脸缩回来，又呜咽一声，低头看着草地。刚被泪水洗过的眼睛现在似乎格外锐利，可以看到每一片叶子和每一朵蒲公英。

“没事了。”她说，但是博比仍然觉得十分难为情，不敢看她。

他们静静坐了一会儿，然后卡萝尔说：“博比，如果你想的话，我可以当你的女朋友。”

“你本来就是我的女朋友。”博比说。

“那么就告诉我到底是怎么回事。”

博比听到自己向她娓娓道来，从泰德搬来那天他妈妈怎么样从一开始就不喜欢他。他告诉卡萝尔泰德第一次恍神的情况，还有那些下等人以及下等人在附近出没的迹象。当他说到这部分的时候，卡萝尔碰碰他的手臂。

“什么？”他问，“你不相信我吗？”他的喉咙因为刚刚哭得太厉害还隐隐作痛，不过已经好多了，如果卡萝尔不相信他的话，他也不会生气。事实上，他完全不会怪她。把埋藏在心里的话全都吐出来以后，他感到轻松多了。“没关系，我知道听起来一定很疯狂——”

“我到处都看到那种滑稽的跳房子图案，”她说，“伊冯娜和安琪也看到过，我们还讨论了一番，跳房子的格子旁边画了星星和月亮，有时候是彗星。”

博比张大嘴巴，惊讶得说不出话来。“你在开玩笑吗？”

“不是。我不知道为什么，不过女生常常会注意跳房子的格子。把嘴巴闭起来，别让小虫子飞进你嘴巴里。”

博比把嘴闭上。

卡萝尔点点头，很满意，然后把博比的手放到自己手中十指相扣。博比很惊讶他们的手指竟然能这么完美地接合在一起。“现在，告诉我其他事情。”

他照实说了，最后说到这惊奇的一天：看电影、去撞球场、阿莲娜怎么样在他脸上认出他爸爸的特征，还有回家的路上千钧一发的情况。他想要解释紫色德索托汽车为什么不像真的车子，只是看起来像车子而已。但他顶多也只能描述那辆车好像活着似的，就好像杜立德医生骑的鸵鸟一样（他们二年级的时候很迷会说话的动物系列）。博比唯一没有坦白招认的是，当出租车经过威廉·佩恩餐厅时，他是怎么隐藏住自己内心的想法，还有眼睛后面开始发痒这件事。

他挣扎了半天，最坏的部分终于还是脱口而出了：他担心妈妈和拜德曼先生及其他同事一起出差是个错误，很严重的错误。

“你觉得拜德曼先生喜欢她吗？”卡萝尔问。然后他们走回原先卡萝尔放跳绳的椅子，博比把跳绳拿起来递给卡萝尔。他们走出公园，往步洛街走去。

“是啊，有可能，”博比闷闷不乐地说，“或至少……”接下来是他最害怕的部分，虽然没有办法具体描述，仿佛用帆布盖着什么不祥的东西一样。“至少她认为他喜欢她。”

“他会向你妈妈求婚吗？如果会的话，他就变成你的继父了。”

“天哪！”博比完全没有想过拜德曼先生会变成他的继父，真希望卡萝尔从来不曾提起这件事。这真是可怕的想法。

“如果你妈妈爱他的话，你最好开始习惯这件事。”卡萝尔老气横秋地说，不过博比可不欣赏她这种世故的样子，他猜卡萝尔暑假一定花太多时间和妈妈一起看连续剧了。奇怪的是，他根本不在乎妈妈爱不爱拜德曼先生；当然，万一是真的就惨了，因为拜德曼先生是个小人，但这件事还算容易理解。实际上发生的状况要复杂多了，其中一部分是他妈妈把钱看得那么紧——她那种一毛不拔的小气作风——还有她不知为了什么事情又开始抽烟，有时候还在半夜哭泣。他妈妈口中的兰达尔是留下一笔烂账、不值得信赖的男人，和阿莲娜口中喜欢把点唱机开得很大声的大好人兰迪有很大的差别，或许这也是其中一部分原因。（老爸真的留下一笔烂账吗？保险单真的过期了吗？为什么妈妈要对这些事情撒谎呢？）这些都是他无法坦白对卡萝尔吐露的事情。他并不是刻意隐瞒，只是不晓得该怎么说。

他们开始爬坡。博比拿着跳绳的一端，两人并肩在人行道上走着，手上各自握着跳绳的一端。博比突然停下来用手指着："你看！"

前面凌空跨越马路的电线上吊了一个黄色的风筝尾巴，卷曲着晃来晃去，好像问号一样。

"是啊，我看到了，"卡萝尔压低声音说，"博比，他应该今天就离开。"

"他不能，今天晚上有拳击赛，如果艾比尼赢了，泰德明天晚上得去撞球场拿他赢来的赌金，我想他很需要这笔钱。"

"当然啦，"卡萝尔说，"只要看看他的衣服就知道了，他几乎一文不名。他可能把自己仅剩的一点钱都拿去下注了。"

他的衣服——只有女生才会注意到这种事，博比心里想，他张开嘴想告诉她，但还没来得及说，就听到后面有人说："噢，你们瞧，他们是葛伯宝宝和马泰宝宝！宝宝好！"

他们环顾四周，三名穿着橘色上衣的圣盖伯利中学男生正骑着车慢慢往他们这边过来。他们的脚踏车篮子里装着棒球球具，其中一个呆子脸上长满青春痘，脖子挂着十字架项链，背上背着球棒。他还以为自己是罗宾汉呢，博比心想，其实他很害怕。他们都是大男孩，是中学生、教会学校的学生，如果他们决定要让他进医院，那么他就得进医院。穿橘色上衣的下等男孩，他想。

"嗨，威利。"卡萝尔和其中一人打招呼，不过不是那个背着球棒的呆瓜。她的声音听起来很冷静，甚至有一点高兴，但是博比听得出来，她内心十分忐忑不安，就好像有只小鸟躲在里面偷偷拍着翅膀一样。"我刚刚看到你在打球，你接了一个好球。"

她说话的对象恍若在成人的身躯上长了一张丑陋的脸，满头赤褐色的头发全往后梳，与他的庞大身躯相形之下，他所骑的脚踏车显得很小。博比觉得他看起来好像童话故事中住在洞穴里的巨人。“你要上哪儿去呀，葛伯宝宝？”他问。

三个圣盖伯利中学的男生走过来，其中戴着十字架项链的那个男生和卡萝尔口中的威利都推着脚踏车，和博比及卡萝尔一起走着。博比愈来愈沮丧，他明白，他们被包围了，他还可以闻到穿橘色上衣的男孩身上混合了汗臭和美发水的味道。

“你是谁呀？”第三个男生问博比，他往脚踏车把手这儿靠过来，好看得清楚一点。“你是博比吗？你是博比，对不对？比利从去年冬天就一直在找你，他要把你的牙齿打断。也许我应该现在就先动手，打断你几颗牙。”

博比心里隐约有一种不祥的预感，就好像蛇在竹篮里蠢蠢欲动一样。不再哭了，他告诉自己，不管发生什么事，即使他们送我进医院都不要再哭了。我要想办法保护她。

保护她不受这些大孩子欺负？简直在说笑。

“你为什么要这么坏，威利？”卡萝尔问，她只对那个赤褐色头发的男生说话，“你自己一个人的时候没这么坏呀！为什么现在变得这么坏？”

威利的脸红了，红通通的脸颊加上比博比的发色还深的深红色头发，让他脖子以上的部位都仿佛着火了。博比猜想，他不想让朋友知道当他们不在身边的时候，他可以表现得像个人样。

“闭嘴，葛伯宝宝！”他大吼，“你为什么不把嘴闭上，趁你的男朋友还有牙齿的时候好好亲亲他？”

第三个男孩的腰部紧紧系着摩托车皮带，鞋子上满是刚刚在球场沾到的尘土，站在卡萝尔后面。现在他靠近一点，仍然推着脚踏车，然后两手抓住卡萝尔的马尾巴用力一拉。

“哎哟！”卡萝尔几乎尖叫起来，声音听起来又惊讶又伤心。她用力挣脱，几乎要跌倒。博比扶住她，威利却笑了——根据卡萝尔的说法，当他没有和狐群狗党在一起的时候，其实人还蛮好的。

“你为什么要这样做？”博比对着系皮带的男孩大吼，嘴里吐出这几个字的时候，他觉得好像过去已经听过这句话上千次了。这一切仿佛仪式一样，是在真正的推撞扭打、拳打脚踢开始前照例要说的话。他又想起在《蝇王》的故事中，拉尔夫逃离杰克和其他人。但在戈尔丁的小岛上至少还有丛林可以躲藏，然而此时他和卡萝尔却无处可逃。

他会说：“因为我高兴。”接下来就会听到这句话。

但是系着腰带的男孩还没说话，背着球棒的罗宾汉已经先替他说了。“因为他高兴。你打算怎么样，马泰宝宝？”他突然飞快地伸出一只手，甩了博比一个耳光，威利又大笑起来。

卡萝尔对他说：“威利，拜托不要——”

罗宾汉伸手抓住卡萝尔的衬衫，然后往下挤压。“奶子长出来了吗？还没有，你什么都还不是，只是葛伯宝宝罢了。”他推了她一把，刚被甩了耳光的博比虽然还头昏眼花，却赶紧再度扶住她，免得她跌倒。

“咱们来把这个娘娘腔痛打一顿吧，”系着腰带的男生说，“我讨厌他那张脸。”

他们往前移动，脚踏车的车轮吱嘎作响。然后，威利让脚踏车好像死马一样倒在地上，伸手去抓博比。博比模仿帕特森，举起瘦小的拳头迎战。

“喂，你们在干什么？”后面传来一个声音。

威利把拳头收回来，回头一望，另外两个男孩也回头看。路边停了一辆一九五四年的蓝色斯图贝克，门下围板已经生锈了，挡泥板上贴着耶稣的磁铁像。葛伯太太的朋友、那个波大臀肥的蕾安达站在车子前面；夏天的衣裳似乎永远和她作对（博比虽然只有十一岁，却也明白这点），但是在那当下，蕾安达看起来仿佛驾车的女神。

“蕾安达！”卡萝尔大叫——她不是哭叫，但几乎快哭出来了。她推开威利和系腰带的男孩，他们两人都没有阻挡她，而这三个圣盖伯利中学的男孩全都瞪着蕾安达。博比发现自己瞪着威利的拳头；他有时早上醒来时会发现小弟弟直挺挺的，硬得像岩石一样，但等到去浴室小便以后就软下来了。威利原本举起的手臂现在也一样，他放松拳头，伸直手指，博比想到刚刚的比喻就想笑。不过他忍住不笑，如果他们看到他在笑，虽然现在不会怎么样，不过日后……其他日子碰上的时候……

蕾安达一手环着卡萝尔，把她搂在自己胸前，脸上带着微笑，打量几个穿橘色上衣的男孩，而且丝毫不想隐藏她的笑意。

“你是威利·席尔曼，对不对？”

威利原本举起的手臂如今垂在身体两旁，嘴里咕哝着，弯下腰去把脚踏车扶起来。

“你是里奇·欧米拉？”

系着腰带的男孩低头盯着肮脏的球鞋，嘴里也咕哝了几句，满脸通红。

“反正是欧米拉家其中一个男孩，你们家兄弟太多了，我没办法一个个都记得。”她的目光转到罗宾汉身上。“大块头，你是谁？德罕姆家的小孩吗？你看起来有点像德罕姆。”

罗宾汉注视着自己的双手。他手上戴了学校的纪念戒，开始扭着手上的戒指。

蕾安达仍然搂着卡萝尔的肩膀，卡萝尔则把手绕在蕾安达的腰际。两人一起踏上街道和人行道之间的狭长草地，看也不看那些男生一眼。蕾安达还注视着罗宾汉。“我和你说话的时候，你最好回答我。如果我真想这么做的话，很容易就可以查到你妈妈是谁，我只要问问菲茨杰拉德神父就知道了。”

“我是哈利·杜林。”那个男生终于开口，更快速地扭转着手上的戒指。

“我猜得还蛮准的，对不对？”蕾安达高兴地说，又向前跨了两三步，把卡萝尔放在人行道上，卡萝尔很害怕和这些男孩离得太近，猛抓着蕾安达的背，但就是摸不着。“姓德罕姆的和姓杜林的有姻亲关系，五百年前是一家人。”

他不是罗宾汉，只是一个叫哈利的孩子，背上用一条自己做的可笑的背带背着球棒。另外一个男孩也不是电影《飞车党》中的马龙·白兰度，只是一个叫里奇的孩子，即使整天系着摩托车腰带，五年内也不会有哈雷机车可骑……即使以后有得骑的话。而威利呢，他和朋友在一起的时候就不敢对女生好一点。但只要有个大胸脯的胖女人说几句话，就可以让他们原形毕露，但她来拯救博比和卡萝尔脱离苦海时可没有骑着白马，而是开着一九五四年的斯图贝克老爷车。原本这些想法应该让博比稍感安慰，但是却没有，他想到戈尔丁说的，巡洋舰上的船员救了荒岛上的男孩，这对男孩是件好事……但是又有谁会来解救这些船员呢？

这个想法很愚蠢，在那当下，没有任何人比蕾安达更不需要别人的救援，但是博比还是一直想着这几句话。如果根本没有大人呢？如果所谓大人的想法只是一片虚空呢？如果他们的钱其实只是小孩子玩的弹珠，而他们的商业交易不过就像交换棒球卡一样，而所谓的战争不过是公园里孩子玩的枪战游戏呢？万一他们尽管外表西装笔挺、打扮光鲜，内心深处其实还是流鼻涕的小孩呢？老天爷，不可能吧，可能吗？光想到这个可能性就已经够恐怖了。

蕾安达脸上仍然挂着凶狠的笑容，看着圣盖伯利中学的几个男孩。“你们三个家伙刚刚不是在欺负比你们小的孩子吧？而且其中一个还是女生，就像你们的小妹妹一样？”

他们一声都不吭，甚至连咕哝声都没有，只是不停地换脚站立。

“我想应该不是，否则你们就真是孬种，对不对？”

她再度给他们机会回答，而且留了很长的时间让他们聆听自己沉默的响应。

“威利？里奇？哈利？你们没有找他们麻烦吧？”

“当然没有。”哈利说。博比心想，如果他把手上的戒指再转得更快一点，他的手指可能会着火。

“如果我认为你们在欺负他们，”蕾安达说，脸上依旧挂着不怀好意的笑容，“就得去报告菲茨杰拉德神父，对不对？神父可能会觉得他应该和你们的父母谈谈，而你们的父亲或许不得不让你们的屁股尝尝火辣辣的滋味……而且你们是罪有应得，对不对？因为你们欺负弱小的孩子。”

三个男孩仍然不吭气，他们现在都跨上和他们相形之下显得小得出奇的脚踏车。

“他们有没有找你麻烦，博比?”蕾安达问。

“没有。”博比立刻说。

蕾安达伸出一根手指托住卡萝尔的下巴，让她抬起头来。“他们有没有找你麻烦，小可爱?”

“没有，蕾安达。”

蕾安达低头对卡萝尔微笑，卡萝尔的眼里虽然还含着泪水，但是也报以微笑。

“好了，我猜你们可以脱身了。”蕾安达说。“他们说你们没有犯下任何需要向神父告解的罪过。我要说你们欠他们一句谢谢，是不是啊?”

圣盖伯利的三个男孩在那儿吞吞吐吐的。拜托，到此为止吧，博比内心默默恳求着，别硬要他们道谢了，别在他们鼻子上抹灰了吧。

也许蕾安达听到博比内心发出的声音（他现在很有理由相信，这种事情的确有可能发生）。“好吧，”蕾安达说，“也许就跳过这部分好了。回家吧，哈利，看到莫拉·德罕姆的时候，跟她说，如果她想搭便车的话，蕾安达说她现在每个星期都还是会去布里吉港玩宾果游戏。”

“没问题。”哈利说。他骑上脚踏车往上坡骑去，但眼睛还看着人行道这边，如果对面有行人走过来，很可能会被他撞倒。两个朋友跟在他后面，拼命踩着踏板追上去。

蕾安达看着他们离开后，脸上的微笑逐渐消失，终于开口时说：“烂爱尔兰人，只会惹麻烦。还好把他们甩掉了，卡萝尔，你真的没事吗?”

卡萝尔说她真的没事。

“博比?”

“我很好，没事。”事实上，他拼命克制自己，才没有在她面前像一盆果酱般抖个不停，但是如果卡萝尔可以保持镇定，他猜自己也可以。

“上车吧，”蕾安达对卡萝尔说，“我送你回家。博比，你也回家吧，跑过马路，进屋子里去。到了明天，那些男孩就会把这件事忘得一干二净，但是今天晚上，你们两个最好还是放聪明点，待在屋里不要出去。”

“好。”博比说，他知道他们明天不会把这件事忘得一干二净，到周末也不会，甚至到暑假结束都还不会忘记。有很长一段时间，他和卡萝尔都得好好注意哈利和他的朋友。“再见，卡萝尔。”

“再见。”

博比小跑步过马路，站在对街看着蕾安达的老爷车往卡萝尔家开去。卡萝尔下车后，回头往下坡方向看，然后挥挥手，博比也挥挥手，然后就登上一四九号的台阶，走进屋里。

泰德坐在客厅抽烟，翻阅《生活》杂志，这期封面人物是女星安妮塔·艾格宝。博比认为泰德一定把行李都收拾好了，但是他没有看到皮箱和手提袋；行李一定全放在三楼泰德的房间里。博比很高兴没看到行李，他可不想看到那些行李，单单晓得行李已经收拾好放在楼上，已经够糟了。

“你刚刚在做什么？”泰德问。

“没什么，”博比说，“我想躺在床上看书，直到吃晚饭的时候才起来。”

他走进卧房，床边地板上堆着三本从图书馆成人阅览室借回来的书，有西马克的《宇宙工程师》、奎恩的《罗马帽子的秘密》以及戈尔丁的《继承人》。

博比挑了《继承人》后就躺下来，头朝床尾，把穿了袜子的脚搁在枕头上。书的封面上画了一些住在洞穴的人，但是画得很抽象——童书绝对不会把洞穴人画成这个样子。拥有一张成人借书证实在太酷了……但是好像没有最初拿到的时候那么酷。

电视剧《夏威夷之眼》在九点整播出，如果在平常的话，博比会看得很入迷（他的妈妈说，像《夏威夷之眼》和《铁面无私》之类的影集对小孩子来说太暴力了，因此通常都不准他看），但是今天晚上，他一直心不在焉。就在离这里不到六十英里的地方，艾比尼和飓风海伍德正打成一团，在每一回合开打之前，穿着蓝色泳衣和蓝色高跟鞋的吉列女郎都会绕着拳击台走来走去，手上拿着牌子，上面标示着蓝色号码：1……2……3……4……

到了九点半，博比还分不出电视上哪个人是私家侦探，当然更猜不出谁杀了金发的社交名媛。泰德告诉过他，飓风海伍德会在第八回合被击倒，老吉也知道内幕。但是万一中间出了什么差错呢？他不希望泰德离开，然而如果泰德一定得离开的话，他不希望泰德走的时候两手空空。当然不可能出现这样的情况，虽然……还是真的有可能出错呢？博比曾经看过一部电视剧，里面有个拳击手原本应该要假装被击倒，但后来改变主意。万一今天晚上也发生这种情况呢？作弊固然不好，不过如果“飓风”海伍德没有作弊，那么泰德的麻烦可大了，萨利会说：“他一定很惨。”

客厅墙上的挂钟指着九点三十分。如果博比算得没错的话，目前正在进行最关键的第八回合比赛。

“你喜欢《继承人》这本书吗？”

博比太专心想自己的心事了，泰德的声音把他吓了一跳。电视上，基南·韦恩正站在推土机前面，说他愿意走一英里路去买骆驼牌香烟。

“这本书比《蝇王》难懂，”他说，“好像有两家人都住在洞穴里，他们四处晃来晃去，有一家人比较聪明，但另一家人，也就是比较笨的那家人却是英雄。我原先几乎快读不下去了，不过现在变得比较有趣了，我猜我会把它看完。”

“你最先读到的那家人，有个小女孩的那一家，他们是尼安德塔人；第二家人是克罗马侬人——只有这家人是真正的蛮族，戈尔丁和他的蛮族。克罗马侬人是继承人。这两家人之间发生的事情很符合悲剧的定义：一连串的事件导向不可避免的悲惨结局。”

泰德继续说着，谈到莎士比亚的戏剧和爱伦·坡的诗，以及一个叫西奥多·德莱赛的人写的小说。往常博比都会兴趣盎然地专心聆听，但是今晚他的心完全飞到麦迪逊广场花园了。他几乎可以看到灯光明亮的拳击场，就好像撞球店中少数几个有人打球的撞球台一样明亮；也可以听到当海伍德两手轮流出拳、打中讶异的艾比尼时观众的尖叫声。海伍德不会故意输掉这场拳击赛；他会像电视片中那个拳击手一样，让对手尝尝疼痛的滋味。博比几乎可以闻到汗臭味，听到拳击手套打在肉身的声音。艾比尼两眼一瞪……双膝一屈……群众全都站起来尖叫……

"——把命运看成一种无法逃避的力量，希腊人最先有这种观念。有一位名叫欧里庇得斯的古希腊剧作家……"

"打电话吧。"博比说，虽然他这辈子还没有抽过烟（不过到了一九六四年，他会每星期抽掉一整盒烟），但他的声音沙哑，就好像泰德抽了一天烟后在深夜时的声音。

"你说什么？"

"打电话给费尔斯先生吧，看看比赛结果如何。"博比看看时钟，九点四十九分，"如果只打八回合的话，现在应该比完了。"

"我同意，现在拳击赛应该已经比完了，但是如果我这么快打电话给莱恩，他可能怀疑我知道什么内情，"泰德说，"我不能说是从收音机听到的——我们都知道他们并没有直播这场比赛。最好还是再等一等，这样会安全一点，让他相信我只不过是凭直觉猜测而已。等到十点钟再打电话，这样看起来好像我在等候裁判的判决，而不是期待有人因击倒对手而获胜。同时，博比，不要担心，我告诉你，要像在步道上散步一样悠闲。"

博比不打算跟上《夏威夷之眼》的剧情发展了，他只是坐在沙发上，听电视上的演员闲扯。有个人对着一名胖警察大叫，有个穿着白色泳衣的女人跑进浪里，一辆车追逐着另一辆车，背景是咚咚的鼓声。时钟的两根指针挣扎着往十和十二缓慢爬行，好像登山者奋力克服登上珠穆朗玛峰前的最后几百英尺障碍一样。谋杀社交名媛的男子在菠萝田中奔逃时被杀，终于为本集《夏威夷之眼》画下句点。

下周剧情预告还没开始播，博比就把电视关掉说："现在打电话，好吗？拜托你打电话。"

"等一下，"泰德说，"我想我喝太多沙士了，年纪大了以后，我的膀胱好像缩小了。"

他慢慢走进浴室，经过一段冗长的停顿后，才传出尿液溅在马桶中的声音。“啊——啊！”泰德说，声音中透露出大大的满足。

博比再也坐不住了，他站起来开始在客厅里走来走去。他很确定“飓风”海伍德现在一定在麦迪逊广场花园的角落接受记者拍照，虽然满身瘀伤，但是当闪光灯一亮时，脸上仍充满光彩。吉列女郎也围在他身旁，手环着他的肩，他的手则搂着她的腰，而艾比尼则完全被遗忘在另外一个角落，眼睛肿得快瞎了，由于刚刚遭受重击，还没有完全恢复意识。

等到泰德出来，博比已经绝望得不得了。他知道艾比尼已经输了，而他的朋友也输掉了五百块钱。泰德发现自己破产以后会不会决定留下来呢？可能会……但是如果他留下来，而下等人又找来了……

泰德拿起电话筒开始拨号，博比注视着他的动作，拳头一会儿收紧、一会儿放松。

“放轻松一点，博比，”泰德告诉他，“不会有问题的。”

但是博比没办法放松，整个胃纠结成一团。泰德把电话筒贴近耳朵，有很长一段时间一句话也没说。

“他们为什么不接电话？”博比低声说。

“只响了两声而已，博比，你为什么不——喂？我是布罗廷根，是的，就是今天下午那个布罗廷根。”真令人难以置信，泰德对博比眨眨眼。博比心想，他怎么有办法这么镇静呀？换做是他的话，绝对没办法把电话筒贴着耳朵，更甭提还眨眼睛了。“是的，他在。”泰德转过身来，没有遮住话筒就对博比说，“阿莲娜想知道你的女朋友好不好。”

博比想要开口，但却只是喘气，发不出声音。

“博比说她很好，”泰德告诉阿莲娜，“就像夏日一样漂亮。莱恩现在方便说话吗？是，我可以等，但是麻烦告诉我拳击赛的结果。”他静静地听，博比感觉似乎等了好久。从泰德的脸上看不出任何表情，不过这一回他转过身来的时候，把话筒遮住。“她说艾比尼前五回合被打得很惨，第六回合和第七回合开始稳住，然后到了第八回合竟神不知鬼不觉地使出一记右钩拳，把海伍德击倒在地，于是把‘飓风’淘汰出局了。真是一大惊喜，对吧？”

“是啊，”博比说，他感到嘴唇整个麻痹了，这一切都是真的，明天晚上此时此刻，泰德已经走了。口袋里装了两千块钱，可以尽情逃离一大堆下等人；口袋里装了两千块钱，可以搭上大灰狗从东岸逃到阳光灿烂的西岸。

博比走进浴室，把牙膏挤在牙刷上。他现在不再害怕泰德押错宝了，但是离别的悲伤却仍然挥之不去，而且愈来愈强烈。他从来没有想到，根本还没有发生的事情竟然会如此令他心痛。一个星期之后，我就不再记得泰德有多棒。一年以后，我大概就会把他忘了。

是真的吗？老天爷，是真的吗？

不，博比心想，不，我不会让这件事情发生。

泰德在隔壁房间里和莱恩打电话。这似乎是一场友善的交涉，完全依照泰德的预期……是的，泰德说他只是有强烈的直觉，一种赌徒都会有的强烈直觉，于是放手一搏。当然，明天晚上九点半付钱应该没问题，朋友的妈妈应该会在八点以前到家；如果她回家的时间比预计的时间晚，那么就在十点到十点半左右碰面。这样可以吗？泰德又笑了几声，看来胖莱恩应该也毫无问题。

博比把牙刷放回镜子下面架子上的杯子里，然后伸手到裤袋里。裤袋里有个东西和平常口袋里的垃圾不一样，用手指摸不出是什么东西。他把东西掏出来，是钥匙圈，是跑去妈妈所不知道的布里吉港游玩之后留下的特殊纪念品。街角撞球场，撞球，各种游戏机。肯穆尔8-2127。

或许早该把钥匙圈藏起来（或完全摆脱掉这个东西）。他突然想到一个主意，那天晚上没有任何事情能让博比开心一点，但这件事至少还发挥了一点效果：他决定把钥匙圈送给卡萝尔，并警告她绝对不能告诉他妈妈这个钥匙圈是从哪里来的。他知道卡萝尔至少有两把钥匙可以挂在钥匙圈上——她家的钥匙及日记本（蕾安达送她的生日礼物）的钥匙。（卡萝尔比博比大三个月，但是她从来没有借此要威风。）把钥匙圈送给她就好像要求她当他的固定女朋友一样，如此一来，他不必亲口问她，那样实在太难为情了，而卡萝尔自然会明白；她就是这么酷。

博比把钥匙圈放在架子上的漱口杯旁边，然后走进卧室换上睡衣。他出来的时候，泰德坐在沙发上，嘴里叼着烟看着他。

“博比，你还好吧？”

“我猜还好吧，我必须如此，不是吗？”

泰德点点头。“我想我们两个人都必须如此。”

“我还会再见到你吗？”博比问，内心暗自祈求泰德不要像独行侠那样，开始说些“我们以后还会再见面”之类的废话。泰德从来没有骗过他，他不希望泰德在即将离别的时候开始撒谎。

“我不知道。”泰德仔细端详着手上的烟，当他抬起头时，博比看到他的眼睛里充满泪水。“我不认为我们会再见面。”

泰德的泪水瓦解了博比的心防。他跑过去想要拥抱泰德，他需要拥抱泰德。但泰德举起手臂交叉在胸前，脸上出现惊吓的表情。

博比停下来，手臂还伸出去摆着拥抱的姿势，然后才慢慢放下手臂。不能拥抱，不能碰触，这是规定，但是个可恶的规定，是错误的规定。

“你会写信给我吗？”博比问。

“我会寄明信片给你，”泰德想了一会儿之后说，“不过不会直接寄给你，因为那样对我们两人来说可能都太危险了。我应该怎么办呢？有没有什么建议？”

“寄给卡萝尔。”博比不假思索地说。

“你是什么时候把下等人的事情告诉她的？”泰德的声音中没有谴责的意味，怎么会呢？他就快离开了，不是吗？就算有什么差别，顶多是报道偷购物推车新闻的记者会写一篇报道登在报上：老疯子逃避入侵的外星人，成为小镇镇民茶余饭后笑谈的题材。那天泰德是怎么说的？趾高气扬的小镇幽默，不是吗？但是如果这件事真的这么好笑，为什么他会觉得伤心？为什么他会这么伤心？

“今天，”博比小声说，“我在公园里碰到她，然后就……脱口而出了。”

“这种事有可能发生，”泰德严肃地说，“我很清楚，连水坝有时候都会溃堤。或许这样最好，你会告诉她我可能会通过她和你联系？”

“嗯。”

泰德用手指按着嘴唇，思索着，然后点点头：“我寄明信片给你的时候，会在最上面写亲爱的C，而不是亲爱的卡萝尔，然后在最下面签上你的朋友。这样你们就晓得是谁写的了，好不好？”

“好啊，”博比说，“真酷。”其实一点也不酷，整件事情根本就不酷，但这样应该行得通。

博比突然举起手亲吻自己的手指，然后对着手指吹一吹。坐在沙发上的泰德微笑着，伸手抓住飞吻，然后把它贴在皱纹满布的脸颊上。“你最好上床睡觉了，博比。你今天过了忙碌的一天，而且现在已经很晚了。”

于是博比上床睡觉。

起初，博比以为这个梦和以前一样——拜德曼、库希曼和迪恩在高汀笔下的荒岛丛林中追着他的妈妈。然后，他突然明白那些树和藤蔓其实是壁纸上的图案，而妈妈飞奔过的小径是褐色的地毯。那里不是丛林，而是旅馆走廊。这是他在脑海中描绘的华威旅馆。

拜德曼先生和其他两个猎人还在追逐她。现在又加上圣盖伯利中学的男孩——威利、里奇和哈利，他们脸上全画着红白相间的条纹，也都穿着鲜黄色紧身上衣，上面还画了一只艳红的眼睛：

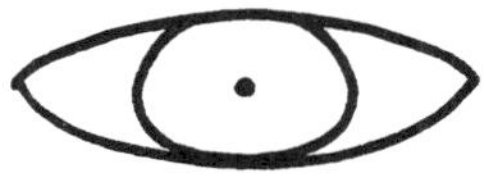

除了那件上衣之外，他们什么也没穿，阴茎在毛丛间晃动。除了哈利以外，每个人都挥舞着长矛，只有哈利拿着球棒，但是球棒的两端削得十分尖利。

“杀掉这母狗！”库希曼嚷叫着。

“喝她的血！”拜德曼大叫，然后当莉莎冲过转角时，他把长矛对准她扔过去，长矛抖动着插进画满丛林图案的墙壁。

“刺进她肮脏的阴道里!”威利吼着——威利没有和朋友在一起混的时候，人还蛮好的。他胸前的红眼睛一直瞪着，下面的阴茎似乎也瞪着。

快跑啊，妈!博比想要大喊，但是却一个字都吐不出来。他没有嘴巴，没有身躯;他在这里，但是又不在这里，只是像个影子般飞到妈妈身旁。他可以听到莉莎喘气的声音，看到她颤抖、惊恐的嘴唇和扯破的袜子。她一边的乳房被抓伤了，还流着血，而一只眼睛几乎闭起来，看起来好像刚刚和艾比尼或“飓风”海伍德打了几个回合……也许还得同时应付他们两个人。

“我要把你开膛剖肚!”里奇大声喊叫。

“把你活剥生吃!”迪恩也同意(把音量放到最大),“我要喝你的血，吸干你的内脏!”

妈妈回头看看他们，被自己的脚绊了一下(她的鞋子早就不知道掉在哪儿了)。不要，妈妈，博比呻吟着，求求你，不要。

莉莎仿佛听到他的声音，又打起精神向前看，想要跑快一点。她跑过的墙边贴着一张海报:

协寻宠物猪?
莉莎是我们的吉祥物!
莉莎今年三十四岁!
她脾气很坏，不过我们爱她!
只要你说“我答应”
(或)
“里面有钱”
愿意为你做任何事!
意者请电休斯通尼克 5-8337
(或)
带到威廉·佩恩餐厅!
找穿外套的下等人!
暗号:“我们都吃半生不熟的!”

妈妈也看到这张海报，这一回当她的脚绊到另一只脚时，她真的跌倒了。

起来呀，妈！博比尖叫，但是莉莎没有叫——也许是因为叫不出声音。她沿着褐色的地毯拼命往前爬，还不停回头看，汗湿的头发一撮撮贴在前额和脸颊上，背上的衣服已经被完全扯掉了，博比可以看到她裸露的臀部——内裤也不见了；更可怕的是，她的大腿后面血迹斑斑。他们把她怎么了？我的老天爷，他们把妈妈怎么了？

拜德曼从前面的转角走过来——他找到捷径，跑过来拦截她。其他人则紧跟在她后面。现在，拜德曼先生的那根东西就好像有时候博比早上还没起床上厕所时那样挺立着，只不过他的那根东西很大，长得怪模怪样，而博比现在明白妈妈的大腿为什么有血了。他不想知道，但是他觉得自己已经明白了。

放她走！他想对着拜德曼先生大吼，放他走，你对她的伤害还不够吗？

拜德曼先生黄衬衫上的红眼睛突然睁大……然后滑到一边。博比是隐形的，他的身躯还留在旋转陀螺下面的这个世界里……但是红眼睛看得到他，红眼睛把什么都看在眼里。

"杀掉这头猪，喝她的血！"拜德曼先生声音浊重，几乎不像他平常的声音，他开始往前走。

"杀掉这头猪，喝她的血！"库希曼和迪恩也同声附和。

"杀掉这头猪，吸干她的内脏，吃她的肉！"威利和里奇跟在猎人后面唱着。他们的那根东西像那几个大人一样，已经变成一根根长矛了。

"吃她、喝她、吸她、玩她！"哈利跟着唱。

起来呀，妈！快跑！不要让他们得逞！

莉莎试图爬起来，但是当她挣扎着要站起来的时候，拜德曼一跃而上，其他人跟着逼近，当他们的手争相撕破她身上的衣服时，博比心想：我要离开这里，要回到陀螺底下我自己的世界里，叫陀螺停下来，往反方向旋转，这样我才可以下去我自己的世界，回到我自己的房间……

只不过这不是陀螺，即使当梦境开始模糊变暗时，博比心里依然晓得，这不是陀螺，而是一座塔，是静止不动的轴，但世间存在的一切都会附着在上面转动。然后一切都消失了，有好一会儿，周遭是一片慈悲的虚空。博比睁开眼睛，房间里依然阳光灿烂——这是艾森豪威尔总统任期内最后一个六月的星期四早晨。

9. 丑陋的星期四

关于布罗廷根先生，有一件事情肯定没错：他很会煮菜。他放在博比面前的早餐——炒蛋、吐司、煎得酥脆的培根——比莉莎做过的任何一顿早餐都好吃（她的拿手菜是煎一堆又大又厚、淡而无味的煎饼，然后泡在杰米姑妈牌糖浆里），而且几乎就像在科隆尼或哈维切餐厅吃到的早餐一样。问题是，博比现在毫无胃口。他不记得梦中的细节了，但他知道那是个噩梦，而且他做梦的时候一定哭了，因为醒来的时候枕头是湿的。不过那不是他今天早上心情低落的唯一原因，毕竟梦原本就不是真的，但是泰德即将离去却是真实会发生的事情，而且他这一去就不再回来了。

“你会直接从街角撞球场那里离开吗？”当泰德端着自己的那盘炒蛋和培根在博比对面坐下来时，博比问道，“你会，对不对？”

“是啊，那样最安全。”泰德开始吃起早餐，但他吃得很慢，而且看不出享受的表情。所以他心里也不好过啰，博比觉得很高兴。“我会告诉你妈妈，我在伊利诺伊的哥哥生病了，她只需要知道这点就够了。”

“你会搭大灰狗吗？”

泰德脸上露出短暂的笑容。“可能会搭火车，别忘了，我现在还蛮有钱的。”

“哪一班火车？”

“你最好还是不知道细节比较好，博比。假如你不知道，就不会说出去，也不会在别人的逼迫下说出来。”

博比想了一下，然后问：“你会记得明信片的事吧？”

泰德叉起一片培根，然后又放下去。“我答应你，我会寄明信片，会寄很多明信片。从现在开始，不要再谈这件事了。”

“那么，我们应该谈什么呢？”

泰德想了一下，然后笑了。他的笑容甜蜜而坦率；当他微笑的时候，博比可以想象当他二十岁、还年轻力壮的时候是什么样子。

“当然是谈谈书啰，”泰德说，“就来谈书吧。”

还不到九点钟就看得出来，今天一定是个大热天。博比帮忙一起洗碗，把碗擦干放好后，他们坐在客厅——泰德的电风扇努力搅动着已经十分倦怠的空气——开始谈书……或者应该说，泰德开始谈书。这天早晨由于没有艾比尼与海伍德拳击赛的干扰，博比饥渴地聆听着泰德的话。虽然泰德说的话他不是完全都懂，但是已经足以明白书籍有自己的世界，而哈维切图书馆并不代表那个世界，只不过是通往那个世界的一扇门而已。

泰德谈到戈尔丁和他所谓的“反乌托邦奇幻小说”，接着又谈到H.G. 威尔斯的《时间机器》，提到《时间机器》中的莫洛克族及艾洛伊族和戈尔丁笔下荒岛上的杰克及拉尔夫其实有某种关联；他也谈到“文学存在的唯一理由”，是探讨纯真与经验、善与恶的问题。在这场即兴演讲快结束的时候，泰德还提到一本名为《大法师》的小说谈到了这两种问题（以通俗的方式），这时候他突然住嘴，然后摇摇头，好像要清一清头脑。

“你怎么了？”博比喝了一口沙士。他还是不太喜欢沙士，不过冰箱里只有这种饮料，而且还冰得凉凉的。

“我在想什么啊？”泰德把手放在额头上，仿佛头忽然痛了起来。“那本书根本还没写出来呢！”

“你为什么这样说？”

“没什么，我在胡言乱语。你要不要出去玩玩、舒展一下身体？

我要躺一会儿，昨天晚上没睡好。”

“好。”博比猜想，呼吸一下新鲜空气（即使是热空气）可能对他有好处。尽管泰德说的话很有趣，但他已经开始觉得四面墙壁好像逐渐向他逼近，他猜想，这全是因为知道泰德即将离开的缘故。他心底低声吟唱着小小的悲歌：知道他即将离去。

当博比回房拿棒球手套时，他想到了街角撞球店的钥匙圈——他要把钥匙圈送给卡萝尔，让她知道他们俩现在算是一对了。然后他想起哈利、里奇和威利，他们一定在外面某个地方游荡，如果不小心被他们逮到，可能会被揍得半死。两三天来，博比第一次希望萨利在身边。萨利虽然也是小孩，但是他很强悍。哈利和他的朋友可能会揍他，但是萨利会让他们付出代价。可是萨利正在参加夏令营，就是这样，没什么好说的。

博比从来没有考虑过要一直待在屋子里——他不可能整个夏天都躲着威利这伙人，这样做太愚蠢了——但是出门时，他提醒自己一定要小心，随时注意他们有没有在附近，只要看到他们过来，就不会有什么问题。

由于脑子里想着这件事，博比离开一四九号时就没有再想到从“那边”带回来的纪念品；那个钥匙圈躺在浴室架上的漱口杯旁边，就在前一晚放的位置。

他几乎踏遍了整个哈维切镇——从步洛街走到联合公园（今天在第三球场没有看到圣盖伯利的学生，换成退伍军人协会的球队在那儿做打击练习，在艳阳下挥赶苍蝇），从公园走到小镇广场，又从小镇广场走到火车站。当他站在天桥下的书报摊翻阅平装书时（只要不去碰经营书报摊的伯顿先生口中的那些“商品”，他就会让你站在那儿看书），汽笛声突然大作，把他们两人都吓了一大跳。

“天哪，怎么回事啊？”伯顿先生愤慨地问，他把好几盒口香糖打翻在地上，现在弯下腰去捡起来，“现在不是才十一点十五分吗？”

“确实提早了。”博比说，然后就离开书报摊了；他现在没有那么爱浏览那些书了。他走到瑞佛大道，进踢踏面包店买半条昨天剩下的面包（只要两分钱），顺便问问萨利的情况。

“他很好，”萨利的大哥乔奇说，“我们星期二收到一张明信片，说他很想家，想赶快回来。星期三又收到一张明信片，说他在学潜水。今天早上收到的这张则说这是他一生中最美好的时光，他想永远都待在那里。”他大笑；乔奇是个高大的二十岁爱尔兰男孩，有着爱尔兰人的壮硕肩膀和手臂。“他想要永远都待在那里，但是如果他一直待在那里，老妈会想死他的。你要拿一些面包去喂鸭子吗？”

“是啊，就像平常一样。”

“别让那些鸭子咬你的手指，那些可恶的鸭子身上有病，它们——”

这时候，小镇广场市政大厦的大钟响起了正午钟声，虽然还差一刻钟才到正午。

“今天是怎么回事啊？”乔奇说，“先是汽笛提早鸣响，然后这该死的大钟也发神经了。”

“也许是因为天气实在太热了。”博比说。

乔奇满脸疑惑地看着博比，“好吧……好歹也算是个解释。”

是啊，博比一面走出去一面想，而且这个解释比其他某些解释安全多了。

博比沿着瑞佛大道往下走，一面走一面咀嚼着面包。等到他在休斯通尼河畔找到椅子坐下时，已经把大半条面包吞下肚了。鸭子摇摇摆摆地从芦苇中跑出来，博比开始把剩下的面包撒在水面上，饶有兴味地看着鸭子贪心地冲过去，低头啄食面包屑。

过了一会儿，他开始昏昏欲睡，望着波光粼粼的河面，觉得更困了。前一晚虽然睡了一觉，仍然没有充分休息，于是他双手装满面包屑，开始打起盹来。鸭子吃完草地上的面包屑之后朝着他走过来，嘴里低声呱呱叫着。十二点二十分的时候，小镇广场的钟敲了两下，镇上的人纷纷摇头，互相探询这个世界到底是怎么了。博比愈来愈困，所以当阴影整个笼罩在他身上时仍浑然未觉。

“喂，小鬼。”

说话的声音低沉而紧张，博比吓了一跳，倒抽一口气坐了起来，双手一摊，剩下的面包屑撒了一地，肚子里似乎又开始万蛇钻动。尽管瞌睡虫刚被吓醒，他很清楚这个人不是威利、里奇或哈利，但却暗自希望来的人是他们三个人之中任何一个，甚至三个人一起来也没关系。挨揍不见得是最可怕的事情，不，不是最糟糕的事情。天哪，他刚刚为什么要睡着了呢？

"小鬼。"

鸭子踩在博比的脚上，突如其来的一阵风吹得它们呱呱乱叫，展翅在他的脚踝和胫骨边乱拍一阵，但是他却几乎没有什么感觉。他可以看到前面那片草坪上出现人头的影子，这个人就站在他后面。

"小鬼。"

博比慢慢转身。这个人的外套应该是黄色的，而且上面某个地方会画着一只眼睛，一只瞪大了眼的红眼睛。

但是这个男人穿的是褐色夏装，外套被他那日渐肥大的小腹给撑了开来。博比立刻明白，这人不是他们之中的一分子，因为他的眼睛后面没有发痒，视野中没有出现黑线……最重要的是，这人不是假扮成人形的怪物；而确实是个"人"。

"什么事？"博比问，声音低沉而含糊，不敢相信自己居然就这样睡着了，而且完全恍神。"有什么事吗？"

"你让我帮你吹，我就给你两块钱。"穿褐色西装的人说，然后从口袋里掏出皮夹，"我们可以到那棵树后面，没有人会看见，你会很喜欢的。"

"不要！"博比说，同时站了起来。他不是百分之百确定穿褐色西装的人话里的意思，但是也猜得八九不离十了。鸭子纷纷往后退，但是实在是难以抗拒面包的诱惑，于是又回来在博比脚边跳来跳去，啄食面包屑。"我要回家了，我妈妈——"

那个人走近一点，手上还拿着皮夹，仿佛决定把所有的钱都给博比。"你不必替我吹，我会替你吹。来吧，怎么样？我给你三块钱。"他的声音开始颤抖，忽高忽低，一会儿像在笑，一会儿又似乎快哭出来了。"有了三块钱，你可以看一个月的电影。"

“不要，真的，我——”

“你会很喜欢的，每个男孩都很喜欢。”他伸手想抓住博比，博比突然想到泰德那次抱住他的肩膀，把手放在他的后颈背，把他拉过去，直到两人的距离贴近得几乎可以亲吻了。那次和现在的情形不同……但是又很像，在某个方面来说很像。

博比不假思索就弯腰抓起一只鸭子，鸭子吃惊地呱呱乱叫，慌乱地猛拍翅膀，两脚乱踢，他看了鸭子一眼，就把鸭子往那人身上丢过去。那人大叫一声，连忙用手挡住脸，结果手上的皮夹掉在地上。

博比拔腿就跑。

他穿过小镇广场，回家的路上他看到糖果店外面的电话亭贴着一张海报。他走过去，惊恐地读着上面的字。他不太记得昨晚的梦了，但是类似的东西曾经出现在梦中。他很确定。

你见过布罗廷根吗！
他是一只老杂种狗，我们很爱他！
布罗廷根的毛是白色的，眼睛是蓝色的！
对人很友善！
会吃你手上的面包屑！
如有仁人君子见到布罗廷根！请电
休斯通尼克 5-8337！
（或）
直接带他到海盖特大道 745 号！
找沙加穆尔！
将致赠丰厚酬劳，聊表谢意！

今天真不是个好日子，博比心想，他伸手扯下电话亭张贴的海报，看到前面哈维切戏院遮檐下的电灯泡上悬挂着蓝色的风筝尾巴。今天真不是个好日子，我根本不该出门的，真该躺在床上不要起来。

“休斯通尼克 5-8337”和另外那张关于“菲尔和威尔士柯基犬”

的海报一样……只是哈维切镇上是否真有休斯通尼交换机，博比可从来没有听说过。有些电话号码属于哈维切交换机，有些则属于联合交换机，但是休斯通尼呢？不对，这里没有，布里吉港也没有。

他把海报揉成一团，丢进转角漆上了“保持环境清洁”字样的垃圾桶中，但是在街的另一边又看到同样的海报；再走远一点，发现街角的邮筒上贴着第三张海报。他仍旧撕掉海报。下等人要不就是愈来愈接近，要不就是感到愈来愈绝望，又或许两者皆是。泰德今天千万不能出门，博比得告诉他这个消息；他得做好逃亡的准备，博比得告诉他这个消息。

博比穿过公园，由于急着赶回家，几乎跑了起来，因此经过棒球场时，差一点没听到左边传来微弱、喘息的哭声：“博比……”

他停下脚步，望着旁边的树丛，昨天他开始抽噎时，卡萝尔就是带他躲进这里。哭声再度响起，他才明白真的是卡萝尔。

“博比，如果是你的话，拜托来帮帮我……”

博比钻进水泥道旁的树丛中，眼前的景象令他讶异地把手套掉在了地上。那是阿尔文·达克戴的那种棒球手套，后来就不见了，他猜一定是有人经过这里的时候把手套捡走了，但是那又怎么样呢？那天后来发生的一连串事情中，棒球手套是其中最微不足道的小事。

卡萝尔坐在昨天安慰博比的那棵榆树下，双膝屈在胸前，脸色死灰，黑眼圈让她看起来好像浣熊一样。一丝鲜血从她鼻孔中缓缓流下，她把左手臂搁在小腹上，使得上衣紧贴在胸前即将在一两年后发育成乳房的两点突出上，右手则捧着左手肘。

她穿着短裤和长袖罩衫。后来博比认为事情的发展有很大部分要怪罪那件愚蠢的罩衫。卡萝尔穿上那件罩衫一定是为了防晒，除非是为了这个理由，否则有谁会在这样的大热天穿长袖上衣出门？不知道是她自己挑了这件上衣，还是葛伯太太逼她穿的？但是，谁挑的有那么重要吗？当博比后来有时间思索这件事时，他觉得很重要。的确很重要。

但是就目前而言，长袖上衣完全无关紧要，他在第一时间唯一注意到的事情就是卡萝尔左手臂上方似乎不止一个肩膀，而是有两个肩膀。

“博比，”她眼中闪着泪光对他说，“我觉得好痛。”

她显然受到很大的惊吓，博比也是，现在完全只能凭本能行事。博比想要扶卡萝尔站起来，但她痛得尖叫——天哪，她的叫声真是可怕。

“我去找人来帮忙，”他说，一面把她放下，“你坐在这里别动。”

她摇摇头——很小心地不动到手臂。因为疼痛加上惊恐，她的蓝眼睛几乎变成黑色。“不要，博比，不要，不要把我留在这里，万一他们又回来怎么办？万一他们又回来把我伤得更重怎么办？”在那漫长而炎热的星期四所发生的一连串事情，博比在惊吓中已经有一部分不太记得了，但是这部分却始终记忆鲜明：卡萝尔望着他说，万一他们又回来把我伤得更重怎么办？

“但是卡萝尔……”

“我可以走，只要你帮我，我可以走。”

博比把手环在卡萝尔腰部撑着她，希望她这次不会再尖叫了。她的尖叫声真是可怕。

卡萝尔用背顶着树干慢慢站起来，起身的时候，左手臂动了一下，奇怪的双肩隆起又塌下。她呻吟了一下，但没有尖叫，感谢上帝。

“你最好停一下。”博比说。

“不行，我想离开这里。帮帮我，博比。噢，老天，好痛！”

她整个人站起来之后，情况似乎好一点。他们肩并肩慢慢走出树丛，仿佛结婚礼堂上的新人般踏着缓慢而庄严的步伐。走出树荫，外面似乎比刚刚更加炎热，阳光明亮得刺眼。博比环顾四周，没有看到任何人影。一群小孩在公园一角唱着歌，但棒球场四周空无一人：没有小孩，没有推着娃娃车的妈妈，也看不到雷默警官的踪影；雷默警官心情好的时候，偶尔会买冰激凌和花生请小孩吃。此时此刻，大家都受不了外面的高温，全躲在屋子里。

他们慢慢走着，博比仍然用手环着卡萝尔的腰，沿着小径朝步洛街走去。步洛街的坡道也空无一人；柏油路面微微闪烁，仿佛焚化炉上方飘浮的空气。放眼望去，看不到任何行人或车辆。

他们踏上人行道，博比正想问卡萝尔有没有办法过马路，她尖着嗓子喃喃地说：“噢，博比，我快昏倒了。”

博比紧张地看着卡萝尔的眼球往上吊，眼白翻起，身体不住地前后晃动，仿佛快被砍倒的树。他不假思索就弯下腰，在卡萝尔两腿一软时从背部和臀部接住她。他站在卡萝尔右边，所以接住她的时候就不会弄痛她的左手臂。卡萝尔仍然用右手捧着左手肘，让左手臂保持固定。

卡萝尔长得和博比差不多高，甚至比博比还高，两人的体重也相差无几。手里抱着卡萝尔，博比照理应该没有办法走到对街，即使摇摇晃晃都不成，但是一个人在惊恐中会激发出惊人的潜力。博比抱着卡萝尔在炙热的六月艳阳下快步跑着，没有人阻拦他，没有人问他小女孩怎么了，也没有人伸出援手。他可以听到艾许大道上的汽车声，但身旁的这个世界阴森得有如小说中的米德维奇村，所有村民都在突然间陷入沉睡中。

博比完全没有想到要抱着卡萝尔去找她妈妈，葛伯家在上坡路更远一点的地方，但主要原因倒不在此，这时候博比脑子里只想到泰德。泰德一定知道该怎么办。

当他爬上门廊前的台阶时，刚刚突然而来的神力开始消退，于是摇晃了一下，卡萝尔奇怪的肩膀再度隆起。她在博比的臂弯中僵直了身子，哭出声来，睁开原本半闭的眼睛。

“快到了，”博比喘着气告诉她，几乎不像他平常的声音，“就快到了。对不起，我晃了一下，但是就快——”

门开了，泰德走出来。他穿着灰色裤子和汗衫，吊带裤的吊带垂在膝盖上晃来晃去，脸上露出惊讶而担心的神情，但并不害怕。

博比奋力爬上最后一级台阶，然后往后晃了一下，在那可怕的刹那间，他以为自己会摔下去，栽在水泥地上摔破脑袋。但是泰德抓住他，让他站稳身子。

“把她交给我。”泰德说。

“先站到这边来。”博比喘着气说。他的手臂有如吉他绷紧的弦般，肩膀则像着火一样。“那边是她受伤的部位。”

泰德绕过来站在博比旁边。卡萝尔看着他们，金发散落在博比的手腕上。“他们把我打伤，”她低声对泰德说，“威利……我要他叫他们住手，但是他不肯。”

“不要说话，”泰德说，“等一下你就没事了。”

他从博比手中温柔地接过卡萝尔，但不可避免地还是稍微摇晃到她的手臂。卡萝尔的右肩又隆起两团东西，她呻吟着，开始哭泣，鲜血从右鼻孔滴下来，在皮肤上留下鲜红的血滴。博比脑中闪过前一晚的梦境：那只眼睛，红色的眼睛。

“替我挡住门，博比。”

博比把门大开着，泰德抱着卡萝尔穿过前厅，走进博比家中。这个时候莉莎正好在哈维切车站下火车，往缅因街的出租车招呼站走去，她好像体弱多病的病人一样拖着步子慢慢走着，两手各提着一件行李。

经营书报摊的伯顿先生刚好站在门口抽烟，他看着莉莎走下阶梯，掀起帽子上的面纱，小心翼翼地用手帕轻轻拍了拍脸；她每碰一下脸就眨一眨眼睛，脸上虽然化了浓妆却无济于事，只让别人更加注意到她脸上发生了什么事。面纱就比较管用了，但也只能遮住脸的上半部。现在她再度放下面纱，走近在那儿等候的三辆出租车中的第一辆，司机下车来帮她拿行李。

伯顿很想知道是谁这样对待她。不管是谁干的好事，他希望警察现在正好好修理那个人，对女人做出这种事的男人活该如此。伯顿认为，会这样对待女人的男人一定要受到严惩，绝对不能稍加宽贷。

博比以为泰德会把卡萝尔放在沙发上，结果却不是。客厅里有一张直背椅，而泰德就坐在那里，把卡萝尔放在腿上，他抱着她的姿势，就好像百货公司坐在宝座上的圣诞老公公把小孩子抱在腿上一样。

“除了肩膀之外，还有哪里受伤？”

“他们打我的肚子，还有腰部。”

“哪一边?”

“右边。”

泰德温柔地将卡萝尔的上衣从右边拉起，当博比看到她身上那道瘀青时，忍不住倒抽了一口气，立刻认出是球棒的形状，他知道那是谁的球棒：是哈利，那个满脸青春痘的笨蛋，老幻想自己是罗宾汉。哈利和里奇、威利在公园碰到卡萝尔，里奇和威利抓着她，让哈利用球棒猛打。三个人纵声大笑，叫她葛伯宝宝。也许一开始只是开开玩笑，后来就失控了。这和《蝇王》的情节不是很像吗?事情的发展渐渐失控。

泰德碰碰卡萝尔的腰部；张开粗大的手指慢慢滑过她身体侧边，同时歪着头，仿佛不是在碰触，而是在倾听。或许他的确是在倾听。当他的手碰触到卡萝尔瘀青的地方时，卡萝尔喘着气。

“痛吗?”泰德问。

“有一点，但没有肩膀那么痛。他们打断了我的手臂，对不对?”

“没有，我不认为你的手臂断了。”泰德回答。

“我听到啪啦一声，他们也听到了，所以才会溜掉。”

“我知道你一定听到了那个声音。”

卡萝尔的眼泪顺着脸颊流下来，她的脸色依然很苍白，但是整个人似乎冷静下来了。泰德把她的上衣拉到手肘处，观察她的瘀伤。博比心想，他和我一样清楚那是什么东西留下的形状。

“他们总共有多少人，卡萝尔?”

三个，博比心想。

“沙——三个。”

“三个男生?”

她点点头。

“三个大男生对付一个小女孩。他们一定很怕你，以为你是一头狮子。你是不是狮子，卡萝尔?”

“真希望我是，”卡萝尔说，努力挤出一丝微笑，“真希望我可以大吼一声把他们吓跑。他们弄伤我了。”

“我知道，我知道。”泰德的手滑到她的侧边捂住瘀青的部位，

"吸一口气。"瘀青在泰德手中肿胀起来；从泰德被尼古丁熏黑的手指缝间，博比可以看到紫色的瘀青。"这样会痛吗？"

她摇摇头。

"呼吸的时候不会痛？"

"不会。"

"我的手压到你的肋骨时也不会痛？"

"不会，只有一点痛，但不是那种……"她很快瞄了一下肩膀可怕的奇形怪状。"我知道了，可怜的卡萝尔，可怜的甜心啊，我们会想办法。他们还打你什么地方？你说他们打你的肚子？"

"对。"

泰德掀起她肚子上的衣服，那里又是一块瘀青，但是这块瘀青没有那么严重。他先用手指轻轻按一按肚脐，然后又按一按肚脐下方。卡萝尔说那里不像肩膀那么痛，肚子的那种痛比较像肋骨的痛。

"他们没有打你的背吧？"

"没——有。"

"头或脖子呢？"

"也没有，只有打我的旁边和肚子，然后打我的肩膀，接着他们听到啪啦一声就跑走了。我以前还以为威利是好人。"她悲哀地看了泰德一眼。

"卡萝尔，现在转一转头……好……现在往反方向转。你转头的时候不会痛吧？"

"不会。"

"你确定他们没有打你的头？"

"没有，我的意思是我很确定。"

"幸运的孩子。"

博比觉得很奇怪，泰德怎么还会认为卡萝尔很幸运，她的左手臂看起来不止是受伤，简直是快扯断了。他突然想到星期日晚上吃的烤鸡大餐、那种扯开烤鸡时鸡腿撕裂的声音。他的胃纠结成一团，以为自己快把早餐和中午吃的隔夜面包全吐出来了。

不行，他告诉自己，现在不能吐。泰德的麻烦已经够多了，不需要再加上你这一桩。

“博比?”泰德的声音清晰而尖锐，听起来像是个很有办法，而不是麻烦缠身的人，令人松了一口气。“你还好吧?”

“是啊。”没错，他的肚子没有那么不舒服了。

“很好，你把她带来这里，表现得很好，你还能再撑一会儿吗?”

“可以。”

“我需要一把剪刀，你可以帮我找一把吗?”

博比走到妈妈的卧室，打开梳妆台最上面一格抽屉，拿出她的针线盒，里面有一把中等大小的剪刀。他冲回客厅把剪刀拿给泰德看。“这把可以吗?”

“可以。”他说，接过剪刀后对卡萝尔说，“我会弄破你的衣服，真对不起，但是现在得看看你肩膀的伤势，我不希望没有帮上忙，反而把你弄得更痛。”

“没关系。”卡萝尔说，想挤出一丝笑容。博比有一点佩服她的勇气，如果是他的肩膀伤成这样，可能早就痛得哀叫，就好像被困在铁丝网中的羊一样。

“你可以穿博比的衬衫回家。对不对，博比?”

“当然啰，上面找到几只虱子，我也不会介意。”

“很——好——笑——”卡萝尔说。

泰德小心翼翼地剪开罩衫，先从后背往上剪，再剪前面，然后把剪开的布掀掉，就好像剥开蛋壳一样。他虽然非常小心，但手指碰到卡萝尔的肩膀时，她仍然发出沙哑的叫声。博比惊跳起来，原本已经跳得比较慢的心脏，如今又怦怦跳个不停。

“对不起，”泰德喃喃地说，“天哪，你看看。”

卡萝尔的肩膀很难看，但不像原本博比担心的那么严重——一旦看清楚事实，也许大多数的事情都没有想象中严重。第二个肩膀比正常的肩膀拱得更高，皮肤绷得紧紧的，博比不明白为什么皮还没有裂开，而且肤色呈现奇怪的淡紫色。

“我的伤势有多糟?”卡萝尔问。她转头望着其他方向，有如接受联合国儿童基金会救济的饥童般小脸蛋露出痛苦的表情。博比知道，卡萝尔除了之前偷瞄一眼，就再也不曾注视自己受伤的肩膀。“我整个夏天都得打上石膏，对不对？”

“我认为你根本不需要上石膏。”

卡萝尔好奇地抬头看着泰德的脸。

“你的肩膀没有骨折，孩子，只是脱臼了。有人打中你的肩膀——”

“是哈利——”

“——他打得太用力，让你左臂上方的骨头脱臼了。我想我可以把它弄回去。你可以忍受一下剧烈的疼痛吗，如果知道伤势会好转的话？”

“可以，”卡萝尔立刻回答，“把它医好，布罗廷根先生，拜托你把它医好。”

博比有一点怀疑地看着他。“你真的有办法医吗？”

“是啊，把你的皮带给我。”

“啊？”

“你的皮带，拿给我。”

博比把皮带从环扣中抽出来给泰德——这是一条颇新的皮带，是圣诞节礼物——泰德接了过来，仍然目不转睛地看着卡萝尔。“你姓什么，甜心？”

“葛伯，他们叫我葛伯宝宝，但我不是宝宝。”

“当然不是，现在就是证明你不是宝宝的最好时候。”泰德站起来，把卡萝尔放在椅子上，然后跪在她面前，好像老电影中男人求婚的姿势。他把博比的皮带在手上绕两圈，然后拨弄着卡萝尔没有受伤的那只手，直到她把手松开，不再捧着左手肘，接着叫卡萝尔抓住皮带。“好，现在把皮带放进嘴巴里。”

“把博比的皮带放进我的嘴巴？”

泰德一直注视着她的脸，他开始轻轻抚摸卡萝尔没有受伤的那只手臂，从手肘到手腕。他的手指顺着她的前臂往下摸……停下来……又往上按摩至手肘的位置……然后再沿着前臂往下。博比心想，泰德好像在为她催眠，但其实不是“好像”，泰德根本就是在为她催眠。

他的瞳孔又开始变得古里古怪，一下膨胀、一下收缩……膨胀又收缩……膨胀又收缩。瞳孔的运动和手指的运动完全合拍。卡萝尔盯着泰德的脸，嘴唇张开。

“泰德……你的眼睛……”

“是啊，是啊。”他的声音有点不耐烦，不太关心自己的眼睛怎么样了，“疼痛往上升了，卡萝尔，你感觉得到吗？”

“没有……”

她直盯着他的眼睛看。他的手指抚摸着她的手臂，不断地上上下下、上上下下，瞳孔仿佛缓慢跳动的心脏一样收缩、膨胀。博比看得出卡萝尔渐渐放松下来了。手中仍然握着皮带，当泰德停止抚摸手臂而慢慢碰触到她的手背时，她毫无怨言地把手举起来。

“好，”他说，“疼痛的感觉会从你受伤的部位传到脑子。当我把你的肩膀弄回去时，会很痛、很痛，但是当疼痛的感觉快要传到脑子时，你要在嘴巴里把它拦住，紧紧咬着牙，用博比的皮带挡住它，所以只有一点点痛会传回脑子，那里感觉到的痛是最痛的。明白我的意思吗，卡萝尔？”

“明白……”她的声音微弱而遥远。她身上只穿着短裤和球鞋，坐在高背椅子上显得十分瘦小。博比注意到，泰德的瞳孔又恢复正常了。

“把皮带放进嘴巴里。”

她把皮带塞进嘴里。

“痛的时候就用力咬下去。”

“用力咬下去。”

“把痛挡住。”

“我会把它挡住。”

泰德最后再用他粗大的手指帮卡萝尔从手肘到手腕按摩了一遍，然后看着博比。“祝我好运吧！”

“祝你好运。”博比热切地回答。

卡萝尔仿佛飘到远方，如做梦般喃喃说道：“博比把鸭子丢到一个男人身上。”

“真的吗？”泰德问。他非常、非常温柔地用左手握住卡萝尔的左手腕。

“博比以为那个人是下等人。”

泰德瞥了博比一眼。

“不是那种下等人，”博比说，“只是……噢，别管了。”

“反正也没差，”泰德说，“他们离得很近了，镇上的钟、汽笛声——”

“我听到了。”博比冷冷地说。

“今天晚上，我不等你妈妈回来了——我不敢。天黑以前我会去看电影，或是躲在公园或其他地方。如果都不行的话，还可以躲到布里吉港的小旅馆。卡萝尔，准备好了吗？”

“准备好了。”

“开始感觉到疼痛的时候，你要怎么做？”

“挡住它，把它咬进博比的皮带。”

“好孩子。十秒钟之后就会觉得好多了。”

泰德深深吸了一口气。然后伸出右手，悬空停在卡萝尔肩膀上淡紫色的肿块上，“开始痛了，甜心，勇敢一点。”

根本不到十秒钟嘛，连五秒钟都不到。在博比眼中仿佛只是刹那间，泰德的右掌直接往卡萝尔肩上的肿块按下去，同时猛然一拉她的手腕。卡萝尔收紧下巴，咬住博比的皮带。博比听到喀啦一声，就好像脖子很僵硬时转头会发出的那种声音。然后卡萝尔手臂上方隆起的肿块消失了。

“好了！”泰德大叫，“看起来还不错！卡萝尔？”

卡萝尔张开嘴巴，博比的皮带掉下来，落在她膝盖上。博比看到皮带上留下一行齿印，她几乎要把皮带咬穿了。

“肩膀不痛了。”她露出不可思议的样子，然后举起右手，皮肤上原本的淡紫色现在变成深紫色，她摸摸瘀青，痛得眨眼睛。

“一个星期内都还会有点痛，”泰德警告她，“两个星期内不可以用那只手臂丢东西或举东西，否则会再脱臼。”

“我会很小心的。”现在卡萝尔肯注视自己的手臂了，她一直试探性地轻轻抚摸瘀青的部位。

“你挡住了多少疼痛？”泰德问她，虽然脸上的表情仍然很严肃，不过博比几乎可以听到他的声音中带着一点笑意。

“大部分都挡住了，”卡萝尔说，“我几乎不觉得痛。”不过她一说完这句话就瘫在椅子上，眼睛虽然张开，却目光涣散。卡萝尔再度昏倒了。

泰德叫博比弄一块湿布来。“要用冷水，”他说，“把水拧干，但是不要太干。”

博比跑进浴室，从架子上拿了一条毛巾在冷水中打湿。浴室窗户的下半部是毛玻璃，假如他当时从玻璃窗上方往外望，就会看到妈妈搭乘的出租车在大门前停下来。博比没有往外看，他专心办自己的事，也没有想到那个绿色钥匙圈，虽然钥匙圈就躺在前面的架子上。

当博比回到客厅时，泰德坐在高背椅把卡萝尔抱在腿上。博比注意到，和卡萝尔身上其他地方（除了瘀青的部位）光滑白皙的皮肤比起来，她的手臂晒得很黑，仿佛套了尼龙袜一样，博比心里暗自觉得好笑。卡萝尔的眼睛渐渐清澈起来，注视着博比走过来，不过她的样子依然颇为狼狈——头发乱七八糟，脸上满是汗水，鼻孔下和嘴角边有干掉的血迹。

泰德开始用湿毛巾擦拭卡萝尔的脸颊和额头，博比则跪在椅子扶手旁。卡萝尔把身体坐直，满怀感激地把脸抬高，贴向冰冷的湿毛巾。泰德帮她擦干净鼻子下面的血迹，然后把毛巾放在茶几上，接着替她拨开沾在眉毛上的发丝。几撮头发又掉了下来，泰德再度伸出手拨开头发。

就在这时候，通往前廊的大门砰然打开，脚步声穿过大厅。在卡萝尔前额拨弄头发的大手倏然停住，博比和泰德四目相接，两人之间流动着强烈的心电感应，脑子里都只想到三个字：是他们！

“不是，”卡萝尔说，“不是他们，博比，是你妈——”

门开了，莉莎一手拿着钥匙，另一手拿着帽子——有面纱的那顶帽子。在她背后，通往外面炎热世界的那扇大门仍然大开着，两只皮箱并肩立在门垫上，出租车司机替她把行李放在那儿。

“博比，我说过多少次，你得把大门锁——”

她说到这里就戛然而止。多年后，博比一次又一次在脑海里回放当时的画面，也愈来愈了解当他妈妈结束了那趟悲惨的旅程回到家中时，眼中见到了什么景象：她向来不喜欢、也不信任的老头子把小女孩抱在腿上，儿子则跪在椅子旁边，小女孩看起来神志不清，头发因为汗湿而一撮撮贴在脸上，上衣也撕破了——碎布掉落地板上——即使自己的眼睛肿得快睁不开，莉莎仍然看到卡萝尔身上的瘀青：肩膀上、胸前和肚子上都各有一块瘀伤。

而卡萝尔、博比和泰德在看到她的那一刹那，也同样有一种时间凝结般的彻悟：她脸上有两圈黑眼圈（右眼深陷在肿胀的肉球中，几乎快不见了），下唇肿胀裂开，干掉的血迹好像旧口红的颜色那么难看；鼻子歪了一边，而且偷偷长出鹰钩，仿佛漫画家笔下的巫婆一样。

在那个夏日午后，屋子里出现了片刻静默，沉思中的安静。外面不知何处传来汽车引擎发动的声音，某个地方有个小孩大叫：“少来了，你们！”欧哈拉太太的狗在科隆尼街一声又一声吠着“汪—汪—汪—”；博比童年回忆中最鲜明的印象就是这年复一年、日复一日的狗吠声，尤其是每当他想起这个星期四下午的时候。

杰克逮着她了，博比心想，杰克和他的猎人朋友们。

“噢，老天爷，怎么回事啊？”博比打破沉默问妈妈，他不想知道，但又必须知道答案。他向妈妈那边跑过去，惊恐而伤心地哭了起来：看看她的脸，那张可怜的脸。她现在这副样子一点也不像妈妈，而像个老女人，不是住在步洛街，而是在“那边”的老女人，在那个每人都喝着纸袋里的酒，只有名而没有姓的地方。“他对你怎么了？那个狗杂种对你做了什么事？”

莉莎毫不在意，似乎根本没有听到他说的话。不过她还是抱住博比，用力抱着博比的肩膀，力道大得博比可以感觉到她的手指深陷到他的肉中，用力到把他弄痛了。然后她看也不看博比，就放开他。“松开她，你这老不羞！”她哑着嗓子说，“现在就把她放开！”

“葛菲太太，请不要误会。”泰德把卡萝尔抱开，小心翼翼不要碰到卡萝尔受伤的肩膀，然后站起来拉拉裤脚，这是泰德典型的挑剔作风。“她受伤了，博比找到她——”

“你这个混账！”莉莎尖叫，看到右手边桌上的花瓶，抓起花瓶就往泰德身上扔过去，泰德连忙低下头，但仍然没办法完全躲掉。花瓶底部击中泰德的头顶，然后仿佛落入池塘的石头般撞到墙壁，粉碎散落。

卡萝尔尖叫起来。

“妈，不要这样！”博比大叫，“他什么坏事都没做！他没有做坏事！”

莉莎根本不听。“你好大的胆子，居然敢碰她？你也像这样碰我儿子吗？是不是？是不是？你完全不管他们合不合你的口味，只要年轻就好！”

泰德向前跨一步，垂下来的吊带在大腿两旁来回晃荡，刚刚被花瓶砸中的头上，鲜血从稀疏的发际冒出来。

“葛菲太太，我向你保证——”

“去你的保证，你这老不羞的混蛋！”由于花瓶没了，桌上已经没有东西可砸，所以她直接举起桌子丢了过去。桌子击中泰德的胸部，让他倒退几步，如果不是有那张直背椅挡住，他可能已经跌倒在地。泰德跌坐在椅子上，睁大眼睛，嘴唇颤抖着，不敢置信地看着莉莎。

“你有没有叫他帮你？”莉莎问。她脸色死灰，脸上的瘀青好像胎记一样鲜明。“你有没有叫我儿子帮你？”

“妈，泰德没有伤害她！”博比大吼，抓住他妈妈的腰部，“他没有伤害她，他——”

她把博比抓起来，好像刚刚抓起花瓶和桌子一样，他后来想到这件事时，觉得妈妈当时就好像他抱着卡萝尔从公园走上坡路回家时一样，力气大得不得了。莉沙把他往房间另一头扔过去，博比撞到墙壁，头往后一弹，挂钟被他撞落地面，永远停止不动。这时候，博比眼前满是黑点，刹那间他困惑地想到那些下等人（愈来愈接近了，因为海报上已经出现他的名字）。然后他滑落地面，想停下来，但是两条腿却不听使唤。

莉莎漠然看着他，然后回过头来看看泰德，泰德坐在直背椅上，桌面顶着他的腿，桌脚则戳到他脸上。他满脸都是血，头发上红色的部分也比白色多。他想要开口说话，但结果只干咳了几声，是那种老人家抽烟后的干咳声。

“你这老不羞，只要谁给我两分钱，我就愿意把你的裤子拉下来，扯掉你那脏东西。”她转过头看着缩在地上的儿子，脸上唯一看得见的眼睛里流露着轻蔑和指责，这让博比哭得更厉害。她虽没有说“你也一样”，但是博比在她眼中看出这个意思。

然后她又回头对泰德说：“你知道吗？你会被关起来。”她的手指指着泰德，博比虽然泪眼迷蒙，仍然看到那已经不是她搭拜德曼先生的轿车离去时的漂亮指甲，现在上面印着一道道带血的鞭痕。莉莎的声音含混不清，仿佛声音通过她肿胀的下嘴唇后就散掉了。“我现在就打电话给警察。如果你够聪明的话，我打电话的时候最好给我乖乖坐好。闭上嘴巴，乖乖坐好。”她的声音愈来愈高、愈来愈高。她双手的关节肿胀且有抓伤的痕迹，指甲也断裂，她握着拳头对泰德说：“如果你逃跑的话，我会追过去，用最长的菜刀把你千刀万剐，你试试看我会不会这样做，而且就直接在大街上这样做，让每个人都看到。我会先从那个为你……为你们这些男人……惹来这么多麻烦的部分开始。所以，巴乐廷根，你最好安分点，想活着进监牢的话，最好别动。”

电话放在沙发旁的茶几上，莉莎往那里走去。泰德坐着，腿上仍然顶着桌子，鲜血从脸颊流下来。博比则蜷缩在地上的挂钟旁边，那是他妈妈靠卖邮票换来的挂钟。在泰德的电扇吹出的微风中，可以听到鲍泽又在吠了：汪—汪—汪！

“你不知道这里发生了什么事，葛菲太太。我非常同情你的可怕遭遇……但是发生在你身上的事情并没有发生在卡萝尔身上。”

“闭嘴！”她不肯听他讲，甚至不往他这边看。

卡萝尔伸出手，往莉莎那边跑去，接着就停下来，苍白的脸上双眼愈睁愈大，嘴巴张开，又像耳语，又像在呻吟，“他们扯掉你的衣服?”莉莎停止拨电话，慢慢转过来看着她。“他们为什么要扯掉你的衣服?”

莉莎似乎在思考该怎么回答，似乎很努力地想。最后她说：“闭嘴，闭上你的嘴，好吗?”

“为什么他们要追你? 打你的人是谁?”卡萝尔的声音愈来愈激动，“打你的人是谁?”

“闭嘴!”莉莎把电话筒往下一扔，双手捂住耳朵。博比看着她，受到更大的惊吓。

卡萝尔转过来看着博比，热泪再度滚落双颊，眼神中透露着领悟——领悟。博比心想，这和麦奎恩先生想骗他时他心中的领悟一样。

“他们在后面追她，”卡萝尔说，“当她想要离开的时候，他们在后面追她，逼她回去。”

博比明白了，他们沿着旅馆的走廊追着她。他曾经看过这幅景象，虽然不记得在哪里看到，但是他曾经看到过。

“不要让他们这么做! 也不要再让我看到了!”卡萝尔哭叫，“她拼命反抗，但是没办法逃走! 她打他们，但是没办法逃走!”

泰德把桌子推开，挣扎着站起来，眼睛炯炯发光。“抱着她，卡萝尔! 紧紧抱着她! 就会停住了!”

卡萝尔伸出没有受伤的那只手臂抱住博比的妈妈。莉莎一时站不稳，往后退一步，一只脚绊到沙发椅而差点跌倒。她站稳了，但是电话却摔到地毯上，滚到博比球鞋边。

有短暂的片刻，一切就静止在那里——仿佛他们在玩木头人的游戏，当鬼的人刚喊了声：“木头人!”卡萝尔最先开始动，她把莉莎放开，身体往后退，汗湿的发丝掉在眼睛里。泰德朝她走过去，伸出手去握住她的肩膀。

“不要碰她!”莉莎机械化地说，声音软弱无力，她看到这孩子坐在泰德的大腿上时脑中闪过的念头现在暂时消退了一点，整个人看起来精疲力尽。

尽管如此，泰德还是把手放下说："你说得对。"

莉莎深深吸一口气，憋住后又把气吐出来。她看看博比，然后移开视线。博比满心希望她会伸出手来稍微帮帮他，扶着他站起来，只要这样就好，但是她却转头看着卡萝尔。博比自己站起来。

"这里到底发生了什么事啊？"莉莎问卡萝尔。

虽然卡萝尔还在哭，但她抽噎着告诉博比的妈妈那三个大男生怎么样在公园里碰到她，起先他们好像在开玩笑，虽然比平常恶劣一点，但只是在开玩笑。然后哈利开始打她，而其他人则帮忙抓住她。后来她的肩膀响起啪啦声，把他们吓坏了，于是就逃走了。她告诉莉莎，博比怎么样在五分钟或十分钟之后——她不知道过了多久，因为实在太痛了——把她抱到这里。然后泰德怎么样给她博比的皮带让她挡住痛，又医好她的手臂，她又骄傲又难为情地给莉莎看看皮带上的小齿痕。"我没有把痛完全挡住，但是挡住了很多。"

莉莎瞥了皮带一眼，就转头对泰德说："你为什么要撕破她的上衣呢？"

"那不是撕破的！"博比大叫，突然觉得很愤怒，"他剪开她的上衣，这样才能检查她的肩膀、医好她，而不会把她弄痛！看在老天的分上，剪刀是我找来给他的！你为什么这么笨哪？妈，你为什么不明白——"

她没有转身，冷不防地一把抓住博比。她的手背碰到他的脸颊，手指戳进他的眼睛，博比痛得不得了，突然之间，泪水就如决堤般汹涌而出。

"千万不要骂我笨，博比。"她说。

卡萝尔害怕地看着这个穿着葛菲太太的衣服、搭着出租车回来的鹰钩鼻女巫婆。葛菲太太曾经试图逃跑，而且当她再也跑不动时就拼命反抗，但是最后，他们还是得逞了。

"你不应该打博比，"卡萝尔说，"他和那些男人不一样。"

"他是你的男朋友，对不对？"莉莎大笑，"好哇！但是我要告诉你一个秘密，甜心——他和他的老爸、你的老爸，以及其他臭男人完全没有两样。进去浴室，我会帮你把身体洗干净，然后找一件衣服给你穿。天哪，真是一团混乱！”

卡萝尔注视着她好一会儿，然后转身走进浴室。从裸露的后背望去，卡萝尔的身躯显得瘦小、脆弱而白皙，尤其和棕色的手臂相形之下显得特别白。

“卡萝尔！”泰德在她后面大声问，“有没有好一点？”博比认为他指的不是她的手臂，这一回不是。

“有，”她没有转头就说，“可是我还是听得到她的声音，好像从很远的地方传来，她在尖叫。”

“谁在尖叫？”莉莎问。卡萝尔没有回答便走进浴室，把门关上，莉莎盯着浴室门好一会儿，好像要确定卡萝尔不会再把门打开，然后转过去看着泰德。“谁在尖叫？”

泰德只是疲倦地看着她，仿佛期待随时会再遭受飞弹攻击。

莉莎开始微笑，博比很熟悉这种笑容：那是她的“我—快—失—掉—我—的—耐—心”的微笑。她还有什么可以失去的吗？在眼睛黑了一圈、鼻子破裂、嘴唇肿大的那张脸上，她的微笑看起来挺吓人的：不像他的妈妈，而像个疯子。

“你还真有一副好心肠啊？你帮她治疗时，偷偷占了她多少便宜？她还没有发育成熟，但是我敢打赌，可以检查的地方你还是都检查遍了，对不对？绝不错过任何机会，对不对？”

博比看着她，感到愈来愈绝望。卡萝尔已经把所有事情都告诉她了——所有的真相——但是却起不了任何作用，毫无差别！老天！

“屋子里有一个危险的成年人，”泰德说，“不过那个人可不是我。”

莉莎起先没听懂，然后难以置信，最后怒不可遏。“好大的胆子！你怎么敢这么说？”

“他什么坏事都没做！”博比尖叫，“你难道没有听到卡萝尔的话吗？你难道——”

“闭嘴！”她说，根本不看他，只注视着泰德，“我想警察一定会对你很有兴趣。拜德曼星期五打电话到哈特福德去问……我请他打的，他有朋友在那里。你从来没有替康涅狄格的州政府工作过，没有在审计处或其他地方上过班。你以前一直在坐牢，对不对？”

“就某个角度来说，我想我算是在坐牢。”泰德说。他似乎比较平静了，虽然两颊还流着血。他从衬衫口袋里掏出烟，看看他们，又把烟放回去。“但不是你想的那种监牢。”

而且也不在这个世界，博比心想。

“你为什么坐牢？”莉莎问，“犯了抚摸小女孩的一级罪？”

“我有一些很宝贵的东西。”泰德说。他伸手轻敲太阳穴，手拿开时，手指上血迹斑斑。“还有其他人也像我一样，有些人的工作就是追捕我们、不让我们跑掉，用我们来……总之，利用我们就是了。我和其他两个人逃掉了，一个被逮住了，另外一个被杀了，只有我还是自由之身，如果这算……”他环顾四周，“……如果这算自由的话。”

“你疯了，巴乐廷根是个疯子。我要叫警察来，让他们决定要不要再把你关进牢里。”她弯下身去捡掉在地上的电话筒。

“妈，不要！”博比说，伸手去拉她，“不——”

“博比，不要！”泰德尖声说。

博比把手缩回来，起先看看他的妈妈，她正把电话捞起来，然后看看泰德。

“现在不要，”泰德告诉他，“以她现在这个情况，绝不会停止咬人的。”

莉莎对着泰德露出灿烂、无法言喻的微笑——说得好，你这混账东西——然后拿起电话。

“怎么回事啊？”卡萝尔在浴室大喊，“我现在可以出来了吗？”

“还不行，甜心，”泰德回答，“再等一下。”

莉莎猛按几下切断电话的按钮，然后停下来聆听片刻，似乎很满意。她开始拨电话，“我们要弄清楚你是什么人，”她以一种奇怪的、有如表白似的语调说，“应该会很有趣。查出你做过什么事可能会更有趣。”

“如果你叫警察来，他们就会知道你是谁，做过什么事情。”

她停止拨电话，看着他，这是博比从没看过的狡猾眼神。“你到底在胡说什么呀？”

“真是个笨女人，当初就应该懂得做比较好的决定。看够了老板的恶形恶状，早就该晓得——既然偷听过那么多次他和那些狐群狗党的谈话，早就应该晓得——晓得他们参加的任何‘研讨会’，其实都不过是饮酒作乐和性派对的幌子罢了，也许还抽一点大麻。你这笨女人，让贪心盖过了判断力——”

“你哪里懂得孤单的滋味呢？”她大叫，“我还有小孩要养呢！”她看着博比，仿佛在这短短时间内第一次想起这个需要养的小孩。

“你到底想要他听到多少？”泰德问。

“你什么都不知道，你不可能知道。”

“我对每件事情都了如指掌，问题是你想要博比知道多少？你想要你的邻居知道多少？如果你叫警察把我抓走，他们就会知道所有我所知道的事情，我可以向你保证，”他停了一下，瞳孔还很稳定，但是眼睛似乎变大了，“我知道所有的事情，相信我——别想试探我。”

“你为什么要这样伤害我？”

“如果可以选择的话，我宁可不要伤害你。你受的伤害已经够多了，被你自己所伤，也被其他人伤害。我的要求不多，只希望你放我走，反正我原本就要离开了。让我离开，我什么也没做，只不过想帮忙而已。”

“喔，是啊，”她笑起来，“帮忙？她几乎是赤裸着上身坐在你的大腿上。帮忙！”

“我也会帮你，如果我——”

“喔，是啊，我知道你要怎么帮我。”她又笑了。

博比想要开口，但是泰德用眼神警告他不要说话。浴室里响起水流的声音，莉莎低头想了一下，然后抬起头来。

“好吧，”她说，“就这样吧，我会帮博比的小女友清洗一下，然后给她一粒阿司匹林，再找一件衣服给她穿回家。我在做这些事情的时候也会顺便问她几个问题，如果她的答案是对的话，你就可以离开。我们很高兴能够摆脱你这人渣。”

“妈——”

莉莎好像交通警察一样举起手来制止他，她注视着泰德，泰德也瞪着她。

“我会送她回家，看她进门。至于她决定怎么样告诉她的妈妈，那是他们两人之间的事。我的责任是看着她安全回到家。然后我会去公园坐一下，昨天晚上过得很糟。”她深深吸了一口气，然后懊悔地长叹一声，把气吐出来。“很糟糕。所以我会去公园，坐在荫凉的地方好好想想接下来要怎么办，我们两人才不会被送去救济院。”

“如果我回来的时候看到你还在这里，亲爱的，我会打电话到警察局……不要心存侥幸。你爱说什么都可以，只要我告诉他们，我比原定时间提早几小时踏进公寓，结果发现你把手伸进十一岁小女孩的裤子里，就没有人会在意你的话。”

博比十分震惊，静静瞪着他妈妈。她没有看到他的眼神，仍然注视着泰德，一直睁着肿胀的眼睛瞪着他。

“另一方面，如果我回来的时候，你已经收拾好所有的行李离开了，那么我就不需要打电话给任何人，或说任何事情。”

我要和你一起走！博比心想。我不管什么下等人，宁愿有一千个穿黄外套的下等人在找我——即使一百万个也无所谓——也不要再和她一起住了。我恨她！

“怎么样？”莉莎问。

“就这样说定了。我会在一小时内离开。可能会更快。”

“不要！”博比哭叫着。今天早上醒来时，他已经接受泰德即将离去的事实——虽然伤心，但是认了命。现在他又再度感到心痛，甚至比之前还厉害。“不要！”

“不要吵。”他妈妈说，眼睛仍然不看他。

“只有这个办法了，博比，你也晓得。”泰德抬头看着莉莎，“你去照顾卡萝尔吧，我会和博比谈一谈。”

“你没有资格指挥我。”莉莎说，但她还是走开。当她往浴室走去时，博比看到她一跛一跛的，一只鞋的鞋跟坏掉了，但是那应该不是她走不好的唯一原因。莉莎轻轻敲一下浴室的门，没等里面回应就钻进去。

博比跑过去，当他想抱住泰德时，老人却握住他的手，轻轻压一下后就把手放回博比胸前，然后松开手。

“带我走，”博比激动地说，“我会帮你注意他们，两双眼睛总比一双眼睛管用。带我走！”

“我不能，但是你可以和我一起走到厨房，博比。不是只有卡萝尔需要好好清洗干净。”

泰德站起来，起先摇摇晃晃地站不稳。博比伸手扶着他，泰德再度轻柔但坚定地推开他的手。这个举动伤了博比的心，虽然不像莉莎把他扔去撞墙后又不肯扶他起来那么伤他的心，但是已经让他很难过了。

他和泰德一起走到厨房，没有碰到他，但是靠得很近，所以万一泰德跌倒时还来得及扶他。泰德没有跌倒。泰德看着水槽上方的窗户映着自己的身影，叹了一口气，然后扭开水龙头。他把擦碗布弄湿，擦掉脸颊上的血迹，不时抬头看着窗户映出的影子，检查脸擦干净了没有。

“你妈妈现在比以往任何时候都需要你，”他说，“她需要身边有个能信任的人。”

“她不信任我，我觉得她根本不喜欢我。”

泰德紧闭着嘴巴，博比知道泰德早已看透了他妈妈的心理，其中有一部分被他点破了。博比知道妈妈不喜欢他，而既然早已知道，为什么现在还是泫然欲泣呢？

泰德向他伸出手来，然后似乎想起来这不是个好主意，又继续擦拭脸上的血迹。“好吧，”他说，“也许她不喜欢你。即使真是这样，也不是因为你做了什么事，而是因为你的身份。”

“我是男生，”他忿忿地说，“是可恶的男生。”

“而且是你父亲的儿子，别忘了这点。但是博比……不管她喜不喜欢你，她都很爱你。我知道，这句话听起来好像陈腔滥调，但这是事实。她爱你，而且需要你，她只剩下你可以依靠了。现在她被伤得很重——”

“都是她自找的！”他大叫，“她明明知道事情不对劲！你自己也是这么说的！明明几个星期前就知道了！都知道几个月了，但就是不肯辞掉工作！明明知道却还是和他们一起出差！无论如何，她还是和他们一起去了！”

“驯兽师明知有危险还是走进狮笼里，因为这样才有钱赚。”

“她又不是没钱！”博比几乎咆哮起来。

“显然她赚的钱还不够。”

“她永远都嫌不够。”博比说，话一出口，就知道这是实情。

“她爱你。”

“我不管！我不爱她！”

“但是你爱她，你会爱她的，你必须爱她。这是‘卡’。”

“‘卡’？那是什么意思？”

“命中注定。”泰德已经把头发上的血迹差不多擦干净了。他把水龙头关好，然后再把窗户当镜子检查一下自己的鬼样子。窗外是暑气蒸蒸的炎夏和那个夏日所发生的一切，泰德再也无法重拾那年夏日的年轻，而博比的青春岁月也就此一去不复返。“‘卡’就是宿命。博比，你喜欢我吗？”

“你明知我喜欢。”博比说着说着，又哭了起来。最近他似乎老是在哭，眼睛都哭痛了。“我很喜欢、很喜欢你。”

“那么就试试看和妈妈做朋友吧，即使不为自己，也为了我。陪着她，帮她克服受到的创伤。我隔一段时间就会寄明信片给你。”

他们又回到客厅，博比现在觉得好一点了，但是他很希望泰德能用手臂环着他，现在最渴望的莫过于这件事。

浴室门打开了，卡萝尔先走出来，低头看着自己的脚，显得格外害羞。她湿答答的头发往后梳得整整齐齐，还用橡皮圈绑了马尾，身上穿着博比妈妈的旧上衣，因为太大了，几乎垂到她的膝盖，好像穿着洋装一样，完全看不见她的红色短裤。

“到外面等我一下。”莉莎说。

“好。”

“你不会不等我就自己走回家吧？”

“不会！”卡萝尔说，她垂下的脸孔充满警觉。

“很好，站在皮箱旁边等我。”

卡萝尔开始往大厅走去，然后又转身。“谢谢你医好我的手臂，泰德，希望你不会因此惹上麻烦，我不希望——”

“去外面那该死的门廊上等我！”莉莎怒吼。

“——有人因此惹上麻烦。”卡萝尔小声说完，几乎像卡通影片里的老鼠说悄悄话般那么小声，然后便走出去了，她穿着大人衣服的样子换做是其他时候，肯定滑稽透了。莉莎转过来对着博比，当博比好好看着她时，整颗心往下一沉。她又重新燃起怒火，从瘀青的脸孔一直往下到脖子都涨得通红。

噢，老天，现在又怎么了？博比心想。然后她拿起绿色钥匙圈，博比这才明白。

“这东西是打哪儿来的，博比？”

“我……这……”但是他辞穷了：无论是谎话或实情，都想不出任何一个字可说。博比突然觉得很疲倦，现在唯一想做的事情就是爬回自己的卧室，躺在床上好好睡一觉。

“我给他的，”泰德轻声说，“昨天给的。”

“你带我儿子去布里吉港的下注站？布里吉港的赌场？”

博比心想，钥匙圈上没有提到下注站，也没有提到赌场……因为那些事情全都违法。妈妈知道那里是怎么回事，是因为老爸以前常去那里，而且有其父必有其子；大家都是这么说的，有其父必有其子。

“我带他去看电影，”泰德说，“去凯特雷戏院看《魔童村》。他看电影的时候，我去街角撞球场办一点杂事。”

“什么样的杂事？”

“我去为拳击赛下注。”博比的心往下一沉，沉得比他原先想的还要低，你到底是怎么回事？你为什么不撒谎呢？既然知道她对这种事的感觉——

但是他明明知道。他当然晓得。

“为拳击赛下注，”她点点头，“喔，你让我儿子自己留在布里吉港的电影院，好跑去为拳击赛下注。”她放声大笑，“喔，我猜我应该很感激你，是不是？你还带了这么好的纪念品回来给他。如果他以后自己也想下注，或是想要像他老爸一样玩扑克牌把钱输光，就不愁没地方去了！”

“我把他留在电影院两个小时，”泰德说，“而你则把他留下来给我，但他似乎都平安度过了，不是吗？”

莉莎目瞪口呆，仿佛脸上被甩了一巴掌，一度出现想哭的神情，然后脸色又恢复平静，变得面无表情。她把钥匙圈塞进口袋里，博比知道他再也看不到那个钥匙圈了。他觉得无所谓，反正他也不想再看到这个钥匙圈了。

“博比，进房间去。”莉莎说。

“不要。”

“博比，进房间去！”

“不要！我不要！”

卡萝尔站在莉莎皮箱的影子上，身上穿着莉莎的上衣，因为他们讲话愈来愈大声而哭起来。

“博比，进房间，”泰德静静地说，“我很高兴能遇见你，并且认识你。”

“认识你！”博比的妈妈生气地说，但是博比不明白她的意思，泰德也不管她。

“进你的房间。”泰德再说一遍。

“你会没事吗？你知道我的意思。”

“对。”泰德微笑着亲吻自己的手指，然后把吻往博比的方向吹过去。博比抓住它，用拳头把它圈住、紧紧握着它。“我会没事的。”

博比慢慢往房门口走去，低着头，眼睛望着鞋尖。当他想到“我不能这样做，我不能就这样让他离开”时，已经快走到房门口了。

他往泰德那里跑去，紧紧抱住他，猛亲他的脸——前额、脸颊、下颚、嘴唇，还有平滑的眼皮。“泰德，我爱你！”

泰德不再抗拒，紧紧抱住他。博比可以闻到刮胡水的味道，还有强烈的切斯特菲尔德烟的香气，他有很长一段时间都会记得这个香味，如同他也会牢牢记得泰德的大手碰触他、抚摸他的背、捧着他的头的感觉。“博比，我也爱你。”泰德说。

“噢，看在老天的分上！”莉莎几乎要尖叫起来。博比转过去看她，却看到拜德曼把她推到墙角。某个地方传来本尼·古德曼乐团大声奏着《一点钟的舞会》的乐声，拜德曼先生伸出手，仿佛要甩她耳光，还问她是不是还想挨打、是不是嫌不够、是不是喜欢这样？如果嫌不够的话，还可以再来一点。博比几乎可以感觉到她惊恐下的彻悟。

“你原本真的不知道，是不是？”他问，“至少不是完全知道他们想做什么。他们以为你知道，但其实你不是完全明白。”

“进你的房间去，要不然我就要叫警察来了，”他妈妈说，“我可不是在开玩笑，博比。”

“我知道你不是在开玩笑。”博比说，然后走进卧室，把门关上。他起先以为自己没事，接着就觉得快要呕吐或昏倒了，或是吐完就昏倒。他摇摇晃晃地走到床边，原本只想坐着，但却横躺在床上，仿佛所有肌肉都从胃里吐了出来，又吞回去。他想把脚举起来，但是双腿只是瘫在那里，肌肉一点力气也没有。他突然在脑海中看到萨利穿着游泳衣往上爬，跑到跳水板的尽头后一跃而下。他真希望自己现在是萨利，随便在任何地方都好，只要不在这里。随便在任何地方，只要不在这里就好。

博比睡醒时，卧室里已是昏暗一片，他看着地板，几乎看不到窗外的树影。他足足有三小时之久完全不省人事——不是睡着了，就是完全没有意识——甚至昏睡了四个小时。现在他全身都是汗水，两腿发麻，因为他一直没有把脚举起来放在床上。

现在他试着抬起脚，但是腿上却传来一阵刺痛，痛得他几乎要尖叫起来，于是干脆滑到地板上，刺痛的感觉从大腿一直传到鼠蹊。他坐在地上，膝盖屈起到耳朵的位置，背部刺痛，两腿发麻，整个头软绵绵的。可怕的事情发生了，但是起先他想不起来是什么事情。他背靠着床坐在地板上，看着海报上戴着独行侠面罩的克雷顿·摩尔[①]。卡萝尔的肩膀脱臼了，而他妈妈惨遭毒打后简直快疯了，在他面前摇

① 克雷顿·摩尔（1914—1999），美国演员，因饰演独行侠而声名大噪。

晃着绿色钥匙圈，大发雷霆。还有泰德……

泰德应该早就离开了，也许这样最好，但是光想到这件事就让他心痛。

他站起来在卧室里来回走了两趟，走第二趟的时候，他在窗边停下来往外望，双手一起抚摸着颈背，他的脖子僵硬，而且满是汗水。前面不远处可以看到席格比家的双胞胎黛娜和黛安娜在街边跳绳，但其他小孩都待在屋子里吃晚餐。一辆车驶过，亮起停车灯。现在的时间比他原先以为的还晚；已经夜幕低垂了。

他又绕着卧室走了一圈，努力摆脱双腿又麻又痛的感觉，觉得自己好像关在牢里的囚徒。尽管房门没有锁——妈妈的房门也没有锁——但是他仍然觉得自己仿佛笼中鸟一样。他不敢走出房门，妈妈还没有叫他吃晚饭，虽然他饿了——一点点饿——但还是不敢走出去，害怕可能会看到她……或看不到她。万一她觉得已经受够了博比，那个又笨又会撒谎的小博比，兰达尔的好儿子，那该怎么办呢？即使她还是在这里，而且似乎恢复正常了……真有“正常”这回事吗？他现在知道，有时候大人脸上不动声色，脑子里却转着可怕的念头。

他走到关起的房门前，停下脚步。地板上躺着一张纸，他弯下腰把纸捡起来，就着落日余晖，还可以清楚地看见纸条上的字：

亲爱的博比：

你看到这封信的时候，我已经离开了……但我会一直把你放在心里。请你一定要爱妈妈，而且要记住，她很爱你。今天下午，她既害怕伤心，又感到羞愧，当一个人在这种状态下，我们会看到她最不好的一面。我在房间里留了一点东西给你。我不会忘记答应过你的事情。

爱你的泰德

明信片，那就是他答应我的事情，寄明信片给我。

博比的心情好多了，他把泰德离开前塞进他卧室的字条折好，打开房门。

客厅里空无一人，但是已经收拾干净了，如果不知道原本电视机旁的墙上应该挂着钟的话，看起来几乎没有什么异状，原本挂钟的地方现在只看到有个小螺丝钉凸出来，上面什么都没挂。

博比听到妈妈在卧室里打鼾的声音。她一向很会打鼾，但是现在的鼾声很大，就好像电影里面老人家或醉鬼打鼾的声音。这是因为他们把她打伤了，博比心想。他想到拜德曼先生和那两个猎人在汽车后座互碰手肘、暗自偷笑的情景。“杀掉那头猪，割她的喉咙。”他不愿意想这些事情，但还是忍不住要想。

他踮起脚尖穿过客厅，仿佛杰克静悄悄走过巨人城堡一样，然后打开通往前厅的门走出去。他先踮着脚尖踏上第一级阶梯（他走在靠近栏杆的地方，因为他曾经在哈迪家的男孩推理小说中读到，如果这样做的话，上楼的时候，楼梯就不会嘎嘎作响），然后跑上二楼。

泰德的房门大开，整个房间空荡荡的。他仅有的几件东西都不见了——一幅有个男人在夕阳下钓鱼的画，还有一幅抹大拉的马利亚在为耶稣洗脚的图画和一本月历。桌上的烟灰缸里面干干净净的，旁边放着泰德的手提袋，里面有《动物农庄》、《猎人之夜》、《金银岛》和《人鼠之间》四本平装书，纸袋上是泰德摇摇颤颤但尚可辨识的字迹：先读斯坦贝克的小说。当乔治说着雷尼一直想听的故事时，乔治说：“像我们这样的人。”到底谁是像我们这样的人呢？对斯坦贝克而言，他们是什么人？对你而言，他们又是什么人？问问自己吧。

博比拿了书，却把袋子留下来，因为他害怕万一妈妈看到泰德的手提袋，又会再度抓狂。他打开冰箱，里面空空如也，只有一罐法国芥末和一盒苏打粉。他把冰箱门关上，然后环顾四周，这里现在看起来仿佛从来没有人住过一样，除了——

他走过去拿起烟灰缸，把它举到鼻子边深深吸一口气。强烈的切斯特菲尔德香烟的烟味再度唤起了他对泰德的所有记忆，泰德坐在这里谈着《蝇王》，还站在浴室镜子前用那把可怕的刮胡刀刮胡子，透过半开的房门听着博比为他朗读自己根本看不懂的报纸评论。

泰德在纸袋上留下了最后一个问题：像我们这样的人。像我们这样的人是什么人？

博比再吸了一口气，吸进一点点烟灰，拼命忍住不要打喷嚏，努力把烟味留在鼻子里、深印在记忆中，他闭上眼睛，窗外又传来鲍泽永无休止、无可逃避的狂吠，仿佛梦境般在黑暗中召唤着：汪—汪—汪，汪—汪—汪。

他放下烟灰缸，现在又不想打喷嚏了。他决定，我以后也要抽切斯特菲尔德烟，一辈子都要抽这种烟。

他抱着四本书下楼去，像刚刚那样沿着楼梯外侧从二楼走到前厅。他悄悄溜进家门，踮着脚尖穿过客厅（他妈妈还在打鼾，鼾声比往常大），然后走进自己的卧室。他把书藏在床垫下。如果妈妈发现了这些书，他会说是伯顿先生送的。虽然这样是在撒谎，但是如果说实话，妈妈就会把书拿走；更何况，撒谎不再是那么糟糕的事了，撒谎也许是必要的，有的时候甚至是一种乐趣。

接下来呢？他的肚子咕噜作响，接下来应该弄个花生酱和果酱三明治。

他往厨房走去，不假思索地踮着脚尖走过妈妈半开的房门，然后停了下来。她在床上翻着身，鼾声现在变得很不调和，而且说着梦话，低声喃喃自语，博比听不清楚她在说什么，但是可以听到她在说话，而且可以看到一些景象。那是她的思想？她的梦境？无论是什么，都很恐怖。

他再努力往厨房方向走了三步，突然脑中闪现了可怕的东西，他吓得呼吸像冰块般在喉咙间冻结了：有没有人看到布罗廷根！他是只老杂种狗，但是我们很爱他！

"不，"他喃喃地说，"噢，妈妈，不要！"

他不想进去妈妈的房间，但是脚却朝着那个方向走去，而整个身体仿佛人质般被脚带着走。他看到自己伸出手来，张开手掌推开妈妈的房门。

妈妈的床还铺得整整齐齐，她和衣躺在床罩上，屈起一条腿，膝盖几乎碰到胸部。博比可以看到她的袜子和吊袜带，不禁回想起撞球场的月历美女，就是把脚跨出车门，而裙子掀到大腿上……只是月历女郎大腿上没有难看的瘀青。

莉莎脸上没有瘀伤的部分红彤彤的，汗湿的头发纠结成一团团，脸颊满是泪痕，脸上画的妆变得黏答答的。博比进门时踏到一块板子而发出吱嘎的响声，莉莎叫了一声，博比僵在那里动也不敢动，以为她一定会睁开眼睛。

但是莉莎没有醒来，反而往墙边翻过身去。在卧室里，她脑中纷乱的思想和影像并没有变得比较清晰，反而更繁多、更强烈，仿佛病人身上一直涌出的汗水。古德曼大乐团演奏《一点钟的舞会》的乐音高声在屋内流窜，他一直感觉到她喉咙深处鲜血的滋味。

有没有人看到布罗廷根，博比心想。他是一只老杂种狗，不过我们很爱他。有没有人……

莉莎躺下之前拉上窗帘，所以现在房间很暗。博比又跨了一步，然后站在有镜子的梳妆台旁边。她的钱包就放在桌上。博比想到泰德拥抱他的感觉——博比一直如此渴望、需要这样的拥抱。泰德抚摸着他的背、捧着他的头，当我碰你的时候，我也传递了某种窗口给你，他们从布里吉港搭出租车回来的时候，泰德曾经告诉他。现在，他站在妈妈的梳妆台旁边，拳头紧握，通过这个窗口透视妈妈的心灵。

他看见妈妈搭火车回家，一个人在座位上蜷缩成一团，眼睛注视着窗外普罗维敦和哈维切镇之间无数人家的后院，所以没几个人看到她的脸孔；他看到她趁卡萝尔穿衣服的时候，端详着架子上漱口杯旁的鲜绿色钥匙圈；看到她陪卡萝尔走回家，一路上好像机关枪扫射般问了很多问题，卡萝尔心乱如麻又精疲力尽，已经没有力气假装了，因此她一一回答了所有的问题。博比看到妈妈一跛一跛地走到联合公园，听到她心里想着：如果从这场噩梦中还能找到什么好处的话，如果还有一点点好处的话——

博比看到她在树荫下坐了一会儿，然后站起来往斯派塞的店走去，想买点头痛药和一瓶汽水，回家前把药吞下去。然后，就在离开公园之前，她注意到钉在树上的东西，镇上到处都贴了这张东西；在往公园走的路上，她可能早已经过了好几张这样的海报，但是当时她满腹心事，完全没有注意到。

博比再度觉得身体不再属于自己。不止如此，他注视着自己伸出手来，看到两根手指（再过几年，这两根手指就会出现老烟枪才有的熏黄污迹）好像剪刀的形状，夹住从钱包的开口突出来的东西。博比抽出那张折起来的纸片，打开它，借助门口昏黄的灯光读着最上面两行字：

有没有人看到布罗廷根！
他是一只老杂种狗，不过我们很爱他！

他的视线跳到下面显然打动了妈妈的几行字，她因此不顾一切，采取行动：

将致赠丰厚酬劳，聊表谢意
（＄＄＄＄）

这就是她一心盼望、拼命祈祷的好处——一大笔丰厚的酬劳。

她有没有一点点迟疑？有没有想过："且慢，我的孩子很爱那个老混账！"她的脑子里曾经闪过这样的念头吗？

没有。

你不能迟疑，因为到处都有拜德曼先生这种人，而且人生原本就是不公平的。

博比拿着海报，蹑手蹑脚地离开卧室，当脚下木板嘎嘎作响时停了一会儿，然后又继续走。在他后面，妈妈的喃喃自语声现在再度变成低沉的鼾声。博比走到客厅后，关上房门，他把门把扭到极限，直到门完全关上为止，生怕门闩发出喀啦的声音。然后快步走到电话旁边，只知道现在妈妈不在身边，他心跳得很快，喉咙里有一种旧钱币的味道，现在已经完全不觉得饿了。

他拿起电话筒，很快地四下张望，确定妈妈的房门还紧闭着，然后他没有看海报就拨了那个号码，因为那个号码早就深印在他脑子里了：休斯通尼克 5-8337。

他拨完号码后，电话中一片沉寂。这倒不足为奇，因为哈维切镇根本没有休斯通尼交换机。如果他感觉全身发冷（只有他的蛋蛋和脚底除外，那两个地方感到出奇的热），也只不过是因为他很担心泰德，不过如此。只是——

博比正想放下电话时，电话中响起了石头般的喀啦声。然后有个声音传来："喂？"

是拜德曼！博比狂乱地想着：天哪，是拜德曼！

"喂？"那个声音又问了一遍。不，声音太低了，不是拜德曼，但毋庸置疑，这是猎人的声音，他浑身体温继续下降到冰点，博比明白，电话另一端的那个人身上一定穿着黄色外套。

突然之间他的眼睛热了起来，眼睛后面开始发痒。他本来想问：请问是沙加穆尔吗？如果电话另一头的人回答"是"，那么他就要恳求他们放过泰德，告诉他们，他，博比·葛菲，愿意为他们做任何事，只要放过泰德——他们要他做什么，他都会照办。但是当机会来临时，他却一句话也说不出口，即使到了此时此刻，他还不是完全相信下等人确实存在。不过现在电话另一头有个东西，那个东西和博比所理解的生命毫无相似之处。

"博比？"电话中的声音说，声音中有一种窃喜、领悟的音味。"博比。"它又说，这次声音中没有探询的意味。博比眼前出现无数黑点，客厅突然间下起黑色的雪。

"求求你……"博比低声说，他集中所有意志力，强迫自己把话说完，"求求你放他走。"

"不行，"从虚空中传来的声音说。"他属于国王所有。别多管闲事，博比，不要插手，泰德是我们的狗。如果你不想变成我们的狗，就别多管闲事。"

喀啦。

博比仍然继续让电话筒贴着耳朵，他需要颤抖一下，但是却冷得无法颤抖。眼睛后面慢慢不痒了，眼前的黑线也慢慢集结成雾。最后，他把电话从耳边拿开，准备把电话筒放下，他停了一下。电话多孔的听筒上有许多红色的小圆圈，仿佛电话另一端的声音令电话流了血。

博比小声啜泣着，把电话筒放回去，然后走进自己房间。不要多管闲事，电话那一头的男人这样告诉他。泰德是我们的狗。但泰德不是狗，他是人，而且是博比的朋友。

她可能已经告诉他们泰德今天晚上会在哪里，博比心想，我想卡萝尔知道泰德会去哪里。如果她知道，而且告诉妈妈——

博比拿起装脚踏车基金的罐子，倒出所有的钱后走出公寓。他想过要不要留一张字条给妈妈，但结果没有那样做。如果他留了字条，妈妈可能又会拨休斯通尼克 5-8337 的电话，告诉那个声音低沉的猎人博比打算干什么。这是他不想留字条的原因之一，另外一个原因是如果他还来得及警告泰德，那么他会和泰德一起离开。现在泰德一定得让他跟去了，万一下等人杀了他或绑架他怎么办？那不是几乎和离家出走一样吗？

博比最后看了公寓一眼，听着妈妈的鼾声时，内心十分挣扎。泰德说得没错：无论如何，他还是很爱妈妈。如果真有“宿命”这回事，那么爱妈妈就是他的宿命。

不过，他还是希望永远不要再看到她。

“妈，再见了！”博比低声说。一分钟后，他已经沿着步洛街跑着，跑进愈来愈浓的暮色中，一手还紧捏着口袋里的钱，免得钱蹦了出来。

10. 又到那边去·街角的男孩·穿黄外套的下等人

博比用斯派塞的投币式电话叫了出租车，在等出租车的时候，他撕掉了一张贴在外面布告栏上的布罗廷根宠物走失的海报，同时也拿走一张倒着贴的出售二手车的小广告。他把海报和广告揉成一团，丢进门边的垃圾桶，甚至没有回头看看斯派塞老头有没有看到他这样做；哈维切镇西区的孩子全都听说过斯派塞的坏脾气。

席格比家的双胞胎又在街边玩耍，她们现在把跳绳放在一边，玩起跳房子来了。博比走到她们身边观察那些图形——在跳房子格子旁边画的图形：

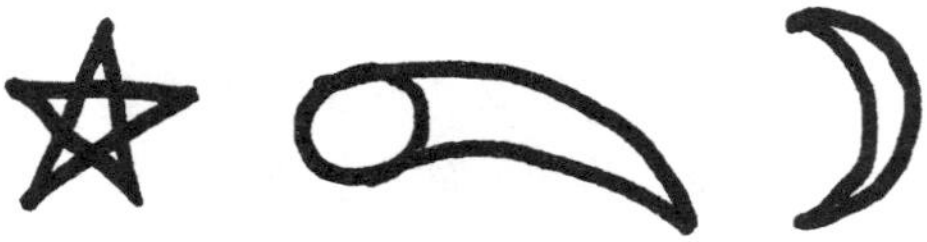

他跪下来，黛娜原本正要把石头扔向七号格子，现在停下来看着他。黛安娜用脏手捂住嘴巴咯咯笑着。博比不管她们，用双手把粉笔画的图形抹得模糊一片，然后站起来拍掉手上的粉笔灰。斯派塞店外只能容纳三辆车的小停车场亮起了街灯，地上突然多出博比和双胞胎姐妹拉长的身影。

“你为什么要这样做，笨博比？”黛娜说，“那些图案很漂亮。”

“那些图案代表霉运。”博比说，“你们为什么还不回家？”其实他是明知故问，她们脑子里在想什么其实就像斯派塞橱窗上的啤酒商标一样醒目。

“妈咪和爹地又吵架了，妈咪说爹地在外面交了女朋友。”黛安娜说，然后大笑，妹妹也跟着笑起来，但是姐妹俩的眼里满是恐惧，让博比想到《蝇王》中的小顽皮。

“趁天还没全黑，赶快回家吧。”他说。

“妈咪叫我们待在外面。”黛娜告诉他。

“那么她就是笨蛋，你爸爸也是。快回去！”

她们互望一眼，博比知道自己把她们吓坏了，但他不在乎。看着两姐妹抓起跳绳往上坡跑去，五分钟后，他叫的出租车驶进停车场，车头灯照着碎石子路。

“哈！”出租车司机说，“我可不想在天黑之后载小孩去布里吉港，即使你真付得出车钱也不行。”

“没关系，”博比说着钻进后座。现在，除非出租车司机在行李箱藏了棍子，否则休想把他丢出车外。“我爷爷会在那边接我。”但不是在街角撞球场，博比已经在心里暗自做了决定，他不会让出租车直接停在店门口，因为可能有人在那边守候。“到那拉甘瑟大道的伍发制面公司。”街角撞球场也在那拉甘瑟大道上。他本来不记得那条街的街名，不过打电话叫到出租车之后，很容易就在黄页分类电话簿中找到了街名。

出租车司机开始倒车出去，然后又停下来。“你要去垃圾甘瑟街？天哪，那一区可不是小孩子去的地方，即使在大白天都不适合。”

“我爷爷会在那里等我，”博比重复一遍，“他叫我付你五毛钱小费。”

出租车司机迟疑了一下。博比努力思索别的说辞来说服他，但是却什么也想不出来。然后出租车司机叹了一口气，按下里程表开始上路。经过博比家的时候，博比注意看家里有没有灯光，没有，还没有。他往后一靠，慢慢把哈维切镇抛在后面。

里程表上方写着出租车司机的名字——德罗伊，在驶向布里吉港的路上，他一句话也没说。他很伤心，因为今天不得不带彼特去兽医那里。彼特已经十四岁了，这年纪对牧羊犬而言已经很大了。彼特一直是德罗伊唯一的朋友。吃吧，孩子，尽量吃，我请客，德罗伊每天喂彼特的时候都这么说，每天晚上都重复同样的话。德罗伊已经离婚了，他有时候会去哈特福德市看脱衣舞表演；博比可以看到脱衣舞娘鬼魅般的影像，她们大多披着羽毛、戴着长长的白手套。彼特的影像则比较清晰。德罗伊从兽医那儿回来的路上还没事，但回到家一看到彼特的空碟子，就忍不住哭起来。

出租车驶过威廉·佩恩餐厅。明亮的灯光从窗口流泻而出，街上的汽车川流不息，但是博比没有看到疯狂的德索托汽车，也没有看到像怪物伪装的车子。

出租车驶过运河桥，然后他们就到了“那边”。公寓房子里传出喧闹的西班牙音乐，太平梯好像闪电一样成之字形分布在墙边。头发往后梳的油头年轻人三五成群地聚集在街角，女孩子则站在另一端的街角说说笑笑。出租车在红灯前停下来时，有个古铜肤色的男人吊儿郎当地晃过来，他的屁股好像油一样滑溜溜地在松垮垮的长裤中滚动，腰间露出雪白内裤的松紧带裤头，手里拿着一块脏兮兮的抹布，他问司机需不需要把挡风玻璃擦干净，德罗伊鲁莽地摇摇头，绿灯一亮便立刻开着车子往前冲。

“该死的波多黎各人，”他说，“应该禁止他们来美国。难道我们自己的黑鬼还不够多吗？”

晚上的那拉甘瑟街看起来很不一样——恐怖气氛浓了一点，也多了一丝荒诞的意味。锁店……兑换现金服务……酒吧里传出阵阵笑声和点唱机的音乐，还有男人手里的啤酒瓶碰撞声……罗德枪店……再过去一点，在纪念品店旁边，没错，就是伍发制面公司。从这里再走过四个路口就是街角撞球店了。现在才八点钟，博比的时间还很充裕。

德罗伊把出租车停在路边，里程表上显示车资是八毛钱，再加上五毛钱小费，博比的脚踏车基金就会出现很大的缺口，但是他不在乎。他永远不会像妈妈那样把钱看得那么重。只要能在下等人逮到泰德之前及时警告他，那么即使下半辈子都得走路上学也甘愿。

“我很不想让你在这里下车，”德罗伊说，“你爷爷到底在哪里啊？”

“喔，他很快就到了。”博比说，努力装出轻快的语调。当你后面没有退路可走时，就会发挥惊人的潜力。

博比掏出钱来，起先德罗伊迟疑了一下，没有立刻接过钱来，他在考虑是不是应该把这孩子载回斯派塞商店那儿，但是如果这孩子捏造了他爷爷的事，那么他来这里干吗呢？德罗伊心想。他的年纪太小了，不可能自己来这里找乐子。

我没事，博比在心里回答……没错，他想到可以这样做——别担心，我没事的。

德罗伊终于接过那张皱巴巴的钞票和三枚一毛钱的硬币。他说：“你真的给太多了。”

“我爷爷叫我绝对不要像有些人那么小气，”博比一面下车一面说，“也许你应该另外再养一条狗，养一条小狗。”

德罗伊五十岁左右，但是惊讶的表情让他看起来比实际岁数小很多。“你怎么……”

然后博比听到德罗伊暗自决定不要追问了，他把车子开走，留下博比独自一人站在伍发公司前面。

他一直站在那儿，直到连出租车的尾灯都看不到，才慢慢朝街角撞球店的方向走去。他站在纪念品店布满灰尘的橱窗前看了许久，橱窗的竹帘子已经拉起，但是橱窗里展示的纪念品只有一个做成马桶形状的陶瓷烟灰缸，马桶的座位上有个放烟的凹槽，水箱上写着：“烟屁股请坐！”博比觉得这个设计还蛮俏皮的，但是橱窗展示的内容实在乏善可陈。他原本希望会看到带点色情意味的纪念品，尤其是现在已经天黑了。

他继续往前走，经过了布里吉港印刷店、修鞋店和贩卖各式卡片的商店。前面又是一间酒吧，更多年轻人聚集在街角，还有凯迪拉克乐团的歌声。博比低着头、弓着背，手插在裤袋里，快步穿过马路。

酒吧对面是一家已经结束营业的餐厅，窗外还挂着破破烂烂的遮篷。博比快速溜进遮篷下的阴影中，继续往前走，每当听到有人喊叫或是酒瓶打碎的声音，就往里面退缩。到了下个街角，他再度穿过马路到斜对面，走到街角撞球店那边。

他一面走，一面试图感应到泰德的讯息，但却毫无所获，不过他并没有真的感到讶异。如果他是泰德，一定会躲进图书馆里，因为可以在里面到处晃来晃去而不引人注意。也许等到图书馆关门后，他会去吃一点东西，在餐厅里打发掉一些时间，最后才搭出租车来这里收钱。博比不认为泰德现在已经到附近了，但还是注意听，由于他听得太专心了，几乎撞到一个人。

“嘿，小鬼！”那个人说——脸上虽然挂着笑容，语调却不友善。他一把抓住博比的肩膀，“你以为你要到哪里去？”

博比抬头，看到四个年轻人站在一个叫博德加的商店门口，他们都是妈妈口中的街头混混。他猜他们是波多黎各人，都穿着皱巴巴的宽裤子和黑靴子，裤脚露出靴子的尖头。他们还穿着蓝色丝质外套，背后印着“DIABLOS”（恶魔）字样，I 画成魔鬼叉的形状；那个魔鬼叉图案看起来很眼熟，但是博比没有时间思索。他的心往下一沉，知道碰上了四个帮派分子。

“对不起，”他哑着嗓子说，“真的，我……真对不起。”

他挣脱抓住他的那双手，想要从那个人身边绕过去。他只跨出一步，就被另外一个人抓住。“你想往哪儿跑？”那个人说，“想跑到哪儿去啊？”

博比用力挣脱，但第四个家伙把他推回第二个家伙那里，第二个家伙再度抓住他，这次可没那么客气。博比觉得这情形好像被哈利和他的朋友包围住一样，只不过这次情况更糟糕。

“你有没有钱啊？”第三个家伙说，“你知道，经过这里的人都得留下买路钱。”

他们全都笑起来，朝他步步进逼。博比可以闻到刺鼻的刮胡水和发油的味道，也嗅出自己的恐惧。他听不见他们心里的声音，但是他需要听见吗？他们很可能把他毒打一顿，然后抢走他的钱。如果只是如此，已经算幸运了……但是他可能没有那么幸运。

“小鬼……”第四个家伙几乎像在唱歌似的，他举起一只手揪着博比的短发用力一拉，博比的眼泪简直夺眶而出。“小鬼，你有多少钱啊？只要留下一点买路钱，就放你走。如果你什么都不付，就等着一顿好打吧！”

“放开他，胡安。”

他们环顾四周——博比也一样——第五个家伙走过来，也穿着“恶魔”外套和有皱折的宽裤子，但脚上没有穿尖头靴，而是穿着休闲鞋。博比立刻认出来，他是泰德去街角撞球店下注时，在那里玩边界巡警游戏的年轻人，难怪他看到魔鬼叉图案时觉得很眼熟——那家伙手上的刺青也是这个图案。当时他把外套翻过来绑在腰上（他还告诉博比，在里面不能穿帮服），但是他身上有相同的图案。

博比想要看穿他的心灵，但只看到模糊的影像。他的超能力正在消退，就好像葛伯太太带他去赛温岩玩的那天一样；他们离开麦奎恩的摊位没有多久，他的超能力就消失了。这次持续了比较长的时间，但是现在正逐渐消退。

“嘿，迪伊，”扯着博比头发的人说，“我们想从这小鬼身上榨点钱出来，要他留下买路钱。”

“你们不要找他麻烦，”迪伊说，“我认识他，他是我老弟。”

“他看起来像娘娘腔的住宅区小孩，”刚刚叫博比小鬼的那个人说，“我要教他一点礼貌。”

“他可不需要你来教训，”迪伊说，“你希望我给你一点教训吗，莫索？”

莫索后退几步，皱着眉头从口袋里掏出一支香烟，另外一个人帮他点燃，然后迪伊就把博比拉远一点。

“你在这里做什么呀，朋友？”他问，刺青的手抓住博比肩膀。“你真是笨，居然会自己一个人跑来这里，而且还晚上来。”

“我没办法，”博比说，“我必须找到昨天和我一起来的那个家伙，他叫泰德，年纪很大了，长得又瘦又高。他走路的时候有一点驼背，好像卡洛夫——你知道，就是演恐怖片的那个家伙？”

“我知道卡洛夫是谁，但不认识什么他妈的泰德，”迪伊说，“从来没有见过他，老天，你应该赶快离开这里。”

“但是我得去街角撞球店。”博比说。

“我刚刚才从那里出来，”迪伊说，“我没有看到那里有什么人长得像卡洛夫。”

“现在还太早。我想他应该会在九点半到十点钟之间来这里。他来的时候，我一定要在这里等他，因为有人在追捕他，他们穿着黄外套和白鞋子……还开了闪闪发亮的大车……其中有一辆是紫色的德索托车，而且——”

迪伊一把抓着他，用力一推，直到他顶到当铺的门，因为迪伊力道太猛，有那么一刹那，博比以为迪伊决定效法那些街头混混对他动手了。当铺里的老先生把眼镜推到秃头上环顾四周，有一点懊恼，然后又继续看报纸。

“穿着黄色长外套的头目，”迪伊气喘吁吁地说，“我看过那些家伙，其他人也看过。你不会想和那些人打交道的，那些人有毛病，看起来很不对劲。和他们比起来，整天在酒吧里鬼混的小太保简直像乖宝宝。”

迪伊的描述让博比想起了萨利，他记起萨利曾经说他在联合公园外面看到几个奇怪的人，当博比问他究竟是哪里奇怪时，萨利表示他也说不上来。博比晓得，当时萨利看到的就是下等人，甚至早在那时候，他们就已经四处侦查了。

“你是什么时候看到他们的？”博比问，“今天吗？”

“拜托！”迪伊说，“我才刚起床两个小时，而且起来以后，大半时间都待在浴室里，把自己打扮得漂漂亮亮的，准备上街。我想应该是前天看到他们走出街角撞球店，有两个人。那个地方近来变得很奇怪。”他想了一下，然后喊着，“嘿，胡安，过来一下。”

理平头的混混快步走过来。迪伊用英文和他说话，胡安回答，然后迪伊又简短说了几个字，手指着博比。胡安半蹲着对博比说。

“你看过那些家伙，嗯？”

博比点点头。

“有几个坐在紫色的德索托车里？几个坐克莱斯勒汽车？还有几个人坐一九九八年的奥兹莫比尔车？”

博比只认得德索托车，但他还是点点头。

“那几辆车不是真的车子。”胡安说。他瞥了迪伊一眼，看看他有没有在笑。迪伊没有笑，只对胡安点点头，叫他继续说。“是其他东西。”

“我想那些车子是活的。”博比说。

胡安的眼睛一亮。“是啊！好像活的一样！而且那些人——”

“他们长什么样子？我看过他们的车子，但是从来没有看过他们。”

胡安试图描述却又说不清楚，至少没法用英文表达。他说了一串西班牙文，迪伊断断续续翻译了一部分；但他后来直接和胡安对话的时间愈来愈多，博比被晾在一边。另外几个街头混混都靠拢过来，七嘴八舌地发表意见。博比现在看得出来他们其实都还是大男孩。博比听不懂他们在说什么，但是他认为他们全都很害怕。他们已经算狠角色了——在这里，你得够狠才混得下去——但尽管如此，下等人还是把他们吓坏了。博比最后得到一个清晰的图像：有个昂首阔步的高大男子身上披着芥末色长大衣，就好像电影《OK 镇大决斗》、《豪勇七蛟龙》里面的角色一样。

“我看到四个人从理发店出来，就是可以在后面赌马的那家理发店。”一个好像名叫菲略的人说。“那就是他们做的事，那四个家伙的工作就是到不同的地方问一堆问题，他们总是把大车停在路边，没有熄火。在这里，你会觉得这是很疯狂的行径，居然车子不熄火就留在路边，但是有谁会偷这些该死东西的车子呢？”

没有人会这么做，博比晓得。如果你胆敢尝试，方向盘可能会变成一条蛇把你勒死；座位可能变成流沙坑，让你陷进去闷死。

“他们都成群结队地出现，”菲略继续说，“虽然天气热得简直可以在人行道上把蛋煎熟，但他们每个人都还是穿着黄色长外套，所有人都穿着那些高级的白鞋子——雪白的鞋子，你知道我总是很注意别人脚上穿什么，我很挑剔的——但我不觉得……不觉得……”他停顿一下，整一整思绪，然后用西班牙文对迪伊说了一些话。

博比问迪伊他说了什么。

“他说他们的鞋子没有碰到地，”胡安回答，眼睛睁得大大的，但没有流露出不屑或不相信的神情，“他说路边停着一辆大红色的克莱斯勒汽车，当他们走回车上的时候，他们那他妈的鞋子根本没有碰到地面。”胡安在嘴巴前交叉起两根手指，吐一吐口水，然后画了十字。

他说完后的短暂片刻间，大家全都一声不吭，然后迪伊又沉重地弯下腰问博比：“在找你朋友的就是这些人吗？”

“没错，”博比说，“我得去警告他。”

他有个疯狂的想法：也许迪伊会自愿和他一起去撞球店，然后他的同伙也一起来。他们会一起打着响指、走在街上，就好像《西区故事》中的“喷射机帮”一样。他们现在变成他的朋友了，这伙人虽然是帮派分子，却有副好心肠。

当然，事与愿违。结果莫索慢慢晃回原先博比撞到他的地方，其他人也跟着走开。胡安待得稍微久一点，他对博比说：“你要是碰到那些武士，就必死无疑。”现在只剩下迪伊还留着，他说：“他说得对，你应该回到自己的世界里，我的朋友，让你朋友自己照顾自己吧。”

“我办不到，”博比说，然后好奇地问，“你办得到吗？”

“如果碰上的是普通人也许办不到，但这些家伙不是一般人。你听话好吗？”

“好，”博比说，“但是——”

“你真是个疯狂的小男孩，小疯子！”

“或许吧。”没错，他觉得自己疯了；他妈妈会说，疯得好像茅房里面的老鼠。

迪伊开始走开，博比感觉自己的心纠结成一团。

大男孩走到街角——他的哥儿们在对街等他——他转过身来对着博比比着手枪的手势，博比也笑着对他做了同样的动作。

“再会啦，疯狂的朋友。”迪伊用西班牙文说，然后把外套衣领翻上来盖住颈背，慢慢朝对街走去。

博比转头往相反的方向走去，刻意避开霓虹灯投射的灯光，尽量走在阴影中。

街角撞球店的对面是个停尸间——绿色雨篷上写着“迪斯帕格尼葬仪社”，橱窗里挂着一面钟，钟面外环围着一圈清冷的蓝色霓虹灯，下面挂着一块牌子，上面写着：“时间如潮水，一去不复返。”时钟指着八点二十分。他还来得及，而且时间还很充裕。撞球店过去一点有条巷子，在那里等泰德应该蛮安全的，虽然他知道最聪明的办法就是静静等候，但他办不到。如果他真够聪明的话，根本从一开始就不该来这里。不过他不是充满智慧的老猫头鹰，只是个吓坏了、急需帮助的孩子。他很怀疑是否能在撞球店得到任何帮助，不过也许他错了。

博比从“进来凉快一下”的布幅下走进去，他这辈子从来不曾像现在这么不需要吹冷气，这是个炎热的夜晚，他却全身冰冷。

老天爷，如果你在的话，拜托帮帮忙，让我勇敢一点……多给我一点运气。博比打开门走进去。

啤酒味比上次浓烈许多，也新鲜多了，而装了游戏机的房间乒乓作响，灯光闪烁。上次来的时候，只有迪伊在里面打弹珠，现在至少有二十个人，每个人都在抽烟，也都穿着条纹T恤，戴着法兰克·辛纳屈的那种扁帽，而且都在游戏机的玻璃罩上放了一瓶啤酒。

莱恩的桌子周围也比上一次明亮多了，因为现在酒吧里灯火通明、座无虚席，游戏室也一样。星期三的时候，撞球场大部分区域都十分阴暗，现在却像手术室一样明亮。每张撞球台都有人弓着身子在打撞球或绕着桌子移动，在香烟缭绕中击球，墙边的椅子上也都坐满人。博比可以看到老吉把脚放在擦鞋架上。还有——

“他妈的，你在这里干吗？”

博比转过身来，被这个声音吓了一跳，同时也震惊于听到女人嘴里吐出脏话；是阿莲娜，通往客厅的那道门还在她身后来回摇晃。今晚她穿了白色丝质上衣，露出乳白浑圆的美丽肩膀，也露出一点丰满的胸部，下半身则穿着松垮垮的红色长裤，博比从来没见过这么大的裤子。昨天阿莲娜很和气，一直对他微笑……事实上，她几乎是在嘲笑他，只不过她的语气让博比一点也不介意。但今天晚上，她好像吓坏了。

“对不起……我知道我不应该来这里，但是我必须找到我朋友泰德，我以为……以为……”他听到自己的声音愈来愈微弱，好像松口后的气球在房间里四处乱窜一样。

这里有一点不对劲，非常不对劲，就好像他偶尔会做的噩梦一样：他坐在教室里练习拼字、读科学或在看故事书，突然之间每个人都开始笑他，这才发现他上学前忘了穿裤子，结果就光着屁股坐在那里让每个人看，包括女生和老师，每个人都看到了。

游戏室叮叮当当的声音还没有完全停止，但已经慢了下来，酒吧的笑语声则几乎消失，撞球的碰撞声也完全停息。博比环顾四周，又感觉到肚子里好像有条蛇蠢蠢欲动。

他们并没有全盯着他看，但大多数的目光的确投注在他身上；老吉瞪着他的目光仿佛要把纸烧出洞来。虽然博比心里的窗口现在几乎关起来了，他仍然感觉到这里有很多人原本就在等着他。他怀疑他们是否晓得，即使晓得，大概也不知道原因。他们有点像是睡着了，好像米德维奇村的村民一样。下等人来到这里了，下等人已经——

“兰迪，出去，”阿莲娜低声说，她在沮丧中把博比叫成他爸爸了，“趁现在还来得及，赶快出去。”

老吉已经从擦鞋座位走下来，皱巴巴的麻布外套夹到脚踏板，往前一走就扯破了，但是他完全无视于丝质内衬好像玩具降落伞一样在膝边飘荡，眼睛几乎要喷出火来。“抓住他，”老吉颤抖着声音说，“抓住那个小孩。”

博比看够了，这里根本找不到任何帮手，于是冲到门口把门打开。他可以感觉到后面的人群已经开始移动，但动作很慢。太慢了。

博比冲进茫茫夜色中。

他几乎跑过两条街，直到侧腹一阵剧痛迫使他放慢脚步，然后停下来。幸好没有人追过来，但如果泰德去街角撞球店拿钱就完蛋了。他不止需要担心下等人，还得担心老吉和其他人，而泰德却毫不知情。问题是，他又能怎么办呢？

博比环顾四周，这里看不到店面，都是仓库，好像一张张抹掉五官的巨大脸孔一样。他闻到鱼腥味、木屑味以及可能是腌肉的淡淡香气。

他完全无能为力，他只是个小孩，这件事完全超出他的能力范围。博比明白这点，但也明白不能连试都不试，就这样让泰德毫无预警地冲进撞球店。这件事无关英雄气概，只是没有办法连试都不试就走开。都怪妈妈让他陷入这样的困境；他的亲生母亲。

他喃喃地说：“妈妈，我恨你。”他仍然觉得很冷，却全身直冒汗，身上每一寸肌肤都湿答答的。“我不在乎拜德曼和另外两个家伙对你做了什么，你是混蛋，我恨你！”

博比转过身开始往回走，一直走在阴影中。有两次他听到人声，赶紧蹲在仓库门口，尽量压低身子不让人家看见，直到他们走过去。把自己变小很容易；他这辈子从来不曾像今天这样，觉得自己如此渺小。

这次他躲在巷子里。巷子一边放着垃圾桶，另一边是一堆纸箱，里面放着有浓浓啤酒味的回收瓶。纸箱堆起来比博比还高半英尺，当他躲在纸箱后面时，从街上完全看不到他。在等待的时候，他感觉脚上有一团热热、毛毛的东西扫过，弄得他几乎要尖叫起来。他动也不动，等到那团东西离开后，他低头一望，一只脏兮兮的猫回过头来，绿色的眼睛炯炯有神地盯着他。

“嘘！”博比低声叫着，然后踢踢它。那只猫龇牙咧嘴地嘶叫一声，昂首阔步、慢条斯理地在巷子的垃圾堆和玻璃碎片间走来走去，它高高翘起尾巴，仿佛表示不屑。隔着砖墙闷声传来撞球店点唱机的音乐，正在播放“米奇与西尔维娅”二重唱的歌《爱情很奇怪》；爱的确是奇怪的东西，会让人坐立不安的麻烦东西。

从博比躲藏的地方看不到葬仪社的钟，因此他不知道已经过了多久。巷子另一头正在上演夏日街头闹剧，人们相互叫嚣，有时候大笑、有时候愤怒咆哮，有时候说英文，有时候出现十几种不同的语言。还传出劈里啪啦的爆裂声，吓得博比不敢乱动——起先他以为是枪声——后来认出是鞭炮声才松了一口气。汽车疾驶而过，铬钢排气管和消音器闪闪发亮。有一阵子街头出现了打架的声音，还有围观群众吆喝着替打架的人加油打气的声音；过一会儿有个女人经过时，用醉醺醺又悲伤的声音唱着歌，尽管听不清她唱什么，但歌声很美。后来又响起警车的声音，声音愈来愈近，然后渐渐远去，最后消失了。

博比没有打瞌睡，而是做起白日梦来。他和泰德一起住在农庄里，可能是佛罗里达的农庄。他们每天花很多时间工作，但是以老年人而言，泰德算是很能做苦工的，尤其是他现在戒了烟，呼吸比较正常了。博比上学时用的是另外一个名字——拉尔夫·苏利文。晚上他坐在前廊上吃泰德煮的晚餐，喝冰红茶，读报给泰德听。晚上就寝后，他们都睡得很熟、很安详，不会受到噩梦干扰。星期五一起去杂货店购物时，博比会看看公布栏有没有宠物走失的海报或出售二手车卡片，但是他从来没有看到有人张贴告示。下等人已经闻不到泰德的气味了，而泰德不再是任何人的狗，他们安全地住在自己的农庄里，不是父子，不是祖孙，只是朋友。

像我们一样的人，博比昏昏沉沉地想着。现在他的身体靠着砖墙，头慢慢滑下去，直到脸颊碰到前胸。像我们这样的人，为什么像我们这样的人找不到容身之处呢？

车灯照亮了巷子。每回有灯光一闪，博比总是会往纸箱周围张望一下，这次他几乎不想这样做——只想闭起眼睛想象农庄的生活——但还是强迫自己四处张望，结果看到一辆黄色出租车停在撞球店前面。

博比的肾上腺素汹涌而出，脑子里的灯立刻全亮了起来。他在纸箱堆旁东躲西藏，把最上面两个纸箱碰掉了。接着又一脚踢到空垃圾桶，垃圾桶整个撞到墙上。他还几乎踩到一团毛茸茸的东西——又是那只猫。博比一脚把猫踢开，跑出巷子。他往撞球店走去时，不知踩到什么黏黏的东西而滑了一下，他单膝跪地。看到葬仪社的钟在冷冷的蓝环中指着九点四十五分。出租车停在撞球店门前，泰德站在“进来凉快一下”的横幅下付钱给出租车司机，他弯着腰对敞开的车窗付钱给出租车司机的样子，比以往更像卡洛夫。

在出租车对面有一辆很大的奥斯莫比尔汽车停在葬仪社门口，车身与阿莲娜的裤子一样是大红色。博比很确定，这辆车原本没有停在那里，车子形状还没有完全固定下来；瞧着这辆车的时候不止眼睛想落泪，心里也在流泪。

泰德！博比想叫却叫不出声来，只发出微弱的低语声。他为什么感觉不到他们的存在？博比心想，为什么他竟然不晓得。

也许是因为下等人可以阻断他的心灵感应，也有可能是撞球店的那些人在阻挠；老吉和其他人。下等人把他们变成人形海绵，能够把泰德平常感应到的警告讯号完全吸光。

街上闪烁着更多车灯，泰德直起身子，出租车调转车头开走，这时紫色的德索托车突然在转角出现，出租车急忙驶到一旁避开它。街灯下，德索托车好像点缀着铬钢和玻璃的巨大血块，行驶中的车头灯仿佛水中的灯光般一闪一闪的……然后，车头灯又眨了一下，这根本不是车头灯，而是一双眼睛。

泰德！博比仍然只是沙哑的低语，似乎根本站不起来，甚至不确定自己是不是真想站起来。他全身笼罩在极度恐惧中，好像得了流行性感冒一样昏昏沉沉的，也像拉肚子一样软弱无力。在威廉·佩恩餐厅外面与血红色德索托车擦肩而过的经验已经够恐怖了，但看着车子迎面而来、被它的车头灯照个正着要恐怖千倍，不，恐怖百万倍。

他知道自己的裤子破了，膝盖也皮破血流，可以听到楼上某户人家窗口传来小理查德的鬼叫声，看到葬仪社的时钟周围那一圈蓝光，好像闪光灯一闪后印在视网膜上的影像，但这一切看起来都十分不真实。垃圾甘瑟大道突然变得好像画坏的布景，在它之后是意料之外的真实世界，一片黑暗的真实世界。

德索托车开始移动、咆哮，这些汽车都不是真的车子，胡安刚刚说过，是其他东西。

“泰德……”这次他稍微大声一点……泰德听到了。他转过身来，睁大眼睛看着博比，然后德索托车压过他身后的马路，闪烁的车头灯照着泰德，使得他的影子愈来愈膨胀，就好像那次在斯派塞的停车场上，街灯照着博比和席格比双胞胎，让他们的影子愈拉愈长一样。

泰德转身面对德索托车，一手遮住眼睛，挡住刺眼的灯光。又有车灯扫过街头，这回是一辆凯迪拉克从仓库区开过来，这辆绿色凯迪拉克车的车身至少有一英里长，它的鳍仿佛在龇牙咧嘴，而车身移动时有如肺叶一般。凯迪拉克砰然压过博比身后的路缘，在离他不到一英尺的地方停住，博比可以听到低沉的喘息声，他明白那是凯迪拉克的马达在呼吸。

三辆车的车门都打开，几个人走出来，或乍看之下很像人的东西走出来。博比数着六个、八个，然后就不再数下去。他们都穿着芥末色的长外套——就是被称做“防尘外衣”的那种外套——每个人翻领上都有一只猩红色的大眼睛。博比记起他的梦，他猜想红眼睛应该是他们的身份标记，而戴着这种标记的东西是……什么？警察吗？不，是电影里那种民防团或武装保安队吗？比较接近了，不过还是不对。他们是——

他们是管制者，就好像我和萨利去年在帝国戏院看的那部电影，由培恩和史迪尔主演的那部。

噢，对了。结果电影里面的管制者其实是一群坏蛋，但是起先会以为他们是鬼怪之类的东西；博比认为眼前这些管制者真的是怪物。

其中一个人一把抓起博比。博比大叫，这是他这辈子最恐怖的经验，被妈妈甩到墙上的感觉和这次经验比起来，简直是小巫见大巫。下等人碰触他时，感觉就好像被长了手指的热水瓶抓住一样——只是他的感觉一直在改变。起先他觉得抓住他的东西是手指，然后又觉得是爪子；手指……爪子，手指……爪子，那种说不出的感觉嵌入他的肉里……那是杰克的棍子，他心里疯狂地想着，是两面削尖的棍子。

那个人把博比往泰德那里拉，此时泰德被其他人团团围住。博比的双腿根本没有力气走路，一路踉踉跄跄的。他原先还以为有办法警告泰德，还以为他们两人可以沿着那拉甘瑟大道一起逃走，甚至好像卡萝尔那样边走边跳？真是太好笑了，对不对？

令人难以置信的是，泰德似乎一点也不害怕，他站在下等人中间，唯一形诸于色的情绪是为博比担心的表情。抓住博比的那个东西一会儿像手，一会儿像是脉搏还在跳动的恶心橡皮手指，一会儿又像是爪子，突然间手松开了。博比摇晃了一下。其中一个怪物发出高亢的号叫声，从背后推了博比一把，博比往前飞了出去，泰德接住他。

博比害怕地啜泣，把脸紧贴着泰德的衣服，他可以闻到那令人安心的烟味和刮胡水的香味，但是味道还没有强烈到足以盖住怪物发出的恶臭——腐肉和垃圾的臭味——还有车子飘出的刺鼻酒味，闻起来好像燃烧威士忌的味道。

博比抬头看着泰德。“是我妈妈，”他说，“是我妈妈告的密。”

“不管你怎么想，这件事不能怪她，”泰德说，“都怪我在这里待太久了。”

“不过这个假期过得还不错吧，泰德？”其中一个下等人说。他的声音中有一种令人毛骨悚然的嗡嗡声，仿佛声带上爬满了虫子——蝉或蟋蟀之类的虫子。他可能是和博比通过电话的那个人，说泰德是他们的狗……但也许他们的声音听起来都是这样。如果你不想变成我们的狗，就别插手多管闲事，电话中的那个人说，但他还是跑来这里了，而且现在……噢，现在……

“还不错。”泰德说。

“我希望你至少和女人睡过了，”另外一个人说，“因为以后可能再也没有机会了。”

博比环顾四周，下等人肩并肩地把他们围起来，被他们的黄外套一挡，博比完全看不到街上的景象，只闻到汗臭和腐肉的味道。他们的皮肤很黑，眼睛深邃，嘴唇艳红（仿佛刚吃过樱桃一样）……但他们并非就是外表的那个样子，例如，他们的脸孔不会一直停留在脸上，因为脸颊和下巴仿佛一直拼命往外延伸，想要超出脸部线条之外（博比只知道如此描述他见到的情形）。在他们的黑皮肤之下是和尖头鞋一样雪白的皮肤。但是他们的嘴唇还是红色的，博比心想，他们的嘴唇总是红色的，就好像他们的眼睛总是黑色的，那根本不是眼睛，而是两个洞。他们很高，又高又瘦，脑子里没有和我们同样的思想，心里也没有和我们同样的感觉。

对街传来一声浊重、牢骚般的咕哝声，博比往对街望去，看到奥斯莫比尔车的一个轮胎变成了灰黑色触须，伸出来卷起一张香烟包装纸，然后缩了回去，不一会儿又变回轮胎，但香烟包装纸露在外面，好像被轮胎吞噬掉一半似的。

“准备回去了吗？”其中一个下等人问泰德。他朝着泰德弯下身子，黄外套上有皱褶的地方沙沙作响，衣领上的红眼睛瞪着他。“准备回去履行责任了吗？”

“我会回去，”泰德回答，“但是让这孩子留在这里。”

现在有更多只手伸出来按住博比，其中有个好像活树枝般的东西抚摸着他的颈背。他耳中又响起了嗡嗡声，这是一种警告，也表示他不舒服，脑子里充满了好像蜜蜂般的嗡嗡声。在疯狂的嗡嗡声中，他先听到钟很快地敲了一下，然后接连很多声；在可怕的黑夜、炙热的狂风中，一个钟声响个不停的世界。他觉得自己大概晓得下等人从何而来了，他们来自距离康涅狄格州和他妈妈几兆英里之外的异地。在不知名的星系下村庄燃烧着，村民尖叫着，而颈背被他们抚摸的感觉……那可怕的感觉……

博比呻吟着，再度把头埋在泰德胸前。

“他想和你在一起，”有个难以言喻的声音说，“我想我们会带着他，泰德，他没有超能力，不像破坏者那样，但还是……所有的一切都要为国王服务，你也晓得。”那不知该如何形容的手指又开始抚摸他的颈背。

“所有的一切都为‘光束’服务。”泰德用老师的口吻纠正他。

“不会太久了。”下等人说，然后大笑。他的笑声把博比吓得魂飞魄散。

“把他带走。”另外一个声音以命令的语气说。他们的声音的确蛮像的，但博比很确定这个声音就是和他通电话的声音。

“不行！”泰德说，他的手紧紧抱住博比，“他留在这里！”

“你算老几，居然敢在这里发号施令？”下等人的头目说，“泰德，在获得自由的短短日子里，你居然变得这么骄傲！不过，你很快就会回以前的老房间去，和其他人在一起了。如果我说要带这小孩走，这小孩就得走。”

“如果你带他走，就得费点力气才能从我这里拿到你想要的东西。”泰德说，声音沉静但坚定。博比紧紧抱着他，把眼睛闭上。他不想看到那些下等人，最恐怖的就是当他们碰你的时候，就好像被泰德碰触的时候一样：打开一扇窗口。但是谁会想从这样的窗口往里面看呀？谁会想看到这些长得高大、红嘴唇、剪刀形的怪物原形毕露？谁会想看到红眼睛的主人呢？

“你是破坏者，泰德，你天生就是个破坏者，如果我们叫你去破坏，你就得去破坏。”

“你可以强迫我，我没有笨到以为你办不到……但是如果你让他留下来，我会自动给你需要的东西，而且还会给你更多，超过你能……超过你的想象。”

“我要这个孩子，”下等人的头目说，但是他的声音有点迟疑，似乎在思索，“我想把他献给国王。”

“我怀疑如果你破坏了红国王原本的计划，他还会感谢你送他这毫无意义的漂亮东西，”泰德说，“还有枪手——”

“枪手,呸!”

“不过他和他的朋友已经抵达终极世界的边境。”泰德说，现在换他陷入沉思，“如果我把你想要的东西给你，而不是逼迫你接受，或许我还可以加快脚步，缩短五十年以上的时间。就像你说的，我就是破坏者，像我们这样的人并不多，每一个人你都需要，尤其需要我，因为我是最厉害的一个。”

“别自吹自擂了……你也太高估自己对国王的重要性。”

“是吗？我很怀疑。直到光束粉碎之前，黑塔一直矗立在那里——我应该不需要提醒你这点。你值得为一个小男孩冒这样的风险吗？”

博比完全听不懂泰德在说什么，他也不在乎，只知道他们正在布里吉港的撞球店门外决定他的人生道路。他可以听到下等人的外套窸窸窣窣的声音、闻到他们的味道；由于泰德再度碰了他，他甚至可以更清楚地感觉到他们。眼睛后面又开始有那种恐怖的发痒感觉，而且以一种古怪的方式与他脑子里的嗡嗡声相呼应。眼前飘着无数黑点，他突然领悟这些黑点的意义了。在西马克的书《太阳之环》中，只要紧跟着向上旋转的漩涡，陀螺就会带着你进入另外的世界。事实上，博比怀疑领路的其实是那些黑点，那些黑色斑点是活生生的生命……

而且他们都很饿。

“让这孩子自己决定吧。”下等人的头目最后说。他的活树枝手指又再次抚摸博比的颈背。“泰德，他这么爱你，你是他的‘帖卡’，对不对？是命中注定的好朋友，博比，这个老烟枪泰迪熊是你命中注定的好友，对不对？”

博比没有搭腔，只是把冰冷颤抖的脸孔埋在泰德胸前。他现在满心懊悔自己跑来——如果他早知道下等人的真面目的话，就会乖乖躲在家里、躲在床底下——但是没错，泰德应该算是他的“帖卡”。他不明白什么是宿命，他只是个小孩，但泰德是他的朋友。像我们这样的人，博比悲伤地想，像我们这样的人。

“所以，既然你看到我们了，现在觉得如何呢？”下等人问，“想不想跟我们走，这样就可以离老好人泰德近一点，也许隔周见一次面？和亲爱的‘老帖卡’讨论文学？学着吃我们吃的东西、喝我们喝的东西？”可怕的手指又开始抚摸他，博比脑子里的嗡嗡声更大了，黑点愈来愈大，变得好像手指一样——向他招手的手指。“我们都趁热把它吃下去，”下等人喃喃地说，“也趁热把它喝下去，热热的……甜甜的，热热的……而且甜甜的。”

“住嘴！”泰德大喝一声。

“还是你宁可留下来陪妈妈？”那低沉的声音继续说，完全不在乎泰德的反应，“当然不要啦，像你这么有原则的孩子刚刚才发现友谊的可贵和文学的乐趣，当然要和老朋友一起走了，对不对？决定一下吧，博比，现在就决定，你要知道，决定了就决定了，没法反悔的！”

博比在狂乱中想到在麦奎恩修长白皙的手中要弄得一片模糊的红纸牌：纸牌动起来了，纸牌慢下来了，纸牌停下来了。考验的时刻到了。

我失败了，博比心想，我没能通过考验。

“让我走吧，先生，”他可怜兮兮地说，“求求你不要带我走。”

“即使这样一来，你的‘帖卡’只好没有你的陪伴而孤零零地上路？”他的声音里有笑意，不过博比几乎可以嗅出表面轻快的语气中带着明显的轻蔑，不禁打颤。博比一方面松了一口气，因为他知道现在他们很可能会放他走了；另一方面又觉得羞愧不已，因为他知道自己刚刚在跪地求饶，因为害怕而打退堂鼓。所有他喜欢的小说和电影里面的好人绝不会做这样的事，但是电影和小说里的好人都不需要面对像穿黄外套的下等人或恐怖的黑点。而且，博比在撞球店外面看到的还不是最可怕的东西。万一还会看到其他东西呢？万一黑点把他拖进另外一个世界里，他在那里会看到穿黄外套的人的庐山真面目吗？万一他看到了隐藏在他们现在面貌下的真实面目呢？

“对。”博比说，然后就哭了起来。

“对什么？”

“即使他要孤零零地离开，没有我在旁边陪伴。”

“啊，即使这表示你得回去妈妈身边？”

“对。”

“你现在可能比较了解你那可恶的妈妈了，对不对？”

“对，”博比第三度回答，但这次他几乎呻吟着说，“我猜我现在比较了解了。”

“够了，”泰德说，“别再说了。”

但是那个声音不肯停止。“你学会了怎么当个懦夫，博比……对不对？”

“是啊！”他大叫，仍然把脸埋在泰德胸前。“对、对、对！我是孩子，胆小懦弱的孩子！我不在乎！只要让我回家就好！”他深深吸了一口气，然后尖叫起来。“我要找妈妈！”那是当小顽皮终于看到从水里、从空中跑出来的野兽时害怕的叫声。

“好吧，”下等人说，“既然你这么说，只要你的泰迪熊答应他会乖乖为我们工作，就不必像从前一样用链子拴起来。”

“我答应你。”泰德把博比松开，博比仍然保持原来的位置，紧紧抓住泰德，把脸贴在泰德胸前，直到泰德轻轻把他推开。

“进撞球房，博比，叫莱恩开车带你回家。告诉他，只要他带你回家，我的朋友就会放过他。”

“对不起，泰德。我很想和你一起走，我真的想和你一起走，但是我没办法，真对不起。”

“你不应该这样苛求自己。”但是泰德的表情很沉重，仿佛他很清楚，从今晚开始，博比将受尽良心的苛责。

两个穿黄外套的人抓住泰德的手臂。泰德看着站在博比背后的那个人，也就是用那可怕的、有如树枝般的手指抚摸博比颈背的那个人。“他们不需要这样做，卡姆，我会自己走。”

“让他自己走。”卡姆说。抓着泰德的两个下等人松开他的手臂，然后，卡姆的手指最后一次碰触到博比的颈背，博比简直快哭出来了。他想：如果他再这样做，我简直会疯掉，我受不了了，我会开始尖叫，没有办法停下来。即使他们把我的脑袋轰掉，都没办法停止尖叫。“进去吧，小男孩，在我改变心意把你带走之前，赶快进去。”

博比踉跄地往撞球店走去，店门虽然大开却看不到人。他走了一步，又转过身来。三个下等人围着泰德，但泰德径自朝着血红的德索托走去。

“泰德！”

泰德回过头来对他微笑，想要挥手。然而那个叫卡姆的跳上前去抓住他，硬是把他转过去丢进车里。当卡姆用力关上车门时，在那短暂的刹那间，博比看到黄外套里面是个高得不得了、像竹竿一样又细又瘦的东西，他的肌肉仿佛刚下的雪那么白，嘴唇像鲜血一样红。眼眶深处的光点和暗点在瞳孔中闪动，瞳孔不断收缩、胀大，就好像泰德那次一样。红唇张开时露出如针的尖牙，让街上的野猫都自叹不如。黑色的舌头从齿间伸出来，令人厌恶地摆动着说再见。接着这披着黄外套的怪物就飞奔绕过德索托车的引擎盖，两条细腿相互摩擦，瘦削的膝盖来回晃动，然后跳进驾驶座。停在对面马路的奥斯莫比尔车也开始发动，引擎声仿佛刚睡醒的巨龙张口咆哮；或许，那辆车就是一条龙。附近的凯迪拉克也同时发动引擎。那拉甘瑟大道的这个区域笼罩在车灯刺目的强光中。德索托车顺着U字形滑行，挡泥板刮擦路面而闪现一阵火花，刹那间，博比看到德索托车的后车窗浮现出泰德的脸孔。博比举起手挥舞着，他觉得泰德也举起手来，但是不太确定。他的脑子里再度充斥着仿佛蹄声的声响。

“小鬼，走开！”莱恩说。他的脸苍白得仿佛奶酪，一张白脸松垮垮地挂在他的头壳上，就好像肥肉松垮垮地挂在他姐姐的手臂上。他背后的弹子球桌一闪一闪的，却无人问津，游戏机上的酷猫早已成为街角撞球店的一景，如今则像孩子般跟在莱恩后面。在他右边是撞球台和打撞球的人，许多人手里都抓着撞球杆，仿佛抓着棍棒一样。老吉站在香烟贩卖机的旁边。他手里没有撞球杆，而是拿着一把小手枪。博比不觉得害怕，在领教了卡姆和他穿黄外套的朋友之后，并不觉得还有任何事情能吓到他。至少暂时而言，他已经被吓够了。

“放一只蛋在鞋子里，然后把它敲碎。现在就做。”

“你最好照做，小鬼。”阿莲娜在桌子后面说。博比看着她，心想，如果我年纪大一点，一定会给你什么东西的，我一定会。阿莲娜看到他的眼神，连忙把头转开，她脸红了，觉得既害怕又困惑。

博比转头看着她的弟弟。“你想要那些家伙回来这里吗？”

莱恩的脸拉得更长了。“你在开玩笑吗？”

“好吧，”博比说，“你答应我的要求，我就会走开。从此以后，你再也不会看到我，”他停顿一下，“或看到他们。”

“你想要什么，孩子？”老吉用颤抖的声音说。博比即将得到他想要的东西，老吉的脑子里闪现的念头好像巨大的招牌一般醒目。他的脑子现在和年轻时一样清楚，冷酷、工于心计、不讨人喜欢，但是相较于卡姆及他的管制者却又显得天真无邪，好像冰激凌一样。

“第一个要求是，”博比说，“我需要有人载我回家。”然后——他对着老吉说，而不是对着莱恩——他提出了第二个要求。

莱恩的车子是别克汽车：又大、又长、又新，俗气但不低级。只不过是一辆汽车而已。他们两人在二十世纪四十年代的舞曲乐声中上路。莱恩一路上只开了一次口：“别想转去听摇滚，那种音乐我上班的时候已经听腻了。”

他们经过艾许帝国戏院，博比看到售票亭左边竖立着用厚纸板割成真人大小的碧姬·芭杜肖像。他漠然看着广告牌，他现在已经太老了，早过了喜欢碧姬·芭杜的年龄了。

他们转入艾许大道。别克车仿佛捂着嘴低语般滑行到步洛街。博比指着他家那栋房子。现在公寓中灯火通明，每一盏灯都大放光明。博比看看仪表板上的钟，快十一点了。

当别克汽车停在路边时，莱恩才又开口。“他们是谁呀？那些无赖是什么人？”

博比几乎想笑，他想起《独行侠》每一集接近尾声时都有人问：那个戴着面具的人是谁？

“下等人，”他告诉莱恩，“穿黄外套的下等人。”

“我现在不想当你的哥儿们了。”

“当然，”博比说，突然打了个寒战，“我也不想。谢谢你送我回家。”

“不客气，不过从现在开始离我远一点，这辈子都不要来找我。”

他开着别克车远去。博比看着他转到对街车道，然后经过卡萝尔家往上坡驶去。车子转个弯不见以后，博比抬头望着星星——繁星点点，在夜空中发出无数亮光。

他心想，有一座塔把所有的一切牢牢控制住，有很多光束保护着这座塔。还有红国王，破坏者努力想摧毁光束……不是因为他们想这么做，而是国王要他们这么做。

博比很好奇：泰德是否已经回到那群破坏者中间了？回去摇着他的桨？

对不起，他心想，开始沿着人行道走到门廊，想起以前和泰德一起坐在那儿、为他读报的情景。我想和你一起去，但是没办法。到头来终究还是没办法。

他在台阶下停了下来，聆听科隆尼街传来鲍泽的吠声，但听不到任何声音；鲍泽已经睡着了，真是奇迹。博比微微笑着，继续往前走。妈妈一定是听到他踏上第二级台阶的声音——还挺大声的——因为她嘴里叫着他的名字，然后就传来她跑步的声音。门开时，博比已经站在门廊上，莉莎跑出来，身上还穿着回家时的那套衣服，一头乱发披散在脸上。

“博比！”她大叫，“博比，喔，博比！感谢老天爷！感谢老天爷！”

她将他一把抱起，不停转圈圈，好像在跳舞一样，她的泪水润湿了他一边的脸颊。

“我不肯拿他们的钱！”她不停地说，“他们回电话给我、问我地址，说要寄支票给我，我说不用了，这是个错误，我很伤心又很沮丧。博比，我拒绝了，我说不要，我说我不要他们的钱。”

博比看得出她在撒谎。有人把信封从前门下面的门缝塞进来，里面装的不是支票，而是现金三百块钱。三百块钱，用来酬谢她帮他们找回最优秀的破坏者；三百块赃钱。他们甚至比她还要小气。

“我说我拒绝了，你听到了吗？”

她抱着他进屋子里。他现在差不多有四十五公斤重，她根本抱不动，但还是抱着他进门。当她继续喋喋不休时，博比明白至少不会有警察来盘问了，因为她没有打电话给警察。她大半时候只是坐在那里拨弄着皱巴巴的裙子，祈祷他会平安回家。她爱他。这件事撩动着他的心，好像困在谷仓中的小鸟猛然拍翅一样；她爱他，虽然不会有太大用处……但还是有一点用，即使是个陷阱，还是有一点用。

“我说我不要钱，我们不需要这笔钱，他们可以自己留着。我说……我告诉他……”

“很好，妈妈，”他说，“很好，把我放下来吧。”

“你到哪里去了？你没事吧？肚子饿不饿？”

他直截了当地回答她的问题。“是啊，我很饿，但我没事。我去布里吉港，得到这些。”

他把手伸进裤袋里，掏出剩下的脚踏车基金。他的一元美钞及零钱和一大堆十块、二十块、五十块钱的钞票混在一起。他妈妈看着这些钱如雨滴般洒落在沙发旁的茶几上，她还完好的那只眼睛瞪得愈来愈大，博比开始害怕那只眼睛会从眼眶里掉出来；另一只眼睛仍然歪斜地陷在乌青肿胀的肉块中。她的样子就好像一个憔悴的老海盗，心满意足地看着刚掠夺来的金银财宝，博比原本不想看到这个画面……从那天晚上到他妈妈过世的那个晚上，十五年间这个画面一直在他脑海中盘旋不去。然而另一方面，现在的新博比较不可喜的一面却颇高兴看到妈妈的这个表情——这时候的莉莎看起来苍老、丑陋而滑稽，愚不可及却又贪得无厌。这就是我的妈妈，博比内心响起杜兰德的歌声，这就是我妈。我们两个人都抛弃了他，但是我得到的报酬比你多，妈，对不对？耶！

“博比，”她以颤抖的声音喃喃地说，看起来像个老海盗，但声音却好像参加电视游戏节目猜价钱得到大奖一样，“喔，博比，这么多钱？你哪来这么多钱？”

“泰德的赌注，”博比说，“这是他赢来的钱。”

“但是泰德……他不要——”

“他不再需要这笔钱了。”

莉莎眨眨眼睛，仿佛某块瘀青突然让她感到刺痛。然后她把钱扫成一堆，把钞票分类摆好。“我要替你买一辆脚踏车。”她说，她的手指仿佛经验老到的扑克牌赌徒似的快速移动着。没有人赢得了那手牌，博比心想，从来没有人赢过那手牌。“明天早上的第一件事就是买脚踏车，只要西方车行一开门，我们就——”

“我不想要脚踏车了，”博比说，“我不想拿那笔钱买，也不想要你买给我。”

她两手装满钱怔住了，博比感觉到她的怒气一触即发，即将大发雷霆。“不必了，谢谢你的好意，是不是？我真是笨透了，才会指望你感激我。你简直和你那该死的老子一模一样！”她把手抽回来，张开手指，不同的是这一回博比事先知道，不会再措手不及地受到突袭。

“你又知道什么呢？”博比问，“你说了太多关于他的谎话，你根本不记得真相是什么了。”

就这样。他曾经看透她的心灵，那里几乎没有任何关于兰达尔的记忆，只有一个盒子，上面写着兰达尔的名字……名字和模糊的影像，模糊得可能是其他任何人。她把曾经伤害过她的所有事情都密封在这个盒子里，既不记得兰达尔有多么喜欢史黛芙的歌，也不记得（或许她从来不晓得）兰达尔是个会把衬衫脱下来送人的好心人。她的盒子里根本没有空间放这些东西，博比觉得她居然会需要像这样的盒子，真是一件可怕的事情。

“他不会买酒给醉鬼喝，”博比说，“你知道吗？”

“你到底在胡说什么呀？”

“你没办法让我恨他……但也没办法让我变成他。”他右手握拳放在头旁边，“我不会变成他的鬼魂。你要的话，尽管对自己撒谎好了，说他欠了很多钱、保险单过期，还有多么好赌，但是不要对我说这些谎话。不要再说了。”

“不要对我举起拳头，博比，绝对不要对我举起拳头。”

他举起另外一只拳头作为响应。“来呀，你要打我吗？我会打回去，你会挨更多打，只不过这次是你自找的。来呀！”

她迟疑了。他感觉得到她的怒气来得快、去得也快，取而代之的是一片可怕的黑暗，里面只充满了畏惧。她怕自己的儿子，害怕他可能会伤害她。不是今天，不——不是挥着小男孩那对脏兮兮的拳头。但是小男孩终究会长大。

但是，他自己又好到哪里去呢，他有资格指着她的鼻子数落她吗？他真的比她好到哪里去吗？博比听到心底有个声音伤感地问自己究竟想不想回家，即使那意味着泰德得一个人孤零零上路，没有他陪伴。但博比已经回答了，他说他想回家。即使那意味着要回去面对可恶的妈妈？他想回家，博比已经这样回答了。你现在比较了解她了，不是吗？卡姆曾经问他，而博比再度回答：是啊。

当莉莎听到门廊响起博比的脚步声时，她满脑子只有对博比的爱，还有觉得松了一口气，这些都是真实的感受。

博比松开拳头，伸出手握住莉莎随时准备甩他耳光的手……虽然现在这姿态已经不太有说服力。莉莎起先还抗拒，但是博比终于还是安抚了她绷紧的手。他亲吻她的手，抬头看看妈妈憔悴的脸孔，然后再度亲吻了她的手。他太了解她了，但他并不希望如此，他渴望能关闭内心的窗口，渴望自己能变得愚钝一点，不再看透一切，因此不只可能去爱，而且也必须去爱。你知道得愈少，就愈可能相信。

“我不想要脚踏车了，”他说，“好吗？不要脚踏车。”

“那么你想要什么呢？”她问，声音迟疑而哀伤，“你想要我怎么样，博比？”

“煎饼给我吃，煎很多饼。”他说，努力挤出一丝笑容，“我好——饿。”

她煎了很多饼，足够他们两个人饱餐一顿。然后两人就在午夜时分，在厨房餐桌上面对面吃早餐。虽然快午夜一点钟了，博比仍然坚持帮妈妈洗碗。有什么关系呢？他问她，反正明天又不必上学，他想多晚睡都没关系。

当莉莎开始把水槽中的水放掉，博比也把最后一个盘子放好时，科隆尼街上开始传来鲍泽的叫声：汪汪汪地对着仍是漆黑一片的崭新一天狂吠。博比和妈妈四目相接，笑了起来，在那刹那间，心领神会的感觉其实还挺不错的。

起先，博比仍然照往常那样呈大字形仰卧在床上，两腿张开，脚跟伸到床垫的角落，但是他不再觉得这样躺很舒服，现在觉得这样会让自己的身体暴露得太厉害，万一有什么专捉小男孩的怪物突然从衣橱里窜出，会用爪子一把扯开他的肚皮。他翻过身来侧躺，想着泰德现在究竟在何方。他伸出手想要感觉泰德的存在，却什么都没抓住，就好像稍早时在垃圾甘瑟街一样。博比希望能哭叫着泰德的名字，但是他不能，现在还不能。

外面，在黑夜中仿佛梦境一般，传来了小镇广场的钟声：只有当的一声。博比看看桌上大笨钟的指针正指着一点钟。很好。

“他们走了，”博比说，“下等人已经离开了。”

他蜷缩着身子侧躺着，膝盖屈起顶到胸前。双腿大大地摊开、仰卧在床上睡觉的日子已经一去不返了。

11. 狼与狮 · 博比 · 雷默警官 · 博比和卡萝尔 · 堕落的年代 · 信封

萨利晒得黑黑的从夏令营回来了，身上被蚊子叮了几万个包，脑子里装了一百万个想说的故事……只是博比不想听太多。就在这个夏天，博比、萨利和卡萝尔不再像过去那样轻松做朋友了。他们三个人有时候会一起走到斯特林会馆，但是抵达目的地以后就各玩各的。卡萝尔和她的女生朋友去学手工艺、打垒球和羽毛球，博比和萨利则参加少年探险活动和打棒球。

萨利的球技已经很纯熟了，所以从狼队晋升到狮队。尽管所有男生都一起去游泳、健行，带着泳衣和装午餐的纸袋，坐在斯特林会馆老旧的厢型货车后面，但是萨利愈来愈常坐在罗尼和杜克旁边，罗尼和杜克也参加了夏令营，三个人说着相同的故事不外乎是床铺的床单太短，还有他们如何恶作剧整那些较小的孩子，博比都听烦了。听他们讲话，会以为萨利在夏令营待了五十年。

七月四日，狼队和狮队进行了一年一度的大决战。从二次大战结束后到现在的十五年间，狼队从来没赢过，但是在一九六〇年的这场比赛中，多亏了博比，至少比赛非常精彩。他差不多棒棒击出安打，虽然丢了棒球手套，还是在中外野表演了一次漂亮的飞扑防守。（博比站起来听到如雷的掌声时，有刹那间很希望妈妈也在场，但她没有出席这场年度盛会。）

狼队最后一轮进攻时，博比打击出去，当时他们落后两分，有位跑者占据二垒。博比把球往左外野方向用力一击，然后拔腿就跑，先听到萨利站在本垒板后的捕手位置大叫："打得好，博比！"这球打得很好，只是原本狼队指望可以借机追平比数，所以博比应该跑到二垒就停住，但他却想再往前推进。十三岁以下的孩子几乎总是没办法精准地把球传到内野，但是这回萨利在夏令营的朋友杜克从左外野丢了个如子弹般快速的球给另外一个夏令营朋友罗尼。博比开始滑垒，但感觉在他碰到垒包之前不到一秒钟的时间，罗尼的手套已经碰到他的脚踝。

"你——出局！"裁判大叫，他早就从本垒板冲过来看清楚。狮队的亲朋好友在场边歇斯底里地大声欢呼。

博比一边瞪着裁判、一边爬起来，担任裁判的是斯特林会馆的辅导员，二十岁左右，嘴里含着哨子，鼻子上涂着白色软膏。"我明明安全上垒了！"

"博比，很抱歉！"那大孩子说，他卸下裁判的脸孔，又变回辅导员的身份，"你这球打得很好，滑垒也很出色，但是你出局了。"

"才没有！你这个骗子！你为什么作弊？"

"把他赶出场！"一位家长喊着，"不能这样顶撞裁判！"

"回去坐下，博比！"辅导员说。

"我安全上垒了！"博比还在嚷嚷，"明明就是安全上垒！"他指着那个建议把他赶出场的大人，"那个大胖子，你是不是收了他的钱才故意让我们输球？"

"住嘴，博比。"辅导员说。他头上戴着大学兄弟会的帽子，胸前挂着口哨，样子实在很呆！"我警告你。"

罗尼转过身去，这场争执似乎让他觉得很倒胃口。博比也很恨他。

“你只是个骗子。”博比说。他可以忍住不让眼角的泪水流出来，却无法控制颤抖的声音。

“我真是受够了！”辅导员说，“快去坐下来，冷静一下，你——”

“大骗子！你是大骗子！”

三垒附近有个女人气呼呼地转身走了。

“够了！”辅导员冷冷地说，“马上给我离开球场。”

博比慢吞吞地走到三垒和本垒中间，又转过身来，“顺便说一下，有一只鸟把大便拉在你鼻子上了，我猜你笨得没有发现，你最好赶快把它擦干净。”

他在脑子里想到这几句话时觉得很好笑，但真说出口时听起来却很蠢，没有人笑。萨利叉开双腿站在本垒板上，全身披挂着破破烂烂的捕手装备，显得高大魁梧，但表情却严肃得好像心脏病发了一样，贴满黑色胶带的面罩在手里晃来晃去。他满脸通红，显得很生气，看起来也像永远挥别狼队的大孩子。萨利参加过温维那夏令营，睡过床单太短的床，也曾通宵熬夜围着营火讲鬼故事。从今以后，萨利都是狮队队员了，博比因此而痛恨他。

“你吃错什么药了？”博比踏着沉重的步伐走开时，萨利问。两边的球员休息室都很安静，所有孩子都看着他，所有家长也都看着他，仿佛博比是什么讨人厌的东西一样。博比猜想自己大概真的很讨人厌吧，只是原因和他们想的不一样。

你知道吗？萨利，也许你参加过夏令营，不过我可是去过“那边”呢。

“博比？”

“我没有吃错什么药，”博比头抬也不抬就说，“我才不在乎呢，反正我快搬去马萨诸塞州了，也许那里没有那么多爱作弊的骗子。”

“喂，你听我说——”

“噢，闭嘴。”博比说，低头盯着自己的球鞋，看也不看萨利，只是一直低着头往前走。

莉莎没有什么朋友，（她有一次告诉博比："我只是平凡的灰蛾，不是漂亮的社交花蝴蝶。"）但是她刚到家园不动产中介公司上班的时候，和一个叫迈拉的女人处得还不错。（照莉莎的说法是，她们俩互相看对眼了，步调一致，波长也相同之类的。）在那段时间，迈拉担任拜德曼的秘书，而莉莎则是整个办公室的行政助理，穿梭在不同经纪人之间，为他们安排行程、煮咖啡、打字等等。迈拉在一九五五年突然因为不明原因辞职了，于是莉莎在一九五六年升上迈拉的职位，担任拜德曼先生的秘书。

莉莎和迈拉仍然保持联络，在重要节日互寄卡片，偶尔也通通信。迈拉——她是莉莎所谓的"老姑娘"——搬去马萨诸塞州，自己开了一家不动产中介公司。一九六〇年六月，莉莎写信给迈拉，问她能不能加入他们公司，成为合伙人——当然先从初级合伙人开始做起。她有一点点资金，虽然不多，但三千五百美元也不算微不足道。

也许迈拉曾经和莉莎受过同样的磨难，也许没有，总之她同意了——甚至还寄了一束花给莉莎，莉莎几个星期以来第一次显得这么开心；也许几年来，她第一次真的感到快乐。重要的是，他们要从哈维切镇搬到麻省的丹弗斯。他们会在八月搬家，这样一来，莉莎就有充裕的时间为近来显得特别安静而忧郁的博比找到新学校入学。

此外很重要的是，博比在离开哈维切镇之前还有一点事情需要处理。

博比的年纪太轻，个子也太小，没有办法直截了当地做他必须做的事。他必须很小心，而且还得偷偷摸摸做。要偷偷摸摸的，博比倒是无所谓，他现在对于模仿周末下午场电影中的奥迪·墨菲或伦道夫·斯科特已经没有太大兴趣，此外，有的人就是需要遭到突袭，即使只是为了让他们尝尝遭受伏击的滋味都好。他选中的躲藏地点是他那次哭了之后卡萝尔带他去的矮树丛，那里很适合等候哈利，等候罗宾汉先生骑马穿过幽谷。

哈利在杂货店打工，博比知道这个消息已经几个星期了，他和妈妈一起去那里买东西的时候曾经看到哈利。博比也看过哈利三点钟下班后走路回家，通常都和朋友一起走。里奇是最常和他一起鬼混的哥儿们；威利似乎已经脱离罗宾汉的生活，就好像萨利差不多已经走出博比的生活一样。不过无论是独自一人或有朋友陪伴，哈利回家的时候总会穿过联合公园。

博比开始在下午的时候晃到这里来。现在，只有早上才有人来这里打棒球，因为天气实在太热了，还不到三点钟，三个棒球场都空无一人。迟早哈利下班回家途中总会独自一人穿过这几座空荡荡的球场，而里奇或其他酒肉朋友都不在他身边。于是，博比每天三点到四点的时候都窝在这个矮树丛中，也就是他把头靠在卡萝尔大腿上哭泣的地方。有时候他会带书来看，乔治和雷尼[①]的故事再度让他落泪。像我们这样的人，像我们这样在牧场工作的人，是全世界最寂寞的家伙。这是乔治的看法。像我们这样的人没有什么可以指望。雷尼以为他们两人会拥有一座农场，可以在农场养兔子，但是博比还没读完这本书，就知道乔治和雷尼根本不会有一座农场，也没办法养兔子。为什么？因为人们总是需要猎物，当他们找到像拉尔夫、小猪或像雷尼这样笨笨的大个子时，他们就变成了下等人。他们穿上黄色外套，把棍子两端磨尖，然后开始狩猎。

但是像我们这样的家伙有时候会得到一点我们应得的回报，当博比默默等着哈利单独出现的那一天来临时，他心里想，有时候我们会得到回报。

结果，八月六日就是博比等待的大日子。哈利穿过公园，往步洛街和联合大道的交叉口走去，身上还围着打工时穿的红色围裙——真是个他妈的猎人——嘴里哼着歌，他的歌声简直可以熔化螺丝钉。博比小心翼翼地拨开茂密的树枝走出去，悄悄跟在哈利后面，直到离得够近，有足够的把握时，才举起球棒。三个大男生对付一个小女孩，他们一定把你当做狮子。但是卡萝尔当然不是狮子，他也不是，萨利才是狮队的一员，但萨利没有经历过这一切，现在也不在这里。现在

---

① 小说《人鼠之间》中的人物。

蹑手蹑脚跟在哈利身后的博比甚至连一只真正的狼都不算，只是土狼罢了，但有什么关系呢？反正哈利也不配！

他才不配呢，博比心想，然后把球棒一挥，听到了砰然重击声，就好像他在坎登湖畔挥出此生最棒的一击——远远飞到左外野的安打——同样的声音，球棒打到哈利后腰时发出的重击声听起来更加悦耳。

哈利又惊又痛地尖声大叫，趴到地上。等他翻过身来，博比立刻又朝他的大腿狠狠打下去，这回打中左膝下面。“噢！”哈利尖叫。听到哈利的尖叫声，博比感到莫大的满足，几乎有一种幸福的感觉。“噢！好痛！好痛！”

不能让他爬起来，博比心想，于是冷酷地挑选下一个下手的位置。他的块头是我的两倍，如果我没打中，让他爬起来，他会把我痛打一顿，打得我死去活来。

哈利想要撤退，他的球鞋顶着碎石子路，手肘在地上猛划，用屁股拖着身体移动，在地上刻划出一道痕迹。博比挥舞球棒，打中哈利的肚子。哈利再也撑不住了，他瘫倒在地上，眼中闪烁着泪水，脸上冒出一粒粒大颗的紫红色青春痘，他的嘴唇——在蕾安达拯救他们的那一天看起来如此卑劣的薄唇——如今颤抖不停。“噢，不要再打了，你要什么东西，我给你，我给你，噢，天哪！”

他没有认出我来，博比这才明白。因为阳光刺眼，他根本不知道打他的人是谁。

但这样还不够。在温维那夏令营的一次内务检查后，辅导员说：“还不够好，孩子们！”萨利是这么告诉他的，倒不是博比真的在乎，谁在乎什么狗屁内务检查啊？

但是，他倒是很在乎这件事情，没错，他弯腰靠近哈利那张痛苦的脸孔。“你还记得我吗，罗宾汉？”他问，“记得我吧？我是马泰宝宝。”

哈利不再尖叫，他瞪着博比，终于认出他来。“等我逮……你……”

“你什么狗屎都逮不到！”博比说，当哈利想要抓住他的脚踝时，博比一脚踹在他的肋骨上。

“噢——”哈利大叫，又继续哀号。真是个讨厌鬼啊！简直像是游行队伍中的猎人小娃娃！博比心想，我可能比你还痛呢！只有笨蛋才会穿着球鞋踢人。

哈利翻过身来。当他挣扎着想站起来时，博比以击出全垒打的姿态把球棒猛力一挥，结结实实地打在哈利的屁股上；声音真是美妙，就好像用掸子猛力拍打厚重的地毯一样！唯有拜德曼先生也匍匐在他面前时，感觉才会比现在还痛快。博比很清楚到时候要在哪里下手揍他。

不过就像妈妈常说的，无论如何，总是聊胜于无。

“这一下是代替葛伯宝宝打的。”博比说。哈利现在整个人又趴在地上啜泣不已，浓稠的绿色鼻涕从他的鼻孔流下来。他软弱无力地用一只手揉着麻木的屁股。

博比的双手再度握紧球棒贴满胶带的地方，他想举起球棒给哈利最后一击，不过不是打在他的胫骨或侧背上，而是打他的头。他想听听哈利的头盖骨碎裂的声音，说真的，假如没有哈利的话，这个世界不是会变得更美好吗？爱尔兰人渣！下等小——

冷静一点，博比，泰德的声音说，你要适可而止，冷静一点，控制一下自己。

“你敢再动她一根汗毛就别想活了，”博比说，“如果你敢再对付我，我就把你家烧个精光。你这混账猎人。”

他蹲下来和哈利说完这几句话之后就站起来，环顾四周，然后离开。他沿着步洛街爬坡，才走到半路，还没碰到席格比双胞胎就开始吹口哨。

接下来几年，葛菲家不时有警察登门拜访，莉莎几乎已经习以为常。第一个上门的是雷默警官，就是那位有时候会向公园摊贩买花生请小孩吃的胖警察。雷默警官于八月六日晚上站在步洛街一四九号公寓一楼门口按门铃的时候，显得不太高兴，站在他身旁的是哈利和他妈妈，而哈利有一个星期之久只能坐在放了软垫的椅子上。哈利走上台阶时好像老人家一样，双手撑住后腰。

莉莎打开大门的时候，博比就站在她身边，哈利的妈妈指着博比大叫：“就是他，就是这孩子把哈利打得半死！逮捕他！负起你的责任！”

“怎么回事啊，乔治？”莉莎问。

起先，雷默警官没搭腔。他看看博比（一米六三,四十四公斤），又看看哈利（一米八五,八十公斤），大眼睛里满是疑惑。

哈利虽蠢，但还没蠢到看不懂雷默的表情。“他偷袭我，从我背后偷袭。”

雷默弯下腰来，用他胖胖的手撑住膝盖，对博比说：“哈利说他下班回家的路上，你在公园把他狠狠打了一顿。”雷默把“下班”说成“下邦”，博比一直记得这点。“他说你先躲起来，然后趁他还没转过身就用球棒打他。你觉得呢？葛菲太太，你觉得他说的是实话吗？”

博比一点也不笨，他早料到会发生这个状况。他很后悔当初没有在公园里告诉哈利，冤有头，债有主，如果他把博比打他的事情泄漏出去，那么博比也会以牙还牙——把哈利和朋友伤害卡萝尔的事抖出来，那件事可严重多了。麻烦的是哈利的朋友一定会否认，于是就变成要看大人会相信卡萝尔的话，还是哈利、里奇和威利的说辞。所以博比当时什么也没说就走了，希望哈利饱受羞辱后（竟被一个块头只有他一半大的小孩狠狠揍一顿）会守口如瓶。结果并非如此，而且看到哈利妈妈面容憔悴、嘴唇苍白、眼神愤怒，博比就明白了。她已经把事情套出来了，应该已经从哈利的嘴里逼问出实情。

“我从来没有碰过他。”博比告诉雷默，同时坚定地直视雷默警官的眼睛。

哈利的妈妈听了目瞪口呆，甚至从小就不知说过多少谎言的哈利都显得很惊讶。

“噢，你真是不要脸！”哈利的妈妈大叫，“让我问问他，警官！等着瞧吧，我一定会逼他讲实话！”

她往前走，雷默头也不抬，眼睛仍然盯着博比，伸手把她推开。

“听好，你这小子——如果不是真的，像哈利这么壮的蠢蛋为什么要这么说，说你这只小虾米欺负他？”

“你别叫我的孩子蠢蛋！”哈利的妈妈尖声说，“他被这个懦夫打得半死还不够吗？你为什么——”

“闭嘴！”博比的妈妈说。问完雷默警官究竟是怎么回事之后，这是她第一次开口，她的声音平静得可怕。“让他回答问题。”

“他到现在还在气去年冬天发生的事情，所以才这么做。”博比告诉雷默，“他和几个圣盖伯利中学的男生在后面追我，哈利在雪地里滑倒了，结果全身都弄湿了。他说总有一天会逮到我，我猜他今天会这么说是为了报复我。”

“你撒谎！”哈利咆哮，“追你的人不是我，是比利！那——”

他说到一半停下来看看四周。他已经把一只脚伸进去了，他脸上微微出现恍然大悟的神情。

“不是我。”博比说。他看着雷默，声音很平静。“如果我企图揍他这样的大块头，一定早就没命了。”

“撒谎的人该下地狱！”哈利的妈妈大声咆哮。

“今天下午三点半左右，你在哪里，博比？”雷默问，“可不可以告诉我？”

“在家里。”博比说。

“葛菲太太？”

“喔，没错，”她冷静地回答，“整个下午他都和我一起待在家里。我在厨房洗地板，博比负责刷壁脚板。我们快搬家了，我希望在搬走前把房子弄干净。博比发了一点牢骚——男孩子都这样——但是他还是把工作做完了，之后他喝了一点冰茶。”

“你撒谎！”哈利的妈妈大喊，哈利显得十分错愕，“谎话连篇！”她又往前冲，双手往莉莎的脖子伸过去。雷默警官再度看也不看就把她推回去，这次动作比上次粗鲁一点。

“你愿意发誓他当时是和你在一起吗？”雷默警官问莉莎。

“我发誓。”

“博比，你从来没有碰过他？你发誓？”

"我发誓。"

"在上帝面前发誓?"

"在上帝面前发誓。"

"我会逮到你的,博比,"哈利说,"我会好好修理你的——"

雷默突然把手一挥,这个动作太突然了,如果不是哈利的妈妈一把抓住哈利,他可能已经跌下台阶,不但再度重创旧伤,还增添了新的伤口。

"闭上你的脏嘴!"雷默说。哈利的妈妈想说话,但雷默用手指着她,"你也闭嘴,玛丽·杜林,如果你想指控别人打人的话,应该先从你那该死的丈夫开始,可以找到的证人会多很多。"

哈利的妈妈目瞪口呆,又生气、又羞愧。

雷默放下指着她的那只手,仿佛手突然变重了。他(用不怎么仁慈的眼光)看看站在门廊上的哈利和他妈妈,又把目光转向站在门口的博比和莉莎。然后他退后一步,拿起警帽,搔一搔满是汗水的头,把帽子戴上,"丹麦国里发生了一些不可告人的坏事,[①]"他最后说,"咱们这儿有人撒谎的时候嘴快得不得了,比快跑的马还要快。"

"他——""你——"哈利和博比同时开口,但是雷默警官完全没有兴趣听他们说话。

"闭嘴!"他怒吼一声,声音大得惊动对面马路的老先生和老太太回过头来看看到底发生了什么事。"我现在宣布这个案子结案。但是如果你们两个还惹出什么麻烦的话,"他指着两个男孩,"或你们两个,"他指着两位妈妈,"有人就要倒大霉了。有句老话说,对聪明人只要说一句话就够了。哈利,你愿不愿意和小博比握手讲和,表现一点男子汉气概?……啊,我看不成,这个世界真悲哀。走吧,我送你们回家。"

博比和妈妈目送他们三人走下台阶,哈利一跛一跛地走,夸张地好像酒醉的水手般,走到人行道的时候,哈利的妈妈突然用手掐住他的脖子,说:"你这小混蛋,别装了!"哈利果然就好一点了,但还

① 这句话出自莎士比亚名剧《哈姆雷特》,为剧中一名丹麦军官的感叹。

是走得摇摇晃晃。在博比眼中，哈利那一跛一跛的模样仿佛他的罪证，或许确实是他的罪证。最后狠狠敲在哈利屁股上的那一记，还真是大满贯全垒打。

回到屋子里，莉莎仍然像刚刚那样平静地问博比："他是不是打伤卡萝尔的其中一个男生？"

"是。"

"在我们搬家以前，你可不可以不要再去惹他？"

"可以。"

"很好。"她说完后亲一亲他。妈妈几乎从来不亲他，当她亲他的时候，感觉真好。

在他们搬家前几天——公寓早已清空，房间里堆满纸盒，看起来很奇怪——博比在公园里追上卡萝尔。博比很多时候都是看到卡萝尔和好朋友一起走，这天却是独自一人，不过这样还不够，这不是他想要的。现在卡萝尔终于落单了，但直到她回过头来，博比看到她眼中的恐惧，才明白她一直刻意避开他。

"博比，"她说，"你还好吗？"

"我不知道，"他说，"我猜还好吧，最近都没有碰到你。"

"你最近都没有来我家。"

"没有，"他说，"没有，我——"什么？他应该说什么？"我最近挺忙的。"他心虚地说。

"喔。"他可以忍受她对他冷淡，但受不了她试图隐藏心中的恐惧。她怕他，仿佛他是一条可能会咬她的狗。博比脑中浮现出自己趴下来用四只脚走路、汪汪叫的画面。

"我快搬家了。"

"萨利告诉我了，但是他不知道你要搬去哪里。我猜你们两个人也不像以前那么要好了。"

"是啊，"博比说，"不像以前那样。不过，喏，"他把手插进裤袋，掏出一张折叠好、从笔记本上撕下来的纸。卡萝尔疑惑地看这张纸，伸手想拿，然后又把手缩回来。

“只是我的地址而已，”他说，“我们要搬去马萨诸塞州，搬去一个叫丹弗斯的小镇。”

博比把折叠好的纸片拿给她，但她还是不肯接过来，博比觉得想哭。他记起和卡萝尔一起坐在摩天轮上，升到顶端，俯视下面灯火通明的世界。他还记得卡萝尔那条如展翅般飞扬的手巾、上了色的小小脚趾甲，还有香水味。收音机传来卡农的歌声，他满脑子都是卡萝尔、卡萝尔、卡萝尔。

“我是想你也许会写信给我，”博比说，“搬到新家以后，我可能会想念这里。”

卡萝尔终于把纸片接过去，看也没看就塞进短裤口袋里。博比心想，也许她一回家，就会把它丢了，但是他不在乎，至少她把地址接过去了。当他需要转移思绪、想些别的事情时，这样已经够了……他发现即使没有下等人在附近，有时候也会需要这么做。

“萨利说你变了。”

博比没有搭腔。

“事实上，很多人都这样说。”

博比没有搭腔。

“你有没有把哈利痛打一顿？”卡萝尔问，冰冷的手抓住博比的手腕，“有没有？”

博比慢慢点点头。

卡萝尔突然用双手环住博比的脖子，然后用力亲吻他，用力得两个人牙齿相撞。他们嘴唇分开时，发出“啵”的一声。此后三年，博比不曾再亲吻过其他女孩……而且这辈子再也没有任何亲吻可以带给他同样的感觉。

“很好！”她低声恨恨地说，几乎像在怒吼，“很好！”

然后她就往步洛街跑去，她的腿——在夏天晒成了古铜色，又因为成天跑来跑去、在外面玩耍而处处疤痕的双腿——在骄阳下闪闪发亮。

“卡萝尔！”他大叫，“卡萝尔，等一等！”

她继续跑。

“卡萝尔，我爱你！”

她听了停下脚步……或许只不过是因为当时她已经跑到联合大道的路口，必须停下来看看有没有车。无论如何，她停了下来，先低着头，然后回头望。她的眼睛睁得大大的，嘴唇张开。

“卡萝尔！”

“我得回家做色拉了。”她说，然后就跑走了。她跑到马路对面，也跑出他的生命，再也没回头。或许这样也好。

博比和妈妈搬到丹弗斯。博比转学到丹弗斯小学，交了几个新朋友，但却树立了更多敌人。他开始打架，没多久也开始逃学。在丹弗斯小学发下来的第一张成绩单上，里弗斯老师在评语栏写着：博比是个非常聪明的孩子，也是个非常困惑的孩子。葛菲太太，能不能麻烦你来学校谈谈博比的情况？

莉莎去见了老师，也尽力配合，但发生了太多她难以启齿的事情：普罗维敦、宠物走失的海报，还有她怎么得到这笔钱替自己买来新事业和新人生。莉莎和老师都同意博比正在承受成长的痛苦，他很怀念以前的小镇，也想念老朋友。他终究会脱离这些麻烦事情，他太聪明了，也潜力无穷，不会一直身陷其中。

莉莎担任房地产中介之后，新事业蓬勃发展。博比在英文科目上表现出色（他在一篇拿 A 的报告中比较了斯坦贝克的《人鼠之间》和戈尔丁的《蝇王》），但是其他科目就一塌糊涂。他开始抽烟。

卡萝尔确实偶尔会写信给他——吞吞吐吐、试探性地谈一些学校生活、老朋友的近况，以及周末和蕾安达一起去纽约玩的事情。在一九六一年三月寄来的信中（她总是用没有去毛边、旁边有泰迪熊图案的信纸写信给博比），卡萝尔在最后附了几句话：我想妈咪和爹地快离婚了，爹地另外交了女朋友，而妈咪整天都在哭。不过多半时候，卡萝尔都谈一些愉快的事情：她现在学会旋转了，生日礼物是一双新的溜冰鞋，虽然伊冯娜和蒂娜都不以为然，她还是觉得费比安很可爱，还去参加了一场扭扭舞会，每一支舞都跳了。

每次打开信封、抽出卡萝尔的信时，博比都想：这是最后一封信了，我再也不会听到她的消息了。即使答应了别人，小孩子通常都不会通信太久。周围不断发生太多新鲜事了，时光飞逝，时间过得太快了，她会把我忘掉。

但是他可不会帮卡萝尔忘掉自己。博比每次收到卡萝尔的信之后，就坐下来回信，他描绘给她听，莉莎以二万五千美元卖掉的那栋布鲁克林的房子是什么样子——莉莎拿到的佣金相当于她从前半年领的薪水；他也告诉她，他的英文报告拿了A+；还告诉她关于新朋友墨瑞的事，墨瑞教他下棋。但他没有告诉卡萝尔，他和墨瑞有时候会到处砸玻璃窗，他们会飞快地骑着脚踏车（博比终于存够钱买脚踏车了），经过普里茅斯街上的旧公寓房子时，会从车篮里拿石块丢玻璃窗。他也没有透露他怎么叫丹弗斯小学的副校长赫尔利先生亲他的红屁股，还有赫尔利先生如何打他耳光，说他是没有礼貌、讨人厌的小孩。他也没有坦承自己已经开始顺手牵羊，而且还喝醉过四五次（一次和墨瑞一起，另外几次则是自己一个人），或有时候他会走在铁轨上，心里纳闷如果就这样被火车撞死，是不是最快一了百了的方法——才刚闻到柴油味，火车的阴影就笼罩在脸上，然后就一片模糊。或许不见得像他想的那么快。

他写给卡萝尔的每一封信，结尾都是：

悲伤地想念着你的朋友　博比

接下来几个星期过去了，卡萝尔毫无音讯，然后她又寄了一封信来，背后贴着爱心和泰迪熊，里面放着另一张去了毛边的信纸，又谈了很多关于溜冰、耍短棒、新鞋子的事情，还有她仍搞不懂分数的计算题。每一封信都仿佛垂死的爱人又痛苦地喘了一口气。多喘了一口气。

甚至萨利也曾经写了几封信给他，但是在一九六一年初就停止写信了，不过萨利居然肯尝试写信，已经令博比既惊讶又感动了。在萨利那大大的、孩子气的笔迹和一堆拼得乱七八糟的单词中，博比可以体会到这个好心肠少年的一片心意，萨利是个喜欢打球、喜欢拉拉队员的年轻孩子，他经常被标点符号的用法搞得一头雾水，就好像他在足球场上常常迷失在竞争对手的防守阵势中一样。博比甚至觉得，他依稀可以看到一二十年后长大成人的萨利是什么模样。那个成年人等候着小萨利长大，就好像你在等候出租车来载你一样：他长大以后很可能当上汽车推销员，后来终于自己开了家店，店名当然就叫诚实萨利——诚实萨利哈维切雪佛兰车专卖店。他会一副大腹便便的模样，赘肉从腰带上方垂下来，办公室墙上挂着各种匾额。他还会担任青少年球队的教练，每回上场前为球员打气时，开场白都会说："大家听着!"他每个礼拜都乖乖上教堂，节庆时一定出现在游行队伍中，同时也是市政委员会的成员，诸如此类。博比判断萨利的人生将会很美满——有农庄和兔子，而不是两端削尖的棍子。虽然对萨利而言，那根棍子仍然等着他；在东河省和老妈妈桑一起等待，那老妈妈桑从来不曾完全离开过。

警察在便利店逮住博比时，他才十四岁，手里拿着六罐啤酒（那拉甘瑟牌啤酒）和三盒香烟（当然是切斯特菲尔德牌香烟啦），从便利店走出来。这警察是从《魔童村》里走出来的金发警察。

博比告诉警察，他并没有闯空门，当时便利店的后门大开，他就这么进来了。但是当警察用手电筒照着门锁时，看见门锁斜挂在老旧的木门上，有一半都被撬开了。警察问，这又是怎么回事？博比耸耸肩。坐进警车以后（警察让博比坐在前座，但是博比向他讨支烟屁股来抽却被他拒绝了），警察开始填写表格。他问坐在身旁这个闷闷不乐、瘦巴巴的孩子叫什么名字。"拉尔夫，"博比说，"拉尔夫·葛菲。"但是当他们把车停在博比和妈妈住的地方时——那是个独栋房子，包括楼上、楼下，整栋都是他们的——他告诉警察刚刚说了谎话。

"我的名字其实是杰克。"他说。

"喔，是吗？"那个《魔童村》的金发警察说。

"是啊，"博比猛点头，"杰克·梅瑞度·葛菲就是我。"

卡萝尔到了一九六三年就不再寄信来了，那年刚好博比遭到退学，他也因为持有五支大麻烟，在那一年首度造访麻省少年感化院，博比和朋友都称这种大麻烟为“游戏杆”。法官判博比得接受九十天的感化教育，如果行为良好，最后三十天可以减刑。博比在里面看了很多书，有些孩子叫他“教授”，博比觉得无所谓。

他离开贝德柏感化院时，丹弗斯的少年队警官格兰德尔问博比是不是准备改过自新。博比说是，他已经得到教训，当时他说的似乎是实话。然后在一九六四年秋天，他狠狠揍了一个男孩一顿，那男孩伤势严重，必须住院治疗，而且可能终身无法完全康复。那个孩子因为不肯把吉他给博比，所以博比就狠狠揍他一顿之后拿走了吉他。警察前来逮捕博比的时候，博比正在自己的房间里弹吉他（他弹得不太好）。他原本告诉莉莎，吉他是在当铺买的。

当格兰德尔警官带着博比上警车时，莉莎站在门口哭泣。“如果你再不悔改的话，我就不管你了！”她在博比背后大喊，“我是说真的！”

“那就别管吧！”博比说，坐进警车后座，“尽管去做呀，妈，现在就别管了，可以省一点时间。”

在路上，格兰德尔警官说，“博比，我以为你会改过自新。”

“我也是。”博比说，这一回，他在贝德柏感化院待了六个月。

他离开感化院以后，把回家的车票兑换成现金，然后搭便车回家。他走进屋里的时候，妈妈并没有出来迎接他。“你有一封信，”她的声音从阴暗的房里传出来，“就放在你桌上。”

博比一看到信封，心脏就开始猛烈跳动，撞击着他的肋骨。信封上已经不再有爱心图案和泰迪熊了——她现在长大了，不兴这一套——但是他立刻认出卡萝尔的笔迹。他把信拆开，里面只有一张纸——没有去毛边的信纸——另外还有一个比较小的信封。博比很快读了卡萝尔的信，这也是卡萝尔给他的最后一封信。

亲爱的博比：

你好吗？我很好。你的老朋友寄了一封信给你，就是帮我把手臂医好的那个人。我猜他不知道你现在在哪里，所以就把信寄给我了。他附了字条，请我把信寄给你，所以我就把信寄给你了。请代我向伯母问好。

卡萝尔

没有提到她学转圈圈的情况，没有说她在数学课表现如何，也没有谈到任何关于男朋友的事，但博比猜她可能交过几个男朋友。

他用颤抖而麻木的双手把密封的信拿起来，心脏跳得更厉害了。信封上只用铅笔写了两个字：博比，他立刻晓得，这是泰德的笔迹。博比觉得口干舌燥，浑然不知自己早已热泪盈眶，他把信封拆开，这个信封不会比一年级小朋友寄的情人节卡片大。

信封拆开后，飘出了博比这辈子闻过最甜美的气味，让他回想到小时候抱着妈妈时，从她身上散发的香水味、香皂味和抹在头发上那东西的气味；也让他回想起夏日的联合公园，以及哈维切图书馆书架间的气味，微弱的芳香中蕴藏着爆炸性的威力。原本含在他眼眶里的泪水满溢出来，开始沿着脸颊流下来。他的心早已习惯苍老，如今却重新感觉年轻——知道自己可以重新感觉年轻——这是多么令人震惊而迷惑啊！

里面没有信、没有纸条、没有写任何东西。博比抖一抖信封，深红色的玫瑰花瓣洒落桌面，他从来不曾看过这么深、这么暗的红色。

他想，这是心之血，莫名其妙地感到一阵狂喜。他立刻记起，也是多年来第一次想起来，怎么样才可以让自己的思绪飘到远方，暂时释放自己的思绪。即使只是想到这件事，他都感觉到自己的思绪飘了起来。花瓣仿佛红宝石般在他满是疤痕的桌面上闪闪发光，仿佛从这个世界的内心深处透出的神秘光亮。

博比心想，不止一个世界，不止一个，还有另外的世界、几百万个世界，都随着黑塔的轴心一起旋转。

然后他想，他又从他们手里逃脱了，再度获得自由了。

那些花瓣是不容置疑的，它们代表了每个人都会需要的一切肯定；代表了所有的“你可以”、“你能”和所有的“这是真的”。

纸牌动起来了，纸牌慢下来了，博比心想，他知道以前曾经听过这几个字，但不记得是在哪里听到的，或为什么现在又会听到。他也不在乎。

泰德自由了。不是在这个世界，不是在这个时间，这次他往另外一个方向跑了……不过是在某个世界里。

博比用手舀起花瓣，每一片花瓣都像一枚小小的丝质钱币。他捧着花瓣，仿佛满手都是血，然后把花瓣举到面前。他可以整个人都沉溺在这浓浓香气中。泰德就在这花瓣中，博比眼前清晰地浮现了泰德的模样，他驼着背走路的滑稽样子、满头细致的银发、右手大拇指和食指上深印着尼古丁熏黄的痕迹，手上还提着购物袋。

就好像他惩罚哈利的那天一样，他听到泰德的声音。当时多半出于他的想象，但这次他觉得应该是真的，那是埋藏在玫瑰花瓣中的泰德留给他的东西。

稳住啊，博比。要适可而止，要冷静一点，控制自己。

他把脸埋在花瓣中，在桌前坐了很久，很久。最后，他小心翼翼地把花瓣放回小小的信封里，生怕掉落任何一瓣，然后再度折起信封的封口。

他自由了。他在……某个地方。而且他记得。

“他记得我，”博比说，“他记得我。”

他站起来走进厨房，把茶壶放在炉子上，然后走进母亲房间。莉莎躺在床上，博比看得出来，母亲开始显露老态。当博比在她身边坐下时，她把头转开，这个孩子现在长得几乎像大人一样了，不过她还是让博比握住她的手。博比握着她的手，慢慢抚摸着，等着水烧开时发出的哨音。过了一会儿，莉莎转过头来看着他。“喔，博比，”她说，“我们把事情全搞砸了，你和我，我们该怎么办呢？”

“尽力而为吧。”他说，仍然抚摸着她的手。他拉起她的手放在嘴唇边，然后亲吻她的手掌，她手掌上的生命线和感情线短暂地纠结在一起，然后才又分道扬镳。“只能尽力而为了。”

/

一九六六年
我把心留在亚特兰蒂斯

老天！那时候我们就是笑得停不下来。

1

一九六六年当我来到缅因大学时，哥哥给我的老旧休旅车上还贴着那张戈德华特①贴纸，虽然已经褪色而且破破烂烂，但贴纸上“AuH_2O-4-USA”②的字迹依然清晰可辨。等到我在一九七〇年离开学校时，我连车子都没有了，有的只是一把大胡子、披肩长发，以及贴着“尼克松是战犯”贴纸的背包，而粗布外套领子上别着的领章上面写的是“我真不是个幸运儿”。我想，大学永远是蜕变的时刻，是童年结束前最后一次天翻地覆；可是我怀疑，最惊天动地的大转变莫过于二十世纪六十年代末期在大学求学的年轻人所面对的天翻地覆。

这年头，大家差不多都不再谈论那些日子的事情了，不是因为我们已经忘了那段时光，而是因为无法重拾那时候交谈的语言。每当我试图谈论六十年代（或思考六十年代的种种）时，心中总交织着恐惧与欢欣的情绪。我的眼前浮现喇叭裤和地球鞋，鼻子闻到大麻、香料和薄荷的味道，耳朵听到多诺万·里奇甜美的歌声唱着那首关于亚特兰蒂斯的蠢歌。直到现在，碰到失眠的夜晚，我仍然会想起那深奥的歌词。年纪愈大，我就愈没办法只听他甜美的歌声而不去听那愚蠢的歌词。我得提醒自己，当时我们年纪都还小，傻傻地躲在菌伞下过着多彩多姿的生活，而还一直以为那小小的菌就是大树，在天空为我们遮风挡雨。我知道这么说没什么意义，但是我已经尽力了。亚特兰蒂斯万岁！

---

① 巴里·戈德华特（1909—1998），美国参议员，一九六四年曾代表共和党参选美国总统。

② Au在化学元素表中代表“金”（gold），H_2O代表“水”（water），合起来则是“戈德华特”（Goldwater），4（four）是for的谐音，因此AuH_2O-4-USA表示“支持戈德华特参选美国总统”。

2

大四那年，我搬到学校外面，住在迷幻天地——止水河畔的老旧木屋，但我在一九六六年初抵缅因大学的时候住在张伯伦舍。那里是由三栋学生宿舍组成的住宿区：分别是张伯伦舍（男生宿舍）、金舍（男生宿舍）和富兰克林舍（女生宿舍）。离宿舍不远的地方有一家豪优克餐厅。餐厅其实离宿舍不远，大约只有二百米远，但是在寒风刺骨的冬夜、当室外温度降到零度以下时，餐厅似乎变得十分遥远，因此豪优克有个别名叫做“旷野上的宫殿”。

我在大学里学到很多东西，但绝大多数不是在教室里学的。我学会怎么样一面亲吻女孩子、一面戴上保险套（这是每个男生必备的技能，但常受忽视）；学会怎么样把四百五十克的罐装啤酒咕噜咕噜一饮而尽，而不会呕吐；也学会怎么样利用课余之暇多赚点外快（大部分都是帮比我有钱的小子写期末报告赚来的）；我还学会如何避免加入共和党，尽管我的家族里有一堆共和党员；还有如何高举牌子、走上街头，嘴里唱着：“一、二、三、四，我们不会为你打这场该死的战争”，以及“喂、喂，约翰逊，你今天又杀了几个年轻孩子”；我也学会在警方施放催泪瓦斯时设法避开，如果没办法避开，就要用手帕或头巾罩住口鼻，然后放慢呼吸；还学会当警棍齐发时侧躺在地上，把膝盖屈起贴近前胸，用手抱着头部。一九六八年，我在芝加哥学到的教训是，不管你把自己保护得多好，警察还是可以把你打得半死。

但是在学会这些事情之前，我先领略了“红心”扑克牌游戏的乐趣和危险。一九六六年秋季那个学期，张伯伦舍三楼的十六个房间总共住了三十二个男生，到了一九六七年一月的时候，其中十九个人不是搬出去就是被退学，成为红心牌戏的受害者。那个学期，红心牌戏仿佛恶性流行性感冒般，威力横扫整个三楼，只有三个学生完全免疫。一个是我的室友奈特·霍伯斯坦，一个是三楼舍监戴维·迪尔伯恩，还有一个是斯托克林·琼斯，不久张伯伦舍众生就开始称他“哩噗—哩噗”。有时候，我觉得我想说的是哩噗—哩噗的故事；有时候，我觉得我想说的其实是柯克的故事（当然，由于电影《星舰迷航》里柯克舰长的爆红，后来大家都叫他柯克舰长），在那些年间，柯克是我最要好的朋友；有时候，我觉得我想说的是卡萝尔的故事。其实多半时候，我认为我真正想说的是二十世纪六十年代的故事，虽然我总觉得不太可能说得明白。不过在谈这些事情之前，我最好先解释一下什么是红心牌戏。

柯克舰长曾经说过，对笨蛋来说，惠斯特牌戏等于桥牌，而对真正的笨蛋来说，红心牌戏才是桥牌。我对这个说法没什么意见，尽管我觉得这么说有点没搔着痒处。重点在于红心牌戏很好玩，当你拿它来赌钱时，很快就会不可自拔——当时张伯伦舍三楼的行情是每一个积分值五分钱。玩红心牌戏的理想人数是四个人，所有扑克牌都发出去后，就开始玩牌。每一手牌共有二十六分：十三张红心牌，每张牌都算一分，但单独一张黑桃皇后（我们称之为“婊子”）就值十三分。当四个人之中有一人的积分达到一百分时，牌戏便告结束，积分最少的人是赢家。

在我们的马拉松牌戏中，其他三个输家要根据他们的积分与赢家的差距吐出钱来。例如，如果牌戏结束时，我的积分比舰长多了二十分，那么依照每一分值五分钱的算法，我就得付他一元美金。你会说，这不过是小钱而已，但那时候是一九六六年，对住在张伯伦舍三楼半工半读的穷学生而言，一块钱可不只是零头而已。

3

我还清楚地记得这场红心瘟疫在什么时候开始蔓延的：那是十月的第一个周末。我之所以记得，是因为当时期初考试才刚结束，而我过关了。对住在张伯伦舍三楼的学生而言，能否过关是很实际的问题；多亏了各式各样的奖学金和助学贷款（包括我自己，都要感谢国家教育国防法案的帮忙），再加上半工半读，我们才能念大学。我们就好像开着一辆拼装车，只不过这辆车不是用钉子组装起来的，而是靠糨糊把它粘住。尽管每个人的经济来源各不相同——主要是看当初我们填写各种申请表格的技巧有多高超，还有高中辅导老师有多用心辅导我们——但我们都要面对一个残酷的事实。张伯伦舍三楼的交谊厅（也就是我们进行红心牌戏马拉松循环赛的地方）挂了一幅刺绣，上面绣的大字一语道破我们的艰难处境。那是东尼的妈妈绣的，她叫东尼带着这幅刺绣来上大学，并且把它挂在每天都看得见的地方。一九六六年，当秋天过去、冬天来临，牌桌上不时换手玩牌，“婊子”也不时发威，东尼妈妈的那幅刺绣似乎变得愈来愈显眼、愈来愈炫目了。每天晚上当我终于躺到床上时，往往教科书连翻都没翻，课堂笔记完全没读，报告也尚未动笔。有一两次，我甚至梦见那个数字：

2.5.

那幅刺绣上用针绣着这个大大的、鲜红的数字。东尼的妈妈十分了解这个数字所代表的意义，我们也很清楚。如果你住在其他普通宿舍——例如杰克林舍、邓恩舍、皮斯舍或查德伯恩舍——只要成绩平均达到一点六分（四分为满分），就可以顺利在一九七〇年毕业……换句话说，只要爸爸妈妈继续替你付学费的话就没问题；别忘了，这是一所州立大学，我们说的不是哈佛或韦尔斯利这种贵族学校。但是，对于仰赖奖学金和助学贷款的学生而言，平均二点五的成绩是底线；如果成绩低于二点五（换句话说，从平均 C 掉到 C-）你的小小拼装车几乎一定会崩坏瓦解。就像舰长以前说的：“保持联络吧，宝贝，再见了。”

期初第一次考试，我考得还可以，尤其是考虑我当时想家想得快生病了（在那之前，我除了有一次参加一个星期的篮球营，从来没有离过家，而且篮球营结束、回家的时候，我不但扭伤了手腕，而且脚趾间和睾丸间都长了奇怪的霉菌）。我修了五门课，除了大一英文以外，每门课都拿到B的成绩。至于英文课，我得了A。英文老师在我的考卷上写着："你针对拟声法举的例子非常好。"他后来和太太离婚，在伯克利校园的斯普劳尔广场卖艺。我把考卷寄回家给爸妈看，妈妈回了我一张明信片，背面只有几个热情而潦草的字："太棒了！"回想起这件事着实令人心痛，我几乎是真真切切地感觉到肉体的痛苦。我猜，那大概是我最后一次拿上面贴了星星的考卷回家。

期初考试之后，我得意地算了一下目前的平均分数，得出三点三。从此以后，我的成绩再也没有达到三点三了。到了十二月下旬，我醒悟眼前可以选择的路其实很简单：停止玩牌，或许还能勉强保住奖助学金，存活到下个学期，或是继续在三楼交谊厅东尼妈妈的刺绣下大玩猎捕婊子的牌戏，一直玩到圣诞节，然后就打道回府，永远不必再回来了。

我应该可以在盖兹佛斯的工厂找份工作。老爸发生意外、丧失视力之前，曾经在那里工作了二十年，他可以想办法让我去那里上班。老妈会很不高兴，但是如果我告诉她这就是我想做的事，她也不会拦阻我。她终究还是家里的务实派。尽管不断怀抱希望，又看着希望破灭，她几乎快抓狂了，但她终究还是个很实际的人。也许我没能完成大学学业会让她伤心一阵子，而我也会有一段时间深受罪恶感折磨，但是我们两个人都会熬过来。毕竟，我一直想当个作家，而不是什么该死的英文老师，而且我认为只有那些浮夸自大的作家才需要靠大学教育来实现写作的梦想。

然而我也不想被退学，我的成年生涯不应该有这样的开头，感觉好像一开始就失败了一样，而我所有关于作家应该置身于人群的沉思，感觉都好像在合理化自己的失败。不过，我仍然经不起三楼交谊厅的呼唤——啪啦啪啦的发牌声，某个人问到这张牌应该往左传还是往右传，另外又有人问谁拿到"赌气鬼"（那是红心牌戏的一手牌，一开始就出现梅花二，我们三楼这群牌鬼称这手牌为"赌气鬼"）。我曾经做梦，梦到龙尼打出一张张黑桃牌，用他的尖嗓子嚷嚷："该是把婊子揪出来的时候了！"（自从我逃离高中那些太保学生以后，龙尼是我碰到的第一个天生的坏坯子。）我们眼中几乎总是看得清怎么样才符合自己的最大利益，但有时候在内心感觉的驱策下，我们眼中所见就显得无足轻重了。这句话很难令人接受，但却是实情。

4

我的室友不玩红心牌戏，而对于尚未宣战的那场远在越南的战争，我的室友奈特也发挥不了一丝作用。奈特每天写信给还在威斯登中学读高三的女朋友。如果你把一杯水放在奈特旁边，那杯水都会立刻显得比奈特还要生机盎然。

奈特和我一起住在三〇二室，就在楼梯旁边，正对着舍监的房间（讨厌的戴维住的兽窟），和走廊另一端的交谊厅遥遥相对——那里摆着扑克牌桌、烟灰缸，还可以远跳旷野上的宫殿。至少对我而言，我俩的组合表示大家对于大学宿舍的许多可怕想法都是真的。一九六六年春季，我在寄给缅因大学住宿处的问卷上（当时我满脑子想的都是毕业舞会结束后，是不是应该带安玛丽去吃点东西）写着：第一，我有抽烟的习惯；第二，我是共和党员；第三，我对民谣吉他有高度热忱；第四，我是夜猫子。结果住宿处却糊里糊涂地把我和奈特分在同一个房间，奈特就读牙医系，不抽烟，而且他在阿鲁斯图克县的家人都是民主党员（尽管约翰逊也是民主党员，奈特却不会因此赞同美国士兵在越南四处征战）。我的床头贴着亨弗莱·鲍嘉①的海报；奈特的床头则贴着狗和女朋友的照片。他的女朋友脸色苍白，身上穿着威斯登中学乐队指挥的制服，手上抓着好像短棍的指挥棒。她叫辛迪，那条狗叫灵弟。女孩和狗都同样夸张地咧开嘴笑，真是离奇得很。

在我们看来，奈特最让人受不了的地方就是，他会小心翼翼地将唱片依照字母顺序排列在架子上（就在辛迪和灵弟的照片下面、小巧

---

① 亨弗莱·鲍嘉（1899—1957），美国著名电影演员，以饰演硬汉角色而闻名，代表作有《北非谍影》等。

可爱的唱机正上方)。他有三张米契·米勒的唱片(《和米契同唱》、《再度和米契同唱》、《米契和帮派乐团演唱约翰·亨利及其他美国人最喜爱的民谣歌曲》)、《遇见特里尼·洛佩兹》,还有迪恩·马丁的唱片、盖瑞与前导者合唱团的唱片,以及戴夫·克拉克五人组的第一张唱片(这或许是有史以来最吵的一张烂摇滚唱片),另外还有许多同类唱片,我没有办法全部记得,而这未尝不是件好事。

“奈特,不要这样,”有一天晚上舰长说,“喔,拜托,不要。”那是红心狂热开始之前没多久的事,也许只是几天以前。

“喔,拜托不要什么?”奈特问,他坐在书桌前,头抬也不抬。他醒着的时间几乎不是在教室上课,就是坐在桌前苦读。有时候我会逮到他挖鼻孔或(把唱片彻头彻尾地检查后)在抽屉下面偷偷摸摸地擦拭唱片,那是他唯一的缺点……如果不计较他可怕的音乐品位的话。

舰长曾经检查过奈特的唱片,他每次到别人的房间,都会毫不自觉地开始这么做。现在他拿着其中一张唱片,表情就好像医生正在研究一张看起来不太妙的X光片……上面可以明显看到肿瘤的阴影(而且几乎可以确定是恶性肿瘤)。他站在奈特的床和我的床中间,穿着绣有高中校名的外套,头上戴着高中棒球帽;我在大学里从来没有碰到过比他还帅的典型美国大男孩,以后也很少碰到。舰长似乎一点也没有意识到自己长得好看,但是他不可能完全不晓得,否则怎么会经常有女生投怀送抱。虽然在那个时代,几乎任何人都可以找到愿意上床的对象,但即使照当时的标准,舰长仍然比别人忙碌。不过在一九六六年秋季的时候,这一切都尚未开始。一九六六年夏天,舰长和我一样,整颗心都放在红心牌戏上。

“这张唱片很烂,小老弟。”舰长带着温和的、斥责的语气说,“很抱歉这么说,但是真的很烂。”

我坐在自己的书桌前一面抽着宝马牌香烟,一面忙着找我的餐券。我老是找不到那张该死的餐券。

“什么东西很烂?你为什么翻我的唱片?”植物学课本摊开在奈特前面,他头上歪戴着大一新生的蓝色扁帽,正在一张纸上画着叶片。我相信奈特是唯一会一直戴着这块愚蠢蓝色抹布的大一新人，他会一直戴到缅因大学倒霉的足球队终于达阵得分为止……那要到感恩节前一星期左右。

舰长继续研究那张唱片。“这张唱片真是烂到家了！”

“我很讨厌你这样说话！”奈特嚷着，但仍然顽固地不愿抬起头来。舰长知道奈特很讨厌他这样讲话，这正是为什么他要这样讲话。“你到底在说什么呀？”

“很抱歉我的话惹你不高兴，但是我不会收回刚刚的意见，没办法，因为这张唱片真的很烂，烂得让我心痛，小老弟，烂得让我心痛啊。”

“什么？”奈特终于气得暂时放下正在画的叶子，抬起头来，那片叶子被精心刻画得好像兰德·麦克纳利地图集一样。“什么呀？”

“这张。”

舰长手中握的那张唱片封套上的女孩有一张生机盎然的脸孔，水手领罩衫下高耸着活泼的小小双峰，似乎在甲板上跳舞。她高举着手臂，伸出手掌，微微挥着手。头上则戴着一顶小小的水手帽。

“我打赌你是全美国唯一会把《戴安·雷奈唱海军蓝调》这张唱片带来学校的大学生，”舰长说，“这样是不对的，奈特。你应该把这张唱片和维纳裤一起束之高阁，我打赌你都是穿着这种裤子去加油大会和参加教会活动。”

如果维纳裤指的是那种后面有着毫无用处的奇怪扣子的桑斯贝特合成纤维便裤，我猜奈特应该把大部分的唱片都带来了……因为奈特当时正穿着一条那样的裤子。不过我什么话也没说。我拿起装了女友相片的相框，发现餐券就在后面，于是抓起餐券塞进牛仔裤袋中。

“那张唱片很好，”奈特义正词严地说，“那张唱片非常好听，带着摇摆风格。”

“摇摆，是吗？”舰长问，把唱片扔回奈特床上。（他不肯把唱片重新归位，因为他知道这会让奈特抓狂。）“‘我男朋友说，喂，船哪，于是加入海军’？如果这就是你对‘好’的定义，提醒我永远不要让你开刀。”

“我以后会当牙医，不是医生。”奈特咬牙切齿地说，脖子上青筋毕露。就我所知，在张伯伦舍，或许在整个校园中，只有柯克舰长有办法惹我室友生气。“我念的是牙医预科，你知道牙医预科的牙代表什么意思吗？代表牙齿！舰长，那表示——”

“这倒提醒我了，绝对不要让你补牙。”

“为什么你老是要说这种话？”

“什么话？”舰长问，他明明知道奈特是什么意思，却偏要听到奈特亲口说出那句话。奈特终究会说，等到他终于说出来的时候，整张脸总是涨得通红。舰长觉得有趣极了，奈特的点点滴滴都让舰长觉得十分有趣。他有一次告诉我，他还挺确定奈特是外星人，从一个叫“好男孩”的星球降落到地球上。

“他妈的！”奈特说，他的脸颊立刻红了起来，不一会儿就像极了狄更斯笔下的人物，《博兹随笔》[①] 中描绘的热情年轻人。

“坏榜样，”舰长说，“我简直不敢想象你将来会怎么样。万一保罗·安卡东山再起怎么办？”

“你从来没有听过这张唱片，”奈特一边说着，一边从床上抓起《戴安·雷奈唱着海军蓝调》的唱片，把它放回米契·米勒的唱片和《史黛拉恋爱了》中间。

“我从来都不想听这张唱片。”舰长说。“走吧，吃饭去，我他妈的快饿扁了。”

我拿起地质学课本——下星期二要小考。舰长从我手中把书拿走，放回书架上，敲敲我女朋友的照片。她不肯和我上床，但是心情好的时候会帮我打手枪，让我爽得不得了。信天主教的女孩在这方面最内行了。随着年龄增长，我对许多事情的想法都改变了，唯有这个想法一直没变。

“你干吗把书拿走？”我问。

“不要在他妈的餐桌上看书，”他说，“即使吃的是学校餐厅里的残羹剩饭，都不要边吃边看。你到底是从什么样的谷仓里蹦出

---

① 博兹（Boz）是狄更斯的笔名。

来的？”

“事实上，舰长，从我出生以来，我的家人真的会在餐桌上看书。我知道你很难相信除了你的做事方式外，别人还有其他的做事方式，但是的确如此。”

他看起来十分严肃，他抓着我的手臂，凝视着我的眼睛，然后说：“至少正在吃饭的时候，不要念书，好吗？”

“好吧。”我在精神上保留了我爱在什么时候看书（或觉得什么时候需要看）就什么时候看书的权利。

“继续这样过日子，你会得胃溃疡，我老爸就是得胃溃疡死的。他就是停不下来，拼命往自己脑子里塞东西。”

“噢，真是遗憾。”

“别担心，那是很久以前的事了。走吧，免得菜都被吃光了。要不要一起去呀，奈特？”

“我得把这片叶子画完。”

“去他的叶子。”

如果是其他人这样说的话，奈特会瞪着他，好像翻开朽木时看到了什么东西一样，然后就静静地继续忙着手边的工作，但是在目前的情况下，他考虑了一下就站起来，小心翼翼地把挂在门后的外套拿下来。他穿上外套、戴好帽子，连舰长都不敢对他执意要戴这顶新人扁帽发表什么意见。我问舰长，他把帽子丢到哪儿去了——当时是我到缅因大学的第三天，也是我认识他的第一天——他说：“我拿来擦完屁股后就丢到树上了。”（他也许没说实话，但是我也从来不敢完全排除他这样做的可能性。）

我们连下三层阶梯，走到十月的薄暮中。学生纷纷从三栋宿舍里走出来，往豪优克餐厅走去，我每个星期在那里打工九次，担任洗碗工。张伯伦舍和富兰克林舍的地势比较高，旷野上的宫殿也一样。学生要从宿舍到餐厅的时候，都要走一条凹陷的柏油路，仿佛狭长的地槽一样，然后才连接到宽阔的红砖道，继续往上爬。豪优克餐厅是四栋建筑物中最大的一栋，在暮色中闪闪发亮，仿佛大海中的巡洋舰。

柏油路交会的洼地叫做班奈特小径——即使我曾经晓得这个名字

从何而来，也早已忘得一干二净了。金舍、张伯伦舍的男生分别从两条小路走过来，富兰克林舍的女生则走另外一条小路。到了三条小路交会处，男生和女生一边说说笑笑，一边大胆或害羞地四目交接，然后再从那里一起踏上宽阔的班奈特红砖道往餐厅走去。

斯托克林从对面走过来，低着头穿过人潮，苍白的脸上挂着他一贯拒人于千里之外的表情。他长得很高，不过你几乎看不出来，因为他总是弓着背、拄着拐杖，乌溜溜的头发（几乎看不到一丝淡色头发）覆在前额上，把耳朵盖住，还有几撮头发斜披在苍白的脸颊上。

当时正是披头四的发型最流行的时候，年轻男孩都小心翼翼地把头发往下梳，而不是往后梳，让头发垂下来遮住额头（以及脸上一堆青春痘）。斯托克林的头发倒没有整理得如此一丝不苟，他那头中等长度的乱发爱往哪儿跑就往哪儿跑。他的背弓得太厉害了，即使现在还不是永久性的驼背，可能很快就会变成永久性驼背了。他的眼睛通常都往下看，仿佛在追踪拐杖挥动的弧线。如果他刚好抬起头来与你四目相接，你很容易被他狂野锐利的目光吓一大跳。他是新英格兰的希斯克利夫[①]，只不过臀部以下只剩下两根瘦骨头。他去上课的时候，双腿通常都包在巨大的金属支架中，就像垂死章鱼的触须般，只能勉强移动。相形之下，他的上半身十分粗壮，形成了怪异的组合。斯托克林就好像健美先生亚特拉斯的广告，只不过健身前和健身后的身影似乎全融合在同样的身体中。每天豪优克餐厅一开门，他就去吃饭，开学不到三个星期，所有人都知道他这么做不是因为他是残障，而是因为他和葛丽泰·嘉宝[②]一样喜欢独处。

“他妈的！”有一天我们一起去餐厅吃早餐时，龙尼说——他刚刚和斯托克林打招呼，而斯托克林只是拄着拐杖自顾自往前走，连头都不点一下。龙尼不停地小声喃喃自语，而我们都听见了，他说：“跛了脚、跳着走路的混蛋！”龙尼就是这样，总是“如此”充满同情心。我猜他是在路威斯顿的里斯本街上脏兮兮的小酒馆里长大的，

① 英国名著《呼啸山庄》中的男主角，性格孤僻暴烈、桀骜不驯。

② 葛丽泰·嘉宝（1905—1990），美国著名电影女星，生于斯德哥尔摩，主演过《安娜·卡列尼娜》、《茶花女》等二十四部脍炙人口的电影。

他温文的举止和独特的魅力大概也是这种环境熏陶下的产物。

“斯托克林，上哪儿去啊？”有一天晚上，斯托克林拄着拐杖往我们这边疾走过来时，舰长问他。斯托克林不管到哪儿，都是这样拄着拐杖猛往前冲，布鲁托[①]一般魁梧的上半身往前倾，好像船首装饰的人头像一样，无论下半身踩到什么东西，斯托克林会不停地骂“他妈的”，不停地比中指，用他那聪明狂野的眼睛瞪着你，嘴里不停骂脏话。

他没有回答，但是抬起头来，两只眼睛盯着舰长，然后把脸一拉，匆匆地从我们身边走过去，汗珠顺着一头乱发滴落在脸颊。他闷声发出“哩噗—哩噗，哩噗—哩噗”的声音，好像定时器一样……或许他的嘴里是在咕哝着咒骂我们的话……或许两者皆是。你可以闻到他身上的味道：刺鼻的汗臭味，他身上老是带着汗臭；因为他不肯走慢一点，叫他走慢一点仿佛冒犯了他，但他身上还有其他味道。汗臭味虽然刺鼻，却不讨厌，但底下混杂了另外一种更难闻的味道。我高中的时候是田径选手（一上大学就被迫在宝马牌香烟和参加田径队之间做个抉择，我选择了棺材钉[②]），曾经闻过那种特别的味道，通常是某个学生明明感冒了或喉咙发炎却还硬要来练跑时，就会出现那种味道。唯一比较相似的就是当电车的变压器使用过度时，也会散发出这种味道。

然后卸下腿部支架的斯托克林就从我们身旁经过，往宿舍方向走去。不久以后，龙尼就为斯托克林取了“哩噗—哩噗”的绰号。

“嘿，那是什么？”奈特问，他停下脚步，转头往后望。我和舰长也停下脚步，转过头去。我正要问奈特他是指什么，然后就看到了。斯托克林的外套背上好像用黑色的奇异笔画上什么图案，在初秋薄暮中，只能看出好像画了个圆圈的形状。

“不晓得，”舰长说，“看起来好像是麻雀的爪印。”

拄着拐杖的男孩没入十月的星期四晚上去餐厅吃饭的人潮中。大

---

① 此为描述美国大学生活的电影《动物屋》中由约翰·贝鲁西饰演的角色。

② 美国俚语，即香烟。

多数男孩都把脸刮得干干净净，女孩子则大半穿着水手衫和裙子。今晚几乎是满月，月亮冉冉上升，橘色的月光洒在这群孩子身上。两年后，嬉皮的盛世才真正来临。而在那天晚上，我们三个人都没有意识到，那是我们生平第一次看到和平标志。

5

星期六上午早餐时间轮到我的班，我必须去豪优克餐厅洗碗部上工。排到这个班很棒，因为学校餐厅在星期六早上永远都很清闲。负责洗刀叉银器的女孩卡萝尔站在输送带的最前端，我排第二个，工作是当输送带上的餐盘经过我面前时赶紧抓住餐盘，把它堆到身旁的手推车上。如果输送带上的脏碗盘太多——周末晚餐时间就是如此——那么我只需把盘子堆起来，等到输送带的速度放慢时再说。接在我后面的是“玻璃杯男孩”，他们负责把杯子挑出来，放在洗碗机的格子里。在豪优克打工还不错，偶尔龙尼会突发奇想，在没吃完的香肠上套个保险套，或把餐巾纸撕成细长条，在装麦片的盘子里拼出“我上的是一所烂学校”几个字（有一次，他在汤碗上面用酱汁写着：救命啊！我被关在笨蛋大学里）；还有，你不会相信有些孩子有多恶劣，简直就是猪——他们在盘子上挤满番茄酱，在牛奶杯里塞满土豆泥、碎蔬菜——但这份工作真是不差，尤其是星期六早上。

有一次，我的目光越过卡萝尔（清晨的她显得格外美丽），落在斯托克林身上，虽然他背对着我们，不过身旁的拐杖和外套背上的图案都十分醒目。舰长说得没错，那图案看起来像麻雀爪印（一年后，我才第一次在电视上听到有个家伙形容这图案为“伟大的美国小鸡之爪印”）（“小鸡”也有“胆小鬼”的意思）。

“你知道那是什么吗？”我指着那边，问卡萝尔。

她看了很久，摇摇头说：“不知道，一定是在开玩笑。”

“斯托克林从不开玩笑的。”

“噢，你是诗人，而你居然不知道。”

“别这样，卡萝尔，别瞎说。”

下班后，我陪她走回宿舍（我对自己说，我只不过展现绅士风度罢了，陪卡萝尔走回富兰克林舍并不代表我对安玛丽不忠），然后自己再慢慢走回张伯伦舍，一直思索着谁会知道那麻雀爪印代表什么意思。直到现在才想起来，当时我完全没有想到要去问斯托克林本人。走上三楼时，眼前的景象让我完全抛开了刚刚脑子里想的事情。在我清晨六点半出门、睁着惺忪睡眼站到卡萝尔身边工作之后，有人把刮胡霜抹在戴维的房门上——门边、把手都涂满了刮胡霜，门下面还涂得特别厚，地上有赤脚踏过的痕迹，我不禁莞尔。戴维身上只围了一条浴巾，他打开门准备去洗澡，然后一推门！哇！

我笑着走进三〇二室。奈特坐在桌前写东西，看到他屈着手臂挡住笔记本，生怕我看到，我推测他正在写信给辛迪。

“有人在戴维门上涂刮胡霜。”我一边说着，一边走到书架前抓起地质学课本，计划去三楼交谊厅为星期二的小考稍做准备。

奈特想要装得严肃一点，露出不赞同的神情，但还是忍不住笑了。他当年老是想要表现出一副义正词严的样子，但总是不太成功。我想经过这些年应该有些改进了，但这样更令人觉得悲哀。

“你实在应该听一听他的叫声，”奈特说，他哼哼笑了几声，然后把拳头塞进嘴巴，阻止自己进一步发出不得体的笑声，“还有连连咒骂的声音——那个时候，他变得和舰长那伙人一样。”

“说到骂人，我不认为有任何人比得上舰长。”

奈特担心地皱着眉头望着我。“你没有插一脚吧？因为我知道你一大早就起床了。”

“如果我想装饰一下戴维的房门，会用卫生纸，”我说，“我的刮胡霜都会涂在自己脸上。我和你一样是穷学生，记得吧？”

奈特这才舒展眉头，恢复唱诗班男孩的神情。这时我注意到他身上只穿着短裤，戴着那顶该死的蓝色扁帽。“很好，”他说，“因为戴维一直嚷嚷着要把做这件事的人揪出来，看着他受罚。”

“只因为涂抹他的房门就要受罚，我很怀疑。”

“听起来不可思议，不过我觉得他是认真的，”奈特说，“有时候戴维会让我想到那部关于疯船长的电影，亨弗莱·鲍嘉演的，你知道我说的是哪一部吧？”

“知道，你是指《叛舰凯恩号》。”

“嗯。而戴维……这样说好了，他当舍监就是为了享受发放留校察看通知的快感。”

根据校规，退学是大事情，只有像偷窃、抢劫和持有毒品或吸毒等的重大违规行为，才会遭到退学处分。留校察看则是次一级的处罚。如果你把女生留在房里过夜（当时过了女舍宵禁时间后还把女生留在房里，就有濒临退学的危险，这在今天简直是难以想象的事情），或在房间里喝酒、考试作弊或抄袭等，理论上，后面几项违规都可能遭到退学处分，考试作弊通常都会被退学（尤其是如果你在期中考试或期末考试作弊的话），但其他违规的处分多半只是留校察看一个学期，我很不愿意相信舍监会因为一个无伤大雅的玩笑，而向校方申请对学生处以留校察看的处分……但这就是戴维，他这个人一板一眼，直到现在还坚持每个星期检查宿舍每个房间，他总是随身携带一张小凳子，这样才可以查看三十二个橱柜上方的架子上摆了什么东西，似乎觉得这些橱柜也是他职责的一部分；这些观念可能是从后备军官储训团那儿得到的，他爱死了后备军官储训团，就好像奈特爱辛迪和灵弟一样。还有他会把内务不佳的学生名字记下来——当时内务检查还是学校的正式规定。虽然除了在后备军官储训团之外，大多数人都置之不理，但如果你被打了太多叉而留校察看的话，理论上，你有可能因此遭到退学处分，失去缓役资格，然后收到兵单，最后落得在越南战场上躲子弹。而这一切全因为你老是忘记倒垃圾，或没把床底下扫干净。

戴维也是靠奖学金和助学贷款上大学的学生，他的舍监工作理论上和我在餐厅洗碗没什么两样，不过他的理论可不是如此。戴维认为自己因此高人一等，属于精挑细选出来的少数精英。他是东岸人，你知道，法尔茅斯人，那儿直到一九六六年，还承袭了五十几条清教徒订下的蓝色法规[①]。后来，戴维家遭遇了一些变故，因此家道中落，就好像以前舞台上演的通俗喜剧情节一样，但是他仍然打扮得像法尔茅斯贵族学校的毕业生，每天穿着法蓝绒运动衫去上课，星期日则穿西装上教堂。他和有一张贱嘴、充满偏见却精通数字的龙尼简直南辕北辙，每当他们在走廊上擦肩而过时，你几乎可以看得出来戴维拼命缩回身体，对龙尼避之唯恐不及。龙尼满头纠缠不清的红发下是一张奇丑无比的脸孔，隆起的两道粗眉下是那双永远睁不开的眯眼和永远流着鼻水的鼻子……更别提他的嘴唇永远都那么红，好像涂抹了平价商店买来的便宜化妆品似的。

戴维不喜欢龙尼，但是龙尼不需要独自面对戴维的嫌恶，因为戴维似乎讨厌所有受他监管的大学生。我们也不喜欢他，龙尼更毫不掩饰对戴维的憎恨，柯克舰长对戴维的嫌恶则带着点瞧不起的味道。他和戴维一起在后备军官储训团受训过（至少直到十一月舰长退训为止），他说戴维除了懂得拍马屁之外，其他什么都不会。而舰长呢，他高三的时候，就已经差一点获选为全州高中棒球明星球员。舰长最讨厌我们舍监的一点是——他不认真。在舰长眼中，这是最严重的罪行。即使你只是在喂猪，也要认真一点。

我和其他人一样讨厌戴维，我能够容忍许多人性的弱点，但是很讨厌爱吹牛皮的人。不过我有一点同情戴维，因为他完全没有幽默感，相信这也是一种残障，和斯托克林下半身的残疾没有两样。此外，我也不认为戴维喜欢自己。

“只要他查不出这件事是谁的杰作，就不会有留校察看的问题，”我告诉奈特，“即使他找到作案的人，我怀疑盖瑞森学务长会同意对学生施以这样的重罚，只不过因为他把刮胡霜抹在舍监房门上。”不过戴维有时候很有说服力，也许他已经被贬为平民，却仍然带着上层阶级的傲气。当然，这是另外一个我们讨厌他的原因。舰长叫他“快走男孩”，因为在后备军官储训团受训时，戴维从来不会真的在足球

① 美国殖民时代的新英格兰地区律法，宗旨是要推行严格的道德标准，尤其禁止在星期天进行某些娱乐和休闲活动。

场上奔驰，他只是快步走。

奈特说："只要不是你做的就好。"我几乎要大笑起来。奈特穿着内裤、戴着扁帽坐在那儿，孩子气的狭小胸部上看不到任何胸毛，只有些微斑点和一身瘦排骨。他热切地看着我，扮演着老爸的角色。

他压低声音问我："你认为是舰长做的吗？"

"不是。如果真要猜三楼有哪个人会把刮胡霜涂在舍监房门上来表示不满，我猜是——"

"朗尼。"

"对。"我用手对准奈特比着手枪，然后眨一眨眼睛。

"我看到你和那个金发女孩一起走回来，"他说，"卡萝尔，她很漂亮。"

"只是陪她走一段而已。"

穿内裤、戴扁帽的奈特坐在那儿微笑，一副他比我还清楚的表情。也许确是如此。没错，我喜欢卡萝尔，虽然我对她了解不多——只知道她是从康涅狄格州来的。这里没有几个半工半读的学生是从别州来的。

我手臂下夹着地质学课本，往交谊厅走去。龙尼戴着扁帽坐在交谊厅里，他把前面的帽檐别了起来，看起来好像戴着软呢帽的新闻记者。另外两个也住三楼的家伙——休·布伦南和阿什利·赖斯——则坐在他旁边。他们一副百无聊赖的样子，龙尼看到我时，眼睛一亮。

"彼特！"他说，"我正要去找你！你知道怎么玩红心牌戏吗？"

"知道啊！幸好我也知道该怎么用功读书。"我举起地质学课本，心里想着也许应该去二楼交谊厅念书……如果我真的想念点书的话。因为龙尼总是说个不停，他显然没办法闭嘴，简直就是一台自动说话机。

"别这样嘛，只要玩一局就好，"他猛灌迷汤，"一个积分算五分钱，这两个家伙玩起牌来简直像老头子做爱一样。"

休和阿什利只顾傻笑，仿佛龙尼刚刚是在恭维他们。龙尼损人的时候往往口无遮拦、尖酸刻薄，因此大多数人听了只当他是在开玩笑，甚至以为他是明贬实褒。其实他们都错了，龙尼损人时，字字句句都是真心话。

“龙尼，我星期二要小考，而且我实在看不懂所谓的‘地槽’是啥鬼东西。”

“去你妈的地槽。”龙尼说，阿什利在旁边偷笑。“你还有今天大半天和明后两天可以读你那个什么他妈的地槽。”

“但是我星期一有课，而且舰长和我明天要去旧市区，我们——”

“住嘴，别说了，饶了我吧，别和我说这些鬼话。听我说，彼特——”

“龙尼，我真的——”

“你们两个没用的东西待在这儿别动！”龙尼狠狠瞪了他们一眼，两人一声也不敢吭。他们可能和我们一样今年十八岁大，但每个上过大学的人都会告诉你，每年九月，大学校园里总会出现一些特别幼稚的十八岁大学生，位于乡下的州尤其如此。龙尼在这类大学生中特别吃得开，他们对他十分敬畏。他会拿走他们的餐券，在浴室里用毛巾打他们，指责他们不该支持马丁·路德·金（龙尼会告诉你，那黑鬼开着捷豹汽车去示威游行），向他们借钱，而且任何人向他借火都一律回答：“去你的！”尽管如此……而且也正因为如此，他们爱死龙尼了。他们爱他，正因为他是如此……有大学生的样子。

龙尼一把抓住我的领子，拼命把我拉到走廊上好私下聊一聊。我一点也不怕他，而且想避开他腋下的浓浓异味，于是努力扳开他的手指，推开他的手。“别这样，朗尼。”

“噢、噢、噢，好、好、好！只要过来一下就好了嘛，可以吗？别这样扳我的手指，很痛哎！而且这是我打手枪用的那只手！天哪！他妈的！”

我松开他的手（我很怀疑他自从上次打手枪之后有没有洗过手），但还是任由他把我拉到走廊上。他抓住我的手臂，浮肿的眼睛睁得大大的，热切地对我说：“这两个家伙根本不会玩牌，”他气喘吁吁地和我说着悄悄话，“他们是一对呆头鹅，但都很爱玩红心牌戏，简直爱死了，你知道吗？我不爱玩，但和他们不同的是，我懂得怎么玩。而且我破产了，而今天晚上学校礼堂要放映两部鲍嘉的片子，如果可以从他们身上榨出两块钱来——”

“鲍嘉演的片子？其中一部是《叛舰凯恩号》吗？”

“没错，《叛舰凯恩号》和《马耳他之鹰》，鲍嘉最好的片子，就在那儿等着你，甜心。如果我可以从这两个笨蛋身上榨出两块钱来，就可以去看电影；如果我可以弄到四块钱的话，就会打电话邀富兰克林舍的女生一起去，说不定看完电影后还可以爽一下。”这就是龙尼，总是浪漫得一塌糊涂。我的脑中浮现出他好像《马耳他之鹰》中的斯佩德般，叫阿斯特让他爽一下的画面，单单想到这件事，就足以让我血脉贲张。

“但是有一个大问题，彼特。三个人玩红心很危险。当你还得担心那张剩下的牌时，谁敢放胆射下月亮呢[①]？”

“你们怎么玩？看谁最先得一百分，所有的输家都得付钱给赢家？”

“对，如果你加入的话，我会把我赢的分数减半计算，同时把你输的钱都还你。”他对我投以圣人般的温暖微笑。

“万一我赢你的话呢？”

龙尼似乎大吃一惊，然后咧开嘴笑了，“甜心，你这辈子都别做梦了，说到玩牌，我可是专家。”

我瞄了一下手表，然后瞥了阿什利和休一眼。他们看起来的确不像我的对手，上帝爱他们。“这样好了，”我说，“只玩一局，玩到积分达到一百分为止，一分算五分钱。不需要谁让谁，我玩完这局就去念书，大家都过个快乐的周末。”

“欢迎加入牌局。”走回交谊厅时，他又说，“我喜欢你，彼特，但是咱们公事公办——你高中时代的同性恋男友绝对没办法像我今天早上这样，带给你这么多乐趣。”

“我高中时代没有交过任何同性恋男友，”我说，“而且我周末多半都搭便车去路威斯顿干你老妹。”

---

① 在红心游戏中，当玩家拿到黑桃皇后和全部的红心牌时就“射月”了，不但不会增加二十六分，还可以扣二十六分。

龙尼咧开嘴笑了，他坐下来拿起桌上的纸牌，开始洗牌。“我把她调教得不错，对不对？”

你就算说破嘴也说不过龙尼，他的嘴博比谁都贱。很多人都试过，但是就我所知，没有人真的成功过。

6

龙尼是个嘴贱的偏执狂，身上经常发出难闻的狐臭，但是他还真会玩牌，我不得不这么说。他倒没有像他自己说的那么天才，至少在玩红心牌戏上还不算，因为玩红心时运气的成分居多，但是他的确很厉害。当他全神贯注时，几乎记得每一张出现过的牌……我猜这是为什么他不喜欢会额外多出一张牌的三人牌局。如果没有那张麻烦的牌，龙尼就很厉害。

不过那天早上，我表现得还不错。当休斯在第一局积分超过一百分时，我的积分是三十三分，而龙尼是二十八分。我从两三年前就开始玩红心了，但这却是我这辈子第一次在玩红心的时候赌钱，不过为这次临时起意的娱乐活动付出两毛五，代价不算高。阿什利因为这个回合赔了两块五毛钱，倒霉的休则忍痛吐出三块六毛钱。龙尼似乎果真赢够去约会的钱了，虽然我觉得和他约会的女孩必须是不折不扣的鲍嘉迷，才肯提供龙尼额外的服务或和他吻别。

龙尼洋洋得意的样子就好像乌鸦在马路上守护着刚被汽车辗压过的动物尸体。“我赢了，”他说，“很遗憾各位没能赢钱，不过我赢了。彼特，就像那首歌说的，男人不了解，小女孩却了然于心。”

“你有病啊，朗尼。”

“我要再玩一局。”休斯说。我想巴纳姆[①]说得对，的确每秒钟都会诞生一个像休这样的人。“我想把我的钱赢回来。”

---

① 美国马戏大师，他有一句名言：“这个世界每分钟都会诞生一个容易受骗的呆子。”

“这个嘛，”龙尼说，咧开嘴猛笑，露出脏兮兮的牙齿，“我很乐意至少给你一个机会。”他朝着我看，“你怎么说，大好人?”

地质学课本早被我遗忘在身后的沙发上，我也想赢回那二毛五分钱，同时最好再多赢几枚铜板，我更想好好教训龙尼一顿。“玩吧，”我说，“这次牌是向右传，还是向左传?”在未来那几个星期里，我深陷泥沼、不可自拔时，这句话不知说了上千次，但这还是我第一次说出这句话。

“新的牌局，向右传。”龙尼嘴里碎碎念着，伸伸懒腰，然后开心地看着一张张依序发出去。“天哪，我真爱这个游戏!”

7

从第二局开始，我真的陷进去了，在龙尼的推波助澜下，这次换成阿什利的分数一直狂飙到一百分，龙尼一逮到机会，就拼命把“婊子”往阿什利头上灌。那场牌局，我只拿到两次黑桃皇后。第一次拿到黑桃皇后的时候是在成功轰炸阿什利之前，连续四圈，牌都一直在我手上丢不出去。最后，当我正以为终于得自己吞下这张牌时，休从阿什利手中赢得下一轮的出牌权，而且很快就打出一张方块。他应该知道我手中一张方块都没有，而且从一开始也没有，但是这个世界上叫休的人通常什么都不懂。我猜这是为什么叫龙尼的人老是喜欢和叫休的人一起玩牌。于是我丢出“婊子”，把鼻子抬得高高的，得意地学了几声雁鸣，在古灵精怪的六十年代，那是我们欢呼的方式。

龙尼拉长了脸。“你为什么要这么做?你原本可以让那个笨蛋出局的!”他对着阿什利点点头，而阿什利则呆呆地看着我们。

“是啊，但是我才没那么笨呢!”我轻轻弹一弹计分表。龙尼那时的积分是三十分，我是三十四分，另外两个人的分数就高多了。问题不在于龙尼会输多少分，而在于懂得玩红心牌戏的两个人中哪个人会是赢家。“你知道，我不介意自己去看鲍嘉的电影，甜心。”

龙尼咧嘴一笑，露出他可疑的牙齿。当时，我们已经吸引了六七个观众，其中也包括舰长和奈特。“你打算这样玩，是吗？好吧，笨蛋，小心一点，你会被整得很惨。”

两圈以后，被整得很惨的人是他。最后一圈开始的时候，阿什利的积分是九十八分，很快就要爆了。旁观的群众一声也不敢吭，全都等着看我会不会赢龙尼——必须想办法拿到红心牌，增加六分，我才有办法击败他。

龙尼起初情势一片大好，无论出牌的人拿出什么花色的牌，他出的牌都比别人小。玩红心牌戏的时候，如果你拿到的都是小牌，那简直是刀枪不入。“彼特完蛋了，”他告诉围观的群众，“他快被他妈的烤焦了！”

我也以为自己快输了，不过至少手上还掌握了黑桃皇后。如果我设法让黑桃皇后落入他手中，那么还是有胜算。我不会赢龙尼太多钱，不过另外两个呆瓜就要大失血了：要付出超过五块钱。而且我可以看到龙尼脸色大变，那才是我最大的目的，看到他从洋洋得意变得呆若木鸡。我想要他闭上那张大嘴巴。

玩到最后三圈的时候，阿什利打出一张红心六，休打出红心五，我打出红心三。我看到龙尼的笑脸不见了，他打出红心九，吞下所有的红心牌。于是，他现在只赢我三分了。更棒的是，现在轮到他先出牌了。我手上还剩下梅花杰克和黑桃皇后。如果龙尼打出梅花的小牌，那么我就得吞下那张“婊子”，忍受他刻薄的炫耀。另一方面，如果……

结果，他打出方块五，休打出方块二，牌比他小，而阿什利呢，他困惑地露出微笑，说他不知道自己他妈的在干吗，出了别的花色的牌。

房间里一片死寂。

然后，我带着微笑结束这一圈，把黑桃皇后丢到其他三张牌上面。牌桌四周发出一声轻叹，我抬头一看，发现原本只有六七个旁观者，现在几乎已经有十来个人了。戴维斜靠在门上，双手交叉、皱着眉头看着我们。有个人站在他后面的走廊上，那个人拄着一对拐杖。

我想戴维一定已经查过他那本翻得破破烂烂的手册《缅因大学住宿规章，一九六六年至一九六七年版》，而且很失望地发现里面没有任何一项规定禁止在宿舍玩纸牌，即使牵涉到赌金也一样。但是你得相信我的话，他失望的程度和龙尼比起来简直是小巫见大巫。

这世界上有风度良好的输家，也有愤愤不平、死不认输或眼泪汪汪的输家……还有一蹶不振的混蛋输家，而龙尼就是属于后者。他的脸颊变成粉红色，痘疤周遭更几乎变成紫色，他紧紧抿着嘴，而当他咬着嘴唇时，我可以看到他的下巴在动。

“噢，天哪！”舰长说，“看看是谁吃瘪了。”

“你为什么要这么做？”龙尼发作了，完全不管舰长在说什么，也不管屋里还有什么人，只是瞪着我，“为什么要这样做，你这个笨蛋？”

他的问题让我觉得很好笑——而且我不得不承认，看到他这么生气，我真是乐透了。“这个嘛，”我说，“隆巴迪[①]说，赢不代表一切，却是唯一重要的事情。乖乖付钱吧，朗尼。”

“你这娘娘腔，”他说，“他妈的同性恋。刚刚是谁发牌？”

“是阿什利，”我说，“如果你想说我使诈，干脆大声说出来。我会绕到桌子那边，趁你还来不及跑掉以前就把你逮住，打得你屁滚尿流。”

“在我的楼层，没有人会把任何人打得屁滚尿流！”戴维在门口尖声说，但是没人理他，大家都看着龙尼和我。

“我没有说你使诈，只是问刚刚是谁发牌。”龙尼说。我看得出他努力振作起来，一面咽下刚刚那口气，一面挤出笑容，但是眼里浮现愤怒的泪光（又大又亮的绿眼睛是龙尼的一大特点），而且可以看到他耳垂下面的嘴部棱角不停抽动，好像脸孔两侧各有一颗心脏在跳动似的。“有什么了不起啊，你赢了我十分，总共五毛钱，有什么大不了的！”

我上高中的时候，不是像柯克舰长那样的运动健将——我只参加

---

① 著名的美式足球教练。

了辩论和赛跑这两项课外活动——我这辈子从来没有对任何人说过要打得他屁滚尿流。不过，拿龙尼开头似乎还不错，天晓得，我是说真的，我想其他人也都晓得。我可以感觉到屋里的年轻人都热血沸腾；你可以闻得到，也几乎尝得到。我心里有某个部分希望他更嚣张一点，这样才有理由好好修理他，但另一部分又希望嘴巴占点便宜就算了吧。

桌上放着钱。戴维向前跨一步，眉头比平时还要深锁，但是没有表示任何意见……至少没有针对这件事说什么。他只问是谁把刮胡霜抹在他房门上，或有没有人知道是谁干的。我们全都转过头去望着他，同时看到当戴维走进交谊厅内，斯托克林的身影也移到门口。斯托克林拄着拐杖，目光炯炯地注视我们。

屋里一阵沉默，然后舰长说："说不定是你自己梦游的时候做的好事，戴维？"他一说完，屋里爆出笑声，这回轮到戴维涨红了脸。他先从脖子开始红，然后血色一路往上冲，从脸颊、额头一直到他留着平头的头顶——戴维对披头四的发型可是敬谢不敏。

"把话传出去，以后最好不要再发生这种事，"戴维说，丝毫没有察觉自己在模仿鲍嘉，"我可不会任凭别人挑战我的权威。"

"放狗屁！"龙尼嘴里咕哝着。他拿起扑克牌，闷闷地洗牌。

戴维又往前跨三大步，一把抓住龙尼的常春藤联盟衬衫的肩头，往上一拉。龙尼急忙站了起来，免得衬衫被扯破。他可没有几件像样一点的衬衫，我们都没有。

"你刚刚说什么？"

龙尼环顾四周，我想他看到的是他大半辈子一再见到的景象：没有人帮他忙，也没有人同情他。他和往常一样孤军奋战，而且完全不明白为什么会这样。

"我什么也没说，戴维，别他妈的发神经了。"

"道歉。"

龙尼在他的掌握下拼命扭动身子。"我什么也没说，为什么要道歉？"

"不管怎么样，先道歉再说，而且我要听到真正的悔意。"

"噢，别闹了！"斯托克林说，"你们这些人真该好好看看自己是什么样子，简直笨得不得了。”

戴维惊讶地看着他。我想，我们全都觉得很惊讶，也许斯托克林自己也觉得很惊讶。

“戴维，你只是很生气有人把刮胡霜抹在你门上。”舰长说。

“你说得没错，我很生气，现在我要你道歉，朗尼。”

“算了吧，”舰长说，“龙尼只是因为刚刚玩牌输了，讲话冲动了一点。他没有把刮胡霜抹在你门上。”

我盯着龙尼，想看看他面对居然有人为他挺身而出的稀罕经验会有什么反应，看到他的绿眼睛有点闪烁，似乎在躲什么。在那一刻，我几乎可以肯定在戴维门上抹刮胡霜的人是龙尼。在我认识的人之中，还有谁比龙尼更有可能做这种事呢？

如果戴维注意到龙尼内疚的闪烁眼神，相信他会和我得到相同的结论，但是他的眼睛看着舰长，舰长冷静地回望他，几秒钟后，戴维装出一副完全是自己的主意的模样，松开龙尼的衬衫。龙尼动一动身子，抚平肩膀上的皱褶，然后开始从口袋里掏出零钱付给我。

“对不起，”龙尼说，“不管是什么事把你惹毛，我都向你说对不起，实在非常抱歉，抱歉得要命，抱歉得屁股痛，这样可以了吗？”

戴维退后一步。我之前能感觉到肾上腺素窜动，怀疑戴维现在是否也同样清楚地感觉得到迎面涌来一波一波对他的厌恶，连长得像卡通熊宝宝的阿什利都满怀敌意地瞪着他。这种情形，诗人加里·斯奈德[1]可能会称为“恶业的棒球赛”。戴维是舍监——一好球，他管理三楼的方式就好像我们也是他最爱的预备军官储训团的一支——两好球。在大二生普遍认为骚扰大一新生是应尽义务的年代，他还那么食古不化——三好球。戴维，你出局了。

“告诉大家，我的楼层可不会容忍这种高中生的无聊废话。”戴维说（你听出他话里的含义了吗？他的楼层）。他穿着缅因大学的运动衫和卡其裤——烫得笔挺的卡其裤，站得直挺挺的，虽然现在是星期

---

① 加里·斯奈德（1930—　），生态散文家及诗人，曾译寒山诗，到日本学禅，为一九七五年普利策奖得主。

六。“各位，这里可不是高中，这里是缅因大学的张伯伦舍。你们那种捉弄女生的胡闹日子已经过去了，现在应该要像个大学生。”

我猜我在盖兹佛斯中学一九六六年那届的纪念册中被封为班上活宝不是没有道理。我喀啦一声两腿一并，立正站好，向他行了个漂亮的英国式敬礼，就是几乎把整个手掌心翻向外面的那种敬礼方式。“遵命，长官！”我大吼。观众席传来一阵紧张的笑声，龙尼恶意地狂笑，舰长则露齿微笑。舰长对戴维耸耸肩，扬一扬眉毛，双手一摊，意思是：看吧，你是不是活该呀？你表现得像个混蛋，其他人也就把你当混蛋。我心想，真正的能言善辩往往都不发一语。

戴维看着舰长，同样哑口无言。然后他又看看我，他面无表情，几乎像死了一样，但是我当时还真恨不得自己不要那么自作聪明、冲动行事。问题是，像我这种天生就爱自作聪明的人，十次中总有九次脑袋瓜还来不及启动，就已经凭着一时冲动而行事。我敢说，在骑士还很英勇的中古时代，一定有不止一位宫廷弄臣曾经被绑住胆子倒吊起来，《亚瑟王之死》中不会提到这件事，但是我相信这件事一定是真的——这个笑话听听就算了，你这他妈的小丑。总而言之，我晓得我刚刚又多了一个敌人。

戴维完美地向后转了一百八十度，跨大步走出交谊厅。龙尼把嘴一扯扮个鬼脸，他的丑脸看起来更丑了，好像舞台闹剧中的坏蛋斜睨的样子。他对着昂首阔步走出去的戴维比了个猥亵的手势，休轻笑了几声，但是其他人都没有笑。斯托克利不见了，显然对我们这群人感到十分厌烦。

龙尼环顾四周，眼睛发亮。“那么，”他说，“我还要继续玩牌，一个积分算五分钱，还有谁想玩？”

“我要玩。”舰长说。

“我也要玩。”我说，看也不看我的地质学课本。

“红心吗？”柯比问，他是三楼最高的男孩，或许也是全校最高的男孩——至少有两米，还有一张拉长的苦瓜脸。“当然要掺一脚，这个好玩。”

“那我们呢？”阿什利尖声问。

“是啊！”休说，仿佛等不及要被修理。

“你们不够格上这张牌桌。”龙尼说，说话的语气就他而言已经算十分仁慈了，“你们为什么不干脆自己另开一桌呢？”

于是阿什利和休另开了一桌。不到四点钟，交谊厅里所有的牌桌都被四人一组的三楼新鲜人占满了，一群靠奖学金念大学的穷孩子，教科书全是在书店的二手书部门买的，现在却沉迷在一个积分算五分钱的红心牌戏中。在我们的宿舍里，疯狂的季节已经揭开序幕。

8

星期六晚上，又轮到我在豪优克洗碗了。虽然对卡萝尔愈来愈有好感，但我仍然试图和布拉德换班——布拉德的班排在星期天早上，他几乎和舰长一样痛恨早起——但是布拉德拒绝了。当时他也在玩牌，而且已经输了两块钱，拼命想要迎头赶上。他对我摇摇头，然后打出一张黑桃牌。“大家来把婊子揪出来吧！”他大叫，声音阴恻恻的，好像龙尼一样；龙尼最阴险的地方就是老是会引得那些意志薄弱的人模仿他。

我站起身来，我已经在这张牌桌上坐了一整天了，有个叫肯尼的年轻人立刻填补我的空缺。我赢了大约九块钱（主要是因为龙尼换到另外一张牌桌去赌了，免得我削薄他的利润），应该觉得很高兴，但是却不然。问题不在于钱的多寡，而是这场牌戏，我想继续玩。

我闷闷不乐地走回房间，问奈特想不想提早吃晚饭，和餐厅员工一起用餐。他的头连抬都不抬，只对我摇摇头，然后摆一摆手，继续埋头读历史。当人们谈到二十世纪六十年代的学生运动时，我总是提醒自己，其实大多数年轻人都像奈特这样走过狂飙年代。尽管历史就发生在他们周遭，他们却只是埋首苦读，眼睛紧盯着历史课本。但奈特对这一切并非浑然未觉，或只顾专心在图书馆里用功。你慢慢就会知道。

我往旷野上的宫殿走去，拉上外套拉链，抵挡住外面快要结霜的寒气。这时候是下午四点十五分，学校餐厅要到五点钟才正式开放，所以通往餐厅的小径此时几乎空无一人。不过我仍然看到斯托克利，他弓着背，低着头，若有所思地看着地面。看到他，我倒不感到讶异，如果你有某种身体上的残疾，你也会比其他学生提早一小时到餐厅等吃饭。就我记忆所及，那是残障学生唯一的特殊待遇。如果你有身体上的残障，吃饭时可以得到厨房的特殊协助。在夜色中，他外套上的麻雀爪印显得非常清晰，而且特别黑。

当我走近的时候就明白他在看什么了——是《社会学概论》。他不小心把书掉在褪色的红砖道上，正在想办法把书捡起来而不要跌倒。他一直用拐杖的尖头去拨弄那本书。斯托克利有两对或甚至三对不同的拐杖，他现在拿的是有金属环套在他前臂上的拐杖。我可以听到他一面徒劳无功地戳弄着那本书，嘴里一面喃喃发出“哩噗—哩噗，哩噗—哩噗”的声音。当他拄着拐杖快步走时，“哩噗—哩噗”听起来有一种坚决的意味，但是在今天这种情况下，这个声音透露着沮丧。我认识斯托克利的时候（我不会叫他“哩噗—哩噗”，虽然后来还不到学期末，龙尼的很多徒子徒孙就开始这样叫他了），对于每个“哩噗—哩噗”之间竟然有这么多细微差别觉得实在很有趣，但后来发现，印第安人中的纳瓦荷族单单“云”就有四十种不同的说法。事实上，后来我发现了很多其他的事情。

他听到我的脚步声，很快转过头去，结果几乎跌倒。我双手高举，他猛然往回缩，似乎要躲进身上那件旧军用大衣中。

“走开！”说话的语气仿佛他预期我会给他一记闷棍。我双手高举，让他看到我完全无意伤人，然后弯下腰去。“不要碰我的书！”

我没有听从这个命令，把书捡起来塞进他腋下，让他好像夹报纸一样把书夹住。

“我不需要你帮忙！”

我正准备犀利地回嘴，却注意到他的两颊是多么苍白，头发全汗湿了，我又再度闻到他身上的味道——那种变压器使用过度的味道——也醒悟到他的呼吸中带着刺耳的鼻涕声。假使斯托克利到现在还不知道医务室在哪里，我想他应该很快就会需要去那里报到。

“拜托，我又没有要背你。”我努力装着笑脸。老天，我为什么不该微笑？我口袋里不是有九块钱吗？照张伯伦舍的标准来看，我今天可是发了一笔小财。

斯托克利睁着一双黑眼睛望着我，抿着嘴唇，后来他点点头。“好吧，谢谢你。”然后他继续往上坡走。一开始他领先我很多，后来坡度愈来愈大，于是慢下脚步。他带着鼻涕的呼吸声愈来愈大声、愈来愈急促。当我赶上他时，可以清楚听到他的呼吸声。

“你为什么不放轻松一点呢？”

他不耐烦地瞄了我一眼，一副“你还在这儿呀”的神情。“你何不把我吃了算了？”

我指一指他的《社会学概论》。“又快滑下去了。”

他停下脚步把书夹好，然后调整一下拐杖的位置，像坏脾气的苍鹭般顶着一头乱发瞪着我。“走开，”他说，“我不需要保姆。”

我耸耸肩。“我又没有要当你的保姆，只不过一起走罢了。”

“我可不需要伴。”

我举步前行，尽管口袋里有九块钱，却满肚子气。像我们这种爱耍宝的人对于交朋友其实并不真的那么狂热——一辈子有两三个知心好友就够了——但是如果别人给我们脸色看，我们的反应也不会太好。我们的目标是认识一大堆可以一起说说笑笑的人。

“彼特。”他在我后面说。

我转过身去，以为他终于决定稍微解冻了，我真是大错特错。

“表达情绪可以有很多不同的方式，”他说，“但是把刮胡霜抹在舍监房门，不会比只因你不晓得怎么告诉小露西你喜欢她，就把鼻涕抹在她座位上高明多少。”

“我没有把刮胡霜抹在戴维的门上。”我说，简直愤怒到极点。

“是啊，但是你和做这件事的混蛋一起玩牌，为他的公信力背书。”我想这是我第一次听到这个词，这个词后来在二十世纪七十年代和可乐风行的八十年代到处被滥用，在政界尤其严重。我想“公信力”早在一九八六年就羞愧而亡了，当时正是六十年代的反战示威人士和勇敢捍卫种族平权的民权运动者发明了垃圾债券、《玛莎·斯图尔特生活杂志》和楼梯王健身器材的时代。“你为什么要虚掷光阴呢？”

这句话直率得令我惊慌失措，现在回想起来，我当时的回答真是愚不可及，我说：“因为我有大把时间可以浪费。”

斯托克利点点头，仿佛他对我再也没有什么好期望了。他又继续往前走，一如往常快步走过我身旁，低着头，弓着背，甩着湿答答的乱发，手臂下紧夹着书。我等着那本书再度掉下来，这回我可不会帮他，就让他自已拿拐杖拨来拨去。

但是他没有再掉书，后来我看到他走到豪优克餐厅门前，伸手打开门走进去，我也继续走我的路。我拿完菜，和卡萝尔及其他在洗碗部打工的学生一起坐，离斯托克利远远的，这正合我意。我记得斯托克利也没有和其他残障学生坐在一起。他离其他人远远的，是拄着拐杖的独行侠。

9

五点钟的时候，餐厅的食客纷纷上门了，再过一刻钟，洗碗工全会忙得不可开交，忙碌的情况会持续一个钟头。很多住宿生都回家度周末了，但星期六还留在学校的学生都会来这里吃晚餐。今晚的菜色是豆子、香肠和玉米面包，餐后甜点是果冻，在旷野上的宫殿，甜点几乎永远都是果冻。厨师心情好的话，或许可以吃到掺着一点水果丁的果冻。

卡萝尔负责洗刀叉汤匙，当输送带的交通不那么繁忙时，她转过身去笑得全身晃动，脸颊红得发亮。舰长那天晚上后来坦承，输送带送来的是他的杰作，但其实我当时早已知道。虽然他就读于教育学院，而且或许以后注定要在母校德斯特高中教历史和当篮球教练，直到他在四十九岁左右心脏病发去世为止，但舰长其实应该学艺术……如果不是生长于世代务农的典型乡下家庭，他也许早就走上艺术这条路了。他是这个大家族中（舰长曾经说，他们都信爱尔兰酒鬼教）第二个或第三个上大学的孩子。柯克家族可以想象家里出了个老师——

却无法想象当画家或雕刻家是什么样子。而年仅十八岁的舰长也没有办法看得比家人更远。他只知道自己似乎不太适合目前选的这条路，因此显得烦躁不安，经常晃到别人的房间里，翻弄别人的唱片，几乎每个人对音乐的品位都被他挑剔过。

到了一九六九年，他已经比较清楚自己是谁以及想做什么了。那年他用纸黏土做了一个越南家庭的模型，在佛格乐图书馆前举行的和平示威活动结束前点燃烧掉，当时借来的音响正播放着热血青年乐团的歌曲《在一起》，一群业余嬉皮则随着音乐的节奏摆动身体，好像狩猎后手舞足蹈的部落战士。你现在知道在我脑海中，这一切是多么混乱了吧？我只是很确定，这是没入深海中的亚特兰蒂斯。燃烧着纸黏土越南家庭模型时，那群嬉皮一面跳舞、一面唱着："汽油弹！汽油弹！"过了一会儿，他们开始丢东西，先是鸡蛋，然后是石头。

在一九六六年秋天的那个夜晚，输送带传送过来、令卡萝尔忍俊不住的不是纸黏土越南家庭模型，而是一个长了角的热狗人站在一盘烤豆子上面，一根小香肠洋洋得意地突出在适当部位上。热狗人手里拿着一支小小的缅因大学三角旗，头上则戴着折成小片的蓝色手巾，看起来就像新生的扁帽。餐盘前端还小心翼翼地用面包屑拼出一行字：多吃一点缅因豆子！

我在宫殿当洗碗工的时候看过很多食物做的艺术品，但是我认为这热狗人是其中最出类拔萃的杰作。斯托克利一定会说这完全是浪费时间，不过我认为他错了，能让你三十年后想起来还捧腹大笑的事情，绝不会是浪费时间。我认为像这样的事情已经接近不朽，有它永恒的价值呢。

10

我在六点半的时候打卡下班，拎着最后一袋垃圾走到厨房后面转角的地方，把垃圾袋扔进排成一列的垃圾桶中。

我转过身来，看到卡萝尔和几个学生站在角落抽烟，望着月亮冉冉上升。我一边往他们那儿走去，一边从口袋里掏出宝马牌香烟，其他两人正好准备离开。

“嗨，彼特，再多吃一点缅因豆子。”卡萝尔边说边笑。

“是啊，”我点燃香烟，然后没怎么多想就脱口而出：“今天晚上，学校礼堂会播两部亨弗莱·鲍嘉的片子，七点钟开始，我们走过去还来得及。你想看吗？”

她吸了一口烟，没有搭腔，但脸上仍然挂着微笑。我知道她会答应。原先我一心只想回去宿舍三楼的交谊厅玩红心牌戏，但是既然已经离开了原先的牌局，玩牌似乎不再那么重要了。我之前玩牌玩昏了头时，是不是说了些把龙尼打得屁滚尿流之类的话？似乎没错——我还记得很清楚——但是和卡萝尔一起站在屋外冷冽的空气里，实在很难理解当时为什么会说那些话。

“我在家乡已经有男朋友了。”她最后说。

“你的意思是，你不去啰？”

她摇摇头，脸上仍然挂着浅浅的微笑，香烟的烟雾从她脸上飘过，脱下工作时戴的发网，她的发丝轻轻拂过眉梢。“只是给你一点信息而已。你还记得《囚徒》[①]那部电视剧吗？‘六号，我们需要……信息。’”

“我在家乡也已经有女朋友了。”我说，“再多些信息。”

“我另外还有一份工作，当数学家教。我答应今天晚上花一小时的时间教二楼的女孩微积分。她简直无可救药，而且很烦，但是我一个小时可以赚六块钱。”卡萝尔笑起来，“真不错，我们拼命交换信息。”

“不过对鲍嘉而言，情况可不妙。”我说。不过我并不担心，我知道我们终究会去看鲍嘉的电影。我想我也知道我们将会发展出一段恋

---

① 故事描述一位冷战时期的英国秘密情报员刚辞职即被抓走，囚禁在海边一个与世隔绝、被称为“村子”的古怪地方，囚禁他的神秘人物称他为“六号”，用尽一切手段想从他口中挖掘信息。“六号”在每一集中都试图逃跑，他说：“我不是号码，我是自由人。”但均遭到不同的“二号”所阻挡。

情，因此有一种奇怪的轻松感，仿佛移去了胸中块垒。

“我可以在礼堂打电话给艾瑟，告诉她今晚改成十点钟才上微积分。”卡萝尔说，“真是悲哀，艾瑟从来不出门。她大半时候都卷着发卷坐在房间里写信，向家人抱怨大学生活真是难熬。我们至少可以看完第一场电影。”

“听起来很棒。”我说。

于是，我们开始朝礼堂走去。那真是旧日的美好时光，你不必请保姆来家里看小孩，不必把狗赶出屋外，不必喂猫，不必设定防盗警铃。可以说走就走。

“我们这样算约会吗？”过了一会儿，卡萝尔问我。

“呃，可能算吧。”我说。我们那时候正经过东馆，路上有很多学生都朝着礼堂走去。

“很好。”她说，“因为我把钱包留在房间里没带出来，没办法分摊看电影的钱。”

“别担心，我有的是钱，今天玩牌赢了一笔。”

“玩扑克牌吗？”

“红心牌戏，你知道那是什么吗？”

“开玩笑！我十二岁的时候，暑假在乔治湖畔参加温维娜营，那是青年会办的夏令营——我妈说那是给穷人家小孩参加的夏令营。那时候几乎天天下雨，所以我们整天都在玩红心，猎捕‘婊子’。”她的眼神飘向远方；当人们突然想起陈年旧事，就好像在黑暗中绊到一只鞋子时，就会出现这样的眼神。“找到黑女士，”然后他用法文重复一遍，“Cherchez la femme noire。”

“没错，就是这个扑克牌游戏。”我说，我知道在那一刻，她几乎无视于我的存在。

然后她回过神来对我露齿一笑，从裤袋中掏出烟。在那个年代，大家抽烟都抽得很凶，所有人都如此；那时候你甚至可以在医院候诊室抽烟。我告诉我女儿这件事的时候，她起先还不相信。

我掏出自己的烟，我们两人都点燃香烟，在火光中凝视彼此。不像亲吻时那么甜蜜，但感觉很好。我心里再度感到一阵轻松，有一种腾云驾雾的感觉。有时候你的眼界大开，感到充满希望；有时候你觉得眼前一片清明，周遭一切都无所遁形，也许确实如此。那真是美好的时刻。

我关上打火机，然后我们一边抽着烟，一边继续往前走。我们的手背离得很近，但还没有相碰。

“你赢了多少钱？”她问，“足够我们私奔到加州吗？还是没有那么多？”

“九块钱。”

她大笑，握住我的手。“那么这算约会没错，”她说，“你还可以买爆米花请我吃。”

“好。你会很在乎第一场放映的是哪一部片子吗？”

她摇摇头。“鲍嘉就是鲍嘉。”

“没错。”我说，但暗自希望他们会先放映《马耳他之鹰》。

结果还真是如此。电影放映到一半，我看看卡萝尔，她也看看我。于是我在大导演约翰·赫斯顿处女作的黑白月光下，低头吻了她带着爆米花奶油香的嘴唇。她的嘴唇很甜，反应积极。我退后一点，她仍然凝视着我，脸上又恢复浅浅的微笑，然后把手中的爆米花递给我，我也把手里的零食递给她，我们把电影看完。

11

在回张伯伦-金-富兰克林宿舍区的路上，我几乎不假思索地牵起卡萝尔的手，她也很自然地屈起手指握住我的手，但我现在可以感觉到她比刚刚多了点保留和自制。

“你还要回去看《叛舰凯恩号》吗？”她问。“如果你还留着票根的话，可以回去看第二部片子，或是我也可以把票根给你。”

“不用了，我还有地质学要读。”

“我打赌你会整晚都在玩牌。”

“我承担不起这样做的后果。”我说的是真心话，我真的想回去好好念书。真的。

“狄更斯动人心弦的小说——《孤单的奋斗》或《领奖学金男孩的生活》，”卡萝尔说，“当彼特发现学校的助学金处取消了他的学费补助而鼓起勇气跳入河中时，你会流下伤心的泪水。”

我笑了，卡萝尔说话真犀利。

“你知道，我也在同一条船上，如果搞砸了，我们也许可以相约跳河自杀。再见了，残酷的世界。”

“我不懂，像你这样的康涅狄格州女孩为什么会跑来缅因州念大学呢？”

“原因有一点复杂，如果你还打算再邀我出去玩，应该要知道，你是在诱拐未成年少女。我要到十一月才满十八岁，我跳过了七年级没有读，因为那年爸妈离婚，我心情简直坏透了，如果不是成天埋在书堆里，我可能会在哈维切的街上沦为不良少女。那些在街头鬼混的女孩都精通法式接吻，往往十六岁就怀孕了。你知道我是指哪些人吧？”

“当然。”在盖兹佛斯镇，那些女孩通常三五成群在法兰克冷饮店或戴瑞小吃店门口轻声谈笑，等着开福特汽车或普里茅斯快速跑车的男孩经过。在大街另一头，比那些少女长了十岁、胖了将近二十公斤的妇人坐在小酒馆里喝闷酒，你几乎可以预见少女日后就是这个模样。

“而我成了书呆子。我父亲当时在海军服役，他因为受伤而退伍，搬到缅因州的达马瑞斯科塔住。那是靠海边的一个小镇吧？”

我点点头，想到戴安歌中的男朋友，他说：船啊，喂！然后加入了海军。

“当时我和妈妈一起住在康涅狄格，在哈维切中学念书。我申请了十六所大学，只有三所学校没有收我……但是……”

“但是他们希望你自费上大学，而你付不起学费。”

她点点头。“我想我的SAT成绩只要再多二十分，就可以申请到奖学金，如果参加过一两项课外活动也不错。但是我花太多时间啃书本了，而且当时我和萨利打得火热……”

“你的男朋友？”

她点点头，但是对这位萨利似乎不怎么感兴趣。“只有缅因大学和康涅狄格大学的助学方案符合我的实际需求，我决定来缅因大学念书，是因为当时和妈妈处得不太好，经常吵架。”

“你和爸爸的感情比较好吗？”

“我几乎很少看到他，”她以一种公事公办的淡漠语气说，“他和另外一个女人住在一起……他们经常喝酒、经常吵架，别再谈他们了。不过他是缅因州居民，而我是他的女儿，而且这是州立大学，我没有拿到全额奖助学金——老实说，康涅狄格大学的条件更优惠——不过我不介意打一点工，单单只为了离开家一阵子，都还是值得的。”

她深深吸了一口夜晚的空气，然后又把它吐出来，吐出淡淡白雾。我们几乎走到富兰克林舍了。我可以看到大厅里有几个男生坐在硬邦邦的塑料椅上等着女朋友下楼，好像罪犯照片陈列室一样。她说，单单只为了离开家一阵子，都还是值得的；意思是包括离开她的妈妈、家乡小镇、高中母校吗？还是连她的男朋友都包括在内？

走到宿舍大门口时，我用手环住她的腰，再度亲吻她。她把手放在我的胸前阻止我，没有推开我，只是用手挡住。她抬头看着我，露出那浅浅的微笑，我心想，我会爱上她的微笑——那是你在半夜醒来时会想到的微笑。她的嘴唇微弯，嘴角深陷，露出酒窝。

“我男朋友的全名其实是约翰·苏利文，”她说，“和那个拳击手同名。现在轮到你说你女朋友的名字了。”

“她叫安玛丽。”我说，当我嘴里吐出这几个字时，并不是很喜欢那个声音，“安玛丽·索思。她在盖兹佛斯中学读高三。”我放开卡萝尔，她也松开按在我胸膛的手，然后拉着我的手。

“这是信息，”她说，“只是信息罢了。你还想吻我吗？”

我点点头，我想得不得了。

“好吧。”她仰着头，闭上眼睛，嘴唇微张，仿佛小女孩就寝前在楼梯口等着爸爸的睡前亲吻一样。她的动作实在太可爱了，我几乎要笑起来，不过我忍住笑，低头亲吻她，她高兴而热情地回吻我，我们的舌头没有碰到，但这仍然是个探索式的、深深的一吻。当她把身子退后时，她的脸颊泛红，两眼发亮。“晚安，谢谢你请我看电影。”

“以后还想再一起出去吗?”

“我得想一想。”她说，脸上挂着微笑，眼神却很严肃。我猜她脑子里想到家乡的男友，我知道我的脑子里也想到安玛丽。“也许你最好也想一想。星期一洗碗的时候见。你的班排在什么时候?”

“中餐和晚餐。”

“我是早餐和中餐。那么就中餐的时候见啰。”

“多吃一点缅因豆子。”我说，这句话把她逗笑了。我把衣领翻起，手插在裤袋里，嘴里叼支烟，感觉自己像鲍嘉一样，目送她走进去。我看到她和柜台的女孩说了几句话，然后匆匆上楼，脸上仍然带着笑容。

我在月色中走回张伯伦舍，决定要认真研究一下“地槽”。

12

我只是去三楼拿回我的地质学课本，我发誓我说的是真话。到了那里时，看到每张桌子——加上一两张从其他楼层掠夺来的桌子——全都被四人一组的红心牌迷给占满了。甚至角落上还有四个人盘腿坐在地板上，两眼盯着手中的牌，好像瑜珈修行者一样。龙尼对着大家喊着：“大家来追捕婊子吧，非把她揪出来不可！”

我从沙发上捡起我的地质学课本，那本书已经在那儿躺了一天一夜（之前有人坐在沙发上，所以把书挤到椅垫中间，不过这本宝贝课本实在太大、太厚了，不会轻易被椅垫埋没），我茫然瞪着教科书。当我和卡萝尔一起坐在礼堂看电影时，这个疯狂的牌局仿佛一场梦，但现在换卡萝尔变得好像一场梦了——卡萝尔和她的酒窝，以及她那个和拳击手同名的男友，全都像一场梦。我的口袋里还剩下六块钱，荒谬的是，我竟然因为每张牌桌都没有我的位子而大失所望。

用功读书才是正事，好好和地槽打交道吧。我应该去二楼交谊厅念书，或在地下室找个安静的角落用功。

我把地质学课本夹在腋下，正打算离开时，柯比把牌一丢，大叫：“他妈的！我输了！全都因为那张该死的黑桃皇后不停跑到我的手上，我会把欠你们的钱还清，但是，今天我真的把老本都输光了！”他头也不回地从我身旁走出去，经过门口时低下头来——我一向认为，长那么高一定好像受到诅咒一样。一个月后，柯比更是全盘皆输，他先是精神崩溃，然后自杀未遂，饱受惊吓的父母为他办了休学手续。在那年秋天，柯比不是红心热唯一的受害者，但他是唯一企图借着吞下两瓶橘子口味的婴儿阿司匹林来终结生命的受害者。

雷尼看也不看柯比，只顾盯着我，问：“想加入吗？”

我内心短暂地交战了一会儿。我必须念书，我也打算念书。对于像我这种靠助学金念大学的学生而言，这才是上策，当然比坐在烟雾弥漫的房间里，在一片乌烟瘴气中再添加我的宝马烟烟味要明智多了。

于是我说：“好啊。”然后就坐下来玩红心牌戏，一直玩到将近凌晨一点钟。当我终于步履蹒跚地回房时，奈特正躺在床上读《圣经》。这是他每晚睡前必做的功课，他曾经告诉我，这已经是他第三遍读“上帝的话语”了。他已经读到“尼赫迈亚记”。他抬头看我，脸上带着一种冷静探询的神情——他的表情从来都没怎么变。现在每当我回忆往事时，总觉得奈特一直没什么变。他念的是牙医预科，而他也一直待在这一行。上次他寄给我的圣诞卡里面塞了一张照片，是他在霍尔顿新办公室的照片。照片里覆盖着白雪的办公室草坪上，可以看见在铺满干草的摇篮旁边，三位博士站在玛丽和约瑟夫后面[①]，门上挂着的招牌上写着：牙科医生内森尼尔·霍本斯坦。他娶了辛迪，他们

① 指的是耶稣诞生图的布置，东方三博士为基督教传说中的人物，据西方教会的说法，这三人分别是阿拉伯国王、波斯国王和印度国王。他们根据星星的指引，从“东方”到伯利恒朝拜刚降生的耶稣基督，而东方三博士朝拜婴儿耶稣的传说已成为基督教艺术中常见的题材。

到现在还是夫妻，三个孩子也都大了。我想灵弟应该已经过世了，另外一只狗取而代之。

“你赢了吗?”奈特问。多年后，当我结束了星期四晚上的牌局、喝得半醉回家时，我太太问我的语气就和奈特当年问话的语气几乎一模一样。

“确实赢了。”我在龙尼的牌桌上把剩下的六块钱全输光了，然后换到另外一张牌桌后又把钱赢回来，而且还多赢了几块钱。但是我一直没有机会读一读地质学或研究地壳板块。

奈特穿着红白条纹的睡衣。我想在我的大学室友当中，无论男女，他是唯一会在寝室穿睡衣的人。当然，他也是唯一拥有《戴安·雷奈唱海军蓝调》的人。我开始脱衣服时，奈特钻进被窝里，伸手到后面关掉书桌上的台灯。

“你的地质学都读完了吗?”当黑暗将他吞没时，他问我。

“情况还不错。”我说。很多年后，当我在牌局结束后回家，太太问我喝了多少酒时，我也用同样快活的语气说：“只喝了两杯。”

我钻进自己的被窝里，关掉我的台灯，然后几乎立刻进入梦乡。我梦到在玩红心。龙尼负责发牌，斯托克利拄着拐杖，弓着身子站在门口看着我——看着我们所有人——眼中带着马萨诸塞湾殖民地清教徒那种不赞同的严厉神情。在我的梦中，牌桌上放了大把钞票，有皱巴巴的五元、一元钞票、汇票，甚至一两张私人支票，几百块美金全堆在桌上。我看看桌上的钱，然后回头望一望门口，发现卡萝尔站在斯托克利旁边，穿着睡衣的奈特则站在斯托克利的另外一边。

“我们需要信息。”卡萝尔说。

“你拿不到信息。”我回答——在电视剧中，麦高汉老是回答“二号”这句话。

奈特说：“彼特，你窗户没关，房间里很冷，你的报告被吹得到处都是。”

我想不出来该怎么回答这句话，所以我拿起手上的牌，把牌翻开。十三张牌，每一张都是黑桃皇后，每一张都是婊子。

13

我们在越南的战事进行得很顺利——约翰逊总统飞越南太平洋时是这么说的，只不过吃了几场小败仗而已。越共在西贡的后院击中了三架美军休伊直升机；在西贡城外，大约一千名越共士兵把至少两倍的南越正规军打得落花流水。美国武装直升机在湄公河三角洲击沉了一百二十艘越共巡逻艇，结果船上载了——哇——大批逃难的越南儿童。那年十月，美国损失了越战开战以来的第四百架战斗机，一架F-105雷公战斗机。飞行员靠降落伞安全逃生。在马尼拉，南越总理阮高祺坚持自己不是骗子，他说他的内阁阁员也不是骗子，而且十来个内阁阁员趁阮高棋去马尼拉的时候辞职，也只是巧合而已。

在圣地亚哥，鲍勃·霍普在劳军表演时说："我想打电话给平·克罗斯比，叫他和你们一起去，但是那个老烟枪的名字已经不在征兵名单上了。"阿兵哥都又叫又笑。

收音机一天到晚播放着"问号与神秘主义者"乐团的歌，他们的《九十六滴眼泪》在市场上发烧热卖，但是之后他们再也没有其他歌曲能掀起如此盛况。

在檀香山，跳草裙舞的女郎热情欢迎约翰逊总统莅临。

在联合国，秘书长吴丹恳请美国代表阿瑟·戈德堡至少暂时停止轰炸北越。阿瑟·戈德堡和正在夏威夷访问的"伟大的白人教父"联络上，转达了吴丹的要求。当时可能还挂着花环的"伟大的白人教父"回答，门儿都没有，只有当越共停火时，我们才会停火，在这同时，他们将哭着掉下九十六滴眼泪，至少九十六滴。（约翰逊和草裙舞女郎一起笨拙地摆动着身子；我还记得在新闻节目《亨特利与布林克利报告》中看到这个画面，我心想，他跳舞的样子和我所认识的每一个白种男人没有两样。）

警察在格林威治村驱散了一场和平示威游行。警察说，示威群众事先没有获得许可。在旧金山，警方以催泪瓦斯驱散在棍子上悬挂塑料骷髅头、像哑剧演员般把脸画得白白的反战示威群众。在丹佛，警方撕毁数千张海报，海报内容是宣传博尔德市尚涛阔公园即将举行的反战集会。警方找到一条禁止张贴这类海报的法条。丹佛市警察局长说，法律并不禁止张贴电影广告，或关于旧衣拍卖、海外退伍军人舞会或悬赏寻找宠物的海报。警察局长解释，因为那些海报不含政治意味。

至于在我们这块小小的土地上，有人在东馆静坐抗议，因为科尔曼化学公司正在那里举行征人面谈；科尔曼公司和道尔化学公司一样，都制造燃烧弹。但是原来科尔曼公司同时还制造橙剂[①]、生化肉毒杆菌毒素、炭疽菌，不过科尔曼公司在一九八〇年破产之前，没有人晓得这件事。校刊上刊登了一小张抗议者被带走的照片，另一张较大的照片则显示有个抗议学生被校警从门口拖出来，另有一名警察站在旁边，手上拿着抗议学生的拐杖——校刊上说抗议学生名叫斯托克利·琼斯，当然啰，他仍旧穿着那件粗呢外套，背上画着一个麻雀爪印。警察对他算是够好了，我相信——当时反战示威分子在大家眼中还很新鲜，还不是那么讨厌——但把高大的警察和残障男孩摆在一起，还是让人毛骨悚然。一九六八年到一九七一年之间，我常常想到这张照片，套一句鲍勃·迪伦的形容词，在那些年，“整场游戏变得愈来愈艰难”。当期校刊最大的一幅照片——封面上唯一的一张照片——显示在亮丽的阳光下，后备军官储训团的那群家伙穿着制服在美式足球场上行进，许多人在旁边围观，标题写着：演习吸引了破纪录的群众观看。

更近距离的是，有个叫彼特的家伙，他的地质学小考拿了个 D，两天后的社会学小考则拿了 D+。星期五上课的时候，老师把我在星期一早上草草写完交去的英文作业发下来了，那是一页的“评论”，指定题目是：餐厅应不应该要求男人打领带，我选择的论点是：不应

---

① 越战时期，美军为了应付越共的丛林战，在越南大量喷洒这种毒性脱叶剂，后来曾有越战退伍军人抱怨橙剂引起后遗症，并展开诉讼。

该。老师在我这小小的写作练习旁边空白处画了大大的、红色的C，自从来缅因大学就读以后，这是我第一次在英文课拿C，高中时，我的英文成绩从来都是A，而且我考SAT时，词汇部分拿了七百四十的高分。那红色弧形给我的惊吓远甚于地质学小考拿到D，而且也把我气坏了。巴布科克先生在作业上方写着："你的思路依然清晰，但就这篇文章而言，只是更加凸显了内容的贫乏。你的幽默远远称不上慧黠。给你C已经是送分了，这篇文章写得真不用心。"

我想过要不要下课后去找老师，但又打消了这个念头。开学还不到一个月，喜欢打领结、戴塑料框眼镜的巴布科克先生就声明他最瞧不起喜欢找教授要分数的学生。而且现在已经中午了，如果我很快到旷野上的宫殿吃点东西，还赶得及在一点钟以前回到张伯伦舍三楼。交谊厅里所有的牌桌（以及交谊厅的四个角落）在三点钟以前都会被占满，但是一点钟的时候我还找得到位子。那时候，我已经净赚二十块钱，打算利用十月底的周末好好赢一笔钱，充实一下我的荷包。我也打算星期六晚上去参加体育馆的舞会，卡萝尔已经答应当我的舞伴。广受欢迎的校园乐团——坎伯兰乐团将会在现场演唱，还会演唱《九十六滴眼泪》这首歌。

我的良知已经用奈特的语气提醒我，这个周末最好至少挪出一部分时间来念书，我得读两章地质学、两章社会学、四十页历史（把中古世纪的历史一股脑读完），还得回答有关贸易路线的一连串问题。

我会念的，别担心，我会念的，我告诉那个声音。星期天我会用功读书，相信我，我打包票。星期日的时候，我的确念了一点书，在玩牌的空当读的。然后牌局变得愈来愈有趣，我的教科书也就掉到沙发下面的地板上了。星期天就寝的时候——星期天的深夜，我突然想到，我的荷包不但没有增肥，反而缩小了，而且我也没念什么书。此外，我还有电话没打。

如果你真的想把手放在那儿，卡萝尔说，当她说这句话的时候，脸上一直挂着那滑稽的、浅浅的微笑，脸上除了酒窝，还有一种特别的眼神。如果你真的想把手放在那儿。

星期六晚上，舞会进行到一半时，我和她到外面抽根烟。那是个柔和的夜晚，沿着体育馆背面的砖墙下，至少有二十对情侣在月光下拥吻，卡萝尔和我也加入他们的行列。没多久，我就把手伸进她的毛衣里，用拇指搓揉着她柔软的棉质罩杯，感觉到她的乳头微微挺起。我的体温开始上升，我可以感觉到她的体温也开始上升。她注视着我的脸孔，双手仍然环住我的脖子，她说："如果你真的想把手放在那儿，我想你还欠某人一通电话，不是吗？"

还有时间，当我快要进入梦乡时，我对自己说，还有很多时间可以念书，还有很多时间可以打电话，还有很多时间。

14

柯克舰长考砸了人类学小考——他有一半的答案都是猜的，结果只拿了五十八分。他的高等微积分小考成绩是 C-，他之所以能拿到 C-，还是因为高三的数学课已经教过一些高等微积分的概念了。我们一起修社会学，他的小考分数是 D-，勉强拿到七十分。

不是只有我们碰到这样的问题，龙尼是红心游戏的大赢家，他号称在十天内赢了五十多块钱（尽管我们都知道他一直在赢钱，却没有人完全相信他说的数目），然而却是课堂上的大输家。他的法文考不及格，和我一起修的那堂英文课，也没好好写小论文，（他说："谁在乎进餐厅要不要打领带啊，我都去麦当劳吃东西。"）历史小考之所以勉强及格，是因为在考前匆匆读了一位仰慕者借他的笔记。

柯比现在开始不刮胡子，而且在牌桌上不时咬手指甲。他也开始逃课。尽管已经过了加退选的截止日期，杰克仍然说服指导教授让他退掉统计学。"我稍微掉了几滴眼泪，"有一天晚上，当我们继续在交谊厅的牌桌上厮杀时，他用理所当然的语气说，"这招是我在戏剧社学会的。"几天后的深夜，当我正在临阵磨枪时，雷尼来敲我的房门（奈特早已呼呼大睡一个多小时了），问我有没有兴趣写一篇关于阿塔克斯[1]的报告，他听说我可以代劳这类事情。雷尼说他会出个不错的价钱；他目前还赢了十块钱。我说很抱歉帮不上忙，因为自己也有几份迟交的报告要赶。雷尼点点头，便悄悄走出房门。

阿什利脸上冒出许多可怕的、化脓的粉刺；马克在一个大难临头的晚上狂输二十块钱以后，就偶尔会梦游；布拉德和一个住在一楼的家伙打了一架。那个家伙开了一个无伤大雅的玩笑——后来布拉德自己承认那个玩笑无伤大雅——问题是，布拉德刚刚在牌桌上连续拿到三次"婊子"，只想去一楼的自动贩卖机打一罐可乐来润润被烟熏得十分焦躁的喉咙，所以他这时候的情绪可开不起无伤大雅的玩笑。于是布拉德转过身来，把还没开罐的可乐往旁边一扔，就对一楼的家伙饱以老拳。那个男孩的眼镜被打破，一颗牙齿也松脱了。于是，平常和图书馆的油印机一样毫无危险性的布拉德，竟然成为我们这群人当中第一个受到留校察看处分的人。

我想过打电话给安玛丽，告诉她我认识了一个女孩，而且开始和她约会，但是已经有这么多事要忙，打这通电话似乎太费神了。我暗自希望安玛丽会写信来说她觉得差不多是我们各自找其他对象的时候了。但相反的是，她来信拼命诉说有多么想念我，并开始为我做一件圣诞节的特别礼物；她可能是指一件有驯鹿图案的毛衣。安玛丽最擅长织驯鹿图案的毛衣了，还随信附上一张她穿着短裙的照片。看着那张照片，我没有性欲高涨，反而觉得疲倦、内疚，还有一种受骗的感觉。卡萝尔也让我觉得上当了。我想要捕捉恋爱的感觉，但并不想要让生活有太大改变，也不想改变她的生活。不过我喜欢她，这倒不假，而且很喜欢她。我喜欢她的微笑、她的机智。很不错，她曾经说，我们疯狂地交换信息。

大约一星期之后，我在豪优克和卡萝尔一起打完工回宿舍的时候，看到法兰克两手提着大皮箱，慢慢在三楼走廊上走着。法兰克是西缅因州人，来自一个还未受到工商业污染、绿树成荫的小镇，他的北方佬口音浓厚得让你想帮他切掉一些乡音。他的牌技普通，每当有

---

① 美国独立革命的首批受难者之一，在一七七〇年的波斯顿大屠杀中为英军所杀害。

人积分超过一百分时，他的积分总是排第二或第三，不过他是个大好人，脸上随时挂着微笑……直到那天下午我看到他提着皮箱往楼梯口走去。

“你换房间了吗，法兰克？”我问他，但即使在那个时候，我想我早已心知肚明——因为看到他脸上的表情，他神情严肃、脸色苍白且垂头丧气。

他摇摇头。“我要回家。我接到妈妈的信，她说我们家附近的湖滨度假村需要管理员。我说没问题，反正在这里也是浪费时间。”

“才不是呢！”我有一点震惊地说，“天哪，法兰克，你是来接受大学教育的！”

“但是我并没有接受大学教育，问题就在这里。”走廊十分阴暗，外面下着雨。不过，我还是觉得法兰克的脸颊开始泛红，我猜他感到羞愧，所以才刻意选在一个星期的中间、宿舍最冷清的时候离开。“我什么都没做，只是拼命玩牌。甚至连玩牌都没有玩得很好。我修的每一门课进度都落后了。”

“你没有真的落后太多！现在才十月二十五日而已！”

法兰克点点头。“我知道。但是我不像别人那么机灵，高中的时候我读书就没那么灵光。我必须脚踏实地，把东西牢牢记住才行。不过我没有这样做，如果你没有在冰上先打洞，就不可能抓得到鱼。我走了，彼特，我得趁他们还没有把我退学以前就先休学。”

他继续往前走，手里拎着箱子，沉重地踏上第一级阶梯。他的白色T恤飘浮在午后阴沉的空气中；经过一扇滴着雨水的窗户时，他的平头闪烁着金光。

他走到二楼了，屋里回荡着他的脚步声，我冲到楼梯口往下望。“法兰克！嘿，法兰克！”

脚步声停住了。在黑暗中，我可以看到他抬起大圆脸看着我，还看到皮箱模糊的轮廓。

“法兰克，你的兵役问题要怎么办呢？如果你休学，他们会把你抓去当兵！”

他沉默许久，仿佛在思索该怎么回答。结果他一直没有回答，没有用嘴巴回答，而是用脚回答。楼下再度响起他的脚步声，从此我再也没有见过法兰克。

还记得当时我站在楼梯口，觉得很害怕，心里想：同样的事情也可能发生在我身上……也许现在正发生在我身上。然后，我努力抛开这样的想法。

我认为，看到法兰克拎着箱子是一大警讯。我得好好留意了，要想办法进步。之前我的成绩一直下滑，现在该是突飞猛进的时候了。但是，我可以听到走廊另一端，龙尼高兴地喊叫他要揪出婊子了、要把那娼妓给揪出来，于是我决定从今晚开始洗心革面，今晚我会有足够的时间来重新升火待发。今天下午，我要玩最后一次红心牌戏，或玩两次，或玩四十次。

15

很多年来，我都把我和法兰克最后那次谈话的关键内容深锁在心底。我告诉他，他不可能在那么短的时间内成绩落后那么多，他回答是因为他念书不太灵光，所以才会落后那么多。我们都错了。一个人的成绩的确有可能在很短的时间内一落千丈，这种事固然会发生在我和舰长及马克这种有小聪明的学生身上，但也发生在努力用功的学生身上。在我们内心的深处一定一直认为可以尽情玩乐，等时间到了再努力看书，尽情玩乐，再最后冲刺。我们大多数人在家乡高中念书时，不都是这么过关的吗？但是就像戴维所说，这里可不是高中。

我得告诉你，在秋季开学时搬进张伯伦舍三楼的三十二个学生里（如果把戴维也计算在内的话就有三十三个人，不过他对红心牌戏完全免疫），只有十五个人在春季开学时出现在张伯伦舍。但我倒不是说离开的那十九个人都是玩牌玩上瘾的人，完全不是这么一回事。事实上，一九六六年秋季，张伯伦舍三楼最聪明的家伙恐怕就是还没有真的被退学就赶紧搬走的那些人。住在我和奈特对面的史蒂夫和杰克在十一月第一个星期就搬去查德波恩舍，他们一起在申请表上列的理由是：受到干扰。当住宿处问他们究竟受到哪一类干扰时，他们说就是宿舍中常见的干扰——整个晚上摆龙门阵、把牙膏挤在别人头上、和几个家伙处不好等。两人都补充了一句，他们可能花太多时间在交谊厅打牌了，听说查德波恩舍比较安静，是校园里少数两三个“适合读书”的宿舍。

他们预先模拟了住宿处可能问的问题，然后像准备演说课的口头报告般再三演练。史蒂夫和杰克都不希望几乎永无休止的红心牌戏会因此画上休止符，如此一来，可能会招致各式各样的抱怨，觉得他们多管闲事。他们只希望趁还来得及挽回奖学金的时候，赶快搬离张伯伦舍。

16

小考分数难看和报告写差了，只不过是不愉快的前哨战而已，对舰长和我及许多牌友而言，第二回合的考试才是真正的大灾难。我的英文随堂作文拿了 A-，欧洲历史考了 D，但是社会学和地质学考的选择题都不及格。社会学只差一点点就及格了，地质学则差很多。舰长的人类学、殖民史和社会学都没过关，他的微积分考了个 C（但他告诉我只是低空掠过），课堂作文则拿了 B。我们都认为，如果只考随堂作文，也就是说，我们得在离三楼交谊厅很远的地方完成指定作业，那么一切就会变得单纯多了；换句话说，我们暗自希望能重回高中时代，连自己都没有察觉这一点。

“好了，不能再这样下去了，”舰长在那个星期五晚上对我说，“我要开始用功了，彼特。我不在乎大学能不能毕业，或有没有文凭可以挂在房间的壁炉架上，但是如果要我回去德克斯敦，每天和那群智障一起鬼混，直到山姆大叔征召我去当兵为止，那我还真是该死。”

他坐在奈特的床上。奈特这时候正在旷野上的宫殿咀嚼着星期五晚上的鱼排；张伯伦舍三楼居然还有人食欲这么好。无论如何，我们不愿意在奈特面前谈这种事；我的乡巴佬室友自认上次考试考得还不错，全部科目都拿 B 或 C。就算他听到我们谈话，也不会说什么，只会看着我们，用眼神谴责我们没出息。虽然不见得全是我们的错，不过我们在道德上十分站不住脚。

“我加入。”我说，然后走廊另一端传来痛苦的嘶吼声，（“噢……该死！”）我们立刻明白：刚刚又有人拿到婊子了。我们四目交接。当然，我不知道舰长怎么想（尽管他是我大学时代最好的朋友），但是我仍然在想：还有一点时间……为什么不会这么想呢？当时对我来说，永远有的是时间。

舰长开始咧嘴，我也牵动嘴角，他咯咯地笑了起来，我也跟他一起笑。

“管他呢。”他说。

“只玩一晚，”我说，“明天我们一起去图书馆念书。”

“埋头苦读。”

“读一整天。不过现在……”

他站起来。“走吧，咱们去把婊子揪出来。”

我们去了，而且不是只有我们这么做。我知道这不算什么理由，只是事情就这么发生了。

第二天早餐时间，当我和卡萝尔在洗碗部并肩工作时，卡萝尔说：“我听说你们宿舍里玩牌玩得很凶，是真的吗？”

“没错。”我说。

她回头看我，对我微笑——每当我想起卡萝尔时，总是念念不忘她的微笑，直到现在还常常想起。“红心牌戏？揪出婊子？”

“红心牌戏，”我点点头，“揪出婊子。”

“我听说有些人玩得太入迷了，成绩愈来愈糟。”

“有可能。”我说。现在输送带上没什么东西要洗，偶尔才送来一个餐盘。我注意到，每当你需要的时候，偏偏输送带上就是没啥东西。

“你的成绩如何？”她问，“我知道这不关我的事，不过——”

"交换信息，是啊，我明白。我的成绩还好，而且，我要戒掉这个坏习惯。"

她又抛给我那个微笑，当然我现在还不时想起那微笑，换做是你的话也会这样。她的酒窝、微翘的下唇、那么懂得接吻的嘴唇，还有闪动的蓝色双眸。那还是男生宿舍女宾止步的年代……总而言之，我知道在一九六六年十月、十一月那段时期，卡萝尔把很多事情都看在眼里，看得比我还清楚。但是当然，她当时还没抓狂。后来越战令她抓狂，也令我和奈特抓狂。比起来，红心牌戏根本微不足道，只不过是地球微微抖动了一下而已，只是会让纱门啪啦啪啦开开关关，还有架子上的玻璃杯铿锵作响的那种轻微晃动。会引起天崩地裂、死伤无数的大地震这时候还没有发生。

17

巴瑞和布拉德都订了《德里新闻报》，报纸每天都会送到他们房间，然后整天在三楼传阅——我们晚上在交谊厅坐下来玩牌时会看到大家看剩的报纸，不仅页面撕破、顺序乱七八糟，填字游戏上面还有三四个人不同的笔迹。照片上的林登·约翰逊、拉姆齐·克拉克和马丁·路德·金脸上都被画上胡子（我一直不晓得那是谁的杰作，不过有人总爱在副总统汉弗莱的头上画上一对冒烟的角，然后用小小的大写字母在照片下面写着"魔鬼汉弗莱"）。《新闻报》对于越战采取鹰派立场，因此总是正面报道每天的战况，把反战示威的消息放到底下最不重要的位置，通常都是放在小区活动消息的下面。

不过，我们仍然发现在洗牌、发牌的空当，大家讨论电影、约会、功课或牌局的频率愈来愈少，讨论越战的时间愈来愈多。无论消息多么令人振奋、击毙越共的人数有多少，每天报纸上都至少会出现一张照片，上面不外乎是进行伏击后的美国大兵痛苦的表情，或哭泣的越南小孩茫然瞪着焚烧的村落。在舰长所谓的《每日杀戮专栏》底下总是有一些令人不安的细节，例如在湄公河三角洲被我们击沉的越共巡逻艇上那些平白丢掉性命的小孩。

奈特当然没有和我们一起玩牌。他也不和我们争辩该不该打这场战争——我很怀疑，关于越南曾受法国统治或一九五四年驻扎在军事重镇奠边府的那些倒霉的法国人后来命运如何[①]，奈特知道的不会比我多，他当然更不知道是谁决定该是南越总统吴廷琰到天国报到的时候了，好让阮高祺和那群将领夺得政权。奈特只知道他和越共无冤无仇，而且在最近的将来，还不会在缅因州的玛斯山或普雷斯克岛看到越共。

“你到底有没有听过骨牌理论啊，你这呆头鹅？”一天下午，有个叫尼克的矮脚鸡问奈特，尼克是大一新生。我的室友几乎从来不去三楼交谊厅，他宁可在二楼安静地用功，不过那天，他刚好在那儿待了几分钟。

尼克已成为龙尼的虔诚信徒，他爸爸是捕龙虾的渔夫。奈特看着尼克叹口气说：“有人把骨牌拿出来的时候，我就离开。我觉得骨牌游戏很沉闷。这就是我的骨牌理论。”他瞥了我一眼，我很快把视线移开，但是速度还不够快，仍然看到他眼神中流露的讯息：你到底吃错了什么药啊？然后他就离开了，拖着毛茸茸的拖鞋回到三〇二室继续用功——换句话说，回到他努力从牙医预科迈向牙医系学生的既定轨道。

“彼特，你的室友是混蛋，知道吗？”龙尼说。他嘴角叼着一根烟，单手划着火柴，这是他的专长——长得又丑又粗、交不到女朋友的大学生都有各式各样的专长——然后点燃香烟。

才不是，我心里想，奈特很好，我们才是混蛋呢。有那么一刹那，我真的觉得很沮丧。霎时间，我明白自己已经陷入可怕的泥沼

---

① 第二次世界大战日军投降后，胡志明率领解放军进入河内，建立越南民主共和国临时政府。此后数年，越共与企图在越南重建殖民政权的法军屡有冲突。一九五四年，双方在越南西北战略要地奠边府激战，法国人伤亡惨重，最后被迫与越南签定了“日内瓦停战协议”，法军退出越南与中南半岛，越南则分裂为南北越。

中，完全不可自拔。我知道舰长正看着我，我知道如果我抓起一把牌、把牌撒在龙尼脸上，然后走出交谊厅，舰长会跟着我走出去，可能也大大松了一口气。但那种感觉很快就消失了，来得快，去得也快。

“奈特没问题，”我说，“他只是有些奇怪的想法罢了。”

“有些奇怪的共产党思想。”休说。他的哥哥在海军服役，最近听到的消息是他们的军舰开到了南中国海。休绝对不是鸽派。身为拥护戈德华特的共和党员，我应该和他有同感，但是奈特开始对我产生一些影响。我吸收了各式各样的罐头知识，但是没有发展出什么支持参战的实际论点，更不用提了解美国外交政策了，我没有时间做这件事，只是成天忙着念社会学。

我还蛮确定就在那天晚上，我差一点就打电话给安玛丽了。交谊厅对面的公共电话正好没人在用，我的口袋里又装满零钱，都是刚刚玩红心牌戏的战利品，我突然决定该是时候了。我根据记忆拨了她家的号码，（虽然我得思索一会儿才想起来最后四位数是什么，到底是八一四六还是八一六四？）然后接线生要求我投入七毛五的硬币，我照她的话做了。我让电话铃声响了一次，然后就把电话筒砰然挂回去，听到硬币当啷地掉入退币口的声音。

18

一两天后——万圣节之前——奈特买了一张我几乎没听过的歌手菲尔·奥克斯录制的唱片。奥克斯是民谣歌手，但不是民谣演唱会里面那种乒铃乓啷的斑鸠琴乐风。唱片封面是个狼狈的游唱诗人坐在纽约街头，和奈特其他唱片的封套（例如，穿着燕尾服、醉眼迷蒙的迪恩·马丁、米契·米勒笑着带动观众一起唱、穿水手领罩衫和戴水手帽的黛安·雷奈）摆在一起，显得极不搭调。奥克斯这张唱片名为《我不要再行军了》，当白昼渐短、天气转凉时，奈特经常播放这张唱片。我偶尔擅自拿这张唱片来播放，奈特似乎也不介意。

奥克斯的声音带着一种迷惑的愤怒；我想我喜欢他的声音是因为我自己很多时候也觉得很困惑。他和迪伦很像，但表达方式比较没有那么复杂，而且也更清楚表达他的愤怒。这张唱片中最好、最令人忧心的一首歌，就是唱片的主打歌。在这首歌里，奥克斯并非只是暗示，而是明白表示战争毫无价值，从来都没有任何事情值得一战。即使有值得一战的理由，仍然不值得发动战争。他的想法加上数以千计、数以万计的年轻人反对约翰逊、反对越战的画面，激发了我的想象，和历史、政策或理性思考毫无关系的想象。奈特时髦的小唱机传出奥克斯的歌声：我一定曾经杀了上百万人，而他们现在要我重新回去，但是我不要再行军了。换句话说，停止吧。停止听他们的话，停止做他们要你做的事，停止玩他们的游戏。这是个古老的游戏，而且在这个游戏中，是婊子在猎杀你。

于是也许为了显示自己的诚意，你开始别上象征反抗的标志——其他人起先抱着怀疑的态度，后来可能同心协力、一起奋斗。万圣节后几天，奈特告诉我们那个标志可能的长相，他是从扔在三楼交谊厅那些皱巴巴的旧报纸上看到这样的标志。

19

“他妈的，你们看！”比利说。

哈维在比利那一桌洗牌，雷尼正在计算目前的积分，比利趁空当很快地浏览报纸上的地方新闻版。满脸胡楂的柯比带着他的儿童阿司匹林，正烦躁不安地准备出去约会，也倾着身子去看。

比利连忙把身子缩回来，在鼻子前面猛扇着手。“天哪，柯比，你上次洗澡是多久以前的事了？哥伦布纪念日？还是国庆节？”

“让我看看。”柯比说，根本不理会他刚刚说的话，一把抓过报纸。“他妈的，那是哩噗—哩噗！”

龙尼猛然站起来，因为动作太快，椅子都翻倒了，斯托克利上报令他大吃一惊。大学生通常只有在惹麻烦的时候才会上报（当然刊登在体育版的新闻则是例外）。其他人都围在柯比旁边，舰长和我也不例外。没错，那人正是斯托克利，而且还不止他一个，在后面还有很多学生，他们的脸孔模糊不清……

“我的天！”舰长说，“我想那是奈特。”他的口气似乎又惊又喜。

“站在他前面的是卡萝尔。”我说，声音透着古怪和震惊。我认得那件背上绣着哈维切中学的外套；认得垂在外套上金发绑成的马尾；认得那件褪色的牛仔裤。我也认得那张脸，即使半转过头去，而且脸孔笼罩在写着“美国立刻滚出越南”标语的阴影下，我还是认得那张脸。“那是我的女朋友！”这是我第一次提到卡萝尔的名字时，嘴巴里吐出“女朋友”这几个字，虽然过去几个星期以来，我一直都把她当做女朋友。

照片标题写着：“警方驱散抗议征兵的群众”，里面没有提到任何名字。根据旁边的报道，来自缅因大学的十来个示威群众聚集在德里市区的联邦大楼前面，他们携带了标语，绕着征兵处的入口游行示威，嘴里唱着歌，并且“呼喊口号，有些口号还夹带脏话”。有人招来警察，起先警方只做壁上观，想顺其自然，但是后来出现了立场对立的示威群众——大多数是正值午休的建筑工人。他们也开始呼喊口号，虽然新闻报道没有提到他们的口号中是不是也夹带脏话，但我可以猜到，口号中少不得要示威者滚回苏联去，建议那些标语用完后可以贮藏在何处，以及指点最近的理发店在哪个方向之类的。

当示威群众开始对着建筑工人骂回去时，建筑工人拿起午餐盒中的水果往示威群众的身上扔过去，这时候警察开始介入。警方表示，他们未经申请核准就聚众示威（德里市警察显然从来都不晓得美国人有和平集会的权利），于是围住那些年轻孩子，把他们带往维臣街的警察局，然后就将他们释放。“我们只是想让他们离开火药味浓厚的现场，”报道中引用警方的话，“如果他们又回去那里，那真是笨！”

这张照片和抗议科尔曼化学公司那次拍的照片其实没什么两样。照片上，警察领着示威群众离开，而建筑工人则摇晃着拳头嘲笑他们

（一年后，他们都会忙着炫耀钢盔上的小小美国国旗），其中一名警察正要伸手抓住卡萝尔，站在卡萝尔身后的奈特似乎没有引起他们注意。还有两名警察正护送斯托克利离开，斯托克利背对着镜头，但是拄着拐杖的人绝对是他。如果还需要什么辅助的身份认证的话，他外套上手绘的麻雀爪印是最佳证明。

“你们看那呆子！”龙尼得意洋洋地说，（上次考试中，他修的四科中有两科不及格，不过他还是敢叫任何人呆子。）“好像没别的事好做似的！”

舰长不理会他，我也一样。对我们而言，无论龙尼说什么，那些空话都毫无意义。我们都很讶异会看到卡萝尔……还有奈特站在她后面看着示威群众被警察带走。奈特像平常一样打扮整齐，穿着常春藤衬衫以及裤脚翻边和有折缝的牛仔裤。奈特站在摇晃着拳头、得意叫嚣的建筑工人附近，但是他们对他毫不在意。警察也一样。双方都不知道我的室友最近变成了颠覆分子奥克斯的忠实歌迷。

我悄悄溜进电话亭中，打电话到富兰克林舍二楼。交谊厅里有人接起电话，我请她叫卡萝尔听电话时，那个女孩说卡萝尔不在宿舍，她和莉比一起到图书馆念书去了。“你是彼特吗？”

“是啊。”我说。

“她留了字条在玻璃上，”那时候的宿舍很流行这种做法，“上面说她等一下会打电话给你。”

“好，谢谢。”

舰长站在电话亭外面，很不耐烦地招手叫我。我们沿着走廊去找奈特，虽然我们都晓得这样一来，就保不住原本在牌桌上的位子了。但是就这次的情况而言，我们的好奇心压过了瘾头。

我们拿报纸给奈特看并问他关于示威的事情时，他的表情很平静，他脸上的表情从来都没有什么变化。我感觉到他很不快乐，甚至很痛苦。我不明白为什么——毕竟这件事的结局还不错，没有人坐牢，报纸也没有披露任何人的姓名。

我正在想，他平常都是这么沉默，不要想太多了。此时舰长问：“你怎么了？”

他的声音里透着关心。奈特的下唇颤抖了一下，然后紧紧抿住。他弯腰越过干净的书桌，在唱机旁的盒子里拿起面纸（我的书桌上早已盖了十九层垃圾）。他大声而用力地擤鼻涕，然后又恢复正常，但我还是从他眼神中看到那种迷惑和不快乐的神情。我一方面（很卑鄙地）高兴看到他这样，高兴知道即使他没有迷上红心游戏却还是碰上麻烦了。人性有时候就是如此卑劣。

“我和斯托克利、哈利，还有其他几个人一起去。”奈特说。

“卡萝尔也和你们一起吗？”我问。

奈特摇摇头。“我想她是和乔治那伙人一起去的。我们总共开了五辆车子去。”我完全不知道乔治是何许人也，但仍然涌起一股病态的妒意。“斯托克利和哈利都是反抗委员会的成员，乔治也是。总而言之，我们——”

“反抗委员会？”舰长问，“那是什么啊？”

“是一个社团，”奈特说，然后叹了一口气，“他们觉得那不只是个社团——尤其是哈利和乔治，他们是真正的反动分子——但其实那只不过是个社团，和戏剧社或拉拉队没什么两样。”

奈特说，他之所以参加是因为昨天是星期二，而他下午反正没课。没有人发号施令，没有人传着什么誓言或联名书要大家签名，也没有非游行不可的压力，或后来反战运动的那种军事化狂热。根据奈特的说法，他们离开停车场的时候，卡萝尔和同伴还一直打打闹闹，拿标语互相打来打去。（笑笑闹闹。和乔治一起又笑又闹，我心里又升起一股妒意。）

当他们走到联邦大楼时，有的人开始示威，在征兵处前面绕着圆圈游行，有的人则只在旁边看。奈特是没有参加游行的人之一，他说到这里的时候，素来平静的脸孔痛苦地扭曲起来。

“我原本想和他们一起游行的，”他说，“我一路上都想和他们一起游行。真是好玩，我们六个人全挤进哈利的绅宝汽车里。亨特……你们认识亨特吗？”

舰长和我都摇摇头。我想我们两人都有一点讶异，这个拥有特里尼·洛佩兹和黛安·雷奈唱片的人竟有不为人知的一面，尤其是他还认识那些会吸引警察和媒体注意的家伙。

“反正他和乔治发起了反抗委员会。由于我们没办法把斯托克利的拐杖塞进车子里，亨特替他拿着，伸出窗外，我们一路唱着《我不要再行军了》，并且谈着如果我们能团结在一起，说不定真的能阻止这场战争——大伙儿全都聊着这些话题，除了斯托克利，他一直很安静。”

我心想，即使和他们在一起，他还是很安静……或许除非他认为该是来场小小演讲、谈谈公信力的时候，他才会开口。但是奈特心里想的不是斯托克利，奈特想的是奈特，纳闷的是他的脚为何莫名其妙地拒绝走向内心真正想走的方向。

“我一路上都在想，‘我要和他们一起游行，我要和他们一起游行，因为这样做是对的……至少我认为是正确的……即使有人对我挥拳，我还是会采取非暴力手段，就像那些在餐厅里静坐的家伙一样。那些家伙终于得到最后的胜利，或许我们也一样。’”他看着我们，“我的意思是，我的心里笃定，没有丝毫怀疑，你们知道吗？”

“是啊，”舰长说，“我知道。”

“但是到那里以后，我却办不到。我帮忙发了一些标语，上面写着：停止这场战争，美军撤出越南，让年轻人回家……卡萝尔和我帮斯托克利系好他的标语，所以他可以一面拄着拐杖、一面高举标语……但是我自己却没办法拿起标语。我和比尔、凯瑞、还有一个叫萝莉的女孩一起站在人行道上……我们在植物实验室一起做实验……”他从舰长手中拿起报纸来读，仿佛想再次确认，没错，这一切真的发生了，灵弟的主人兼辛迪的男友真的去参加了反战示威。他叹了一口气，报纸从他手中飘落地面。这实在太不像他了，我有一点受伤的感觉。

“我以为我会和他们一起游行，否则我去那里干吗呢？你们要知道，我一路上丝毫没有动摇过。”

他用恳求的眼光看着我，我点点头，仿佛真的明白似的。

“但是结果我没有参加游行，我不知道为什么。”

舰长在床上坐下来，坐在他旁边。我看到奥克斯的唱片，并把唱片放在唱机上。奈特看着舰长，然后又转头看别的地方。奈特的手很小、很干净，就像他的人一样，只有指甲例外，他的指甲被咬得乱七八糟，几乎只剩下肉根。

“好，”他说话的语气仿佛舰长刚刚大声问了他一个问题，“我知道为什么，我害怕他们会被抓起来，而我会和他们一起被抓起来。我的照片会登在报纸上，然后家人会看到。”接着是长长的沉默，可怜的奈特拼命想把话讲完。我拿着唱针对准旋转唱片上的第一道沟槽，等着看他会不会把话讲完，最后他的确把话说完。“我怕我妈妈会看到。”

“没关系，奈特。”舰长说。

“我不觉得没关系，”奈特以颤抖的声音回答。“我真的不觉得。”他不肯抬头正视舰长，只坐在床上，戴着扁帽、穿着睡裤，露出一身瘦排骨和白皮肤，低头看着被咬得乱七八糟的指甲。“我不喜欢辩论该不该打这场仗的问题。哈利喜欢辩论……还有萝莉和乔治。天哪，你简直没法让乔治闭嘴，委员会大多数人都和他一样。在这方面，我和斯托克利比较像，和他们比较不一样。”

“没有人像斯托克利。”我说。我想起那次在小径上碰到他的情形。我问他：“你为什么不放轻松一点呢?”而公信力先生回答我：“你为什么不把我吃掉算了？”

奈特仍然端详着他的手指甲。“我的想法是，约翰逊把美国年轻人送去战场白白送死。但这不是哈利认为的帝国主义或殖民主义，这根本和任何主义无关。约翰逊只是在脑子里把越战和西部拓荒英雄大卫·克洛科特[①]、丹尼尔·布恩[②]，以及纽约洋基队全混在一起了。我心里既然这么想，就应该把它说出来，我应该努力阻止这件事，不管在教会、学校或在童军团里，他们都是这样教我的。你应该挺身而

---

① 大卫·克洛科特（1786—1836），美国家喻户晓的十九世纪西部拓荒英雄，曾担任国会议员。一八三六年，当时还受墨西哥统治的得克萨斯宣布独立，与墨西哥军队在阿拉莫激战，克洛科特即死于此次战役中。

② 丹尼尔·布恩（1734—1820），最早进入今天的肯塔基州探险拓荒的美国西部传奇英雄。

出，如果你看到了不义的事情，例如有人正在以大欺小，就应该挺身而出，或至少试图阻止他。但是我担心妈妈看到我被警察逮捕的照片会哭起来。”

奈特抬起头来，我们发现他在哭。只是微微啜泣；眼睑和睫毛被泪水润湿了，如此而已。不过对奈特而言，这已经是非同小可。

“我发现一件事，”他说，“我知道斯托克利外套背上的图案是怎么回事了。”

“是什么？”舰长问。

“这个图案综合了两个英国海军旗语字母。你们看。”奈特光脚站起来，对着天花板举起左手臂，然后把右手臂对着地板，垂直成一条直线。“这是N。”然后他把手臂伸出去，和身体成四十五度角。我现在看出这两种形状交叠在一起，形成了斯托克利旧粗呢大衣背上的图案。“这是D。”

“这两个字母代表的是‘废除核武’。伯特兰·罗素[①]在二十世纪五十年代发明了这个象征符号，”他在笔记本背面画上这个符号，“他称它为和平标志。”

“真酷。”舰长说。

奈特微微笑，用手指擦干眼角的泪水。“我也这么觉得，”他附和着，“酷毙了。”

我放下唱针，大家一起聆听奥克斯的歌声。就像我们这些亚特兰蒂斯人常说的，好好享受一番吧！

20

张伯伦舍三楼的交谊厅已经成为我的木星了——吸力超强的恐怖星球。不过那天晚上我还是抗拒了强大的诱惑，钻进电话亭中打电话

① 伯特兰·罗素（1872—1970），英国数学家、逻辑学家。

到富兰克林舍。这次我找到卡萝尔了。

“我没事，”她说，轻笑了几声，“我很好。有个警察甚至称呼我小姐。彼特，多谢你关心。”

那个叫乔治的家伙又对你表现出多少关心了？我很想这样问，但即使只有十八岁，我都知道不应该这么做。

“你应该打电话给我，”我说，“也许我会和你一起去，我们可以开我的车去。”

卡萝尔咯咯笑了起来，声音很甜，但令人困惑。

“什么？”

“我只是想到，开着一辆贴着戈德华特贴纸的休旅车去参加反战示威是什么样子。”

我猜确实挺滑稽的。

“何况，”她说，“我猜你有其他事情要做。”

“你说这话是什么意思？”我说的好像我没听懂似的。透过电话亭和交谊厅的玻璃可以看到三楼大多数房客都在烟雾弥漫的交谊厅中玩牌。即使关着门，还是可以听到龙尼的尖叫声。赶快追杀婊子，我们很快就会把她揪出来！

“不是在念书，就是在玩牌，”她说，“我希望你是在念书，和我住同一层的女孩和雷尼约会，或是应该说曾经和雷尼约会，当雷尼还有空出去约会的时候。她说红心游戏是从地狱来的牌戏。你会不会觉得我很唠叨？”

“不会。”我说，不太知道她到底唠不唠叨，也许我正需要有个人来唠叨一下。“卡萝尔，你还好吧？”

电话里一阵沉默。“是啊，”最后她说，“我当然很好。”

“那些建筑工人——”

“基本上只是嘴巴叫叫而已，”她说，“别担心，真的。”

但是她的声音听起来不太好……而且我还得担心那个乔治。我担心乔治就像担心萨利一样，卡萝尔在家乡的男友。

“你参加了奈特说的那个委员会吗？”我问她，“那个反抗委员会。”

“没有，”她说，“至少到目前为止还没有。乔治邀请我加入，乔治和我是在修课的时候认识的，你认识他吗？”

“我听过他的名字。”我说，紧紧抓着电话筒，丝毫不肯放松。

“这次示威活动就是他告诉我的。我和其他人搭他的车一起去。我……”她沉默了一会儿，然后好奇地问，“你不会忌妒他吧？”

我小心翼翼地说：“他整个下午都和你在一起，我猜，我对这点很忌妒。”

“你不用忌妒。他的头脑很好，很聪明，但是发型却很糟糕，而且眼神飘忽不定。他常刮胡子，但老是好像有一块没有刮干净似的。他没什么吸引力，相信我。”

“那么，你找我到底有什么事？”

“我们能不能见个面？我想给你看一个东西，不会花很多时间，但是如果我能解释一下可能比较好……”她的声音发颤，我明白她已经快哭了。

“怎么回事啊？”

“你是说，除了我爸爸看到报上的照片之后，可能不准我走进家门以外吗？他这个周末以前就会把门锁换掉，假如他现在还没换掉门锁的话。”

我想到奈特说他很怕妈妈看到他遭到逮捕的照片。妈妈的乖小孩因为未经许可在联邦大厦前游行遭到逮捕。丢脸，真丢脸。至于卡萝尔的爸爸呢？情形不太一样，但也差不多，毕竟他爱说：“喂，船哪”，而且他加入了海军。

“他可能不会看到这则报道，”我说，“即使看到了，报纸上也没有登你们的名字。”

“那张照片，”她耐着性子说，仿佛在对一个不可救药的笨蛋讲话，“你没有看到照片吗？”

我说她的大半张脸都转过去、没有对着相机，而且脸上还罩着阴影。然后我想起她的高中外套背上耀眼的哈维切中学几个字。更何况，看在老天的分上，他终究还是她父亲啊。即使卡萝尔大半张脸都转过去，当爸爸的还是能认出来。

“他可能不会看到那张照片，”我无力地说，“那则新闻登在角落。”

“彼特，你就是想用这种方法过你的人生吗？”她的声音仍然透露着耐心，但是现在已经比刚刚尖锐了一些，“做一些事情，然后希望别人不会发现。”

“不是。”我说。我能因为她这么说而生气吗？想到安玛丽到现在还浑然不知世上有卡萝尔这号人物。我没有向卡萝尔求婚，我们之间也没有什么承诺，不过结不结婚不是问题所在。“我没有这么想，不过卡萝尔……你总不需要把那张该死的报纸故意放到他鼻子下面吧？”

她笑了，笑声里完全没有原先的轻快，不过我觉得即使懊悔的笑声都比不笑来得好。“我不需要这么做，他自己会发现，碰巧他就是这种人。不过我得走了，彼特。还有，或许我终究还是会参加反抗委员会，虽然乔治总是像小孩一样，而哈利的口臭叫人避之唯恐不及。因为……因为……你知道……”她在我耳边沮丧地叹了一口气，“我没办法解释。嘿，你知道我们出去透气抽烟的地方吗？”

“豪优克餐厅外面吗？当然知道，就在垃圾桶旁边。”

“十五分钟后在那里碰面，好吗？”

“好。”

“我还有很多书要念，所以我没办法逗留很久，不过我……我只是……”

“我会在那里和你碰面。”

我挂断电话，走出电话亭。阿什利站在交谊厅门口，一边抽烟，一边走来走去。我推测现在是牌局之间的休息时间。他的脸色十分苍白，脸颊上冒出点点胡楂，衬衫脏得不得了，眼睛睁得大大的且炯炯有神，好像毒瘾很深的人。红心牌戏的确像毒品一样，但不是那种会让你飘飘然放轻松的毒品。

“怎么样啊，彼特？”他问，“要不要来玩几把？”

“晚一点也许会。”我说，开始往走廊走去。斯托克利披着破旧的浴袍从浴室登登地走回房间。他的拐杖在暗红色的地毯上留下水渍，一头长长的乱发也湿答答的。我很好奇他怎么洗澡，在今天的公共澡堂里，把手和扶栏已经是标准配备，但是当时什么都还没有。他一副完全不想讨论这个话题的样子；不管是这个话题或其他任何话题。

“你还好吗，斯托克利？”我问。

他不搭腔，只是低头走过去，湿淋淋的头发贴在脸颊上，手臂下夹着肥皂和浴巾，咕哝着“哩噗—哩噗，哩噗—哩噗”的声音，他甚至根本没有抬头看我。不管你想和斯托克利说什么，他一定会毫不迟疑地回骂你几句。

21

我抵达豪优克餐厅的时候，卡萝尔已经在那里等我。她从垃圾桶那儿搬来几只牛奶箱子，然后交叉双腿坐在上面抽烟。我坐在另外一只牛奶箱子上，同时用手环住她、亲吻她。她把头靠在我肩上好一会儿，什么也没说，不太像她平日的作风，不过感觉很好。我继续用手环着她，抬头望着星空。就秋末而言，今晚的天气很舒服，很多人——大多数是情侣——都趁好天气出来散步。我可以听到他们喁喁低语。上面的餐厅里传来收音机播放的音乐，大概是清洁工的收音机吧。

卡萝尔抬起头来，把身体稍稍移开一点——暗示我该把手拿开了。事实上，这样反而比较像她。“谢谢，”她说，“我刚刚还真需要有人抱抱。”

“我很乐意。”

“我有一点害怕面对我老爸。没有真的吓坏了，但确实有一点害怕。”

“不会有什么事的。”我这么说倒不是真的相信会没事——我不可能这么神通广大——只是应该要这么说，不是吗？应该这么说。

“我参加哈利、乔治和其他人的行动不是因为我爸爸的缘故，不是弗洛伊德式的反叛情结作祟，完全不是这么一回事。”

她弹掉香烟，我们看着烟落在人行道上冒出火花。然后她打开膝上的手提包，拿出皮夹打开它，手指伸进去摸索着塞在透明塑料夹层中的照片。她停下来，抽出其中一张照片，然后递给我。我倾身向前，就着餐厅窗口透出的灯光看清楚那张照片，清洁工可能正在餐厅里拖地板。

照片上是三个十一二岁的小孩，一个是女孩，另外两个是男孩。他们都穿着蓝色T恤，上面有“斯特林会馆”几个大字。他们站在不知是哪里的停车场中手臂互相环绕，一副会当一辈子死党的样子，看起来挺美的。女孩站在中间，当然那个女孩就是卡萝尔。

“哪一个是萨利？”我问。她看看我，有一点讶异……但带着笑意。无论如何，我想我已经知道了，萨利应该是宽肩膀、笑得很灿烂、一头乱发的那个男孩，这让我想到斯托克利的头发，虽然小男孩显然已经梳过头发了。我指着他，“是他，对不对？”

“没错。”她同意，然后指一指另外一个男孩。他晒得黑黑的，脸比较窄，两只眼睛靠得比较近，胡萝卜色的红发剪成短短的平头，看起来好像漫画家洛克威尔为《周末晚邮报》画的封面上的小孩，他微微皱着眉头。萨利的手臂强壮有力，另外这个男孩的手臂则好像竹竿一样细。没有搭着卡萝尔肩膀的那只手上戴着大大的棕色棒球手套。

“他是博比。”她说，不过声音和刚刚不太一样，多了一些我从来没听过的东西。是感伤吗？但是她还在笑？“博比·葛菲是我交的第一个男朋友，可以说是我的初恋。那时候，他和我及萨利是好朋友，其实不是太久以前，一九六〇年，不过感觉好像很久了。”

“他后来怎么样？”我满以为她会告诉我他死了，这个小脸、剪平头的男孩。

“他和妈妈一起搬走了。我们陆续通信了一段时间，然后就失去联络了。你知道小孩子常常都这样。”

“很漂亮的棒球手套。”

卡萝尔的脸上还挂着笑容。我们坐着端详那张照片时，我看到她的眼眶里已经充满泪水，但是脸上仍然在笑。在餐厅的日光灯透出的白光下，她的泪水看起来仿佛是银色的——是童话故事里公主的眼泪。

“那是博比最喜欢的东西。有个球员叫阿尔文·达克，对吧？”

“没错。”

“博比的手套就是那种，阿尔文·达克手套。”

“我的是泰德·威廉斯手套，我想我妈妈几年前把我的手套拍卖了。”

“博比的手套被偷了。”卡萝尔说。我不确定她知不知道我还在那儿，她不停用指尖碰触那张小小的、皱着眉头的脸孔，仿佛时光倒流，她又回到过去，我听说催眠师有时候有办法这么做。“威利把手套拿走了。”

“威利？”

“威利·席尔曼。一年后，我看到他戴着那只手套在斯特林会馆打棒球。我气坏了，那时候我爸妈一天到晚吵架，正准备离婚，我经常感到很生气。我气他们，气我的数学老师，气整个世界。我还是很怕威利，但主要还是很气他……何况，我那天不是自己一个人。所以我直接走到他面前，说我知道那是博比的手套，他应该把手套给我。我说我有博比在麻省的地址，会把手套寄给他。威利说我疯了，那是他的手套，他让我看看手套上有他的名字。他把博比的名字擦掉了——尽可能把字迹擦干净——然后写上自己的名字，但我还是看得到博比原先写的‘比’字的痕迹。”

她的声音里透着愤慨，因此听起来年轻许多，看起来也年轻许多。当然我有可能记错，但是应该不会纪错。坐在餐厅流泻出的白色灯光下，我想她看起来只有十二岁左右，最多十三岁。

“但是他没办法擦掉里面阿尔文·达克的签名，或用新的字把它盖住……他的脸红了起来，涨得通红，好像红玫瑰一样。然后——你知道怎么样吗？——他向我道歉，为之前他和朋友对我做的事情道歉。他是唯一向我道歉的人，而且我想他是真心道歉，但是他对手套的事情撒谎。我不认为他想要那只手套，那只手套又破又旧，又不合他的手，但是他为了保有这只手套而撒谎。我不明白他为什么要这样做，一直都不明白。”

“我不懂。”我说。

“你怎么会懂呢？那天发生的一切在我的脑子里也是乱糟糟的，我妈妈说，出过意外或挨了揍的人有时候会这样。有些事情我还记得很清楚，大多是和博比在一起的部分——但是其他事情就不太记得了，很多都是别人后来告诉我的。

“我当时正在离家不远的公园里，三个男生走过来——哈利、威利和另外一个男生，我不记得他的名字了。他们把我痛打一顿，当时我才十一岁，但他们不管。哈利用球棒打我，威利和另外那个男生用手抓住我，不让我逃走。”

“球棒？你在开玩笑吗？”

她摇摇头。“我猜他们起先是在开玩笑，后来……就不是了。我的手臂被打得脱臼，我大声尖叫，我猜他们就跑走了。我坐在那里托着手臂，实在太痛了，而且也太……太惊讶了，我想……一时之间不知道该怎么办。可能我想站起来求救，可是却办不到。然后博比来了，他扶着我走出公园，然后把我抱起来，一路抱着我回家，在全年最热的一天抱着我一路爬坡，用手臂抱着我。”

我从她手里把照片拿过来，就着灯光低头注视着那个留平头的男生。我看着他瘦竹竿一般的手臂，然后看着照片上的女孩，她比男孩高出三五厘米，肩膀也比他宽。我再看看另外一个男孩，有一头黑色乱发的萨利，脸上是美国男孩典型的开朗笑容，头发乱得像斯托克利，灿烂的笑容则像舰长。我可以想象萨利抱着卡萝尔是什么样子，但另外这个男孩——

“我知道。”她说。“他看起来不够壮，对不对？但是他抱着我，我昏倒了，而他一直抱着我。”她把照片拿回去。

“所以他抱你回家的时候，那个叫威利的男生回去偷走他的手套吗？”

她点点头。“博比带我去他家。有个老头子住在他家楼上，叫泰德，好像什么事情都知道一点点。他把我的手臂推回去，我还记得他这样做的时候，让我咬着他的皮带。也许那是博比的皮带。他说这样做可以把痛拦住，我真的就不痛了。后来……后来，发生了可怕的事情。”

“比被人家拿球棒痛揍一顿还可怕？”

“可以这么说。我不想谈那件事。”她把眼泪擦干，先擦一边，然后擦另一边，眼睛仍然注视着照片。“后来，在博比和他妈妈搬离哈维切镇之前，他把那个用球棒打我的男生痛揍了一顿，那个哈利。”

卡萝尔把照片放回皮夹。

“那天我印象最深的事情就是——也是唯一值得记住的事情——博比为我挺身而出。萨利长得比较壮，如果那天他也在场的话，说不定也会为我挺身而出，可是他当时不在。而博比在那里，他一路抱着我爬坡回家，他做了正确的事情，那是这辈子别人为我做过最好的事情、最重要的事情。你懂吗，彼特？”

“我懂。”

我还在她脸上看到其他东西；她说的话和奈特一小时前说的话几乎一样……只不过卡萝尔去参加游行了，她拿起标语和其他人一起游行。当然奈特从来不曾被三个原本只想开开玩笑、后来突然认真起来的男生痛打一顿，或许分别就在这里。

“他抱着我爬坡，”她说，“我一直想告诉他，因为他那样做，我是多么爱他，还有因为他让哈利知道，伤害别人，尤其是欺负比你弱小、对你毫无恶意的人，就要付出代价。”

“所以你去游行。”

“我去游行。我想要告诉别人为什么这样做，找个听得懂我说的话的人。我爸爸不会听我说，我妈妈听不明白。她的朋友蕾安达打电话给我，她说……”她没有把话说完，只是坐在牛奶箱子上，把玩她的小袋子。

“她说什么？”

“没什么。”她的声音听起来很疲倦、很孤单。我想亲吻她，至少用手臂拥着她，但是又害怕这些动作会破坏刚刚发生的事情，因为刚刚发生了一些事。她的故事里有一种魔力，不是在故事中间，而是环绕着故事边缘，我感觉得到。

“我参加游行了，而且我想我也会加入反抗委员会。室友觉得我疯了，如果我的大学纪录显示曾参加过共党组织，以后绝对找不到工作，不过我还是觉得要这样做。”

“那么你爸爸呢？他会怎么说。”

“管他妈的！”

在那片刻间，我们两人都有点震惊她刚刚会说出那句话，然后卡萝尔咯咯笑了起来。“这才是弗洛伊德情结。”她站起来，“我得回去念书了，谢谢你出来和我碰面，彼特。我从来没有拿这张照片给任何人看过，自己都不知道有多久没看过这张照片了。我现在觉得好多了。”

“很好，”我也站了起来，“回宿舍之前能不能帮我一点忙？”

“当然可以，什么事？”

“我待会儿会告诉你，不会花你多少时间。”

我陪她走到豪优克餐厅旁边，然后顺着后面山坡往上爬。蒸汽工厂停车场就在大约两百米外，申请不到停车贴纸的大学生（大一、大二生和大多数的大三生）都把车停在这里。在冷天里，这里也是校园情侣最喜爱的亲热地点，但那天晚上，我心里压根儿没有想要带卡萝尔来这里亲热。

“你有没有告诉博比是谁偷了他的棒球手套？”我问她，“你说你曾经和他通信。”

“我觉得不需要告诉他。”

我们沉默着走了一段路，然后我说：“感恩节的时候，我要和安玛丽提分手的事。我差一点打电话给她，但后来又没打。如果我要做这件事，我想最好鼓起勇气当面告诉她。”我之前并没有意识到自己做了这样的决定，不是有意识的决定，不过显然我确实下了决心。当然，我不是为了讨好卡萝尔才这样说的。

她点点头，用鞋子磨着地上的树叶，手里抓着小手袋，眼睛却不望着我。“我只能用电话告诉萨利，我在和一个男生约会。”

我停下脚步，“那是什么时候的事？”

“上个星期。”现在她抬起头来看我，脸上又浮现酒窝，还有微翘的下唇和那熟悉的微笑。

“上个星期？你竟然没有告诉我？”

“这是我自己的事情，”她说，“是我和萨利之间的事。我的意思是说，他不会跑来找你，带着一根……”她停顿的时间足以让我们两人脑子里都想到带着一根球棒，然后她继续说，“他不会跑来找你，或做任何事情。别这样，彼特，如果我们要这么做，就放手去做吧。不过我不和你去兜风，我真的得回去念书了。”

“我们不兜风。”

我们继续向前走。那时候，这座停车场在我眼中简直大得不得了——几百辆汽车在月光下排成几十列。我几乎不记得我把老哥的旧福特休旅车停在哪里了。上次以校友身份回缅因大学的时候，停车场已经变成过去的三四倍大，可以容纳一千辆左右的汽车。随着时光流逝，除了我们自己以外，所有事物都变得愈来愈大。

“嘿，彼特？”她一边走着，再度低头望着球鞋，现在地面上已经没有树叶可以磨蹭了。

“嗯？”

“我不希望你为了我和安玛丽分手，因为我总觉得我们是……暂时的。好吗？”

“好啊。”她的话让我很不开心——亚特兰蒂斯的公民会形容这种感觉为“失落”——但是我并不惊讶。“我猜终究会有这样的结果。”

“我喜欢你，也喜欢像现在这样和你在一起，但只是喜欢，仅止于此，我最好坦白告诉你。所以如果你感恩节回家的时候想绝口不提这件事——”

“有点像和她若即若离？万一我在学校爆胎了，在家乡还有个备胎？”

她露出惊讶的表情，然后笑了起来。“哇！”

“为什么哇？”

“我也不晓得，彼特……不过我真的喜欢你。”

她停下脚步，转过身来用手臂环住我的脖子。我们在两排车子中间亲吻了一会儿，然后又继续往前走。

“你告诉萨利的时候，他有什么反应？我不知道该不该问，不过——”

“——不过你想得到一些信息。”她用“二号”说话时那种傲慢无礼的语气说，接着就笑起来，笑声中透着悲哀。“我以为他会很生气，甚至哭起来。萨利长得又高又壮，在足球场上可以把对手吓得半死，但是他从来无法掩饰自己的感觉。我没料到的是，他竟然松了一口气。”

“松了一口气？”

“松了一口气。他和布里吉港的一个女孩交往一个多月了……不过我妈妈的朋友蕾安达告诉我，其实应该称她女人，她可能有二十四五岁了。”

“听起来不太妙。”我说，暗自希望我的声音听起来慎重而经过深思。事实上，我觉得很高兴，当然啦，如果软心肠的萨利误闯入西部乡村歌曲的情节中，谁管他呀，我更是加倍不在乎。

我们已经快要走到我的车子旁边，只不过是一辆廉价的破老爷车，但是感谢我的哥哥，这辆车属于我所有。“他的脑子里不止想着新爱人而已，还有很多事情要想，”卡萝尔说，“他明年六月高中毕业后就要去当兵了。他已经和征兵处谈过，一切安排好了。他简直等不及要去越南，让这个世界更民主、更安全一点。”

“你们有没有为了越战吵过架？”

“没有。有什么好吵的？我又能跟他说什么呢？跟他说，对我而言，一切都和博比有关？告诉他哈利、乔治和亨特所说的一切和博比抱着我爬坡比起来，都只是镜花水月，过眼烟云？萨利会认为我疯了，或说那是因为我太聪明了。萨利同情太过聪明的人，他说聪明是一种病，也许他说得对。你知道，我确实有一点爱他，他很甜，是那种需要别人照顾的男人。”

我心想，我希望他找到人来照顾他，只要那个人不是你就好。

她明快地看了车子一眼。“好，”她说，“这辆车很丑，需要好好清洗一番，不过总是个交通工具。问题是，咱们在这里干吗？我应该在宿舍里读弗兰纳里·奥康纳的小说。”

我拿出随身的折叠小刀，把刀子打开。“你的袋子里有没有锉刀？”

“事实上，我还真的有。我们要大打一场吗？二号和六号在蒸汽工厂停车场上大战一场？”

“别自作聪明了，拿出来跟着我做就是了。”

等到我们绕到车子后面时，她笑了起来，不是苦笑，而是开怀大笑，就好像那次碗盘输送带上出现舰长做的热狗人时的那种笑声。她终于明白为什么要来这里了。

卡萝尔抓住贴纸的一端，我抓住另外一端，我们在中间会合，然后看着贴纸的碎片飘过碎石子路。再见了，AuH2O-4-USA，再见了，戈德华特。然后我们大笑。天哪，我们就是笑得停不下来。

22

几天后，我的朋友舰长在和布拉德合住的寝室里靠近自己的那面墙上，贴了一张海报（真难以想象他刚上大学的时候，还好像软体动物一样，毫无政治头脑）。海报上有个穿三件式西装、笑眯眯的生意人，一只手伸出来握手，另外一只手藏在背后，手里紧捏着一个东西，那东西淌着血，血滴到他的鞋子中间。战争是一门好生意，海报上的标语写着，把你的孩子投资进去。

戴维吓坏了。

“所以你开始反战啰？”他看到海报时问舰长。尽管装出一副凶巴巴的样子，我想我们亲爱的舍监被这张海报吓坏了。毕竟舰长念高中时是一流的棒球球员，大家也预期他上大学以后会加入棒球队，兄弟会和马术社也都竞相争取他入会。舰长不像斯托克利是个跛子，也不是像乔治那样的蛙眼怪胎。

“嘿，这张海报想说的不过是很多人都从这场血腥混乱中大捞一笔，”舰长说，“包括麦道、波音、奇异、道尔化学公司和科尔曼化学公司，还有他妈的百事可乐，以及其他很多公司。”

戴维试图以眼神表示，针对这个问题，他的想法比舰长更有深度。“我问你，你认为我们应该袖手旁观，让胡志明大叔一手掌控那边的局势吗？”

“我不知道我的想法是什么，”舰长说，“目前还不知道，我几个星期前才开始对这个议题产生兴趣，现在还在努力赶上进度。”

现在是早上七点半，舰长的房门口聚集了一小群准备出门上第一堂课的学生。我看到龙尼（还有尼克；这时他们两个人已变得形影不离）、阿什利、雷尼、比利，也许还有四五个人。奈特站在三〇二室门口，穿着T恤和睡裤。斯托克利拄着拐杖站在楼梯口，显然正准备出门，但转过头来听大家的讨论。

戴维说：“越共进入南越村庄的时候，第一件事就是找找看有没有人身上佩戴了十字架、圣克里斯托弗圣章、玛丽圣章之类的。他们杀死天主教徒，杀死信奉上帝的人。当这些共产党杀死上帝的信徒时，你觉得我们应该袖手旁观吗？”

“为什么不该？”斯托克利的声音从楼梯口传来，“我们袖手旁观，然后让纳粹屠杀了犹太人六年。犹太人也信上帝，我是这样听说的。”

“他妈的哩噗！”龙尼大叫，“哪个混蛋请你发表意见了？”

但这时候斯托克利已经往楼下走了，楼梯间回荡着他拄着拐杖的声音，让我想到最近离开的法兰克。

戴维回头看着舰长，双手握拳顶着臀部，白T恤前面挂着一串狗牌。他告诉我们，他的父亲在德国和法国作战的时候就挂着这些狗牌；当他躲在树后面、避开机关枪扫射时，身上就挂着这些狗牌（当时那阵机关枪扫射已经杀死他的两名战友、射伤四名战友）。我们都不太明白士兵挂的狗牌和越南战事有什么关系，但是显然在戴维眼中意义重大，所以我们都没有问他，连龙尼都识相地闭上嘴。

“如果我们让他们占领南越，连柬埔寨都会落入他们手中。”戴维的目光从舰长身上转向我，然后看着龙尼……把我们每个人都看了一遍。“接下来是老挝、菲律宾，一个国家接着一个国家。”

“如果他们这么有办法，也许他们有资格赢得这场战争。”我说。

戴维看着我，十分震惊。我自己也吓了一跳，但没有收回我说的话。

23

感恩节假期之前还有更多的考试，对张伯伦舍的年轻学生而言，简直是大难临头。到了这时候，我们大多数人都已经明白，这下子可惨了，简直是在集体自杀。柯比猛吃迷幻药，然后就像魔术师手中的兔子般消失不见了。在我们没日没夜地玩牌时，肯尼通常都坐在角落，他老爱在迟迟无法决定该打哪张牌时拼命挖鼻孔，有一天他突然就逃走了，只留下黑桃皇后和“我不玩了”几个字在枕头上。乔治加入史蒂夫和杰克的行列，搬到查德波恩舍，那个有脑子的宿舍。

六个人离开了，还有十三个人待在这里。

应该适可而止了。可恶，单单发生在可怜的老柯比身上的事情应该就够了；在他嗑药嗑出问题之前三四天，他的手抖得非常厉害，连把纸牌拿起来都有困难，而且如果走廊传来有人把门啪啦关上的声音，他整个人都会弹起来。柯比早就该适可而止了，但是他没有。我花很多时间和卡萝尔在一起也无济于事。和她在一起时，没错，我很正常；和她在一起时，我只想多知道一些信息，但是一回到宿舍，尤其等我走进该死的交谊厅，就完全变了一个人。在三楼的交谊厅里，彼特·赖利变得连我自己都不认识了。

感恩节愈来愈接近，交谊厅笼罩着一股盲目的宿命论气氛，不过我们之间没有人提起这个话题。我们会讨论电影或谈性（“我比游乐场里的旋转木马上过的女孩还多！”龙尼会毫无预警、冷不防地突然冒出这类大话），但是大半时候都在讨论越战……和红心牌戏。讨论牌戏的时候，我们谈的不外乎是现在谁领先、谁落后，以及谁玩牌时完全不懂得几个最简单的诀窍，例如至少要赶快清掉其中一种花色的牌，把中等分数的红心牌倒给喜欢射月的人，还有如果你非得赢一手牌不可，尽量用高分的牌来赢。

我们对即将来临的考试唯一的反应是重新安排牌局，所以牌局变成无休无止的循环赛。赌注仍然是一个积分算五分钱，不过现在要玩到“赛末点”，赛末点的得分算法颇复杂，不过兰迪和休斯在两个熬夜打牌的疯狂夜晚一起设计出很好的公式。顺带一提，他们两人修的数学概论后来都没及格，因此上学期结束后都没能回来继续学业。

从那个感恩节前的一连串考试到今天，已经过了三十三个年头了，而从男孩长成的男人迄今仍然觉得那段时光真是不堪回首。那个学期除了社会学和大一英文之外，我其他科目都被当掉了，而且不需要看分数就心知肚明。舰长说，他除了微积分之外也都不及格，而且微积分也是低空掠过。那天晚上我带卡萝尔出去看电影，是感恩节假期前最后一次约会（也是我们的最后一次约会，虽然我当时并不晓得）。去开车的路上，我看到龙尼。我问他考得如何，他笑着对我眨眨眼，然后说：“每一击都得分，就好像打他妈的大专杯的时候一样。我一点都不担心。”但是在停车场的灯光下，我看得出来他挂着笑容的嘴角在微微颤抖。他的肤色十分苍白，脸上的痘痘比九月刚开学时又更糟糕了。“你呢？”

“他们打算让我当文理学院的院长，明白了吗？”我说。

龙尼爆笑。“你真是他妈的混蛋！”

他拍拍我的肩膀，原本那种洋洋得意的眼神不见了，取而代之的是害怕，因此让他看起来年轻不少。“出去吗？”

“是啊。”

“和卡萝尔一起？”

“对。”

“很好，她长得很漂亮，”就龙尼而言，已经是难得的有诚意了，“如果之后没有再碰面，先祝你火鸡节快乐。”

“你也一样，龙尼。”

“是啊，当然。”他没有正视我，反而用眼角余光瞄我，想保持微笑。“不管怎么样，我想我们都会把那只鸟吃掉，对不对？”

“是啊。”

24

天气很热，即使关掉引擎和暖气还是很热，我们的身体把汽车内部弄得暖烘烘的，车窗上弥漫着蒸汽，因此停车场的灯光透过车窗照入车内时变得蒙眬一片，仿佛透过毛玻璃射入浴室的阳光。我开着收音机，名 DJ 神奇马歇尔播放着老歌，谦虚但神奇的马歇尔播着四季合唱团、多佛斯合唱团以及杰克·斯科特、小理查德，还有卡农的歌。她的毛衣敞开，胸罩垂下来，一边的肩带已经脱落，是白色的粗带子，当时的胸罩科技还没有大跃进。喔，天哪，她的皮肤真暖和，含在我口中的乳头涩涩的；她还穿着内裤，算是穿着吧，但已经被挤到一边，我先伸一只手指进去，然后两只手指全伸进去。查克·贝里唱着《约翰尼当自强》，皇家少年乐团唱着《短短的短裤》，她的手伸进我的裤子里，手指拨弄着我里面“短短的短裤”的松紧带。我可以闻到她，她脖子上的香水和额头发际的汗水；我可以听到她，听到她呼吸的脉动、亲吻时嘴里的呢喃。我把汽车前座尽可能往后推，脑子里不再去想考试不及格或越南战事或约翰逊身上的花环或红心游戏或其他任何事情，只是单纯地想要她，而且就在此时此地。她突然坐直了身子，同时也把我拉起来，两只手紧紧按在我胸前，把我往驾驶盘那儿推过去。我又往她那儿靠过去，一只手滑到她的臀部，她尖声说：“彼特，不要！”然后把双腿夹紧，膝盖相碰时的声音大得我都听得见了，那个声音表示亲热时刻到此结束，不管你喜不喜欢。我虽然不甘心，还是停了下来。

我把头靠回驾驶座旁起雾的车窗，用力吸一口气。我的小弟弟好像钢条般塞在内裤里，硬得发痛。这种反应很快就会消退——没有任何勃起反应会永远持续不退，我想这句话是本杰明迪斯雷利说的——但即使在勃起反应消失后，沮丧的睪丸仍然苟延残喘。这就是男人生命的真相。

我们早早就离开电影院，回去停车场，脑子里想着同样的事情……至少我希望是如此。我猜我们想的是同样的事情，只是我的期望有一点点超乎实际。

卡萝尔把上衣拉好，但是胸罩还垂挂在后面，呼之欲出的乳房以及在昏暗的灯光下依稀可见的乳沟，令她显得格外诱人。她打开钱包，用颤抖的手翻找香烟。

“呼！”她说，声音和双手同样发颤，“我是说，天哪。”

“你的上衣那样敞开时，看起来好像碧姬·芭杜。”我告诉她。

她抬起头来，露出惊讶和——我猜——高兴的表情。“你真的这样觉得吗？还是只不过因为我的头发也是金色的？”

“头发？不是，主要是……”我指着她的胸部。她低头看看，然后笑了起来。不过，她还是没有把扣子扣好，也没有把上衣拉紧一点。反正我也不确定她真的有办法把它拉好一点——-我记得那件上衣非常贴身。

“我小时候，街上有家电影院叫帝国戏院。现在拆掉了，不过我们小时候——博比、萨利和我小时候——戏院前面好像总是摆着她的照片。我想那部叫《上帝创造女人》的片子大概在那里演了有一千年了吧！”

我大笑，从仪表板那儿拿出自己的香烟。“盖兹佛斯镇的露天电影院在每个星期五和星期六晚上，第三部晚场电影一定都是这部片子。”

“你看过吗？”

“开玩笑！除非露天电影院演的是迪斯尼电影，否则我爸妈根本不会准我去看。我想，萨尔·米涅奥演的《骏马豪情》我至少看了七遍。但是我记得碧姬·芭杜披着浴巾的预告片。”

“我不会回学校。”她说，接着点燃香烟。她的语气如此平静，起先我以为话题还是老电影或加尔各答的午夜，或任何足以说服我们该让身体好好休息、今天的活动到此为止的话题。然后，她的话惊醒了我。

“你……你刚刚是不是说……？”

“我说感恩节过后不会回学校。因此，今年的感恩节在家里一定很不好过，但是管他的。”

“你爸爸呢?”

她摇摇头，吸了一口烟。她的脸在香烟火花下出现橘红色的亮光和灰黑色的暗影，令她显得比较苍老，还是很漂亮，但比较老。收音机里，保罗·安卡正唱着《黛安娜》这首歌。我把收音机关掉。

“这件事跟我爸爸没关系。我要回哈维切镇，你还记得我提过妈妈的朋友蕾安达吗?”

我好像有一点记得，所以点点头。

“我拿给你看的那张照片就是蕾安达拍的，里面有我、博比和萨利。她说……”卡萝尔低头看着掀到腰部的裙子，开始把裙子拉好。你永远弄不清楚什么事会让别人感到难堪；有时候是上厕所的问题，有时候是亲戚老爱开色情玩笑，有时候是爱吹牛的作风，当然有时候是酗酒问题。

“这么说好了，我爸爸不是家里唯一有酗酒毛病的人。他还教我妈妈喝酒，而我妈妈是个好学生。我妈戒酒已经很久了——我猜她参加了匿名戒酒会——但是蕾安达说她最近又开始喝酒了，所以我要回家去。我不知道有没有办法照顾她，但是要试试看，为了我弟弟，也为了我妈妈。蕾安达说伊恩每天都过得糊里糊涂的，当然啦，他从来都是这样。”她微微笑着。

“卡萝尔，这样不太好吧，就这样中断学业——”

她生气地抬起头来。“你想谈谈中断学业的事吗?你知道我一直听到别人怎么说你们在张伯伦舍三楼进行那些该死的牌局吗?他们说，住在三楼的每个人圣诞节以前都会被退学，包括你在内。潘尼说，下学期开学的时候，三楼的人全都会走光光，只剩下你们那个蠢舍监还留在那里。”

“不会啦，”我说，“他太夸张了。奈特会留下来，斯托克利也会，如果他没有在哪天晚上滚下楼梯、摔断脖子的话。”

“你好像还觉得这件事很好笑似的。”她说。

“这件事不好笑。”我说。不，一点也不好笑。

“那你为什么不戒掉呢？”

现在轮到我生气了。正当我开始想和她在一起、需要她陪伴我的时候，她却一把推开我、把双腿夹起来，告诉我她要离我而去，留给我世界上最忧郁的蛋蛋……而现在，全都是我的问题了；现在，全都是玩牌的问题了。

“我不知道为什么我不戒掉？”我说，“你为什么不找其他人照顾你妈妈呢？为什么不让她那个朋友，卢安达——”

“是蕾—安—达。”

“——照顾她呢？我的意思是，你妈妈是酒鬼又不是你的错。”

“我妈妈不是酒鬼！你不可以这样说她！”

“唔，她总是个什么吧，如果你竟然得为她休学的话。如果真那么严重，总不是小问题吧。”

“蕾安达在上班，而且她自己也有妈妈要操心。”卡萝尔说。她的怒气已经消散了，好像泄了气一样，十分沮丧。我还记得那个站在我身旁、看着戈德华特贴纸一片片随风飘散而开怀大笑的女孩，和现在这个女孩判若两人。“妈妈就是妈妈，只有伊恩和我能照顾她，而伊恩几乎连高中都快读不下去了。更何况再不济，我还是能进康涅狄格大学。”

“你想要知道一点信息吗？”我问她。我的声音颤抖，愈来愈浊重。“不管你想不想知道，我都会告诉你，好吗？你伤了我的心，这就是我要告诉你的信息，你让我心碎。”

“但是我没有，”她说，“我们的心坚固得很，彼特，多半时候都不会碎，多半时候都只是弯曲而已。”

是啊，是啊，孔子曰，把飞机倒转过来飞的人会撞得粉身碎骨。[①] 我哭了起来，哭得不是很厉害，但是有眼泪，我想主要是因为事情发生得太突然，我完全没有心理准备。好吧，或许我也是为自己哭泣，因为我很害怕，害怕自己除了一科以外，其他科目可能全部不及格；害怕朋友打算按下“紧急弹出”的按钮，离我而去；我也害怕

① 这是美国人之间流行的众多“孔子曰”笑话之一。

自己好像老是戒不掉玩牌的坏习惯。没有一件事情符合我刚上大学时的期望，我简直吓坏了。

“我不想你离开，”我说，“我爱你。”然后试着挤出微笑，“多透露一点信息好吗？”

她注视着我，脸上有一种我说不出来的表情，然后摇下车窗，把香烟往外丢，接着又把车窗摇上，张开手臂。“过来这里。”

我捻熄香烟滑到她那边，投入她的怀抱。她亲吻我，凝视我的眼睛，“也许你爱我，也许你不爱我。我只能告诉你，我绝不劝别人不要爱我，因为周遭的世界太缺乏爱了。但是你现在很困惑，彼特，不管是对学校、对红心牌戏、对安玛丽或对我，都觉得很困惑。”

我说我没有，但当然很困惑。

“我可以回去念康涅狄格大学，”她说，“如果妈妈情况好转，我就可以在布里吉港半工半读，或在斯特拉福特或哈维切读夜间课程。我可以这么做，相信我，因为我是女生，可以享受到这样的奢侈待遇；约翰逊特别关照过这件事。”

“卡萝尔——”

她轻轻用手掩住我的嘴。“如果你在十二月被退学，明年十二月就会在丛林作战了。彼特，你得好好想想这件事。萨利和你不一样，他赞成打这场仗，他也想上战场，而你根本不知道自己想要什么，或自己怎么想，而且如果你一直玩牌，就会一直迷糊下去。”

“嘿，我把车子上的戈德华特贴纸撕掉了，不是吗？”这句话连我自己听着都觉得很蠢。

她什么也没说。

“你打算什么时候离开？”

“明天下午。我买了四点钟到纽约的车票，哈维切巴士站离我家只有三个路口。”

“你会在德里搭车吗？”

“会。”

“我可不可以载你去车站？我可以三点钟左右去宿舍接你。”

她考虑了一下，然后点点头……但是我看到她眼中闪了一下，我不可能没看到，因为那双大眼睛平常都十分直率。“这样很好，”她说，“谢谢你，我没有骗你，对不对？我早就说过我们的关系不会长久。”

我叹了一口气。“是啊。”只是这段交往比我预期的短暂许多。

“好，现在，六号：我们需要……信息。”

“你拿不到的。”当你泫然欲泣的时候，实在很难装出麦高汉在电视剧《囚徒》中的凶狠语气，但是我尽力而为。

“即使我拜托你都不成吗？”她拉起我的手，让我的手滑进她的毛衣、贴在她的左胸上。我身体里某个部分原本已经没精打采了，如今又突然警醒过来。

“呃……”

“你以前有没有做过？我的意思是，真的做？我想要的就是这个信息。”

我犹豫了一下，针对这个问题，男生通常都很难启齿，而且多数人会撒谎。但我不想对卡萝尔撒谎。“没有。”我说。

她优雅地褪下裤子、丢到后座，然后把手绕到我颈后，十指紧扣。“我做过两次，和萨利。我不认为他很厉害……不过他从来没有上过大学，而你是大学生。”

我觉得口干舌燥，不过这一定只是幻觉，因为当我吻她的时候，我们的嘴唇都是湿润的，我们的嘴唇、舌头、牙齿滑来滑去。等到终于能开口说话时，我说：“我会尽力善用我的大学教育。”

“打开收音机，”她说，一边松开我的皮带、解开我的牛仔裤纽扣，“打开收音机，彼特，我喜欢听老歌。”

于是我转开收音机，然后亲吻她，她的手引着我到某个部位，那里十分温暖。很温暖，也很紧。她在我耳边呢喃，她的嘴唇弄得我皮肤痒痒的。“慢慢来，把每一片蔬菜都吃完，也许就有甜点可吃了。”

收音机里，杰基·威尔森唱着《寂寞的泪珠》，我慢慢来；罗伊·奥比森唱着《只是寂寞》，我慢慢来；万达·杰克逊唱着《开个派对吧》，我慢慢来；播了一段广告，我慢慢来。然后她开始呻吟，指甲嵌入我的颈背，当她的臀部开始紧贴着我猛烈上下晃动时，我没有办法再慢慢来了，这时候的收音机里，五黑宝正唱着《黄昏时分》，她开始不自觉地呻吟，喔，彼特，喔，天哪，喔，耶稣基督，彼特，她的嘴唇亲吻我的嘴唇，又吻我的脸颊，吻我的下巴，她疯狂地亲吻我。我可以听到椅子吱吱嘎嘎的声音，闻到香烟的味道和吊在后视镜的空气清洁剂的棕榈味，这时候我也开始呻吟了，我不知道为什么。五黑宝正唱着："我每天都祈祷夜晚来临，只是为了和你在一起。"然后就发生了，我在狂喜中抖动。我闭上眼睛，闭着眼睛搂着她，然后进入她的身体，我全身摇晃，听到鞋跟抽搐般冬冬敲打着驾驶座旁的车门，心里想着，即使我快死掉了也要这么做，即使我快死掉了，即使我快死掉了；我心想，这也算是信息。我在狂喜中晃动，纸片落在该落下的位置，这世界从来不会错过任何一个拍子，皇后躲起来了，皇后找到了，而这些全都是信息。

25

第二天早上，我和地质学讲师短暂会晤了一下，他说我正"逐渐陷入严重危机"。六号，这完全不是新闻，我想这么对他说，但没有说出口。那天早上，整个世界都不一样了，变得比较好，同时也变得比较糟。

回到张伯伦舍的时候，我发现奈特已经准备启程回家了。他一手提着行李，皮箱上的贴纸上写着"我攀登了华盛顿山"，肩膀扛着装满脏衣服的袋子。奈特今天看起来很不一样，就好像其他的一切都显得不一样。

"感恩节快乐，奈特。"我说，打开衣橱，开始随意拉出一些衣裤。"多吃一点，你太瘦了。"

"我会的，还会多吃一点蔓越橘酱。刚到这里的头一个星期是我想家最厉害的时候，满脑子想的都是我妈妈做的蔓越橘酱。"

我把行李箱塞满，心想可以先载卡萝尔到德里的巴士站，然后继续开车回家。如果一三六号公路的车子不太多的话，可能天还没黑就到家了。说不定我甚至可以在到家之前，先在法兰克冷饮店买杯沙士。突然之间，离开这个地方——离开张伯伦舍和豪优克餐厅，离开这整间该死的大学——成为我现在最想做的事。你现在很困惑，彼特，卡萝尔那天晚上在车子里说，不管是对学校、对红心牌戏、对安玛丽或对我，都觉得很困惑。

对我来说，这是远离牌局的好机会，卡萝尔要离开的消息，我觉得很难过，但是如果说那是我当时心目中最重要的事情，那就是在说谎。在那一刻，离开三楼交谊厅才是最重要的事情，逃离“婊子”的诱惑。如果你在十二月被退学，明年十二月就会在丛林作战了。保持联络，宝贝，再见啰，正如柯克舰长所说。

我把行李箱关好，环顾四周，奈特还站在走廊上。我跳起来，发出一声惊呼，好像见鬼似的。

“嘿，走吧，快走吧，”我说，“时间如潮水，一去不复返，即使你念的是牙医预科，时间也不会停下脚步等你。”

奈特仍然站在那里，看着我。“你会被退学。”他说。

我再度想着，奈特和卡萝尔两个人还真像呢，好像同一枚硬币的正反两面。我想挤出一丝微笑，但是奈特没有回我微笑。他苦着苍白的小脸，标准北方佬的脸孔，你看到一个老是晒伤，而不是晒出一身古铜肤色的瘦子，他所谓的精心打扮只是打着一条细领带，头上随意抹点美发水，而且他应该是在新罕布什尔州白河北岸长大的，临死前说的最后一句话很可能是“蔓越橘酱”。

“不会啦，”我说，“别瞎说，奈特，没问题的。”

“你会被退学。”他又重复了一遍。脸颊浮现暗红色的红晕。“在我认识的人当中，你和舰长是最好的大好人，我在高中从来没有碰到过像你们这样的好人，至少在我那所高中里没有，但你们就快被退学了，真是愚蠢。”

“我不会被退学。”我说……但从昨晚起，我已经接受了可能被退学的想法。我不只是即将步入严重危机，而是已经深陷危机中。“舰长也不会，情势还在掌控中。”

“整个世界都快崩溃了，而你们两个却为了玩牌快被踢出学校！

只因为愚蠢、该死的扑克牌游戏！”

我还来不及搭腔，他就离开了，回乡下去吃妈妈烤的火鸡，甚至还可以得到辛迪的服务。嘿，这可是感恩节呢！

26

我不算命，也很少看《X档案》，从来不拨灵媒热线的电话，但我相信我们偶尔都能未卜先知。那天下午就是如此，当我把老哥的老爷车停在富兰克林舍前面的时候，她已经离开了。

我走进去。宿舍大厅通常会有八九位来访的年轻绅士坐在塑料椅子上等候，今天却出奇的空空荡荡。穿着蓝色制服的清洁工正在用吸尘器清洁地毯，柜台小姐边看《麦考尔》杂志、边听收音机。事实上，她听的是“问号与神秘主义者”的音乐。哭吧，哭吧，哭吧，宝贝，九十六滴眼泪！

“麻烦通报一下，彼特要找卡萝尔。”我说。

她抬起头来，把杂志放下，抛给我一个甜蜜、同情的眼神，仿佛医生要宣告“哎，抱歉，你的肿瘤没有办法动手术取出来”时一样。你真倒霉，还是和耶稣做朋友吧。“卡萝尔说她必须早一点离开，她已经搭穿梭巴士去德里车站了。但是她说你会来找她，要我把这个东西拿给你。”

她递给我一个信封，封套上写着我的名字。我谢谢她，拿着信封走出富兰克林舍。我沿着人行道走下去，在车子旁边伫立片刻，眺望前面的豪优克餐厅，这座旷野上的宫殿、头上长角的热狗人之家。而下面就是班奈特小径，秋风扫过落叶，发出啪啦啪啦的声音。树叶的颜色早已失去原先的光亮，只留下十一月的暗褐色。那天是感恩节前夕，冬天的脚步即将踏上新英格兰，周遭只有寒风呼啸和冷冷的冬阳。我又哭了起来，可以感觉到脸颊上的热泪。九十六滴眼泪，宝贝；哭吧，哭吧，哭吧！

我爬进车子里，昨晚就是在这里失去了童贞，然后打开信封，里面有一张纸。莎士比亚说过，警句贵在简洁。如果莎士比亚说得对，那么卡萝尔的短笺可真是字字珠玑。

亲爱的彼特：

我觉得我们应该把昨晚当做最后的道别——这样不是最好吗？我可能会写信到学校给你，也可能不会，目前我很困惑，没有办法说定（说不定我会改变主意回来念书）。但是请不要找我，让我主动和你联络，好吗？你说你爱我，如果你真的爱我，让我主动和你联络。我一定会和你联络的，我答应你。

卡萝尔

附：昨晚可以说是我这辈子最美好的经验。

又附：千万不要再玩牌了。

她说这是她这辈子最美好的经验，但是在底下签名的时候却没有写上“爱你的”，只是签上名字而已。如果还有比这更棒的经验，我不知道怎么可能受得了。我明白她的意思。我伸手摸摸座椅上她躺过的地方，我们曾经躺在一起的地方。

打开收音机，彼特，我喜欢老歌。

我看看手表。由于提早开车到她的宿舍（也许是出于下意识），现在还不到三点钟。在她回康涅狄格州之前，我很容易就可以在德里巴士站赶上她……但是我不会这样做。她说得对，我们在这辆老爷车里面有了最精彩的道别；再有任何动作都是画蛇添足。最多只是重复昨天说过的话而已，甚至发生争论，反而让昨晚的美好蒙上污点。

我们需要信息。

是啊，我们也得到信息了，老天爷知道我们得到信息了。

我把她的信折好塞进牛仔裤口袋里，然后开车回家。起先泪水模糊了我的双眼，我不停拭泪，然后打开收音机，音乐让我觉得好过一点；音乐总是有这样的功效。现在我已经五十开外了，音乐还是能让我觉得好过一点。

27

我大约在五点半回到盖兹佛斯镇，经过法兰克冷饮店时，我放慢速度，然后又往前开。到了这时候，我迫切地想回家，相较之下，喝喝啤酒、和法兰克聊聊八卦就没那么重要了。妈妈欢迎我回家的方式是一边嘴里念着我太瘦了、头发太长了，还有“胡子也不好好刮一刮”，一边为浪子归来而掉下欢喜的眼泪。老爸吻了吻我的脸颊，用一只手臂搂了我一下，然后仿佛一只好奇的乌龟般，从褐色旧毛衣里探出头去，打开冰箱倒了一杯老妈泡的红茶。

我们——妈妈和我——认为他可能只剩下五分之一的视力，也许多一点点，很难说，因为他难得开口。那是一次可怕的意外造成的，他从二楼跌下去，左脸和脖子都留下了疤痕，头盖骨还有一块补丁，所以那里长不出头发。那次意外破坏了他的视力，同时影响到他的脑力。但是他还不算“痴呆”，我有一次在理发店听到一个混蛋这么说；我父亲也没有哑掉，虽然有人似乎以为他是哑巴。他昏迷了十九天，醒来以后，大半时候都闷不吭声，而且脑子里经常混沌一片，但有时候他还是在那儿，仍然在场，而且也还像个父亲，足以在我回家的时候亲亲我，还有用一只手紧紧搂我一下，自从我有记忆以来，他都是这样拥抱别人。我很爱老爸……和龙尼玩牌玩了一学期之后，我学到的是，说话是被过度高估的才能。

我和爸妈一起闲坐了一会儿，和他们说了一些学校里的事情（不过没有谈到玩牌），然后就出去外面。我在暮色中扫了一下落叶——冷冷的空气吹到脸上，未尝不是一种福气——向路过的邻居挥手打招呼，晚餐时吃了三个妈妈做的汉堡。然后，她说要去教会为卧病在家的人准备感恩节晚餐；她不认为我回家的第一个晚上会想和一群唠叨的老太婆一起度过，不过如果我想参加也很欢迎。我谢谢她，说我想给安玛丽打个电话。

“喔，我怎么没有想到这件事？”她说，然后就出去了。我听到她发动车子的声音，然后毫不兴奋地打电话给安玛丽·索西。一小时后，安玛丽就开着她爸爸的货车，挂着微笑来到我家，她的头发垂在肩上，嘴上涂了亮丽的口红。她的笑容没多久就消失了，我想你也猜得到，十五分钟后，安玛丽就走出我家，也走出我的人生。保持联络，宝贝，再见了。大约在伍德斯托克音乐会举行的那段时间前后，她嫁给路威斯顿的保险经纪人，成为贾尔伯特太太。他们生了三个小孩，到现在仍然有婚姻关系。我猜这样很不错，不是吗？即使没那么好，你还是得承认这是典型的美国式生活。

我站在厨房水槽边的窗前，看着索西先生的货车尾灯消失在马路上。我觉得很惭愧——天哪，想到她睁大眼睛、微笑消失、开始颤抖的神情——但是我也觉得很开心，十分差劲地有种松了一口气的感觉，轻松地想要像舞王佛雷亚斯坦那样沿着墙壁跳舞，一直跳到天花板上。

后面传来窸窸窣窣的脚步声。我转过身去，看到老爸穿着拖鞋，慢慢拖着脚步在地板上走着，一手往前伸出去，手上的皮肤松垮垮的，像戴着又大又松的手套般。

“我刚刚是不是听到一位年轻小姐叫一位年轻男士混账东西？”他轻轻地问。

“这个……是啊，”我说，“我想你大概听到了吧。”

他打开冰箱摸索了一下，拿出一壶冰红茶，喝起不加糖的红茶。我偶尔也学他喝不加糖的红茶，我可以告诉你，喝起来淡而无味。我的推论是，老爸总是喝红茶，原因是红茶是冰箱里最明亮显眼的东西，他一看就知道那是什么。

“刚刚那是索西家的女孩，对不对？”

“对，爸，是安玛丽。”

“索西家的人脾气都不好，彼特。她刚刚摔门，对不对？”

我忍不住笑了，那扇老旧的玻璃门居然没有碎掉，还真是奇迹。“我猜她的确摔了门。”

“你在大学里看上了别的漂亮女孩，对不对？”

这是个颇复杂的问题，简单回答的话——而且或许也是最诚实的答案——应该说我没有，我也就这样回答老爸。

他点点头，从冰箱旁的橱柜中拿出最大的玻璃杯，一副准备把红茶倒得柜台和脚上到处都是的模样。

“我帮你倒，好不好？”我说。

他没有搭腔，但是退后几步让我倒茶。我把七八分满的玻璃杯放在他的手里，把装红茶的水壶放回冰箱。

“好喝吗？”

他没有搭腔，只是站在那儿，两手捧着玻璃杯，像个孩子一样小口地啜饮着红茶。我等了一下，觉得他不会回答我的问题，于是提起放在角落的行李箱。整理行李的时候，我把教科书扔到衣服上，现在得把书一一拿出来。

“放假的第一个晚上就开始用功。”老爸说，把我吓了一跳——我几乎忘了他还站在那里。

“这个嘛，我有几堂课的进度落后了，老师教课的速度比高中的时候快很多。”

“大学，”他说，然后停顿了很久，“你在读大学。”

听起来像个问题，所以我说：“是啊，爸。”

他又多站了一会儿，仿佛要看我整理书和笔记本。也许他在注视着我，也许只是站在那儿，我不太确定。最后，他开始慢慢走向门口，伸长脖子，微微举起一只手，另外一只手——拿着一杯红茶的那只手——现在屈起来放在胸前。走到门口时，他停下脚步，没有回头，对我说：“你甩掉索西家的女孩很好。索西家的人脾气都很坏。你可以把他们打扮得漂漂亮亮，却没办法带他们出门。你可以找到更好的女朋友。”

他走出去，屈在胸前的那只手还握着那杯红茶。

28

哥哥和嫂嫂返抵家门之前，我的确读了一点书，接下来三小时稍微赶上了社会学的进度，还埋头苦读了四十页地质学。停下来泡咖啡的时候，我燃起一线希望。我的成绩落后了，严重落后，但或许还没有到不可救药的地步。我觉得自己好像外野手，顺着球飞的方向，不停往后退、往后退，一直退到左外野的墙边；然后站在那里抬头往上看，但没有放弃希望，知道那颗球会越过围墙，但是如果抓准时机跳起来，还来得及拦截到那颗球。我也办得到。

换句话说，假如我未来可以不再踏进三楼交谊厅的话。

十点十五分的时候，我那大白天还不见踪影的哥哥终于开车抵达。他怀着八个月身孕的妻子披着有真正貂毛领子的漂亮外套，手里提着面包布丁走进来，戴夫则拿着一盅奶油炖豆。全世界大概只有我老哥会想到老远带着一大碗奶油炖豆来过感恩节吧。他是个好人，比我大六岁，一九六六年的时候在一家小型汉堡连锁店担任会计师，他的公司在缅因州和新罕布什尔州开了六家汉堡店，到了一九九六年已经有八十家店了，而我哥哥和另外三个合伙人变成连锁店的老板，身价高达三百万美金——至少账面上的价值是如此——而且已经动过三次冠状动脉绕道手术，我猜你可以说，新增的每一个绕道血管都值一百万美金。

妈妈紧跟在戴夫和凯蒂后面走进来，身上沾满面粉，但因为刚刚准备好晚餐而觉得十分开心，更因为两个儿子都回家而雀跃不已，兴奋得说个不停。老爸则坐在角落静静听着我们聊天，什么都没说……但脸上一直挂着微笑，瞳孔放大的古怪眼睛从戴夫脸上移到我的脸上，又把目光移到戴夫脸上。我猜，他的眼睛其实是对我们的声音有反应。戴夫想知道安玛丽在哪里，我说安玛丽和我决定冷却一下彼此的关系，戴夫问我这是不是表示我们已经——

他还没说完，妈妈和太太都狠狠瞪了他一眼，暗示他现在不要提，不要在这个时候提这件事。看到妈妈睁大眼睛，我猜她等一下就会自己开口问我，也许会提出一连串的问题。妈妈想得到信息，当妈妈的总是这样。

除了被安玛丽骂，还有不时想着卡萝尔现在到底怎么样了（主要是她会不会改变主意、决定回缅因大学，还有她会不会和老友萨利一起过感恩节），这个假期还真不赖。星期四和星期五，亲戚轮流来访，大家在屋子里走来走去，啃着火鸡腿、又吼又叫地观赏电视转播的美式足球赛，还劈柴供应厨房炉火（还没到星期天晚上，妈妈已经有足够的木柴供整个冬天取暖之用）。晚饭后，我们吃甜点、玩拼字游戏。最富娱乐效果的是，戴夫和凯蒂为了他们打算买的房子大吵了一架，结果凯蒂把一盒剩菜往戴夫身上扔过去。多年来，我也挨过戴夫几记老拳，所以我很高兴看到那个装南瓜的塑料盒落到戴夫头上又弹开来。天哪，真是太有趣了。

但是，在所有的好事底下，和家人团聚的那种快乐情绪底下，我仍然暗自害怕回学校之后可能发生的事情。星期四晚上，当冰箱里塞满剩菜，其他人都各自就寝后，我读了一小时书，然后又在星期五下午读了两小时，当时没什么亲戚来访，而戴夫和凯蒂暂时解决了分歧，小憩片刻（虽然我认为他们的“小憩”也很吵）。

我仍然觉得自己可以迎头赶上——事实上，我知道我可以——但也知道没办法单打独斗，或和奈特一起奋战。我必须找个很了解三楼交谊厅那种致命吸引力的搭档，他很了解每当有人开始打出黑桃牌、试图逼出婊子时那种热血澎湃的感觉，也充分明白在牌桌上击败龙尼的那种单纯的快乐。

我心想，我必须找舰长一起奋斗。即使卡萝尔回来，她绝没有舰长那么清楚我的感觉。我必须和舰长并肩作战，奋力向岸边游去，避免灭顶。我倒不是真的那么关心他，而是想如果我们同心协力，两个人应该都可以过关。承认这点让我觉得自己很龌龊，但这是实情。到了星期六，我已经好好探索了自己的灵魂一番，知道我最关心的还是自己。假如舰长也想利用我，那很好，因为我确实想好好利用他。

星期六中午前，我已经花了很多时间读地质学，我知道需要有人很快解释一些概念给我听。这学期只剩下两次大考：期中考之后就是期末考，我必须两次都考得很好，才能保住奖学金。

戴夫和凯蒂在星期六晚上七点左右离开，仍然在为该买哪栋房子拌嘴（但是心情已经好很多了）。我在餐桌旁坐定，开始读社会学中关于“外团体制裁”的那一章，课本想说的似乎是即使书呆子都需要有人可以欺负。这观念还真令人沮丧。

读着读着，我感觉到厨房里并不是只有我一个人。我抬起头来，看到妈妈穿着粉红色旧家居服站在一旁，脸上抹了旁氏冷霜，像鬼似的。我不讶异我完全没有听到她的脚步声，在这栋小房子里住了二十五年以后，她很清楚哪些地方踩下去会吱嘎作响。我想她终于要来问我关于安玛丽的事情了，但结果她压根儿就没有想到我的爱情生活。

“你到底惹上多大的麻烦了，彼特？”她问。

我想了大约一百种不同的答案，最后决定实话实说。“其实我不知道。”

“有什么特别的事情吗？”

这一回我没有说实话，现在回头看就明白当时我撒谎泄漏了心底的秘密：我内心仍然有一股与我的最佳利益背道而驰的强大力量，很可能把我推到悬崖边……推下悬崖。

是啊，妈，问题就出在三楼交谊厅和纸牌——每次我都告诉自己，玩几手牌就好了，然后抬头看钟的时候都已经过了午夜，我已经累得没法念书了；太沉迷其中，没办法用功读书。除了玩红心以外，整个秋天，我真正认真做的事情，就只有失去了我的童贞。

如果我当时至少说出前面那部分，那么情形大概就好像猜出纺稻草的小矮人叫什么名字，然后大声说出来。[①] 但是我什么都没说，只告诉妈妈，大学老师上课的进度太快了，我过去的读书方法都不管用，必须建立新的读书习惯。但是我一定办得到，我很确定我办得到。

她交叉着双臂在那儿站了一会儿，双手埋进衣领中——样子看起来好像中国娃娃一样——然后说：“我永远爱你，彼特，你爸爸也一

---

① 格林童话故事，描述一个农夫夸口女儿能将稻草纺成金线，国王知道后把将女孩关起来，逼她将稻草纺成金线。女孩在小矮人的帮忙下完成任务，但交换条件是生的第一胎必须送给小矮人。后来女孩成了皇后并生下第一胎，小矮人说如果皇后能在三天内猜出他要为小孩取的名字，就可留下小孩。结果皇后果真猜对了，因而化解危机。

样。他没有说出口，但是他感觉得到。我们都爱你，你也知道。”

“是啊，”我说，“我知道。”我站起来抱住她。她得了胰脏癌，至少这个病很快，但还不够快，我猜当发生在你挚爱的人身上时，什么都不够快。

“但是你一定要用功念书。不肯用功的男孩子现在一个个都步上死亡之路，”她微笑着说，但是脸上看不出笑意，“或许你也知道这件事。”

“我听到一些谣言。”

“你还在长大。”她说，把头抬起来。

“没有吧。”

“有，从去年夏天到现在至少又长了三厘米。看看你的头发！为什么不去剪剪头发呢？”

“我喜欢这个样子。”

“你的头发长得像女孩子一样。听我的话，彼特，剪剪头发，看起来整齐一点。毕竟你不是滚石合唱团的团员！”

我忍不住笑起来。“我会考虑考虑，好吗，妈妈？”

“记得去剪头发。”她又紧紧抱了我一下，然后就放我走了。她的样子很疲倦，但是也很漂亮。“他们在大海的另一头杀了很多男孩子，”她说，“起先我以为他们有很好的理由，但是你爸爸说他们疯了，说不定他说得对。你一定要用功读书。如果需要额外的钱来买书——或请家教——我们会想办法挪一点钱给你。”

“谢谢，妈，你真是蜜桃。”

“我不是，我只是一匹累坏的母马。我要去睡觉了。”

我又读了一小时书，后来所有的字在我眼中都变成两个字或三个字，于是我上床睡觉，但是又睡不着。每次我在蒙眬间快进入梦乡时，就看到自己拿起一手牌，开始照着花色把牌重新排列一遍。最后，我干脆睁开眼睛，瞪着天花板。不肯用功的男孩子现在都一个个步上死亡之路，我妈妈这么说。卡萝尔告诉我，在这个时代，身为女孩有很大好处，约翰逊特别关照到这点。

咱们把婊子揪出来吧！

向左传，还是向右传？

天哪，该死的彼特射月了！

我的脑子里充满各种声音，声音似乎从空气中慢慢扩散开来。

就我的问题而言，唯一明智的解决办法就是不要再玩牌了，但尽管三楼交谊厅离我现在躺着的地方有一百三十英里远，那里对我仍然有一种吸引力，完全超乎理性的吸引力。在积分赛中，我已经累积了十二分，只有龙尼赢我，他有十五分，我怎么可能从此不踏进交谊厅、放弃那十二分、让那吹牛大王所向无敌呢？卡萝尔帮我看清楚龙尼的为人，了解他是个心胸狭窄、令人讨厌的投机分子。可是现在卡萝尔离开了——

我心底理性的声音说：龙尼不久也会离开。如果他还能撑到这学期结束，那真是天大的奇迹。

没错，而且除了红心牌戏之外，龙尼一无所有。他的样子又丑又笨，挺着个大肚子，但胳膊很细，已经可以看出他老了以后会是什么样子。他随身带着筹码是为了稍稍掩盖住强烈的自卑感，而且老爱吹牛自己多会把妹，这也很可笑，何况他其实不太聪明，就好像其他快被退学的男孩一样（例如舰长）。在我看来，龙尼擅长的就只有红心游戏和空洞的吹嘘，所以何不退出牌局，让龙尼去玩他的牌、去信口开河呢？

因为我不想，这才是真正的原因。因为我想抹掉他脸上龌龊虚伪的假笑，让他无法再发出刺耳的笑声。说起来很卑鄙，但却是真心话。我最爱看龙尼闷闷不乐的样子，看他额头垂着几撮油油的头发、噘着嘴、拉长了脸怒视着我的样子。

而且，牌戏本身也很有吸引力。我很爱玩牌，即使躺在家里从小睡着的床上，我还是忍不住想着红心牌戏，所以等我回学校以后，怎么可能不踏进三楼交谊厅呢？当马克大声叫我快点、还剩一个位子、记分表上每个人的分数都归零、牌戏即将开始时，我怎么可能假装听不见呢？我的老天！

当客厅的报时布谷鸟高唱出两点钟时，我还没睡着。于是我爬起来，披上睡袍走下楼去。我倒了一杯牛奶坐在餐桌旁喝，厨房里一片漆黑，只有炉台的日光灯发出的亮光，周遭一片安静，只听到壁炉燃烧柴火的沙沙声和卧室传来老爸轻柔的鼾声。我觉得有一点昏昏沉沉，仿佛火鸡和馅料在我脑子里掀起了小小的天摇地动，仿佛我可能陷入沉睡，一睡就睡到三月的圣帕特里克节。

这时候，我碰巧瞥见门口木箱的钩子上挂着我的高中制服外套，胸前有白色的 GF 两个大字母交叠在一起，只有这两个字母缩写，没有其他图案。我不是运动健将。和舰长刚认识的时候，他曾经问我有没有因为运动场上的优良表现而得过绣字母代号的荣誉？我告诉他有，就是代表手淫（masturbation）的 M——我是一军，最擅长高手击球。舰长笑得流眼泪，也许我们就是那时候开始变成好朋友的。事实上，我猜我也可能因为辩论和戏剧上的表现而获得 D，但是他们不会为这些项目颁发荣誉字母，对不对？当年不会，现在也不会。

那天晚上，高中生活似乎离我很远，几乎已经是在另外一个星系了……但是外套还挂在那里，那是十六岁生日时家人送我的礼物。我走到门口取下外套，把它贴在脸上，闻着外套，想到梅曾锡克老师上第五节课的情形——铅笔屑的苦味、女生说悄悄话和偷笑的声音、外面隐约传来学生上体育课的叫声。我看到外套挂在钩子上的部位凸了出来，猜想从四五月以后就没有人穿过这件外套了，连我妈妈穿着睡衣、去门外拿信的时候，都不曾披上这件外套。

我想到那天看到卡萝尔的照片刊登在报纸上，写着“美军立刻撤出越南”的标语阴影笼罩在她的脸上，马尾垂在高中外套的衣领上……我想到一个主意。

我家的电话放在前厅的桌上，是转盘式的老古董。电话下面的抽屉里放了一本盖兹佛斯镇的电话簿、我妈妈的地址簿，还有乱七八糟的文具。其中有一支黑色的马克笔，我把笔拿出来，然后回到餐桌旁坐下来，我把高中外套铺在膝盖上，用马克笔在外套背后画了个大大的麻雀爪印。这么做的时候，我感到原先的紧张逐渐消失，肌肉渐渐放松下来。我觉得如果我想要的话，可以用字母奖励自己，而且现在就正在这么做。

我画完以后，把外套拿起来看一看。在昏暗的灯光下，我画的图案显得很粗糙，而且有一点孩子气：

但是我很喜欢。我喜欢这个他妈的图案，尽管不确定当时自己对越战的想法是什么，但就是很喜欢这个图案，而且觉得终于可以上床睡觉了；画上这个图案居然有这样的功效。我把牛奶杯洗干净，夹着外套上楼去。我将外套塞进衣柜里，然后躺下来，想到卡萝尔拉着我的手伸进她的毛衣里面，还有嘴里感觉到她的气味；还想到我们在老爷车起雾的车窗里展现出真实的自我，也许流露出我们最好的一面；又想到我们站在停车场中，看着戈德华特贴纸的碎片随风飘散时一起大笑的情景。我进入梦乡时脑子里想的就是这件事。

星期天回学校的时候，我把改装过的高中外套塞进皮箱里——尽管我妈妈最近开始质疑约翰逊先生和麦克纳马拉先生[①]的战争，但如果她看到这个图案的话还是会问一堆问题，而我没有办法回答那些问题，目前还没有答案。

不过，我觉得自己已经做好心理准备，可以披上这件外套了，而我也的确这么做了。我把啤酒洒在上面，将烟灰弹到上面，呕吐在上面，血滴在上面，在芝加哥穿着它被喷催泪瓦斯攻击，同时一边扯着喉咙大喊：“全世界都在看！”女孩子靠在我左胸前缠绕在一起的GF字母上哭泣（大四的时候，那两个字母已经不是白色，而变成脏兮兮的灰色了），还有一个女孩和我做爱的时候，就躺在这件外套上。我们做爱时没有任何防护措施，所以很可能外套上还沾了些许精液。一九七〇年，我打包行李离开迷幻天地时，我在家里的厨房画在外套

① 麦克纳马拉（1916—2009），一九六一年至六八年的美国国防部部长。任职期间曾三度访问越南，对美国军事涉入越南一事表示支持，并成为约翰逊总统进行战争的主要代理人。

背上的和平标志虽然只剩模糊一片，但是还留在那里。其他人也许根本看不出个所以然来，但我始终知道那是什么。

29

感恩节过后，我们在星期日陆续回到学校：舰长首先在五点钟回到宿舍（他住在德斯特，我们三人之中，他家离学校最近），我在七点钟左右抵达，奈特则在九点钟到。

我甚至连行李都还没打包，就打电话到富兰克林舍。柜台接电话的小姐说：“没有，卡萝尔·葛伯没有回学校。”她不想再多说，但我一直烦她，后来她说，桌上有两张离校卡，其中一张上面写着卡萝尔的名字和房间号码。

我向她道谢，然后挂断电话。我在那儿呆呆地站了一会儿，任凭香烟的烟雾弥漫电话亭，然后才转过身来。在走廊另一端可以看到舰长坐在其中一张牌桌上，把散落的纸牌一张张捡起来整理好。

有时候我怀疑如果卡萝尔回来了，或我有机会在舰长踏进三楼交谊厅前先找到他，情况会不会大不相同。不过，真实情况并非如此。

我站在电话亭中抽着宝马牌香烟，为自己感到难过。然后，有人在走廊那端叫着：“噢，可恶，不！我不相信！”

龙尼则高兴地回答（我看不到他的脸，不过那种仿佛锯开松树干的声音铁定是他）。“哇，你们看——兰迪在后感恩节时代揪出了第一个婊子！”

不要走进去，我告诉自己，如果你走进去，就真是活该，绝对是活该。

但是我当然还是走了进去，每张牌桌都坐满了人，但是比利、东尼和休还站在旁边，如果想玩牌的话，我们四个人可以凑一桌。

舰长抬起头来，隔着烟雾对我挥一挥手，说：“欢迎回到疯人院。”

“嘿！”龙尼说，他环顾四周，“看看谁来了！这里唯一懂得玩牌的人！你跑到哪里去了？”

“我去路威斯顿！”我说，“去干你老母！”

龙尼咯咯笑，长满痘痘的脸颊涨得通红。

舰长严肃地看着我，眼神中似乎流露了什么，我不太确定。随着时光流逝，亚特兰蒂斯愈来愈往下沉，沉到深海中，而我们喜欢把它说得很浪漫，把它变成神话。也许我看出来他打算放弃了，他打算继续留在那里玩牌，不管未来会怎么样，就走一步算一步；也许他是在暗示我，尽管选择走自己的路无妨。但是我当时才十八岁，虽然不想承认，就许多方面而言其实和奈特蛮像的。我从来没有交过像舰长这样的朋友。舰长什么都不怕，他说的每句话都要加个“干”字，在旷野上的宫殿吃饭时，女孩子都忍不住盯着他瞧，他是少女杀手，是龙尼只有在做春梦时才当得成的角色。但是舰长心里有些东西蠢蠢欲动，就好像一小片骨头在他体内无害地到处游走，直到多年后才刺穿心脏或阻塞脑部。他自己也知道这点。即使在那个时候，高中生活还记忆犹新，还以为自己日后会当高中老师和棒球教练，他仍然晓得这点。我爱他，我爱他的神态，爱他的微笑，爱他走路和说话的样子。我爱他，我不会离他而去。

“怎么样，”我对比利、东尼和休斯说，“你们想好好上一课吗？”

“每一点积分算五分钱！”休斯说，像疯子一样狂笑。他妈的，他还真是个疯子。“那么就来吧！”

很快地，我们四个人就在角落玩了起来，四个人都拼命抽烟，纸牌飞来飞去。我还记得感恩节的那个周末，我发狂似的猛K书；还记得妈妈说，这些日子以来，不用功读书的孩子都逐渐步上死亡之路。我还记得这些事情，但这些事情感觉十分遥远，就好像我和卡萝尔在车子里，边听着五黑宝的歌声边做爱一样遥远。

我再度抬起头来，看到斯托克利站在门口，拄着拐杖，用惯有的轻蔑眼神冷冷看着我们。他的黑发看起来比往常都要浓密，一圈圈鬈发肆无忌惮地盘踞在耳朵上方和落在衣领上。他不停抽着鼻子，一把鼻涕、一把眼泪的。但除此之外，他看起来并不会比放假前更加病恹恹的。

“斯托克利，”我说，“近来好吗？”

“喔，谁晓得呢，”他说，“也许比你好一点吧！”

“进来吧，哩噗—哩噗，拉张凳子坐下来，”龙尼说，“我们会教你怎么玩。”

“我想学的东西，你没有一样懂。”斯托克利说，然后就走开了。我们听着他的拐杖声和咳嗽声渐渐远去。

“那个跛脚怪胎爱死我了，”龙尼说，“他只是没有表现出来。”

“如果你不开始发牌，我可会给你好看。”舰长说。

“我好害怕，我吓坏了。”龙尼装着卡通人物的声音说，不过只有他自己觉得好笑。他把头靠在马克的手臂上，装出害怕的神情。

马克用力把他甩开。“他妈的，你别靠过来，这件衬衫是新买的，我可不想沾到你脸上的脓。”

在龙尼放声大笑之前，我看到他脸上闪过一丝受伤的神情。但我仍然不为所动，也许龙尼真的碰到了问题，但他并不会因此变得讨人喜欢。对我而言，他只是一个很会玩牌的吹牛大王。

“来吧，”我对比利说，“快发牌吧！我等一下还要念书。”但是当然，那天晚上我们没有一个人念了书。这股红心热非但没有因为假期而冷却，反而比以往都强烈而炙热。

我在十点十五分左右走到走廊上抽烟。这里和我的寝室还隔了六个房间，但我已经知道奈特回来了。尼克和巴瑞的房间里传出“我的罗斯玛丽在哪儿，爱情就在哪儿”的歌声，从更远的房间里则传来奥克斯的歌声。

奈特整个人埋进衣橱里，在那里挂衣服。奈特不但是我认识的大学生中唯一会在寝室穿睡衣的人，同时也是唯一会用衣架把衣服挂在衣橱里的人。我唯一用衣架挂着的衣服只有高中外套。现在我拿出外套，摸摸口袋里有没有烟。

“我说，奈特，怎么样啊？蔓越橘酱吃够了没？”

“我——”他刚要开口，就瞄到我在外套上画的图案而爆笑起来。

“怎么了？”我问，“很好笑吗？”

“还蛮好笑的。”他说，把头埋得更深了，“你看。”他探出头来，手里拿着海军外套。他把外套翻过来让我看看背后，上面也画了麻雀爪印，但比我的手绘图案整齐许多，因为奈特的图案是用明亮的银色宽胶布贴成的。这一回，我们两人都笑了。

“我们真是哼哈二将，脑袋瓜想的东西都一样。”我说。

“胡说。伟大的心灵都彼此相通。”

“是吗？”

“呃……反正我喜欢这么想。所以，你对战争的看法改变了吗，彼特？”

“什么看法？”我问。

30

安迪和阿什利根本没有回来继续学业——到目前为止，已经有八个人阵亡了。对我们而言，在冬天第一场暴风雪来临前那三天，显然情况变得更糟了；在其他人眼中，情况很明显。不过如果你深陷其中、在红心热之中热昏了头，事情看来就只不过是稍微偏离常轨而已。

感恩节假期之前，交谊厅的四人牌局在上课时间往往不时拆散、重组；偶尔当大家都去上课的时候，交谊厅里甚至空无一人。但现在玩牌的搭档几乎都很固定，只有当有人摇摇晃晃地回房睡觉，或换到别桌打牌以避开龙尼高超的技术和粗暴的言语时，才会有些许变动，这是因为三楼的红心迷大都不是为了接受更高深的教育而回来这里，包括巴瑞、尼克、马克、哈维，我不知道还有多少人尽管上了大学，却几乎已经放弃受教育了。他们之所以回学校，只是为了追求毫无价值的“赛末点”。事实上，许多住在张伯伦舍三楼的男生现在都主修红心牌戏，悲哀的是，我和舰长也加入他们的行列。我星期一去上了几堂课，然后心想“管他的”，就把其他的课全逃掉了。星期二我什么课也没去上，在梦中玩了整晚的牌（还记得梦境中有个片段是我的黑桃皇后掉到地上，上面变成卡萝尔的脸），然后星期三整天都在玩红心。地质学、社会学、历史……全都是没有意义的空洞概念。

在越南，一群 B-52 战斗机击中了越共在东河的集结地，也顺带打中了一队美国海军陆战队士兵，十二人死亡，四十人受伤——哎，可恶。气象预报说，星期四的天气会从下大雪转为下雨，而下午将会下冰雹。但没几个人注意到气象报告，当然我绝对没想到这场暴风雨将改变我的人生轨迹。

星期三，我在午夜时分上床睡觉，而且睡得很沉，即使梦到了卡萝尔或红心牌戏，也全都不记得了。星期四早上八点钟醒来时，外面正下着大雪，我几乎看不见富兰克林舍的灯光。洗完澡后，我走到走廊的另一端去看看牌局开始了没有，只有一桌人在玩牌——是连尼、兰迪、比利和舰长。他们都脸色苍白、满脸胡楂，而且神情疲惫，好像通宵都在玩牌，也许他们真的彻夜未眠。我靠在交谊厅门口看着他们玩牌，而外面雪地里正发生一件比玩牌还有趣的事情，只是我们当时都浑然未觉。

31

汤姆住在金舍，是附近另外一栋男生宿舍，贝卡则住在富兰克林舍。他们俩近三四个星期以来相处得颇为融洽，融洽到经常一起吃饭。在十一月下旬这个飘雪的早晨，他们一起吃完早餐、走回宿舍的时候，看到张伯伦舍的北面，也就是面对校园的那面墙上……正对着大企业举行面试的东馆，墙上画了一些东西。

他们走近一点，走下小径，踏在新的积雪上，这时积雪大约已经有十厘米厚了。

“你看，”贝卡指着雪地说。雪地上出现了奇怪的痕迹——不是足迹，比较像拖曳的痕迹，而且在拖曳的痕迹外面还出现一个一个小孔。汤姆说，这些孔让他想到有人穿着雪橇、拄着滑雪杆在雪地上走过的痕迹。他们俩都没想到，拄着拐杖的人也可能留下这样的痕迹。

他们再走近宿舍侧面，上面的题字又大又黑，但那时候雪愈下愈大，他们得走到离那面墙只有三米左右的地方，才有办法看清楚有人用喷漆喷在墙上的大字……而且从歪七扭八的字迹看来，他当时显然气疯了。（他们俩都没想到，喷漆的那个人可能同时需要用力拄着拐杖来保持身体平衡，因此没办法把字喷得很整齐。）

墙上的大字写着：

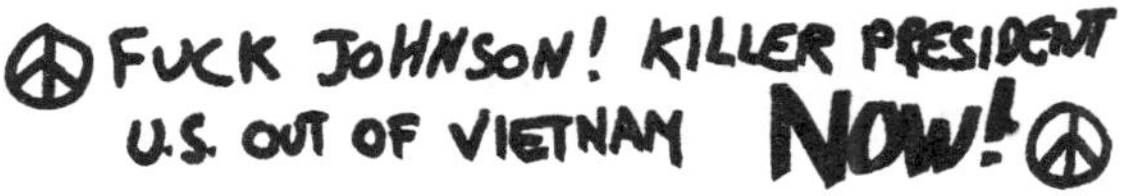

干！约翰逊总统，杀人总统

美国立刻撤出越南！

32

我曾经在书上读到，有些罪犯——或许有很多罪犯——其实很想被逮到。我想斯托克利的情况就是如此。无论他当初来缅因大学是想追求什么，他始终没有找到想要的东西。我相信他下定决心，觉得该是离开的时候了……而如果他即将离开，就要在离开前做一件惊天动地的大事，是拄着拐杖的家伙能力所及最惊天动地的临别秋波。

汤姆和几十个人提到宿舍墙上的喷漆；贝卡也一样，还告诉富兰克林舍二楼的舍监玛乔丽，她长得很瘦，是个自以为是的女孩。一九六九年之前，玛乔丽早已是校园中的风云人物，是 CCA，也就是美国大学基督徒协会的创办人兼会长；CCA 赞成美国参与越战，他们在学生活动中心贩卖尼克松时代流行的小旗帜别针。

我被排在星期四中午到旷野上的宫殿工作，尽管我偶尔会逃课，却从来不打算跷班——我不是那种人。我把交谊厅的位子让给东尼，在十一点钟左右开始往豪优克餐厅走去，看到雪地上聚集了一大群学生，全盯着我们宿舍北面看。我走过去，看看上面写什么，立刻明白这些字是谁写的。

有一辆校车停在班奈特路旁，还有一辆校警的车子停在通往宿舍的小径上。玛乔丽站在四名校警、男生训导长以及训导人员查尔斯的旁边。

那里大约聚集了五十个人，我走在人群后面伸长脖子东张西望，五分钟后，人数增加到七十五人左右。等到我在下午一点十五分洗完碗、走回宿舍的时候，那里可能已经聚集了两百个人，大家三五成群傻乎乎地在那里看热闹。我猜现在很难想象墙上的涂鸦会吸引这么多人注意，尤其那天的天气那么糟，但是那个年头和今天的世界截然不同，当年美国没有一家杂志刊登的裸照会露毛（除了《大众摄影》杂志偶尔会这么做），报纸也绝对不敢对政治人物的性生活指指点点。在很久以前，距离遥远的世界里，当时亚特兰蒂斯尚未没入海底，谐星曾因在公开场合说出“干”这个字而入狱。在那个世界里，有些字眼仍被视为惊世骇俗。

没错，我们都知道“干”这个字，我们当然都知道，我们经常说这个字：干，干你的狗，干你老妹等等。但是在离地五英尺高的墙壁上，用黑色喷漆大大写着：干！美国总统！杀人总统！居然有人胆敢叫美国总统杀人犯？我们简直不敢相信。

我从豪优克走回宿舍的时候，另外一辆警车也开到这儿来，总共来了六名校警——几乎全部的校警都来了——他们想用一块长方形的黄色帆布把墙上的字盖住。围观的群众窃窃私语，然后发出嘘声，警察看看他们，显得很不高兴。其中一名警察叫大家散开，各自回自己该回的地方。他说得可能没错，但是显然大多数人就是喜欢待在那儿，因为围观群众并没有减少多少。

抓着帆布左角的警察在雪地滑了一跤，几乎跌到地上，有几个围观的人鼓掌叫好，跌跤的警察怒视着声音传来的方向，脸上堆满深深的恨意。对我而言，一切就是从那一刻开始转变的，当世代之间开始出现裂痕的时候。

滑了一跤的警察转过身去，继续努力把帆布铺好。最后，他们终于用帆布把第一个和平标志和“干！约翰逊总统”的那个“干”字遮住，当他们把那个最糟的字眼遮住以后，群众确实开始散去。天空飘下的雪花现在夹着冰雹，站在那里很不舒服。

“最好不要让警察看到你背后的图案。”舰长说，我转过头去，看到他穿着有帽兜的运动服站在我旁边，双手伸进衣服前面的肚袋里，嘴里吐出的热气形成一道烟柱，目不转睛地盯着校警和还没被盖住的大字：约翰逊总统！杀人总统！美国立刻撤出越南！“他们会认为是你做的，或是我做的。”

舰长脸上露出浅浅的微笑，转过身去。他的运动服背上，用鲜红色墨水画上那个麻雀爪印。

“天哪，”我说，“你是什么时候画的？”

“今天早上，”他说，“我看到奈特的图案，”他耸耸肩，“实在太酷了，我忍不住学他。”

“他们不会认为是我们做的，绝对不会。”

“我想也是。”

唯一的问题是，他们为什么到现在还没有盘问斯托克利……不需要问太多问题，他就会从实招来。但是如果训导处的人和男生训导长还没有和他谈，那只不过是因为他们还没有机会问——

“戴维在哪里？”我问，“你知道吗？”现在雨很大，冰雹打在树叶上，也乒乒乓乓地打在我每一寸裸露的皮肤上。

“英雄气概十足的迪尔波先生和十来个青年军官储训团的朋友在路上来回操练，”舰长说，“我们从交谊厅看到他们，他们开着真正的军车绕来绕去。龙尼说，他们的小弟弟可能硬得让他们一星期都没办法趴着睡。我想对龙尼而言，这样还挺好的。”

“等戴维回来的时候——”

“是啊，等他回来的时候。”舰长耸耸肩，仿佛表示那些事情不是我们能控制的。“咱们离开这堆泥泞，回去玩牌如何，你说呢？”

关于很多事情，我都有满肚子话想要说……但是我依旧什么也没说。我们回去屋里，下午的牌桌照例又是满座，有五张牌桌在进行着四人牌戏。整个房间里烟雾弥漫，有人搬来一架留声机，因此我们可以一边玩牌，一边听着披头四和滚石合唱团的歌。还有人拿来《九十六滴眼泪》的唱片，至少连续播放了一小时：哭吧、哭吧、哭吧。从交谊厅的窗口可以清楚地眺望班奈特小径和班奈特路，我不停地往那边望，希望会看到戴维和他那群穿卡其制服的同伴瞪着宿舍墙上的喷漆，也许正在讨论是不是应该带着卡宾枪或拔出刺刀去追捕斯托克利。当然他们不会这样做。他们在足球场上操练时，可能会高唱："杀死越共！美国加油！"不过斯托克利是跛子，他们会很高兴看到他那热爱共产党的屁股被一脚踢出缅因大学。

我不希望看到这样的事情，但也不知道有什么方法可以不让它发生。从一开学，斯托克利的外套背上就有麻雀爪印的图案，早在我们其他人还不晓得图案的意义之前，戴维就很清楚这点。更何况斯托克利一定会老实承认，他面对训导长和训导人员的质问时会完全豁出去。

无论如何，整件事情在我眼中似乎愈来愈遥远，就好像我修的那些课，也像卡萝尔一样，现在我明白她真的离开了；被征召入伍、开拔到海外，然后死在丛林里，对我而言也同样遥远。对我们这群人而言，眼前最真实而迫切的事情莫过于揪出那可恶的婊子或射下月亮，并把二十六分奉送给同桌牌友。在我眼中，目前最真实的事情只有红心牌戏。

可是后来发生了一件事。

33

四点钟左右，冰雹变成雨，到了四点半，天色开始变暗之后，可以看到班奈特小径上面有八九厘米的积水。小路仿佛变成运河，水底下是结了冰后又逐渐融化的泥泞。

当我们注视着在餐厅洗碗部打工的倒霉鬼从宿舍往旷野上的宫殿走去时，牌局进行的速度慢了下来。有几个人——比较聪明的家伙——直接从斜坡切过去，踏过正快速融化的雪地。其他人则照常穿过下面的小径，不时在结冰的地面上滑倒。浓雾逐渐从潮湿的地面升起，让行人更难辨识方向。有个住在金舍的家伙在两条小径交汇的地方碰到了从富兰克林舍走出来的女生，他们一起踏上班奈特路时，男生滑了一下，他赶紧抓住女孩。他们几乎一起滑倒，但想办法维持平衡。我们全都鼓掌叫好。

在我们这张牌桌上，我们开始玩第一手牌。龙尼狡猾的朋友尼克发给我十三张不可思议的牌，也许是我拿过最好的一手牌，很可能有射月的机会：我有六张高分的红心牌，没有一张牌真的是小牌，另外还有黑桃国王和皇后，加上其他两种花色的人头牌①。我有一张红心七，不大不小的牌，但是在刚开始时，你可以趁别人不注意的时候突袭成功，因为没有人会料到你在还没机会改善手中的牌时就计划射月。

一开始，雷尼先打出梅花二。龙尼缺这个花色的牌，所以扔出一张黑桃 A。他以为情势大好。我也这么觉得，我的两张人头黑桃牌都可能会赢，黑桃皇后算十三分，但是如果我拿到所有的红心，就不必把那些积分吞下去，反而是龙尼、尼克和雷尼得吞下那些分数。

我让尼克赢了这一圈，接下来三圈我们轮流赢牌，先是尼克，接着是雷尼，都挖到钻石（拿到方块牌），然后我拿到混在一堆梅花牌中的红心十。

“心开始碎了，彼特吃下第一个红心！”龙尼高兴地喊叫，“你要倒霉了，乡巴佬！”

“也许吧。”我说，心想也许龙尼很快就笑不出来了。如果能够成功射月，我会让那个白痴尼克的积分立刻超过一百分，并让一路玩得很顺手的龙尼输掉这局。

三圈以后，大家都看出来我在盘算什么。不出我所料，龙尼原本堆满假笑的脸现在脸色大变，脸上正是我最想看到的表情——噘着嘴，满脸不高兴。

---

① 指扑克牌中的杰克、皇后或国王。

“你不可能办得到，”他说，“我不相信，根本不可能。”不过他的声音透露出，他知道其实这是有可能的。

“这个嘛，你们看！”我说，然后打出红心 A。我现在不再掩饰我的盘算，何必掩饰呢？如果红心牌平均分布在每个人手中，我立刻就可以赢了这局。“我们就来看看——”

“你们看！”舰长在最靠近窗户的牌桌上嚷着，他的声音流露出不敢相信和敬佩不已的感觉。“我的老天！那是他妈的史托克！”

我们全放下手中的牌，把椅子转过去，从窗口往下面滴滴答答下着雨的昏暗世界望去，在角落打牌的四个男生则站起来看。班奈特路老旧街灯的微弱灯光投射在雾气中，我不禁想到伦敦、泰恩街和开膛手杰克。山坡上的豪优克餐厅比以往更像一艘巡洋舰，雨水顺着交谊厅的窗户往下流，豪优克的形象也模糊起来。

“他妈的哩噗—哩噗，这种烂天气还到户外去，我真不敢相信。”龙尼惊呼。

斯托克利从张伯伦舍北侧快步走下通往洼地的小径，四面八方的小径都在洼地交会。斯托克利穿着他的粗呢旧外套，显然他并不是刚从宿舍走出来，因为外套都湿透了。即使窗户上都是雨水，我们还是看得见他背上的和平标志——和墙上的字一样黑（尽管现在已经有一部分用长方形帆布遮住了）。他的一头乱发因为湿透而贴在头上。

斯托克利没有抬头看一看他在墙壁上的涂鸦，只是往班奈特路快步走去。我从来不曾看过他走得这么快，完全无视于落在头上的大雨、逐渐升起的浓雾和拐杖溅起的泥水。他想跌倒吗？他想冒险试试在泥泞中会不会滑倒吗？我不晓得。也许他只是陷入沉思，完全没注意到自己走得多快或路况有多糟。无论如何，如果他不冷静下来，一定走不了太远。

龙尼咯咯笑了起来，仿佛星火燎原般，他的笑声传染给其他人。我不想和他们一起笑，但却停不下来，舰长也一样。一方面笑声仿佛会传染，另一方面也确实很好笑。我知道这句话听起来很无情，我当然知道，但是到了这个地步，我一定要说出那天的真实情况……因为即使过了大半辈子，我仍然觉得很好笑，每当回想起他的样子，一个穿着粗呢外套的发条玩具在倾盆大雨中快步前行，一边走着，手中的拐杖一边溅起泥水。你知道即将发生什么事，你就是晓得，而这正是整件事最好笑的地方——问题是在该来的终于来了之前，他能撑多久。

雷尼用一只手撑着脸狂笑，眼睛从张开的手指缝隙往外望，笑得眼泪都流出来。休用手捧着肚子，好像陷入泥洞里的蠢驴一样拼命鬼叫。马克则笑得停不下来，说他要尿出来了，他喝了太多可乐，快尿在他妈的牛仔裤上了。我笑得太厉害，连纸牌都握不住，仿佛右手神经完全麻痹一般，我松开手指，手上的牌散落在我的膝盖上。

斯托克利走到洼地底部时，不知为了什么原因停下脚步，疯狂地来了个三百六十度大旋转，似乎靠着一支拐杖来维持平衡，另外一支拐杖拿在他手里好像机关枪一样向四周扫射——杀死越共！宰掉舍监！赶走那些上层阶级的人！

“所以……奥运裁判给他的分数是……满分十分！”东尼惟妙惟肖地学着体育播报员的声音宣布。这句话成了引爆点，整个交谊厅顿时成了疯人院，扑克牌到处乱飞，烟灰缸翻倒在地，其中一只玻璃烟灰缸还打碎了。有人跌到椅子外面，在地上滚来滚去，一边顿足一边吼叫。天哪，我们就是笑得停不下来。

“我的妈呀！”马克大吼，“我刚刚尿湿裤子了！我实在忍不住！”尼克在他后面往窗口爬去，眼泪从发热的脸颊流下来，双手往前伸出去，无言地恳求着：拜托，停下来，赶快停下来，否则我的脑血管快爆开了，我会笑死在这里。

舰长站起来把椅子转过来，我也站起来。笑够了之后，我们勾肩搭背，蹒跚地往窗口走去。令人吃惊的是，斯托克利仍然双脚着地站着，浑然不知上面有二十几个兴奋过度的扑克牌友正注视着他，而且大笑了一场。

“加油，哩噗—哩噗！”龙尼开始呼喊。“加油，哩噗—哩噗！”尼克附和，他已经爬到窗户旁边，用额头顶着窗，仍然继续笑着。

“加油，哩噗—哩噗！”

“加油，宝贝！”

“加油！”

“好好撑住拐杖啊，好小子！”

“加油啊，他妈的哩噗—哩噗！”

场面热烈得好像比分接近的足球赛中最后一次进攻，只是每个人都高喊着“加油，哩噗—哩噗”，而不是“好好守住”或“挡住他，不要让他踢球”。几乎每个人都在高声喊叫，但我没有喊，而我认为舰长也没有喊，不过我们都在笑，我们和其他人笑得同样厉害。

突然之间，我想到卡萝尔和我坐在豪优克餐厅外面的牛奶箱上的那个晚上，就是她拿童年和朋友合照给我看的那个晚上……并告诉我那些男孩怎么欺负她、他们用球棒做了什么事。卡萝尔说，他们起先只是在开玩笑。当时他们也在笑吗？也许吧，是啊。因为当你玩得很开心、猛开玩笑时，不都会这样吗？你会笑个不停。

斯托克利站在那里好一会儿，低着头、拄着拐杖……好像二战时美国海军陆战队登陆塔拉瓦环礁般开始往上坡进攻。他走在班奈特路上，飞舞的拐杖把泥水溅得到处都是，我们仿佛在注视着一只患了恐水症的鸭子。

三楼的喊叫声震耳欲聋：“加油，哩噗—哩噗！加油，哩噗—哩噗！加油，哩噗—哩噗！”

他们起先只是在开玩笑，我们坐在牛奶箱上抽烟的时候，卡萝尔这么说。当时她正在哭，在餐厅透出的白色灯光下掉下银色的眼泪。他们起先只是在开玩笑，但后来……就不是玩笑了。

想到这里，我立刻停止拿斯托克利当笑柄——我敢发誓，真的是这样。不过，我仍然忍不住一直笑。

当斯托克利终于滑倒时，他已经往上坡走了三分之一的路程。他把拐杖往前伸得太远——即使没有下雨，都伸得太远了——当他的身体往前移时，两支拐杖从他的腋下飞出去。他的腿猛然弹起来，就好像体操选手在平衡木上做出惊人的花式动作一样，然后就四脚朝天躺下，啪啦溅起许多泥水。我们从宿舍三楼都听得到那个声音，简直是最后的神来之笔。

三楼交谊厅现在简直变成疯人院，里面的疯子同时食物中毒。我们漫无目的地走来走去、又笑又叫，眼睛喷出泪水。我靠在舰长身上，因为我的双腿已经撑不住身子，膝盖感觉好像面条一样。这辈子从来不曾笑得这么厉害过，我想以后也没有再像这样笑过，但还是一直想到卡萝尔两腿交叉坐在牛奶箱上，一手夹着烟、另一手拿着照片的样子。卡萝尔说，哈利打我……威利和其他人抓住我，让我没办法逃跑……起先他们只是在开玩笑，但后来……就不是了。

在外面的班奈特路上，斯托克利挣扎着坐起来，努力让一部分上身脱离水面……然后又直挺挺躺下来，仿佛那冰冷的泥泞是一张床。他向着天空举起双臂，似乎在祈求什么，然后又颓然放下手臂。这三个动作仿佛投降三部曲：先是身体躺回泥泞中，然后举起手臂，最后双手张开，手臂重重摔下，再度溅起泥泞。简直就是去他妈的，你想怎么样就怎么样吧，我放弃了。

“走吧。”舰长说，他还在笑，但是也十分认真；我可以听到他带着笑意的声音里透着认真，同时也看到他笑得歇斯底里的扭曲脸上夹杂着严肃的神情。我真高兴看到他这样，老天，我真高兴。“走吧，在那王八蛋还没有把自己淹死以前。”

舰长和我并肩走出交谊厅门口，快速跑过走廊，好像弹珠一样不时相互碰来碰去，跌跌撞撞地往前奔，几乎像斯托克利在小径上疾走时一样快失控了。其他人大都跟在我们后面，只有一个人我很确定没有跟来，就是马克，他回寝室去换掉湿了的牛仔裤。

我们在二楼的楼梯口碰到奈特——几乎把他撞倒。他抱着一堆书站在那儿，紧张地看着我们。

“天哪！”他说，这已经是奈特最强烈的语气了，天哪。“你们到底怎么了？”

“走吧。”舰长说。他的喉咙很紧，近乎咆哮般喊出那几个字。如果不是先前还和他在一起，我会以为他刚刚哭过。“不是我们，是他妈的斯托克利。他跌倒了，他需要——”舰长突然忍不住又爆笑起来。他往后倒在墙上，眼睛转个不停，仿佛兴奋得快休克了。他摇摇头，仿佛拒绝接受这样的行为，但是你当然无法拒绝笑。当笑声不请自来的时候，它会啪嗒坐在你最喜欢的座位上，想待多久就待多久。

我们上面的楼梯开始轰隆作响，是三楼的牌友下楼梯的声音。舰长擦擦眼睛，把话说完。“他需要别人帮忙。”

奈特看着我，神情愈来愈困惑。“如果他需要别人帮忙，你们干吗笑得那么厉害？”

我没有办法解释给他听，可恶，我甚至没办法解释给自己听。我抓住舰长的手臂，猛拉他。我们开始走下楼梯，奈特跟在后面，其他人也跟在后面。

34

当我们推开左侧大门走出宿舍时，看到的第一个东西就是长方形的黄色帆布；帆布摊在地上，上面满是积水和一团团烂泥巴。然后，路上的积水开始涌入我的球鞋中，我完全抛掉了看热闹的心态，外面真是天寒地冻，冰冷的雨水仿佛一根根细针般扎在我的肌肤上。

班奈特小径的水淹到我的足踝那么高，我的双脚起先只是冰冷，后来整个冻僵了。舰长滑了一下，我一把抓住他，奈特从后面稳住我们，免得我们往后跌倒。我可以听到前面传来闷声咳嗽的声音。斯托克利像根湿透的木头般直挺挺躺在地上，粗呢外套在身边漂浮着，一团团黑发漂浮在他的脸上。他咳得很厉害，每一次闷声咳嗽都口沫横飞。一根拐杖平躺在手臂和身体之间，另外一根拐杖则朝班奈特厅的方向漂去。

雨水洒在斯托克利苍白的脸上，他的咳嗽声中有一种闷声漱口的喉音，眼睛直直看着眼前的雨和雾。他似乎没有听到我们的脚步声，但是当我在他身旁跪下来，而舰长在另外一边跪下来，他却想用力推开我们。雨水灌进他的嘴里，他开始拼命摆动身子，快在我们面前淹死了。这时候我不再觉得好笑，但是仍然可能笑出来。起先他们只是在开玩笑，卡萝尔说，起先他们只是在开玩笑。打开收音机，彼特，我喜欢听老歌。

“把他拉起来。”舰长说，然后抓住斯托克利的一边肩膀。斯托克利虚弱地甩了他一巴掌，舰长毫不在意，也许他根本不觉得痛。“快点，看在老天的分上！”

我抓住斯托克利的另外一边肩膀。他把水泼在我脸上，仿佛我们正在某人的后院游泳池里嬉戏。我原本以为他一定和我一样冻僵了，但是他的皮肤很热，有一种病人的热度。我看着舰长。

舰长对我点点头。“预备……起。”

我们把斯托克利拉起来，斯托克利腰部以上的部分离开了水面，但是仅此而已。我很讶异他竟然这么重。他的衬衫不再塞在裤子里，而是松开来，好像芭蕾舞裙般飘浮在他的腰部。我可以看到衬衫下面的白皙皮肤和肚脐，还有疤痕，已经愈合得歪七扭八的伤痕。

“快来帮忙，奈特！”舰长大吼，“把他拉起来！”

奈特跪下来，泥水溅到我们三人身上，他从背后抱住斯托克利。我们三人挣扎着想把他拉出水面，但是红砖道上的泥泞让我们摇摇晃晃的，几乎没办法一起用力。斯托克利虽然仍在咳嗽，而且半个身子泡在水里，但他还在和我们作对，拼命想挣脱我们回去躺在水里。

在龙尼的带头下，其他人也来了。“他妈的哩噗—哩噗，”他喘着气说。他还在笑个不停，但是微微露出敬佩的表情。“毫无疑问，你这回麻烦大了。”

“不要只是站在那里，笨蛋！”舰长大叫，“帮帮我们！”

龙尼沉吟了一会儿，不是因为生气，而是在评估该怎么做最好，然后他转过头去看看后面还有什么人。他在烂泥巴上滑了一下，还在咯咯笑的东尼一把抓住他、让他稳住。三楼交谊厅的所有牌友现在都齐聚在淹水的红砖道上，大多数人还是忍不住笑。他们看起来好像什么，我当时不晓得是什么。如果不是卡萝尔的圣诞礼物，我可能永远不会晓得他们像什么……不过当然啦，那是后来的事了。

“你，东尼！”龙尼说，“还有布拉德、连尼、巴瑞，我们一起抓住他的脚。”

“我呢，龙尼？”尼克问，“我要做什么？”

“你太矮了，没办法把他抬起来，”龙尼说，“不过如果你吸一吸他的小弟弟，说不定可以帮他打打气。”

尼克退后。

龙尼、东尼、布拉德、连尼和巴瑞从我们旁边走过去，龙尼和东尼抓住斯托克利的小腿肚。

“我的老天！”东尼大叫，一边笑着，一边露出厌恶的表情。“他的腿简直像细竹竿一样！”

“他的腿简直像细竹竿一样，他的腿简直像细竹竿一样！”龙尼不怀好意地模仿他的腔调。“把他抬起来，现在可不是在上艺术欣赏课，死意大利佬！雷尼和巴瑞，他们把他抬起来的时候，你们把手放在他的瘦屁股上。当其他人把他抬起来的时候——”

“——我们就站起来，”雷尼帮他把话说完，“知道啦，你别老叫我们死意大利佬。”

“别管我，”斯托克利边咳嗽边说，“停下来，走开……他妈的失败者……”又是一阵咳嗽，他开始发出可怕的作呕声，嘴唇在街灯下呈现一片死灰而又带着些许光泽。

“瞧，是谁在这里嚷着失败者啊，”龙尼说，“是他妈的快淹死的跛脚同性恋。”他看着舰长，雨水从他的鬈曲的头发间流到长满青春痘的脸上。“柯克，可别指望我们。”

“一……二……三……起来！”

我们奋力一抬，斯托克利好像一艘待援的船般脱离水面，我们也随之前后摇晃。他伸出一只手在我前面挥舞，起先只是悬在那儿，后来就举起来狠狠在我脸上掴了一巴掌。哇！我又开始大笑。

“把我放下来！你们这群混蛋东西，把我放下来！”

我们在泥泞中摇来晃去，大雨淋在他身上，也淋在我们身上。“艾科尔！”龙尼大吼，“马崔特！布伦南！天哪！你们这几个他妈的愚蠢的混蛋，稍微帮帮忙好吗？”

兰迪和比利往前踏了几步，其他人——有三四个人是听到叫声和啪啦溅起水的声音而跑出来的，但大多数人都是三楼玩红心的那群人——也一起抓住斯托克利。我们笨手笨脚地把他转过来，好像全世界最愚蠢的拉拉队，不知为了什么缘故在大雨中练习。斯托克利现在不再挣扎了，他躺在我们手中，两手垂在身体两侧，手掌朝上，手中都是雨水。雨势渐弱，雨水从他湿透的外套和裤子滴下来。他把我抱起来，卡萝尔谈到那个理平头的男孩、那个初恋的男孩时曾经说道，他在一年中最炎热的日子里，一路爬坡把我抱回家。她的声音始终在我的脑中萦绕不去，直到现在。

“回宿舍吗？”龙尼问舰长，“我们把他抱回宿舍吗？”

“不对，”奈特说，“带他去医务室。”

由于我们已经把他弄出水——这是最困难的部分——而我们已经办到了，因此带他去医务室很合理。医务室在班奈特厅后面的一栋小砖房里，离这里不过三百多米。我们只要离开这条小径，走到大路上，就会好走多了。

于是我们抱着斯托克利到医务室；把他抬在肩膀上，就好像把作战阵亡的英雄仪式般的抬离战场一样。有些人还在偷笑，我也是其中之一。偶尔看到奈特用十分不屑的眼神看着我，我则拼命忍住，不让自己发出笑声。我成功地忍了好一会儿，然后想到他拄着拐杖旋转的模样，（“所以……奥运裁判给他的分数是……满分十分！”）我又忍不住笑起来。

一路上，斯托克利只开了一次口，他说：“让我死吧！在你们愚蠢、贪婪的一生中做件好事，让我死吧！”

35

候诊室里空荡荡的，放在角落的电视机正在重播《牧野风云》，但一个观众也没有。那时候彩色电视的技术还不成熟，卡尔莱特的脸色好像新鲜酪梨一样。我们一定喧哗得好像一群刚爬出水坑的河马一样，值班的护士赶紧跑来，她的助理跟在后面（可能也像我一样，是个半工半读的学生），还有一个穿着白袍的小个子，他的脖子上挂着听诊器，嘴里叼着一支烟。在亚特兰蒂斯，即使医生都会抽烟。

“他怎么了？”医生问龙尼，可能是因为他一副老大的样子，或是他离医生最近。

“他在班奈特路跌了一跤，”龙尼说，“差一点淹死了。”他顿了一下，然后接着说，“他是个跛子。”

仿佛为了强调这点，比利挥一挥斯托克利的一根拐杖，显然没有人费心去捡起另外一根拐杖。

“把那根东西放下，你想打破我的脑袋瓜吗？”尼克生气地说。

“什么脑袋瓜？”布拉德回答，我们全都爆笑起来，结果斯托克利差一点掉到地上。

“亲亲我的屁股吧，蠢驴。”但尼克自己也笑了起来。

医生皱着眉头。“把他抱进来，你们的疯话可以省省了。”斯托克利又开始咳嗽，低沉的闷咳。你预期他的嘴里会喷出血丝，因为他咳得实在太厉害了。

我们成两列抱着斯托克利沿着医务室的走廊往前走，但是没办法以这样的队形穿过房门。“让我来。”舰长说。

“他会跌下来的。”奈特说。

“不会，”舰长说，“我不会让他掉下来的，先让我把他抱稳。”

他往前跨一步，然后先对站在右边的我点点头，然后再对右边的龙尼点点头。

“把他放低一点。”龙尼说，我们照他的话做了。舰长接过斯托克利的时候闷哼了一声，脖子上青筋毕露。然后我们退后，让舰长把斯托克利抱进房间里，放在看诊台上，覆盖在皮垫上的薄纸立刻湿透了。舰长退后几步，斯托克利瞪着他，整张脸一片死灰，只有两颊红彤彤的，雨水从他的发际汩汩流下。

“抱歉。”舰长说。

斯托克利把头转开，然后闭起眼睛。

“出去。”医生告诉舰长。他已经吐掉嘴里的烟，环顾我们这十来个闹哄哄的大男孩，大多数人的脸上仍挂着笑容，身上还滴着雨水。“有没有人知道他为什么跛脚？这可能会影响我们的治疗方式。”

我想到先前看到的伤疤，那些纠结的疤痕，但是我什么也没说，我其实什么都不知道。现在，原本那种忍不住的笑意已经消失了，我觉得非常羞愧，羞愧得不敢开口。

“不就是平常那些跛脚的原因吗？”龙尼说。面对真正的大人时，他不再那么趾高气扬，声音有点迟疑，甚至似乎有一点不安。“肌肉瘫痪或脑部营养失调之类——”

“他出过车祸。”奈特说，我们都转过头去看他，尽管浑身湿透，奈特的样子仍然白白净净的。那天下午，他戴着福肯高中的滑雪帽。缅因大学足球校队终于达阵成功，奈特不必再戴扁帽了。“四年前，他的父母和姐姐都在那场车祸中丧生，全家只有他一个人活了下来。”

屋里静悄悄的。我从舰长和东尼肩膀间的空隙往里面看，斯托克利仍然躺在看诊台上，把头转向一边，眼睛闭起来。护士正在替他量血压。他的裤子紧贴在大腿上，我想到小时候在家乡看到的七月四日游行，山姆大叔夹杂在学校乐队及摩托车阵中，昂首阔步地跟着游行队伍行进，他戴着蓝色高帽子，至少有三米高，但是起风时，裤子被吹得紧贴着大腿，这时他在裤子里要的花招就无所遁形了。斯托克利湿透的裤子包裹下的大腿看起来就是如此：仿佛在玩什么花招，只是个恶作剧，在锯短的高跷下面套了双球鞋。

“你怎么知道这件事？”舰长问，“是他告诉你的吗？”

“不是，”奈特显得很惭愧，“有一次开完反抗委员会后，他告诉哈利的。当时哈利直接问他的腿是怎么回事，斯托克利告诉他的。”

我想我明白奈特脸上为什么会出现那样的表情。他刚刚说，在那次会议之后。之后。奈特不晓得那次会议中讨论了什么事情，因为他当时不在场；奈特不是反抗委员会的一分子。奈特绝对只是个旁观者，他也许赞同反抗委员会的目标和策略……但是他得考虑他的妈妈，还有以后能不能当牙医的问题。

“脊椎伤害吗？”医生问，声音比刚刚轻快。

“我想是吧。”奈特说。

“好。”医生挥挥手，仿佛在赶鸭子一样，“回宿舍去吧，我们会好好照顾他的。”

我们开始退后，往门口走去。

“你们抱他进来的时候，为什么都在笑?”护士突然问，她站在医生旁边，手上套着血压计。“你们现在为什么还咧着嘴?”她的声音听起来很生气，该死！她简直愤怒极了。“他的不幸有这么滑稽吗?会让你们大家笑个不停。”

我不认为会有人回答她的问题。我们只是低头盯着自己的脚，明白我们其实比自己想象得更幼稚，幼稚得像四年级的小学生一样。但是的确有人回答她的问题。舰长回答了，他甚至努力抬头正视她。

“他的不幸，女士，”他说，“正是如此，你说得对，正因为是他的不幸，所以好笑。”

“真可怕，”护士说，眼角泛着愤怒的眼泪，“你们实在太可怕了。”

“是啊，”舰长说，“关于这点，我想你也说得很对。”他转过身去。

一群人湿答答、垂头丧气地跟着他回到候诊室。我不确定被人家形容为“可怕”是不是我大学生活的低潮，（有个叫葛瑞威的嬉皮士曾说：“如果你还记得六十年代的很多事情，就表示你不曾经历六十年代。”）也许是吧。候诊室依然空荡荡的。现在出现在电视屏幕上的是小乔·卡特赖特；迈克尔·兰登[①]后来和我妈妈一样，得了胰腺癌。

舰长停下脚步。龙尼低着头，从他身旁经过往门口走去，尼克、比利、雷尼和其他人跟着他。

“等一下，”舰长说，他们转过身来，“我想和你们谈谈。”

我们围在舰长身边，他瞄了一下通往看诊室的那扇门，确定没有其他人后才开始说话。

36

十分钟后，舰长和我独自走回宿舍。其他人都先离开了，奈特和

---

① 迈克尔·兰登（1958— ），美国著名演员及导演，曾担纲主演《牧野风云》、《草原小屋》等家喻户晓的电视剧。小乔是迈克尔·兰登在《牧野风云》中饰演的角色。

我们一起逛了一会儿之后，大概感觉到我想和舰长私下聊聊；奈特在这方面一向很敏锐，我敢打赌他一定会是个好牙医，小孩子尤其会特别喜欢他。

“我不要再玩牌了。”我说。

舰长没搭腔。

“我不知道是否还来得及拉高成绩、保住奖学金，不过我要试试看。无论结果怎么样，我都不在乎。重点不在那该死的奖学金。”

“他们才是重点，对不对？龙尼和其他人。”

“我想他们是其中一部分。”天色渐暗，我冷得不得了——又冷又湿，心情又坏。似乎夏天永远不会再来。“老天，我想念卡萝尔，她为什么非离开不可呢？”

“我不知道。”

“他跌倒时，那里简直像疯人院一样，”我说，“不像大学宿舍，而像他妈的疯人院。”

“你当时也在笑，彼特，我也一样。”

“我知道。”我说。如果我当时是独自一个人的话，可能就不会笑，如果只有舰长和我两个人可能也不会笑，但是你怎么知道呢？事情已经这样发生了。我一直想到卡萝尔，以及拿球棒打她的那个男孩。我想到奈特看着我的眼神，仿佛对我不屑一顾。“我知道。”

我们沉默着走了好一会儿。

“我想，我还可以忍受曾经嘲笑斯托克利这件事，”我说，“但是我不想到了四十岁的时候早上醒来，孩子问我大学生活是什么样子，而我什么都想不起来，只记得龙尼说的波兰笑话，还有那个居然想服用儿童阿司匹林自杀的可怜混蛋。”我想到斯托克利拄着拐杖旋转的模样，不禁想笑；想到他躺在医务室看诊台上的样子，又不禁想哭。你知道吗？那是同样的感觉。“我只是感觉很不好，觉得糟透了。”

“我也是。”舰长说。大雨淋在我们身上，感觉又冷又湿。张伯伦舍灯火通明，但却不能抚慰我们的心。我可以看到警察盖上的黄色帆布现在铺在草地上，上面则是模糊的喷漆字迹。雨水冲刷着字迹，到了明天，这些字全都看不清楚了。

“我小时候，老爱扮英雄。”舰长说。

“是啊，我也是。哪个小孩会想扮演动私刑的暴徒呢？”

舰长低头瞧瞧湿透的鞋子，然后抬头看我。“接下来几个星期，我可不可以和你一起念书？”

“随时都可以。”

“你真的不介意吗？”

“我为什么要介意？”我假装很生气，因为我不想他听出我在听到他这么说时是多么高兴，简直大大松了一口气。因为这样一来，我们也许会成功。我沉吟一下，然后说：“其他……你觉得我们办得到吗？”

“我不知道，也许吧。”

我们几乎走到北边入口，走进宿舍之前，我指着逐渐褪色的字迹。“也许盖瑞森训导长和那个叫艾柏索的家伙会放斯托克利一马。斯托克利用的喷漆根本没办法持久，明天早上就会不见了。”

舰长摇摇头。“他们不会放过他的。”

“为什么？你怎么会这么笃定？”

“因为戴维不会放过他。”

当然，他说对了。

37

几个星期以来，三楼交谊厅头一遭这么空荡荡，因为全身湿透的玩牌高手们全都在擦干身子，换上干净衣服，其中许多人也在处理舰长在候诊室建议的事情。当奈特和我及舰长吃完晚餐回来时，交谊厅又恢复了平常的盛况——三张牌桌全满，牌局正热烈地进行着。

“嗨，彼特，”龙尼说，“特威勒说他约了女友一起念书，如果你想补上他的位子，我会教你怎么玩这种牌戏。”

“今天晚上我不玩了，”我说，“我也有书要念。”

“是啊，”兰迪说，“要念自我虐待的艺术。”

“没错，蜜糖，只要好好用功几个星期，我的手上功夫就可以和你一样高明。”

我走开的时候，龙尼说：“我没让你的诡计得逞，彼特。”

我转过身去。龙尼在椅子上往后一靠，脸上挂着讨厌的微笑。在那短暂的时间里，在大雨中，我瞥见了和平常不一样的龙尼，但是现在那个年轻人又躲起来了。

“没有，”我说，“你没有。那局已经玩完了。”

“没有人能在第一手牌射月。”龙尼说，又更往后靠了点，然后用手搔搔脸颊、戳破几颗痘痘，渗出几丝黄白色的脓。“至少在我的牌桌上不会发生这种事。我用梅花牌打破你的如意算盘。”

“你根本没有梅花牌，除非第一圈明明有梅花牌却不跟。雷尼出梅花二时，你出的是黑桃 A。而我手中拿到全部的红心牌。”

在那短暂片刻，龙尼脸上的笑容不见了，然后又咧嘴笑。他朝地板挥挥手，原本散落地面的扑克牌现在已经都收拾干净了（从翻倒的烟灰缸掉落的烟蒂还留在地板上；我们大多数人从小到大都很习惯让老妈收拾家里的脏乱）。“你手里有所有高分的红心牌，是吗？可惜我们现在没办法检查。”

“是啊，太糟了。”我再度迈开脚步准备离开。

“你的赛末点会落后！”他在我后面大喊，“你知道吧？”

“你可以把我的点数全拿去，我已经不想要了。”

于是我在大学里不曾再玩过任何一次红心牌戏。许多年后，我教孩子玩这个牌戏，他们立刻喜欢上这种游戏，就好像鸭子喜欢待在水里一样。我们每年八月在乡间度假的时候都会进行比赛，我们的玩法没有赛末点，但是会有个亚特兰蒂斯纪念奖——一个充满爱心的奖杯。有一年我赢了，便把奖杯放在书桌上，随时可以看到它。我在冠亚军决赛中射下两次月亮，但是两次都不是在第一手牌，就好像我的老同学龙尼所说，没有人能在第一手牌射月。同样的，你也不可能期待亚特兰蒂斯从海底升起或看到棕榈树摇晃。

38

那天晚上八点钟的时候，舰长坐在我的书桌前，埋头苦读人类学。他的手深深插入发中，仿佛头很痛。奈特也坐在书桌前写植物学报告。我则摊在床上和我的老朋友地质学奋战。收音机正播放着鲍勃·迪伦的歌：“她是我所见过最滑稽的女人，克林先生的曾祖母。”①

门上响起了重重的“砰—砰”的敲门声。一九三八年到一九三九年盖世太保敲犹太人的门时，一定也是这样的声音。“三楼住宿生大会！”戴维喊着，“九点钟要召开大会！每个人都必须参加！”

“噢，老天！”我说，“赶快烧掉秘密文件，把收音机吞下去。”

奈特把收音机关小声一点，我们听到戴维沿着走廊一路拍打每间寝室的房门，大叫着等一下要召开三楼大会。大多数寝室可能都空无一人，但这不是问题，他一定可以在交谊厅找到那些正忙着揪出婊子的人。

舰长看着我说，“我早就说过了吧！”

39

这个住宿区的每一栋宿舍都是同时建造的，每一栋宿舍的地下室都有共同活动区域，就好像每一楼的中央都有个交谊厅一样。地下室有台电视机，播放连续剧或周末球赛时通常会聚集许多观众；角落里放着三台自动贩卖机；还有一张乒乓球桌和几个棋盘。另外有一区是会议区，那里摆着几排木制折叠椅，前面放着一个讲台。我们在这个学年刚开始

① 出自《我将会自由》这首歌。

时，曾召开过一次三楼住宿生大会，戴维解释宿舍规则给我们听，同时说明没通过内务检查的悲惨下场。我不得不说，内务检查是戴维心目中的头等大事，当然另外一件大事就是后备军官储训团了。

他站在小小的讲台后面，讲台上摊着一个薄薄的档案夹，我想里面是他的笔记。他身上还穿着又湿又脏的后备军官储训团的制服，一天劳动下来，他的样子很疲惫，但也很兴奋……一两年后，我们都说他当时好像“开关被开启了”一样。

戴维以前都独自召开一楼住宿生大会，但是这回他有后援。男生训导长坐在绿色空心砖墙前面，双手拘谨地放在大腿上。他在会议中几乎没有说什么话，即使讨论变得愈来愈激烈时，仍然一副和蔼可亲的样子。训导处的艾柏索则站在戴维旁边，灰色西装外面披着黑色外套，一副积极任事的模样。

等到我们都坐定、抽烟的人也把烟点燃之后，戴维首先回头看看盖瑞森，然后又看看艾柏索，艾柏索对他微微一笑。“请你开始吧，戴维，这些都是你的孩子。”

我感到一阵愤怒。我也许是卑鄙小人，也许会嘲笑在倾盆大雨中跌倒的跛子，但我不是戴维的孩子。

戴维抓着讲桌严肃地看看我们，心里可能想着：有朝一日，一批批部队开拔往河内作战时，他可能会像这样对军官训话。

“斯托克利不见了。”他终于说。他的语气中有一种严肃伤感的意味，好像查尔斯·布朗森[①]电影里的台词。

“他在医务室里。”我说，很高兴看到戴维脸上惊讶的表情。艾柏索也很惊讶，盖瑞森则只是继续和气地看着前方。

“他怎么了？”戴维问。剧本上原本没有这句话——不管是他自己写的剧本或是艾柏索和他一起准备的剧本里，都没有这句话——戴维皱起眉头。他把讲桌抓得更紧了，仿佛害怕讲桌会飞走似的。

“他摔了个狗吃屎，”龙尼的话逗得身边的人大笑，他显得洋洋得

---

① 查尔斯·布朗森（1921—2003），美国电影明星，演出角色多为西部枪手、拳击手及警察等硬汉型角色。

意，“我想他得了肺炎或支气管炎之类的。”他和舰长四目相接，舰长微微点头。这是舰长的场子，不是戴维的，但是如果我们够幸运的话——如果斯托克利够幸运的话——讲台上的三个人永远不会晓得。

“从头说给我听。”戴维说。他脸上的表情从皱眉变成怒目而视，他发现房门被抹上刮胡霜时也是这副表情。

舰长告诉戴维和他的新朋友，我们怎么样从三楼交谊厅窗口看到斯托克利往旷野上的宫殿走去，他怎么样在水中跌倒，我们怎么样把他救起来并带他去医务室，而医生又是怎么说斯托克利的病。医生其实什么也没说，但是他不需要说什么，碰触到斯托克利的每一个人都晓得他在发高烧，而且我们全都听到他沉重而可怕的咳嗽声。舰长没有提到当时斯托克利走得有多快，仿佛斯托克利想要毁掉整个世界，然后自己也死掉；他也没有提到我们当时都在笑他，马克甚至还因为笑得太厉害而尿湿了裤子。

舰长说完后，戴维不确定地看了艾柏索一眼，艾柏索面无表情地回看他，盖瑞森训导长继续在他们背后露出慈祥的笑容。他们的意思很清楚，这是戴维的场子，他最好表演得精彩一点。

戴维深深吸了一口气，然后看着我们。“我们认为，斯托克利应该为今早不知道几点钟在张伯伦舍北面恶意破坏公物的下流行为负责。”

我现在告诉你的就是他当时说的话，没有捏造任何一个字。除了“为了拯救这个村子，我们必须先摧毁它”之外，那可能是我这辈子听过最荒谬的话。

当真相快速揭露时，我相信戴维预期我们会像梅森探案最后一幕法庭戏中的临时演员一样议论纷纷，但我们却很安静。舰长仔细观察戴维的表情，当他看到戴维深深吸了一口气、预备发表下一个声明时，他说：“你怎么知道是他，小亲亲[①]？”

虽然我不是百分之百确定——我从来不曾问过他——但我相信舰长是故意叫戴维的绰号，好挫挫他的锐气。无论如何，这招很有效。

---

① 戴维的姓“迪尔波”（Dearbon）与“小亲亲”（Dearie）发音相近。

戴维逐渐受不了，他看着艾柏索，心里重新盘算一番，血色逐渐从脖子涌上脸庞。我看着他涨红的脸，觉得有趣极了，有点像是看到迪斯尼卡通影片里的唐老鸭努力按捺自己的脾气一样。你知道他不可能按捺得住，所以悬疑之处就在于他到底能够保持理性多久。

“我想你应该知道答案，舰长，”戴维最后说，“斯托克利的外套上面有一个很特殊的图案。”他拿起带来的档案夹，从里面抽出一张纸，看了一下后把纸翻面，让我们都能看到。我们看到了，没有人感到讶异。“就是这个标志。这是共产党在第二次世界大战结束后发明的标志，代表‘通过渗透获胜’的意思，颠覆分子称它为‘断裂十字架’。这个标志在都市激进团体之间也很流行，例如黑色穆斯林或黑豹之类的团体。由于在我们宿舍的墙上出现这个标志之前很久，斯托克利的外套上早已经有这个图案，我想即使我不是火箭科学家，也可以猜到——”

“戴维，你根本在放屁！”奈特站起来说。他脸色苍白，而且还在颤抖，但他颤抖是因为愤怒，而不是出于恐惧。我以前听过他在公开场合说出“放屁”二字吗？我想没有。

盖瑞森仍然对着我的室友展露和善的微笑，艾柏索扬扬眉毛，礼貌性地表示兴趣，戴维则显得很错愕，我猜他完全没料到奈特会找他麻烦。

“那个标志是源自英国的旗语，象征的意义是废除核武，是一位很有名的英国哲学家发明的，我想他可能还曾经受封为爵士。你居然说那是俄国人发明的标志！老天爷！难道他们在后备军官储训团就是这么教导你们的吗？教你们这些屁话？”

奈特愤怒地瞪着戴维，双手插在臀部的裤子口袋中。戴维现在目瞪口呆，原本的气焰一扫而空。没错，后备军官储训团就是这么教他的，而他也全盘照收，不只吞下鱼钩，连钓丝和铅锤都一并吞下肚。你不禁好奇那些参加后备军官储训团的孩子还吞下了什么东西。

“我相信有关断裂十字架的信息非常有趣，”艾柏索这时候平稳地插话，“如果真是如此，这当然是很有价值的信息。”

“确实是真的，”舰长说，“不过发明标志的人是罗素，而不是斯大林。五年前英国年轻人游行抗议美国核子潜艇在英国港口附近出没时，衣服上就已经出现这个图案了。”

“他妈的！”龙尼大吼，对空挥拳。一年后，黑豹党员——就我所知，罗素的和平标志对他们从来没什么用处——在他们的集会中，也做了同样的动作。当然，二十年后，我们所有洗心革面的六十年代宝宝也在摇滚演唱会中做同样的动作。布鲁——斯！布鲁——斯！

“加油，宝贝！”休边笑边唱和，“加油，舰长！加油，奈特！”

“训导长在这里，注意你的用语！”戴维对龙尼吼着。

艾柏索对于围观群众的粗话和起哄完全置之不理，只是一直用一种感兴趣、怀疑的眼神盯着我的室友和舰长。

“即使你说的都是真的，”他说，“我们还是要面对一个问题，对不对？有人破坏公物并公然猥亵，而且纳税人现在比过去更严苛地盯着大学年轻人的行为。我们学校必须仰赖纳税大众的支持，各位先生，大家都责无旁贷。”

“好好想想吧！”戴维突然高声嚷着。他的脸颊现在几乎变成紫色，前额仿佛烙印般满是红点，两眼间青筋猛烈跳动。

戴维还来不及多说——显然他有很多话想说——艾柏索就把手一伸，制止他开口。戴维好像泄了气一样，他原本有机会的，但自己把它搞砸了。之后他可能安慰自己，全是因为他太累了；当我们整天都在暖和舒服的交谊厅里玩牌和耽误自己的前途时，他一直在外面铲雪和在人行道上铺沙子，免得老教授跌倒而摔破屁股。他累了，反应比较慢，讨厌的艾柏索又不肯给他公平的机会证明他是对的。不过这些想法此时完全无济于事：他已经被抛在一边了，成年人重新掌控全局，爸爸会解决掉所有的问题。

“我想大家都有责任指认做这件事的人，并让他受到严厉处罚。”艾柏索继续说。他大半时间都盯着奈特瞧，当时我感到很惊讶，因为他把奈特当做他在屋内感受到的反抗运动核心人物。

奈特昂首一动不动地站在那里——上帝保佑他的牙齿不要被打掉，双手仍然插在后裤袋中，眼神坚定而毫不迟疑，更不会闪避艾柏索的目光。“你有什么建议吗？”

“你叫什么名字，年轻人？请告诉我。”

“奈特·霍伯斯坦。”

“呃，奈特，我想这个案子究竟是谁做的，我们已经掌握特定人选了，对不对？”艾柏索以教师的语气很有耐心地说，“或者我们可以说这个人自己已经露馅了。就我所知，这个不幸的家伙斯托克利简直是断裂十字架标志的活广告,从——”

“别再这样叫那个标志！”舰长说，他声音中的怒气把我吓了一大跳，“那不是什么断裂的东西！而是和平标志！”

“你叫什么名字？”

“史丹利·柯克，朋友都叫我舰长。你可以叫我史丹利。”他的声音暗藏笑意，但艾柏索似乎浑然未觉。

“柯克先生，我注意到你的说词了，不过你仍然无法改变一个事实，就是斯托克利从开学第一天起，就在校园内到处展示那个特殊标志。”

奈特说：“迪尔波先生甚至连和平标志是什么或起源自哪里都不知道，所以我认为你还这么相信他说的话，实在太不明智了。我自己的外套上刚好也有这个和平标志，艾柏索先生，你怎么知道墙上的喷漆图案不是我做的呢？”

艾柏索嘴巴张大，没有真的张得很大，不过已经足以破坏他脸上同情的笑容和仿佛杂志广告明星般的堂堂相貌。盖瑞森训导长皱着眉头，仿佛被搞糊涂了。很少见到聪明的政客或大学行政主管像他这样大吃一惊，这真是值得纪念的一刻，我从那时候起就一直把那一刻珍藏在心底，直到今天还没有忘记。

“你撒谎！”戴维说，声音听起来难过甚于愤怒。“你为什么要撒谎，奈特？三楼所有人当中，我最没有料到的就是你——”

“我没有撒谎，”奈特说，“如果你不相信我的话，可以上楼到我的寝室，从衣橱里把我的外套拿出来检查。”

“是啊，也可以顺便检查一下我的外套，”我说，站到奈特旁边，“我的旧高中外套。你绝对不会看漏的，外套背后也画着和平标志。”

艾柏索微微眯起眼睛，仔细端详我们，然后他问：“年轻人，你们到底是什么时候把这个所谓的和平标志画在外套上的?”

这一回奈特撒了谎。我当时已经很了解他了，知道他这样做一定很痛苦……但是他仍然像个勇士般说:“九月。”

对戴维来说，他真是受够了。今天如果我的孩子碰到这种情形，可能会形容说他核爆了，只不过这么说还不够贴切。戴维简直变成气炸的唐老鸭，他并没有真的暴跳如雷，像唐老鸭生气的时候那样挥舞着手臂、呱呱乱叫，但是他真的高声怒吼，用手掌猛拍满是斑点的前额。艾柏索抓住他的手臂，要他冷静下来。

“你是谁?”艾柏索问我，语气不像先前那么客气了。

“彼特·赖利。我在外套背面画上和平标志是因为我很喜欢斯托克利身上的图案。我对于美国在越南做的事情有很多疑问。”

戴维挣脱艾柏索，他高抬着下巴，露出整排牙齿。“我们在越南做的事情就是帮助我们的友邦，笨蛋!”他吼着，“如果你太笨了，自己想不明白的话，我建议你选修安德森上校的军事史概论!还是你只不过是另一个胆小鬼,不——”

“嘘，迪尔波先生，”盖瑞森说，他沉静的声音不知怎么的比戴维的吼叫还要大声，“这里不是辩论美国外交政策的好地方，现在也不是谈论个人抱负的好时机。恰好相反。”

戴维垂下愤怒的脸孔，盯着地板，开始拼命咬嘴唇。

“赖利先生，你是什么时候把和平标志画在外套上的?”艾柏索问。他的语气仍然很客气，但是眼里有一种丑陋的神情。我想，那时候他已经知道，斯托克利将可以躲过这次惩罚，他因此觉得很不开心。和斯托克利比起来，戴维根本微不足道，斯托克利代表的是一九六六年在美国大学校园中出现的新人类。不同的时代需要不同的人，而二十世纪六十年代就需要艾柏索这样的人。他不是教育家，而是辅修公共关系的执法者。

他的目光告诉我们，不要对我撒谎，彼特，不要撒谎。因为如果你撒谎，然后一定会发现，我就会要你好看。

但是管他呢。反正到了一月十五日的时候，我可能已经离开学校了。到了一九六七年圣诞节的时候，我可能已经身在越南，先替戴维把地方暖一暖。

“十月，”我说，“我大约是在哥伦布日那会儿把它画在外套上的。”

“我把它画在我的外套和一些运动衫上，”舰长说，“衣服都收在寝室里，如果你想看的话，我可以拿给你看。”

戴维仍然低头盯着地板，满脸通红，一直红到发根，而他的头一直单调地前后晃动。

“我有好几件运动衫上也有这个图案，”龙尼说，“我不是和平主义者，但是这个标志很酷，我很喜欢。”

东尼说他的一件运动衣背后也有这个图案。

雷尼告诉艾柏索和盖瑞森他在好几本教科书的封底都画上这个标志，还有一本笔记本用这个图案作为封面，如果他们想看的话，他也可以拿给他们看。

比利的外套也有这个图案。

布拉德的新人扁帽上也画了这个标志。扁帽放在他衣柜里的某处，也许放在他忘记带回家给妈妈洗的脏内衣裤下面。

尼克说，他把和平标志画在他最喜欢的《遇见披头四》和《韦恩·方塔那与迷幻药》这两张唱片的封套上。“你根本没有脑子可以迷，笨蛋。”龙尼咕哝着，后面有人掩嘴偷笑。

其他好几个人也报告他们的书本或衣服上有和平标志。所有人都声称早在张伯伦舍墙壁上的涂鸦出现之前很久，他们的衣物上就已经有这个标志了。最后由休极其超现实地画下神来之笔，他起身站到走道上，拉起裤脚让我们看到他毛茸茸小腿上发黄的运动袜，他用马克笔在妈妈给宝贝儿子准备的衣物上画了一个和平标志——这很可能是他整学期第一次用这支马克笔。

“你看吧，”当大家都自首完毕以后，舰长说，“我们中间随便一个人都可能是嫌疑犯。”

戴维慢慢抬起头来，脸上的红潮全消退了，只剩左眼附近还红彤彤的，看起来好像水肿一样。

“你们为什么要替他撒谎？”他问，等了一下，但是没有人回答他的问题，“感恩假期之前，我敢发誓，你们根本没有一个人有任何东西上面画了和平标志。而且我敢打赌，在今天晚上之前，你们大多数人也没有任何东西上面有和平标志；你们为什么要为他撒谎？”

仍旧没有人回答，所有人都保持沉默，我们在沉默中开始感觉到力量，所有人都明显感觉到这股力量。但是这股力量属于什么人呢？属于他们，还是属于我们？我们说不上来，经过这么多年后还是没办法说清楚。

然后盖瑞森训导长往讲桌走去，戴维甚至似乎还没看到他，就挪动身子让开。盖瑞森的脸上带着开心的笑容望着我们。“愚蠢，”他说，“琼斯先生写在墙上的东西很愚蠢，而你们的谎话更愚蠢。说实话吧，坦白招认。”

没有人开口。

“我们明天早上会和琼斯先生谈一谈，”艾柏索说，“也许等我们和他谈过以后，你们之中有几位会想稍微改改你们说的故事。”

“噢，我不会太相信老琼斯说的任何事情。”舰长说。

“是啊，他就好像茅坑里的老鼠一样疯狂。”

周围响起一阵慈爱的笑声。“茅坑里的老鼠！”尼克嚷着，眼睛发亮，他就好像终于找到合适字眼的诗人一样开心。“茅坑里的老鼠！是啊，那就是老琼斯！”然后尼克惟妙惟肖地模仿卡通人物来亨鸡的声音胡言乱语，那可能是当天最后一次疯言疯语压制了理性的讨论。

尼克逐渐意识到艾柏索和盖瑞森正看着他，艾柏索的眼神中带着轻蔑，盖瑞森则颇感兴趣，就好像透过显微镜发现了新细菌一样。

“你知道，脑袋瓜有点毛病。”尼克最后说。当他逐渐恢复自我意识（所有伟大艺术家的致命伤）时，他不再模仿，赶紧坐下来。

“这和我说的病不太一样，”舰长说，“我指的也不是他跛脚这件事，而是自从他来这里以后就一直打喷嚏、咳嗽和流鼻水，戴维小亲亲，连你都应该注意到这件事吧。”

戴维没有回答，甚至连舰长叫他的绰号这件事都没有反应。他一定是累坏了。

“我想说的是，他可能会声称一大堆事情都是他做的，”舰长说，“他甚至可能真的相信是他做的，但是他和这件事情无关。”

艾柏索的脸上重新露出笑容，但是毫无笑意。“我想我掌握到你话里的重点了。柯克先生，你希望我们相信琼斯先生不该为墙上喷的字负任何责任，即使他真的招认了，我们也不应该相信他的供词。”

舰长也笑了，那是电力超强、会让少女心头小鹿乱撞的微笑。“没错，”他说，“我正是这个意思。”

此时屋里有短暂的沉默，接下来盖瑞森说的话，几乎可说是我们年轻岁月的墓志铭。“你们真是令我失望，”他说，“走吧，艾柏索，这儿没我们的事了。”盖瑞森提起公文包，迈开大步往门口走去。

艾柏索似乎很讶异，但还是赶紧跟着走了出去，只留下戴维和受他管辖的三楼住宿生彼此大眼瞪小眼，眼神中混杂了不信任和谴责。

“谢了，各位，”戴维几乎快哭了，“多谢了。”然后就低着头走出去，一只手紧紧拿着档案夹。之后的那个学期他搬离张伯伦舍，加入兄弟会。考虑所有的情况之后，也许这是最好的决定。斯托克利可能会说，戴维已经毫无公信力可言了。

40

“所以，你也偷了那个图案。”斯托克利终于可以开口说话时，躺在医务室的病床上说。我刚刚告诉他，现在张伯伦舍几乎每个人身上都至少有一件东西上面有那个图案，我原本以为这个消息会让他开心一点，我错了。

“冷静一点，”舰长说，拍拍他的肩膀，“别发脾气。”

斯托克利仍然以谴责的眼神瞪着我。“你先是抢走了我的功劳，然后又把和平标志也抢走了。你们有没有人翻一翻我的钱包？我想里面还剩下九块钱或十块钱，你们干脆连那点钱也拿走算了，把我洗劫一空。”他把头转过去，虚弱地咳起来。在一九六六年十二月初的寒冷早晨，他看起来比十八岁苍老许多。

那时候离斯托克利淹在水里已经四天了。由于我们不停到医务室询问斯托克利的状况，到了第二天，卡伯瑞医生似乎已经相信我们大都是斯托克利的朋友，尽管我们抱他进来时举止十分怪异。卡伯瑞医生在缅因大学医务室开药给喉咙发炎的学生或治疗在垒球赛中脱臼的手腕已经很多年了，他可能很清楚一大群年轻人在一起时做的事情很多都不能算数；他们看起来或许像大人，但大多数还保有许多孩子气的怪癖。例如，尼克在训导长面前模仿来亨鸡——我的情况就更甭说了。

卡伯瑞从来不曾告诉我们斯托克利的病情有多严重。其中一位助理护士（我相信她一看到斯托克利，几乎就爱上他了）向我们做了比较清楚的说明。卡伯瑞让他待在私人病房，而不是男性病房，透露出某些讯息；斯托克利住院的最初四十八小时，他们不让我们经常来看他，又透露出更多讯息；而他一直没有搬到只有十六公里外的东缅因，则说明了一切。卡伯瑞根本不敢搬动他，即使由学校救护车载他都不成。斯托克利的病情真的很严重。根据助理护士的说法，斯托克利得了肺炎，因为泡在水中而体温过低，还有高达四十度的高烧。她曾经听到卡伯瑞讲电话时说道，如果斯托克利的肺部因为他的残障而更加萎缩，或者他现在是三四十岁的中年人，而不是不到二十岁的小伙子，他几乎一定会死掉。

舰长和我最先获准进入病房探视。如果换做是其他学生，他们的爸爸或妈妈一定会来探病，但我们现在知道这种事不可能发生在斯托克利身上，即使他还有其他亲戚，那些亲戚也懒得找这个麻烦，根本没有出现。

我们把那天晚上的经过一五一十地告诉他，只隐瞒了一件事，就是从我们看到他在路上滑倒到我们抱着半昏迷的他到医务室，大家都笑个不停。我告诉他，舰长建议大家把和平标志画在书本和衣服上，这样一来，斯托克利就不会单独被挑出来受罚。我说连龙尼都加入了这次行动，而且他一口答应，毫不推托。我们告诉他这些事情是为了让他的口供和我们一致；同时也让他晓得，如果他现在硬要强出头，承担在墙上喷漆的责罚也好、功劳也好，他不但自己会惹上麻烦，也会带给我们麻烦。我们没有明说，但其实也不需要明说。虽然他的腿残废了，但是脑袋瓜仍然管用得很。

“把你的手拿开，柯克。”斯托克利把身子缩在床的一边，离我们愈远愈好，然后又咳了起来。我还记得当时我心想，他看起来好像只能再活四个月。但是我错了。亚特兰蒂斯虽然沉没了，斯托克利却依然随着浪潮在大海中浮沉。目前他在旧金山当律师，满头黑发早已变成漂亮的银丝，还买了红色轮椅，在CNN的报道中看起来炫得很。

舰长往后一靠，两手交叉。“我没有期待你会感激我，但是这样也未免太过分了，”他说，“这回你真的太过分了，哩噗—哩噗。”

他的眼睛发出怒火。“不要这样叫我。”

“那么，不要只因为我们想要救你这瘦皮猴，就说我们是小偷。真该死，我们还真救了你这个混蛋！”

“没有人要你们这样做。”

“的确没有，”我说，“你从来不要求任何人做任何事情，对不对？以你这副臭脾气，我想不必再过多久，你就会需要更大的拐杖了。”

“好吧，我就是有一副臭脾气，你又有什么呢？”

我有一大堆进度要赶，但我没有这样对斯托克利说，觉得他不会因为同情而软化。我问他：“那天的事情，你记得多少？”

“记得我把‘干，约翰逊’这几个字喷在宿舍墙壁上——我已经计划了几个星期——还记得我去上一点钟的课。上课时我大半时间都在盘算，盖瑞森把我叫进办公室的时候，我要说什么、要发表什么声明。之后，其他事情就成了片段、模糊一片。”他冷笑几声，眼珠子仿佛在瘀青的眼眶中转着。他已经在床上躺了快一个星期了，但似乎仍然有说不出的疲倦。“我想我还记得曾告诉你们我想死，我有没有这样说过？”

我没有搭腔。他一直在等我回答，但是我坚持我有权保持缄默。

最后斯托克利耸耸肩，是那种表示“好吧，算了”的耸肩，结果他穿的病服就从他瘦巴巴的肩膀上滑下去了。他小心翼翼地把衣服拉好，因为手上还在打点滴。“所以你们发现了和平标志，嗯？很好。你们去冬日嘉年华看尼尔·戴蒙德或佩图拉·克拉克演唱时，就可以戴着和平标志了。至于我呢，我要离开了，我在这里待够了。”

“你以为你到西岸上大学，就可以丢掉拐杖吗？”舰长问，“也许还参加赛跑？”

听到舰长这么问，我有一点惊讶，但斯托克利却笑了。那是真正的笑容，充满阳光、发自真心的微笑。“拐杖一点也不重要，”他说，“人生苦短，不能虚掷光阴，这才是重点。这里的人完全不晓得外面发生了什么事，他们也不关心，只是得过且过。在缅因大学，只要买一张滚石乐团的唱片，就会被当成惊世骇俗的行为。”

“有些人知道比较多的事情。”我说……但是一想到奈特，又觉得很困惑，奈特担心妈妈可能会看到他被警察逮捕的照片，因此站在马路边上。这是一张在后面背景中的脸孔，在二十世纪迈向牙医之路的男孩阴郁的脸孔。

卡伯瑞探头进来：“你们该离开了，琼斯先生需要好好休息。”

我们站起来。“盖瑞森找你谈话的时候，”我说，“或是那个叫艾柏索的家伙……”

“他们只会知道，我完全不记得那天发生什么事了，”斯托克利说，“卡伯瑞会告诉他们，我从去年十月就有支气管炎，感恩节后又得了肺炎，所以他们只好接受事实。我会说，除了丢掉旧拐杖和参加赛跑之外，我那天很有可能做出任何事情。”

“我们没有偷你的标志，”舰长说，“只是借用一下而已。”

斯托克利似乎好好思考了一番，然后叹了一口气。“那不是我的标志。”

“不是，”我同意，“不再是你的标志了。再见，斯托克利，我们会再回来看你。”

“别把这件事看得太重要。”他说，我猜我们把他的话听进去了，因为我们再也没有回去看他。我后来在宿舍又看到他几次，但只有几次。当他等不及学期结束就搬走时，我正在上课。我再看到他的时候，已经是将近二十年后的事了，那是一九八四年或一九八五年法国炸沉“彩虹勇士号”[1]之后，我在电视新闻中看到他在绿色和平组织的群众大会上演说。从此以后，我经常在电视上看到他。他为环保运动筹款，坐着炫目的红色轮椅在各大学校园演讲，在法庭上为环保激进分子辩护。有人称他为“拥抱树木”的保育分子，我猜他应该很喜欢这个封号。我很高兴看到他还是那副臭脾气，正如他所说，他有的也只是一副臭脾气罢了。

我们走到门口时，他喊了一声：“喂？”

我们回头看看枕在白色床单的白色枕头上那张苍白瘦削的脸孔，一头杂乱黑发是他脸上唯一的颜色。他藏在床单下的双腿形状又让我想起家乡国庆节游行时看到的山姆大叔。我忍不住心里又想到，他看起来好像只剩下四个月寿命的小孩。不过现在这幅图画中增添了几颗白牙，因为斯托克利正对我们展露笑靥。

“喂什么？”

“你们两位真的很关心我的情况，才会对盖瑞森和艾柏索说……也许我有自卑情结之类的毛病，不过我很难相信你们是真的关心我。你们两位决定要来点改变了没有，决定要好好上学了吗？”

“如果我们真的做了这个决定，你认为我们办得到吗？”舰长问。

“你或许办得到，”斯托克利说，“关于那天晚上，有件事我一直记得，而且记得很清楚。”

我以为他会说记得我们一直笑他——舰长也这么想，他后来告诉我——但结果不是。

“你自己一个人抱着我进看诊室，”他对舰长说，“而且没有让我掉在地上。”

“不可能掉下来，因为你没有多重。”

“不过还是一样……即使快死了，还是没有人喜欢掉在地板上，那样很丢脸。就因为你没有把我掉在地上，我要给你一些忠告。柯克，除非你必须仰赖运动员奖学金才能继续学业，否则就尽快退出

---

[1] 原本为北海渔船，绿色和平组织将它改装来执行环保抗争任务。一九八五年，彩虹勇士号在南太平洋的穆鲁罗瓦环礁抗议法国政府恢复核试，同年七月十日，彩虹勇士号在新西兰奥克兰被炸沉。

校队。”

“为什么？”

“因为他们会把你改造成另外一个人。也许需要的时间比后备军官储训团改造戴维的时间久一点，但是他们终究会让你变成另外一个人。”

“你对运动了解多少？”舰长客气地问，“你对于参与一个团队又知道多少？”

“我知道对于穿制服的男生而言，现在真不是好时候。”斯托克利说完之后就把头靠在枕头上，闭上眼睛。但卡萝尔曾说现在是当女生的好时候；在一九六六年的时候，当女生真好。

我们回到宿舍，然后回到我的寝室念书。在走廊的另一端，龙尼、尼克、雷尼和其他大多数人仍在想办法揪出婊子。过了一会儿，舰长把门关上，阻隔他们的噪音，但没什么用，于是我打开奈特的唱机听奥克斯的歌；如今奥克斯已经过世了，和我妈妈及兰登一样，都死了，他用皮带把自己吊死了。当年存活下来的亚特兰蒂斯人自杀率还蛮高的。我想这倒不足为奇，当你的大陆在脚底沉下去时，对你的脑子一定形成极大的震撼。

41

到医务室探望斯托克利之后一两天，我打电话告诉妈妈，如果她真的负担得起，请她寄点钱给我，我想采纳她的建议，找家教来替我补习。她没有问什么问题，也没有骂我——当她不骂人的时候，你就知道这次麻烦可大了——不过三天后，我收到三百元的汇票，再加上我玩牌赢的钱（加起来居然将近八十元，令我十分震惊），还真是一大笔钱。

我从来没有告诉妈妈，不过事实上，我用她寄来的三百元请了两个家教，一位是研究生，她教我如何解析地壳板块运动和大陆漂移之谜，另一位家教住在金舍，是个抽大麻的大四学生，叫做哈维，他帮舰长补习人类学（可能还替舰长写了一两篇论文，不过我不是十分确定）。

舰长和我一起去找文理学院院长——十一月在张伯伦舍开过那次会以后，我们不可能去找盖瑞森求助——把碰到的问题摊在他面前。就技术上而言，我们两人都不属于文理学院，因为大一新生还没有决定主修科系，但是兰德尔院长耐心地听我们说。他建议我们去找每门课的授课老师，把我们的问题解释给他们听……差不多就等于向他们求情。

我们照他的话做了，过程中每一分钟都很难熬。在那些年里，我们两人之所以能成为好朋友，原因之一是我们在成长过程中受到相同的北方佬哲学的熏陶，其中一个观念是除非万不得已，否则绝不向别人求助，甚至即使万不得已，都不开口。而当时也唯有靠彼此间有难同当的情谊，才能支撑我们度过许多尴尬时刻。当舰长进去办公室和老师谈话时，我会在走廊抽着一支又一支的烟，等他出来。轮到我时，他也会在外面等我。

整体而言，我万万没料到老师还颇同情我们的，大多数的老师都尽心尽力帮助我们过关，不止低空掠过，而且高分过关，因此可以保住奖学金。只有舰长的微积分老师毫不通融，不过他的微积分考得不错，所以即使老师没有特别帮忙，仍然顺利过关。多年后我才明白，当时对许多教师而言，这是个道德问题，而不是学术问题：他们不希望日后在越战伤亡名单上看到学生的名字时，会一直纳闷自己是否要为此负部分责任。而成绩单上 D 和 C- 的差别，可能就影响一个孩子究竟日后是毫无知觉地呆坐在某处的荣民医院里，还是能听能看、活蹦乱跳的。

42

有一次在经过类似的会谈后，由于期末考即将来临，舰长去咖啡厅和人类学家教老师碰面，准备在补充咖啡后好好临阵磨枪，我则去豪优克餐厅打工。当碗盘输送带停止转动之后，我回到宿舍继续用功。经过大厅时去看了一下信箱，里面有一张粉红色的包裹领取单。

包裹用棕色的纸包着，外面绑着棕色的绳子，但是装饰着圣诞铃铛和冬青树枝后显得生机盎然。看到回邮地址时，我的肚子好像在毫无防备的情况下突然挨了一记闷棍：卡萝尔·葛伯，一七二步洛街，哈维切镇，康涅狄格州。

我一直没有打电话给她，不只是因为我忙着挽救课业。但直到我看到她写在包裹上的名字，才明白背后真正的原因。我一直认为她会回到萨利身边。那天晚上我们在车上听着老歌做爱，对她而言早就是陈年旧事了，而我，也早已成为往事。

奈特的唱机播放着奥克斯的歌曲，但是奈特却靠在床上打瞌睡，一本《新闻周刊》打开来摊在他脸上，封面人物是威廉·威斯特摩兰将军[①]。我坐在书桌前，把包裹放在面前，伸手去拆包裹上捆的绳子，又迟疑了一下。我的手指在颤抖。她曾经说过，心是很坚固的，大多数时候我们的心都不会碎，只会弯曲。当然，她说得对……但是，当我坐在那儿看着她寄给我的圣诞包裹时就觉得心痛；很痛。唱机播放着奥克斯的歌声，然而我脑子里听到的是更古老、更甜蜜的歌声；我听到的是五黑宝的歌声。

我扯断绳子，拆开胶带，打开棕色包装纸，拿出一个小小的百货公司白色纸盒。里面是用炫目的红纸和白色缎带包起来的礼物，还有一个正方形信封，上面她用那熟悉的字迹写上我的名字。我打开信封，拿出贺卡，上面有银箔雪花和吹着银箔号角的银箔天使。当我打开卡片时，从里面掉出一张剪报，落在她送我的礼物上面。那是从《哈维切日报》上剪下来的，卡萝尔在报纸的上缘、头条标题的上方写着：这次我办到了——可以得紫心勋章！别担心，在急诊室缝了五针之后，我就回家吃晚饭了。

那篇报道的标题是：征兵处的抗议活动变成一场混战，六人受伤，

---

① 威廉·威斯特摩兰（1914—2005），美国越战指挥官。

十四人被捕，照片则和刊登在《德里新闻报》的那张照片形成强烈对比。在《德里新闻报》的照片上，警察和临时起意展开反示威行动的建筑工人都一副轻松模样；但在《哈维切日报》的照片上，每个人显然都绷紧神经、神情困惑，丝毫轻松不起来。现场可以看到在鼓起的手臂上刺青、脸上充满恨意的强硬分子，而留着长发的年轻孩子则以愤怒叛逆的目光回瞪他们，其中一名年轻人还伸出手臂，仿佛在说：你恨不得宰了我吧，尽管放马过来呀？警察挡在两群人中间，样子显得很紧张。

照片左边（卡萝尔画了一个箭头指向左边，仿佛担心我会没看到）可以看到一件熟悉的外套，背面印上了“哈维切中学”几个字。她又转头了，不过这回不是把头转开，而是迎向相机镜头。虽然我并不想看得那么清楚，但是照片清晰地显示鲜血从她的脸颊流下来，她尽可以开玩笑地画上箭头，然后在旁边写些好笑的话，但是我却一点也不觉得好笑。她脸上流的可不是巧克力糖浆。警察抓住她的手臂，但照片上的女孩似乎满不在乎，也不在乎自己的头上流血了（如果她当时知道头上流血的话）。照片上的女孩只是不停地微笑，一只手举着“停止杀戮”的标语，另一只手则对着镜头，用两只手指摆出V的形状。我当时以为那个V代表胜利的意思，但当然不是如此，在一九六九年的时候，那个V字是要和麻雀爪印搭配在一起的，就好像火腿要配上鸡蛋一样。

我匆匆看了一下报道内容，但是里面没有什么特别引人注意的地方：示威抗议……反示威……丢石块……相互叫嚣……有几次互殴……警察抵达现场。报道的语调是傲慢而充满反感的，让我想起那天晚上艾柏索和盖瑞森的模样：你们真是让我失望。后来除了三名示威者之外，警方释放了其他所有被捕的人，而且没有提及任何人名，所以他们应该都不到二十一岁。

她的脸上流血了，但仍然一直微笑……事实上，那是胜利的微笑。我逐渐意识到奥克斯还在唱着：我一定曾经杀了上百万人，现在他们要我再回去——我的背上突然起满鸡皮疙瘩。

我把卡片拿起来看，上面是押韵的典型圣诞贺词；这些贺词总是大同小异，对不对？圣诞快乐，希望你不会在新的一年翘辫子。我很少认真读这些贺词。卡萝尔在卡片另一面的空白处写了一些话，她写得很长，几乎填满整个空白。

亲爱的六号：

我只是想祝你有个最快乐的圣诞节，并且告诉你我很好。我没有回学校念书，虽然我一直和一些学生混在一起（请参见我附的剪报），我希望我最后还是会回学校念书，也许等明年秋季班吧。我妈妈的情况不太好，不过她还在继续努力，而我弟弟的行为已经恢复正常，蕾安达也帮了不少忙。我和萨利见过几次面，不过感觉已经和过去不同了。有天晚上他来我家和我一起看电视，我们变得像陌生人一样……也许我的意思其实是我们变得好像旧识，或是两列往不同方向行驶的火车。

我想念你，彼特。我想我们的火车也同样驶往不同的方向，但是我永远忘不了我们共度的那段时光，那是我一生中最甜蜜、最美好的时光（尤其是最后一晚）。如果你想的话，可以写信给我，不过我有点希望你不要写，因为那样或许对我们两个人都不好。这并不表示我不在乎你或不记得你，因为我确实在乎你、记得你。

还记得那天晚上，我拿照片给你看、告诉你我挨打的事吗？还有我的朋友博比如何照顾我？那年夏天他收到一本书，是住在他楼上的老人家送他的。博比说那是他读过的书中最好的一本。当你只有十一岁的时候，通常说得不多，但是我高三时看到学校图书馆有这本书，于是我读了这本书，只是想了解这本书到底在说什么。我觉得这本书还蛮棒的，不算是我读过最棒的一本书，但是写得蛮好的。我想你可能会想有一本，虽然这本书是十二年前写的，不过我有点觉得它其实是在谈越南的事情。即使不是，里面也充满信息。

卡萝尔

附：赶快摆脱那愚蠢的牌戏吧！

我把信读了两次，然后小心翼翼地折好剪报，放回卡片中，双手仍然抖个不停。我想我还留着那张卡片……就好像我确定“赤色卡萝尔”到现在还把她童年玩伴的照片收藏在某个地方一样，也就是说，如果卡萝尔还活着的话。我不太确定，因为她的一票朋友都已经不在世上了。

我打开包裹，里面——和充满欢乐气息的圣诞包装纸及白色缎带形成鲜明对比——是一本平装版的《蝇王》，作者是戈尔丁。我高中的时候没有读这本书，因为高三文学选读的课程，我选了《另一种和平》[①]这本书，而没有选《蝇王》，因为《另一种和平》看起来比较短。

我打开书，心想卡萝尔可能在里面题字，她的确写了一些东西，不过和我想象的不一样；完全不一样。以下就是我在书名页空白处发现的东西：

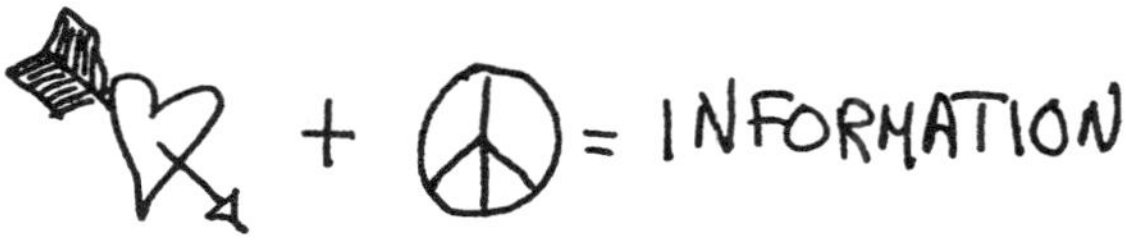

我突然热泪盈眶，用手掩着嘴，差一点就哭出声来。我不想吵醒奈特，也不想让他看到我哭。但我还是哭了，坐在书桌前为卡萝尔哭泣、为我自己哭泣、为我们俩哭泣，也为我们所有人哭泣。就我记忆所及，我这辈子就数那次最伤心了。她曾经说过，我们的心是很坚固的，大多数时候心都不会碎，她说得对……但是，那段日子又要怎么说呢？当我们年轻的时候又如何呢？我们留在亚特兰蒂斯的心，又要怎么说呢？

43

无论如何，舰长和我存活了下来。我们补交了作业，期末考低空

① 美国小说家约翰·诺尔斯（John Knowles，1926—2001）的作品。故事设定在第二次世界大战期间于新英格兰一所名为“得文”（Devon）的学校所发生的事，内容探讨了仇恨、复仇与罪恶等主题，一九七二年拍成电影。

掠过，然后在一月中旬回到张伯伦舍。舰长告诉我，他在寒假中写了一封信给棒球教练温金，说他改变主意不参加校队了。

奈特也回到张伯伦舍三楼，令人讶异的是，雷尼也回来了——尽管在不及格边缘，但还是回来了，不过他的死党东尼却离开学校，其他离开的人还包括马克、巴瑞、尼克、布拉德、哈维、兰迪……当然，还有龙尼。三月的时候，我们收到龙尼寄来的卡片，上面盖着路威斯顿的邮戳，收件人只写着：张伯伦舍三楼的那群笨蛋收。我们把它贴在交谊厅的墙壁上，就在龙尼玩牌时经常坐的位子上方。卡片正面是《疯狂》杂志的封面男孩纽曼，龙尼在背面写着："山姆大叔在呼唤了，我得走了，棕榈树在前面等着我，管他的！我哪需要担心呢，我最后拿到了二十一个赛末点，所以我是赢家。"后面署名"龙"。据我们所知，在龙尼的妈妈眼中，直到他合上眼睛的那一天，这个爱说脏话的小男孩始终都是"龙尼"。

斯托克利也离开了。有一阵子，我几乎没怎么想到他，直到一年半以后，他的脸孔和与他相关的一切记忆突然之间鲜活起来。当时我被关在芝加哥的监牢里。我不知道休伯特·汉弗莱被提名的那个晚上，警察在会议中心外面到底抓了多少人，不过人数绝对很多，而且很多人受伤——一年后，蓝带委员会在报告中称这次事件为"警方暴动"。

结果我被关在拘留室中，这个拘留室原本只打算容纳十五人——最多二十人，但却关了六十个吸了太多催泪瓦斯、嗑了太多药、被打得半死、狼狈不堪、工作过度、做爱过度、满身是血的嬉皮，有的人在吸大麻，有的人在哭泣，有的人在呕吐，有的人唱着抗议歌曲（从远处的角落，几个我从来没见过的家伙散发着《我不再行军了》的歌词），好像某种比赛挤电话亭一样的古怪刑罚。

我挤在铁栅栏旁边，努力护住衬衫口袋（里面是宝马牌香烟）和裤袋（里面是卡萝尔送我的那本《蝇王》，现在变得破破烂烂，封面有一半不知去向，整本书快松脱了），突然之间，我的脑海中闪现斯托克利的脸孔，明亮而清晰，好像高画质照片一般，似乎莫名其妙地突然冒出来，或许是因为头上挨了一记警棍或吸了催泪瓦斯后清醒过来，某个原本呈休止状态的记忆线路突然热了起来。我同时想到一个问题。

“一个跛子到底在三楼干吗？”我大声问道。

有个满头蓬乱金发的小个子四处张望——一个长得像摇滚歌星彼得·弗兰普顿的矮子。他脸色苍白，满脸痘痘，脸颊上和鼻孔下的鲜血已经干了。“你说什么？”他问。

“一个跛子到底在大学宿舍的三楼干吗？而且还没有电梯？他们难道不会让他住一楼的寝室吗？”然后我想到斯托克利昂首往豪优克冲的情形，头发在眼睛前面不住晃荡，喘着气，喃喃发出“哩噗—哩噗”的声音。无论到任何地方，斯托克利都把周遭的一切当成敌人；给他一枚铜板，他会试图射杀整个世界。

“我不懂你的意思,你——”

“除非他主动要求,”我说，“除非他可能直接要求他们这样做。”

“答对了。”满头弗兰普顿式金发的小个子说，“你有大麻吗？我想要快乐一下，这个地方烂透了，我想去哈比村。”

44

舰长成为艺术家，而且还蛮有名的。他和诺曼·洛克威尔[①]这类画家不同，你永远不会在富兰克林明特礼品公司的瓷盘上看到舰长的雕塑复制品，但是他开过很多展览会——在伦敦、罗马、纽约，去年在巴黎也经常可以看到关于他的艺评。许多艺评家说他的作品不够成熟，只是一时流行（有的人二十五年来都说他是一时流行），表现方式老套而缺乏想象力，其他人则盛赞他的真诚与活力。我比较赞同后者的说法。我从以前就认识他，我们一起逃离那个逐渐沉没的大陆，他

① 诺曼·洛克威尔（1894—1978），二十世纪早期美国重要画家，擅长描画美国传统、祥和的生活层面。

一直都是我的朋友；而且从某种角度而言，他到现在还是我的死党。

也有些艺评家注意到他的作品中流露的愤怒，我第一次清楚看到这样的愤怒是在一九六九年，他在学校图书馆前、在热血青年乐团喧闹的乐声中，燃烧纸制的越南家庭模型。是啊、是啊，那件事透露了舰长的某一面。舰长做的事情有的滑稽，有的悲伤，有的怪诞，但大多数都充满怒气，他做的那些肩膀僵硬的纸黏土人形都仿佛在低语：把我点燃吧，喔，把我点燃吧，听我尖叫，现在真的还是一九六九年，我们还在湄公河三角洲，而且一直都在那儿。“柯克的创作最珍贵之处就在于作品中流露的愤怒。”他的作品在波士顿展出时，一位评论家这么说。我猜两个月后造成他心脏病发的也是同样的愤怒。

舰长的太太打电话给我说他想见我。医生认为他的心脏病不算太严重，但是舰长拼命否认。我的老搭档柯克舰长以为自己快死了。

我飞到棕榈滩，当我看到他的时候——枕在白色枕头上几乎全白的头发下面是一张惨白的脸孔——让我有一种似曾相识的感觉，但乍看之下又想不起来曾在哪儿看过。

“你想到斯托克利。”他声音沙哑地说，当然他说对了，我咧嘴一笑，在刹那间，我感觉背脊一凉，有时候往事突然之间就涌上心头，只是如此而已。有时候，过往的一切全回来了。

我走进去，坐在他旁边。“你看起来还不错嘛！”

“不算太苦，”他说，“只不过把医务室那天的情景重演一遍，不同的是卡伯瑞可能已经过世了，而且这回手背上绑着管子打点滴的人变成了我。”他举起一只极具艺术天分的巧手，让我看看那管子，然后又把手放下来。“我现在不觉得自己会死了，至少这次还死不成。”

“很好。”

“你还在抽烟吗？”

“去年就不抽了。”

他点点头。“我太太说，如果我不戒烟，她就要和我离婚。所以我想我最好试试看。”

“抽烟是最坏的习惯。”

“事实上，我想活着才是最坏的习惯。”

“省省吧，把你的俏皮话留给《读者文摘》吧。”

他大笑起来，然后问我有没有奈特的消息。

“就像往年一样，只收到一张圣诞卡，里面附了一张照片。”

“他妈的奈特！”舰长很高兴，“那是他的办公室吗？”

“是啊，他这次在院子里摆了耶稣诞生图，只是东方三博士看起来都需要补一补牙了。”

我们互看一眼，就咯咯笑了起来。但才笑了几声，舰长就开始咳嗽。真恐怖，这情景还真像斯托克利——有那么片刻，连他的样子都像斯托克利——我又感觉背脊发凉了。如果斯托克利已经过世，那么我会以为是他阴魂不散，但是他还没死。而且以斯托克利自己的方式，他和从卖可卡因到电话推销垃圾债券的那些退休嬉皮其实没两样，他们都出卖了自己。他超爱上电视。在辛普森受审的那段时间，你每天晚上都可以在某个电视频道上看到他，就好像秃鹰环绕着腐尸一样。

我猜，卡萝尔没有出卖自己。但卡萝尔和她的朋友，以及他们用炸弹炸死的化学系学生又怎么说呢？我由衷地相信那是一次失误——我所认识的卡萝尔绝不会认同枪杆子出政权的理论。我认识的卡萝尔会明白，那样做和说“为了拯救这个村子，我们必须先摧毁它”这类屁话没什么两样。但是你觉得那些年轻孩子的家人会在乎那是不是失误吗？真是抱歉，炸弹没有在既定的时间内爆炸？你觉得他们的父亲、母亲、兄弟姐妹、爱人、朋友会在乎谁出卖了自己，谁没有出卖自己吗？你认为那些需要捡拾尸体碎片、想办法继续活下去的人会在乎吗？心确实可能会碎，没错，心确实可能会碎。有时候，我觉得当我们心碎的时候，不如当场死掉还比较干脆，但是我们活了下来。

舰长努力调匀呼吸。放在他床边的监视器发出令人担心的哔哔声。一位护士探头进来，舰长挥挥手要她出去。哔哔声逐渐恢复原先的稳定节奏，所以护士也离开了。护士走了之后，舰长说：“那天斯托克利跌倒的时候，我们干吗笑得那么厉害呀？我心里始终感到疑惑。”

“我也想不通。”我说。

“所以答案是什么？我们为什么笑？”

“因为我们是人。有一段时间，我以为答案就在伍德斯托克利和肯特州立大学之间。[①] 我们自以为不同，但其实不是。”

“我们以为自己是星尘。”舰长说，几乎面无表情。

“我们以为自己是黄金世代，”我笑着表示赞同，“我们拼命想办法要回那座创世花园。”

“靠过来一点，小嬉皮。”舰长说，我靠过去，看到曾经智取戴维、艾柏索和训导长、到处向老师求情、教我豪饮啤酒和用十几种不同音调骂粗话的老友，现在正微微啜泣。他对我张开手臂；经过这么多年后，他的手臂变细了，肌肉松松垮垮地垂挂着，而不是隆起在手臂上。我弯下腰来拥抱他。

“我们努力试过了，”他在我耳边低语，“千万不要忘了这点，彼特，我们努力过了。”

我想我们的确努力试过了。卡萝尔以她的方式，比我们任何人都努力，也付出了最大的代价……如果不计算那些丢掉性命的人的话。虽然我们已经忘了那些年所用的语言——就好像喇叭裤、手染T恤、尼赫鲁式上衣，还有写着“为和平而杀戮，就好像为贞洁而做爱”的标语都消失不见了一样——只是偶尔浮现一两个字。信息，你知道，信息。偶尔午夜梦回或回忆往事时（年纪愈大，我的梦境和回忆似乎就愈是一成不变），我可以闻到那个地方的味道，在那儿，我是如此轻松而权威地说着那个时代的语言：一缕尘烟、一阵橘香，还有愈来愈淡的花香。

---

① 一九六九年八月十五日到十八日在美国纽约州举行了伍德斯托克利摇滚音乐会，小小的农场涌进数十万观众，颂扬爱与和平。在许多人眼中，这场音乐会象征美国六十年代嬉皮运动的巅峰，代表当时的反正统文化及浪漫的理想主义精神。而一九七〇年五月四日，正值美国大学校园反战声浪高涨之时，俄亥俄州国民兵在肯特州立大学校园中对进行反战示威的大学生开枪，导致四人丧生、九人受伤。一名女学生跪在遭射杀学生尸体旁哭泣的照片成了这个混乱时期的重要象征，结束了许多人对六十年代的浪漫想象。

/

一九八三年
盲眼威利

上帝保佑我们每一个人

早上六点十五分

他在音乐声中醒来，总是在音乐声中醒来；每天清晨刚睡醒的恍惚时刻，他实在无法忍受收音机闹钟刺耳的哔哔声，好像垃圾车倒车的声音似的。不过每年到了这个时节，收音机的节目也够难听了；他的收音机闹钟都固定在轻音乐电台，而这段时间从早到晚都在播放圣诞歌曲。今天早上他醒来时，听到的是他最痛恨的两三首圣诞歌曲之一，歌声中充斥着换气的声音和虚伪的惊叹，大概是克里希纳合唱团或安迪·威廉姆斯合唱团之类的团体唱的。“你有没有听到我所听到的”，那充满气音的声音唱着，他在床上眨着眼坐起来，满头乱发往四面八方乱翘。他下了床，苦着脸，踏着冰冷的地板往收音机闹钟的方向走去，啪哒一声按掉闹钟时，他们正唱着：你有没有看到我所看到的。当他转过身来，莎朗恢复她一贯的防卫姿势——把枕头折起来蒙住头，只露出蓬松的金发、柔滑的肩膀和有蕾丝边的睡衣肩带。

他走进浴室，把门关上，脱下睡裤丢进篮子里，按下电动刮胡刀的开关。他一面刮胡子，一面想：何不把其他的感官也都唱一遍呢？你有没有闻到我所闻到的，你有没有尝到我所尝到的，你有没有感觉到我所感觉到的！

“鬼扯！”他一边转开淋浴器，一边说，“全都是鬼扯！”

二十分钟之后，他穿衣服的时候（今天早上他穿上深灰色的保罗·斯图亚特名牌西装，还系上他最爱的苏卡领带），莎朗稍微清醒了一点，不过他仍然听不清楚她在说什么。

“再讲一遍？”他问，“我听到你说蛋酒，但是其他的就不知道你在说啥了。”

“我是在问你，今天下班回家的路上可不可以顺便买两夸脱蛋酒回家，”她说，“今天晚上艾伦夫妇和杜布瑞夫妇要来吃饭，记得吗？”

“圣诞节。”他说，仔细端详了一下自己在镜子里的发型，他现在和其他搭七点四十分火车进纽约市的上班族没什么两样，原先清晨五六点钟被音乐吵醒时坐在床上发呆的迷惘样子已经不见了，而他正希望如此。

“圣诞节怎么样？”她挂着满是睡意的微笑说，“全是鬼扯淡，对不对？”

“对。”他同意。

“假如记得的话，也买一些肉桂——”

“好。”

“——但是如果你忘了买蛋酒，我会把你杀了，比尔。”

“我不会忘记。”

“我知道，你很可靠，今天的样子也很好看。”

“谢了。”

她躺回床上，用手肘撑着身体，看着他在临出门前再调整一下深蓝色领带。他这辈子从来没打过红色领带，而且希望自己进棺材前都可以不要碰那种特殊病毒。“我替你准备了金箔。”

“嗯？”

“金箔，”她说，“就放在厨房餐桌上。”

“喔，”他记起来了，“谢谢。”

“不客气。”她再度躺下来，很快就进入蒙眬状态。他倒不羡慕她每天可以在床上待到九点钟才起来——如果她想的话，甚至可以睡到十一点——但是他很忌妒她可以随时醒过来说说话，然后又睡着。他当年在丛林打仗的时候也有这种本事——大多数人都办得到——不过那已经是很久以前的事情了。新人和记者老是喜欢称之为“下乡”；但如果你曾经去过那里，你会说在丛林里或草原上。

在草原上，是啊。

她又说了一些话，但说得含糊不清。他知道她大概是说：祝你有愉快的一天。

“谢谢，”他说，亲亲她的脸颊，“我会的。”

“你今天的样子很好看。”她又咕哝了几句，虽然眼睛已经闭起来了，“我爱你，比尔。”

“我也爱你。”他说完就走出家门。

他的马克卡罗斯手提箱——即使不算最高档的手提箱，也相差不远了——立在前厅衣架旁边，他的大衣就挂在那里。他经过时迅速拿起箱子，走进厨房。咖啡已经煮好了——上帝保佑咖啡机——他为自己倒了一杯咖啡。他打开手提箱，里面空空的，他把放在餐桌上的金箔球握在手里好一会儿，看着金箔球在日光灯下闪闪发亮，然后把球放进手提箱里。

“你有没有听到我所听到的。”他对着空荡荡的厨房说，然后关好手提箱。

早上八点十五分

从左边脏兮兮的玻璃窗往外望，可以看到纽约市愈来愈近了。透过满是污垢的玻璃窗，整个城市看起来像座肮脏的大废墟——也许逝去的亚特兰蒂斯正浮到水面上怒视灰蒙蒙的天空。早上下了一场雪，不过他并不担心，离圣诞节只有八天了，生意会很好。

火车里弥漫着各种气味，早晨的咖啡、早晨的香皂、早晨的刮胡水、早晨的香水，还有早晨的胃散发出的各种气味。几乎每个座位上的乘客都打着领带，今天甚至连一些女士都打了领带。早晨八点钟，一张张浮肿的脸上流露着若有所思又毫无戒心的眼神，敷衍地聊一些有的没的。每天这个时段，即使平常不喝酒的人都一副宿醉未醒的模样，大多数人都埋首报纸中。当然啦，里根是美国之王，股票和债券都变成黄金，死刑再度成为时尚。人生一片美好。

他自己则打开《纽约时报》上的拼字游戏，虽然他在几个方块中填入字，不过这动作主要还是一种防卫措施。他不想在火车上和别人谈话，不喜欢任何形式的闲聊，而且这个世界上他最不想做的事莫过于结交一起通勤的哥儿们。每当他开始在车厢里看到熟悉的面孔，每当有人在找座位时开始和他点头寒暄，他就会换一节车厢。想要一直默默无闻并不那么困难，他只不过是从康涅狄格的郊区搭火车上班的通勤族之一，坚决不愿打红色领带是他唯一的与众不同之处。也许他曾经读过教会学校，也许他曾经在朋友用球棒反复重击一个哭泣的小女孩时帮忙按住那个女孩，也许他曾经在草原上作战。不过，火车上的通勤族完全不需要知道这些事情，这就是搭火车的好处之一。

“准备好迎接圣诞了吗？”靠走道的乘客问他。

他抬起头，几乎要皱眉了，但又觉得这不过是无聊的闲谈，有的人搭火车的时候似乎非要这样哈啦一番、打发时间不可。坐在他身旁的是个胖子，毫无疑问，不到中午他就会满身汗臭，不管早上抹了多少体香剂都没用……不过他几乎没有在看比尔，所以没什么关系。

“是啊，呃，你也晓得，”他说，低头看着放在两脚中间的手提箱，里面除了一个金箔球以外，什么都没有，“我愈来愈感觉到圣诞气氛了。”

早上八点四十分

他和成千个穿着大衣的男男女女一起走出中央车站，他们大都是企业中阶主管，一群打扮光鲜的沙鼠，到了中午又会去健身房拼命踩脚踏车。他在那里站了一会儿，深深吸了一口灰暗的冷空气。莱克星顿大道上挂满圣诞灯饰，不远处有个看起来像波多黎各人的圣诞老人摇着铃铛，手里拿着钵请人捐钱，旁边一块广告牌上写着“今年圣诞节，请帮助无家可归的人”。打着深蓝领带的男人心想：圣诞老公公，广告里讲点实话好吗？为什么不说，今年圣诞节资助我继续吸毒？尽管如此，他走过圣诞老人旁边时，仍然丢了两块钱进去。他今天心情很好，很高兴莎朗提醒他金箔的事——要不然他可能会忘记带；他总是会忘记诸如此类的装饰品。

十分钟后，他就走到他的办公大楼。一个年轻黑人站在大门外，可能才十七岁左右，穿着黑色牛仔裤和脏兮兮的红色连帽运动衫，摆动着身体，嘴里喷出白烟，不时咧嘴微笑、露出金牙。他手里拿着残破的保丽龙咖啡杯，里面有一些零钱叮当作响。

“给点钱吧？”往旋转门走去的上班人潮经过黑人身边时，他不断说着，“给点钱吧，先生？给点钱吧，小姐？谢谢你，上帝保佑你，圣诞快乐。给点钱吧，先生？几毛钱就好。谢谢你。给点钱吧，小姐？”

比尔经过他旁边时，把一枚五分钱和两枚一毛钱的硬币丢进了咖啡杯里。

“谢谢你，先生，上帝保佑你，圣诞快乐。”

“圣诞快乐。”

走在他旁边的女人皱皱眉头说：“你不应该鼓励他。”

他耸耸肩，不好意思地笑了笑。“圣诞节的时候，很难对任何人说不。”他告诉她。

他和人潮一起走进大厅，那个意见多多的女人往报摊走去，他瞪了她一眼，然后走到楼层号码都装饰着漂亮花样的老式电梯那儿。等电梯的时候，有几个人向他点头打招呼，他和其中一两个人闲聊了几句——毕竟这里不是火车，没有办法换车厢。更何况这是一栋旧建筑，电梯速度很慢，而且吱嘎作响。

“你太太好吗？”一个在五楼办公、脸上经常挂着笑容的瘦皮猴问他。

“卡萝尔很好。”

“孩子都好吗？”

“都很好。”他根本没有孩子，他太太也不叫卡萝尔。他太太以前叫莎朗·安·多纳休，圣盖伯利中学一九六四年毕业生，但是这个骨瘦如柴、笑眯眯的男人永远也不会晓得这件事。

“我猜他们简直等不及了，巴不得圣诞节早点来到。”那个瘦皮猴说，他的嘴咧得更开了，变得难以形容。在比尔·席尔曼眼中，他就好像漫画家笔下的死神一样，整张脸只看到两只大眼睛、巨大的牙齿和拉长且发亮的皮肤。他的笑容让比尔想到阿肖山谷[①]的谭保，那些第二营的家伙走进来时趾高气扬，仿佛他们是全世界的主宰，撤退时却活像刚从地狱半亩地逃出来似的，身上烧焦了，眼睛睁得老大，还露出巨大的牙齿。在东河的时候，他们的样子也差不多是那样，才不过几天，他们全都变成一个样子。在丛林里，他们经历了很多震撼和烘烤[②]，大家全都变成一个样子。

“当然等不及啦，”他同意，“但是我想莎拉已经开始怀疑那个穿红衣的老家伙了。”他心里咕哝着：电梯、电梯，快点下来呀，老天爷，救救我吧，别让我一直应付这些蠢话。

“是啊，是啊，通常都这样。”那个瘦皮猴说，在那片刻间，他的笑容消失了，仿佛他们现在正在讨论癌症，而不是圣诞老人。“莎拉现在几岁了？”

“八岁。”

“感觉好像她一两年前才出生一样，天哪，快乐的时光真是过得飞快，你说是不是呀？”

“是啊，真是光阴似箭。”他很希望瘦皮猴别再说了。就在这时候，四部电梯中的一部喘着气把门打开，他们全都一拥而进。

比尔和瘦皮猴一起在五楼走廊走了一小段，然后瘦皮猴在一扇旧式玻璃门前面停下脚步，门上的毛玻璃一边写着“联合保险”，另一边写着“美国保险理赔核算服务”。门后面静静响起敲打键盘的哒哒声和稍稍响亮一点的电话铃声。

“祝你今天一切顺利，比尔。”

“你也一样。”

---

① 这是一九六九年越战高度警戒及后勤战略的重要区域，同时也是北越部队的补给重地。

② 美军在越战时期采取的一种战术，先用燃烧弹把敌军从隐蔽处赶出来，再用烈性炸药轰炸他们。

瘦皮猴走进办公室，比尔看到里面有个房间门上挂着大花环，玻璃窗也喷上雪花的装饰。他打了个冷颤，心想：上帝救救我们，救救我们每一个人。

早上九点零五分

他的办公室——他在这栋大厦中的两间办公室之一——在走廊最里面，相邻的两间办公室过去六个月来都闲置着，里面一片漆黑，他很满意这个状况。他自己办公室门上的毛玻璃印着“西部土地分析公司”几个字。门上有三道锁：一道是他搬进来的时候就已经装好的，他自己又另外加上两道锁。他开门走进办公室，把门关上、拴紧，然后上锁。

房间中央有张桌子，上面摆了一堆文件，但全都是没有意义的文件，只是为了做做样子给清洁工看。他每隔一段时间就会丢掉文件，重新换一批新文件。桌子上还放了一部电话，他偶尔会打打电话，免得电话公司把这个号码登记为无人使用。去年他还买了复印机，复印机摆在办公室另一个房间门口，看起来还蛮像样的，但他从来没有用过复印机。

“你有没有听到我所听到的，有没有闻到我所闻到的，有没有尝到我所尝到的。”他喃喃自语，然后走到另外一个房间门口。里面的架子上高高堆着更多毫无意义的文件，还有两个很大的档案柜（其中一个柜子上放了一台随身听，偶尔深锁的办公室门外响起敲门声，但却一直无人响应时，他就拿随身听来当理由），房间里还有一把椅子和一部梯子。

比尔把梯子搬回主办公室，站在桌子左边，架好梯子，把手提箱放在梯子上，然后顺着最下面的三级阶梯往上爬，伸手上去（他把手抬高时，大衣在大腿旁飘起）小心翼翼地把其中一个可活动的天花板移开。

上面漆黑一片，虽然的确有几根管线通过，但尚不足以称之为公共设施空间。这里没什么灰尘，至少眼前这片地方没有，也看不到老鼠屎——他每个月都用一次灭鼠药。当然，他来回进出的时候，衣服还是得保持干净，不过这不重要，重要的是，你必须尊重自己的工作和行业。这是他在军中学到的教训，当年在草原打仗的时候学到的教训，他有时觉得这是他这辈子学到的第二重要的事情。而他学到最重要的教训则是，唯有真心悔过才能取代认罪告解，也唯有真心悔过才能决定你究竟是谁。他从一九六〇年开始学到这个教训，当时他才十四岁，那也是他最后一年走进告解室说：“请祝福我，神父，因为我刚刚犯了罪。”然后把一切和盘托出。

悔过对他而言十分重要。

上帝保佑你，他在楼层间弥漫着腐臭味的黑暗中想着：上帝保佑你，上帝保佑我，上帝保佑每一个人。

这片狭窄的空间（里面永远呜呜吹着阴森森的微风，带来灰尘的气味和电梯的呻吟声）上方是六楼地板，这里有个八十厘米见方的活板门，是比尔亲手装的，他很擅长手工，这也是莎朗最欣赏他的长处之一。

他把活板顶开，让微弱的灯光透进来，然后抓住手提箱把手。当他把头伸进地板之间的空间时，离他目前所在位置九米远的粗大厕所排水管里传来快速的冲水声。一小时后，当这栋大厦里的上班族开始咖啡时间，那个声音会出现得愈来愈频繁，而且就像浪涛拍岸一样富有节奏感。比尔对冲水声或其他地板间的声音丝毫不以为意，他已经习以为常了。

他小心翼翼地爬到梯子最上段，然后从六楼办公室钻出来，把比尔留在下面的五楼。在这儿，他又变回威利了，就像在高中的时候一样，也好像在越南的时候一样，在越南，其他人有时称他“棒球威利”。

上面这间办公室好像工作室一样，金属架上整齐堆放着线圈、马达和喷口等，桌上一角则有个类似滤网的东西。不过，这的确是一间办公室，因为里面有打字机、录音机、公文篮（也是摆摆样子而已，他会定期更换里面的文件，就好像农夫会随季节轮耕不同作物一样），还有档案柜。许多档案柜。

其中一面墙上挂着洛克威尔的画作，描绘一家人在吃感恩节大餐时一起祷告的画面。桌子后面则挂着一幅裱了框的沙龙照，照片中的威利穿着陆军中尉的制服（这张照片是在西贡拍摄的，不久之后，威利就因为在东河郊外的直升机坠毁事件中表现英勇而获得银星勋章），旁边则挂着他放大了的退伍令照片，同样裱了框，上面的名字写的是“威廉·席尔曼”，退伍令上也提到了他获得的勋章。他在东河郊区的小径救了萨利一命，和银星勋章一起颁给他的荣誉状上面是这么说的，东河战役的幸存者是这么说的，更重要的是，萨利自己也是这么说。当他们终于在旧金山那座被戏称为猫咪宫殿的医院聚首时，萨利对他说的第一句话就是：老兄，你救了我一命。威利当时坐在萨利床边，一只手臂还绑着绷带，眼睛旁涂满药膏，但其实没什么大碍，是啊，萨利才真正受了重伤。美联社的摄影师也在那天拍了他们两人的合照，那张照片后来刊登在全美国的报纸上……包括哈维切的报纸都刊登了那张照片。

当威利站在六楼办公室中，把比尔·席尔曼留在下面的五楼时，他心想：他握住我的手。在他的照片和退伍令上面贴了一张六十年代的海报，海报没有裱框，而且边缘已经开始泛黄，海报上画着和平标志，下面则用红、白、蓝三色写着画龙点睛的妙句：伟大的美国胆小鬼之路。

他握住我的手，他心里又想。没错，萨利握住他的手，当时威利差一点就要尖叫出声、拔腿就跑，他原本很确定萨利会说：我知道你做了什么好事，你和你的朋友哈利和里奇。你以为她不会告诉我吗？

但萨利完全没有这么说，他只说：你救了我一命，咱们是同乡，而且你又救了我一命，他妈的，这种几率会有多大呢？以前我们竟然老是害怕圣盖伯利中学的男生！他那样说的时候，威利就很确定萨利完全不晓得哈利、里奇和他对卡萝尔做了什么好事。不过尽管知道自己安全了，他却没有因此感到宽心。完全没有。他微笑着捏捏萨利的手，同时心想：你当时觉得害怕是对的，萨利，你应该害怕。

威利把比尔的手提箱放在桌上，然后俯卧着，把头和手伸进两层楼之间呜呜吹着风又充满油味的黑暗中，将五楼办公室那片可活动的天花板放好、锁紧。他没有预期会有任何访客走进来（西部土地分析公司从来没有任何顾客上门），但还是小心一点为妙。总是要未雨绸缪，绝不要事后追悔。

五楼天花板恢复原状后，威利又放下六楼的活动地板。这个活门粘在一张小地毯下面，所以移上移下的时候不会发出太多声响。

他站起来拍掉手上的灰尘，然后转过身去，打开手提箱拿出金箔球，放在桌上的录音机上面。

"很好。"他说，心想当莎朗用心做事的时候还真是个宝……而她做事通常很用心。他重新关上手提箱，然后开始脱衣服，他的动作小心翼翼，而且有条有理，把他在六点三十分穿衣服的步骤全部倒过来再做一遍，就像影片倒带一样。他先脱掉身上所有的衣物，包括内裤和黑色半筒袜，然后赤裸着身子，把大衣、外套和衬衫小心翼翼地挂在衣柜里，衣柜里原本只挂了一件衣服——一件厚重的红外套，不过还没有厚到能称为短大衣。下面则有一个像盒子的东西，因为体积有点大，不能称之为手提箱。威利把马克卡罗斯手提箱放在盒子旁边，然后把裤子放进衣柜里，尽量保持折痕平整，接着把领带挂在衣橱门后的架子上，领带孤零零地挂在那儿，好像一根长长的蓝舌头似的。

他光着脚丫走到其中一个档案柜那儿。档案柜上的烟灰缸上面印着一个难看的老鹰标志和"如果我在战地阵亡"几个字。烟灰缸里放了一对用链子系着的狗牌。威利把狗牌挂在脖子上，然后拉开档案柜最底下的抽屉，里面放着内衣裤，最上面则是折得整整齐齐的卡其拳击裤。他先穿上裤子，然后套上白色运动袜，接着是白色圆领棉衫。他的狗牌在棉衫里鼓起来，就像他的双头肌和四头肌一样。他的体格已经没有当年在阿肖山谷和东河的时候那么壮硕，不过对一个快四十岁的中年男子而言，已经算很不错了。

他走到另外一个档案柜那儿，拉开第二格抽屉，跳过一九八二年那些装订成册的本子，再快速翻过今年的一月到四月、五月到六月、七月、八月（他在夏天都不得不多写一点）、九月到十月，终于找到目前的这本：十一月到十二月。他坐在桌子面前把本子翻开，快速翻过一页页写得密密麻麻的纸张。上面写的字基本上大同小异，都是：对不起。

今天早上，他只写了十分钟，飞快地动笔写着：对不起。他估计自己至少已经写了二百多万遍了……而这还只是刚开始而已。告解会快多了，但是他愿意绕远路。

他写完以后——不，他永远也写不完，现在只不过写完今天的份额罢了——就把本子放到已写完和尚未写的本子中间，然后回到充当五斗柜的档案柜那儿，打开放袜子和内衣的抽屉上面那格档案柜，开始低声哼着歌，不是“你有没有听到我所听到的”那首歌，而是门户合唱团的歌，关于日如何毁了夜而夜又如何隔开日的那首歌。

他穿上蓝格子衬衫和工作裤，把中间抽屉关起来，打开最后面的抽屉，里面有剪贴簿和一双靴子。他拿出剪贴簿，注视着烫金印上“回忆”两个字的红皮封面。这本剪贴簿很便宜，他买得起更好的剪贴簿，不过一个人不是永远都有权利买任何你买得起的东西。

夏天的时候，他通常会写下更多的“对不起”，但回忆却似乎陷入沉睡中。往往要等到冬天，尤其是圣诞节前后，才会唤醒他过去的回忆，这时候，他就会想看看这本贴满剪报和照片的本子，里面每个人都年轻得不可思议。

今天，他没有打开剪贴簿，而把它直接放回抽屉里，然后拿出靴子；靴子擦得闪闪发亮，仿佛一直到审判日来临或甚至更久远之后，这双靴子都还会完好无缺。这不是标准军靴，而是跳伞靴，是一〇一空降师的配备。但是没关系，他并没有真的要扮成士兵，假如他想扮成士兵，就会扮得像个士兵。

不过，他没有必要穿得太邋遢，就好像走道上不应该积太多灰尘一样。他对自己的穿着打扮一向十分小心，不会把裤管塞进靴子里——他可是走在十二月的纽约第五大道上，而不是八月的湄公河，这里不必担心蛇和虫子——不过，他希望自己看起来整整齐齐，这对威利和比尔都同样重要，说不定还更重要。毕竟一个人必须先自重，才会尊重自己的工作和自己的行业。

抽屉里放的最后两样东西是化妆品和发蜡。他挤了一些化妆品到左手掌心，然后开始抹在脸上，从前额抹到颈部。由于他经验老到，因此动作很快，才一会儿工夫，肤色就变得黝黑。然后他再抹上一些发蜡，开始梳头，把头发全部从额头往后梳，不再分发线。这是画龙点睛的最后一个动作，一个小小的动作，但可能效果最显著。现在没有人能认出这就是一小时前走出中央车站的通勤族了，储藏室门后的镜子里映照出来的这个人看起来像个精疲力竭的外籍佣兵，黝黑的脸上默默流露出一种压抑的傲气。人们通常不会盯着这样一张脸太久，否则自己会受伤。威利很清楚这点，因为他看过这样的事情。他没有探究原因，他早就习惯不问问题的人生，而且喜欢这样的生活。

"好，"他说，把储藏室的门关好，"看起来还不错，伞兵。"

他回到衣橱那儿，拿出两面都可穿的红色夹克和大箱子。他把夹克披在椅背上，把箱子放在桌上，然后打开箱子，掀起箱子的盖子，现在这个箱子看起来有点像街头推销员用来展示仿冒手表和来路不明的金链子的那种箱子。威利的箱子里只有少数几样东西，其中有一样东西为了能塞进箱子而拆成两半。里面有一面牌子、一双冷天戴的手套，还有第三只手套，是他以前在天气暖和时戴的。他拿出那双手套（毋庸置疑，他今天一定会需要这双手套）和绑着粗绳的牌子，绳子穿过厚纸板两端的孔之后各打了个结，所以威利可以把牌子挂在脖子上。他合起箱子，但没有锁上，然后把牌子放在箱子上——办公桌上实在太乱了，他唯有把箱子当桌面来用。

他哼着歌，打开膝盖上方的宽抽屉，把手伸进去摸索，摸到铅笔、润唇膏、回形针、记事本之后，终于找到订书机。然后，他解开金箔球，小心翼翼地把金箔绕在长方形牌子的四周，剪掉多余的金箔，再把闪闪发亮的金箔钉牢在牌子上。他拿着牌子端详了好一会儿，先评估这样做的效果，然后发出赞叹。

"十全十美！"他说。

电话铃响了，他愣了一下，转过去望着电话筒，眼睛突然眯起来，眼神变得很冷、很有戒心。铃响了一声、两声、三声，响第四声时，录音机启动了，他的声音开始回答——那是他在这个办公室用的录音版本。

“您好，这里是城中冷暖气公司，”威利·席尔曼说，“我们目前无法接听您的电话，请在哔声后留言。”

哔——

他双手握拳，站在那儿注意听着。

“嗨，我是纽约证券交易所黄页分类广告部的艾德，”机器里的声音说着，威利舒了一口气，才发觉自己刚刚还真是屏气凝神，他松开手，“麻烦贵公司的代表拨 1-800-555-1000 这个号码和我联络，就可以知道贵公司怎么样可以一方面扩大分类广告版面，同时每年又省下一大笔钱。祝各位圣诞快乐！谢谢！”

喀啦！

威利瞥了电话录音机一眼，仿佛预期它会继续说话——会威胁他，或许还会用他曾经指控自己的罪名来指控他——结果没有任何动静。

“准备就绪。”他嘴里咕哝着，把装饰好的牌子放回箱子里。这一回他关起箱子的时候，就顺便锁上弹簧锁。箱子上贴了一张写着“我很自豪能为国效命”的贴纸，旁边是一面国旗。

“准备就绪了，宝贝，你最好相信这点。”

他离开办公室，关好毛玻璃上印着“城中冷暖气公司”的门，然后把三道锁都锁上。

早上九点四十五分

他走到走廊上，看到拉尔夫·威廉姆森，他是盖若维兹财务规划公司的矮胖会计师（就威利的观察，盖若维兹公司聘请的每一位会计师都是胖子）。拉尔夫粉红色的手掌中握着一块旧木牌，上面绑着一把钥匙，因此威利推断，眼前这位会计师正急着上厕所。木牌上的钥匙！他心想，没有任何东西比绑在他妈的木牌上的钥匙更能勾起上教会学校的快乐回忆了，他想起那些下巴毛茸茸的修女和重重打在手上的戒尺。而且你知道吗？没准拉尔夫很喜欢手里握着木牌，就好像他也喜欢把肥皂刻成兔子或马戏团小丑的形状，然后用绳子吊在家中浴室的热水龙头下面。如果他真这么做了，又怎么样呢？不要任意评断他人，免得自己遭受评断。

“喂，拉尔夫，你在干吗？”

拉尔夫转过来，看到威利，露出笑容。“嘿，嗨，圣诞快乐！”

威利看到拉尔夫的眼神，不禁露出微笑，这个小胖子崇拜他。

“圣诞快乐，老兄。”他伸出手来，他戴上了手套，所以不必担心手会显得太白皙，以至于和脸上的肤色不合。他把手掌翻过来朝上：“来击个掌吧！”

拉尔夫害羞地照做。

“再来一次！”

拉尔夫把他又肥又短的粉红色小手翻过来，让威利击掌。

“太爽了，再击一次掌！”威利大叫，然后又和拉尔夫击掌。“圣诞礼物都买好了吗？”

“差不多了。”拉尔夫说，一面笑着，一面铿铃锵锒摇晃着盥洗室的钥匙，“是啊，差不多了。你呢，威利？”

威利对他眨眨眼。“噢，老兄，你也知道我有好几个女人，我让她们每个人都替我买个纪念品。”

拉尔夫赞叹的笑容显示他其实不知道这是怎么一回事，不过他但愿自己知道内情。“又有生意上门了？”

“可以抵一天的营业额。你也知道，现在正是旺季。”

“对你来说好像随时都是旺季。你的生意一定很好，在办公室几乎很少看到你。”

“这是为什么上帝赐给我们电话录音机了。你最好快去吧，拉尔夫，要不然你的华达呢裤[1]就要湿了。”

---

① 华达呢是一种由毛纱、棉、丝或是混纺而成的布料，以斜纹方式编织，具有防皱、防水的特性。

拉尔夫笑着（脸有点羞红）往男生厕所走去。

威利继续走到电梯那里，一手提着箱子，同时伸手摸一摸外套口袋里的眼镜还在不在。还在，信封也还在，里面厚厚一叠二十美元的纸钞劈啪作响，共有十五张钞票。又到了惠洛克警官来访的时候了，威利昨天就开始等他。也许他明天才会来，不过威利猜他今天会到……这并不表示他想看到他。他知道这个世界就是这样，如果你希望马车向前驶去，就得给轮子上点油，但他还是不太高兴。他经常觉得假如能对着惠洛克的头部开一枪，一定大快人心。在越南的时候就是如此，有时候事情不得不朝这个方向发展。发生在龙尼身上的事情就是很好的例子，那个脸上长满痘痘、手上老拿着纸牌的疯狂混蛋。

喔，没错，在丛林里一切都大不相同。在丛林里，你有时不得不做一些错事，以便预防更大的错误。毋庸置疑，这样的行径显示你从一开始就来错地方了，但是人一旦踏入江湖就身不由己，只能奋力向前游去。威利与其他 B 连的同僚只和 D 连在一起几天，所以和龙尼相处的机会不多，不过龙尼的尖嗓子令人难忘，他也记得在龙尼无休无止的红心牌戏中，如果有人出牌后想反悔，龙尼会大喊："门儿都没有，混账东西！牌一出手，就得继续玩下去！"

龙尼可能是混蛋，不过他说的倒是没错。牌一出手，就得继续玩下去，不管在人生或牌局中都一样。

电梯经过五楼时没有停，但是他现在已经不再因为担心电梯停在五楼而忐忑不安，他曾经多次与和比尔一样在五楼上班的人一起搭电梯下去大厅，包括联合保险公司的那个瘦皮猴，但是他们都没有认出他来。他们应该认得出来，他知道他们应该认得，但是他们却没认出来。他从前总以为是因为他换了衣服、化了妆，后来认为是发型的缘故，但其实他心知肚明，这些都不是重点，甚至他们对于周遭世界漠不关心都不是真正的原因。他其实没有太戏剧化的改变——不过换上了工作裤、跳伞靴，再涂上一点褐色化妆品，根本不算什么乔装打扮，绝对算不上什么伟大的乔装打扮。他不知道该如何解释这件事，所以大半时候都不去想它。他在越南时学到这个道理，也学到其他很多道理。

年轻黑人还站在大门外面（他现在把帽子翻起来），对着威利摇晃破烂的保丽龙杯。他看到这个提着修理工具箱的家伙脸上挂着笑容，所以也咧嘴笑了。

“赏个铜板吧？”他问这位修理匠，“好不好，先生？”

“你这懒鬼，别挡路，听到了没。”威利告诉他，脸上仍然带着笑容。年轻人退后一步，眼睛睁得大大的，惊讶地看着威利。他还没想到该怎么搭腔，修理匠先生已经快步走到转角，被购物人潮所淹没，巨大的箱子在他戴着手套的手上晃荡着。

早上十点

他走进惠特摩旅馆，穿过大厅，搭电梯到楼上，那里有公共厕所。他每天唯有在这个时候会感到紧张，而他说不上来为什么会这样。当然在他进厕所之前、之后或待在厕所里面时，都不曾发生过什么事情（他轮流到城中二十几个公共厕所里做这件事），不过他总觉得，如果事情失控了，最可能发生的地方就是旅馆厕所。因为接下来的改变和从比尔·席尔曼变成威利·席尔曼不一样，比尔和威利是兄弟，也许甚至还是双胞胎，从其中一人变成另外一人，感觉再自然不过了。但工作日的最后蜕变——从威利·席尔曼摇身变为盲眼威利·葛菲——他一向都觉得不太自然。最后的变装总是令他觉得偷偷摸摸、不可告人，甚至变态。直到变装完毕，他又走到大街上，伸出白色手杖咚咚轻敲地面时，他感觉就好像一条蛇刚蜕去旧皮，而新皮尚未长硬一样。

威利环顾四周，看到男盥洗室里空荡荡的，整排厕所中（一定有十二间左右）只有第二间厕所的门下面可以看到一双鞋子，里面传来清喉咙和晃动报纸的声音，还很有礼貌地轻轻放了个屁。

他走到最后一间厕所，把箱子放下、闩好门，然后脱下红夹克，把橄榄绿的内面翻出来，只消从夹克内面拉出袖子，立刻就变成一件老兵的军服外套。这是莎朗的神来之笔，她是在一家军用品旧货店买到军服外套的，她拆掉原先的衬里，再把它缝在红夹克内面。不过她在缝上衬里之前，先在上面缝一块中尉的臂章，再加上一条已经看不出姓名和单位标示的黑布，然后把这件外套洗了大约三十次，现在臂章和单位标示当然都不见了，不过原本有臂章和标记的位置仍然留下明显的痕迹——袖子和左胸部位的布料都显得特别绿，服役过的老兵一看就认得出来那个痕迹代表什么意义。

威利把外套挂在钩子上，脱下长裤坐下来，然后提起箱子放在大腿上。他打开箱子，拿出拆成两段的手杖，很快地把它重新组合起来。他握着手杖的底端，坐在马桶上把手抬高，将手杖挂在钩子上。然后重新锁紧箱子，从纸卷上抽了一小张卫生纸下来，发出解放完毕的适当音效（也许不是必要的动作，不过宁可未雨绸缪，不要事后追悔），接着让马桶冲水。

走出厕所前，他从外套口袋里掏出眼镜，口袋里还放着装了赌款的信封。那副有弧形镜片的太阳眼镜总是让他联想到熔岩灯和彼得·方达在电影中扮演的亡命天涯的摩托车骑士。但是这招对招徕生意倒是很有用，部分原因是人们一看就知道他是退伍军人，部分原因是即使有人从旁边偷瞄，也看不到他的眼睛。

于是，他把威利·席尔曼留在惠特摩饭店的厕所里，就好像他把比尔·席尔曼留在五楼西部土地分析公司的办公室一样。走出盥洗室的男人——穿工作服、戴墨镜、咚咚地伸出白色手杖敲打地面的男人——变成了盲眼威利，从福特总统主政时期就固定在第五大道乞讨的盲人。

当他穿过大厅往楼梯口走去时（没人陪的盲人从来不搭电梯），看到有个穿红衣的女人朝他走来。由于他戴着墨镜，那女人看起来就像在污水中游泳的怪鱼，当然，不完全是眼镜的缘故。每天到了下午两点钟的时候，他的眼睛就真的看不见了，就像他和萨利以及天晓得其他还有多少人在一九七〇年那天撤离东河省的时候一样。他当时大喊，我的眼睛瞎了，即使在小径上抱起萨利时，嘴里仍然不住尖叫，但其实他当时还没有真的瞎掉。他在闪光后的一片白茫茫中，看到萨利拼命按住爆开的肚皮在地上滚来滚去，他把萨利扛在肩上往前跑。萨利的块头比威利高大很多，威利不知道自己当时怎么扛得动这么重的一个人，但是他办到了，一直跑到丛林中的空地那儿，休伊直升机[①]有如上帝的恩典般载他们离去——上帝保佑休伊直升机，上帝保佑每一个人。一路上，子弹不停从他身边呼啸而过，在地雷或他妈的不知什么东西爆炸过的小径上，美军残骸四处散落。

我的眼睛瞎了，他当时尖声喊叫，扛着萨利，感觉萨利的鲜血浸湿他的军服，而萨利也不断尖叫。如果萨利当时停止尖叫，威利会不会就让他滚落肩头、自顾自逃命、想办法逃离这场伏击？也许不会，因为他当时已经知道萨利是何许人，知道他是老乡，是曾经在家乡和卡萝尔·葛伯交往过的萨利。

我的眼睛瞎了，我的眼睛瞎了，我的眼睛瞎了！威利扛着萨利，一路上不停地尖叫。没错，当时周遭全是一片白茫茫，但是他还记得看到子弹穿透树叶、射入树干；还记得看到稍早时也和他们一起在村子里的人用手紧抓着喉咙，鲜血如泉涌般从那人指尖渗出，染红了军服；还记得另外一个隶属D连、名叫帕干诺的人拦腰抱住这个家伙，推着他走过威利身边，威利当时视线模糊，只是不停尖叫：我的眼睛瞎了、我的眼睛瞎了、我的眼睛瞎了，鼻子里闻到萨利的鲜血、闻到鲜血的臭味。在直升机里，他眼中看到的白色愈来愈重，他的脸烤得灼热，头发烤得灼热，头皮也烤得灼热，整个世界都是一片白茫茫的。他全身都烧得灼热、不停冒烟，他是另外一个刚刚逃离地狱半亩地的人。他曾经以为自己再也无法看见了，那未尝不是一种解脱，但是当然他后来又看得见了。

最后，他又看得见了。

穿红上衣的女人走过来，“需要帮忙吗，先生？”她问。

“不需要，女士。”盲眼威利说，原本不断向前移动的手杖停了下来，不再敲打地面，只是探索着前方的虚空。他前后摆动着手杖，试图碰触到楼梯侧边。盲眼威利点点头，然后小心而自信地向前移动，

① 美国在越战中使用的多用途直升机，由贝尔公司制造。

直到提着大箱子的那只手碰到楼梯扶手。他把箱子交到拿手杖的那只手上，然后抓着扶手，转身朝向穿红衣的女士。他很小心不要直接对着那个女人笑，而是把脸稍微偏向左边一点。“我不需要帮忙，谢谢你，我没问题，圣诞快乐！”

他用手杖轻敲地面，开始走下楼梯，尽管手上拿着手杖，他仍然可以轻松地提着大箱子，因为箱子很轻，里面几乎是空的。当然，再一阵子，情况就完全不同了。

早上十点十五分

第五大道为了圣诞节而装饰得五彩缤纷——但他几乎看不见这一片光辉灿烂。街灯都披上冬青树枝，许多较大的商店布置成圣诞礼物的样子，还绑上巨大的红色蝴蝶结。布鲁克斯兄弟时装公司的米色建筑物正面装饰了直径大约十二米的大花环。圣诞灯饰四处闪烁。萨克斯百货公司的橱窗中，装扮时髦的人体模型跨坐在哈利-戴维森摩托车上，头上戴着一顶圣诞帽，身上披着镶毛边的摩托车外套，脚上套着直到大腿的长靴，其余部分则一丝不挂，银色的圣诞铃铛挂在摩托车把手上。附近传来《平安夜》的圣诞颂歌，这首歌不算威利最喜欢的圣诞歌，但是总比“你有没有听到我所听到的”那首好多了。

他一如往常，在圣帕特里克教堂前面停下脚步，对面就是萨克斯百货公司，因此提着大包小包的购物人潮会经过他的面前。他现在的动作简单而有尊严，原本在厕所里的不安——那种仿佛要赤裸裸暴露在别人面前的感觉——已经完全消失了。每当他来到这里，总是比其他任何时候都自觉是个天主教徒。毕竟他曾是圣盖伯利中学的学生，戴十字架，穿白衣，轮流担任祭坛侍童，跪在小房间里告解，在星期五吃他最痛恨的黑斑鳕。就许多方面来看，他至今仍然是个圣盖伯利男孩，他的三种变装都有这个共同点，就好像他们常说的，这部分的他历经长时间的淬炼，始终没有改变。只不过这段日子以来，他以忏悔代替了告解，而且也不再确信真的有天堂。这些日子以来，他能做的就是保持希望。

他把箱子打开，掀开盖子，以便从上城方向来的人潮能看到上面的贴纸。然后他拿出第三只手套，也就是他从一九六〇年以后就拥有的那只棒球手套。他发现拿着棒球手套的盲人最令人感到心碎；上帝保佑美国。

最后，但并非最不重要的是，他拿出装饰着华丽金箔的牌子挂在身上。

前美国陆军中尉威廉·葛菲
曾在广治、承天、谭保、阿肖服役
于一九七〇年东河省战役中失明
一九七三年不知感恩的政府剥夺了我的福利
一九七三年变得无家可归
以乞讨为耻，但又必须供小孩上学
如果愿意的话，请表达你们的善意

他抬起头来，这是个快下雪了的冷天，日光映照在他的墨镜上。他得开始工作了，一般人简直想象不到这份工作有多么艰难。首先你得有一定的站姿，和军中所谓的“稍息”不完全一样，但也相差不远。头必须一直抬得高高的，眼睛注视着成千上万川流不息的人潮，戴着黑手套的双手必须笔直下垂，绝对不可以拨弄牌子或裤子，或两手互碰。他必须持续流露出自尊受损和挫败的神情，但绝不能感到羞耻，尤其不能让别人有一丝一毫觉得他精神错乱。除非有人和他说话，否则他绝不开口，而且也唯有当别人用友善的语气和他说话时，他才会搭腔。如果有人气呼呼地问他为什么不好好找份工作，或问他牌子上说政府剥夺了他的福利是什么意思，他通常都不回答。每当有人指责他作假或以轻蔑口气表示哪有小孩肯让父亲靠街头乞讨来供他上学时，他也绝不和他们争辩。他记得只有一次打破了这个铁律，那是在一九八一年夏天一个炎热的午后，有个女人生气地问他：“你儿子上的是哪一所学校啊?”他不知道那女人长什么样子，当时已经是下午四点钟了，他也已经有两三个小时和蝙蝠一样瞎了，但可以感觉得到那女人满肚子怒气向四周爆发出来，就好像在旧床垫里兴风作浪的臭虫一样；就某方面来说，这个女人让他联想到龙尼那非让你听见不可的尖嗓子。告诉我他念的是哪一所学校，我要寄一块狗粪给他。不必麻烦了，他朝着声音传来的方向说，如果你有一块狗粪想寄出去，那就寄给约翰逊好了，联邦快递一定会帮你寄去地狱给他，他们哪儿都寄得到。

“上帝保佑你。”一个穿着开斯米羊毛大衣的男人说，因为情绪激动而声音颤抖。不过盲眼威利丝毫不感惊讶，他已经听多了。许多顾客都把钱小心翼翼、毕恭毕敬地放进棒球手套里，但穿着开斯米大衣的家伙却把他的捐款丢进打开的箱子里，那是一张五元钞票。一天的工作又开始了。

早上十点四十五分

到目前为止，一切顺利。他小心翼翼地放下手杖，单膝跪在地上，把棒球手套里的钱倒进盒子里。虽然他现在其实还看得见，但还是用手来回摸索着那堆钱，然后把钞票捡起来，总共有四五百元，所以一天下来，他可以讨到三千块钱，就这个季节而言不算特别多，不过也算不错了。他把钞票卷起来用橡皮筋绑好，然后按下箱子侧边的按钮，箱子的假夹层立刻倾斜，把零钱全倒进箱子底部。他把那卷钞票也放到箱子底部。他完全无意掩盖所做的事情，也不会感到良心不安；这些年来他一直都这么做，从来没有人来抢他的钱。上帝最好保佑想抢他钱的混蛋。

他松开按钮，让假夹层弹回原位，然后站起来。这时候，有只手按住他的背。

“圣诞快乐，威利。”那只手的主人说。盲眼威利从他身上的古龙水味道认出他是谁。

“圣诞快乐，惠洛克警官。”威利回答。他把头微微往上抬起，摆出询问的姿态，双手垂在身体两侧，他现在的立姿不算稍息，因为两腿没有张那么开，但腿也还没有并拢到足以称之为立正的地步。“今天好吗，警官?”

“好极了，”惠洛克说，“你很清楚，我一向都好得不得了。”

有个男人走过来，他的大衣敞开，露出里面的艳红色滑雪衫，头发剪得很短，头顶还是黑发，不过两鬓却已斑白。盲眼威利立刻认出他脸上的严峻神情。他手上提着几个手提袋，一个是萨克斯百货公司的购物袋，另一个是 Bally 的购物袋，然后停下脚步，看看牌子上写的字。

“东河?”他突然问道，语气不像在念地名，而像在人潮汹涌的大街上认出许久不见的老友。

“是的，先生。”盲眼威利说。

“你们的指挥官是谁?”

“鲍伯·布里森上尉，而他又听命于安德鲁·雪夫上校。”

“我听过雪夫的名字。”敞开大衣的男人说，好像突然变了一个人似的。起先朝威利走过来时，他的样子仿佛完全属于第五大道，现在却不然。“虽然我从来没见过他。”

“到后来我们都没见到什么高阶军官。”

“如果你是从阿肖山谷出来的，那就难怪了。你知道我在说什么吧?”

“是啊，先生。我们攻击东河的时候几乎没有指挥官，我差不多是和另外一位中尉一起设法执行任务，他叫戴芬贝克。”

穿着红色滑雪衫的男人缓缓点头。“如果我没记错的话，那些直升机掉下来时，你们正好在那里作战。”

“没错，先生。”

“那么你后来一定也在那里，就是当……”

盲眼威利没有接话，不过他闻到惠洛克身上的古龙水味，那气味比以往都要强烈，还可以在耳边感觉到惠洛克呼出的热气，就好像欲火中烧的年轻人火辣辣的约会进行到高潮一样。惠洛克从来不相信他编造的故事，尽管盲眼威利为了能不受干扰地在街头乞讨，付给惠洛克的保护费高于一般行情，但他很清楚惠洛克骨子里毕竟还是警察，巴不得看到他穿帮。只是像惠洛克这种人绝不会明白，外表看似假的却不一定就是假的，有时背后的问题要比乍看之下的表象复杂一点。在越战还没有变成政治笑话或剧作家骗钱的题材时，他真应该从越南学学这个道理。

“一九六九年和一九七〇年是最艰苦的两年，”头发渐白的男人以缓慢而沉重的语气说，“我当时随着 3/187 部队在汉堡山作战，所以我知道阿肖和谭保发生的事。你还记得九二二公路吗？”

“记得，先生，荣耀之路，我有两个朋友在那里丧了命。”盲眼威利说。

“荣耀之路。”敞开大衣的男人说，突然之间，他的样子仿佛有一千岁那么苍老，而鲜红的滑雪衫顿时变得十分不堪，就好像一些爱胡闹的孩子自以为幽默地把一些东西挂在博物馆的木乃伊身上一样。他的眼睛茫然望着很远、很远的地方，然后又回过神来，望着附近街上的大钟琴；大钟琴正在演奏《我听到雪橇铃铛叮当叮当响》的那首歌。他把手提袋夹在昂贵的鞋子中间，从口袋中掏出皮夹，快速翻着皮夹里面厚厚的一沓钞票。

“你儿子还好吗？”他问，“成绩还不错吧？”

“很好，先生。”

“他多大了？”

“十五岁。”

“读公立学校吗？”

“他读教会学校，先生。”

“太好了，上帝保佑他永远不必见到该死的荣耀之路。”敞开大衣的男人从皮夹里抽出一张钞票。盲眼威利可以同时感觉到和听到惠洛克的喘息声，他几乎不必看那张钞票，就知道是一张百元大钞。

“是的，先生，上帝保佑他。”

穿大衣的男人将钞票放在威利手中，当威利把戴着手套的手抽回去时，他似乎大吃一惊，仿佛那只手没戴手套，而且被什么东西烫到似的。

“麻烦把钱放进我的箱子里或是棒球手套中，先生。”盲眼威利说。

穿大衣的男人看看他，扬起眉毛，稍微皱了皱眉，然后似乎懂了。他弯下腰，把钞票放在用蓝墨水写着“葛菲”的旧手套中，然后伸手到前面口袋掏出一把硬币。他把硬币压在钞票上，免得钞票飞走。然后他站起来，眼睛湿润、充满血丝。

“你需不需要我的名片？”他问盲眼威利，“我可以帮你联络几个退伍军人组织。”

“谢谢你，我知道你一定可以，但是我不得不婉谢你的好意。”

“大部分的机构你都已经试过了？”

“试过其中几家。”

“你待在哪个医院？”

“旧金山。”他迟疑了一下，然后补了一句，“在猫咪宫殿，先生。”

穿大衣的男人放声大笑，他的脸一皱，眼眶里的泪水就顺着饱经风霜的脸颊流了下来。“猫咪宫殿！”他大叫，“我已经有十年没听到这几个字了！我的老天！每张床底下都放着一个便盆，每一张床单里都藏着一个裸体护士，对不对？身上除了爱的珠链以外一丝不挂。”

“是啊，先生，差不多是这样。”

“圣诞快乐，大兵。”穿大衣的那个人两腿一并，用一根指头向他行了个军礼。

“圣诞快乐，先生。”

穿大衣的男人拿起手提袋走开，没有回头。即使他回头望，盲眼威利也看不到，因为这时候他的视力已经减退到只看得见鬼魅和黑影了。

“演得不错。”惠洛克喃喃地说。他呼出的热气喷进威利的耳朵里，威利恨透了那种感觉——事实上，会让人觉得毛骨悚然——但是他不会轻易让他享受到把头靠得更近的乐趣，即使只有一英寸都不成。“那个老家伙还真的在哭呢，你一定也看到了，但是威利，我只能说，你说得像真的一样。”

威利没搭腔。

“有一些荣民医院被称为猫咪宫殿，嗯？”惠洛克问，“听起来像是我应该去的地方。你是从哪里晓得这些事情的，从军事杂志上看到的吗？”

渐暗的天色中，一个女人的黑影弯下腰来，丢了一些东西到敞开的箱子里，她戴了手套的手握住威利戴了手套的手，轻轻捏了一下。“上帝保佑你，朋友。”她说。

“谢谢你，女士。”

黑影走开了。但是盲眼威利的耳边仍然有人吹着热气。

“你有什么东西要给我吗，伙伴？”惠洛克问。

盲眼威利伸手到外套口袋里拿出信封，然后划过冷空气递出去。惠洛克伸出手来，一把抢过信封。

“混蛋！”警官的声音又害怕又恼怒，“我告诉过你多少次，要把信封藏在手掌中，藏在手掌中！”

盲眼威利什么话也没说，脑子里只想着棒球手套，想着自己怎么样把博比·葛菲的名字擦掉，在相同的位置写上威利·席尔曼。后来，他在越战过后、刚开始展开新事业时，再度把手套上的字迹抹掉，用大写字母涂上葛菲这两个字。阿尔文·达克手套侧面涂改多次的地方现在变得破破烂烂的。如果他心里想着那只手套，如果他专心想着手套磨破的地方和那一层层涂改过的字迹，或许就不会随便做傻事。不过，惠洛克不正是希望如此吗？对他来说，那点微薄的贿款还不够：他希望看到威利做傻事，看到他露出马脚。

“多少钱？”过了一会儿，惠洛克问他。

“三百，”威利说，“三百块钱，惠洛克警官。”

惠洛克听了，沉吟半晌，不过他现在往后退了一步，所以在威利耳边喷的热气稍微散开了一些。盲眼威利对于小恩小惠都十分感激。

“这次就算了，”惠洛克终于说，“不过新的一年又快到了，伙伴，而你的警察朋友贾斯柏·惠洛克在纽约买了一块地，他想在那里盖一栋房子。所以，咱们的赌注又提高了。”

盲眼威利一声不吭，但他现在非常注意听。如果仅止于此，那么就还好，但是从惠洛克的声音听来还不止于此。

“事实上，那栋小屋没有那么重要，”惠洛克继续说，“重要的是，如果我得和你们这些下等人打交道，我需要得到更好的报酬。”他的声音渐渐透露出真实的愤怒，“你怎么有办法每天都这样做——即使在圣诞节也一样——我真不懂。当乞丐是一回事，但是像你这样的人……你的眼睛不会比我更瞎。”

“噢，你的眼睛可是比我瞎得还严重。”威利心想，但仍然不动声色。

“而且你的生意还不错嘛。也许没有那些在电视上传教的神棍赚得那么多，不过在这个季节，你每天大概可以赚一千块钱吧？还是两千块？”

他太低估威利的收入了，不过错估的数字听在威利耳中有如乐音般美妙，表示这位沉默的合伙人并没有太频繁、太严密地监视他。但是他不喜欢惠洛克声音中隐含的怒气，这股愤怒就像扑克牌游戏中的鬼牌一样危险。

“你的眼睛没有比我更瞎。”惠洛克再说一遍。显然他真正在意的是这件事。“嘿，伙伴，你知道吗？也许我应该找一天晚上下班后跟踪你，看看你到底在做什么，”他停了一下，“看看你变成什么人。”

有那么短暂的片刻，威利真的吓得屏住呼吸……然后又恢复正常。

“你不会想这样做的，惠洛克警官。”

“不会吗，嗯？为什么，威利？为什么不会？你希望我大发慈悲，是不是？怕我杀了会下金蛋的混账母鸡？嘿，这一年来，我从你这儿拿到的报酬和真正的嘉奖升官比起来，实在不算什么。”他停了一下再度开口时，声音中带着一丝梦幻色彩，令威利格外警觉。“我说不定会上报呢，英勇警察拆穿第五大道骗徒的真面目。”

天哪，威利心想，我的老天，他好像真的想这么做。

“你的手套上写着‘葛菲’两个字，但是我敢打赌你根本不姓葛菲，我有十足的把握。”

“你会赌输的。”

“随你怎么说……但是你的手套看起来好像已经涂改过好几次了。”

“我小时候手套曾经被别人偷走过。”他会不会透露太多了？很难说，惠洛克这回出其不意地逮着他了，这个混蛋，先是办公室电话铃响——纽约证券交易所的艾德——接着又是这件事。“偷手套的那个男生把名字写在上面。我找回手套以后，弄掉他的名字，然后换上我自己的名字。”

“你去越南的时候也带着这个手套？”

“对。”这是实话，如果萨利当时看到了这个破破烂烂的阿尔文·达克棒球手套，他会不会认出这是老朋友博比的手套？萨利从来没有看到过这个手套，至少在越南的时候没有，所以这完全只是假设性的问题。另一方面，惠洛克警官提出了各式各样的问题，而且没有一个问题是假设性的问题。

“你去那个什么阿虚谷的时候，一路上都带着这个手套吗？”

盲眼威利没有回答，惠洛克想诱导他回答。门儿都没有，惠洛克别想牵着他的鼻子走。

“你去那个野丫头宫殿的时候也带着这个手套？”

威利还是一声也不吭。

“天哪，我还以为野丫头是喜欢爬树的小女生。”

威利仍旧默不作声。

“《邮报》，”惠洛克说，威利模糊地看到这混蛋举起手来，比了个相框的手势。“英勇的警察。”

他可能是在戏弄他，但威利不太确定。

“你会上报没问题，但不会得到任何嘉奖，”盲眼威利说，“也不会升官。事实上，你会流落街头，到处找工作。不过你最好别到安保公司去应征，因为会收受贿赂的警察一点也不可靠。”

这下子换惠洛克屏住气，当他恢复正常后，喷在威利耳中的热气仿佛飓风般猛烈，警官的嘴几乎快贴到威利的皮肤上了。“你说这话是什么意思？”他低声问，一手抓住盲眼威利的手臂，“告诉我，你刚刚到底是什么意思？”

但盲眼威利保持沉默，两手垂在身体两侧，微微抬头，专心注视眼前的黑暗，这片黑暗要到日落之后才会清澈起来。他的脸上现在又面无表情，许多经过的路人看了会认为他自尊受伤、勇气消沉，但某种程度仍然不失本色。

你最好小心一点，惠洛克警官，他心想，你脚底踏着的冰已经愈来愈薄了。也许我眼睛瞎了，但是如果你听不到脚下薄冰劈啪碎裂的声音，那么你一定是聋了。

惠洛克抓住他的手臂轻轻摇晃，手指嵌入他的肉里。“你找了朋友，是不是？你这狗娘养的？所以你才每次都这样明目张胆地把信封递给我？你是不是找了朋友偷拍我的照片？是不是？”

盲眼威利继续保持沉默，他正在对惠洛克进行一场沉默的布道，只要你诱导他，只要给他时间让想法在脑子里发酵，像惠洛克这样的警察老是会往坏处想。

“别想在我面前搞鬼，伙伴。”惠洛克邪恶地说，但是声音里隐含着一丝忧虑，接着逐渐松开紧抓盲眼威利的手。“从一月开始涨价为一个月四百块，如果你想在我面前搞鬼的话，我就要你好看。明白了吗？”

盲眼威利什么也没说，热气不再喷进他的耳朵，他知道惠洛克准备离开了，但是还没有离开；那讨厌的热气又开始喷了。

“你会因为你做的事情而下地狱，”惠洛克告诉他，热切而诚恳地说，“我收下你的肮脏钱，犯的只是小罪——我问过牧师，所以我很确定——但是你犯的却是万劫不复的罪过，你会下地狱的，咱们就等着看你在地狱里可以乞讨到什么东西吧！”

盲眼威利想到，威利和比尔·席尔曼偶尔会在街上看到有些人的外套背后画了越南地图，上面通常还标示了外套主人在越南作战的年份及下列这行字：我死后一定会直接上天堂，因为我已在地狱待过了。他可以和惠洛克提一下他的感觉，但这样做无济于事，还是保持沉默好了。

惠洛克终于走开了，威利很高兴看到他离开，脸上浮现难得的笑容，仿佛阳光在乌云密布的阴天中偶尔露脸一样。

下午一点四十分

他用橡皮筋把钞票捆成卷，并把零钱倒进箱底三次（纯粹为了方便储藏，而不是想掩盖什么），他完全依赖触觉来做这些事情。他现在已经看不见那些钞票，无法分辨一元钞票和百元钞票，但是仍然可以感觉到今天收获丰硕。不过他并没有因此而感到高兴，而且向来都没有从中获得什么乐趣，盲眼威利在乎的不是乐趣，但即使是成就感，今天和惠洛克警官的谈话内容都把它破坏无遗了。

十一点四十五分的时候，有个声音甜美的年轻女士（她的声音在盲眼威利耳中听来好像戴安娜·罗斯的歌声那般好听）从萨克斯百货公司走出来，递给他一杯热咖啡；她几乎每天这个时候都会这样做。十二点十五分，另外一个女人——这位女士没那么年轻，可能是白人——又拿了一杯热腾腾的鸡汤给他喝。他分别向两位女士道谢。那位白人女士在他脸颊上温柔地亲了一下，祝他圣诞快乐。

不过这天也有另外一面，事情总是如此。下午一点钟左右，有个十几岁的男孩和一帮狐群狗党围着威利嬉闹、叫嚣，说他是丑八怪，问他戴着手套是不是想遮掩被煎饼锅烫伤的痕迹。这帮孩子很快就离开了，边走还边为这老笑话又笑又闹。大约十五分钟后，有人踢了威利一脚，也许只是不小心踢到。不过每一次他弯腰检查箱子，箱子都好端端在那儿。这个城市里到处都是小偷、强盗和骗子，但是箱子好端端在那儿，和过去一样总是好端端的。

那天下午，他一直想着惠洛克的事情。

在惠洛克之前的警官很容易打发，惠洛克辞职或调职后接任的警官可能也很容易打发。惠洛克终究会步步进逼，这是他在丛林中学到的另一个教训，同时他盲眼威利则必须像风暴中的芦苇般懂得折腰。只不过当风力太强的时候，即使是柔软的芦苇都可能折断。

惠洛克想抬高价码，拿更多钱，但是戴墨镜、穿军装的男人烦恼的不是这件事；他们迟早都会想拿更多钱。他刚开始在街头乞讨的时候，每个月付给汉拉蒂警官一百二十五元。汉拉蒂一向主张“为彼此都留一条活路”，他和雷默警官一样（就是威利童年时派驻在他们那区的巡警），身上老带着古龙水和威士忌的味道，但是在一九七八年退休之前，随和的汉拉蒂还是设法要威利把贿款提高为一个月两百美金。问题是，惠洛克今天早上显得很生气，是生气，而且还提到他和牧师谈过。威利烦恼的是这些事情，但最令他烦恼的还是惠洛克提到要跟踪他。看看你到底在做什么，看看你会变成什么人，我敢打赌你根本不姓葛菲。

盲眼威利心想，和不是真心悔过的人胡搞，原本就是个错误啊，惠洛克警官。相信我，你还不如和我太太胡搞算了，而不要在我的姓名上作文章，这样或许还安全一点。

虽然惠洛克有可能会这么做——还有什么事情比盯瞎子的梢更容易呢？或者跟踪只能看到模糊黑影的瞎子？这比盯着他走进某一家旅馆，然后进男盥洗室简单多了？也比看着他走进厕所时还是盲眼威利，出来却变成了威利·席尔曼简单多了？假定惠洛克甚至有办法追查到他最后又从威利变回比尔呢？

想到这件事，早上焦躁不安的情绪又回来了，觉得皮肤间仿佛有一条蛇在乱窜。由于惠洛克担心有人拍下他收取贿赂的照片，所以可能会先观望一阵子，但是如果他真的很生气的话，很难预料他接下来会做出什么事情。真令人胆战心惊。

“上帝爱你，大兵。”有个声音在黑暗中说，“真希望我能做更多。”

“不需要，先生。”盲眼威利说，但是他现在满脑子都还是惠洛克警官，身上发散着廉价古龙水气味的惠洛克警官曾和牧师谈到身上挂着牌子的盲人，这个在他眼中根本没瞎的盲人。他还说了什么话？你会下地狱，咱们就等着看你在地狱里可以乞讨到什么吧！“圣诞快乐，先生，谢谢你帮忙。”

这一天又继续下去。

下午四点二十五分

他的视力逐渐恢复了——微弱、模糊，不过还看得见，等于在提醒他该收拾东西离开这里了。

他跪下来，挺直了背，把手杖再度放回箱子后面，用橡皮筋绑好最后一沓钞票，将钞票和硬币倒进箱底，然后收好棒球手套和金箔装饰的牌子。他把箱子关好，站起来，用另一只手拿着手杖。现在，提在他手中的箱子变得沉甸甸的，里面装的尽是满怀善意的金属硬币。当硬币全部涌到新位置时便哗啦作响，然后静止下来，仿佛深深埋在地底的金属矿藏。

他沿着第五大道往前走，沉重的箱子像锚般在他的左手中悬荡着（经过这么多年以后，他已经习惯箱子的重量，所以今天下午如果需要的话，他可以提着箱子走比平常更远的路），他右手拿着手杖，向前伸出去轻敲路面。手杖仿佛有魔法般，在人潮汹涌、摩肩接踵的人行道上为他开出一条路。他走到第五大道和四十三街交口时，已经看得见眼前的小空间，也看得见四十二街路口一闪一闪的“禁止行走”灯号，但是他还是继续往前走，直到一个穿着体面、留长发、戴金链子的男人伸出手来按住他的肩膀，阻止他前进。

“小心哪，前面的车子还没停下来呢！”长发男子说。

“谢谢你，先生。”盲眼威利说。

“不客气，圣诞快乐。”

盲眼威利穿过马路，经过公共图书馆前面的石狮子，再往前走两个路口，然后往第六大道走去。没有人过来和他搭讪；没有人在附近晃来晃去，整天看着他乞讨，然后跟踪他、伺机抢过他的箱子后逃之夭夭（没几个贼有办法提着这只箱子逃跑）。一九七九年夏天，曾经有两三个年轻人，可能是黑人（他不太确定，他们的口音听起来像黑人，但是那天他的视力恢复得很慢；在热天里，白昼时间拖得很长，他的视力总是恢复得特别慢）突然过来搭讪，他不太喜欢他们说话的语气。他们说话的语气和今天下午那些年轻孩子不一样，和那些猛开玩笑、说他的手是不是因为读煎饼锅上面的字而被烫伤，或说《花花公子》折页美女照片的点字板不知是什么样子的年轻孩子不一样。这几个人的声音更轻柔、更和气，但有点怪怪的，他们问他在圣帕特里克教堂每天有多少收入？他愿不愿意捐点钱给一个叫波罗休闲联盟的组织？他去搭公交车或火车的时候需要有人伴护着他吗？还有一个人（可能是个年轻的性学家）问他是否偶尔会想找年轻的小姑娘。那声音在他左边柔和地但近乎热切地说："相信我，你会士气大振的。"

他想象当猫对着老鼠张牙舞爪，想看看老鼠会有什么反应——老鼠会跑多快？愈来愈害怕时又会发出什么声音——老鼠的感觉一定就跟他现在一样。不过盲眼威利至今还不曾被吓怕过。当然他害怕过，你可以说他也曾害怕过，不过自从草原上最后那个星期以来，即始于阿肖山谷而止于东河的那个星期以来，他再也不曾彻头彻尾地怕过。那个星期他们一面撤退，一面持续遭受越共袭击，越共从两边夹击，像驱赶牛一样驱赶他们，树丛后面不断传来越共的吼叫声，偶尔从林中还传来笑声，有时是枪声，有时则是暗夜的尖叫声。萨利说他们是看不见的小矮人。这里没有像那样的东西，在曼哈顿，即使在威利最瞎的日子里，都不曾像失去上尉之后的那段日子那么黑暗。知道这点是他的优势，也是那些年轻人的错误。他只需提高嗓门，好像对一屋子老朋友说话一样提高嗓门说话，"喂！"他对着人行道上缓缓绕着他游走的魅影说，"喂，有没有人看到警察？我觉得这些年轻人想要抢我的钱！"这样就成了，好像从剥开的橘子里拿出一瓣橘子那么简单；围在他四周的年轻人突然之间就像一阵冷风般消失不见了。

他只希望他也能这么轻而易举地解决惠洛克警官的问题。

下午四点四十分

四十街和百老汇交接口的喜来登高谭饭店是全球最大的一流饭店之一，每天都有几千人在巨大的吊灯下来来去去，这里找点乐子，那里挖挖宝，丝毫不在意扩音器中流泻出来的圣诞音乐、三家餐厅和五家酒吧中传出的笑语声，以及不断上上下下的观景电梯……对于走在他们中间、用手杖轻叩地板、朝向几乎有地铁站那么大的公厕走去的盲人也视若无睹。盲人箱子上贴了贴纸的那一面现在面向里面，而他就像其他不知名的盲人一样没有人注意。在这个城市里，还真是默默无闻。

当他进入其中一间厕所，并且脱下外套，把外套内面翻出来时，他心想：这么多年来，为什么没有人跟踪过我？为什么没有人注意到刚刚走进来的盲人和后来走出去的明眼人不但身材相同，还提着同一只箱子？

这个嘛，在纽约市几乎没有人会注意到任何和自己不相干的事情——他们全都依着自己的方式，和盲眼威利一样盲目。当他们走出办公室、蜂拥到人行道上、进入地下铁和平价餐厅，这些纽约客令人觉得既可悲又讨厌，就好像农夫用耙子翻土时，躲在巢穴中的鼹鼠纷纷跑出来一样。他一次又一次看到人们的盲目，知道这是他成功的原因之一……当然不是唯一的原因。他们并非全是鼹鼠，而他掷骰子也掷了很久。当然他都会预先防范，但是很多时候（就像现在他褪下裤子坐在马桶上，然后把手杖拆开放回箱子里）他仍然很容易被逮到、遭抢劫或暴露了身份。关于《邮报》，惠洛克说得对，《邮报》会爱死他的故事，他们会吊死他，把他吊得比哈曼还要高。[①] 他们绝不会明

① 在《圣经·旧约·以斯帖记》中，波斯大臣哈曼因与犹太人末底改结怨，密谋将犹太人灭绝，但后来失败，被亚哈随鲁王高高吊死在木架上。

白，甚至绝不会想去了解或听听他的说辞。哪方面的说辞？为什么从来没有发生过上述的这些状况呢？

他相信，那是因为有上帝的保佑。因为上帝心肠好，虽然严厉，但是心肠好。他没有办法坦白招认自己的罪过，但是上帝似乎全都明白。赎罪和悔过都需要时间，但上帝愿意给他时间，他走的每一步路，上帝都陪伴在他的身边。

在厕所中变换身份的时候，他闭起眼睛祈祷——先感谢上帝，然后要求上帝指引他方向，接下来又表达更多的谢意。他像往常一样，最后以只有上帝和他才听得见的低语来结束祷告："如果我死在战场上，请把我装入袋中运回家。如果我死前犯了罪，请闭上你的眼睛接纳我。阿门。"

他走出厕所，离开盥洗室，也离开嘈杂混乱的喜来登高谭饭店，没有人走过来对他说："对不起，先生，你刚刚不是还瞎了眼吗？"当他提沉甸甸的箱子（仿佛箱子只有二十磅重，而不是一百磅重）走到大街上时，没有人多看他一眼。他确实受到上帝眷顾。

开始下雪了。他慢慢走在雪中，现在又变回威利·席尔曼了，他不时换手提箱子，样子就像刚结束一天工作的疲惫上班族。他一面走着，一面思索着自己不可思议的成功。他还记得《马太福音》中有一段诗句说：他们是瞎眼领路的。若是瞎子领瞎子，两个人都要掉进坑里。还有一句古老的谚语说：在盲人的国度里，独眼龙称王。难道他就是那独眼龙吗？除了上帝眷顾之外，这是否就是他这么多年来一直如此成功的真正奥秘？

也许是，也许不是。无论如何，他一直受到保护……而且他一点也不觉得应该忽视上帝的存在，因为上帝一直都了解整个情况。一九六〇年，当他帮哈利一起戏弄卡萝尔，然后又帮哈利修理她的时候，上帝就在他身上做了注记。他一直忘不了那个罪恶的时刻。棒球场旁树丛中发生的事情象征了后来发生的一切，他甚至保留着博比的棒球手套来提醒自己不要忘记。威利不晓得这些日子以来博比在哪里，也不在乎博比在哪里，他一直想办法追踪卡萝尔的消息，至于博比就无关紧要了。当博比对卡萝尔伸出援手时，他就不再那么重要了。威利看到博比帮卡萝尔。他自己不敢站出来帮她——担心哈利不知道会怎么对付他，会跟其他孩子说些什么，害怕被画上注记——但是博比却不怕。博比当时对卡萝尔伸出了援手，后来又惩罚了哈利，做了这些事情以后（也许做了第一件事之后），博比就没事了，他度过了他的关卡。他做了威利不敢做的事情，他挺身而出，奋力一博，因此他过关了。现在威利得完成其余的工作，要做的事情还真不少，抱歉是即使全职来做都做不完的工作，他甚至用三个分身同时赶工，才勉强跟得上进度。

不过，也不能说他现在生活在悔恨当中。有时候他会想到那个贼，就是在耶稣受难的那个晚上和耶稣一起上天堂的那个好贼。星期五下午在各各他山上流血①；星期五晚上和国王一起喝茶和吃煎饼。偶尔会有人踢他，偶尔有人推他，偶尔他会担心被抢，但那又怎么样呢？他不正是代表了所有只敢躲在阴影中袖手旁观、坐视损害造成的那些人吗？他不正是为了他们而乞讨吗？他在一九六〇年的时候，不就是为了他们，才拿走博比的阿尔文·达克手套吗？的确如此，上帝保佑他。而现在他瞎着眼站在教堂外，他们把钱丢进棒球手套中。他是在为他们而乞讨。

莎朗知道……究竟莎朗知道多少呢？也许一部分吧，但是究竟有多少，他也不敢确定。当然她知道的事情多得她会替他准备金箔；多得会告诉他今天穿的保罗·斯图亚特西装配上苏卡领带，看起来很帅；也多得会祝他一切顺利，并提醒他买蛋酒回来。这样就够了。在威利的世界中，除了惠洛克之外，一切都很美好。他到底该拿惠洛克怎么办？

也许我应该找个晚上跟踪你，当威利换手提着愈来愈重的箱子时，惠洛克在他耳边低语。现在他两手都很痛，走到他的办公大楼时，他会觉得很开心。看看你都在干吗，看看你会变成什么人。

到底他应该拿惠洛克警官怎么办？他可以做什么？

他不晓得。

---

① 各各他山为耶稣受难地。耶稣被钉在十字架上时，左边和右边各有一名盗贼也同时被钉在十字架上。其中右边的贼见到耶稣受难时还为害他、骂他的人祷告，并请求上帝赦免，于是开口坦承自己的罪。耶稣告诉这悔改的贼："今日你要同我一起在乐园里了。"

下午五点十五分

穿着肮脏黑毛衣的年轻乞丐早就离开了，另外一个街角圣诞老人占据了他的位置。威利轻轻松松就认出正把一块钱钞票丢进圣诞老人钵里的矮胖年轻人。

“嗨，拉尔夫！”他大叫。

拉尔夫转过头来，当他认出威利时脸上一亮，举起一只戴着手套的手跟他打招呼。雪变得更大了，旁边站着圣诞老人，再加上周遭明亮的灯光，拉尔夫的样子活像圣诞卡上的主角，或是现代版的鲍伯·克拉奇特[①]。

“嗨，威利，生意如何啊？”

“兴旺得不得了！”威利说，脸上带着随和的笑容朝拉尔夫走去。他把箱子放下，伸手到裤袋里摸索了一下，掏出一块钱放进圣诞老人的钵里。这个人可能又是一个骗子，他的帽子是虫蛀过的烂东西，但是管他的呢。

“里面都装了什么东西啊？”拉尔夫问，他一面用手拨弄着围巾，一面低头看着威利的箱子。“听起来好像你打破了小孩的储蓄罐似的。”

“不是，只是一些加热线圈，”威利说，“里面大概有一千个线圈。”

“你一直到圣诞节都不休息吗？”

“是啊，”他说，突然想到了一个关于惠洛克的好主意。念头一闪而逝，不过总是个开始。“是啊，要一直工作到圣诞节。你知道，坏人总是不得休息。”

拉尔夫的大脸笑开了。“我怀疑你能有多坏。”

威利也笑了。“你不晓得卖冷暖气设备的人脑子里都在转什么坏

---

① 狄更斯小说《圣诞颂歌》中小气鬼斯克鲁奇店里的伙计，尽管斯克鲁奇对他很刻薄，他仍然知足常乐。

念头。不过圣诞节过后，我可能会休几天假，我觉得这个主意可能真的还不错。”

“到南方度假吗？也许去佛罗里达？”

“南方？”威利似乎吓了一跳，他随即笑了。“噢，不是，”他说，“我不会去，家里有好多事情要做，每个人都得想法子把房子整修好，否则哪天起风的时候，可能耳边都听得到风声。”

“是啊。”拉尔夫把围巾拉高一点，围住他的耳朵。“明天见啰？”

“明天见。”威利说，伸出戴着手套的双手，“击掌吧！”

拉尔夫和他击掌，然后把手翻过来，脸上挂着羞怯和热切的笑容，“轮到我了，威利。”

威利和他击掌。“感觉如何啊，拉尔佛？”

拉尔夫害羞的微笑变成男孩子开怀的笑容。“太棒了，再来一次！”他大叫，然后很有权威地拍拍威利的手掌。

威利大笑。“有你的，拉尔夫，真有你的。”

“你也是，威利。”拉尔夫正经八百地回答，那神情看起来有几分滑稽。“圣诞快乐。”

“圣诞快乐。”

他在那儿站了一会儿，注视着拉尔夫蹒跚走进雪地。街头圣诞老人在他身旁单调地摇着圣诞铃铛。威利拿起箱子往大门走去，然后他看到了什么东西而停下脚步。

“你的胡子歪了，”他对圣诞老人说，“如果你想要别人相信你，最好把他妈的胡子弄好。”

他走进办公大厦。

下午五点二十五分

中城冷暖气公司的储藏室里有一个大纸箱，里面装了很多布袋，就是银行用来装零钱的那种布袋。这类布袋通常会印上银行的名字，但是这些布袋上面却没有——因为威利是向位于西维琴尼亚州蒙维尔镇一家专门制造这种布袋的公司直接订购的。

他打开箱子，很快地拿出一卷卷纸钞（他会用马克卡罗斯手提箱把纸钞带回家），然后在四个布袋中装满硬币。储藏室角落有个旧铁柜，上面标示着“零件”。威利打开没有上锁的铁柜，里面大约有上百个装满硬币的布袋。他每年都会和莎朗开车到中城的几间教堂十二次，将这些袋子塞入教堂的捐款箱或从收包裹的活门丢进去，塞不进去的时候就直接把钱留在门口。圣帕特里克教堂总是收到最大一笔捐款，因为威利每天都戴墨镜、挂着牌子在教堂前乞讨。

但不是每天都如此，他心想，现在他已经脱下乔装打扮的衣服。我不需要每天都去那里，他又想，也许比尔、威利和盲眼威利在圣诞节后会休假一星期。也许那个星期我可以想出法子来处理惠洛克警官，让他走开。不过……

“我不能杀他，”他喃喃自语，“如果我杀了他，就真该死。”只不过他并不是担心自己该死，而是担心打入地狱、不得超生。在越南杀戮是另外一回事，至少看起来是另外一回事，但这里不是越南。他这么多年来潜心悔过，难道就这么毁于一旦吗？上帝正在考验他、考验他、考验他。他知道，什么地方一定有答案，一定有。他只是——哈哈，原谅他用了双关语——眼睛瞎得看不见罢了。

他有办法找到那个自以为是的混蛋吗？当然啦，不成问题。他可以找到惠洛克，没问题。随便什么时候，只要跟踪他回家，看着他卸下手枪、脱掉鞋子、把脚搁在脚垫上。然后呢？

他一面用冷霜卸下脸上的妆，一面担心这个问题，接着就先抛开烦恼，从抽屉里拿出十一月和十二月的本子，坐在书桌前写着“我为伤害卡萝尔而诚心道歉”，足足写了二十分钟，密密麻麻写满一整页。然后他把本子放回抽屉，换上比尔·席尔曼的衣服。当他脱掉盲眼威利的靴子时，他的目光落在有红皮封面的剪贴簿上。他把剪贴簿拿出来放在档案柜上面，翻开烫金印着“回忆”两个字的封面。

第一页贴着出生证明——威廉·罗伯·席尔曼，一九四六年一月四日生——还有他小小的足印。第二页是他和妈妈以及和爸爸的合照（帕特·席尔曼满脸笑容，一副从来不曾把儿子从高椅子上推下来或用啤酒瓶打老婆的样子），还有和朋友的合照，哈利的镜头尤其多。在其中一张照片上，八岁大的哈利蒙着眼睛想要吃威利的生日蛋糕（一定是玩游戏输掉的惩罚），哈利的两颊沾满巧克力而且开怀大笑，一副天真无邪的样子。威利看到他蒙着眼、沾满巧克力、开怀大笑的样子，不禁打了个寒颤。他的笑容总是让他浑身哆嗦。

他赶紧翻到后面，那里贴着他多年来搜集的有关卡萝尔的剪报和照片：卡萝尔和妈妈的合照、卡萝尔抱着刚出生的弟弟笑得很紧张、卡萝尔和父亲的合照（她父亲穿着蓝色海军服，嘴里叼支烟，她则睁着大眼睛好奇地望着他）、卡萝尔高一时参加拉拉队的照片（她蹦蹦跳跳的，一手挥舞着拉拉队的彩球，另一手按住百褶裙），还有卡萝尔和萨利一九六五年在哈维切中学头戴锡箔王冠的照片，那年他们俩获选为舞会中的白雪国王和白雪皇后。威利每次看到这张泛黄的剪报时，都觉得他们好像结婚蛋糕上装饰的佳偶。卡萝尔穿着无肩带的礼服，肩膀雪白无瑕，完全看不出多年前她的左肩一度变得畸形，肩上隆起两块，好像巫婆般丑陋。在他们最后的重击落下之前，卡萝尔哭了，哭得很厉害，但是对哈利而言，单单把她弄哭还不够。他从下往上用力挥出最后一击，球棒击中卡萝尔时发出的声音就好像木槌敲在解冻到一半的烤肉，然后卡萝尔尖叫起来，她大声尖叫，哈利吓得拔腿就跑，顾不得回头看看威利和里奇有没有跟来。老哈利就像野兔般一溜烟跑得不见踪影。但是如果哈利没有溜掉呢？如果他不但没有溜掉，还说“好好抓住她，我不要听她尖叫，我要让她闭嘴”，并打算再度用力挥棒，这回会对准卡萝尔的头部打下去？他们会按住卡萝尔吗？即使在那种情况下，他们还是会为哈利抓着卡萝尔吗？

他呆呆地想着，你知道你还是会，你之所以忏悔，有一部分是为了你真正做过的事情，但同样也是为了你幸好没做的事情，不是吗？

接着是穿着毕业袍的卡萝尔；上面注明了“一九六六年春”。下一页贴着一张从《哈维切日报》剪下来的剪报，上面注明“一九六六年秋”。旁边又是卡萝尔的照片，不过照片上的卡萝尔和前面穿着毕业袍的年轻女孩简直有天渊之别。穿毕业袍的女孩手握毕业证书，端庄地低着头；照片上的女孩则双眼直视镜头，脸上露出狂热的笑容，似乎浑然不知鲜血正沿着她的左脸颊滴落，手上还挥舞着和平标语。这个女孩已经走上了通往丹伯瑞之路，穿上了丹伯瑞舞鞋。许多人命丧丹伯瑞、炸成碎片，而威利丝毫不怀疑自己也要负部分责任。他摸一摸照片上那个脸上滴血、挂着狂野笑容的女孩，她手上举着牌子，上面写着“停止杀戮”（只不过她不但没有终止杀戮，反而加入了杀戮行列），他知道最后最重要的唯有这张脸，她的脸代表了那个时代的精神。一九六〇年只是烟雾；而这里是熊熊烈火。这是脸颊滴着血、嘴唇绽开笑靥、手上高举和平标语的死神，感染了丹伯瑞癫狂。

下一张剪报是丹伯瑞报纸的整张头版。他把它连折了三次才有办法塞进剪贴簿中。上面有四张照片，其中最大的一张上面有个女人站在街道中央不断尖叫，高举着满是鲜血的双手，她身后的建筑物好像打碎的鸡蛋般整个被炸开了。他在照片旁边注明：一九七〇年夏。

丹伯瑞炸弹攻击事件造成六死十四伤

激进团体声称做案

女性致电警方表示“无意伤害任何人”

自称“追求和平武装学生”的激进团体把炸弹藏在康涅狄格大学丹伯瑞校区的演讲厅。爆炸当天，科尔曼化学公司从早上十点到下午四点在那里举行面谈，招募新人。显然炸弹原本应该在清晨六点钟建筑物空无一人时爆炸，但却没有爆炸。八九点的时候，有人（应该是追求和平武装学生的一分子）致电校警，表示演讲厅一楼有炸弹。警方随便搜索了一番，但是没有让建筑物清空，一位匿名保安人员表示：“这是我们今年接到的第八十三件炸弹威胁。”他们没有找到炸弹，虽然“追求和平武装学生”后来激动地表示他们曾告诉警方炸弹放置的确切位置——就在演讲厅左边的冷气管中。证据显示（对威利而言，这个证据十分可信），到了十二点十五分午休的时候，有个年轻女人冒了极大的生命危险试图自行拆解炸弹，她在当时空无一人的演讲厅中待了十分钟左右，然后有个留黑长发的男子把她带走，女子一路抗议。有个清洁工目睹了当时的情况，后来指认那个男子是雷蒙·费格勒——追求和平武装学生的首脑，年轻女孩则是卡萝尔·葛伯。

下午一点五十分，炸弹终于爆炸。上帝保佑幸存者，上帝也保佑死难者！

威利继续翻到下一页。俄克拉荷马市的《俄克拉荷马报》一九七一年四月的标题写着：

三名激进分子于枪战中丧命
联邦调查局官员表示
“大鱼”可能侥幸脱逃

大鱼指的是麦布拉德夫妇、查理·“鸭子”·高登、难以捉摸的雷蒙·费格勒……还有卡萝尔，也就是“追求和平武装学生”的残余分子。六个月后，麦布拉德夫妇和高登在洛杉矶丧生，房子起火燃烧的时候，屋里还有人开枪顽抗，并且投掷手榴弹。他们没有在火场找到费格勒和卡萝尔，但是警方鉴识人员发现，现场有大量血迹的血型属于 AB 型阳性，正是卡萝尔的血型。

她究竟是死是生？是生是死？威利没有一天不问自己这个问题。

他翻开下一页，知道应该停下来、该回家了，如果他连电话都没打，莎朗会很担心（他会打电话的，会在楼下打电话回家，莎朗说得没错，他是个很可靠的人），但他还是没有停下来。

《洛杉矶时报》刊登的那张照片上显示班尼斐街上烧焦的房子，标题写着：

“丹伯瑞十二人帮”中的三人命丧东洛杉矶
警方推测三人协议先谋杀再自杀
唯有费格勒、葛伯下落不明

只不过报道中明确表示，警方认为卡萝尔应该已经死了。当时威利也认为卡萝尔死了，她流了那么多血，但是现在……

是死是生？是生是死？有时候他在内心悄悄自问，流点血其实没什么大碍，在最后的疯狂行动展开之前，卡萝尔早已逃离那栋房子了。但有时候他相信警方的推测——卡萝尔和费格勒在第一回合的枪战之后就离开其他人，悄悄溜走了，当时房子还没有被警察包围。卡萝尔后来不是因枪伤而丧命，就是被费格勒杀死，因为她会拖累他。根据这个推论，这个脸上滴着血、手举标语的激进女孩现在可能只是沙漠中的一堆白骨。

威利摸了一下照片上那栋烧焦的房子……脑海里突然闪过一个名字，在这名男子阻挡之下，东河才没有变成另外一个美莱村或美溪[①]。史洛肯，没错，他就叫史洛肯，仿佛逐渐阴暗的光线和破窗子对他低声吐出这几个字。

威利合起剪贴簿放在一旁，内心感到十分平静。他在中城冷暖气公司的办公室里把该处理的事情都处理好之后，小心翼翼地穿过地板活门，在下面梯子的顶端找到落脚处。他抓起手提箱把手，把手提箱往下拉，往下爬到梯子的第三级以后，先把六楼地板的活门放好，再把五楼的活动天花板放回原位。

他没办法对惠洛克警官做任何事情……任何一劳永逸的事情……但是史洛肯可以。没错，史洛肯可以。当然啦，史洛肯是黑人，但是，是黑人又怎么样呢？在黑暗中，所有的猫看起来都是灰色的……而对盲人而言，它们根本没有颜色。从盲眼威利·葛菲变成盲眼威利·史洛肯真的很麻烦吗？当然不麻烦，可以说易如反掌。

“你有没有听到我所听到的，”他一面把梯子折迭好收起来，一面轻声唱着，“你有没有闻到我所闻到的，尝到我所尝到的？”

---

① 越战期间，美军第二十三步兵师十一旅 C 连由排长凯利中尉率领，在一九六八年三月十六日进入越南美莱村执行搜索及歼灭任务。在之前几星期激战中，C 连有无数士兵伤亡。这群愤怒而沮丧的美国大兵在进入美莱村数小时内冷血屠杀了数百名越南平民，连老弱妇孺都不放过。美莱村事件曝光后，美军名声严重受损，美国大众对越战的支持度降低。美国军方在调查美莱村事件时，发现同一天在美莱村附近一个叫“美溪”的小村落也发生屠杀平民事件。

五分钟后，他把西部土地分析公司的大门关紧，锁上三道锁后沿着走廊往电梯口走去。电梯来了，他走进去，心想，蛋酒，别忘了，晚上要请艾伦和杜布瑞夫妇吃饭。

“还有肉桂。”他大声说出来，电梯里其他三个人都看看两旁，比尔咧嘴笑了。

到了外面，他往中央车站的方向走去，雪花打在他的脸上，他一面翻起衣领，同时只想到一件事：大厦外面的圣诞老人把胡子弄好了。

午夜时分

“莎朗？”

“嗯？”

她的声音充满睡意。杜布瑞夫妇在十一点钟离开以后，他们亲热了很久，现在她意识模糊、快睡着了，那倒是没关系，他自己也快睡着了。他感觉到所有问题都渐渐自行找到出路……要不就是上帝正在替他解决问题。

“圣诞节过后，我可能会休假一两个星期，清点一下存货、逛一逛新的地点，我在考虑换地点。”她完全无需晓得威利·史洛肯过年前打算做什么事情；反正她除了会瞎操心和感到内疚（她也许会内疚，也许不会，他觉得不需要把事情弄清楚）之外，完全无能为力。

“很好，”她说，“你何不顺便去看几场电影？”她伸出手臂在黑暗中摸索，碰一碰他的手臂。“而且你居然记得买蛋酒，我原本真的不认为你会记得。我很高兴，甜心。”

他忍不住在黑暗中咧嘴笑了，莎朗就是这样。

“艾伦夫妇还好，但杜布瑞夫妇实在很沉闷，你觉不觉得？”她问。

“有一点。”他同意。

“如果她身上那件洋装胸口剪裁得再低一点，简直可以去上空酒吧找工作了。”

他没搭腔，但是又咧嘴微笑。

“今天晚上很棒，是不是?”她问他。她指的不是今天晚上的小小聚会。

“是啊，太棒了。”

“我还没机会问你，你今天一切顺利吗?”

“还不错，莎朗。”

“我爱你，比尔。”

“我也爱你。”

“晚安。”

“晚安。”

快进入梦乡时，在蒙眬间，他突然想到穿红色滑雪衫的男人，这念头莫名其妙地融入他的梦境中。“一九六九年和一九七〇年是最艰困的年头，”穿红上衣的男人说，“我当时在汉堡山和3/187部队并肩作战，我们损失了很多很好的人。”然后他一扫脸上阴霾，“但是我得到了这个，”他从大衣左边口袋拿出挂在带子上的白胡须，“还有这个，”从右边口袋拿出皱巴巴的保丽龙咖啡杯摇一摇，里面几个零钱好像牙齿般锒铛作响。“你看，”他说，“即使最瞎的人都能得到补偿。”

然后梦境愈来愈模糊，比尔·席尔曼熟睡到第二天早上六点十五分，收音机闹钟播放的《小鼓手》乐声再度把他唤醒。

/

一九九九年
我们为什么会在越南

有人过世的时候，往往会让你回想起过去。

有人过世的时候，往往会让你回想起过去。萨利可能知道这个道理很多年了，但是直到帕干诺下葬的那天，他脑子里才真正意识到这件事。

美军直升机从西贡的美国大使馆屋顶载走最后一批难民（有些人还很上镜头地悬吊在降落橇上）距今已经二十六年了，而休伊直升机将萨利、威利和其他十来个美国大兵撤离东河省，距今也已经三十年了。那天早上，当直升机从空中坠毁时，萨利和意外重逢的童年旧识都是英勇救人的英雄；但到了下午，他们又完全换了一个人。萨利还记得自己躺在休伊直升机不断摇晃的机舱里，一直尖叫着要别人杀了他。他还记得威利也一直尖叫，威利尖叫着：我的眼睛瞎了。啊，天哪，我的眼睛瞎了！

尽管他的肠子有一部分悬荡在肚皮外面，蛋蛋也被轰掉了大半，但是他很清楚，没有人会依他的话去做，至少没那么快，而他也没有办法自己做个了断。所以他要求其他人想办法摆脱妈妈桑，这件事他们总办得到吧？让妈妈桑下机，或干脆把她扔出去，为什么不这么做呢？她不是已经死了吗？问题是，她还一直瞪着他，他真是忍无可忍了。

等到他们在集结点把萨利、威利和其他六七个人——伤势最重的几个人——移到救伤直升机上（休伊直升机的驾驶员看到他们离开可能心里乐得很，他快受不了他们的尖叫声了），萨利才渐渐明白，其他人都没看到妈妈桑蹲在机舱里，满头白发的老妈妈桑穿着绿裤橘衫和奇怪的中国式布鞋，就是很像查克·泰勒高统运动鞋的那种红色布鞋。老妈妈桑也曾和玩牌高手龙尼约会过。那天早上，龙尼和萨利、戴芬贝克、史洛肯以及其他人一起冲到空地上，完全无视于躲在树丛中对他们开火的越南人，也把过去一周不断遭受炮轰和伏击的恐怖经验抛在脑后。龙尼打算当英雄，萨利也打算当英雄，但现在，嘿！你们瞧，龙尼变成了杀人犯，而萨利小时候深深畏惧的小霸王如今却成了他的救命恩人，而且眼睛瞎了，萨利自己则躺在直升机地板上，肠子在微风中晃荡。就像亚特·林克特[①]老爱说的一句话：可见人是多么滑稽。

杀了我吧，在那个明亮而可怕的下午，他不断尖叫，哪个人开枪杀了我吧，如果你爱上帝的话，让我死吧。

但是他没有死，医生还帮他保住一个受重创的睾丸，如今他偶尔还蛮庆幸自己活了下来。夕阳西下的黄昏就会让他有这种感觉。他喜欢走到停车场后面，那些待售但尚未修好的车子都停放在这里。他站在那儿，望着夕阳缓缓西沉，令人感伤，但依然美好。

在旧金山的时候，威利·席尔曼和他住在同一间病房，在军方把席尔曼中尉调去其他地方之前就经常来看他。他们时常聊起在哈维切的往事以及共同认识的朋友，一聊就是几个小时。有一次，美联社的摄影记者替他们拍了一张照片——威利坐在萨利的床上，两人的脸上都堆满笑容。威利的眼睛那时候已经好多了，但是还没有完全恢复正常；威利曾经向萨利坦承，他担心视力永远无法恢复正常。和那张照片一起刊登的报道写得颇无聊，但他们是不是因此收到一些信件呢？老天爷！信件多得读不完哩！萨利甚至起了疯狂念头，觉得卡萝尔可能会写信给他，但是当然他从来不曾收到卡萝尔的来信。当时是一九七〇年春天，卡萝尔无疑正忙着抽大麻以及为那些反战的嬉皮吹箫，而她高中时代的男友却在世界的另一个角落被轰掉睾丸。没错，人实在很滑稽，而且童言无忌。

威利离开了，老妈妈桑却留了下来。老妈妈桑一直流连不去；萨利待在旧金山荣民医院的七个月里，她日日夜夜都来报到，在那段永无休止的日子里，当整个世界似乎都奇臭无比，而他的心也受到重创时，妈妈桑是最固定的访客。她有时会穿着鲜艳的宽长袍现身，仿佛夏威夷宴会的女主人；有时则穿着那种艳绿色的高尔夫裙和无领衫，

---

① 亚特·林克特（1912—2010），美国著名演艺人员、畅销书作家。

露出瘦骨嶙峋的手臂……但大半时候她的穿着打扮都和龙尼杀死她的那天一样——绿裤橘衫加上印着中国标志的红布鞋。

那年夏天，有一天他翻开旧金山《纪事报》，看到前女友登上头版。他的前女友和嬉皮男友在丹伯瑞害死了一堆年轻孩子和招募人员。他的前女友现在被称为“赤色卡萝尔”，变成名人了。“你这贱货！”他一面把报纸对折再对折，一面说，“你这愚蠢、该死的贱货！”他将报纸揉成一团，打算往房间另一端丢过去，而他的新女友妈妈桑就坐在邻床上，睁大黑眼睛看着萨利，萨利一看到她就完全崩溃了。护士进来的时候，萨利不知是没办法，还是不愿意告诉她自己为什么哭泣，他只知道整个世界都疯了，需要有人给他一枪，最后护士找到医生来替他打一针，而他昏迷之前最后见到的人是妈妈桑，该死的老妈妈桑就坐在邻床上，蜡黄的手放在绿裤子上，她只是坐在那儿看着他。

老妈妈桑也和他一起横越大半个美国，回到康涅狄格州，免费搭乘联合航空公司七四七客机。她坐在一个生意人旁边，那个生意人就好像直升机上的飞行员或威利或荣民医院的医护人员一样，完全没看到她。她在东河省时是龙尼约会的对象，不过现在变成萨利约会的对象了，而且一双黑眼睛的视线从来不曾离开过他。她蜡黄而满是皱纹的手指总是交叠着放在大腿上，目光一直停驻在萨利身上。

三十年，天哪，真是很长的时间。

但是一年年过去，萨利愈来愈不常看到妈妈桑了。他在一九七〇年秋天回到哈维切镇的时候，几乎每天都还会见到她，无论他正在联合公园的棒球场吃热狗，或在川流不息的通勤人潮中站在火车站台阶下，还是正走在大街上。妈妈桑总是盯着他看。

越战后，他找到第一份工作之后不久（当然是销售汽车的工作，这是他唯一会做的工作），有一次他看到老妈妈桑坐在一九六八年份的福特汽车后座，车子挡风板上还贴着“待售”的牌子。

旧金山的心理医生曾经告诉他：你慢慢就会开始了解她了，无论萨利怎么逼他，医生都拒绝透露更多。心理医生想听萨利多谈谈直升机从空中坠毁的事情，想知道他为什么老是叫龙尼“那个玩牌的混蛋”（萨利不会告诉他），想知道他是否还有性幻想，如果有的话，他的性幻想是否明显充满暴力。萨利还蛮喜欢这个家伙的——他叫康莱——但是仍然无法改变他是混蛋的事实。在旧金山有一次看诊时间快结束时，他几乎要告诉康莱医生有关卡萝尔的事情，但整体来说，他很高兴当时没有讲。他不知道该怎么看待这位前女友，更不用说怎么谈她了（康莱称这种情况为“经历情感冲突”）。他曾经叫她“愚蠢、该死的贱货”，但是在那段日子里，整个世界不都是一团糟吗？萨利最清楚暴力行为是多么容易像脱缰野马般四处乱窜，他希望当警察终于逮到卡萝尔和她的朋友时，不会杀死她。

不管康莱医生是不是混蛋，他曾经说过：萨利慢慢就会开始了解老妈妈桑，这句话倒有几分道理。最重要的事情是要打从心底明白老妈妈桑这个人根本就不存在。理智上要知道这个基本事实还算容易，但要打从心底真正接受这件事却难多了。也许是因为他在东河省曾经被轰得肠开肚裂，那样的遭遇一定会拖慢理解的过程。

他向康莱医生借了几本书，医院的图书管理员也替他向其他图书馆借了几本书。根据书上的说法，穿橘衫绿裤的妈妈桑是一种“具象化的幻想”，能帮助他面对“幸存者罪恶感”和“创伤后压力症候群”的“因应机制”；换句话说，妈妈桑只是他的白日梦而已。

无论如何，当妈妈桑出现的次数日渐减少之后，他的态度也改变了。她出现的时候，萨利不再感到厌恶或害怕，反而开始觉得很开心，就好像看到许久不见的老友一样。

他现在住在米尔福德，如果顺着九十五号州际公路往前走的话，离哈维切镇只有三十二公里远，但是换个角度来看，两者的距离不啻十万八千里。小时候，当萨利和博比、卡萝尔还是死党时，哈维切镇处处绿树浓荫，是个宜人的小镇，如今他的家乡已经变成附属于布里吉港的肮脏小镇，一般人晚上不会随便去那里逛。他白天大半时候都还是待在那里，不是在停车场就是在办公室（萨利的雪佛兰车行已经连续四年都是金星级经销商），但是大多数晚上，他都在六点钟以前离开，开着车回到米尔福德，绝不待到超过七点钟，尽管他不承认，但离开的时候他通常都心存感激。

在那个夏日，他像平常一样，从米尔福德沿着九十五号州际公路往南开，但是时间比平常晚一点，而且也不像往常一样在九号出口下高速公路，驶往哈维切镇艾许大道。今天他开着新展示车南下，一路开到纽约市。（这辆车子是蓝色车身、黑墙轮胎，看到前面的驾驶员从后视镜中看到他时立刻亮起刹车灯，他不禁哑然失笑——他们还以为他是警察呢。）

他在西城的亚尼莫森堡汽车行下车（如果你是雪佛兰汽车的经销商就绝不会有停车问题，这是当经销商的好处之一），沿路逛了一会儿街，还吃了一顿牛排大餐，才去参加帕干诺的丧礼。

那天早上直升机坠毁时，帕干诺在现场；下午发生小村庄的事件以及后来他们在小径上遭遇伏击时，他也都在场。当时萨利不是踩到了地雷，就是触动了火线，因而引爆了绑在树上的炸药，于是越共开始攻击。那些穿黑色睡衣裤的小个子像发疯一样狂射。沃伦斯基的喉咙中弹之后，帕干诺抓住他并带到空地上，但沃伦斯基已经死了。当时帕干诺全身大概都沾满沃伦斯基的血（萨利不记得曾看到这番景象，因为他自己也深陷地狱之中），但是说不定他还因此松了一口气，因为这样一来，沃伦斯基的鲜血就能遮盖住他身上未干的血迹和其他人的血。当史洛肯射杀龙尼的死党克理森时，帕干诺因为离他们太近而被鲜血溅到。那是克理森的血，克理森的鲜血和脑浆都溅到他身上。

萨利向来只字不提克理森在村子里的遭遇，从来不向康莱医生或其他人吐露半个字。他只是默不作声，其他人全都默不作声。

帕干诺死于癌症。每当萨利在越南的弟兄过世时（好吧，他们不完全算他的弟兄，他们大半都很沉默，不太能称为萨利的弟兄，但大家还是用这个词，因为还没有创造出任何新词足以形容他们对彼此的真正意义），他们的死因总不外乎癌症、吸毒或自杀。癌细胞通常先在肺部或脑部出现，然后蔓延到全身，仿佛这些人把体内的免疫系统也遗留在丛林中了。帕干诺得的是胰脏癌，和麦可·兰登一样，这是明星得的病。老帕干诺的棺木敞开，看起来不是太寒酸，他太太要葬仪社的人替他换上西装，而没有让他穿军装。尽管帕干诺得过很多勋章，或许她压根儿没想过要让他穿军装。帕干诺穿军装的日子只有一年、两年或三年，那些年的生活偏离了常轨，就好像你在某些场合失手做了违反本性的事情。也许当时你喝醉酒了，例如在酒吧打架失手杀了人，或想放一把火烧了教堂，因为你前妻在那里教主日学校。萨利想不出任何军中同胞（包括他自己）会想穿着军服下葬。

戴芬贝克也来参加丧礼——萨利仍然把他当成新上任的中尉。萨利和戴芬贝克已经许久不见了，他们聊了很多……虽然大半时候都是戴芬贝克在说话。萨利不太确定这样聊天有什么用，但是他一直思考戴芬贝克说的话。在回康涅狄格的路上一直想着，戴芬贝克说的话听起来真是疯狂。

两点钟的时候，他已经在崔柏罗桥上朝北驶去，时间还早，可以避开交通巅峰时间。直升机上的交通状况播报员指出，“崔柏罗桥上目前交通顺畅”。如今直升机的用途不同了，常用来观测进出美国大城市的车流量。

到了布里吉港以北，交通开始慢了下来，萨利却没有察觉。他把收音机转台，从新闻台换到老歌节目，同时想起帕干诺和他的口琴。头发斑白的老兵吹着口琴的画面是战争电影爱用的老套手法，但是帕干诺，老天，帕干诺会让你抓狂。他不分昼夜地吹口琴，直到有人（可能是黑克利或甚至史洛肯）告诉他，如果他继续吹个不停的话，哪天早上他醒来时可能发现，世界上首度有口琴在人体直肠中呜呜吹着。

他愈想就愈觉得当时威胁着要把口琴塞进直肠的人是史洛肯。史洛肯是来自塔尔萨的大块头黑人，他认为“斯莱和斯通一家”是全世界最棒的乐团，因此他的昵称也是斯莱，而不愿相信另外一个他欣赏的稀土乐团，团员都是白人。萨利还记得戴夫（那是发生在戴芬贝克升中尉、对史洛肯点头示意之前，而这可能是戴芬贝克这辈子最重要的动作）告诉史洛肯，那些家伙和鲍勃·迪伦一样是不折不扣的白人（史洛肯称迪伦为“唱民歌的白鬼”）。史洛肯想了一会儿，然后以罕见的严肃口吻回答：胡说八道。稀土乐团，那些家伙是黑人。他们的唱片是他妈的摩城唱片公司出的，摩城旗下的乐团全是黑人，大家都晓得这件事，包括至上合唱团、他妈的诱惑合唱团、史摩基·罗宾逊与奇迹合唱团都是黑人。我很敬重你，戴夫，但是如果你一定要坚持你的那些屁话，我就要让你好看。

史洛肯痛恨口琴音乐，口琴音乐会让他想到唱民歌的白鬼。如果你想告诉他迪伦很关心这场战争，史洛肯会问为什么那头驴子不和鲍勃·霍普一起来劳军。我告诉你为什么，史洛肯说，因为他很害怕，那个该死的吹口琴、学驴叫的混蛋很害怕！

萨利沉思着和戴芬贝克聊到的六十年代的种种，想到那些老名字、老面孔和过去的日子，完全没注意到里程表上的行车速度已经从每小时九十五公里降为八十公里，又降为六十四公里，四条往北的车道都开始塞车。他还记得帕干诺在草原上的样子——瘦巴巴的，满头黑发，脸颊上还分布着几颗青春痘，双手握着步枪，两支何纳口琴（一个是 C 调，一个是 G 调）塞在长裤腰带上。那已经是三十年前的事了。再往回倒推十年，萨利还在哈维切镇度过他的童年，每天和博比黏在一起，暗自希望卡萝尔哪一次也能用看着博比的目光看看他。

当然，后来卡萝尔确实会看他，但是看他的眼神和当年望着博比的眼神始终不太一样。究竟是因为卡萝尔已不再是十一岁的小女孩了，还是因为他毕竟不是博比？萨利不晓得。卡萝尔的眼神是个谜团，仿佛表示博比令她神魂颠倒，她会一直深深迷恋博比，直到地老天荒，海枯石烂。

博比后来怎么样了？他也去越南打仗了吗？还是加入那些“戴花的孩子”？[①] 或早已结婚、养儿育女，然后死于胰脏癌？萨利不晓得。他只能确定博比在一九六〇年夏天变得不一样了。那年夏天，萨利中了奖，可以免费参加青年会在乔治湖畔举办为期一周的夏令营，而博比后来和他妈妈一起离开小镇。卡萝尔一直在哈维切读到高中毕业，虽然她从来不曾用看着博比的眼神看着他，但她把她的第一次献给了

---

① 二十世纪六十年代，旧金山成为嬉皮运动的大本营。当时的嬉皮多半奇装异服、头戴鲜花，他们提倡反战、高喊爱与和平，以佩戴花朵象征自己的身份与理想，被称为“戴花的孩子”。

他，而他也一样，就在一天晚上，在乡下酪农谷仓哞哞叫个不停的牛群后面。萨利一直记得卡萝尔颈部香水的味道。

为什么躺在棺材里的帕干诺会让他联想到童年玩伴呢？也许因为帕干诺的样子有点像过去的博比。博比的头发是深红色，而不是黑色，但同样瘦巴巴的，脸上有棱有角……也同样长满雀斑。是啊！帕干诺和博比的脸颊与鼻梁上都同样长满雀斑！或者，也许只不过是因为每当有人过世的时候，就特别容易回想起往事，往事，他妈的往事。

现在车速已经降为每小时三十公里了，远方的车流根本停滞不前，但是萨利仍然丝毫不以为意。专播老歌的电台 WKND 正播放着问号与神秘主义者的歌曲《九十六滴眼泪》，他想到下午在教堂中央的走道上，跟在戴芬贝克后面一步步往帕干诺的棺材走去，当时教堂里正播放着录制好的圣歌，《与我同在》的歌声飘扬在帕干诺的遗体上——帕干诺可以很开心地坐几个小时，一遍又一遍地吹奏《下乡去》，旁边放着点五〇口径的手枪，背包搁在大腿上，一包云斯顿香烟压在头盔带子上。

萨利望着棺材时发现，帕干诺现在一点都不像博比了。葬仪社的人帮他打扮得很体面，绝对配得上这具上好的棺材。不过帕干诺还是免不了显得皮肤松松垮垮、下巴尖尖的，胖子在临终前吃了几个月癌症患者的食物后，就会有这样的结果。《国家询问报》从来不会刊登这份包括了放射线治疗、注射化学毒剂和马铃薯片的食谱。

“还记得他的口琴吗？”戴芬贝克问。

“记得，”萨利说，“每一件事情我都记得。”这句话听起来很奇怪，戴芬贝克瞥了他一眼。

萨利的脑海中突然清晰地浮现戴夫的表情，就是那天龙尼、克理森和其他猎人因为当天上午……和过去一星期的恐怖经验而突然展开报复时出现在戴夫脸上的表情。他们想抛开这一切，深更半夜的鬼哭神号、天外飞来的炮弹，还有燃烧着从空中坠落的直升机，螺旋桨还在转动、散发出阵阵浓烟的直升机。当直升机从空中砰然摔落、美国大兵拼命奔往坠落地点时，穿黑色睡衣裤的小矮子从草丛中对着 D

连二十二排和B连二十一排扫射。萨利往前跑的时候，威利就在他右边，帕克中尉则跑在他的前面。然后帕克中尉的脸部中弹了，当时没有人跑在他前面。龙尼在他左边，尖嗓子一直叫个不停，就好像那些压力大得抓狂而须倚赖安非他命的电话推销员：来呀，你们这些他妈的王八蛋！来呀！开枪啊，混蛋！他妈的混蛋！帕干诺在他们后面，史洛肯则在帕干诺旁边。他记得有些人是B连的，但大多数是D连的家伙。D连二十二排没有退缩，克理森当时在场，沃伦斯基、海克梅尔也都在。他到现在还记得这些人的名字，真是不可思议；直到现在还记得这些人的名字和那天的气味——草原的气味和煤油的气味；还有天空的颜色，绿色大地上的蓝天。噢，还有他们拼命开枪，那些小混蛋拼命狂射，你永远也忘不了他们多么疯狂地扫射，以及子弹贴着身体飞过的感觉。龙尼尖叫着：开枪打我啊，你们这些王八蛋！打不中吧！他妈的瞎子！来呀，我就在这里！你们这些他妈的瞎了眼的混蛋！我就在这里呀！坠毁的直升机里也充满尖叫声，于是他们从直升机里把人拉出来，猛喷泡沫灭火，想办法拉他们出来。只不过他们已经不成人形，已经不能称之为人了，而是不停尖叫的电视晚餐，有眼睛、绑着安全带、指甲冒烟的电视晚餐，完全不像康莱医生那种你会称之为“人”的东西。当你使劲拉他们出来的时候，他们身体的一部分会脱落，就好像刚出炉的火鸡烤得焦脆的鸡皮会从滚烫的油脂上滑落一样，就像那样；而你一直闻到草地和煤油的味道，这些事情都发生在眼前，就好像苏利文的口头禅一样：这真是一场精彩大秀。这一切都发生在我们的舞台上，而你唯一能做的事情只有继续向前走，想办法熬过去。

这就是那天早上发生的事情，就是直升机坠毁时的情景，而发生了像这样的事情总要有个出口。于是那天下午，当他们来到那个该死的村子时，鼻子里似乎还闻到直升机里焦尸的臭味，之前的中尉已经死了，有些同僚（挑明了说，就是龙尼和他的朋友）发疯了，戴芬贝克是新中尉，他发现自己突然要负责指挥一群见了人就想大开杀戒的疯子——无论看到的是老人、小孩还是穿着中国布鞋的老妈妈桑。

直升机在上午十点钟坠毁，下午两点零五分左右，龙尼把刺刀插进老妇人的肚子，然后声称要割下这个混账东西的头。下午四点十五分在不到四公里外的地方，世界在萨利面前轰然瓦解。那天是他在东河省的大日子，一场真正的精彩大秀。

戴芬贝克站在村子里唯一一条街上的两栋小屋中间，看起来像个吓呆的十六岁男孩。但是他早已不再是十六岁了，而是已经二十五岁，比萨利和其他人都年长。不管在军阶或年龄上，唯一和他平起平坐的人只有威利，但威利似乎无意插手这件事，或许那天上午的救援行动早已让他筋疲力尽，也或许他注意到现在又是D连的人担任指挥官。龙尼尖声嚷着，当那些他妈的越共看到竿子上挂着十来颗人头时，下回就不敢随便招惹D连的闪电部队了。龙尼不停地用电话推销员的那种尖嗓子喊叫；他是玩牌高手，帕干诺有口琴，龙尼则有扑克牌。他最爱玩红心牌戏，说得动其他人时就积分一点算一毛钱，否则一分算五分钱。来吧！孩子们！他会用尖嗓子大喊，萨利发誓，他的尖嗓子会让人流鼻血、令蝉折翼。来吧！把婊子给揪出来！

萨利还记得那天站在街上，看着新中尉苍白、疲倦、困惑的脸孔。他还记得当时心想：戴夫办不到，他一定得想办法在他们开始行动之前阻止他们，但他办不到。然而就在那时候，戴芬贝克振作起来，对史洛肯点头示意，于是史洛肯站在一张翻倒的椅子旁边举枪瞄准，一枪轰掉克理森的脑袋。站在旁边呆呆看着龙尼的帕干诺浑然不知自己从头到脚都溅满鲜血。克理森倒地死在街上，结束了这场派对。宝贝，游戏结束了。

今天的戴芬贝克挺着啤酒肚、戴着老花眼镜，而且童山濯濯。萨利觉得不可思议，因为五年前在泽西海滩的聚会中，戴芬贝克的头发还很多。那次萨利暗自发誓，这是最后一次和这群家伙聚会了，他们没什么长进，没有变得更成熟。每次聚会都像电视剧《欢乐单身派对》的演员一样，演一出刻薄透顶的荒谬剧。

“想不想到外面吸口烟？”新中尉问，“还是你像其他人一样已经戒烟了？”

“没错，我和其他人一样戒烟了。”他们往棺材左边挪动几步，让其他人瞻仰仪容后从他们身旁绕过去。他们压低嗓门，所以说话的声音很容易就被扩音器的音乐声盖过。萨利猜想现在播放的圣诞音乐曲名应该是《古旧十字架》。

戴芬贝克说：“我猜帕干诺会比较喜欢《下乡去》或《同心协力》这些歌曲。”说完后咧嘴轻笑。

萨利也笑了，偶尔会碰到这样的意外时刻，仿佛成日阴雨之后阳光暂时露脸一样，在这种时候追忆往事倒是无妨——在像这样难得的时刻，你几乎会很高兴曾经拥有那些时光。“或是动物乐团唱的《蹦蹦》。”他说。

“还记得史洛肯有一次告诉帕干诺，如果他不肯休息一下的话，就要把口琴塞进他的屁眼。”

萨利笑着点点头，“他还说如果他塞得够里面，帕干诺就可以在放屁时吹奏《红河谷》。”他高兴地瞄了棺材一眼，仿佛预期帕干诺也会因为想到这件事而开怀大笑。但帕干诺没有笑，只是上了妆躺在那儿，帕干诺已经熬过来了。“这样好了，我到外面去看你抽烟。”

“一言为定。”曾经准许麾下士兵杀死另一个士兵的戴芬贝克开始往教堂旁边的走道走去，经过彩色玻璃窗的时候，五颜六色的玻璃把他的秃头映照得五彩缤纷。金星级雪佛兰汽车经销商萨利则一跛一跛地跟在后面，他已经跛了大半辈子了，早就不在意这件事。

九十五号州际公路的车流速度有如牛步般缓慢，然后陷入完全停顿，只偶有车流稍稍前移几步。收音机里现在播的已经不是问号与神秘主义者的歌，而是斯莱与斯通一家的《随音乐起舞》。他妈的史洛肯如果在这里，一定会在椅子上拼命扭动身子，随音乐起舞。萨利把展示车停下来，然后用手轻敲着驾驶盘打节拍。

当音乐逐渐慢了下来，他往右边一瞥，发现老妈妈桑坐在前座的乘客座位上，她没有随节拍扭动身子，只是坐在那儿，蜡黄的双手交叠在大腿上，鲜亮颜色的布鞋则稳稳地踩在印着“萨利雪佛兰车行感谢您的光顾”的塑料垫上。

“你好，老婊子。”萨利说，心情是开心多于烦恼。她上一次露面是什么时候呀？也许是除夕派对，那是萨利最后一次喝得醉醺醺的。“你为什么没有参加帕干诺的丧礼？新中尉还问起你。”

她没有搭腔，但是，嘿！她又有哪一次搭腔了？向来都只叠着手坐在那儿，睁着黑眼珠望着他，有如绿橘红相间的万圣节幻影。不过老妈妈桑和好莱坞电影里面的鬼不同，你没有办法看透她，而她从来不会改变形状，也从来不会逐渐消失。她枯瘦蜡黄的手腕上戴了一只手工编织的手环，就好像中学生象征友谊的手环。虽然你可以把手环上每一个绳结花样和她那张老脸上的每一条皱纹都看得清清楚楚，却闻不出她的味道。有一次萨利想触摸她，结果她就消失不见了。她是鬼，而萨利的脑袋就是她住的鬼屋。萨利偶尔想看看她的时候，她就会从他的脑子里蹦出来（通常都没有痛苦，而且总是毫无预警）。

她没有变。她从来不会秃头、长胆结石或需要戴老花眼镜，从来不会像克理森、帕干诺、帕克或坠毁的直升机里面的人那样死去（即使是从直升机里拖出来、全身像雪人一样覆盖着白色泡沫的那两个人最后都死了，因为烧得太严重，根本活不了。他们终究只是白忙一场）；她也不会像卡萝尔那样音讯全无。不会，老妈妈桑会不时来访，而且从《现世报》[①] 登上十大歌曲排行榜的年代直到今天，她都没什么变。她曾经死过一次，没错，她倒在泥泞中，而龙尼先把刺刀刺进她的肚子里，然后又宣布要割下她的头颅。从那时候开始，她一直四处漫游。

“亲爱的，你到哪里去了？”现在他已经完全陷入车阵中动弹不得，如果其他车子的乘客转过头来看到他的嘴唇在动，一定以为他在哼着收音机播放的歌曲。即使他们有其他臆测，管他的呢？谁管他们怎么想！他见过的事情可多了，可怕的事情，甚至他的肠子还曾经血淋淋地挂在肚皮外面。如果他有时候会看到这个老鬼魂（而且和她说话），又怎么样呢？这是他自己的事情，关别人什么事？

萨利往前方望去，想看看前面到底出了什么状况而阻碍了交通（但是完全看不出来，不可能看得出来，只能等前面那辆车往前挪动

---

① 约翰·列侬（1940—1980）在一九七〇年推出的畅销曲。

一点点，你就跟着挪动一点点），然后他回头望。有时当他回头一望，妈妈桑就不见了，但这次没有，她只是换了衣服；脚上仍然穿着红布鞋，但身上换成护士制服：白色尼龙裤和白色上衣（上面别着一个小小的金表，还蛮好看的），头上戴的小白帽带着细黑条纹。她的手放在大腿上，不过眼睛仍然盯着萨利。

“你到哪儿去了，妈妈桑？我很想念你。我知道听起来很奇怪，但是我真的很想你。妈妈，我脑子里一直想着你，你应该看看新中尉现在的样子，真是难以想象，他的头已经完全秃了，光秃秃哩。”

老妈妈桑什么也没说，而萨利一点也不感到讶异。

殡仪厅旁边的巷子靠墙放着一张绿色长凳，凳子两端各有一个塞满烟蒂的沙桶。戴芬贝克坐在其中一个沙桶旁，往嘴里塞了一支香烟（萨利察觉到那是登喜路牌香烟，还真高级），然后把烟盒递给萨利。

“谢谢，不用了，我真的戒烟了。”

“太好了。”戴芬巴克用芝宝牌打火机把烟点燃，萨利领悟到一件奇怪的事情：他从来没有看到过任何一个在越南打过仗的人用火柴或是那种随用即丢的瓦斯打火机，打过越战的退伍军人似乎都随身携带芝宝打火机。当然，不可能都是这样吧。真的会这样吗？

“你走路还是一跛一跛的。”戴芬贝克说。

“是啊。”

“不过整体而言，我会说已经进步太多了。上次碰到你的时候，你几乎是个跛子，尤其是几杯黄汤下肚以后。”

“你还参加同袍聚会吗？他们现在还办团聚吗？还办郊游和其他鬼东西吗？”

“我想他们还在办聚会，不过我已经三年没参加，去了实在太沮丧了。”

“是啊，没有得癌症的人都成了酒鬼，有办法抗拒酒精诱惑的人又都在吃百忧解。”

“你也注意到了。”

“我想我对这点丝毫不感到惊讶。萨利，你向来不是全世界最聪明的人，不过即使在当年，你就已经把事情看得很透彻。不管怎么样，你真是一针见血——似乎酗酒、癌症、忧郁症是主要的问题。还有牙齿问题。我碰到过的每个越战老兵几乎都是一口烂牙……如果他还有牙齿的话。你呢，萨利？你的老牙齿还好吗？”

打完越战以来，萨利已经掉了六颗牙，还加上数不清的根管治疗。萨利摆摆手，表示马马虎虎。

“其他问题呢？”戴芬贝克问，“还好吗？”

“看情况而定。”萨利说。

“看什么情况而定？”

“看我把什么当成问题而定。我们一起参加过三次郊游——”

“四次。至少还有一次聚会我参加了，而你没有参加，就是在泽西海滩聚会之后的第二年，海克梅尔就是在泽西海滩那次聚会提到他要从自由女神像的顶端跳下来自杀。”

“后来他真的那样做了吗？”

戴芬贝克深深吸了一口烟，然后瞥了萨利一眼，即使过了这么多年后，他的眼神中依然有着中尉的威严，真是令人讶异。“如果他真的那样做了，《邮报》就会刊登这个消息。你都不看《邮报》吗？”

“我看得很认真。”

戴芬贝克点点头。“越战退伍军人的牙齿都有问题，也都看《邮报》，如果他们看得到《邮报》的话。如果看不到的话，你觉得他们会怎么样？”

“他们会听保罗·哈维[①]的节目。”萨利脱口而出，戴芬贝克大笑。

萨利回想起海克梅尔，他在直升机坠毁、进入小村庄和遭遇伏击的那一天也在场。海克梅尔是个金发男孩，脸上的笑容十分有感染力。他把女友的照片护贝，免得照片因为湿气而烂掉，还用小小的银链子把照片挂在脖子上。当他们进入村庄的时候，海克梅尔就走在萨利右边。他们一起看着老妈妈桑从小屋跑出来，高举双手，嘴里叽里

---

① 美国著名的新闻评论员。

咕噜说个不停，对着龙尼、克理森、皮斯利、敏斯和其他拿着枪四处狂射的大兵喋喋不休。敏斯射中了一个小男孩的小腿肚，也许是意外。小男孩躺在破旧小屋外面的泥土上，不停尖叫着。妈妈桑认为龙尼是他们的指挥官——为什么不呢？龙尼老是在那儿大吼大叫——于是她跑到他前面，双手仍然在空中挥舞着。萨利原本可以告诉她：她犯了很大的错误，玩牌高手龙尼今天已经受够了，他们全都受够了；但是他始终没有开口。他和海克梅尔只是站在一旁，眼睁睁看着龙尼举起枪托朝妈妈桑的脸打下去，打得她瘫在地上，好止住她的唠叨。威利站在大约一百八十米外的地方，威利是他的老乡，是他和博比以前深深畏惧的教会学校学生，威利面无表情，他的属下有时叫他“棒球威利”，而且总是很亲热地叫他。

“你自己的问题呢，萨利？”

萨利把心思从东河省的村庄拉回纽约小教堂外的巷子……但速度十分缓慢。有些回忆就像小时候读的“兔兄弟智斗狐狸”故事中的柏油娃娃一样令人难忘，总是在脑海中盘旋不去。“我猜要看情况吧，我和你说过我有什么问题吗？”

“你说他们在村庄外突袭我们的时候，轰掉了你的蛋蛋。你说那是上帝给你的惩罚，因为你没能在龙尼发疯杀掉老妇人之前阻止他。”

渐渐地，发疯已经不足以形容龙尼的情况了。他站在那儿，两腿岔开分立在老妇人身体两侧，一面把刺刀戳下去，还一面碎碎念。鲜血开始涌出，染红了老妇人的橘衫。

“我还真是小题大做，”萨利说，“醉鬼总是这样。我的蛋蛋有一部分还在，也还管用，有时候帮浦还有办法开动，尤其是自从伟哥发明以后，上帝保佑那个鬼东西。”

“你除了戒烟之外，也戒酒了吗？”

“偶尔还是会喝点啤酒。”萨利说。

“你吃百忧解吗？”

“还没有。”

“离婚了吗？”

萨利点点头。“你呢？”

“离了两次。不过现在又想再跳进去一次了。玛丽·泰瑞莎·查尔顿实在太可爱了。我的座右铭是，第三次就会比较幸运。”

“你知道吗？”萨利问，“我们找出了几个很明显的越战后遗症，”他比着手指，“越战老兵很容易得癌症，通常在肺部或脑部，但其他器官也有可能。”

“帕干诺就是个好例子，他得的是胰脏癌，不是吗？”

“没错。”

“那些癌症全都和橙剂有关，”戴芬巴克说，“没有人可以证明，但是我们全都很清楚。橙剂会留下无穷的后遗症。”

萨利又伸出第二根手指，“越战老兵会得忧郁症，在派对中酗酒，威胁要从全国知名的地标上跳下来。”他伸出第三根手指，“越战老兵还有一口烂牙，”接着伸出小指，“越战老兵很容易离婚。”

萨利在这时候停了下来，模模糊糊地听到半开的窗口传来录音的风琴演奏声，他看着自己张开的四根手指和仍然牢牢贴在手掌上的大拇指。越战老兵还会吸毒；随便一个银行经理都会告诉你，越战老兵大都负债累累（萨利刚开始做汽车经销生意时，好几个银行经理都这样告诉他）；越战老兵会刷爆信用卡；会被扔出赌场；听到乔治·斯特雷特和佩蒂·勒芙莱斯的歌就泫然欲泣；在酒吧里玩保龄球游戏时会拔刀相向；会贷款买快速跑车，然后又把它撞坏；还会打太太、打小孩和打狗；比起从来不曾打过越战、只看过《现代启示录》或他妈的《越战猎鹿人》的家伙，刮胡子的时候可能更容易割伤自己。

“还有一样呢？”戴芬贝克问，“快点，萨利，你在吊我胃口。”

萨利看着屈起的大拇指，看看戴芬贝克，他现在戴着老花眼镜，挺着啤酒肚（越战老兵通常戏称为“巴德盖的房子”），但是当年那个脸色蜡黄、瘦巴巴的年轻人可能还藏在他的内心深处。萨利再看看自己的大拇指，突然把拇指伸直，摆出搭便车的手势。

“越战老兵都随身携带芝宝打火机，”他说，“至少直到他们戒烟为止。”

“或直到他们得癌症为止。”戴芬贝克说，“到了那时候，他们的老婆一定会从他们软弱无力、微微颤抖的手中把烟抢走。”

“只有离婚的人除外。”萨利说，然后两个人一起大笑。在殡仪厅外面聊聊还蛮好的，也许不能说好，不过总比待在里面好多了。里面的风琴音乐很难听，窒闷的花香令他想起湄公河三角洲。现在大家都说“在乡下”，但是他不记得以前曾经听过有人用这样的形容词。

“所以你的蛋蛋并没有完全被轰烂。”戴芬贝克说。

“没有，我从来没有真的变成像杰克·巴恩斯[①]那样。”

“谁？”

“算了，不重要。”萨利不怎么爱看书，从来不是爱书人（他的好友博比就很爱看书），但是复健中心的图书管理员借给他一本《太阳照常升起》，萨利饥渴地读这本书，读了不止一遍，而是三遍。那时候这本书似乎非常重要——就好像孩提时候《蝇王》在博比心目中的重要性。但现在杰克·巴恩斯似乎离得很远了，杰克是有一堆假问题的锡人，只不过是另一个凭空捏造出来的东西罢了。

“不重要吗？”

“不重要。如果我真想的话还是可以找个女人——没有孩子，但是可以有女人。只不过事先要花不少工夫准备，实在太麻烦了。”

戴芬贝克有好一会儿什么话都没说，只是坐在那儿低头望着自己的手。当他抬起头来，萨利以为他会说得走了，然后匆匆向未亡人道别就回到战场上（萨利心想，就戴芬贝克的情况而言，他现在的战场包括推销计算机，计算机里面有种叫做 Pentium 的神奇零件），但是戴芬贝克没有这么说，他问：“那个老妇人呢？你还会看见那个老妇人吗？还是她已经消失不见了？”

萨利感到恐惧在心里头翻搅着。“什么老妇人？”不记得曾经告诉过戴芬贝克这件事，他不记得曾经和任何人说过，但是显然他一定说过。可恶，在那些团聚野餐的场合，他什么事情都可能对戴芬贝克说；那些事情只不过是他的记忆里带着酒味的黑洞而已。

---

① 海明威名著《太阳照常升起》中的叙事者和主角。小说描述一群打过第一次世界大战的年轻人，即所谓“失落的一代”，战后生活毫无目标，只是流连巴黎、西班牙追求刺激，过着今朝有酒今朝醉的生活。而海明威在小说中暗示巴恩斯因战时受伤而导致性无能。

"老妈妈桑。"戴芬贝克说，然后拿出一支烟，"龙尼杀掉的那个老妈妈桑。你说你以前会看到她，你说：'有时候她会穿不一样的衣服，但的确都是她。'你现在还会看到她吗？"

"我可不可以抽一支烟？"萨利问，"我从来没抽过登喜路牌香烟。"

收音机里，唐娜·莎曼正在唱一首关于坏女孩的歌，坏女孩，你是个顽皮的坏女孩。萨利对又穿上橘衫绿裤的妈妈桑说："龙尼从来没有明显发疯，没有比其他人更疯……或许除了在玩红心的时候。他随时都在找三个人和他一起玩红心，不过那样不算真的发疯，你说是不是？不会比老是吹口琴的帕干诺更疯；更不会比每天晚上都吸海洛因的家伙更疯；而且，龙尼还帮忙把那些家伙拉出直升机呢。草丛里一定有十来个越佬，也许有二十几个，他们全都在疯狂扫射，还干掉了帕克中尉，而龙尼一定眼睁睁看着这件事情发生，他当时就在那里，而且毫不迟疑。"法勒、海克梅尔、史洛肯、皮斯利或萨利自己也毫不迟疑，即使在帕克倒下之后还是继续往前走。他们都是勇敢的孩子，如果一群老顽固发动的战争白白浪费了他们的勇气，是不是表示他们的英勇根本毫无意义？如果是这样的话，是否只因为有一颗炸弹在错误的时间爆炸了，因此卡萝尔追求的目标就是错误的？放狗屁，在越南的时候，一大堆炸弹都在错误的时间爆炸。如果你深入探究的话，其实龙尼不就是一颗在错误时间引爆的炸弹吗？

老妈妈桑继续看着他，他白发苍苍的老女友坐在乘客座位上，手放在腿上——蜡黄的双手交叠着放在橘衫绿裤的交汇处。

"自从我们离开阿肖山谷之后，他们已经连续攻击我们差不多两个星期了。"萨利说，"我们打赢了谭保那场仗，打胜仗以后，我们应该往前推进，至少我以前总是这么认为，结果我们当时竟然撤退，而不是前进。真该死，几乎像打了大败仗一样。我们当然已经很久没有尝过打胜仗的滋味了。当时没有任何援军，任凭我们自生自灭。什么狗屁越南化政策！真是个大笑话！"

他沉默了一会儿，看着妈妈桑，而妈妈桑也平静地看着他。外面停滞的车流绚烂夺目，有个不耐烦的卡车司机猛地单按喇叭，把萨利吓了一大跳，好像从瞌睡中惊醒般。

“我就是在那时候遇见威利的——就是从阿肖山谷撤退的时候。我晓得他看起来很眼熟，也很确定以前一定看过他，但就是想不起来在哪里见过，十四岁到二十四岁是一个人改变最大的年龄。然后有一天下午，他和一群B连的家伙闲聊吹牛、谈女孩子，威利说他第一次和女孩法式接吻是在圣德兰会举办的舞会上。我心想，‘妈的，他说的是圣盖伯利中学女生。’于是我走到他面前说：‘你们这些教会学校的家伙或许可能称霸艾许大道，不过每次你们到哈维切中学打球时，我们都把你们打得落花流水。’嘿，这一招还真是出奇不意！他妈的威利突然跳起来，我以为他会像姜饼娃娃一样一溜烟逃走，因为他好像见了鬼似的。然后他笑着伸出手来，我看到他手上还戴着圣盖伯利中学的戒指！你知道这证明了什么？”

老妈妈桑一声也不吭，她从来不开口，但是萨利从她的眼神中看得出来她知道这证明了：人是多么滑稽，小孩子总是信口开河，还有赢家绝不会放弃，而退出比赛的人永远都赢不了。还有上帝保佑美国。

“反正他们整个星期都追着我们，显然他们日渐逼近……从两侧包抄……我们的伤亡人数不断上升，直升机、照明弹和夜晚的嗥叫声让我们根本没办法睡觉。然后他们发动突袭……二十个人，或三十来个……捅你一刀，然后就退回去，捅你一刀就退回去，就像那样……他们还……”

萨利舔舔嘴唇，发现嘴唇很干。现在他倒希望自己没有来参加帕干诺的丧礼。帕干诺是个好人，但是还没有好到值得重新唤起这些回忆。

“他们在树丛里架了四五门迫击炮……在我们一边的侧翼……每个迫击炮旁有八九个人站成一排，每个人拿着一个炮弹。穿着黑色睡衣的小个子全都排排站，就好像在在饮水器旁排队等喝水的小学生一样。一听到号令，他们就把炮弹丢进炮管，然后以最快的速度拼命往前跑。他们跑得相当快，所以和我们正面交锋的时候差不多炮弹也正好落下。他们的举动总是让我回想起，有一次我们在博比家前院的草地上传球时，住在博比楼上的那个家伙提到道奇队以前一名球员的事情。泰德说这家伙跑得实在太快了，他可以在本垒击出高飞球之后就跑到游击手的守备位置，然后自己把球接住。真是……吓人啊！”

是啊，他现在也有点心神不宁、歇斯底里，就好像小孩子在黑暗中不小心对自己说了个鬼故事一样。

“直升机坠落的时候，他们的火力也同样猛烈。”只不过不完全一样。敏斯形容得很贴切，好像他们把音量开到最大以后就拔掉开关一样。越共从丛林中对着燃烧的直升机猛烈扫射，可说是弹如雨下，但下的不是阵雨，而是持续不断的倾盆大雨。

雪佛兰“随想曲”汽车仪表板的储物格里有一些香烟，萨利在那里放了一包云斯顿烟，以备不时之需，每次他换开不同的车时，这包旧烟就跟着他换到另外一辆车子。他向戴芬贝克要的那支烟唤醒了他心底的老虎，现在他伸手到妈妈桑前面打开储物格，越过里面的文件，终于在最里面找到那包烟。这烟抽起来有一股霉味，吸到喉咙里会觉得辣辣的，但是没关系，某种程度而言，这正是他想要的。

“连续两个星期的攻击和压制，”他告诉妈妈桑，然后把点烟器推回去，“震撼和烘烤，而且别指望他妈的越南共和国军队了，宝贝，因为他们似乎总是有其他事情要忙。龙尼常说，婊子、烤肉和保龄球赛。我们的伤亡人数一直上升，需要的时候总是得不到空中掩护，每个人都没办法睡觉，似乎从阿肖山谷来的那些家伙愈是和我们会合在一起，情况就变得愈糟。我还记得威利有个同僚——叫做哈佛斯或哈柏之类的——子弹直接射入他的头部，妈的他头部中弹后，还睁大眼睛躺在路上想开口说话，鲜血从他头上的弹孔不断涌出来……”萨利用一根手指轻轻敲一下耳朵上方的头盖骨。“……我们不敢相信他还活着，更别提他还想说话了。然后就是直升机……简直像电影中的画面一样，到处都是烟，到处都听到枪声，砰—砰—砰—砰，那就是我们的导火线——引导你进入村子的导火线。我们就这么撞见那张椅子，一张有红色椅座的厨房餐桌椅，钢腿四脚朝天地翻倒在大街上，真是个烂东西，很抱歉，但真的是这样，不值得活在这样的世界里，当然更不值得为它而死。你们自己人，那些越南军队，都不想为这样的地方战死，那么我们干吗拼命呢？那个地方发臭，闻起来像大便一样，不过他们闻起来全都像大便。那个地方看起来就是这样。我倒是不怎么在乎那股臭味，主要是那张椅子触动了我。那张椅子说明了一切。”

萨利拉出点烟器，把樱桃红的线圈对准烟头，然后想起他现在开的是展示车。他当然可以在展示车中抽烟——可恶，这可是他自己车行里的车啊——但如果有业务员闻到车子里的烟味，知道他在展示车里抽烟，而其他人违规却可能被炒鱿鱼的话，那就不太妙了。你必须说到做到……如果你希望员工对你有一点敬意的话，至少要言行合一。

“对不起。”他用法文对妈妈桑说，然后走出车外，车子没有熄火，他在车外点燃香烟，再把点烟器插回仪表板上。天气很热，四线道上动弹不得的车海令天气显得更热。萨利可以感觉到周遭弥漫着不耐烦，但是他只听见自己车里收音机的声音，其他人都躲在玻璃窗后头开着空调的小茧中，聆听着上百种不同的音乐。他猜每个碰上塞车的退伍军人如果不是播放欧曼兄弟乐团的 CD 或“大哥大与控股公司”的录音带，可能也和他一样在听 WKND 电台的节目，令人觉得过去从来不曾消逝，而未来永远不会到来。嘟—嘟—哔—哔。

萨利爬上汽车引擎盖，踮起脚尖站着，用手遮着眼睛，挡住汽车铬钢反射而来的刺眼阳光，想看清楚前面发生了什么问题。当然，他什么也没看到。

婊子、烤肉和保龄球赛，他心里响起龙尼刺耳的尖嗓子，蓝天绿地中如梦魇般的可怕声音：赶快呀，各位，谁手上有梅花二？时间不多了，好戏快上场吧！

他狠狠吸了一口云斯顿烟，然后从嘴里咳出一大口热烟，突如其来的一阵黑烟在午后亮丽的阳光中飞舞。他看着夹在手中的烟，露出几近滑稽的恐惧表情。他在干什么呀，又开始这个坏习惯吗？他疯了吗？是啊，他当然疯了，任何人如果像他一样在车子里看到死去多年的老妇人坐在身旁，一定会发疯，但这并不表示他因此就得重新开始抽这鬼东西。香烟其实就等于你花钱买来的橙剂。萨利丢掉手上的烟，认为这是正确的决定，但这个决定丝毫不能减缓他心脏和感官的急速跳动——他还记得以前巡逻时的情景——嘴巴很干，里面黏黏的，好像烧焦的皮肤般皱巴巴的。有的人会害怕群众——得了所谓的“广场恐惧症”——但是萨利唯有在像现在这样的时候，才会感觉到“太多了”。他在电梯里、人潮汹涌的大厅里或高峰时段的火车站月台上都觉得还好，但是当交通阻塞，车流完全停顿时，他就抓狂了。宝贝，毕竟他在这种时候无处可逃，也无处可躲。

有几个人从冷气车中冒出来。有个女人穿着朴素的棕色套装，站在棕色宝马旁边，她的金手镯和银耳环在夏日骄阳下闪闪发光，高跟鞋不耐烦地哒哒轻轻敲着地面。她注意到萨利的目光，眼珠一转，抬头望天，仿佛在说：不是经常都这样吗？然后又瞥了手表一眼（也是金色的，同样闪闪发亮）。一个骑着雅马哈摩托车的男人关掉恣意叫嚣的引擎，停好车，摘掉安全帽，然后把帽子搁在踏板旁油污的地面上。摩托车骑士穿着黑短裤和背心，衣服前面印着“纽约尼克队”的字样。萨利估计这位男士如果穿着这一身衣服以八公里的时速从摩托车上摔下来，将近百分之七十的皮肤可能会面目全非。

“真糟糕，”摩托车骑士说，“前面一定发生了意外，希望不会有什么辐射污染问题。”他大笑着表示刚刚只是在开玩笑。

左线道远处——当交通顺畅的时候，这车道应该是快车道——有个穿着白色网球装的女人站在一辆丰田汽车旁边，车牌左边贴着“反对核武”的贴纸，右边的贴纸上则印着“家猫：另外一种白肉”。她的裙子非常短，露出一大截古铜色的修长大腿。她把墨镜往上推，架在金发上，萨利因此看到她的眼睛。她的眼睛又大又蓝，流露出警戒的神情，让人忍不住想摸摸她的脸颊（或许用一只手臂搂搂她，给她一个兄弟式的拥抱），告诉她不要担忧，一切都会很顺利，不会有什么问题。这个神情萨利记得很清楚，他曾经为它神魂颠倒。站在那儿的人是卡萝尔·葛伯，穿着运动鞋、网球装的卡萝尔。自从一九六六年底那天晚上，他到卡萝尔家，和她一起坐在沙发上看电视（卡萝尔的妈妈也在，浑身都是酒味）之后，就没有再看过她。他们后来为那场战争起了争执，接着他就离开了。等到我确定自己会保持冷静，就回去看她。他还记得自己开着雪佛兰老爷车离开的时候（即使在那时候，他已经是个雪佛兰迷了），心里是这么想的。但是他从来没有回去。一九六六年末，卡萝尔已经是不折不扣的反战分子——她在缅因大学读了一学期，即使没学到别的，至少学会了这件事——单单想到她就令萨利怒不可遏。她是个没脑子又可恶的小白痴，共产党布下了反战宣传的饵，而她把鱼钩、钓丝，甚至铅锤都一起吞下肚。当然她也加入了愚蠢的“支持和平武装学生”团体，而且完全认同他们的主张。

“卡萝尔！”他大喊，往她那边走去，经过那辆神气的绿色摩托车，然后从一辆货车和一辆轿车的后保险杆中间穿过去。当他快步走过一辆轰隆作响的大卡车时，有一度根本看不到卡萝尔，然后又看到她了。“卡萝尔，嘿，卡萝尔！”不过当她转过头来，他突然觉得自己到底是哪根筋不对劲了，简直是鬼迷心窍。如果卡萝尔还活着，一定和他一样已经将近五十岁了，但是这个女人看起来可能只有三十五岁。

萨利停下脚步，和那女人之间还隔着一个车道。到处都是汽车和卡车引擎的轰隆声，空气中还有一种古怪的嘶叫声，他起先以为是风声，不过那天下午天气很热，而且完全没有风。

“卡萝尔？卡萝尔·葛伯？”

嘶嘶声现在变得更大声了，好像有人噘起嘴唇、在唇间轻弹舌头的声音，好像远在五公里外的直升机的声音。萨利抬头望，看到雾蒙蒙的蓝天上有个灯罩朝他飞过来，他凭着本能的反射动作往后闪避，不过他学生时代一直都有运动的习惯，一面把头往后仰，一面仍然伸出手灵巧地抓住灯罩。灯罩上画着一艘轮船在夕阳中乘风破浪，船的上方则用老式字体写着：我们愉快地徜徉在密西西比河上。下面则用同样字体写着：你呢？

这东西到底是打哪儿来的？萨利心想，然后那个长得完全像成人版卡萝尔的女人尖叫起来。她先举起手来，仿佛要调整挂在头上的墨镜，然后双手拼命摇摆，好像一个发狂的交响乐团指挥。老妈妈桑从东河省村庄中那栋该死的小屋跑出来，跑到该死的街上时就是这副样子。鲜血滴在她白色网球衫的肩头，起先只是零星洒落，后来就不断涌出，沿着她古铜色的手臂流下来，从手肘滴落到地面。

“卡萝尔?”萨利愚蠢地问。他站在一辆道奇公羊小货车和麦克卡车中间，穿着参加丧礼的深蓝西装，手上拿着密西西比河的灯罩纪念品，注视着头上插了东西的女人。女人蹒跚地往前跨了一步，仍然睁着大大的蓝眼睛，双手也仍然在空中挥舞着，萨利这才看清楚她头上插着一具无线电话。从残留在外面的天线看得出来，那具无线电话从天而降，不知从天晓得几千英尺高的天空掉下来插进她的头部。

她又往前踏步敲打着一辆深绿色别克汽车的引擎盖，然后膝盖一软，整个人慢慢沉下去。萨利心想，就像看着潜水艇没入海底一样，只不过当这女人从他视线中消失时，唯一会露出来的东西不是潜望镜，而是无线电话的天线。

“卡萝尔?”他低声喊道，但那个人不可能是她；不管他小时候的玩伴或和他上过床的人，绝对没有人会命中注定死于从天而降的电话所引起的意外伤害。

其他人开始尖叫、喊叫、吼叫，多半人似乎都在嘶吼着问问题。大家猛按汽车喇叭，引擎则轰隆作响，仿佛有什么地方可去一样。萨利旁边的大卡车司机拼命发动引擎，发出一声声怒吼，一辆汽车的警铃响起，有人不知是惊讶还是痛苦地狂叫。

一只颤抖的白手抓住深绿道奇车的引擎盖，手腕上戴着网球手环，然后挂着手环的手又慢慢滑落。看起来像卡萝尔的那个女人的手指紧抓住汽车引擎盖一会儿，然后就消失不见了。还有其他东西从天空中呼啸落下。

“趴下来！”萨利大喊，“该死，趴下来！”

呼啸的声音逐渐升高为尖锐刺耳的高音，然后有东西撞上别克汽车的引擎盖，声音戛然而止，好像遭到拳头重击般从挡风玻璃下面弹起。有个东西从别克汽车引擎箱凸了出来，似乎是微波炉。

现在四周都有物体掉落的声音，仿佛大地震在地上，而非在地底爆发了。一堆无害的杂志如雪片般在他身旁落下——《十七岁》、

《GQ》、《滚石杂志》和《音响评论》，翻开的页面仿佛被射杀的小鸟般飘然落下。一张办公椅旋转着从蓝天掉落在他右边，落下来的时候，椅子底座不住旋转着撞上了福特休旅车的车顶，休旅车的挡风玻璃爆裂成乳白色碎片。办公椅弹到半空中，歪斜了一下后掉在引擎盖上。前方可携式电视机、塑料衣篮（看起来好像一堆相机的背带全缠在一起），还有一块橡胶本垒板纷纷掉在慢车道上，往路肩滚过去。本垒板后边接着又落下一支球棒，看起来像是路易维尔强棒牌的球棒。一架庞大的爆米花机撞上路面，立刻粉碎成闪闪发光的碎片。

穿着尼克队上衣的家伙——也就是绿色摩托车的骑士——觉得看够了，他开始从第三线车道和快车道车阵间的狭缝钻过去，不时像个参加障碍滑雪赛的选手般扭曲着身子，闪避两旁车子突出的侧镜，还像在春雨中穿越马路时那样把一只手举起来遮住头部。萨利手上还抓着灯罩，他心想这家伙还不如重新戴上头盔算了，不过当然，当许多东西不断掉落在你四周的时候，你会变得很健忘，而你最容易忘掉的事情就是怎么做才符合自己最大的利益。

现在又有东西从天而降，愈来愈近，而且体积很大——当然比撞上别克汽车引擎盖的微波炉还大。这一回声音不再像炸弹或迫击炮弹呼啸而来的声音，反而比较像空中坠落的飞机或直升机，甚至是房子。在越南的时候，当那些炮弹、飞机从空中掉落时，萨利也在场（房子自然也炸得粉碎），不过这声音有个很不一样的地方，它仿佛音乐般好听，好像是全世界最大的风铃。

那是一架白色镶金的大钢琴，是那种你期待会有个修长冷傲、穿黑色礼服的女子弹着《日与夜》曲调的钢琴——不管是在轰隆作响的车阵中，或是在自己房里安静而孤寂的时刻，嘟—嘟—哔—哔。一架白色的大钢琴从康涅狄克的天空中往下坠，在空中连续翻转几次，让堵塞的车阵笼罩了如水母般的黑影，风吹过翻转的琴箱发出乐音，琴键则波动如涟漪，好像自动钢琴一样，朦胧的阳光映照在钢琴踏板上微微闪烁。

大钢琴在慵懒的翻转中落下，落下时声音愈来愈大，仿佛有什么东西在隧道中无休无止地震动。钢琴朝着萨利飞过来，令人不安的影子开始变得愈来愈清晰，也愈来愈小，而萨利向上抬起的脸孔似乎就是它的目标。

“来了！”萨利尖叫着拔腿就跑，“来了！”

钢琴笔直往公路坠落，后面跟着白色的钢琴椅，再后面如彗星尾巴般一连串跟来的是活页乐谱、中间有个大孔的四十五转唱片、小家电，还有被风吹得啪啪作响的像风衣的黄外套、固特异轮胎、烤肉架、风向标、档案柜和印着“全世界最棒的奶奶”字样的茶杯。

“可以借支烟吗？”萨利在殡仪厅外面问，里面帕干诺正躺在铺了丝绸的棺材中，“我从来没有抽过登喜路香烟。”

“请便，你爱抽就抽吧！”戴芬贝克的声音听起来很开心，仿佛他这辈子从来没有害怕过。

萨利还记得戴芬贝克站在大街上翻倒的椅子旁边：当时他的脸色是多么苍白，嘴唇颤抖得多么厉害，衣服上都是烟味和直升机的汽油味。戴芬贝克的目光从龙尼移到老妇人身上，再看看其他士兵，那些人开始在被敏斯射杀、痛苦号叫的孩子身上点火。他还记得戴夫注视着席尔曼中尉，但是席尔曼并未伸出援手，萨利也没有伸出援手。他也记得史洛肯看着戴夫的眼神，由于帕克已经死了，戴夫现在变成中尉。最后戴夫也看着史洛肯。史洛肯不是军官——当然更不是那些老爱放马后炮的外行将军——而且他永远也当不上军官。史洛肯只是基层的上等兵或下士，认为像“稀土”这样的乐团一定是由黑人组成的。换句话说，他只是一名小兵，但是却准备去做其他人都做不到的事情。史洛肯一直牢牢盯着新中尉心烦意乱的眼睛，然后把头微偏，朝向龙尼、克理森、皮斯利、敏斯和其他人的方向——一群萨利快忘掉名字的自我任命的管制者。接着又把目光转回戴芬贝克身上，两人四目相接。在所有人之中，有六到八个人已经疯了，他们快步走过泥泞的街道，经过身上淌着血、不断尖叫的孩童，走进小村庄时一边走还一边喊叫——像出操般跟着节拍踏步，呼喊着足球比赛的欢呼口号——而史洛肯用眼神对戴芬贝克说：喂，你到底想怎么样？现在你是老板了，你想怎么样？

戴芬贝克点了头。

萨利曾经想过，换做是他会不会点头呢？他觉得不会。如果需要做这个决定的人是他，克理森、龙尼和其他混蛋一定会大开杀戒，直到子弹射光为止——凯利和梅迪纳的部下不就是如此吗？[①] 但是戴芬贝克可不是凯利。他轻轻点了点头，史洛肯也点头响应，然后就举起步枪轰掉了克理森的脑袋。

当时萨利已经知道吃子弹的人会是克理森，因为史洛肯和龙尼太熟了，他们两人曾经一起抽过几次大麻，而且史洛肯偶尔也会和其他牌鬼一起玩红心牌戏。但是当他坐在这里、手指拨弄着登喜路香烟时，突然觉得史洛肯根本不在乎龙尼和他的大麻，也不在乎龙尼最爱的红心牌戏。在越南，从来不缺大麻或扑克牌游戏。史洛肯挑选克理森，是因为射杀龙尼不会奏效。龙尼不断叫嚣着要把那些人的头颅挂在竿子上，让越共看看和D连闪电部队作对的人会有什么下场等屁话，但他距离那些踩着泥泞、一路上不断开枪扫射的士兵太远了，射杀他引不起那些士兵的注意，再加上老妈妈桑已经死了，所以管他呢，他爱怎么搞就怎么搞吧。

现在戴夫是戴芬贝克，是不再参加老兵聚会的秃头计算机推销员。他用芝宝打火机替萨利点烟，然后看着萨利深深吸了一口烟后把烟吐出来。

“已经有一段时间了，不是吗？”戴芬贝克问。

“大概两年多吧！”

“你知道最恐怖的是什么吗？是生活这么快又回到常轨！”

“我告诉过你那个老妇人的事情，嗯？”

“是啊？”

“什么时候？”

“我想是你参加的最后一次聚会……在泽西海滩参加的一次聚会，就是杜金扯掉女服务生上衣的那次。天哪，场面真难看！”

---

① 威廉·凯利为越战时期在美莱村滥杀平民的美军部队排长。后来在美莱村事件调查中，凯利指证出任务前，梅迪纳上尉曾下令要他们摧毁村庄、杀掉所有的人。

“是吗？我不记得了。”

“你早就醉得一塌糊涂。”

当然啦，这部分总是不会变。回想起来，每次聚会的内容都一样，DJ 通常很早就离开，因为总是有人因为他播错歌而威胁要狠狠揍他一顿。而在打架之前，扩音器里一直播着《恶月升起》、《点燃爱火》、《给我一点爱》、《我的女孩》之类的歌，这些都是在菲律宾拍摄的越战电影原声带里的歌。其实在萨利的印象中，真正会让大多数越战时期美国大兵听了哽咽的歌，是木匠兄妹的歌或《清晨的天使》之类的，那些歌才是真正的越南丛林畅销曲，当他们传阅着女友照片的时候，总是播放这首歌；而当他们听到《一个锡兵》时更是泫然欲泣，他们当时都称这首歌为“他妈的比利杰克电影主题曲”。萨利不记得在越南的时候听过门户合唱团的歌，经常听到的都是草莓闹钟合唱团唱的《线香与薄荷》。从某个角度来说，当他第一次听到餐厅点唱机播放这首他妈的烂歌时，就知道他们已经输了这场战争。

聚会一开始总是播放着音乐，弥漫着烤肉的香味（那味道总是让萨利依稀想到直升机油料燃烧的味道），还有一罐罐啤酒埋在碎冰中，这部分倒是不错，没什么问题，但一眨眼就到了第二天早上，阳光刺眼，头痛欲裂，肚子里好像装满毒药。在像那样的某个早晨，萨利昏头涨脑地依稀记得，前一晚似乎曾叫 DJ 一遍又一遍播放萨达卡唱的《喔！卡萝尔！》，威胁他如果胆敢停播，就要杀掉他。另外一次萨利早上醒来时，旁边躺着皮斯利的前妻，她因为鼻子破了而发出很大的鼾声，她的枕头套上都是血，脸上也都是血。萨利完全不记得她鼻子上的伤是谁的杰作，是他还是皮斯利？有时候，尤其在伟哥尚未问世的年代，他在性事上失败和成功的几率几乎各半，这件事令他抓狂。幸运的是，那位女士睡醒之后，同样不记得昨晚发生了什么事，不过她倒是记得萨利脱掉内裤之后的样子。“你怎么只有一个？”她问道。

“还剩下一个已经很幸运了。”萨利回答，头痛得不得了。

“关于那个老妇人，我都跟你说了些什么？”坐在教堂外面的巷子里抽烟时，萨利问戴芬贝克。

戴芬贝克耸耸肩。“你只说你常常看到她，说她有时候会穿不同的衣服，但都是她，就是惨遭龙尼蹂躏的那个老妈妈桑。我很多时候都得制止你。”

“真他妈的！”萨利说，然后把没夹着烟的那只手插进头发中。

“你还说回东岸以后，情况就好多了。”戴芬贝克说，“何况偶尔见到一个老妇人又有什么大不了的呢？有的人还会看见飞碟呢。”

“但他们没有欠银行将近一百万元，”萨利说，“如果他们知道的话……”

“如果他们知道又怎么样？我告诉你，不会怎么样啦。只要你一直付钱，萨利，只要你每个月都乖乖付钱，没有人在乎你每天关灯后看到什么……或开着灯的时候看到什么。他们不在乎你会不会穿女人内衣、打太太或和拉布拉多犬乱搞。更何况，你难道不觉得那些银行里面也有人打过越战吗？”

萨利吸了一口烟，看着戴芬贝克，实情是他从来不曾想过这件事，和他往来的两个贷款部门主管年纪与他相仿，不过他们从来不曾提过这类事情，当然他自己也没提。他心想，下次碰面的时候，我要问问他们身上有没有芝宝打火机，不过手法要细腻一点。

“你在笑什么？”戴芬贝克问。

“没什么。你呢，戴夫？你会不会看见什么老女人？我不是指你的女朋友，而是指老妇人，妈妈桑。”

“喂，别叫我戴夫，现在没有人这样叫我了，我从来就不喜欢别人这样叫我。”

“你会不会看见老妇人？”

“龙尼就是我的老妈妈桑，”戴芬贝克说，“有时候我会见到他，和你说你见到妈妈桑的情形不一样，好像她真的在那儿似的，不过回忆也是很真实的，不是吗？”

“是啊。”

戴芬贝克慢慢摇摇头。“如果一切都只是回忆，你知道吗？如果一切都仅仅是回忆就好了。”

萨利沉默地坐着。教堂的风琴在弹奏的曲调不像圣诗，只是音乐，他心想，这是礼拜结束的音乐，告诉前来吊丧的人可以离开了。

回去吧，妈妈在家等你。

戴芬贝克说："有些事情只是回忆而已，但有些事情真的会在脑子里看见，就好像你读一位出色作家的作品，当他描绘一个房间时，你真的会在脑子里看到那个房间。有时候我正在院子里割草，或坐在会议室中听报告，或在为小孙子读睡前故事，或甚至和玛丽一起坐在沙发上亲热的时候，突然，轰——龙尼出现了，那个满脸青春痘、满头鬈发、该死的龙尼。你还记得他的头发卷得像波浪一样吗？"

"是啊！"

"龙尼嘴里总是不停地说他妈的这个、他妈的那个。无论什么场合，都在说种族歧视的笑话。还有那个小皮袋，记得吗？"

"当然记得，总是挂在他腰带上的小皮袋，里面放着扑克牌，两副扑克牌。'来，大家来把婊子揪出来吧！积分一点算五分钱！谁要玩？'然后把牌拿出来。"

"是啊，你也记得。但是我会看到他，萨利，甚至连他下巴长的疹子都看得清清楚楚，听到他的声音，闻到他抽大麻的烟味……但是大半时候，我都看到他打倒妈妈桑的情形，妈妈桑躺在地上时还继续对着他摇晃拳头，嘴里叫个不停——"

"别说了。"

"——我没办法相信接下来发生的事情，我猜龙尼起先也没料到。他一开始只是用刺刀戳戳她，用刺刀尖端刺她几下，好像只是在戏弄她……但后来他就真的那么干了，把刺刀深深刺进去。真他妈的，她高声尖叫，全身抽搐。我记得龙尼把两脚跨在她的身体两侧，其他人都往前跑，克理森、敏斯，我不知道还有谁。我一直很讨厌那个该死的克理森，他比龙尼还要讨厌，因为龙尼至少不会那么鬼鬼祟祟，他表里如一。克理森既疯癫又鬼鬼祟祟。当时我吓死了，萨利，简直吓坏了。我知道我应该阻止他们，但是又怕真那样做的话，他们会扭断我的脖子，他们所有人，你们所有人，因为在那一刻，那里全都是你们的人，我只有一个人在那里，而席尔曼……我不是在说他坏话，他跑到直升机坠落的地方时奋不顾身，一副豁出去的样子，但是在村子里……我看看他，他却什么都没表示。"

“后来我们遭受伏击的时候，他救了我的命。”萨利低声说。

“我知道，他把你抱起来，像他妈的超人一样扛着你。直升机掉下来的时候他很勇敢，后来在小径上又恢复原先的英勇，但是在村子里……他什么也没做。在村子里，重担全落在我身上，好像我是唯一在场的成年人，只是我一点也不觉得自己是成年人。”

萨利根本懒得制止他，戴芬贝克执意要把话说出来，除非你赏他一巴掌，否则就无法阻止他把话说完。

“你还记得龙尼把刀子刺进去时她的尖叫声吗？那个老妇人？而龙尼跨站在她的身体两侧，嘴里还一直唠唠叨叨骂个不停。感谢上帝，幸好还有史洛肯，他看看我，让我决定采取一些行动……只是我所做的不过是叫他开枪而已。”

不，萨利心想，不止如此，戴夫，你只是点点头。如果上法庭，他们不会让你就此脱身；他们会逼你大声说出来，会逼你清楚描述、做成记录。

“我认为，那天史洛肯拯救了我们的灵魂，”戴芬贝克说，“你知道他结束了自己的生命吧？是啊，在一九八六年。”

“我以为他是在车祸中意外丧生。”

“如果在晴朗的晚上，以一百一十五公里的时速冲撞桥墩算意外的话，那么就算他死于意外吧。”

“龙尼呢？你有他的消息吗？”

“这个嘛，他当然从来不参加聚会，但是上次听到消息的时候，他还活着。安迪·布兰尼根在南加州看到他。”

“火爆浪子看到他？”

“是啊，火爆浪子，你知道他在哪里吗？”

“当然不知道。”

“你知道了会发疯的，萨利。布兰尼根参加了匿名戒酒会，那变成他的宗教，他说匿名戒酒会救了他的命，我相信那是真的。他以前喝酒喝得比我们都厉害，也许我们所有人加起来喝得都没有他多。所以他现在不再有酒瘾，而是对匿名戒酒会上瘾了。他每个星期都参加十来次聚会，当上了GSR——别问我那是什么，应该是他们组织里的某种职位——还主持一支热线电话，每年都去参加全国大会。大约五年前，他们在圣地亚哥开会，五万个酒鬼全聚在圣地亚哥会议中心，朗诵‘平静祷文’。你能想象那个画面吗？”

“大致可以想象。”萨利说。

“布兰尼根往左边看过去，你猜他看到了谁，不就是龙尼吗！他简直不敢相信自己的眼睛，但那的确是龙尼。大会结束后，他拉着龙尼一起到外面喝一杯。”戴芬贝克停了一下，“我猜酒鬼同样会这么做，喝点柠檬汁、可乐之类的。龙尼告诉布兰尼根他差不多有两年滴酒不沾了，他找到了一个他称之为上帝的更崇高力量，得到了新生。他已经准备好面对人生的种种波折，看开一切，接受上帝，他们就聊聊这些事情。布兰尼根忍不住问龙尼是否已经采取第五步骤[①]，坦白承认过去的罪过，彻底洗心革面。龙尼的眼睛连眨也不眨一下，就说一年前他已经采取第五步骤，心情也平静多了。”

“真该死！”萨利说，很惊讶自己的愤怒竟是如此强烈，“老妈妈桑一定很高兴知道龙尼渡过难关了，下次我见到她的时候会告诉她。”当然，他当时不晓得自己晚一点就会见到她了。

“你务必告诉她。”

他们默默坐了一会儿，萨利又向戴芬贝克讨了一支烟，戴芬贝克给他烟后，再度用芝宝打火机帮他点燃。转角传来谈笑声，帕干诺的丧礼结束了，而在加州某处，龙尼可能正在阅读他的戒酒手册，并且和他称之为上帝的传说中的崇高力量交谈。也许龙尼现在也担任GSR，不管GSR代表什么。萨利希望龙尼已经死了，死在越共的蜘蛛洞里，鼻子上都是伤口，和老鼠屎一样臭气冲天，体内出血，而且把胃里的东西全吐了出来。总是随身带着扑克牌的龙尼，拿着刺刀、双腿岔开、跨在穿橘衫绿裤红鞋的老妈妈桑身体两侧的朗尼！

“我们最初到底是为什么会去越南？”萨利问，“我不想谈什么哲学问题，只是你有没有想通这个问题？”

---

① 匿名戒酒会的迈向康复十二步骤中的第五步骤为“对上帝、自己和他人坦承自己的过错”。

“是谁说的呀，‘无法从过去学到教训的人注定会重蹈覆辙’？”

“是道森说的，电视益智节目《家庭对抗赛》的主持人。”

“放狗屁，萨利！”

“我不知道是谁说的，是谁说的有那么重要吗？”

“很重要啊，”戴芬贝克说，“因为我们一直走不出来，我们一直没办法真的走出越战的阴影，我们这一代死在那里。”

“你的话听起来有一点……”

“有一点怎么样？有一点矫情？有一点愚蠢？没错！没错！有一点只顾自己？是啊，我们就是这样。越战打完以后，我们做了什么事，萨利？曾经去过越南的人，曾经参加抗议游行的人，还有只是坐在家里沙发上一边喝着啤酒、放放屁，一边观赏达拉斯牛仔队球赛的人。”

新中尉的脸颊慢慢涨红，好像一个大男人终于找到他的玩具木马，于是赶紧爬到上面，什么事也不做，只是拼命骑啊骑。他抬起手来，把手指弄得啪嗒作响，就好像萨利每次谈到越南经验的影响时一样。

“说说看，我们这一代发明了超级玛丽、四轮传动摩托车、雷射飞弹导引系统和可卡因，我们发现了理查德·西蒙斯①、斯科特·派克②和《玛莎·斯图尔特生活杂志》，在我们心目中，改变生活方式的意思不外乎买只狗来养。过去脱掉胸罩的女孩，现在买维多利亚秘密丝质内衣；以前勇敢追求和平的人，现在变成熬夜上网看十八岁裸女照片的胖子。这就是我们这一代，老兄。我们很喜欢观看，无论看的是电影、电玩、飞车追逐影片、电视拳击赛、马克·麦奎尔③打棒球或摔跤比赛、弹劾听证会都无所谓，我们就是喜欢观看。但是曾经有一度……不要笑，但是曾经有一度，一切真的都掌握在我们手中，你知道吗？”

萨利点点头，想到卡萝尔，不是和他以及她那浑身酒味的妈妈一

① 理查德·西蒙斯（1948—　），美国著名健身教练及广播电视健身节目主持人。

② 斯科特·派克（1936—2005），美国著名精神科医师，著作包括《心灵地图》、《与心灵对话》等。

③ 马克·麦奎尔（1963—　），美国职棒明星，有巨炮之称。

起坐在沙发上的卡萝尔，也不是脸上淌着血、对着摄影机挥舞和平标语的卡萝尔——那个时候的卡萝尔已经投入太深、变得太疯狂了，你可以从她的微笑中看出来，可以从她标语中的怒吼读出来，根本不容许有任何讨论的余地。他想到的反而是和所有人一起去赛温岩玩的卡萝尔，那天他的朋友博比从一个扑克牌老千手中赢了一些钱，卡萝尔在海滩穿着蓝色泳衣，有时候会用那种神情望着博比，诉说着她为博比神魂颠倒的眼神。他还蛮确定当时一切都还掌握在他们手中，但是小孩子总是把什么都丢掉，小孩子的手指滑溜溜的，口袋还有洞，会把什么东西都遗失了。

“我们在股市赚饱了荷包，然后去健身房运动，约时间去心理医生那儿寻找自我。南美洲起火了，马来西亚起火了，该死的越南也起火了，但是我们终于克服了憎恨自己的心理障碍，终于开始喜欢自己，所以一切都没关系。”

萨利想到龙尼也找到了自我，学会喜欢内心深处的龙尼，不禁打了个寒战。

戴芬贝克高举双手在他面前挥舞，萨利觉得他的样子好像准备开口唱《保姆》这首歌的黑人歌星艾尔·乔逊[①]。戴芬贝克似乎也同时意识到这点，把手放下，显得疲倦、困惑而不快乐。

“很多和我们差不多年纪的人，如果就个人而言，我很喜欢他们。”他说，“但是，我讨厌又鄙视我们这一代的人，萨利，我们曾经有机会改变一切，我们真的有机会，但结果我们只要穿着名牌牛仔裤、拿到两张玛丽亚·凯莉在无线电城音乐厅演唱会的票或航空公司的免费里程数，或看看卡梅隆导演的《泰坦尼克号》以及手中握着退休金投资组合就满足了。唯一和我们同样自私自利、自我放纵的一代是二十世纪二十年代所谓‘迷失的一代’，但是他们那一代至少有很多人还懂得沉迷醉乡。天哪，我们真是烂透了……”

萨利看到戴芬贝克的眼泪已快夺眶而出。“戴夫——”

“你知道出卖未来要付出什么代价吗，萨利？你永远也没办法摆

---

① 艾尔·乔逊（1886—1950），二十世纪美国百老汇音乐剧著名黑人歌星及电影演员。

脱过去，永远也没办法真的康复。我的理论是，你其实并不是真的身在纽约，而是还在湄公河三角洲，身体靠在树干上，因为嗑药而昏昏沉沉的，拼命摩擦着颈背。帕克还是指挥官，因为时间还是一九六九年，所有你以为的‘下半辈子’都是一个大泡沫，是嗑药后的幻觉。我还宁可它是泡沫，待在越南可能还好一点，所以我们一直流连不去。”

“你这么想吗？”

“绝对如此。”

转角有个黑发棕眼、身穿蓝色洋装的女人往这边瞄了一眼，然后说：“原来你们躲在这里。”

她蹬着高跟鞋优雅地慢慢走过来，戴芬贝克站起来，萨利也站起来。

“玛丽，这位是萨利，他和我及帕干诺一起服役。萨利，这位是我的好朋友玛丽。”

“很高兴认识你。”萨利说，同时伸出手来。

她和他紧紧握了握手，冷冷的手指握在萨利手中，眼睛却转过去看戴芬贝克。

“帕干诺太太想见见你，所以就劳你的驾啰！”

“好的。”戴芬贝克说，他往教堂前门走去，然后回头对萨利说，“再多待一会儿吧，一起去喝一杯，我答应不说教。”但是他说这句话时眼神飘忽，仿佛知道自己会食言。

“谢了，不过我真的该回去了，我想趁塞车之前赶回去。”

但是他毕竟没能在塞车前赶回去，现在一架大钢琴正朝他飞过来，在太阳底下闪闪发光、嗡嗡响着。萨利趴在地上，滚进一辆汽车底下，钢琴跌落在离他不到一米半以外的地方，一排排琴键好像掉落的牙齿般轰然蹦出。

萨利从车底爬出来，背部被灼热的排气管烫到。他挣扎着站起来，睁大眼睛往北望去，眼中所见令他难以置信，仿佛在举行清仓大甩卖似的，天空中飞来各式各样的东西：录音机、地毯、割草机，还有一个水族箱，里面的鱼儿游来游去。他看到有个白发苍苍的老人家在路肩上奔跑，几级阶梯掉落在他身上，扯断他的手臂，打得他跪倒在地。后面跟着飞来时钟、桌子、咖啡桌和电梯，而电梯的电缆好像脐带般在空中飞舞；天外飞来一堆盖墓石板落在附近工业区的停车场中，石板啪嗒啪嗒的声音仿佛在鼓掌叫好；毛皮大衣落在奔跑的女人身上，把她绊倒，然后沙发掉下来压到她；温室的玻璃窗大片大片地从空中掉落时，天空中一阵闪烁；南北战争的士兵雕像砸在卡车上；烫衣板撞上了前面高架桥的栏杆，像旋转的螺旋桨般掉在下面停滞的车阵中；狮子玩偶掉落卡车后面；人们四处逃窜，尖声喊叫。到处都看到凹陷的车顶和破碎的车窗；萨利还看到一辆奔驰汽车的遮阳篷上倒插着一具百货公司的人体模型，人体模型不自然的粉红色双腿伸出车外。空气中充满哭泣声和呼啸声。

他头顶上又笼罩着阴影，赶忙俯下身子、伸出手来，但知道已经来不及了，如果那是熨斗、烤面包机或类似的东西，就会把他打得头破血流；如果是体积更大的东西，那么他就只会在高速公路上留下一摊模糊的血肉。

但那东西掉下来打到他的手却一点也不痛，那东西弹跳了一下，落在他脚边。他低头一看，起先很惊讶，后来愈来愈感到不可思议。“我的妈呀！”他说。

萨利弯下腰，把从天空掉下来的棒球手套捡起来。即使过了这么多年，他还是一眼认出这只手套：小指那儿深深的割痕，以及手套分片间皮质系带乱七八糟的结，都像指纹一般容易辨认。他看看手套侧边，博比曾经在那儿写上自己的名字。博比的名字还在上面，只是字迹似乎很新，但那儿的表层却有磨损的痕迹，颜色也褪了，仿佛有人在同样位置上写了别的名字，然后又把它擦掉。

把手套贴着脸的时候，手套的味道令人沉醉而无法抗拒。萨利戴上手套，手指伸进手套时碰到了什么东西——里面塞了一张纸。他不以为意，反而把手套罩在脸上，闭起眼睛深深吸一口气。里面有皮革、牛趾油、汗水和青草的味道，蕴藏着过去无数的夏日回忆。例如一九六〇年夏天，他从夏令营回来，发现周遭的一切都改变了——

博比闷闷不乐，卡萝尔态度冷淡，经常若有所思（至少持续了一段时间），而住在博比家楼上那个很酷的老人泰德也离开了。一切都和过去不同了……但依然是夏日，他依然才十一岁，所有的一切似乎依然……

“永恒。”他在手套中喃喃自语，再深深吸一口手套的味道，附近有个装满蝴蝶的玻璃柜砸在货车车顶上，还有个停止标志仿佛远方射来的长矛般卡在路肩上抖动。萨利还记得他的波露弹力球、凯兹牌黑色运动鞋，以及佩兹薄荷糖射入口中、弹到舌尖的滋味；他还记得戴上捕手面罩的感觉、步洛街草坪上的洒水器淅哗淅哗的声音；还有如果你靠近康兰太太的宝贝花圃时，她会大发雷霆；帝国戏院的顾德洛太太如果怀疑你长得太高，应该不止十二岁，就会要求你出示出生证明；以及碧姬·芭杜披着（如果她是贱货，那么我很乐意当收货员）浴巾的海报，还有玩枪、玩传球、玩“职场大亨”①，和在四年级老师史威瑟的教室后面捂着手臂学放屁的声音。

“嘿，美国人！”只不过她把它念成“米国人”，萨利还没有抬起头就知道会看到什么人。是妈妈桑，站在被冷藏柜砸烂的摩托车（一包包冷冻肉纷纷从冷藏柜坏掉的门中掉出来）和车顶被割草机穿透的斯巴鲁汽车中间。穿着橘衫绿裤红鞋的老妈妈桑容光焕发，好像地狱里的酒吧招牌一样亮眼。

“嘿，美国人，来我这儿，我保护你。”她伸出手臂。

萨利在不断掉落的电视机、后院游泳池和一箱箱的香烟、高跟鞋、吹风机及吐出一堆硬币的公共电话发出的巨大噪音中，朝着妈妈桑走去。朝她走去时，他心里感到一阵宽慰，你只有在回家的时候才会有那种感觉。

“我保护你，”老妈妈桑伸出手臂，“可怜的孩子，我保护你。”萨利踏进她的臂弯围起的死亡圈，四周人们仍不停尖叫、奔跑，各种美国制的东西不断从天而降，令布里吉港北方的九十五号州际公路不停

① 起源于二十世纪五十年代的英国，是一种类似“大富翁”的桌游，它的游戏重点不仅在于金钱，还是在于模拟金钱、爱情、名誉等三个人生目标。

闪烁。她伸出手臂把他环住。

“我保护你。”她说，萨利坐在自己的车子里，旁边四线道的车子都动弹不得，收音机还开着，WKND电台正播放五黑宝的歌《黄昏时分》，萨利觉得自己没办法呼吸。天空中似乎没有任何东西掉下来，除了严重塞车之外，其他的一切似乎都很正常，但是怎么可能呢？当他手上还拿着博比的旧棒球手套时，怎么可能呢？

“我保护你，”老妈妈桑还在说，“可怜的孩子，可怜的美国男孩，我保护你。”

萨利无法呼吸，想要对她微笑。他想向她说对不起，说他们中间至少有一部分人心存善念，但是他吸不到空气，而且觉得很累很累。他闭上眼睛，想要最后一次把博比的旧手套举起来，最后一次闻一闻那油油的、夏天的味道，但是手套实在太沉重了。

第二天早上，戴芬贝克打赤膊，穿着牛仔裤站在厨房柜台前倒咖啡，玛丽则从客厅走过来。她穿着丹佛野马队的上衣，手上拿着纽约《邮报》。

“我要告诉你一个坏消息，”她说，接着想了一下又改口，“不太好的消息。”

他紧张地转过来看她，心想，坏消息应该要在午餐后才听到，因为吃过午餐后对坏消息比较有心理准备。一大早就听到坏消息会备受打击。“什么事？”

“昨天你在朋友的丧礼上介绍我认识的那个人——你说他是康涅狄克的汽车经销商，对不对？”

“对。”

“我想要百分之百确定，因为你知道，萨利不是全世界最特别——”

“你到底想说什么呀，玛丽？”

她把报纸递给他，然后翻到中间的内页摊开。“报纸说事情是在他回家的路上发生的。我觉得很遗憾，甜心。”

他第一个想法是，她一定搞错了，你刚刚碰过面、谈过话的人不可能就这样死去，这应该是基本法则。

但报纸上的那个人确实是他，而且还登了三张照片：萨利穿着高中棒球队制服，把捕手面罩推到头上；萨利穿着陆军军服，袖子上镶了代表士官阶级的条纹；还有应该是二十世纪七十年代末期穿西装的照片。在这排照片下面是只有在《邮报》上才会看到的标题：

哈啰！
银星勋章越战老兵
死于康涅狄克大塞车

戴芬贝克很快地看了一下内容，一种不安和遭背叛的感觉油然而生，这些日子以来，每当他看到同辈或熟人的讣闻时总是会有这种感觉。我们还太年轻了，不应该自然死亡，他总是这么想，知道这个想法很愚蠢。萨利显然是在一辆牵引拖车引起的大塞车中因为心脏病发而过世，那篇报道哀叹他过世的地方可能已经看得到他车行的招牌。就好像“哈啰”这样的标题一样，这样的感叹也只有在《邮报》上才会出现。如果你是个聪明人的话，《纽约时报》对你而言会是一份很好的报纸，《邮报》则是醉鬼和诗人的报纸。

萨利离婚了，没有子女，第一康涅狄克银行的诺曼·奥利弗会负责安排丧葬事宜。

由他的银行来安葬他！戴芬贝克心想，他的手开始颤抖，不知道为什么这个想法让他这么害怕，但是他确实吓坏了，由该死的银行把他下葬！噢，天哪！

“甜心？”玛丽有点紧张地看着他，“你还好吧？”

“是啊，”他说，“他在塞车的时候死掉，他们可能根本没办法叫救护车来救他。也许他们甚至直到车流开始移动以后才发现他死掉的，老天！”

“别这样。”她说，把报纸从他手上抽走。

当然萨利是因为那次救援行动——直升机救援行动——而获颁勋章。越佬一直开枪扫射，不过帕克和席尔曼率领一群美国大兵，大部分属于 D 连。他们展开救援行动时，十到十二名 B 连士兵趴下来提供了不太有效的火力掩护。奇迹出现了，面目全非的直升机中居然有两个人活着，至少被救出来的时候还活着。萨利独自抱起一名直升机人员，那个人全身覆盖着灭火的白泡沫在他臂弯中拼命尖叫。

龙尼当时也跑到直升机坠落的地方。龙尼的样子好像红通通的巨婴，他抓起灭火筒，叫嚣着：树丛中的越共真那么厉害的话，就开枪打他呀，但是他们打不到，他知道他们打不到，因为他们只是一群瞎眼、染梅毒的混蛋，他们打不到他，他们什么都打不到。后来龙尼也被列在角逐银星勋章的名单上，虽然戴芬贝克并不是很确定，但他认为那个满脸痘痘的混账东西可能也得了一枚银星勋章。萨利知道这件事吗？或他有没有猜到？如果他知道的话，他们坐在教堂外面闲聊的时候难道不会提到这件事吗？也许会，也许不会。随着时间流逝，勋章似乎也不是那么重要了，就好像你初中背诗得到的奖励或高中参加田径赛、打棒球时在本垒板截杀跑垒者而获颁的荣誉字母一样，你会把它放在架子上，年纪大时拿来骗骗孩子；他们拿这类奖章来激励你跳得更高、跑得更快，奋力向前冲刺。戴芬贝克觉得如果世界上没有老男人的话，可能会美好多了（他在自己步入老年时有了这样的顿悟）。只要老女人能够活久一点就好了，基本上，老女人从来不会伤害任何人，但老男人比患狂犬病的狗还要危险多了。把他们全杀掉，然后将尸体泡在汽油里，点起火来。让孩子们手牵着手围着火堆跳舞，嘴里唱着 CSN 乐队伤感的歌。

“你真的没事吗？”玛丽问。

“关于萨利的事吗？当然没事，我已经有好几年没见过他了。”

他喝了一口咖啡，想到穿红布鞋的老妇人，就是被龙尼杀死后一再造访萨利的老妇人。她不会再去拜访萨利了，老妈妈桑一再来访的日子已经结束了，戴芬贝克认为战争至此才真正终结；战争不是在签署停战协议的谈判桌上终结，而是结束在癌症病房、公司餐厅和交通阻塞中。战争逐渐逝去，每次消失一点点，好像回忆的片段般逐渐消逝，就像在蜿蜒的山路上渐渐听不到山谷中的回音一样。到了最后，即使是战争都要竖起白旗，或是他希望如此吧。他希望到了最后，即使是战争都得投降。

/

一九九九年
夜幕低垂

来吧，你这小杂种，回家吧！

二〇〇〇年前最后一个夏天，博比·葛菲回到康涅狄克州哈维切镇。他先跑去西边公墓参加在萨利家族墓地举办的追思礼拜。来追悼老萨利的人很多，许多人看到《邮报》的报道后纷纷结伴来参加，当美国退伍军人协会的仪队举枪发射时，几个小孩吓得眼泪夺眶而出。追思礼拜结束后，他们在镇上退伍军人服务处举行接待茶会。博比只象征性地露一下面，打算吃块蛋糕、喝杯咖啡，并和奥利弗先生打个招呼就离开。他没有看到任何熟面孔，而且趁天还没黑还要去好几个地方。他已经有将近四十年没有回哈维切镇了。

圣盖伯利中学的旧址现在矗立着纳特梅格购物中心，以前的邮局现在成了空地，火车站依旧俯瞰广场，但是天桥的支柱如今满是涂鸦，而伯顿先生的书报摊也钉上了木板。休斯通尼河和瑞佛大道之间仍然绿草如茵，但是鸭子都不见了。博比还记得小时候曾经抓起鸭子往一个穿棕色西装的男人身上丢过去——说起来似乎不可思议，但却千真万确。只要你帮我吹，我就给你两块钱，那个男人说，于是博比抓起鸭子丢过去。他现在可以一笑置之，但当时那个猎人还真把他吓坏了，而令他害怕的原因有很多。

艾许帝国戏院的旧址现在是一座很大的联邦快递仓库。继续往布里吉港的方向走，在艾许大道衔接清教徒广场的地方，以前的威廉·佩恩餐厅也不见了，由乌诺比萨店取而代之。博比曾考虑过要不要走进去，但只是随便想想，没有当真。他的胃和他的人一样已经五十岁了，再也难以消受像比萨这样的食物。

但这不是真正的原因。真正的原因是，那里太容易触发他的想象了，他很可能会看到门口停了一辆粗俗的大车子，车身漆着醒目鲜艳的油漆。

所以他开车回到哈维切镇中心。万一科隆尼餐厅已经不在老地方，而且不再供应炭烤热狗，就真是太可恶了；热狗和他妈的比萨一样糟糕，不过胃药是做什么用的，不就是在你偶尔享受回忆中的美食时派上用场吗？他吞了一颗胃药，吃了两根热狗；热狗依然装在油油的纸筒中送来，也依然美味如昔。

他把热狗配冰激凌派一起吞下肚，然后走到外面，在车子旁站了一会儿。他决定把车子留在这里——接下来只剩两个地方要去了，而且两个地方都很近，走路就到得了。他从座椅上拿出运动袋，慢慢走过斯派塞杂货店，现在那里变成7-11便利店，门口还有个加油站。他经过的时候传来流连不去的一九六〇年的声音，那是席格比双胞胎的声音。

妈咪和爹地又在吵架了。

妈咪叫我们待在外面。

你为什么要这样做，笨博比？

笨博比，没错，他是笨博比。也许这些年来变得比较聪明了，但或许没有真的那么聪明。

往步洛街的方向走到半路的时候，他看到人行道上有个褪色的跳房子格子。他屈膝跪下，在昏暗的光线下仔细审视图案，用指尖轻轻擦着方格子。

“先生，你没事吧？”拿着7-11纸袋的年轻女孩问他，注视着他的眼神夹杂着关心与怀疑。

“没事。”他说，站起来拍拍手。格子旁边没有任何月亮或星星的图案，更别提彗星了，他信步走来，一路上没有看到任何宠物走失的海报。“我很好。”

“那就好。”年轻女孩说完就匆匆走开，脸上没有一丝微笑。博比看着她离开，然后又开始往前走，很好奇席格比双胞胎后来怎么样了、现在又在哪里。他还记得泰德有一次说到时间的时候，说时间是又老又秃的骗子。

直到博比真的看到步洛街一百四十九号，才明白他原先一直以为那里一定早已变成录像带出租店、三明治快餐店或改建为公寓，结果老家除了门窗木饰从绿色变成乳白色以外，其他完全是老样子。门廊上停着一辆脚踏车，他想起待在哈维切的最后一个夏天时是多么想要一辆脚踏车，甚至有一个专门用来存钱的罐子，上面还贴了写着“脚踏车基金”之类的标签。

他伫立在那儿，任凭影子愈拉愈长，耳边响起更多过去的声音。

如果我是亿万富翁，你想带小女友去坐云霄飞车的时候，就不必从脚踏车基金罐子里预支这笔钱了。

她不是我的小女友！她不是我的小女友！

他记得当时很大声地对妈妈说话，事实上，几乎是吼出来的……但是他很怀疑自己的记忆到底正不正确，因为除非你不想活了，否则哪敢随便对妈妈乱吼乱叫。

更何况卡萝尔确实是他的小女友，不是吗？她曾经是他的小女友。

上车之前，他还有一个地方想去。他好好看了一九六〇年八月以前和妈妈住了多年的房子最后一眼，就沿着步洛街往下坡走，手里的运动袋晃来晃去。

那年夏天十分神奇而魔幻，即使已经五十岁了，他对此仍深信不疑，不过他不再确定当时到底是怎么回事。也许他只是像很多小镇孩子一样经历了布莱伯利①式的童年，或至少在记忆中曾经历了那样的童年——真实世界和梦中世界有时交叠在一起，创造出某种魔幻世界。

是啊，但……

当然还有玫瑰花瓣，卡萝尔转寄来的花瓣……但是花瓣有任何意义吗？在他眼中有一度似乎很有意义——对一个寂寞迷惘的男孩而言似乎很有意义——但是玫瑰花瓣早就不见了。大约在他看到洛杉矶那栋烧焦房子的照片、明白卡萝尔已不在人世之后，玫瑰花瓣也不见了。

在博比看来，卡萝尔死后不仅是他不再有神奇魔幻的感觉，童年对他而言也失去了意义。如果童年会带来这些，那么童年又有什么意义呢？年纪大了以后视力变差、血压升高是一回事，但会胡思乱想、

① 雷·布莱伯利（1920—2012），科幻小说大师，曾获得欧·亨利纪念奖、世界奇幻文学协会终生成就奖等，著作包括《火星纪事》、《华氏四百五十一度》、《蒲公英酒》等。

噩梦连连和无法善终又不同了。经过一段时间以后，你想对上帝说，啊，别这样，老大，别这样！好吧，每个人都晓得，长大以后会失去原本的纯真，但是一定得同时失去希望吗？十一岁的时候在摩天轮上亲吻一个女孩又怎么样呢？如果你在十一年后打开报纸时，赫然发现那女孩烧死在贫民窟的小屋里呢？就算你一直记得她美丽的眼睛或在阳光下闪闪发亮的秀发，那又有什么用呢？

如果是一个星期之前，他会抱有这样的想法，但后来过去的魔法再度碰触他、对他低语着，来吧，博比，来吧，你这小杂种，回家吧。所以他就回来哈维切镇了。他回来向老友致敬，在镇上四处闲逛（而且一次也没有迷路），现在差不多到了该离开的时候了。不过离开前，他还有一个地方要去。

现在是晚餐时间，联合公园中几乎空无一人。博比走到第二棒球场本垒板后面的围栏那儿，三个原本在打球的孩子慢吞吞地经过他身旁，往另一个方向走去。两个人用红袋子提着球具，另外一个人则拿着音响，以超大音量播放着后裔合唱团的歌曲。三个男孩都对博比投以怀疑的目光，但他一点都不觉得讶异。他是个闯入孩子土地的成年人，而在这个年头，成年人一点都不可靠。他没有点头打招呼或挥手或说些“比赛成绩如何啊”之类的蠢话，免得火上浇油。他们继续往前走。

他手指勾着围栏的网子站在那儿，注视着夕阳余晖斜射在外野草地上，映照着计分板和写着“留在学校继续求学”、“你知道为何毒品被称为毒品吗”等标语的牌子上。他再度感觉到那股令人喘不过气来的魔力，觉得这世界仿佛是薄薄一层覆盖在某个更光明又更黑暗的东西上面。现在四周都充斥着那些声音，好像陀螺的线条一样旋转不停。

你敢说我笨，博比。

你不应该打博比，他和那些人不一样。

他真是个大好人，小鬼，他最爱点史黛芙的那首歌了。

那是卡……卡就是命运。

我爱你，泰德……

“我爱你，泰德。”博比说出这几个字，没有高声宣告，但也非喃喃自语，只是轻声试探。他甚至不记得泰德的样子了（只记得切斯特菲尔德香烟的味道，还有随时都有得喝的沙士），但是说出这几个字还是让他心头一暖。

他还听到另外一个声音，当那个声音说话的时候，是博比回来后第一次热泪盈眶。

博比，你知道吗？我觉得长大后当个魔术师也不错，可以穿黑西装、戴高帽，跟着马戏团或巡回游乐场到各地表演……

“从帽子里变出兔子和大便。”博比说完便转过身去，离开棒球场。他大笑，擦干眼泪，用手遮着头往前跑。他头顶光秃秃的，最后一根头发大约在十五年前就准时掉光了。他穿过小径，（以前只是碎石子路，现在则铺了柏油，还竖起牌子声明：只准单车通行，严禁溜冰！）然后坐在长椅上，那可能是萨利邀他去看电影那天坐的同一张椅子，结果那一次博比没有去，因为他想把《蝇王》看完。博比把运动袋放在身旁。

前面有一片树林，博比还蛮确定那里就是卡萝尔在他开始哭泣后带他去的那片树林。卡萝尔那样做是免得其他人看到他像小婴儿一样号啕大哭。那次除了她以外，没有人看到他哭。她当时是不是还搂着他，直到他把胸中块垒一吐而尽？他不确定，但应该没错，他印象比较深刻的，是后来那三个圣盖伯利中学的男生几乎要把他们揍扁。卡萝尔妈妈的朋友救了他们，他忘记她叫什么名字了，不过她在紧要关头及时出现……就好像《蝇王》的结尾，由于海军军官及时出现，拉尔夫才得以死里逃生。

蕾安达，她叫蕾安达。她告诉他们她会告诉牧师，而牧师会告诉他们的爸妈。

但后来那三个男生又找到卡萝尔的时候，蕾安达就不在她身边了。如果哈利和他的死党当年没有欺负卡萝尔，卡萝尔后来还会烧死在洛杉矶吗？当然你没办法确定，但是博比认为答案可能是不会。即使到现在，每当他想到“但是我逮到你了，哈利，对不对？”时，都可以感觉到拳头愈握愈紧。

不过当时已经太迟了，那个时候一切都变了。

他拉开运动袋的拉链翻找了一番，拿出一台收音机。这个收音机不像刚刚那几个孩子手上提的音响那么大，但是就他的目的而言已经够了。他只需要转开收音机，频道已经设定在WKND电台的“南康涅狄克州老歌的窝”。电台正在播放湘戴尔的歌《这一次》，博比觉得这首歌也还好。

“萨利，”他看着那片树林说，“你这酷毙的杂种。”

后面有个女人一本正经地说：“如果你说粗话，我就不要和你一起走。”

博比飞快转过身子，收音机从他腿上掉下来落在草地上。他看不到女人的脸孔，只看到她的侧影，她背后的红色天空仿佛双翼般延展开来。他想开口说话却发不出声音，而且完全无法呼吸，舌头仿佛粘住了一样，脑子里有个声音说：原来活见鬼就是像这样！

“博比，你还好吧？”

她快步绕过长椅，博比看着她，眼里满满映着火红的夕阳。他倒吸一口气，举起手来，闭上眼睛。他闻到香水的味道……或许那是夏天的青草味？他不确定。他再度睁开眼睛的时候还是什么都看不见，只看到一个女人的身形，当他注视着她的脸孔时，眼里残留的太阳影像飘浮在她脸上。

“卡萝尔？”他问，声音沙哑而不稳定，“天哪，真的是你吗？”

“卡萝尔？”女人说，“我不认识什么卡萝尔，我的名字是丹妮丝·斯库诺弗。”

但那是她，上次见到她的时候，她才十三岁大，但他晓得是她，博比拼命揉眼睛。掉在草地上的收音机里传来DJ的声音：“您现在收听的是WKND，您总是可以在这里找到您的过去。接下来听的是克莱德·麦克菲特的歌，他有个《情人的问题》。”

你知道如果她还活着的话，就一定会来。你原本就知道。

当然，他自己不就是因为这样才回来的吗？当然不是为了萨利，或者不只是为了萨利。他原本确信她已经死了；从看到洛杉矶那栋房子焚毁照片的那一刻起，他一直确信她已经死了，而且他当时是多么伤心欲绝啊，仿佛她多年来一直都还是他的好朋友，是随时可以通电话或在街上碰面的密友，而非最后一次碰面时看着她快步跑过联合大道。已经是四十年前的事了。

他还在拼命眨眼想去掉眼前飘浮的太阳残留的影像，那女人却牢牢吻上他的唇，在他耳边低语："我得回家做色拉了，你知道我在说什么吗？"

"你小时候对我说的最后一句话，"他回答，然后转向她，"你来了，你还活着，而且你来了。"

落日余晖映照着她的脸，残留的光影逐渐消失，他慢慢可以看清楚她的脸。尽管从右眼角到下巴有一道鱼钩形的疤痕，她依然很美……或许正因为有那道疤痕而更加美丽。她的双眼旁边有些许鱼尾纹，但额头上及嘴唇边都没有皱纹。

但她的头发几乎完全灰白，博比不禁惊叹。

她仿佛看透了他的心事，伸出手来摸摸他的头。"对不起，"她说……但是他看到她的眼睛里闪烁着以往那种逗趣的神情，"你的头发最漂亮了，蕾安达以前常说我有一半是爱上你的头发。"

"卡萝尔——"

她伸出手，用手指按住他的嘴唇。博比看到她手上也有疤，小指扭曲变形到几乎像熔掉似的。她手上的疤痕是烧伤的疤痕。

"我告诉过你，我不认识什么卡萝尔，我叫丹妮丝，和兰迪与彩虹合唱团那首老歌里面的丹妮丝一样。"她哼了几句，博比很熟悉这首歌，所有老歌他都很熟。"如果你检查我的身份证，就会看到上面写着丹妮丝·斯库诺弗。我刚刚在追思礼拜上看到你了。"

"我没有看到你。"

"我很擅长不被别人看到，"她说，"很久以前有人教我这个窍门，让自己变得不显眼的窍门。"她打了一个寒战。博比曾经在书中看过形容有人战栗的样子，大半都在一些不入流的小说里读到，但从来没有真的见识过。"碰到人多的时候，我很懂得怎么样远远躲在后面。可怜的萨利，你还记得他的波露弹力球吗？"

博比点点头，露出微笑，"我还记得有一次他想要酷，想把球从两腿中间弹到后面？结果球打到他的蛋蛋，我们都笑得肚子痛，刚好有几个女生走过来——我很确定你也是其中之一——你们想知道发生了什么事，但是我们不肯说，你们简直气坏了！”

她也笑了，举起一只手掩着嘴，博比几乎可以从这熟悉的动作中清楚看见从前那个小女孩的身影。

“你怎么知道萨利过世了？”

“我在纽约《邮报》上看到的，他们最擅长取这种恐怖的标题了——还登了他的照片。我住在波基浦西，那里看得到《邮报》。”她停了一下接着说，“我在瓦沙学院教书。”

“你在瓦沙教书，而且你看《邮报》？”

她耸耸肩微笑，“每个人都有缺点。你呢，博比？你也在《邮报》上看到这则消息的吗？”

“不是，是泰德告诉我的，泰德·布罗廷根。”

她坐在那儿看着他，笑容逐渐消失。

“还记得泰德吗？”

“我原本以为我的手臂就此报废了，但泰德好像变魔术一样就把它医好了。我当然记得他，但是博比——”

“他知道你会来。我一打开包裹就想到这点，但是在见到你之前，我一直不相信你真的会来。”他伸出手来，像个毫无心机的孩子般抚摸她脸上的疤痕。“你是在洛杉矶留下这道疤的，对不对？当时到底是怎么回事？你是怎么逃出来的？”

她摇摇头，“我不谈那些事情，我从来没有谈过那栋房子里发生的事情，以后也绝对不会谈。那是截然不同的生活，那时候的我也是截然不同的女孩。她当时很年轻、充满理想，而且受骗了。你还记得赛温岩那个江湖郎中吗？”

他点点头，微微笑了一下，然后握住她的手，她也紧紧抓住他的手。“纸牌动起来了，纸牌慢下来了，纸牌停下来了，现在要考考你了。他叫麦可康或麦可高兰之类的。”

“他叫什么名字都没关系，重要的是他总让你自以为晓得皇后藏在哪里，他总让你以为你会赢，对不对？”

“对。”

“这个女孩就是牵扯上那样的一个男人，那个男人总是会比你预期的更快地移动纸牌。他在寻找一些迷惘而愤怒的孩子，并且找到了他们。”

“他是不是穿着黄外套？”博比问，他不知道自己是不是在开玩笑。

她看着他稍微皱了眉头，他明白她不记得那个部分。他有没有和她提过下等人的事情？他认为应该有，他觉得自己以前和她几乎无话不谈，但是她不记得了，也许洛杉矶的遭遇将她的记忆烧出几个缺口。博比可以想见为何会发生这样的事情，而且也不是唯独她才这样，不是吗？从约翰·肯尼迪在达拉斯遭暗杀到约翰·列侬在纽约市遇刺的那段时间，很多与他们差不多年纪的人都努力想抛开过去的自己，忘掉以往曾经相信过的东西。

“没关系，继续说。”他说。

她摇摇头。“我想说的都已经说完了，所有我能说的部分。卡萝尔·葛伯早就死了，死在洛杉矶市班尼菲特街，目前住在波基浦西的是丹妮丝·斯库诺弗。卡萝尔痛恨数学，连分数的计算都不会，但丹妮丝却在当数学老师。他们怎么可能是同一个人呢？这个想法太荒谬了，没什么好说的。我想知道的是，你说萨利的死讯是泰德告诉你的，这话是什么意思？他怎么可能还活着呢？博比，如果他还活着，一定已经超过一百岁了。”

“如果你是破坏者的话，我不觉得时间会代表任何意义。”博比说。在 WKND 电台里，时间也不代表任何意义，现在收音机正传来吉米·吉尔默的歌声。

“破坏者？那是什——”

“我也不晓得，但那不重要，”博比说，“接下来这部分可能很重要，所以注意听好吗？”

“好。”

“我住在费城，有个可爱的老婆，她是专业摄影师，还有三个可爱的孩子和一只可爱的老狗，以及一栋随时都需要大翻修的老房子。我老婆说那是因为鞋匠的孩子总是打赤脚，而木匠的屋顶总是漏水。”

“所以你现在是木匠啰？”

他点点头，“我住在瑞德蒙山，我如果想看报，都是买《费城询问报》来看。”

“木匠，”她沉思着说，“我一直以为你会成为作家之类的。”

“我以前也这么想。但是曾经有一段时间，我还以为会在康涅狄克州立监狱度过余生，但结果这样的事情却从来不曾发生，所以我猜所有的一切自有办法找到平衡。”

“你提到的那个包裹里面有什么东西？和泰德又有什么关系？”

“那个包裹是一个叫诺曼·奥利弗的家伙用联邦快递寄来的，他在银行工作，是萨利的遗嘱执行人，他寄来这个东西。”

他再次伸手到运动袋中拿出一只破旧的棒球手套，然后把它放在身旁女人的大腿上。她立刻把手套翻面，检视侧面用墨水写上的名字。

“我的老天！”她说，声音模糊但震惊。

“自从发现你手臂脱臼倒在树林里的那天起，我就再也没有看到过这只宝贝手套了，还以为当时有其他小孩在树林里看见手套躺在草地上，便据为己有，虽然即使在那时候，这只手套的状况已经不是很好了。”

“威利把手套偷走了，”她说，小声得几乎听不到，“威利·席尔曼。我还以为他是好人，你瞧我是多么不会看人，即使在那时候？”

他惊讶地注视着她，什么话也没说，但是她没有看到他的眼神，只是凝视着旧手套，拉扯着虽纠结成一团却仍把两片手套牢牢系住的皮线。然后她做了一件让博比又高兴又感动的事情，因为博比一打开盒子、看到包裹里的东西时，就做了同样的事情：她把棒球手套拿到面前，闻着手套掌心混合了油和皮革的香甜气味。只不过博比在做这个动作之前，不假思索就先把手滑进手套里。爱打棒球的人都会这么做，小孩子的动作，几乎像呼吸一样自然。奥利弗一定也曾经是个孩子，但是他显然从来不打棒球，因为他没有发现深深塞进手套小指中的纸片——皮革上有深深的刮痕。博比发现了那张小纸片，他的小指戳到纸片，发出啪啦啪啦的声音。

卡萝尔把手套放下，无论头发是否已经灰白，她现在又显得很年轻，而且生气勃勃。

“他们发现他死在车子里的时候，手上就拿着这只手套。”

她的眼睛睁得又圆又大，在那个刹那间，她不只是看起来就像当初和他一起在赛温岩坐摩天轮的小女孩，而简直就是那个小女孩。

“你看，在手套底部阿尔文·达克的签名旁边，看见没？”

天色很快就变暗了，但她还看得见。

B.G.
杜邦环路1464号
瑞德蒙山，宾州，十一区

“你的地址，”她喃喃地说，“那是你现在的地址。”

“是啊，不过你看，”他指着十一区那几个字，“我查过了，邮局从二十世纪六十年代起就不再为邮件划分邮递区了。泰德如果不是不知道，就是忘了。”

“也许他是故意这样做的。”

博比点点头。“有可能。无论如何，奥利弗看到地址以后把手套寄给我——说他觉得不需要经过遗嘱验证的程序才来处理这只旧棒球手套。他主要是想通知我萨利已经过世了（万一我还不晓得的话），并告诉我会在哈维切举行追思礼拜。我相信他希望我来参加，这样他才可以听一听手套的故事。不过关于这件事，我实在帮不上什么忙。卡萝尔，你确定威利——”

“我看到他戴这只手套，叫他把手套还我，我会寄给你，但他不肯。”

“你觉得他后来把手套送给萨利了吗？”

“应该是吧！”不过她并不认为实情真是如此，她感觉实情一定奇怪得多。虽然她已经不太记得确切的情况，不过威利以前对于手套的态度很奇怪。

“无论如何，”他轻轻拍着手套上的地址说，“我很确定那是泰德的字迹，然后我把手伸进手套里找到一个东西，这才是我来这里真正的原因。”

他第三度把手伸进运动袋里，夕阳已经不再那么火红，只剩下愈来愈淡的粉红色。野玫瑰的颜色。草地上的收音机现在播放的是“休伊·'钢琴'·史密斯与小丑"的歌《你难道不知道吗》。

博比拿出一张皱巴巴的纸片，虽然好几个地方有汗渍的痕迹，但纸片看起来仍然很白、很新。他把纸片递给卡萝尔。

她对着光拿起纸片来看，然后又让纸片离眼睛远一点——博比明白她的眼力已经大不如前了。"这是一本书的封面，"她说，然后就笑了起来，"《蝇王》，博比，你最喜欢的一本书！"

"再看看底下，"他说，"把那行字读出来。"

"费伯出版公司……罗素广场二十四号……伦敦。"她不解地看着博比。

"这是费伯出版社一九六〇年发行的平装版，"博比说，"封底写着的，但看看这张纸，卡萝尔，简直像新的一样，好像这本书几个星期以前才在一九六〇年出版似的。我不是指这只手套，看到手套的时候，它就已经破破烂烂的了，我是指这张封面。"

"博比，如果好好保存的话，不见得所有的旧书都会变黄。即使是旧平装书都有可能——"

"把它翻过来，"博比说，"看看另外一面。"

卡萝尔照做，在"版权所有"下面写着这行字："告诉她，她和狮子一样勇敢。"

"我就是在那个时候知道自己应该来参加追思礼拜，因为他认为你会在这里，你还活着。我简直不敢相信，相信他要比相信——卡萝尔？怎么了？是最底下的那行东西吗？最底下的那行东西代表什么意思？"

她哭了起来，而且哭得很厉害，手中握着那张皱巴巴的封面，看着封面背后硬塞进空白处的字迹：

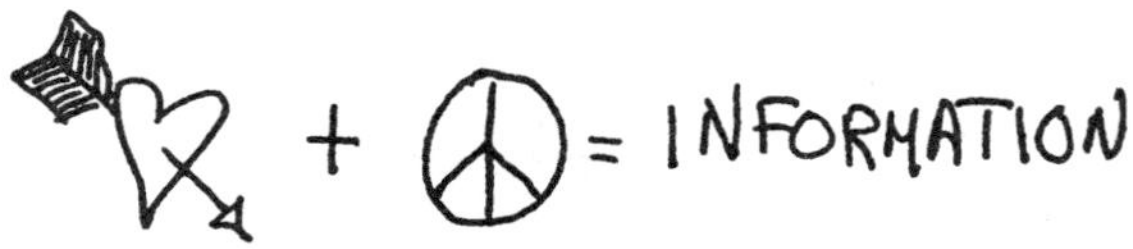

"那代表什么意思？你知道吗？你知道的，对不对？"

卡萝尔摇摇头。"没什么重要意义，只是对我而言有特殊意义罢了，如此而已，就像手套对你有特殊意义一样。就一个老人家而言，他还真晓得该按哪个按钮，对不对？”

“大概吧，也许破坏者就专门做这些事。”

她看着他。博比心想，她虽然还在哭，但是似乎并非真的那么不快乐。“博比，他为什么要这样做？他怎么知道我们会回来？四十年是很长的时间，人会长大，长大以后就会把童年的自己远远抛在脑后。”

“是吗？”

她继续在愈来愈暗的天色中凝视他。远处树丛的阴影愈来愈深，在树林里——他有一天曾经在那里哭泣，第二天又发现卡萝尔独自一人在那里受了伤——天色已经差不多黑了。

“有时候，我们周遭还是残留着些微魔力，”博比说，“我是这么想的。我们回来这里是因为仍然听到一些对的声音。你有没有听到？那些声音？”

“有时候，”她几乎不太情愿地说，“有时候会听到。”

博比把手套拿过来，“我可以离开一下吗？”

“当然可以。”

博比走到树林子里，单膝跪下，压低身子，把旧手套放在草地上，让手套掌心对着愈来愈昏暗的天空。然后他回到长椅那儿，再度坐在卡萝尔身旁。“它属于那里。”他说。

“你晓得明天可能会有小孩跑来把它捡起来拿走，对不对？”她笑着说，用手擦拭眼睛。

“也许，”他同意她的话，“或许手套就这么不见了，回到它原本的地方。”

当最后一道粉红日光也褪去时，天空一片昏暗，卡萝尔把头靠在博比的肩膀上，博比的手臂环绕着卡萝尔。他们默默坐着什么话也没说，脚旁的收音机传来五黑宝的歌声。

【附录】
中英名词对照

为了不阻碍阅读，内文中没有附上英文原名（但在需要时加了注），现将本书中提到的演唱者、唱片名称、歌曲、书、电影及电视剧等之中英文对照整理成附录，以方便查询。

演唱者

大哥大与控股公司　Big Brother and the Holding Company

小理查德　Little Richard

丹尼和孩子们　Danny and the Juniors

五黑宝合唱团　The Platters

鲍勃·迪伦　Bob Dylan

木匠兄妹　The Carpenters

史摩基·罗宾逊与奇迹合唱团　Smokey Robinson & The Miracles

史黛芙　Jo Stafford

四季合唱团　The Four Seasons

尼尔·戴蒙德　Neil Diamond

休伊·"钢琴"·史密斯与小丑　Huey "Piano" Smith and The Clowns

吉米·吉尔默　Jimmy Gilmer

多佛斯合唱团　The Dovells

安迪·威廉姆斯合唱团　Andy Williams Singers

米奇与西尔维娅二重唱　Mickey and Sylvia

米契·米勒　Mitch Miller

至上合唱团　Supremes

艾迪　Duane Eddy

尼尔·萨达卡　Neil Sedaka
克里希纳合唱团　Hare Krishna Chorale
斯莱与斯通一家　Sly and the Stone Family
坎伯兰乐团　The Cumberlands
卡农　Freddy Cannon
杜兰德　Jimmy Durante
迪恩·马丁　Dean Martin
佩蒂·勒芙莱斯　Patty Loveless
彼得·弗兰普顿　Peter Frampton
门户合唱团　The Doors
保罗·安卡　Paul Anka
冠军乐团　The Champs
后裔合唱团　The Offspring
查克·贝里　Chuck Berry
派图拉·克拉克　Petula Clark
皇家少年乐团　The Royal Teens
唐娜·莎曼　Donna Summer
唐纳凡·里奇　Donovan Leitch
草莓闹钟合唱团　Strawberry Alarm Clock
动物乐团　The Animals
特里尼·洛佩兹　Trini Lopez
问号与神秘主义者　? And the Mysterians
CSN 乐队　Crosby，Stills and Nash
克莱德·麦克菲特　Clyde McPhatter
杰克·斯科特　Jack Scott
杰基·威尔森　Jackie Wilson
凯迪拉克乐团　The Cadillacs
乔治·斯特雷特　George Strait
艾尔·乔逊　Al Jolson
湘戴尔　Troy Shondell

稀土乐团　Rare Earth

菲尔·奥克斯　Phil Ochs

万达·杰克逊　Wanda Jackson

盖瑞与前导者合唱团　Gerry and the Pacemakers

诱惑合唱团　Temps

欧曼兄弟乐团　Allman Brothers

热血青年乐团　The Youngbloods

鲍比·达林　Bobby Darin

戴夫·克拉克五人组　Dave Clark Five

黛安·雷奈　Diane Renay

兰迪与彩虹合唱团　Randy and The rainbows

罗伊·奥比森　Roy Orbison

罐头热乐团　Canned Heat

唱片名称

史黛拉恋爱了　Stella Stevens Is in Love

再度和米契同唱　More Sing Along with Mitch

米契和帮派乐团演唱约翰·亨利及其他美国人最喜爱的民谣歌曲 Mitch and the Gang Sing john Henry and Other American Folk Favorites

我不要再行军了　I Ain't Marchin'Anymore

和米契同唱　Sing Along with Mitch

韦恩·方塔那与迷幻药　Wayne Fontana and the Mindbenders

遇见披头四　Meet the Beatles

遇见特里尼·洛佩兹　Meet Trini Lopez

戴安·雷奈唱海军蓝调　Diane Renay Sings Navy Blue

歌曲

一个锡兵　One Tin Soldier

九十六滴眼泪　96 Tears

下乡去　Goin'Up the Country

小鼓手　The Little Drummer Boy
日与夜　Night and Day
古旧十字架　The Old Rugged Cross
只是寂寞　Only the Lonely
同心协力　Let's Work Together
地球天使　Earth Angel
在一起　Get Together
你难道不知道吗　Don't cha Just Know It
我的女孩　My Girls
我将会自由　I Shall Be Free
保姆　Mammy
红河谷　Red River Valley
寂寞的泪珠　Lonely Teardrops
约翰尼当自强　Johnny B.Goode
情人的问题　A Lover's Question
清晨的天使　Angel of the Morning
现世报　Instant Karma
这一次　This Time
喔！卡萝尔　Oh！ Carol
恶月升起　Bad Moon Rising
短短的短裤　Short Shorts
给我一点爱　Gimme Some Lovin
开个派对吧　Let's Have a Party
黄昏时分　Twilight Time
爱情很奇怪　Love Is Strange
与我同在　Abide with Me
舞后　Queen of the Hop
舞会中　At the Hop
线香与薄荷　Incense and Peppermints
随音乐起舞　Dance to the Music

龙舌兰　Tequila
点燃爱火　Light My Fire
黛安娜　Diana
蹦蹦　Boom Boom

书

人鼠之间　Mice and Men
大法师　The Exorcist
太阳之环　Ring Around the Sun
另一个和平　A Separate Peace
斯威夫特系列　Tom Swift
布兰特系列　Rick Brant
白朗黛　Blondie
宇宙工程师　Cosmic Engineers
旭日依旧东升　The Sun Also Rises
三尖树时代　The Day of the Triffids
海龙醒来　The Kraken Wakes
冷暖人间　Peyton Place
亚瑟王之死　Monte D’Arthur
孤单的奋斗　Lonely Struggles
金石盟　Kings Row
金银岛　Treasure Island
哈迪家的男孩系列　Hardy Boys
拼字探险　Adventures in Spelling
迪克·崔西　Dick Tracy
时间机器　Time Machine
海军的温斯罗系列　Don Winslow of the Navy
神探南西德鲁丛书　Nancy Drew
神探麦可汉默　Mike Hammer
草原上的小屋　The Little House on the Prairie

动物农庄　Animal Farm
米德维奇的布谷鸟　The Midwich Cuckoos
丝绒爪　The Case of the Velvet Claws
博兹随笔　Sketches by Boz
超人　Supweman
蝇王　Lord of the Files
领奖学金男孩的生活　A Scholarship Boy's Life
鲍伯西双胞胎系列　Bobsey Twin
丛林男孩奔巴　Bomba the Jungle Boy
猎人之夜　The Night of the Hunter
罗马帽子的秘密　The Roman Hat Mystery
继承人　The Inheritors

电影、电视剧

上帝创造女人　And God Created Woman
囚徒　The Prisoner
安邦定国志　Cheyenne
西区故事　West Side Story
妙夫妻　Ozzie and Harriet
牧野风云　Bonanza
初生之犊　Sugarfoot
叛舰凯恩号　The Caine Mutiny
科学怪人　Frankenstein
飞车党　The Wild One
夏威夷之眼　Hawaiian Eye
义海倾情　Wyatt Earp
枭巢喋血战　The Maltese Falcon
现代启示录　Apocalypse Now
野马　Bronco
惑星历险　Forbidden Planet

黑暗的顶楼　The Dark at the Top of the Stairs

越战猎鹿人　The Deer Hunter

超级王牌　Maverick

黑蝎子　The Black Scorpion

魔童村　Village of the Damned

豪勇七蛟龙　The Magnificent Soven

OK 镇大决斗　Gunfight at the O.K.Corral

骏马豪情　Tonka

铁面无私　The Untouchables

泰坦尼克号　Titanic

欢乐单身派对　Seinfeld

变形邪魔　Invasion of the Body Snatchers